ବୃହନ୍ନଳାର ଅଭିସାର

ବୃହନ୍ନଳାର ଅଭିସାର

ସଂଘମିତ୍ରା ଭଞ୍ଜ

ବ୍ଲାକ୍ ଈଗଲ୍ ବୁକ୍ସ

ଭୁବନେଶ୍ୱର, ଓଡ଼ିଶା

BLACK EAGLE BOOKS
Dublin, USA

ବୃହନ୍ନଳାର ଅଭିସାର / ସଂଘମିତ୍ରା ଭଞ୍ଜ

ବ୍ଲାକ୍ ଇଗଲ୍ ବୁକ୍ସ : ଭୁବନେଶ୍ୱର, ଓଡ଼ିଶା ● ଡବ୍ଲିନ୍, ଯୁକ୍ତରାଷ୍ଟ୍ର ଆମେରିକା

 BLACK EAGLE BOOKS

USA address:
7464 Wisdom Lane
Dublin, OH 43016

India address:
E/312, Trident Galaxy, Kalinga Nagar,
Bhubaneswar-751003, Odisha, India

E-mail: info@blackeaglebooks.org
Website: www.blackeaglebooks.org

First International Edition Published by
BLACK EAGLE BOOKS, 2025

BRIHANNALARA ABHISARA
(A collection of Odia Short Stories)
by: **Dr. Sanghamitra Bhanja**

Copyright © **Dr. Sanghamitra Bhanja**

Cover: **Tanuj Mallick**
Interior Design: Ezy's Publication

ISBN- 978-1-64560-768-7 (Paperback)

Printed in the United States of America

ଉହ୍ସର୍ଗ

ସ୍ୱପ୍ନ ଓ ବାସ୍ତବତା ଉଭୟଙ୍କୁ

ମୋର କିଛିକଥା

ଅସଂଖ୍ୟ ଅନୁଭବ ଭିତରୁ ଅବଲୀଳାକ୍ରମେ କିଛି କୁଆପଥର ପରି ମିଳେଇ ଯାଇଛନ୍ତି ତ ଆଉ କିଛି ପଥର ପରି ପଡ଼ିରହିଛନ୍ତି। ଗତିଶୀଳ ସମୟ ଭିତରେ କିଛି ରହିଛନ୍ତି ଓ ହୃଦୟ ଝର୍କାଦେଇ ବେଳେବେଳେ ପୁଣି ଧସେଇ ପଶିଆସିଛନ୍ତି। ବାଦଲଖଣ୍ଡ ଭଳି ଭାସମାନ କ୍ଷଣ, ନିର୍ଦ୍ଦିଷ୍ଟ ଘଟଣା, କିଛି ମଣିଷ ଓ ସେମାନଙ୍କ ଅଙ୍ଗେନିଭା ଅନୁଭବକୁ ମୁଁ ମୋ ଅଜାଣତେ ହୃଦୟସ୍ଥ କରିଛି। କେବେ ଏସବୁ ହେଲା, ଘଟିବାର ସେଇ ଅମୃତ ମୁହୂର୍ତ୍ତମାନଙ୍କୁ ମୁଁ ମନେରଖିପାରିନାହିଁ। କାରଣ ଗତିଶୀଳ ସମୟ ଭିତରେ ସେମାନେ ସମ୍ଭବତଃ ମୁହଁମାଡ଼ି ନିରବରେ ମୋ ଭିତରେ ଚାପିହୋଇ ରହିଥିଲେ। ବେଳ-ଅବେଳରେ କିନ୍ତୁ କିଛି ଘଟଣା ଓ କିଛି ମଣିଷ ବାରମ୍ବାର ମୋ ଚେତନାରେ କରାଘାତ କରିଛନ୍ତି। ସେମାନେ ମୋତେ ତାଙ୍କୁ ବୁଝିବାକୁ ଅପେକ୍ଷା କରିଛନ୍ତି ଓ ମୋ ସହିତ ଥିବା ସଂଗୋପିତ ଭାବନାରେ ରହି ନିରବରେ ଚାଲିଛନ୍ତି। ସେଇମାନେ ହିଁ ମୋ 'ଗପ'।

ଶିଳ୍ପୀ କୌଣସି ନିର୍ଦ୍ଦିଷ୍ଟ ସାହିତ୍ୟରୂପ ସହିତ ବାନ୍ଧିହୋଇ ରହିପାରେନି। ଯେତେବେଳେ ଯେଉଁ ରୂପକୁ ନେଇ ସେ ଅତି ସହଜ - ସ୍ୱାଭାବିକ ଭାବେ ନିଜକଥା ଓ ଚିନ୍ତନକୁ ସ୍ୱସ୍ଥ କରିବାରେ କ୍ଷମହୁଏ, ସେତେବେଳେ ସେଇ ମାର୍ଗକୁ ସେ ଆପଣେଇନିଏ। ମୁଁ କବିତାରେ ଯାହା କହିବି ବୋଲି ଭାବିଛି ଏଯାଏ ସବୁ କହିପାରିନି। ଏମିତିବି ସବୁକଥା କହିହୁଏନି ଏବଂ କହିଥିବା କଥାକୁ ପୁଣି ଯେ କୁହାଯାଇପାରିବନାହିଁ ସେମିତି କିଛି ମାନେନାହିଁ। ତେଣୁ ଭିନ୍ନ ତୂଳୀରେ ମୋ ଭାବନାକୁ ଗପରେ ରୂପାୟିତ କରିବା ପାଇଁ ଶଘମାନଙ୍କୁ ଅକପଟ ଭାବେ ଆମନ୍ତ୍ରଣ ଜଣାଇଛି।

ବ୍ୟକ୍ତିଗତ ଜୀବନର କର୍ମବ୍ୟସ୍ତତା ଭିତରେ ମୁଁ ଏଥିନିମନ୍ତେ ରଣସ୍ତ୍ରରେ ମୋ ବିଶ୍ରାମର କ୍ଷଣରୁ କିଛି ସମୟ ସାଉଁଟି ନେଇଛି। କେବେ ଦ୍ୱିପ୍ରହରରେ ଓ ପୁଣିକେବେ ନିଶାର୍ଦ୍ଧରେ ଗପର ଚରିତ୍ରମାନେ ମୋତେ ଅସ୍ତବ୍ୟସ୍ତ କରିପକାନ୍ତି। ଆପଣମାନେ ହୁଏତ ବିଶ୍ୱାସ କରିପାରିବେନି ଯେ, କିଛି ଗପ ମୋ ସମୟହୀନତା ଯୋଗୁଁ ଅଭିମାନରେ ଲେଉଟିଯାଇ ବିଲୀନ ହୋଇଯାଇଛନ୍ତି ଶୂନ୍ୟତାରେ ଆଉକିଛି ଗପ ଅଧାଖଣ୍ଡିଆ ହୋଇ ମୋତେ ଅପେକ୍ଷା କରିଛନ୍ତି ସେମାନଙ୍କ ଶବ୍ଦପରିଧାନ ନିମନ୍ତେ। ମାତ୍ର ସମୟ ହେଲେ ତ !

କିଛି ବ୍ୟକ୍ତିକ ଘଟଣାକୁ ନେଇ ମୁଁ ବହୁ ସମୟରେ ଅବସାଦ ଭୋଗିଚି। ବହୁ ବିଫଳତା, ଅବସୋସ ଓ ନିରାଶା ମୋତେ ନିଷ୍କ୍ରିୟ କରିଛି। ଅନେକ ସମୟରେ ଅବସାଦଗ୍ରସ୍ତ ହେଉହେଉ ଶ୍ରୀମଦ୍‌ଭାଗବତ ଗୀତା ସଂସ୍ପର୍ଶରେ ଆସି ମାନସିକ ସ୍ତରରେ ଦୃଢ଼ତାକୁ ପାଥେୟ କରି ମୁଁ ସକ୍ରିୟ ହୋଇଉଠିଛି। ଅନେକ ଚରିତ୍ରକୁ ମୁଁ ଗପ ଜରିଆରେ ମୋ ଭଲପାଇବା ଓ ସମ୍ମାନ ଅଜାଡ଼ିଛି ପୁଣିମଧ୍ୟ କିଛି ଗପରେ ଚେତନା ବାଣ୍ଟିବାକୁ ପ୍ରୟାସ କରିଛି।

ମୋ 'ଗପଲେଖା' ଆରମ୍ଭ ହୋଇଥିଲା ପିଲାବେଲୁ। ଏ କ୍ଷେତ୍ରରେ ପ୍ରଥମ ଶ୍ରେୟ ଦେବି କୋରାପୁଟସ୍ଥିତ ଦାମନଯୋଡ଼ିର ଚିନ୍ମୟ ବିଦ୍ୟାଳୟର ପାଠାଗାରକୁ। ଯେଉଁଠି ମୁଁ ସପ୍ତମ ଶ୍ରେଣୀରୁ ହିଁ ଆରବ୍ୟ ଦେଶର ଲୋକ କାହାଣୀରୁ ଆରମ୍ଭ କରି ଗ୍ରୀକ୍ ଦେଶର ଗପ ଓ ବହୁ ବିଦେଶୀ ଗପବହି ପଢ଼ିବାର ସୁଯୋଗ ପାଇଥିଲି। ଆମ ସ୍କୁଲରେ ଭାଗବତ, ମହାପୁରୁଷଙ୍କ ଜୀବନୀ, ବାଲବିହାରର ସତ୍‌ସଙ୍ଗହିଁ ମୋତେ ପ୍ରଚୁର ଉପଲବ୍ଧି ପ୍ରଦାନ କରିଛି। ପିଲାଦିନର ଦୀର୍ଘବର୍ଷ ମୋର କଟିଥିଲା କାକିରିଗୁମ୍ମା, କୋରାପୁଟ ଓ ସୁନାବେଡ଼ାରେ। ସେଠିକାର ପାଣି, ପବନ, ପ୍ରକୃତି ଓ ସବୁଜିମାଭରା ସୌନ୍ଦର୍ଯ୍ୟ ମୋ ପିଲାମନକୁ ବେଶ୍ ପ୍ରଭାବିତ କରିଥିଲା। ଏସବୁ ମୋ ଜୀବନକୁ ଗଳ୍ପମୟ କରିଛି।

ମୋର ଗପଲେଖା ପ୍ରତିକୂଲ ସ୍ଥିତାବସ୍ଥାରୁ ମୁକୁଳିବାର ଏକ ସୁନ୍ଦର ଉପାୟ। ନିଜ ଭିତରେ ନିଜେ ସଂପୂର୍ଣ୍ଣ ଭାଙ୍ଗିପଡ଼ିଥିବାବେଲେ ନିଜେ ନିଜର ପିଠି ଥାପୁଡ଼େଇ ସେହି ଭଗ୍ନ ମାନସିକତା ଭିତରୁ ବାହାରିଛି। ଜଣେ ସ୍ରଷ୍ଟା ପାଇଁ ତା'ର ପ୍ରତିଟି ସ୍ଥିତାବସ୍ଥା ସୃଜନ-ବୀଜାଙ୍କୁରର ସମ୍ଭାବନାକୁ ଧାରଣ କରିଥାଏ।

ଅଷ୍ଟମ ଶ୍ରେଣୀରେ ମୋର ପ୍ରଥମ ଗପ ଥିଲା 'ଏକଲବ୍ୟ'। ଅବଶ୍ୟ ଏହାପରେ ମୁଁ ଆଉ ଗୋଟିଏ ଯୋଡ଼ିଏ ଗପ ଲେଖିଥିଲି ମାତ୍ର ସେସବୁଗୁଡ଼ିକ ମୁଁ କେଉଁଠି ହଜେଇ ଦେଇଛି। ମୁଁ ଭଲ ପାଠ ପଢ଼ୁନଥିବାରୁ ଓଡ଼ିଆରୁ ଇଂରାଜୀ ଅନୁବାଦ ଶିକ୍ଷାକୁ ନେଇ ମୋ ଉପରେ ମୋ ଶିକ୍ଷକମାନଙ୍କର ଅଧିକ ଚାପ ଥିଲା। ମୋର ମନେଅଛି କେବଲ

ସାହିତ୍ୟ ହିଁ ମତେ ଭଲ ଲାଗୁଥିଲା। ଦିନେ ଗଣିତ ନଆସିବାରୁ ହେଡ଼ମାଷ୍ଟରଙ୍କୁ ଅପମାନିତ ହୋଇ ଦୀର୍ଘସମୟ ଧରି ଫୁଲିଫୁଲି କାନ୍ଦିଥିଲି। ଦିନେ ଏକ ନିଚ୍ଛାଟିଆ ଖରାବେଳେ ଠାକୁରଘରେ ଥିବା 'ହନୁମାନ ପ୍ରଶ୍ନ' ପୁସ୍ତିକାଟିକୁ ଆଣି ମୁଁ ଚକ୍ରେ ହାତ ବୁଲେଇଥିଲି ଏବଂ ଆକାଂକ୍ଷା କରିଥିଲି ମୁଁ ଆଗକୁ ସାହିତ୍ୟ ପଢ଼ିପାରିବି କି ? ଉତ୍ତରରେ 'ହଁ' ଥିଲା। ସେଇ ହନୁମାନ ପୁସ୍ତିକାଟିକୁ ଆମ ଠାକୁରଘରେ କିଏ ଆଣି ରଖିଥିଲା କେଜାଣି ?

ସାହିତ୍ୟରେ ମୁଁ ଭଲ ନମ୍ବର ରଖୁଥିଲି। ପ୍ରଚୁର ଭାବପ୍ରବଣତା ଓ ଅବେଗାଧିକ୍ୟ ଯୋଗୁଁ ଯେ କୌଣସି ସମୟରେ କିଛି ନା କିଛି ଲେଖିଦେଉଥିଲି। ସେସବୁକୁ ଆଜିର ସମୟରେ ମୁଁ 'କବିତା' ବୋଲି ଭାବୁଛି। ଯା' ଭିତରେ ଦୀର୍ଘବର୍ଷ ଅତିକ୍ରାନ୍ତ ହୋଇସାରିଛି ଏବଂ ଜୀବନର ଅନୁଭୂତିସବୁ ହୃଦୟରେ ଗପର ଆସର ଜମେଇ ସାରିଛନ୍ତି। ମୋର ପ୍ରଥମ ଗଳ୍ପ ଥିଲା 'ବିଲୁପ୍ତ ଆକାଶ' ଯାହା ଏକ ରେଡ଼ିଓ କାର୍ଯ୍ୟକ୍ରମରେ ପ୍ରସାରିତ ହୋଇଥିଲା। ତେବେ ୨୦୧୧ ମସିହାରେ 'ଇ' ପତ୍ରିକା 'ବେଦାନ୍ତୀ'ରେ ମୋର ପ୍ରଥମ ଗଳ୍ପ 'ବୃହନ୍ନଳାର ଅଭିସାର' ପ୍ରକାଶ ପାଇଥିଲା। ପରବର୍ତ୍ତୀ ସମୟରେ ଏହି ଗଳ୍ପଟିକୁ ପ୍ରକୃଷ୍ଟ ପରିସର ପ୍ରଦାନ କରିଥିଲା ଓଡ଼ିଶାର ବହୁଜନାଦୃତ-ମର୍ଯ୍ୟାଦାସଂପନ୍ନ 'କଥା' ପତ୍ରିକା। ଏହି ଗଳ୍ପଟି ମୋ ଜୀବନରେ ଏଥିପାଇଁ ମହତ୍ତ୍ୱପୂର୍ଣ୍ଣ ଯେ, ଏହି ଗଳ୍ପଟିକୁ ନେଇ 'ଅଭିସାର ଏକ ପ୍ରେମକାହାଣୀ' ଶୀର୍ଷକ ଚଲଚ୍ଚିତ୍ର ନିର୍ମାଣ କରିଛନ୍ତି ଓଡ଼ିଶାର ଜଣେ ବିଶିଷ୍ଟ ପ୍ରଯୋଜକ-ନିର୍ଦ୍ଦେଶକ ଶ୍ରୀ ରଞ୍ଜିତ ମହାନ୍ତି, ଯାହାକି ଶୁଭମୁକ୍ତି ଅପେକ୍ଷାରେ ରହିଛି।

ପରବର୍ତ୍ତୀ ସମୟରେ ମୋର ଗପଗୁଡ଼ିକ ଓଡ଼ିଶାର ଲୋକପ୍ରିୟ ପତ୍ରପତ୍ରିକାରେ ପ୍ରକାଶିତ ହୋଇ ବହୁ ପାଠକୀୟ ଆଦୃତି ଲାଭ କରିଛି। ସେଇ ପତ୍ରିକାଗୁଡ଼ିକ 'କଥା', 'ସାହିତ୍ୟ ଗୋଧୂଳି', 'ପକ୍ଷୀଘର', 'ସଂଜୀବନୀ', 'ପ୍ରତିବିମ୍ବ', 'ସିନ୍ଦୂଜା', 'ନବରାଗ', 'ସପ୍ତର୍ଷି', 'ଚିହ୍ନ', 'ନିର୍ଝର' ଓ 'ନିର୍ମଳା' ପ୍ରମୁଖ ଉଲ୍ଲେଖଯୋଗ୍ୟ। ଏହି ପତ୍ରିକାଗୁଡ଼ିକ ନିକଟରେ ମୁଁ ମୋ ରଣ ସ୍ୱୀକାର କରୁଛି।

ଜୀବନ ଯେତେବେଳେ ମତେ କେବଳ ସଂଘର୍ଷର ଏକ ଦ୍ୱୀପପୁଞ୍ଜ ମନେହେଉଥିଲା, ସେତିକିବେଳେ ବହୁବର୍ଷ ଧରି ହିନ୍ଦୀରେ ଅଧ୍ୟାପନା କାର୍ଯ୍ୟ ମଧ୍ୟ ମୁଁ କରିଛି। ଓଡ଼ିଆ ସହିତ ହିନ୍ଦୀ ଭାଷା-ସାହିତ୍ୟରେ ସ୍ନାତକୋତ୍ତର ଶିକ୍ଷାଲାଭ କରିବାକୁ ମନ ବଳାଇଥିଲି। ଏହାର ଏକମାତ୍ର ଉଦ୍ଦେଶ୍ୟ ଥିଲା ଯଦି ଓଡ଼ିଆ ଭାଷାକୁ ନେଇ ମୁଁ କୌଣସି କାର୍ଯ୍ୟପନ୍ଥା ପାଇବି ନାହିଁ, ସେତିକିବେଳେ ହିନ୍ଦୀ ଅଧ୍ୟାପନା କାର୍ଯ୍ୟ କରିବି। ଜୀବନରେ ଅନେକ ପ୍ରକାରର ପଟ ପରିବର୍ତ୍ତନକୁ ନେଇ ନିଜ ଭିତରେ ନିଜେ

କେତେବେଳେ ଯେ ମୁଁ ଗପମାନଙ୍କର ଏକ ଉପଖଣ୍ଡ ପାଲଟିଯାଇଛି ଭାବିଲେ ଆଶ୍ଚର୍ଯ୍ୟ ଲାଗେ। ଗପ ମୋ ପାଇଁ ଆତ୍ମମୁକ୍ତିର ମେଣ୍ଟାଏ କୁହୁଳା ଅଭିମାନ।

'ବୃହନ୍ନଳାର ଅଭିସାର' ସଂକଳନଟି ମୋର ପ୍ରଥମ ଗଳ୍ପ ପୁସ୍ତକ। ମହାଭାରତରେ ଅର୍ଜୁନ ଜଣେ ନାରୀଭାବରେ ସୁସଜ୍ଜିତ ହୋଇ କୌରବମାନଙ୍କଠାରୁ ନିଜକୁ ଲୁକ୍କାୟିତ ରଖିଥିଲେ। ତାଙ୍କ ଭିତରେ ଏକ ନାରୀର ମାନବୀୟ କୋମଳ ଆବେଗ, କଳାତ୍ମକତା, ଇଚ୍ଛା-ଅନିଚ୍ଛା, ହର୍ଷ-ଆନନ୍ଦ, ଅଭିମାନ, ବ୍ୟଥା ଭଳି ପ୍ରକୃତି ତାଙ୍କ ବ୍ୟକ୍ତିତ୍ଵରେ ଫୁଟିଉଠିଥିଲା। ଭୂଲୋକରେ ତାଙ୍କର ଛାୟାରୂପ ଭାବେ ଅନେକ ବୃହନ୍ନଳାଙ୍କୁ ଆମେ ସାକ୍ଷାତ କରୁ ଯେଉଁମାନେ ପରିଚୟ ପାଇଁ ନିଜ ଆତ୍ମା ଓ ସମାଜ ସହିତ ଅହରହ ସାଲିସ୍ କରନ୍ତି।

'ବୃହନ୍ନଳାର ଅଭିସାର' ଏକ ବାସ୍ତବ କାହାଣୀ। ଏହି ସଙ୍କଳନସ୍ତୁ ଏମିତି ନିଛକ ଚରିତ୍ରମାନଙ୍କ ଭିତରେ ରହିଛନ୍ତି ମୋହନ, ଧାନୀ, ପିଇସୀ ଅପା, ଘନିଆ, ମୀରା, ସ୍ଵପ୍ନା, ଜିନି, ଆଦିତ୍ୟ, ସାୟନ୍ତନ, ଗୁରୁବାରୀ, ଅନସୂୟା, ଠାକୁମା', ବିରାଟ ମିଶ୍ର, ସାବେନୀ, ନେତ, ଶିବାନୀ, ବିନି, ଗଜଲ୍, ସୁଜିତା, ସୁଜିତ ଭଳି ଅନେକ ଚରିତ୍ର। ମୋ କଳ୍ପଲୋକରେ ମୁଁ ଗଢ଼ିଛି ଏକ ଅଲୌକିକ-କୁହୁକ ଜଗତ, ଯେଉଁଠି ମୁଁ ସମାଧିର ଅଶ୍ରୁତ ବିଳାପକୁ ଶୁଣିପାରେ, ଯନ୍ତ୍ରମାନବୀର ଦୁଃଖ ଓ ବାମନର ଆତ୍ମାକୁ ମୁଁ ବୁଝିପାରେ। ସେମାନଙ୍କୁ ଲେଖିଲା ଭିତରେ ମୁଁ ନିଭୃତରେ କାନ୍ଦିଛି ବି। ପ୍ରକୃତରେ ଯାହା ବାସ୍ତବ ଜଗତରେ ସମ୍ଭବ ହୁଏନାହିଁ ଏବଂ ସ୍ରଷ୍ଟାଟିଏ ନିଜର ଗୁଢ଼ାଏ ଅବସୋସ ନେଇ କୁହୁଳୁ ଥାଏ, ସେଇଠି ଅନ୍ତତଃପକ୍ଷେ ତା' ପାଇଁ ନିରୁପଦ୍ରବ କଳ୍ପନାର ଭୂଖଣ୍ଡଟିଏ ଥାଏ। ଯେଉଁଠାରେ ତା' ଭାବନାକୁ କେହିହେଲେ ବାଧା ଦେଇପାରିବେ ନାହିଁ। ମୋ ହୃଦୟ ଭିତରେ ଖୁବ୍ ସୁନ୍ଦର ଉଚ୍ଛୁଳା ଭାବଜଗତଟେ ଅଛି।

ସ୍ରଷ୍ଟା ପାଇଁ ଏତିକି ସାନ୍ତ୍ଵନା ଯେ ତା'ର ଭାବଜଗତ ଉପରେ ଭାବହୀନ ମଣିଷମାନଙ୍କର ହସ୍ତକ୍ଷେପ ନଥାଏ। ଶିଳ୍ପୀଟିଏ ବାହ୍ୟପ୍ରଭାବରୁ ମୁକ୍ତହୋଇ ସର୍ବଦା ତା' ଲେଖକୀୟ ସଭାରେ ଅବାଧ ରହିବା ଭଲ। ଚରିତ୍ର ଓ ଘଟଣାର ବାସ୍ତବତା ତଥା ଗୂଢ଼ ଚେତନାର ଆଭିମୁଖ୍ୟକୁ ନେଇ ତା'ର ଧାରଣା (Conviction) ସ୍ପଷ୍ଟ ଥିବା ଜରୁରୀ। ଏହାର ପ୍ରକାଶନ ପଛରେ ରହିଛି ମୋର ବିଭାଗର କିଛି ଅଧ୍ୟାପିକା, ଗବେଷିକା ଓ ଶୁଭେଚ୍ଛୁଙ୍କ ପ୍ରେରଣା। ମୋ ଅନ୍ତରଙ୍ଗ ଥିବା ଅଧ୍ୟାପିକା ଓ ଛାତ୍ରୀଗଣ ହେଉଛନ୍ତି ମୋ ଗପର ପ୍ରଥମ ଶ୍ରୋତା। ଆମ ସମସ୍ତଙ୍କ ଭିତରେ ଗପର ଅସରନ୍ତି ସ୍ରୋତ ରହିଛି। ସମୁଦ୍ର ଭିତରର ଗଭୀରତା ମାପିବାକୁ ହେଲେ ତା' ବେଲାଭୂମି ଅତିକ୍ରମି ତା' ଅଥଳ ଜଳ ଭିତରକୁ ଗଲେ ସିନା! ଗପ ତ ସବୁବେଳେ ଗପ! ଭଲ-ମନ୍ଦର ଉର୍ଦ୍ଧ୍ୱରେ। ଏହି

ଅବସରରେ ବ୍ଲାକ୍ ଇଗଲ୍ର ପ୍ରତିଷ୍ଠାପକ ଓ ନିର୍ଦ୍ଦେଶକ ସତ୍ୟ ପଟ୍ଟନାୟକଙ୍କ ନିକଟରେ ବିନମ୍ର କୃତଜ୍ଞତା ଜ୍ଞାପନ କରୁଛି। ପୁସ୍ତକଟିର ପ୍ରଚ୍ଛଦଶିଳ୍ପୀ ଓଡ଼ିଶାର ସ୍ୱନାମଧନ୍ୟ ଚିତ୍ରକର ତନୁଜ ମଲ୍ଲିକଙ୍କୁ ଆନ୍ତରିକ ଧନ୍ୟବାଦ ଦେଉଛି। ପୁସ୍ତକଟିର ମୁଦ୍ରଣ କ୍ଷେତ୍ରରେ ମୋର ହୃଦୟସଂଲଗ୍ନ ଆବେଗ ଓ ସ୍ନେହର ସର୍ବସ୍ୱତ୍ୱ ଅଧିକାରୀ ହେଉଛନ୍ତି ଦୁଇଜଣ ଅନୁଜ— ଲିଜା ଓ ପ୍ରତାପ। ସର୍ବଶେଷରେ ମୋ ସୃଷ୍ଟି ପ୍ରେରଣାର ଉସ୍ଥ ପରମ ବୈଷ୍ଣବୀ ମା' ଶାରଳାଙ୍କ ଚରଣାବିନ୍ଦରେ ଆଭୂମ ପ୍ରଣାମ ଜଣାଉଛି।

କାର୍ତ୍ତିକ ପୂର୍ଣ୍ଣିମା—୨୦୧୫   — ସଂଘମିତ୍ରା ଭଞ୍ଜ

ସୂଚୀ

ବାମନର ଆତ୍ମା

ଲୁହାପଲଙ୍କ ବାଡ଼ା ସହ କୁକୁରଟେ ପରି ଜଞ୍ଜିରରେ ବନ୍ଧା ହୋଇଥିବା ପୁଅ ଘନିଆକୁ ଦେଖି ଅରକ୍ଷିତର ମୁଣ୍ଡ ଘୁରେଇଦେଲା। ବାଟସାରା ସେ କ'ଣ କ'ଣ ଭାବି ଆସିଥିଲା, ଅଥଚ ଆଖି ଆଗରେ ସେ କ'ଣ ଦେଖୁଚି! ସେ ତରତରରେ ଯାଇ ପୁଅକୁ ଜଞ୍ଜିରରୁ ଖୋଲିଦେଲା। ଘନିଆର ଦେହମୁଣ୍ଡ ଆଉଁଶିଦେଲା। ବାପ ପୁଅଙ୍କ ଲୁହ ଆଉ ଦୀର୍ଘଶ୍ୱାସରେ ସେ ବନ୍ଦ ଘରଟା ଉଜୁଡ଼ିଯିବ ଅବା!

ଅରକ୍ଷିତ ଆଖି ଆଗରେ ନ ମାସ ତଳର ସେଇ ଦୃଶ୍ୟଗୁଡ଼ିକ ଚକ୍ରି କାଟିଲା ପରି ଘୁରିବୁଲୁଥିଲା। ସବୁଦିନ ଭଲି ସେଦିନ ଅଳସୀ ପାହାନ୍ତାରେ କୁକୁଡ଼ାର କୁକୁଡ଼ୁକୁ ଆଉ ଦଲକାଏ ତାଜା ଥିରି ପବନ ମାଟିଆ ଗାଁ ଲୋକଙ୍କୁ ସାଧାରଣ ମନେ ହୋଇଥାନ୍ତା। କିନ୍ତୁ ଭୋରରୁ ଭୋରରୁ ଏମିତି କିଛି ଘଟିଲା, ଲୋକେ ରୁଣ୍ଡ ହେବା ଆରମ୍ଭ କଲେ। ଏମିତି ତ ଗାଁରେ କେତେ ଘଟଣା ଘଟେ, କିନ୍ତୁ ସେ ଦିନର ଘଟଣା ଲୋକଙ୍କୁ ସ୍ତବ୍ଧ କରି ଦେଇଥିଲା। ମାଟିଆ ଗାଁର ଶେଷ ମୁଣ୍ଡରେ କୋଠି କରିଥିବା ମହାଜନ ଦେବ ମଙ୍ଗରାଜଙ୍କ ଧଳା ରଙ୍ଗର ଦାମୀ ଗାଡ଼ିଟି ନାଲି-ଧଳା ଗୋଲାପରେ ସଜାହୋଇ ଅରକ୍ଷିତ ସାହୁର ଚାଳିଆ ଆଗରେ ଆସି ରହିଲା। ମାଟିଆ ଗାଁର ପ୍ରତିଷ୍ଠିତ ଜମିଦାରଙ୍କର ଅବା କମାର ଅରକ୍ଷିତିଆଟା ପାଖରେ କି କାମ ପଡ଼ିଲା? ଗାଡ଼ି ରହିବା ମାତ୍ରେ ଦେବ ମଙ୍ଗରାଜ ଓହ୍ଲାଇପଡ଼ି ତା' ଚାଳିଆକୁ ପଶିଗଲେ। ପିଲାଠୁ ବୁଢ଼ାଯାଏ ଗାଡ଼ିକୁ ଘେରିଗଲେ। ଧଳା ଗାଡ଼ି ଉପରେ ସଜେଇ ଦିଆଯାଇଥିବା ଧଳା-ନାଲି ଗୋଲାପ ସତ ନା ମିଛ ବୋଲି କେହି କେହି ଟିକେ ଛୁଇଁ ଦେଉଥାନ୍ତି ଆଉ କେହି ହାତ ନେଉ ନେଉ ପଛକୁ ଫେରେଇ ଆଣୁଥାନ୍ତି। ଆଉ କିଛି ଖଣ୍ଡେ ଦୂରରେ ଠିଆ ହେଇ ଫୁସୁରୁଫାସର ହେଉଥାନ୍ତି।

ଦୀର୍ଘ ଦି'ଘଣ୍ଟା ପରେ ମଙ୍ଗରାଜ ବାହାରକୁ ବାହାରି ଆସିଲେ। ଗାଁ ମାଇପିଏ ନିଜ ଲୁଗାକାନିକୁ ମୁହଁରେ ଚାପି ଏକଲୟରେ ଅରକ୍ଷିତିଆର ପିଣ୍ଡା ଆଡ଼କୁ ନିଘା ରଖିଥାନ୍ତି। ଏ କ'ଣ? ମଙ୍ଗରାଜଙ୍କ ପଛେ ପଛେ ସଫା ଧୋତି ଆଉ କାନ୍ଧରେ

ଗୋଟେ ଗାମୁଛା ପକେଇ ବାହାରକୁ ବାହାରି ଆସିଲା ଅରକ୍ଷିତିଆ । ଆଉ ତା'
ପଛକୁ ଠିକ୍ ଗୋଟେ ରବର କଣ୍ଢେଇ ପରି ଦିଶୁଥିବା ଅରକ୍ଷିତ ସାହୁର ତିନିଫୁଟିଆ
ଘନିଆ ବି ଜ୍ୱାଇଁ ପୁଅ ବେଶରେ ବାହାରକୁ ବାହାରି ଆସିଲା । ଅନ୍ଧାରେ ଗାମୁଛା
ଗୁଡ଼େଇ, ଖୋଲା ଦିହରେ ଗାଁଟା ସାରା ବୁଲୁଥିବା କଳା ମଟମଟ ଘନିଆକୁ ଏମିତି
ଜାମା ପିନ୍ଧା ବେଶରେ ସେଦିନ ହୁଏତ ତାକୁ ପ୍ରଥମ କରି ଗାଁ ଲୋକେ ଦେଖିଥିବେ ।
ଚିଡ଼ିଆଖାନାର ଜୀବଜନ୍ତୁକୁ ଉହ୍ଲୁଙ୍କି ଦେଖିବାକୁ ଯେମିତି ବିସ୍ମୟଭରା ଆଗ୍ରହ ଥାଏ,
ଠିକ୍ ସେମିତି କୁର୍ତ୍ତା-ପାଇଜାମା ପିନ୍ଧିଥିବା ଘନିଆ ବାମନକୁ ସମସ୍ତେ ଦେଖୁଥାନ୍ତି ।
ଦେବ ମଙ୍ଗରାଜଙ୍କ ଭଲି ଖାଦାନି ଜମିଦାରଙ୍କର ଯଦି ଅରକ୍ଷିତିଆ ପାଖରେ କାମ
ପଡ଼ିଚି, ତେବେ ଆଗକୁ ଯେ କିଛି ଅଭୁତ ଘଟଣା ନ ଘଟିବ ତାହା କିଏ କହିବ ?
ଡ୍ରାଇଭର ଗାଡ଼ିର ଦରଜା ଖୋଲି ଠିଆ ହୋଇ ରହିଲା । ଦେବ ମଙ୍ଗରାଜ ଓ ଅରକ୍ଷିତ
ସାହୁ ପିଣ୍ଢାରୁ ତଳକୁ ଓହ୍ଲେଇଲେ ।

       ଗାଡ଼ି ଭିତରକୁ ଯିବା ପୂର୍ବରୁ ମଙ୍ଗରାଜେ ପ୍ରଚାର କରିବା ଢଙ୍ଗରେ ଲୋକଙ୍କୁ
ଚାହିଁ କହିଲେ, ଘନଶ୍ୟାମ ସହିତ ଆଜି ମୋ ଝିଅ ପରୀର ବାହାଘର ବ୍ରହ୍ମଦେବ
ମନ୍ଦିରରେ ଅନୁଷ୍ଠିତ ହେବ । ଦିନ ତିନିଟା ସରିକି ଭୋଜି । ସବୁ ଆସି ବର-କନିଆଙ୍କୁ
ଆଶୀର୍ବାଦ ଦେଇଯିବ । ଦୀର୍ଘକାୟ ମଙ୍ଗରାଜ ଏତିକି କହି ଗାଡ଼ି ଭିତରକୁ ପଶିଗଲେ ।
ତିନି ଫୁଟିଆ ଘନିଆ ଓ ତା' ବାପା ଅରକ୍ଷିତିଆ ଦୋଦୋପାଞ୍ଚ ହେଲା ଅବସ୍ଥାରେ ଗାଡ଼ି
ଭିତରେ ଯାଇ ବସିଲେ । ଧୂଲି ଉଡ଼େଇ ଚାଲିଯାଉଥିବା କାର୍‌ଟି ଗାଁର ଶେଷମୁଣ୍ଡରେ
ଯାଇ ଅଦୃଶ୍ୟ ନ ହେବା ଯାଏ ଲୋକେ ସେମିତି ଆଁ କରି ଚାହିଁଥାନ୍ତି । କାହା ପାଟିରେ
ଉଁ ଚୁଁ ନାହିଁ । ଯେ କି କଥା ! ଏମିତି କେମିତି ହେଲା ?

       ଅନ୍ଧାରେ ହାତ ଦେଇ ଗାଁ ମୁଖିଆ ପଞ୍ଚୁଆ ସାହୁ ସମସ୍ତଙ୍କୁ ଚାହିଁ ବଡ଼ପାଟିରେ
ଘୋଷଣା କଲା- ଆମର କି ଯାଏ ଆସେ ଏ କଥାରେ ? ଚାନ୍ଦଉଦିଆ ଭଲି ଝିଅକୁ
ମଙ୍ଗରାଜେ ଯଦି ବାମନଟା ସହିତ ବାହା ଦେଉଛନ୍ତି ଆମର କି ଅସୁବିଧା ? ସେ ବଡ଼
ନୋକ, ଆମର କି ଯାଏ ଆସେ ? ଆମ କାମ ହେଲା ତାଙ୍କ ନିମନ୍ତ୍ରଣ ପାଇ ଆମେ
ସେଠି ପହଞ୍ଚି, ଭୋଜିଭାତ ଖାଇ ବର-କନିଆଙ୍କୁ କଇଲାଣ କରି ଆସିବା ।

       ସମସ୍ତଙ୍କ ଓଠରେ ଚାପା ହସ ଓ ଆଖିରେ ଅସୁମାରି ପ୍ରଶ୍ନ । ପ୍ରତିପତ୍ତିଶାଳୀ
ମଙ୍ଗରାଜଙ୍କୁ କ'ଣ ତାଙ୍କ ଅପରୂପା ସୁନ୍ଦରୀ ଝିଅ ପାଇଁ ବର ମିଳିଲାନି ଯେ, ଶେଷରେ
ଗୋଟେ ବାମନ ସହିତ ତାକୁ ବାହା କରିବାକୁ ଯାଉଚନ୍ତି ? ସେ ଝିଅଟା ବି କେମିତି
ରାଜି ହେଉଚି !

       ଦିନ ଗୋଟେ-ଦିଇଟା ବେଳକୁ ଗାଁ ମୁଣ୍ଡ ବ୍ରହ୍ମଦେବଙ୍କଠୁଁ ଗାଆଁସାରା ଲୋକେ

ରୁଣ୍ଠ ହୋଇଗଲେ । ଯେମିତି ସର୍କସ କି ମେଲାରେ ଭିଡ଼ ଜମିଥାଏ ସମସ୍ତେ ସେମିତି ହାଉଯାଉ ହେଉଥାନ୍ତି । ମନ୍ଦିର ପାଖ ମଣ୍ଡପକୁ ଲାଗି ଗୋଟେ ଛାମୁଡ଼ିଆ ତଳେ ବସିଥାନ୍ତି ମଙ୍ଗରାଜେ । ତାଙ୍କ ପାଖକୁ ବରବେଶରେ ସଜେଇ ହେଇ ବସିଥାଏ ଘନିଆ । ଅସହାୟ ଭଳି ଦିଶୁଥାଏ ଅରକ୍ଷିତିଆ । ଅପରପଟୁ ଫୁଲସଜା ଧଲା ଦାମୀ କାର୍‌ଟି ଆସି ଲାଗିଲା । ପ୍ରଥମେ ଭିତରୁ ବାହାରି ଆସିଲା, ଗାଁ ଭଣ୍ଡାରି ସାଇର ସନ୍ତୁ ବୋଉ । ଗାଡ଼ିର ଦରଜା ପାଖେ ଛିଡ଼ା ହୋଇ ଭିତରକୁ ହାତ ବଢ଼େଇ କନିଆକୁ ବାହାରକୁ ଆଣିଲା । ନାଲି ଟିକିମିକିଆ ଶାଢ଼ି ଆଉ ମୁଣ୍ଡ ଉପରେ ଜରିଲଗା ଗୋଟେ ଓଢ଼ଣୀ ଢାଙ୍କିଥିବା କନିଆକୁ ଦେଖି ଲୋକେ ପୁରା ନିରବି ଗଲେ । ଯେମିତି ଛୁଞ୍ଚି ପଡ଼ିଲେ ଶବ୍ଦ ହେବ କି ଆଉ ! କେହି କିଛି ବୁଝି ପାରୁ ନ ଥାନ୍ତି ! ସବୁ ଯେମିତି ଗୋଟାଏ ଚଳଚ୍ଚିତ୍ର ପରି ଘଟି ଚାଲିଥାଏ ।

ଆଗରୁ ମଙ୍ଗରାଜଙ୍କ ସେଇ ତନୁପାତଳୀ-ଡେଙ୍ଗୀ-ଚାନ୍ଦମୁହାଁ ଝିଅକୁ ଗାଁରେ କିଏ ବା ନ ଦେଖିଛି ? ଦେଶ-ବିଦେଶରେ ବୁଲି, ସହରରେ ଏତେ ପାଠ ପଢ଼ିଥିବା ଝିଅଟାକୁ କଣ କେହି ମିଳିଲେନି ଯେ, ଶେଷକୁ ଏଇ ବାମନଟା ଥିଲା ତା ଭାଗ୍ୟରେ ! ଡବଡବି ଶରଧା ଭାଉଜ ଚମ୍ପି ମାଉସୀ କାନରେ କହିଲା, ଏ ମାଉସୀ, ଇଏ କି ରହସ୍ୟ ! କାହିଁ ଚନ୍ଦ୍ର କାହିଁ ବାମନ ! ଘନିଆଟାକୁ କଣ ଘରଜୋଇଁଆ କଲେ କି ଆଉ ! ମଙ୍ଗରାଜଙ୍କ ଭାରି ଚତୁର । ଦେଖୁନୁ ଦାହାଦେଦୀରେ କେମିତି ମୁହାଁ ନାଙ୍କର ଉଜ୍ଜ୍ୱଳି ଉଠିଛି । ପୋତାଧନ ପାଇଗଲେ କି ଆଉ ! ଆମ ଘନିଆଟା ଭାରି ନିରୀହ । କ'ଣ ଜାଣିଛି ସେ ? ଆହା ପିଲାଟା ଭାଗ୍ୟରେ କ'ଣ ଅଛି କେଜାଣି ?

ଚମ୍ପେଇ ମାଉସୀ ଫିସ୍ ଫିସ୍ କରି ଶରଧା କାନ ପାଖକୁ ମୁହଁ ଲଗେଇ ଉତ୍ତର ଦେଲା— ଭା'ରି ଅଭୁତ ଲୋ ଝିଅ ! ମାଆଛେଉଣ୍ଡ ଘନିଆଟାର ଭାଗ୍ୟ କ'ଣ ଏତେ ଟାଣ ? କେମିତି କେମିତି ଲାଗୁଚି ଏ କଥା । ପିଲାଟା ଫସି ନ ଯାଉ । ବଡ଼ ଘର ବଡ଼ ଗୁମର କଥା ଲୋ !

ବରବେଶରେ ଗାଡ଼ିରେ ବସି ଘନିଆ ଭାବୁଥାଏ ମଙ୍ଗରାଜଙ୍କ ଘରେ ଚାକର ହେଇ କାମ କରିବାଠାରୁ ଆଜିର ଏ ବାହାଘର ଘଟଣା ପର୍ଯ୍ୟନ୍ତ ନାନା କଥା । କମାର ଅରକ୍ଷିତର ନୟନ ପିତୁଳା ସେ । ତିନି ଫୁଟ ଉଚ ଘନିଆର କଳା ମଟମଟ ଦିହରେ ଅମାପ ଶକ୍ତି । ମୁଣ୍ଡରେ କୁଞ୍ଚୁକୁଞ୍ଚିଆ ଟାଉଁସିଆ ଚୁଟି କେରାଏ, ବଡ଼ ବଡ଼ ଆଖି, ନାକ ବଦଳରେ ମୁହଁ ଉପରେ ଦିଇଟା କଣା ! ହସୁ-ନ ହସୁ ଆଗକୁ ବାହାରି ଆସିଥିବା ଧୋବଲା ଭେଡ଼ା ଦାନ୍ତ ଦି ଧାଡ଼ି ! ସେ ଖନେଇ ଖନେଇ କଥା କହିଲାବେଳେ ବାରି ହୁଏନି କଣ କହୁଚି । ମା'ଛେଉଣ୍ଡ ଘନିଆକୁ ସମସ୍ତେ ଭାରି ଭଲପାଆନ୍ତି ।

ୟା' ଭିତରେ ଦୀର୍ଘ ଚାଳିଶ ବର୍ଷ ବିତିଗଲାଣି । ବେଳେବେଳେ ନିଜ ଅଲକ୍ଷଣିଆ ଜୀବନକୁ ମନେ ମନେ ବହେ ଶୋଧିପକାଏ ଘନିଆ । ହେଲେ ଅରକ୍ଷିତିଆ ତାକୁ କେବେ କିଛି କହେନି । କମାରଶାଳରେ ଲୁହା ପଜେଇ ଯାହା ଦି' ପଇସା ପାଏ, ସେଇଥିରେ ଗୁଜୁରାଣ ମେଣ୍ଟେନି । ସେଇ ଦି' ପଇସା ପାଇବା ଆଶାରେ ସକାଳୁ ସଞ୍ଜ ଯାଏ ଗାଁ ଆଡ଼କୁ ଚାହିଁ ବସିଥାନ୍ତି ବାପ-ପୁଅ । ହଳ-ଲଙ୍ଗଳ-କଣ୍ଡିକୁ ଧାରୁଆ କରିବାକୁ ଗାଁରୁ ଯଦି କେହି ଆସିଯାଉଥିଲେ ବାପର ନିରସିଆ ମୁହଁଟାରେ ଧାରେ ହସ ଫୁଟିବାର ଦେଖିଚି ଘନିଆ । କୌଳିକ ବୃତ୍ତିକୁ ଧରି ଆଉ କିଏ ଅବା ବଞ୍ଚିବାର ସ୍ୱପ୍ନ ଦେଖୁଚି ! ବାପାକୁ ବୁଝାଇବ ଭାବି ଚିନ୍ତା କରେ ଘନିଆ । ସେ ତ ଅକର୍ମଣ୍ୟ । ଲୁଚେଇ ଲୁଚେଇ କାନ୍ଦେ । ନିଜ ଛୋଟ ଛୋଟ ହାତ-ଗୋଡ଼ ଆଉ ପୃଥୁଳ ଦେହକୁ ଏକ ପ୍ରକାର ଘୋଷାରିକି ଚାଲିଲାବେଳେ ଚାରିଆଡ଼କୁ ଅନାଇ ଦେଖେ । କିଏ କାଳେ ତାକୁ ଅନେଇଚି କି ! ବିଶେଷ କରି ଗାଁ ଝିଅମାନଙ୍କୁ ବେଶୀ ଜଗେ । ପୋଖରୀରୁ ଗାଧେଇସାରି ଆସୁଥିବା ଗାଁ ଝିଅଙ୍କୁ ଦେଖିଲେ, ଘନିଆ ଲୁଚିପଡ଼େ । ସେମାନଙ୍କ ଦୃଷ୍ଟି ଆଢୁଆଲରେ ଥାଇ ଭାରି ଲୋଭିଲା ଆଖିରେ ସେମାନଙ୍କୁ ଦେଖେ । ତା' ବୟସର ସାଙ୍ଗସାଥୀ ବାହା ହେଇ ଘରସଂସାର କଲେଣି । ହେଲେ ତାକୁ କିଏ ବା ବାହା ହବ ? ତା' ଆଖିକୋଣ ପୂରିଯାଏ ଲୁଣିପାଣିରେ । ସେ ଭାବେ, ତା' ମା' ସହିତ ତା' ଜୀବନଟା ହେଲେ ଛାଡ଼ିଯାଇଥାନ୍ତା ! ଘନିଆ ମୁହଁ ଶୁଖେଇଥିବାର ଦେଖିଲେ ଅରକ୍ଷିତିଆ ସ୍ନେହବୋଳା ହାତରେ ତା' ମୁଣ୍ଡକୁ ଟିକେ ଆଉଁଶିଦିଏ । ସେତିକିବେଳେ ଚାଳିଶ ବର୍ଷ ଘନିଆ ନିଜେ ଠିକ୍ ଗୋଟେ ଚାରି ବର୍ଷର ବାଲୁତ ପରି ବାପକୁ କୁଣ୍ଢେଇ ପକାଏ । ସକେଇ ସକେଇ କହେ- "ବାପା ମୁଁ ବୋଝ ଭଳି ଲଦି ହେଇଚି ନା । ଅରକ୍ଷିତିଆ ଘନିଆକୁ ଆହୁରି ଜୋରରେ ଜାବୁଡ଼ି ଧରି କହେ- ତୁ ପରା ମୋ ସରଗତାରା ! ମନଦୁଃଖ କରନା । ତୋ ଟିକି ଟିକି ପାଦ ଯୋଉଠି ପଡ଼ିବ ସେ ମାଟି ସୁନା ପାଲଟିବ ।"

କିଛି ମାସ ତଳେ ସହରରୁ ଫେରିଆସି ଗାଁର ଶେଷମୁଣ୍ଡ ଆଡ଼କୁ ଦୁଇ ମହଲା କୋଠା କରି ରହିଥିବା ମଙ୍ଗରାଜଙ୍କ ନଜର ପଡ଼ିଥିଲା ଘନିଆ ଉପରେ । କିଛି ଦିନ ପରେ ତାକୁ ଡକେଇ ପଠେଇଥିଲେ । ଅରକ୍ଷିତିଆ ଖୁସି କହିଲେ ନ ସରେ । ବାବୁଘରେ କାମ କଲେ ଘନିଆଟାକୁ ଆଉ ବାର ଶୁଣ୍ଢିପିଣ୍ଢି ହୋଇ କାମ କରିବାକୁ ପଡ଼ିବନି । ଗୋଟିଏ ଜାଗାରୁ ଯେତିକି ମିଳିବ ବାପ-ପୁଅଙ୍କ ପାଇଁ ଢେର । ମଙ୍ଗରାଜେ ଘରେ ରହି କାମ କରିବା ପରଠାରୁ ଖଣ୍ଡମଣ୍ଡଳରେ ଘନିଆର ଖାତିର ବେଶ୍ ବଢ଼ିଗଲା । ଗାଁ ଲୋକେ ଏଥର ତାକୁ ଘନିଆ ନ ଡାକି ଘନଶ୍ୟାମ ବାବୁ ବୋଲି ଡାକିବା ଆରମ୍ଭ

କରିଥିଲେ। ମଙ୍ଗରାଜଙ୍କ ଦି' ମହଲାର ସେଇ ମୋଜାଇକ୍ କୋଠାଟା ଘନିଆ ହାତରେ ରାଜପ୍ରାସାଦ ଭଳି ଚମକୁଥାଏ।

ଘନିଆର ରୋଜଗାର ବଢ଼ିବା ସହିତ ମଙ୍ଗରାଜଙ୍କ ସମ୍ପତ୍ତି ମଧ୍ୟ ହୁ ହୁ ହୋଇ ବଢ଼ିଚାଲେ। ଦୁଇ ମହଲା କୋଠାକୁ ଲାଗି ଆଉ ଦିଇଟା କୋଠାର ନିଆଁ ପଡ଼ିଲା। ଗାଁ ଲୋକେ କୁହାକୁହି ହେଲେ ଘନିଆଟା ଆମର ଭାରି ଲକ୍ଷ୍ମୀବନ୍ତିଆ। ଘନିଆ ତା' ବାପା ପାଖକୁ ଯାଇ ବେଶ୍ ଦି ପଇସା ଦେଇଆସେ। ଘରୁ ଫେରିଲା ବେଳକୁ ବାପାକୁ କାନେ କାନେ ବୁଝେଇ ଆସେ- ବାପା! ତମର କାମ କରିବା ଦରକାର ନାହିଁ। ଏବେ ଆମ ଦୁଃଖ ଗଲା।

ଘନିଆକୁ ଦେଖି ସରପଞ୍ଚ ପଶ୍ଚୁଆ ଜେନା ଭାରି ଆଦରରେ ପାଖକୁ ଡାକି ପଦେ ଅଧେ ଦୁଃଖ-ସୁଖ ହୁଅନ୍ତି। ଗାଁର କୋଠଘର ଆଗରେ ଖେଳୁଥିବା ପିଲାକୁ ଖଟାମିଠା ଚକୋଲେଟ୍ ନେଇ ପିଲାଙ୍କୁ ଗେହ୍ଲା କରେ ଘନିଆ। ମିଶ୍ର ମାଉସୀକୁ ହାତକୁ ଅମୃତାଞ୍ଜନ ଶିଶିଟା ବଢ଼େଇ କହେ- ଏଇ ନେ ମାଉସୀ, ମୁଣ୍ଡ ବିନ୍ଧିଲେ ଟିକେ ଲଗେଇ ଦବୁ ଯେ ଆରାମ୍ ଲାଗିବ। ଗାଁରୁ କୋଠିକୁ ଫେରିଲାବେଳକୁ ନବ ଗୁଡ଼ିଆ ଦୋକାନୀ ପାଖରୁ ମେଞ୍ଜେ ହବ ଖଟାମିଠା ଚକୋଲେଟ୍ ଆଣିବାକୁ ଭୁଲେନି ଘନିଆ। ସେ ମନେପକାଏ ଠିକ୍ ଅପ୍‌ସରା ଭଳି ଦିଶୁଥିବା ମଙ୍ଗରାଜଙ୍କ ସେଇ ଡେଙ୍ଗୀ ତନୁପାତଳୀ ପରୀ ମେମ୍‌ଙ୍କୁ। ସୁବିଧା ହେଲେ ସେଇ ଚକୋଲେଟ୍ ପରୀ ମେମ୍‌ଙ୍କୁ ଦେବ। ସେ ଏଇ ଚକୋଲେଟ୍ ଭାରି ଭଲପାଏ। କିନ୍ତୁ ମେମ୍ ଭାରି ବଦ୍‌ରାଗୀ। କଥା କଥାକେ ଘନିଆକୁ 'ନନ୍‌ସେନ୍‌ସ' ବୋଲି ଗାଲି ଦିଏ। ଇଂରାଜୀରେ ଆଦେଶ ଦିଏ। ତା' ଆଗରେ ଗୋଟେ ଯନ୍ତ୍ର ପାଲଟିଯାଏ ଘନିଆ! ସେ ଯେତେ ଦୂରଦୂର କରେ ଘନିଆର ମନଟା ସେତେ ତା' ପାଇଁ ବିକଳ ହୁଏ। 'ପରୀ' ତା' ଆଗରେ ଅବିକଳ ଗାଁ ମୁଣ୍ଡ ଠାକୁରାଣୀ ଭଳି ସୁନ୍ଦରୀ ଦିଶେ। ଘନିଆ ଜାଣେ ପରୀର ମନର କୌଣସି ଅଂଶରେ ତା' ପାଇଁ କାଣିଚାଏ ଥାନ ମଧ ନାହିଁ। କିନ୍ତୁ ସେ ତାକୁ ମନଦେଇ ଭଲପାଏ।

ପରୀ ସହରରେ ପଢ଼େ। ମଝିରେ ମଝିରେ ଏଇ କୋଠାକୁ ମଙ୍ଗରାଜଙ୍କୁ ଭେଟିବାକୁ ଆସି ଦିନେ-ଦି' ଦିନ ରହେ। ପ୍ରତିଥର ପରୀ ସହିତ ଆସେ ଗୋଟେ ନାଲି ରଙ୍ଗରେ ମୁଣ୍ଡକୁ ରଙ୍ଗେଇଥିବା ପାତିଆ-ଗୋରା-ଡେଙ୍ଗା ଟୋକାଟେ। ସେ ଘନିଆକୁ ତେରଛେଇକି କଡ଼ା ନଜରରେ ଅଦେଖେ। କିସମ କିସମର ଖାଦ୍ୟ ବରାଦ୍ କରେ। ସତେ ଅବା ମଙ୍ଗରାଜଙ୍କ ଜ୍ୱାଇଁ ପୁଅ! ଘନିଆ ମନେ ମନେ ତା' ଉପରେ ରାଗେ। କିନ୍ତୁ ତା' ମନ ଆଉ ଆତ୍ମା ପୂରିଯାଏ ଯେବେ ସେ ଦେଖେ ତା' ପରୀ ମେମ୍‌ଙ୍କୁ। ନୀଲରଙ୍ଗର ଲମ୍ବ ଗାଉନ୍‌ରେ ପରୀକୁ ଯେତେବେଳେ ସେ ଦେଖେ

ସେତେବେଳେ ଘନିଆକୁ ମନେ ହୁଏ ସତେ ଯେମିତି ନୀଳ ଆକାଶର ଖଣ୍ଡ-ଖଣ୍ଡ ବଉଦ ଫାଙ୍କ ଦେଇ କେଉଁ ଅଜଣା ରାଇଜର ପରୀଟେ ଓହ୍ଲାଇ ଆସିଛି କି ! ଘନିଆ ଚାହିଁରହେ ପରୀକୁ। ପରୀର ଗୋରା ମୁହଁ ସରୁ କପାଳଟି ଉପରେ ଛୋଟିଆ କଳା ବିନ୍ଦି, ଢଳଢଳ ହରିଣୀ ଭଳି ଆଖି, ନାଲି ଓଠ। ଆଃ ! କି ସୁନ୍ଦରୀ ତା' ପରୀ! କିନ୍ତୁ ପରକ୍ଷଣରେ ଘନିଆର ଭାରି ରାଗ ଆସେ ସେ ସହରୀ ଟୋକାଟା ଉପରେ। ତାକୁ ଦେଖେଇ ହେଇ ପରୀ ମେମ୍ ଭାରି ସଜେଇ ହୁଅନ୍ତି, ଭଲିକି ଭଲି ଗାଉନ୍ ପିନ୍ଧନ୍ତି। ସେ ସହରୀ ଟୋକା ପାଖରେ ଥିଲାବେଳେ ପରୀ ଯେବେ ଖିଲିଖିଲି ହୋଇ ହସିଉଠେ, ଘନିଆର ମୁହଁଟା ସେତେବେଳେ ଉଦାସ ଦିଶେ, ଠିକ୍ ସଫା ଆକାଶରେ ଆସନ୍ନ ମେଘ ଭଳି !

ବେଳେବେଳେ ପରୀ ମେମ୍ ଅସୁସ୍ଥ ହୋଇପଡ଼ନ୍ତି। ମଙ୍ଗରାଜେ ଚିନ୍ତିତ ହୁଅନ୍ତି। ଘନିଆ ବିଷଣ୍ଣ ହୋଇ ପରୀକୁ ଲୁଚି ଲୁଚି ଦେଖିବାକୁ ଯାଏ। ସେଦିନ ପରୀ ପାଇଁ ଔଷଧ ଆଣିବାକୁ ମଙ୍ଗରାଜେ ଓ ସେ ସହରୀ ଟୋକାଟା ଗାଡ଼ି ଧରି ସହରକୁ ଯାଇଥିଲେ। ଖରାବେଳେ ଘନିଆ ଖାଇବାକୁ ଦେବାକୁ ଯାଇଥିଲା ପରୀକୁ। ପରୀ ଶୋଇବା ଘର କବାଟକୁ ଠକ୍ ଠକ୍ କରି ଭିତରକୁ ପଶିଥିଲା ଘନିଆ। ଦେଖିଲା ପରୀ ମେମ୍ ତା'ର ପୂରା ଧୋବଫରଫର ଗାଉନ୍ ପିନ୍ଧି ଶୋଇଛନ୍ତି। ଘନିଆର ଇଚ୍ଛା ହେଲା, ପରୀକୁ ଆଉ ଟିକେ ପାଖରୁ ସେ ଦେଖନ୍ତା କି ! ପାଖକୁ ଆଉ ଟିକେ ପାଖକୁ ଗଲା। ପରୀର ସେ ସୁନ୍ଦର ମୁହଁ ଉପରୁ ତା'ର ଆଖି ଫେରେଇବାର ଇଚ୍ଛା ନ ଥାଏ। କି ଆକର୍ଷଣ ପରୀର ଭରା ଦେହର ! ଅଜନ୍ତାର କୌଣସି ମୂର୍ତ୍ତି ଯେମିତି ଜୀବନ୍ତ ଭାବରେ ଖଟରେ ଅର୍ଦ୍ଧଶାୟିତ ଥିବା; କିନ୍ତୁ ଏ କ'ଣ ? ସେ କ'ଣ ସ୍ୱପ୍ନ ଦେଖୁଚି ? ପରୀ ହସି ହସି ତାକୁ ତାର ଆଖିରେ ଯେମିତି ଡାକୁଚି ! ତା'ର ନିବିଡ଼ତର ହେବାକୁ ନିମନ୍ତ୍ରଣ କରୁଚି। ଘନିଆ କିଛି ଭାବି ପାରୁ ନ ଥାଏ। ଅଭୁତ ନିଶାରେ ଯେମିତି ସେ ଅଚେତ୍ ହୋଇ ପଡ଼ୁଥାଏ। କେତେ ସମୟ ଯେ ସେଠି ଥିଲା ତା'ର ଠିକ୍ ମନେପଡ଼ୁ ନ ଥାଏ। ପ୍ରକୃତିସ୍ଥ ହୋଇ ବାହାରକୁ ବାହାରିଲା ବେଳେ ଘନିଆ ଅପରାଧୀ ଭଳି ନିଜକୁ ମନେ କରୁଥାଏ। ତା' ଦେହରୁ ଦି' କଂସା ଝାଳ ବୋହିଯାଇଥାଏ।

ମଙ୍ଗରାଜଙ୍କ ଗାଡ଼ିରେ ସେ ସହରୀ ଟୋକା ସହିତ ବେଳେବେଳେ ଗେରୁଆ ଧୋତିପିନ୍ଧା ଗୋଟେ ଲମ୍ବା-ଚଉଡ଼ା ବାଆଜିଟାଏ ଆସେ। ତା' ମୁଣ୍ଡରେ ଥାଏ ନାଲି ଟୋପା, ନାଲିଆ ଆଖି, ମୁଣ୍ଡ ଉପରେ ଠେକି ଭଳି ଢୁଲି ପଡ଼ିଥାଏ ଗୋଟେ ଜଟ ଗଣ୍ଠି। ସବୁବେଳେ ପୂଜା-ପାଠ, ମନ୍ତ୍ର-ଯନ୍ତ୍ର ଚାଲେ। ରାତି ଅଧରେ ବହୁଥର ମଙ୍ଗରାଜ ଓ ସେ ବାଆଜିଟାକୁ ମଶାଣିପଦା ଆଡ଼ୁ ସେ ଫେରିବା ଦେଖିଛି। ବେଳେବେଳେ

ଘନିଆକୁ ଭାରି ଡର ଲାଗେ ଓ ସେ ଭାବେ– "ଏତେ ଧନ-ସମ୍ପତ୍ତି ଥାଇ କି ଲୋଭରେ ମଙ୍ଗରାଜେ ଏସବୁ କରନ୍ତି କେଜାଣି"! ତଥାପି ମଙ୍ଗରାଜ ଓ ପରୀର ସୁରକ୍ଷା ଉଦ୍ଦେଶ୍ୟରେ ଘନିଆ ଠାକୁରଙ୍କୁ ନିଜ ପ୍ରାର୍ଥନା ଜଣାଏ। କିଛି ଅଧିକ ଟଙ୍କା ସଞ୍ଚି କମାରଶାଳ ଆଉ ଭଙ୍ଗା ଚାଲିଆଟାକୁ ଖଣ୍ଡେ ଖଣ୍ଡେ ପକେଇ ମଜବୁତ କରିଦେଲା ପରେ ମଙ୍ଗରାଜଙ୍କ ପାଖରୁ କାମ ଛାଡ଼ିଦେବ।

ସେଦିନ ସକାଳୁ ଘନିଆର ନିଦ ପୂରା ଭାଙ୍ଗି ନ ଥାଏ, ମଙ୍ଗରାଜେ ଆସି ହାଜର। ତାଙ୍କ ପଛକୁ ଠିଆ ହୋଇଥାଏ ସେଇ ବାଆଜି ଜଣକ। ଭୂତ ଦେଖିଲା ପରି ଘନିଆ ଚମକିପଡ଼ି ନିଜ ଉପରେ ନିଜେ ଛେପ ଲେଣ୍ଟେ ପକେଇଦେଲା। ଘନିଆ କିଛି କହିବା ପୂର୍ବରୁ ଭିତରକୁ ପଶି ଆସିଲେ ଦିହେଁ। ମଙ୍ଗରାଜେ ଅତି ସ୍ନେହରେ ଘନିଆ ମୁଣ୍ଡକୁ ଆଉଁଶି କହିଲେ, ଗୋଟେ ବଡ଼ ଖୁସି ଖବର ଘନିଆ! ବାଆଜି କ'ଣ କହିବାକୁ ଆସିଛନ୍ତି। ଘନିଆ ଡବଡବ କରି ଚାହିଁ ରହିଲା ବାଆଜିଙ୍କ ଆଡ଼େ। ବାଆଜି କହିଲା, ଆରେ ଏମିତି କ'ଣ ଚାହିଁଛୁ ଘନଶ୍ୟାମ! ତମେ ଏ ଘର ପାଇଁ ବାମନ ଦେବତା। ଏମାନେ ତମକୁ କେହି ଚିହ୍ନି ପାରିନାହାନ୍ତି। ତମ ପାଦ ପଡ଼ିବା ଦିନୁ ମଙ୍ଗରାଜଙ୍କ ଭାଗ୍ୟ ଉଦୟ ହୋଇଛି। ଆମେ ନିଷ୍ପତ୍ତି ନେଇଛୁ ପରୀ ସହିତ ତମର ବିବାହ ହେବ, ଆଉ ତମେ ଏ ଘରର ଜ୍ବାଇଁ ହେବ। କ'ଣ ଆମ କଥାରେ ରାଜି ତ ? ଘନିଆ ତା' ତକିଆ ପାଖକୁ ଢଳି ପଡ଼ିଥିବା ପାଣି ବୋତଲଟା ଆଣି ମୁହଁ ଲଗେଇ ପୂରା ବୋତଲ ଯାକ ପାଣି ଢକଢକ କରି ପିଇଗଲା। ସେ ସ୍ବପ୍ନ ଦେଖୁଚି ଭାବି ନିଜକୁ ନିଜେ ପୁଲାଏ ଚିମୁଟି ପକେଇଲା। ମଙ୍ଗରାଜେ କହିଲେ, ଯା ଘରକୁ ଯା। ଅରକ୍ଷିତିଆକୁ ସବୁ କଥା ଜଣେଇବୁ। ଆମେ ପଛେ ପଛେ ପରୀର ବାହାଘର ପ୍ରସ୍ତାବ ନେଇ ଯାଉଛୁ। ଆଜି ହିଁ ବାହାଘରଟା ସାରିଦେବା। ବାଆଜି ଶୁଭ ଦିନ ସ୍ଥିର କରିଛନ୍ତି।

ଘନିଆ ତଟସ୍ଥ-ଅବାକ୍ ହେଇ ସବୁ ଶୁଣୁଥାଏ। ହଠାତ୍ ତାକୁ ଲାଗିଲା, ଯେମିତି ରାତିକ ଭିତରେ ତା' ସ୍ବପ୍ନ ତାକୁ ସତରେ ଭେଟିବାକୁ ଚାଲି ଚାଲି ଆସିଛି। କେମିତି ଯେ ସେ ମଙ୍ଗରାଜଙ୍କ ଫାଟକ ଡେଇଁ ଗାଁ ଗୋହିରି ଟପି ତା' ବାପା ପାଖରେ ହାଜର ହେଲା ଜାଣିପାରିଲାନି। ସେ ଭାବୁଥାଏ– ଏମିତି କ'ଣ ସତରେ ହେଇପାରିବ ? ସତରେ ସେ ହେଇପାରିବ ଚନ୍ଦ୍ରଉଦିଆ ପରୀ ମେମ୍‌ର ସ୍ବାମୀ ! ଏତେ ସକାଳୁ ଘନିଆକୁ ଦେଖି ଅରକ୍ଷିତିଆ ଆଶ୍ଚର୍ଯ୍ୟ ହେଇପଡ଼ିଲା। ସେ କିଛି ପଚାରିବା ପୂର୍ବରୁ ଘନିଆ ଏକା ରାହାକେ ଆମୂଳଚୂଳ କହିଗଲା। ବାପ ତା'ର କହିଉଠିଲା– "କାଇଁ ତାଙ୍କ ଝିଅକୁ କ'ଣ ବର ଅଭାବ ଯେ ତତେ ବାହା କରିବେ ? ଦେଖ ଘନିଆ, ସେମାନେ ବଡ଼ ନୋକ। ତୋ ମୁଣ୍ଡରୁ ସେ ବାହାଘର ଭୂତ ଉତ୍ତୋରେଇ ଦେ।" ଘନିଆ କିନ୍ତୁ ଠୋ ଠୋ ହସୁଥାଏ।"

ଅରକ୍ଷିତିଆ କ'ଣ କହିବ ବୋଲି ଭାବିଲାବେଳକୁ ସେଦିନ ଚାଲିଆ ଆଗରେ ଗାଡ଼ି ରହିବାର ଶବ୍ଦ ଆଉ ଲୋକଙ୍କ ପାଟି ଶୁଭିଥିଲା। ବାପାର ହାତ ଦିଇଟାକୁ ନିଜ ହାତକୁ ଓଟାରି ଆଣି ଘନିଆ କହିଲା, ହେଇ ସେମାନେ ବୋଧେ ଆସିଲେଣି। ମୁଁ ତମଠୁ କେବେ ଦୂରେଇବିନି ବାପା, ବ୍ୟସ୍ତ ହୁଅନି। ଆମ ସବୁ ଦୁଃଖ ଯିବ! ଝିଅକୁ ବିଦା କଲା ପରି ହଠାତ୍ ଅରକ୍ଷିତିଆର କଣ୍ଠରୁଦ୍ଧ ହେଇଗଲା। ଘନିଆକୁ ଥରିଲା ହାତରେ କୁଣ୍ଢେଇ ପକେଇଲା ଅରକ୍ଷିତ। ଅରକ୍ଷିତକୁ ଆଶ୍ୱାସନା ଦେଇ ମଙ୍ଗରାଜ କହିଥିଲେ, ଆଜିଠୁ ତମ ପୁଅ ରାଜା ଭଳି ରହିବ। ତମର ଯାହା ଦରକାର ମୋତେ ଜଣେଇବ। ଚାଲ ମନ୍ଦିରରେ ସବୁ ପ୍ରସ୍ତୁତି ସରିଚି।

ବେଳେବେଳେ ନିଜର ପ୍ରିୟ ମଣିଷମାନଙ୍କୁ ଦୂରରେ ଛାଡ଼ି ଆସିଲେ ଛାତି ଭିତରେ କେମିତି ଗୋଟେ ଯନ୍ତ୍ରଣା ହୁଏ। ଘନିଆର ନିଜ ବୋଉ ମୁହଁ ମନେ ନ ଥିଲା, ବୁଢ଼ା ବାପଟାକୁ ଛାଡ଼ି ଆସିଲାବେଳେ ତାକୁ ଲାଗୁଥାଏ ଯେମିତି ତା' ଅନ୍ତବୁଜୁଳିଟା କିଏ କାଢ଼ି ନେଉଚି। ପରୀ ତା' ଈପ୍‌ସିତ ନାରୀ, ଆରାଧ୍ୟା ଦେବୀ। ସତରେ ଏତେ ଖୁସି କ'ଣ ତା' ଭାଗ୍ୟରେ ଲେଖା ଥିଲା ? ପରୀକୁ ନେଇ କେତେ କ'ଣ ଭାବୁ ଭାବୁ ଧଡ଼କରି ଗାଡ଼ିଟା ଆସି ରହିଲା ମଙ୍ଗରାଜଙ୍କ ସେ ବିରାଟ ପ୍ରାସାଦ ଆଗରେ। ନାଲି, ନେଲି, ହଳଦିଆ ଲିଚୁ ଆଲୁଅରେ ଦାଉ ଦାଉ ଜଳୁଥିଲା ମଙ୍ଗରାଜଙ୍କ କୋଠା। ଘନିଆର ଛାତି କୁଣ୍ଢେମୋଟ ହେଇଯାଉଥିଲା। ଘନିଆ ସବୁଦିନ ମଙ୍ଗରାଜଙ୍କ କୋଠାକୁ ପାଖରୁ ଦେଖିଛି। ସେଦିନ କେମିତି ତାକୁ ଭିନ୍ନ ଲାଗୁଥାଏ। କାରରୁ ଓହ୍ଲେଇଲା ବେଳକୁ ତା' ଛାତି ଗର୍ବ ଏବଂ ଅଭୂତ ପୁଲକରେ ପୂରି ଉଠୁଥାଏ। କାରଣ ତା' ପାଖକୁ ଲାଗି ଛିଡ଼ା ହୋଇଥାଏ ତା'ର ଅତି ପ୍ରିୟ ପରୀ। ଭିତରୁ ଭଣ୍ଡାରି ଘର ବୋଉ ଆସି ଦିହିଁଙ୍କର ଆରତି କଲା। ପରୀ ନିଜ ବେକରୁ ଫୁଲହାରଟାକୁ ତଳକୁ ଫିଙ୍ଗି, ଓଢ଼ଣାଟା କାଢ଼ି ଦୁମ୍ ଦୁମ୍ କରି ଘରେ ପଶିଗଲା। ଘନିଆ କିଛି ବୁଝି ନ ପାରି ମଙ୍ଗରାଜଙ୍କ ମୁହଁକୁ ଚାହିଁଲା। ମଙ୍ଗରାଜଙ୍କ ମୁହଁ ସତେ ଯେପରି ଅଭୂତ ଆତ୍ମବିଶ୍ୱାସରେ ଦାଉ ଦାଉ ହୋଇ ଜଳୁଥାଏ। ଘନିଆର ହାତ ଧରି ମଙ୍ଗରାଜେ ତାକୁ ଭିତରକୁ ନେଇଗଲେ। ପ୍ରକୋଷ୍ଠରେ ସୁଗନ୍ଧିତ ହେନା ଫୁଲ ସଜା ଗୋଟେ ପଲଙ୍କ ଉପରେ ତାକୁ ବସେଇଦେଲେ। କିଛି ସମୟ ପରେ କେହି ଜଣେ ଚୂନା ଚୂନା କଟା ଫଳରୁ ଗୋଟେ ଥାଲି ତାକୁ ଖାଇବାକୁ ଦେଇ ଚାଲିଗଲା। ଘନିଆର ପେଟ ଭୋକରେ ଆଉଟୁପାଉଟୁ ହେଉଥାଏ। କିଛି ନ ଭାବି ସେ ଖାଇବା ଆରମ୍ଭ କଲା ଆଉ ଗ୍ରାସକେ ଶେଷ ମଧ କରିଦେଲା। ହଠାତ୍ ପାଉଁଜିର ଛମ୍‌ଛମ୍ ଶବ୍ଦ ଶୁଣି ଦୁଆର ଆଡ଼କୁ ଦେଖିଲା ବେଳକୁ ପରୀ ଛିଡ଼ା ହୋଇଥିଲା। ତା' ପଛେ ପଛେ ସେଇ ସହରୀ ଟୋକା ଓ ବାଆଜି। କବାଟଟାକୁ ବନ୍ଦ କରି ପରୀ ଆସି

ପଲଙ୍କ ଉପରେ ବସିଲା। ବାଆଜିଙ୍କୁ ମଙ୍ଗରାଜେ ଚାହିଁ ପଚାରିଲେ, କ’ଣ ପୂଜା ଆରମ୍ଭ କରିବା। ଘନିଆ ଭାବୁଥାଏ ପୁଣି କି ପୂଜା! ମଙ୍ଗରାଜ ଉଭୟଙ୍କୁ ଚାହିଁ ହା ହା ହୋଇ ପାଗଳଙ୍କ ପରି ହସୁଥିଲେ। ଆଉ ତାଙ୍କ ସହିତ ଜୋରରେ ହସୁଥିଲା ପରୀ। ଘନିଆ କିଛି ବି ବୁଝିବା ପୂର୍ବରୁ ତା’ ମୁହଁ ଉପରକୁ ଗିଲାସେ ହେବ ପାଣି ଫିଙ୍ଗି ସେ ସହରୀ ଟୋକା କହିଲା, ତୋର ତ ଭାରି ସାହସ ରେ, ମୋ ପରୀର ପଲଙ୍କ ଉପରେ ବସିପଡ଼ିଲୁ? କୋଉଠି ସେ ଆଉ କୋଉଠି ତୁ? ତୁ ଛାର ବାମନ ହୋଇ ଚନ୍ଦ୍ରକୁ ପାଇବୁ ବୋଲି ଭାବୁଚୁ, ନୁହେଁ? ପରୀ ବିବାହିତା, ଆଉ ମୁଁ ମଙ୍ଗରାଜଙ୍କ ଜ୍ୱାଇଁ। ସେହିକ୍ଷଣି ମଙ୍ଗରାଜ କହିଲେ, ବାଆଜିଙ୍କ କହିବା ଅନୁସାରେ ଧର୍ମକୁ ସାକ୍ଷୀ ରଖି ସର୍ବସମକ୍ଷରେ ଧର୍ମ ଦାଣ୍ଡରେ ତତେ ଜ୍ୱାଇଁ କରିବାକୁ ହେବ ବୋଲି ଏତେ ନାଟ। ତୁ ତ ଚୁଚୁନ୍ଦ୍ରାଟେ ପରି ହେଇଚୁ। ତୋ ବହର୍ପ କେତେ! ମୋ ଝିଅ ପାଦଧୂଳିକୁ ବି ତୁ ଯୋଗ୍ୟ ନୁହେଁ। ବାମନଟେ ରହିଲେ ମୋ କୋଠା ପୂରିବ ବୋଲି ତୋତେ ଉପାୟ କରି ଆଣିବାକୁ ହେଲା। ଆଜିଠୁ ତୁ ଏଇ ଘରେ ନଜରବନ୍ଦୀ। ତୁ ଥିବା ଯାକ ମୋ ସମ୍ପତ୍ତି ପ୍ରତିପତ୍ତି ସବୁ ବଢ଼ିଚାଲିବ।” ହସୁଥାନ୍ତି ମଙ୍ଗରାଜେ। ମୁର୍ମୁର୍ ହସୁଥାନ୍ତି ବାବାଜି ଓ ପରୀ। ସେ ସହରୀ ଟୋକାଟା ହଠାତ୍ ଗୋଟେ ମୋଟା ଜଞ୍ଜିର ଆଣି ବାନ୍ଧି ପକେଇଲା ଘନିଆର ଗୋଡ଼ହାତ। ମଙ୍ଗରାଜ କହିଲେ, “ହେଇ ଅନା! ଯାହା ଖାଇବା କଥା ଆମେ ଦେଇଯିବୁ। ତୁ ଏଇ ଘରେ ରହିବୁ। ମୁଁ ତୋ ପୂଜା କରିବି।”

ପୂଜା ଚାଲିଲା। ଦୂବ, ବରକୋଳି, ଫୁଲ ଓ ହୁଳହୁଳି ପଡ଼ିଲା। ବଳି ପଡ଼ିବାକୁ ଯାଉଥିବା ଗୋଟେ ଛେଳି ଛୁଆ ପରି ଛଳଛଳ ଦିଶୁଥାଏ ଘନିଆ। ହେ ଭଗବାନ! ଶେଷକୁ ଏଇଆ ଭୋଗିବାକୁ ଥିଲା। ବାପର ନିରୀହ ମୁହଁଟା ତା’ର ମନେପଡ଼ିଯାଉଥାଏ। ଏମାନେ ଯଦି ଏମିତି ବାନ୍ଧିକି ରଖିବେ ତା’ ବାପା ପାଖକୁ ଆଉ କ’ଣ ସେ ଯାଇ ପାରିବ? ତା’ ବାପାକୁ ଟଙ୍କା ପଇସା ନ ଦେଲେ ସେ ଚଳିବ କେମିତି?

ଦୀର୍ଘ ନଅ ମାସ ବିତିଯାଇଥିଲା। ଘନିଆକୁ ଖାଇବାରେ ମିଶେଇ କ’ଣ ଦିଅନ୍ତି କେଜାଣି ଖାଇସାରି ବେହୋସ ହେଲା ପରି ସେ ପଡ଼ିରହେ। ଚାଳିଶ ବର୍ଷର ଭେଣ୍ଡିଆ ଘନିଆର ଗୋଡ଼-ହାତ-ପାଦରେ ବଳ ନ ଥାଏ। କିନ୍ତୁ ନ ଖାଇଲେ ବି ସେ ବଞ୍ଚିବ କେମିତି? ମନ୍ଦିର ଠାକୁର ଠାକୁରାଣୀଙ୍କ ଗାଧୁଆ କର୍ମ ପରି ସକାଳୁ ମଙ୍ଗରାଜେ ଆସି ତାକୁ ଜଞ୍ଜିର ମୁକ୍ତ କରି ସେଇ ଘରେ ଶୌଚ ହେବା ପାଇଁ ଛାଡ଼ି ଦିଅନ୍ତି। ଦେହରେ ବଳ ନ ଥିବା ସତ୍ତ୍ୱେ କୌଣସି ପ୍ରକାରେ ନିଜ ନିତ୍ୟକର୍ମ ସାରିଦିଏ ଘନିଆ। ଖାଇବା ପିଇବା ସାରିବା କ୍ଷଣି ମଙ୍ଗରାଜେ ତାକୁ ପୁଣି ଜଞ୍ଜିରରେ ବାନ୍ଧି ଦେଇ ଦୁଆର ବନ୍ଦ କରି ଚାଲିଯାନ୍ତି।

ଆଜି ଘନିଆର ପାଦର ଶିକୁଳିଟା ପକେଇଲା ବେଳକୁ ହଠାତ୍ ସହରୀ ଟୋକା ଆସି ବଡ଼ ପାଟିରେ ମଙ୍ଗରାଜଙ୍କୁ ଡାକ ପକେଇଥିଲା– "ଜଲ୍‌ଦି ଆସନ୍ତୁ– ପରୀକୁ ଡାକ୍ତରଖାନା ନେବାକୁ ହେବ ।" ମଙ୍ଗରାଜେ ଅନ୍ୟମନସ୍କରେ ଶିକୁଳି ପକେଇବାକୁ ଭୁଲିଗଲେ କି କ'ଣ । ଘନିଆର ଦି ବାହାକୁ ଧରି ଅତି ଖୁସିରେ ବଡ଼ ପାଟିରେ କହିଲେ, ଆରେ ମୁଁ ଅଜା ହେବାକୁ ଯାଉଚିରେ ଘନିଆ ! ତୁ ଭାରି ମଙ୍ଗୁଳିଆ । ମୋ ଝିଅ ଦୀର୍ଘ ବର୍ଷ ପରେ ମା' ହେବ । ତୁ ଜାଣିଚୁ ବାବାଜି କହିଥିଲେ, "ତୁ ଘରେ ରହି ପୂଜା ପାଇଲେ ମୋର ସବୁ ସମସ୍ୟା ଠିକ୍ ହେଇଯିବ । ଏଇ ଦେଖ ! ମୋ ଝିଅର କୋଳ ପୂରିବ । ତୁ ଥା" କହି ମଙ୍ଗରାଜେ ବାହାରକୁ କ୍ଷିପ୍ର ଗତିରେ ଚାଲିଯାଇଥିଲେ ।

ଘନିଆର ଆଖି ଆଗକୁ ମାଡ଼ିଆସିଲା ସମୁଦ୍ର ଅନ୍ଧାର ! ନିଶାସକ୍ତ ଭଳି ସେଇଠି ସେ ଢଳିପଡ଼ିଲା । ଯେତେ ଚାହିଁଲେ ବି ଆଉ ବଳ ସଞ୍ଚୟ କରିପାରିଲାନି ।

ଅରକ୍ଷିତ ବିଚଳିତ ଅବସ୍ଥାରେ ଘରୁ ବାହାର ଓ ବାହାରୁ ଘର ହେଉଥିଲା । ଧୂଳି ଉଡ଼େଇ ତା'ରି ଘର ବାଟେ ମଙ୍ଗରାଜଙ୍କ ଗାଡ଼ି ଗଲାବେଲେ ସେ ଦେଖିଲା ଗାଡ଼ିରେ ସମସ୍ତେ ଥିଲେ, ହେଲେ ଘନିଆ ନ ଥିଲା ! ବା'ଘରର ଆସି ବରଷେ ପୂରିବାକୁ ହେଲାଣି । ବା'ଘରର ପ୍ରଥମେ ପ୍ରଥମେ ମଙ୍ଗରାଜଙ୍କ ଡ୍ରାଇଭର କିଛି ଟଙ୍କା ଆଣି ଅରକ୍ଷିତିଆର ହାତରେ ଗୁଞ୍ଜି ଦେଇ ଯାଇଥିଲା । ଯା' ଭିତରେ ଆଠ ନଅ ମାସ ହେଲାଣି । ନା ଘନିଆ ଆସିଛି, ନା ବୁଢ଼ା ବାପର ପଥ ପାଇଁ ଘରେ ଟଙ୍କାଟେ ଅଛି କି ନାଇଁ ବୁଝିଛି । ନା, ଆଉ ଘନିଆକୁ ଅପେକ୍ଷା କରି ଅଭିମାନରେ ମୁହଁ ମାରି ରହିଲେ ହେବନି – ଭାବି ଅରକ୍ଷିତିଆ ହାତରେ ବାଡ଼ି ଖଣ୍ଡେ ଧରି ଜମିଦାରଙ୍କ କୋଠିମୁହାଁ ଆସିଥିଲା ।

ଅରକ୍ଷିତ ବଡ଼ ପାଟିରେ ପଚାରୁଥିଲା, ଘନ–ଘନରେ–ଏ ଘନିଆ । ଆରେ ଏ କି ଅବସ୍ଥା ତୋର ? କିଏ ତୋତେ ଏମିତି ଏ ଅନ୍ଧାରିଆ ଘର ଭିତରେ ପଶୁ ପରି ଜଞ୍ଜିରରେ ବାନ୍ଧିଚି ? ଏ ଘନ... ବାପାରେ ! ଘନିଆ ମଥାରେ ବଡ଼ ଟୋପାଏ ସିନ୍ଦୂର । ବେକରେ ନାଲି ମନ୍ଦାର ହାର । ଘରସାରା ବିଞ୍ଚି ହେଇ ପଡ଼ିଛି ଦୂବ, ବରକୋଳି ପତ୍ର ଓ ଅରୁଆ ଚାଉଳ । ଅରକ୍ଷିତକୁ ତା' ଆଖି ଆଗ ଜଗତଟା ଯେମିତି ଉଚ୍ଛନ୍ନ ହୋଇପଡ଼ିଲା ପରି ଲାଗୁଥାଏ । ଚାରିଆଡ଼କୁ ଚାହିଁ, ଖାଇବା ଥାଲି ପାଖରେ ଥିବା ପାଣି ଗିଲାସକୁ ଆଣିଲା । ଘନିଆ ମୁହଁକୁ ଆଣ୍ଠୁଳାଏ ହବ ପାଣି ଛାଟିଲା । ଘନିଆର ଶିକୁଳି ସବୁକୁ ତରତର ହୋଇ ଖୋଲି ତାକୁ ନିଜ କୋଳରେ ଶୁଆଇ ଦେଲା । ତା' ହାତ ଗୋଡ଼ର ଜାମୁକୋଲିଆ–ଜଞ୍ଜିର ବନ୍ଧା ଚିହ୍ନ ଦେଖି କୋହ ସମ୍ଭାଲି ପାରୁ ନ ଥାଏ ଅରକ୍ଷିତ ।

– ଆରେ ଏଇଆ ଦେଖିବାକୁ ମୁଁ ବଞ୍ଚିଥିଲି । ଏ ଘନା– ବାପାରେ । ଟିକେ ଆଖି ଖୋଲ୍ । ଦେଖ ତୋ ବାପା ଆସିଚି ପରା ।

ବୁଢ଼ା ଅରକ୍ଷିତ ନାୟକ ଆଖିରୁ ଲୁହ ଯେମିତି ସରୁ ନ ଥାଏ । ଭଳକି ନିରିଖେଇକି ଘନିଆ ମୁହଁକୁ ଦେଖିଲା । ତାକୁ ମନେ ହେଉଥାଏ, ଘନିଆ ଦିହରେ ଜୀବନ ନାହିଁ । ବୁଢ଼ା ନିଜ ଶକ୍ତି ଅନୁସାରେ ଘନିଆ ଦେହଟାକୁ ଜୋର୍‌ରେ ଜାବୁଡ଼ି ଧରି କାନ୍ଦି ଉଠିଲା । ବୁଢ଼ାକୁ ଲାଗିଲା ଘନିଆର ହାତ ଟିକେ ହଲୁଚି । ବୁଢ଼ା କାନ୍ଦ ଚାପି ଟୋପାଏ ପାଣି ତା' ମୁହଁରେ ଦେଲା । ଏଥର ଘନିଆ ପାଟି ପାକୁ ପାକୁ କରି ସେସବୁକୁ ଢୋକିନେଲା । ବୁଢ଼ା ଖୁସିରେ ଉଚ୍ଛୁଳି ପଡ଼ିଲା । ଏଥର ଘନିଆକୁ ନିଜ କୋଳରୁ ତଳେ ଶୁଆଇଦେଇ ଆଉ ଆଞ୍ଜୁଳାଏ ପାଣି ଆଣି ତା' ତାଳୁ, ମୁହଁ ଓ ବେକରେ ପୋଛି ତାକୁ ସାନ୍ତ୍ୱନା କରିବାକୁ ଚେଷ୍ଟା କଲା । ଘନିଆ ଧୀରେ ଧୀରେ ଆଖି ଖୋଲିଲା । ସେ ଅରକ୍ଷିତକୁ ଆଖି ଆଗରେ ଦେଖି ବିଶ୍ୱାସ କରିପାରୁ ନ ଥାଏ । ନିଦରୁ ଚାଉଁକିନା ଉଠିଲା ପରି ଘନିଆ ପାଟିକରି କହିଲା, "ବାପା ! ମୋ କଥା ଏତେ ଦିନରେ ମନେପଡ଼ିଲା ?" ଘନିଆକୁ ତା' ବାପା କୋଳେଇ ନେଲା ଠିକ୍ ମା'ଟେ ଭଳି । ଘନିଆ ଖନେଇ ଖନେଇ କହୁଥାଏ– ମୋତେ ଏଠୁ ନେଇଯା ବାପା ! ଏମାନେ ମୋତେ ମାରିଦେବେ । ପରୀର ପିଲାପିଲି ହବ ଶୁଣି ମଙ୍ଗରାଜେ ଖୁସିରେ ସବୁ ଭୁଲିଗଲେ । ହେଲେ ତମେ କେମିତି ଆସିଲ ଏଠିକୁ ? ଅରକ୍ଷିତ ଆଖିରୁ ଲୁହ ପୋଛି କହିଲା, "କେହି କହିନାହାଁତିରେ ! ମୁଁ ତୋ ବାପାଟି ! ମା' ମନ ଆଉ ବାପା ହୃଦୟ ସମାନ ।" ଘନିଆ କହିଲା, "ବାପା ଏସବୁ କହିବାର ସମୟ ଏବେ ନାହିଁ । ମୋ ହାତ–ପାଦରେ ବଳ ନାହିଁ । ମୋତେ ଏଠୁ କେମିତି ହେଲେ ନେଇ ଚାଲ । ସେ ବାଆଜି କଥାରେ ପଡ଼ି ମୁଁ ବାମନ ବୋଲି ମୋତେ ପୂଜା କରୁଛଁତି । ଏମିତି କଲେ କାଲେ ତାଙ୍କ ଧନ ବଢ଼ିଚାଲିବ ! ମୁଁ ଚାଲିଗଲେ ସବୁ ନଷ୍ଟ ହେଇଯିବ । କାଲେ ମୁଁ ଏଠୁ ଚାଲିଯିବି ସେଇଥିପାଇଁ ଫନ୍ଦିଫିକର କରି ବା'ଘର କଲେ ଆଉ ଏମିତି ବାନ୍ଧି ରଖିଥିଲେ ।"

ଅରକ୍ଷିତ ପଚାରିଲା, "ଯଦି ଏମିତି କରିବାର ଥିଲା ସେମାନେ ବାହା କଲେ କାହିଁକି ?"

"ନ ହେଲେ ମୋତେ ଏଠି ରଖିଥାନ୍ତେ କେମିତି ? ଗାଁ ଲୋକଙ୍କ ଆଗରେ ଧରାପଡ଼ିଯିବା ଭୟରେ ଏମିତି କଲେ । ତମେ ବି ମୋତେ ଖୋଜିଥାନ୍ତ । ହଉ ବାପା ମୋ ହାତକୁ ଟିକେ ଧରିଲ, ମୁଁ ଉଠେ । ସେମାନେ ଆସିବା ପୂର୍ବରୁ ଆମେ ଏଠୁ ଚାଲିଯିବା । ଫାଟକ ପାଖରେ ଜଗୁଆଳି ଥିବ । ଆମେ ପାଚେରି ପଛପଟ ଦେଇ ବାହାରିଯିବା ।"

ଅରକ୍ଷିତ ଘନିଆର ବାହାକୁ ଧରି ଉଠେଇଲା । ଏତେ ଦିନ ହେଲା ହାତ–ପାଦ ବନ୍ଧାଥିବାରୁ ଘନିଆ ଠିକ୍ ଭାବରେ ଚାଲିପାରୁ ନ ଥାଏ । ଅରକ୍ଷିତ ଫାଟକ ଆଗରେ

ଜଗୁଆଳି ନ ଥିବା କଥା କହିବାରୁ ଘନିଆ ଉପରକୁ ମୁହଁ କରି ହାତଯୋଡ଼ି କହିଲା, "ମୁଁ ଜାଣିଥିଲି ପ୍ରଭୁ ! ତମେ ହିଁ ମୋତେ ଉଦ୍ଧାରିବା ପାଇଁ ମାୟା ରଚିଲ । କେହି କୁଆଡ଼େ ନାହାନ୍ତି ଆଉ ମୋ ବାପା ମୋ ସହିତ ।" ଘନିଆ ଧୀରେ ଧୀରେ ନିଜ ଭିତରେ ଯେମିତି ପୂର୍ବଶକ୍ତି ଫେରି ପାଇବା ପରି ଅନୁଭବ କଲା । ଅରକ୍ଷିତ ଓ ଘନିଆ ହାତ ଧରାଧରି ହୋଇ ପଞ୍ଚପାଖ ପାଚେରି ଦେଇ ବାହାରକୁ ବାହାରି ଜଙ୍ଗଲମୁହାଁ ହେଲେ । ଅରକ୍ଷିତ ଘନିଆକୁ କହିଲା, "ଗାଁ ଛାଡ଼ି କୁଆଡ଼େ ଯିବା ଘନ ? ସେମାନେ ବଡ଼ ଲୋକ । ଆମକୁ ସେମାନେ ଧରି ଦେବେରେ ।" ଘନିଆ ଜଙ୍ଗଲ ଭିତରକୁ ପଡ଼ିଥିବା ସେ ଲମ୍ବା ରାସ୍ତା ଆଡ଼କୁ ଚାହିଁଥାଏ । ଅଭୁତ ଆତ୍ମବିଶ୍ୱାସରେ ତା' ମୁହଁ ଉଜ୍ଜ୍ୱଳି ଉଠୁଥାଏ । ବେଶୀ ଦିନ ଆମକୁ ରହିବାକୁ ପଡ଼ିବନି, ଆମେ ପୁଣି ଫେରିବା ବାପା ! ମୁଁ ବାମନ ! ବାମନ ଅବତାର !"

ଅରକ୍ଷିତ ବଲବଲ କରି କିଛି ନ ବୁଝିବା ପରି ଘନିଆକୁ ଚାହିଁ ତା' ହାତ ଧରି ଚାଲିଥାଏ । କ୍ରମେ ବାପ-ପୁଅ ଘଞ୍ଚ ଜଙ୍ଗଲରେ ଅଦୃଶ୍ୟ ହେଇଗଲେ । ମୁହଁସଞ୍ଜ ବେଳକୁ ସହରରୁ କେହି ଜଣେ ଆସି ସରପଞ୍ଚ ପଞ୍ଚୁଆ କାନରେ ଫିସ୍ ଫିସ୍ କହିଲା, "ବଡ଼ ଅନର୍ଥ ହୋଇଗଲା । ଏତେ ଦିନ ପରେ ମଙ୍ଗରାଜଙ୍କର ନାତିଟିଏ ହେଲା ଯେ ଅବିକଳ ଘନିଆ ପରି ବାମନ ! ତାକୁ ଦେଖିଦେବା ପରଠାରୁ ମଙ୍ଗରାଜଙ୍କର ଚେତା ବୁଡ଼ିଯାଇଛି ।"

ଅପାଙ୍ଗ

କିଛି ସ୍ମୃତି ଦୁଃସ୍ୱପ୍ନ ଭଳି ବିଚଳିତ କରିଦିଏ ମଣିଷକୁ। ଯେତେ ଚାହିଁଲେ ବି ଭୁଲିହୁଏନି। ଏଇ ଯେମିତି ଭୁଲିପାରିନି ସ୍ନିଗ୍ଧା ବିଗତ ଦି' ବର୍ଷ ତଳେ ଛାଡ଼ିଆସିଥିବା ତିକ୍ତ ସଂପର୍କର ଫର୍ଦ୍ଦକୁ। ସ୍ମୃତିକୁ କ'ଣ କବାଟ ରୁଦ୍ଧ କରି ବନ୍ଦ ଦେଇ ଆବଦ୍ଧ କରି ହୁଏ? ସେ ତ ଧସେଇ ପଶେ ଅଦିନିଆ ଘୂର୍ଷିଝଡ଼ ପରି। ସେସବୁ ମନେପଡ଼ିଗଲେ ସ୍ୱାଭାବିକ ସ୍ଥିତିକୁ ଫେରିପାରେନି ସ୍ନିଗ୍ଧା। ଏମିତି ସମୟରେ ସ୍ନିଗ୍ଧାର ଅନୁଭବ ହୁଏ ଯେ ତା' ସମୟ ଆଦୌ ବିତୁ ନାହିଁ, ସ୍ଥିର ରହିଛି ଗୋଟିଏ ଜାଗାରେ ଅଚଳାୟତନ ପରି। ଛାତି ଥରେଇ ଦୀର୍ଘଶ୍ୱାସ ବାହାରିଆସେ, ସେଇ ଦୀର୍ଘଶ୍ୱାସରେ ତାତିଯାଏ ତା'ର ସରୁ ନ ଥିବା ସମୟ, ଅସ୍ତବ୍ୟସ୍ତ ଏକଲାପଣ ଏବଂ ଅସହାୟ ମାତୃତ୍ୱ।

କି ପ୍ରକାର ଜୀବନ ଇଏ! ମନେପଡ଼େ ପଛରେ ଛାଡ଼ିଆସିଥିବା ବିଫଳ ଦାମ୍ପତ୍ୟ। ମିଠି ଚୁପଚାପ୍ ଶୋଇଛି ଖଟ ଉପରେ। ତା'ର ଅଲରା ବାଳତକ ଝୁଲିପଡ଼ିଛି ମୁହଁ ଉପରକୁ। ସେ ଦିଶୁଛି ଗୋଟେ ବିବର୍ଣ୍ଣ-ବିଷଣ୍ଣ ମୃଣ୍ମୟୀ ପ୍ରତିମା ପରି। ସ୍ନିଗ୍ଧାର ମା' ମନ ବିକଳ ହୋଇ ଉଠିଲା। ସେ ଉଠିଯାଇ ଝିଅର ଅଲରା ବାଳକୁ ସଜାଡ଼ିଦେଇ ତା' ଦୁଇ ଗାଲରେ ଆଙ୍କିଦେଲା ଦୁଇ ଗାଢ଼ ଚୁମା। ପଛକଥାଗୁଡ଼ିକ ଆଉ ଥରେ ତା'ର ମନେପଡ଼ୁଥିଲା। ଯେତେ ଅନାଦର କଲେ ବି ଅତୀତ ଆଜି ଦୂରେଇ ଚାଲିଯାଉ ନାହିଁ। ଅପମାନହୀନ ଅତିଥି ନୁହେଁ, ଅନ୍ତରଙ୍ଗ ସଖୀଟିଏ ପରି ପାଖରେ ଥାଏ ଅଦୃଶ୍ୟରେ। ଯିଏ ମନେପକେଇଲା କ୍ଷଣି ପାଖକୁ ଧାଇଁଆସେ। ଗୋଟି ଗୋଟି ହୋଇ ସ୍ନିଗ୍ଧାର ମନେପଡ଼ୁଛି ଅତୀତ।

ବାରବର୍ଷ ତଳେ ସମ୍ୟିତ୍ଙ୍କ ସହ ତା' ବାହାଘରର ସେଇ ପର୍ବ କେତେ ସ୍ୱପ୍ନିଳ ନ ଥିଲା! ଆଭିଜାତ୍ୟ ସାମନ୍ତରା। ବଂଶର ବୋହୂ ଭାବରେ ଯେତିକି ନୁହେଁ, ସମ୍ୟିତ୍ଙ୍କ ଭଳି ଉଦ୍ୟୋଗପତିଙ୍କ ସ୍ତ୍ରୀ ଭାବରେ ସେଦିନ ସ୍ନିଗ୍ଧା ମନେ ମନେ ଗର୍ବ ଅନୁଭବ କରିଥିଲା। ଶାଶୁଘର ଲୋକଙ୍କ ଭିତରେ ତା'ର ସ୍ଥିତି କିଛି ଉଲ୍ଲେଖନୀୟ ନ ଥିଲା ବୋଲି ସେ ଜାଣିଥିଲା। ନିମ୍ନମଧ୍ୟବିତ୍ତ ଘରର ଝିଅଟିଏ ପ୍ରତିପତ୍ତିଶାଳୀ ପରିବାରରେ

ବାହାହେଲେ ଏମିତି ହୁଏ । ଶ୍ୱଶୁରଙ୍କ ପ୍ରତିପଭି ସମ୍ମୁଖରେ ନିଜ ବେତନଭୋଗୀ ବାପାଙ୍କ ସୀମିତ ଆୟ ଓ ତେଲ-ଲୁଣର ହିସାବୀ ଜୀବନକୁ କଳ୍ପନା କରି ସେଦିନ ସେ ସଙ୍କୋଚ ଅନୁଭବ କରିଥିଲା । ସ୍ୱପ୍ନାକୁ ଚାକଚକ୍ୟପୂର୍ଣ୍ଣ ଶାଶୁଘର ରାଜପରିବାରର ପ୍ରାସାଦ ଭଳି ମନେ ହୋଇଥିଲା । ଚାରିମହଲା କୋଠାର କୋଠରି ଭିତରେ ଦୁର୍ଲ୍ଲଭ ଆସବାବକୁ ଛୁଇଁବା ବେଳେ ସ୍ୱପ୍ନା ଭୟ କରୁଥିଲା । ମନ୍ଦିରରୁ ଫେରି ଶାଶୁ ସାତଟା ବେଲପତ୍ର ଧରି ସ୍ୱପ୍ନାର ମୁଣ୍ଡ ଚାରିପାଖରେ ସାତଥର ବୁଲେଇ ଆଣନ୍ତି, ଆଉ ବଂଶ ଉଦ୍ଧାର କରିବାକୁ ଶିବଶମ୍ଭୁ ନିଜେ ଆସିବେ କହି କଳ୍ୟାଣ କରନ୍ତି । ସ୍ୱପ୍ନା ଏସବୁ ଶୁଣି ଧାରେ ହସ ହସିଦେଉଥିଲା । କାହିଁକି କେଜାଣି ମନ ଭିତରଟା ତା'ର ଅଜଣା ଭୟରେ ଶିହରି ଉଠୁଥିଲା । ମନର ଆଶଙ୍କା ବେଲେବେଲେ ସତ ହୁଏ ବୋଲି ସେଦିନ ସେ ଜାଣିଲା, ଯେଉଁଦିନ ସ୍ୱପ୍ନାର କୋଳ ପୂରେଇ ପୁଅ ନୁହେଁ ଝିଅଟିଏ ଜନ୍ମହେଲା । ମେଡିକାଲ୍ ବାହାରେ ଅପେକ୍ଷା କରିଥିବା ଶ୍ୱଶୁର ଓ ସମ୍ମିତ୍ ଝିଅଜନ୍ମ କଥା ଶୁଣି ମୁହଁ ଶୁଖେଇ ଦେଇଥିଲେ ବୋଲି ଗୋଟେ ନର୍ସଠାରୁ ପରେ ଖବର ପାଇଥିଲା ସ୍ୱପ୍ନା । ମେଡିକାଲରୁ ଡିସଚାର୍ଜ ହେବା ଦିନ ଅଜଣା ମର୍ମବ୍ୟଥାରେ ସ୍ୱପ୍ନାର ମନ ଆଉଟୁପାଉଟୁ ହୋଇଥିଲା । କୋଳରେ ଧରିଥିବା ଛୁଆଟିକୁ ଛାତି ଆଡ଼କୁ ଆଉଜେଇ ଆଣ୍ତୁ ଆଣ୍ତୁ ସ୍ୱପ୍ନାର ଆଖିରୁ ଟପଟପ ଲୁହ ଦି'ବୁନ୍ଦା ନିଗିଡ଼ି ପଡ଼ିଥିଲା ସେଦିନ । ତାକୁ ଶଙ୍ଖୁଲିବାକୁ ରାଜମହଲ ପରି ଶାଶୁଘର ଆଗରେ ଚପରାସୀଟିଏ ଛିଡ଼ା ହୋଇଥିଲା । ସ୍ୱପ୍ନାର ଆଖି ଖୋଜୁଥାଏ ସମ୍ମିତଙ୍କୁ । ମନେପଡୁଥାଏ, ପ୍ରସବ ଯନ୍ତ୍ରଣା ଭୋଗି ମେଡିକାଲକୁ ଆସିବା ଦିନର କଥା । ସେ କହିଥିଲେ- "ମୋ ପାଇଁ ଠିକ୍ ମୋରି ପରି ଗୁଲୁଗୁଲିଆ ପୁଅଟିଏ ଆଣିବୁ ।" ଏକଥା ଭାବି ସ୍ୱପ୍ନାର ପାଟି ଶୁଖିଯିବା ପରି ଲାଗୁଥିଲା । ଶୋଇବା ଘର ଭିତରକୁ ପଶି ସମ୍ମିତଙ୍କୁ ଖଟ ଉପରେ ଶୋଇବା ଦେଖି ଖୁସିରେ ଅଧୀର ହୋଇଥିଲା ସେ । କିନ୍ତୁ ଝିଅକୁ ତାଙ୍କ ପାଖରେ ଶୁଆଇ ଦେଉ ଦେଉ ସମ୍ମିତ୍ ବଡ଼ପାଟିରେ ଚିକ୍କାର କରି ଉଠିଥିଲେ, "ଏଠି ନୁହେଁ ସେଇଠିକୁ ଦି'ଜଣ ଯାଆ" ସ୍ୱପ୍ନା ଚାହିଁ ଦେଖିଥିଲା, ଶୋଇବା ଘରର ଗୋଟିଏ କୋଣକୁ ଖଟଟିଏ ପଡ଼ିଛି । କିଛି ନ ଭାବି ଝିଅକୁ ତା' ଉପରେ ଶୁଆଇ ଦେଇ ନିଜେ ଟିକେ ଗଡ଼ିପଡ଼ିଥିଲା । ତା' ପରଦିନଠୁ ଦେଖେଇ-ଶିଖେଇ ସମସ୍ତଙ୍କର କହିବା ଆରମ୍ଭ ହୋଇଯାଇଥିଲା । ସମ୍ମିତ୍ ଓ ଶ୍ୱଶୁରଙ୍କ ମୁହଁରୁ ହସ ଉଭେଇ ଯାଇଥିଲା । ଏକୋଇଶିଆ ଦିନ ସ୍ୱପ୍ନାର ଭାଇ ଆସି ଏକୋଇଶିଆ ବ୍ୟବସ୍ଥ କରିଥିଲା ।

ପୁରୋହିତ ନାମ ଦେଇଯାଇଥିଲେ- ଶିବାଙ୍ଗୀ ।

ହାତ-ଗୋଡ଼ ଛାଟୁଥିବା ଛୁଆଟା ଗାଲରେ କଲାଟିପା ଦେଇ କହିଲେ, "ଏ ତ ଲଢୁପରି ହେଇଛି, ଡାକ ନାଁ ଦେବା ମିଠି ।" ଏହା ଭିତରେ ଅନେକ ବର୍ଷ

ବିତିଯାଇଛି। ମିଠିର ସୁନ୍ଦର ଆଖି ଦି'ଟାକୁ ଦେଖି ସ୍ନିଗ୍ଧା ସହିଯାଇଛି ତା'ର ସବୁ ଦୁଃଖ କଷ୍ଟ, ତା'ର ଯେତେକ ଦୁଃସ୍ଥିତି। ଶାଶୁ-ଶ୍ୱଶୁର ଯେତେ ଦେଖେଇ-ଶିଖେଇ କହିଲେ ବି ସ୍ନିଗ୍ଧା ମିଠିକୁ ଚାହିଁ ସବୁ ଭୁଲିଯାଇଛି। ଦିନେ ଯନ୍ତ୍ରଣାରେ ଅଧୀର ମିଠି ବିକଳ ହୋଇ ରାହା ଧରି କାନ୍ଦୁଥାଏ। ସେତେବେଳେ ବର୍ଷକର ଛୁଆ, ତା' ପାଟି ଖୋଲିନି। ନିଘୋଡ଼ ନିଦରେ ଶୋଇଥିବା ସମ୍ବିତ୍‌ଙ୍କୁ ସ୍ନିଗ୍ଧା ଯେତେବେଳେ ଡାକିଲା ସେ ବିରକ୍ତ ହୋଇ ହାତ ଛିଞ୍ଚାଡ଼ିଦେଲେ। ଉପାୟ ନ ପାଇ ସାନଭାଇକୁ ଫୋନ୍ କରି ମିଠିକୁ ନେଇ ସ୍ନିଗ୍ଧା ମେଡିକାଲ୍ ଯାଇଥିଲା। ଡାକ୍ତର ମିଠିର ପରୀକ୍ଷା କରି ଇଞ୍ଜେକ୍‌ସନ୍ ଦେଇଥିଲେ। ରାତି ପାହି ଆସୁଥାଏ। ସକାଳ କାହା ପାଇଁ କି ବାର୍ତ୍ତା ଆଣେ, ମାତ୍ର ଡାକ୍ତର ଆସି ସେଦିନ ସକାଳେ ଯାହା କହିଲେ ସେଥିରେ ସ୍ନିଗ୍ଧାର ପାଦତଳୁ ମାଟି ଖସିଯାଇଥିଲା। ପୋଲିଓରେ ଆକ୍ରାନ୍ତ ମିଠିର ଗୋଡ଼ଯୋଡ଼ିକର ଅପରେସନ୍ କରିବା କଥା ଶୁଣି ସ୍ନିଗ୍ଧାକୁ ଚତୁର୍ଦ୍ଦିଗ ଅନ୍ଧାର ଦିଶିଥିଲା। ସାନଭାଇ ସବୁ ଶୁଣି ଆଶ୍ୱାସନା ଦେଇଥିଲା। ଭଗବାନ୍ ଯାହାକୁ ଦୁଃଖ ଦିଅନ୍ତି, ମନଭରି ଦୁଃଖ ଦିଅନ୍ତି। ଦୁଃଖ ଦେବାପାଇଁ ସେ ଶକ୍ତିଶାଳୀ ମଣିଷକୁ ହିଁ ବାଛିଥାନ୍ତି। ତାଙ୍କର ଅସଂଖ୍ୟ ପରୀକ୍ଷା ସତ୍ତ୍ୱେ ତାଙ୍କୁ ମାନୁଥିବା ଓ ପୂଜା କରୁଥିବା ମଣିଷ ହିଁ ତାଙ୍କ ପରୀକ୍ଷାର ପ୍ରୟୋଗଶାଳା।

ଏହା ପରଠାରୁ ପାରିବାରିକ ଅଶାନ୍ତି ଦ୍ରୁତ ଗତିରେ ବଢ଼ିଲା। ଅପରେସନ୍ ପରେ ଅପାଙ୍ଗ ହୋଇଯାଇଥିଲା ମିଠି। କିନ୍ତୁ ହାର ମାନି ନ ଥିଲା ସ୍ନିଗ୍ଧା। ଗୋଟିଏ ଛାତତଳେ ଗୋଟିଏ ଘରେ ରହୁଥିବା ସତ୍ତ୍ୱେ ସ୍ୱାମୀ-ସ୍ତ୍ରୀଙ୍କ ଭିତରେ ଥିଲା ଯୋଜନ ଯୋଜନ ଦୂରତା। ସବୁ ପ୍ରକାର ଅପମାନ ଓ ଉପେକ୍ଷା ସତ୍ତ୍ୱେ ନିଜ ଅପାଙ୍ଗ ଝିଅକୁ ଧରି ପଡ଼ିରହିଥିଲା ସ୍ନିଗ୍ଧା। ଦି' ବର୍ଷ ପରେ ସ୍ନିଗ୍ଧା ଅନୁଭବ କଲା ମିଠି କଥା କହିପାରୁନି। ଯଦିବା କିଛି କହୁଛି ତା' ପାଟି ଲାଗୁଛି। ମିଠିର ଗୋଲ୍ ଗୋଲ୍ ଆଖି, ଆଖି ଉପରକୁ ଝୁଲିପଡ଼ିଥିବା ଅଳରା କେଶ ଆଉ ଖିଲ୍‌ଖିଲ୍ ହସ ଦେଖି ସ୍ନିଗ୍ଧା ସବୁ ଦୁଃଖ ଭୁଲିଯାଏ। ଧୀରେ ଧୀରେ ଡାକ୍ତରଖାନା ସ୍ନିଗ୍ଧାର ବାପଘର ହୋଇଯାଇଥିଲା। ବାପା-ମାଆଙ୍କ ପାଖରେ ଦୁଃଖ କହିଲା ପରି ଡାକ୍ତରଙ୍କ ପାଖରେ ମିଠିର ସମସ୍ୟା ଆଲୋଚନା କରୁ କରୁ ସ୍ନିଗ୍ଧା କାନ୍ଦିପକାଏ। ମଣିଷ କେତେ ପରୀକ୍ଷାର ସମ୍ମୁଖୀନ ହେବ, କେତେ ଅବା ସହିବ ? ଡାକ୍ତରଙ୍କ ପରାମର୍ଶ କ୍ରମେ ମିଠିକୁ ଚାରିବର୍ଷ ପୂରିବା ପର୍ଯ୍ୟନ୍ତ ତା'ର ଚିକିତ୍ସା ଚାଲିଲା। ଛୋଟେଇ ଛୋଟେଇ ଚାଲୁଥିବା ମିଠିକୁ କଥା କୁହାଇବା ପାଇଁ ଭିନ୍ନକ୍ଷମମାନଙ୍କ ନିମନ୍ତେ ମିସ୍‌ନାରୀ ଶିକ୍ଷା କେନ୍ଦ୍ରରେ ନାମ ଲେଖାଇଦେଲା ସ୍ନିଗ୍ଧା। ସ୍କୁଲ୍ ଭିତରକୁ ମିଠି ଚାଲିଗଲା ପରେ, ବାହାର ଅପେକ୍ଷା ଗୃହରେ ଘଣ୍ଟା ଘଣ୍ଟା ଧରି ଚୁପ୍‌ଚାପ୍ ବସିରହେ ସ୍ନିଗ୍ଧା। ସମୟ କେମିତି ବିତିଯାଏ ସ୍ନିଗ୍ଧା ଜାଣିପାରେନି। ମିଠିର

ଭବିଷ୍ୟତକୁ ନେଇ ସେ କିଛି ଭାବିପାରେନି । ଏମିତି କିଛି ମାସ ଯିବା ଭିତରେ ଦିନେ ଜଣେ କେହି ଆସି ଡାକିଥିଲା, "ମ୍ୟାଡାମ୍ ଭିତରେ ଫାଦର ଆପଣଙ୍କୁ ଡାକୁଛନ୍ତି ।"

– ଫାଦର ? ସେ କିଏ ? ସେ କ'ଣ ଆଗରୁ ଏଠି ଥିଲେ ?

– ନା ନା ଏଇ କିଛିଦିନ ହେବ ଆସିଛନ୍ତି । ଏମିତି ଭିନ୍ନକ୍ଷମ ପିଲାମାନଙ୍କ ଅଭିଭାବକମାନଙ୍କ ସହିତ କଥା ହୋଇ ପିଲାଙ୍କ ସମସ୍ୟା ସେ ବୁଝୁଛନ୍ତି ।

ସ୍ନିଗ୍ଧା ଯାଇ ଦେଖିଥିଲା, ଖୁବ୍ ସୁନ୍ଦର ବ୍ୟକ୍ତିତ୍ୱର ଜଣେ ପ୍ରୌଢ଼ । ସଫାମୁହଁରେ ଫ୍ରେଞ୍ଚକଟ୍ ଦାଢ଼ି ! ମୁଣ୍ଡର ବାଲସବୁ ଧୋବଫରଫର । ଆପାଦମସ୍ତକ ଧଳା ପୋଷାକ ଆଛାଦିତ । ଛାତି ଉପରେ ଝୁଲିଛି ଗୋଟେ କ୍ରୁଶର ଚିହ୍ନ । ନମସ୍କାର କରିଥିଲା ସ୍ନିଗ୍ଧା । ସ୍ମିତହାସ ଧାରେ ହସି ସେ ସ୍କୁଲର ଫାଦର ବୋଲି ନିଜର ପରିଚୟ ଦେଇଥିଲେ । ସ୍ନିଗ୍ଧା ତାଙ୍କ ସମ୍ମୁଖରେ ବସି ତାଙ୍କ କଥା ଶୁଣୁଥାଏ । ସଂସାରର କୋଲାହଲ ଭିତରେ ତାଙ୍କ ଶବ୍ଦ ଯେମିତି ଗୋଟେ ଗୋଟେ ଗମ୍ଭୀର ଓଁକାର । ସ୍ନିଗ୍ଧାର ମନେହେଉଥାଏ, ଫଟୋରେ ଦେଖିଥିବା ଯୀଶୁଙ୍କ ଚେହେରା ସହିତ ଫାଦରଙ୍କ ଚେହେରା ଯେମିତି ମେଳଖାଉଛି ! ଏହାପରେ ପ୍ରାୟ ସବୁଦିନ ସେ ଡାକନ୍ତି, ସବୁଦିନ କଥା ହୁଏ । ସମୟ ଶେଷ ହୁଏ କିନ୍ତୁ କଥା ସରେନି । ଫାଦରଙ୍କ କଥା ସରିଯାଏ, ସ୍ନିଗ୍ଧାର ଶୁଣିବାର ଶୋଷ ଶେଷ ହୁଏନି । ଶାଶୁଘରର ବଡ଼ ମେଘନାଦ ପାଚେରିଘେରା ମହଲ ଭିତରକୁ ତାର ଫେରିବାକୁ ଇଚ୍ଛା ନ ଥାଏ । ସମ୍ବିତ୍‌ଙ୍କ ସହିତ ସାଲିସ୍‌କରା ମିଛ ଜୀବନଟିଏ ବଞ୍ଚିବାର ଇଚ୍ଛା କୋଉକାଳୁ ମରିଯାଇଥାଏ । ଜୀବନ ପ୍ରତି ମାୟା ଟୁଟିଲାବେଳେ ଫାଦରଙ୍କ ପ୍ରତି ଆସ୍ଥା ତାକୁ ଅଟକାଏ ।

ରବିବାର ଗୁଡ଼ା ସ୍ନିଗ୍ଧାକୁ ଅସହ୍ୟ ମନେହୁଏ । ସେଦିନ ମିଠିର ସ୍କୁଲ୍ ବନ୍ଦ ଥିଲା । ମିଠି ଧୀରେ ଧୀରେ ଖନେଇ ଖନେଇ କହିବା ଆରମ୍ଭ କଲା । ଛଲଛଲ ଆଖିରେ ଫାଦରଙ୍କ ଆଡ଼କୁ ଚାହିଁଦିଏ । ଫାଦରଙ୍କ ପ୍ରତି ତା'ର ଅଭୁତ ଭଲପାଇବାରେ ସ୍ନିଗ୍ଧାର ହୃଦୟ ପୂରିଯାଏ । ସେ କ'ଣ ଦିଅନ୍ତି ତାକୁ ? କେବଳ ଆଶ୍ୱାସନା – ଧୈର୍ଯ୍ୟର ବାଣୀ !

ମନେପଡୁଥିଲା ସେଦିନ ଘରକୁ ଆସିଲା ପରେ ସମ୍ବିତ୍ ରୋକ୍‌ଠୋକ୍ କହିଲେ, "ଏତେ ବାଟ ଯାଇ ସେ ସ୍କୁଲରେ ତାକୁ ପଢ଼େଇବା ଦରକାର ନାହିଁ ! ଗୋଟେ ତାମ୍‌ସା ଲଗେଇଛ ମା'-ଝିଅ । ଏଇ ଘର ପାଖ ସ୍କୁଲରେ ତାକୁ ଆଡ୍‌ମିସନ୍ ଦେଇଦେବା ।" ରାତିସାରା ସେଦିନ ସ୍ନିଗ୍ଧା ଶୋଇଯାପାରି ନ ଥିଲା । ମିଠି – ଫାଦରଙ୍କ ସ୍କୁଲରେ ଧୀରେ ଧୀରେ କହିବା ଶିଖୁଥିଲା । ସକାଳୁ ଉଠି, ସମ୍ବିତ୍‌ଙ୍କୁ ସେ ସେହିକଥା କହିଲା– "ଆଉ କିଛିଦିନ ଯାଉ । ମିଠିର ପ୍ରୋଗ୍ରେସ୍ ହେଉଛି ।" ଏତକ କଥା ଯେ ସେ କେମିତି ରୋକ୍‌ଠୋକ୍ କହିପାରିଲା, ନିଜେ ମଧ୍ୟ ଜାଣିପାରି ନ ଥିଲା ସ୍ନିଗ୍ଧା ।

ସମ୍ମିତ୍ କିଛି ନ କହି ଦୁମ୍ଦୁମ୍ ହୋଇ ଚାଲିଯାଇଥିଲେ। ସ୍କୁଲରୁ ଫେରିଲା ପରେ ଦିନେ ମିଠିକୁ ଭୀଷଣ ଜ୍ୱର ଆସିଲା। ରାତିରେ ପାଣିପଟି ପକେଇ, ମେଡ଼ିସିନ୍ ଖାଇଲେ ବି ଜ୍ୱର କମିଲା ନାହିଁ। ଦିନେ - ଦି'ଦିନ ହୋଇ ଚାରିଦିନ ବିତିଗଲା। ଥଣ୍ଡା ଜ୍ୱର ବୋଲି ଜାଣୁଥିଲେ ବି ସ୍ନିଗ୍ଧାକୁ କିଛି ଭଲ ଲାଗୁ ନ ଥିଲା। ସେ ଅନୁଭବ କରୁଥିଲା, ଫାଦରଙ୍କୁ ନ ଦେଖିଥିବାରୁ ହିଁ ତାର ଏମିତି ଅନୁଭବ ହେଉଛି। ଯେତେ ବୁଝେଇଲେ ବି ମିଠି କିଛି ହେଲେ ଖାଉ ନ ଥିଲା। ପାଟି ଆଁ କରି କିଛି କହିଲା ପରି ହେଉଥିଲା। ଫା... ଫା...। ସ୍ନିଗ୍ଧା ବୁଝିପାରୁଥାଏ, ମିଠି ଅସ୍ପଷ୍ଟ ଶବ୍ଦରେ ଫାଦର ବୋଲି କହୁଥିଲା। ବଡ଼ପାଟି କରି ଶାଶୂ ଭିତରକୁ ପଶିଆସି କହିଲେ- "କିଏ ଦାଢ଼ିଆ ଜଣେ ସେ ସ୍କୁଲରୁ ଆସିଛନ୍ତି, ଦେଖିଲୁ କିଏ।" ତରତର ହୋଇ ସ୍ନିଗ୍ଧା ଡ୍ରଇଂରୁମ୍କୁ ଯାଇ ଯାହାଙ୍କୁ ଦେଖିଲା ପ୍ରଥମେ ବିଶ୍ୱାସ କରିପାରିଲାନି। ତା' ପାଟିରୁ ବାହାରି ଆସିଲା- "ଫାଦର... ଆପଣ !" ଫାଦର ହସୁଥିଲେ। ଆଖି ଦିଇଟି ତାଙ୍କର ଯେମିତି କାହାକୁ ଖୋଜୁଥିଲା। 'ଆସନ୍ତୁ ଆସନ୍ତୁ' କହି ସ୍ନିଗ୍ଧା ତାଙ୍କୁ ଭିତରକୁ ଡାକିନେଲା। ମିଠିକୁ ଚାହିଁ କହିଲା- "ମିଠି ମା'! ଏଇ ଦେଖନ୍ତୁ- କିଏ ଆସିଛନ୍ତି।" ମିଠି ଫାଦରଙ୍କୁ ଦେଖି ଛୋଟେଇ ଛୋଟେଇ ଆସି ତାଙ୍କୁ ଜାବୁଡ଼ି ଧରିଲା। କେତେ ସମୟ ଦି'ଜଣ ସେମିତି ଧରାଧରି ହୋଇ ରହିଲେ। ଫାଦରଙ୍କ ପାଖରୁ ଦୂରେଇବାକୁ ଚାହୁଁ ନ ଥାଏ ମିଠି। ଏହି ସମୟରେ ଭିତରକୁ ପଶିଆସିଥିଲେ ସମ୍ମିତ୍! ଫାଦରଙ୍କୁ ଦେଖି ନମସ୍କାର ଜଣାଇଥିଲେ। ଫାଦର୍ କହିଲେ- "ଭାରି ବ୍ୟସ୍ତ ଲାଗିଲା। ମିଠି ମୋତେ ଏତେ ଭଲ ଲାଗେ ତାକୁ ଦିନେ ନ ଦେଖିଲେ ମୋତେ ଭଲ ଲାଗେନି। ତେଣୁ ଚାଲିଆସିଲି।" ସ୍ନିଗ୍ଧା ଭିତରୁ ସର୍ବତ୍ ଗ୍ଲାସ୍ ଆଣି ଧରେଇଦେଲା। ଫାଦର୍ ପିଇବାକୁ ମନା କରିଥିଲେ ଓ ମିଠିକୁ କାଖେଇ ଗେହ୍ଲା କରିଥିଲେ। ମିଠି ତାଙ୍କ ବେକକୁ ଜାବୁଡ଼ି ଧରିଥାଏ। ତାଙ୍କ କାନ୍ଧରେ ମୁହଁକୁ ରଖି ଜୁଲୁଜୁଲୁ କରି ସମ୍ମିତ୍ଙ୍କ ଆଡ଼କୁ ଚାହୁଁଥାଏ ପୁଣି ଫାଦରଙ୍କ ଆଡ଼କୁ ଚାହୁଁଥାଏ। ଇଚ୍ଛା ନ ଥାଇ ମଧ ଫାଦରଙ୍କୁ ଯିବାକୁ ହେଲା ସେଦିନ। ଫାଦର ଯିବା ପରେ ସମ୍ମିତ୍ ହଠାତ୍ ଚିହିଁକିପଡ଼ି ରାଗିଅଧରେ କହିଥିଲେ- "ସେଠିକି ଯିବା ଦରକାର ନାହିଁ କି ମୋ ଘରକୁ କେହି ଆସିବା ଦରକାର ନାହିଁ। ମୋ ଝିଅ ଦାୟିତ୍ୱ ମୁଁ ନେଇପାରିବି।" ମାତ୍ର ତା' ପରଦିନ ଫାଦର ଆସିଲେ ଆଉ ତା' ପରଦିନ ବି। ସମ୍ମିତ୍ ରାଗ ତମତମ ହୋଇ ଉଠୁଥାନ୍ତି। ସ୍ନିଗ୍ଧା ସବୁ ବୁଝୁଥିଲେ ବି ଫାଦର୍ ଯେମିତି ତା' ପାଇଁ ସଂସାରର ଶେଷ ଈପ୍ସିତ ମଣିଷ ପାଲଟି ଯାଇଥାନ୍ତି। ଜିଦ୍ କରି ସମ୍ମିତ୍ ଘରପାଖ ସ୍କୁଲରେ ମିଠିର ନାମ ଲେଖାଇଦେଲେ।

ଫାଦର୍ ଆସିଲାବେଳେ ହସି ହସି ଆସନ୍ତି କିନ୍ତୁ ଗଲାବେଳେ ତାଙ୍କ ମୁହଁ

ଥମଥମ୍ ଦିଶେ। ଶାଶୂ ସେଦିନ ପାଖକୁ ଡାକି କହିଲେ- "ଦେଖ୍, ତୁ ତାଙ୍କୁ ମନା କର ଏଠିକି ଆସିବାକୁ। ଝିଅ ପଢୁଥିଲା ବୋଲି ଆମର ସଂପର୍କ। ନ ହେଲେ ସେ ଖ୍ରୀଷ୍ଟିଆନ ହେଇ ଏଠିକି କାହିଁକି ଆସିବେ? ପୁଅର ଏସବୁ ପସନ୍ଦ ନୁହେଁ।" ଛାତି ଭିତରୁ କୋହ ଉଠାଇ କାନ୍ଦ ଲାଗୁଥାଏ ସ୍ୱିଗ୍ଟାଙ୍କୁ। କେଡେ ଅମାୟିକ ସେ! କେମିତି ତାଙ୍କୁ ଆସିବାଲାଗି ବାରଣ କରିବ? କି ଅସୁନ୍ଦର କଥା! କ'ଣ କ୍ଷତି ସେ କରୁଛନ୍ତି ଏମାନଙ୍କର! ଛୁଆଟା ପାଇଁ ସିନା ଆସୁଛନ୍ତି! ସ୍ୱିଗ୍ଟା ଛଡା ମିଠିର ଜନ୍ମଦିନ କେହି ମନେ ରଖି ନ ଥିଲେ ଏ ଘରେ। ସକାଳ ପାଇଲେ ତା' ଜନ୍ମଦିନ। ସ୍ୱିଗ୍ଟା ଭୋରରୁ ଉଠିପଡି ବଗିଚାରୁ ଫୁଲ ତୋଳୁଥାଏ, ଦରୱାନ୍ର ପାଟି ଶୁଣି ଗେଟ୍ ଆଡକୁ ଚାହିଁଲାବେଳକୁ ଫାଦର ଆସୁଥିଲେ। ହାତରେ ଦି'ଟା ବଡ ବଡ ବ୍ୟାଗ୍। ସ୍ୱିଗ୍ଟାର ବୁଝିବାକୁ ଆଉ ବାକି ନ ଥିଲା! ଫାଦର ହସିଦେଇ ମିଠିକୁ ଉଠେଇବାକୁ କହିଲେ ଓ ବଡପାଟିରେ ଡାକିଲେ- "ଏ ମିଠି... ମିଠି ମାମା! ମୋ ବେବୀ କାହିଁ?" ସକାଳୁ ସକାଳୁ ଏତେ ଜୋରରେ ପାଟିଶୁଣି କିଏ କ'ଣ ଭାବିବ ବୋଲି ସ୍ୱିଗ୍ଟା ଫାଦରଙ୍କୁ ପାଟି ଉପରେ ଆଙ୍ଗୁଠି ରଖି ଚୁପ୍ ରହିବାକୁ ଇଙ୍ଗିତ କଲା। ବାଲ୍‌କୋନିରେ ସମ୍ୱିତ୍‌ଙ୍କୁ ଠିଆହେବାର ଦେଖି ସ୍ୱିଗ୍ଟା କ'ଣ କରିବ ଭାବିପାରିଲା ନାହିଁ। କୁଣ୍ଠା ସତ୍ତ୍ୱେ ଫାଦରଙ୍କୁ ଭିତରକୁ ପାଛୋଟି ନେଇ କଫି ଆଣି ଦେଲା। କୌଣସି କାମରେ କିଛିଦିନ ପାଇଁ ବାହାରକୁ ଯିବାକୁ ଅଛି କହି ମିଠି ପାଇଁ ଆଣିଥିବା ସବୁ ଜିନିଷ ଧରେଇ ଫାଦର ଯିବାକୁ ବାହାରିଲେ।

"ମିଠିକୁ ଟିକେ ଦେଖିଥାଆନ୍ତି ସମ୍ୱିତ୍ ବାବୁ! ହେଲେ ମୋ ବେବୀ ଶୋଇଛି! ଜରୁରୀ କାମ ଅଛି। ମୁଁ ବାହାରକୁ ଯାଉଛି। ଆଜି ତା' ଜନ୍ମଦିନ। ମୋ ତରଫରୁ ଏସବୁ ତାକୁ ଦେଇଦେବେ।"

ସମ୍ୱିତ୍ ବଡ ବଡ ଆଖିରେ ସ୍ୱିଗ୍ଟା ଆଡକୁ ଚାହିଁ ପଚାରିଲେ- "ଆଜି ମିଠିର ଜନ୍ମଦିନ! ମୁଁ ତ ଜାଣିନି! ହଉ ହେଲା, ଝିଅକୁ ନ ଦେଖିଲେ କ'ଣ ହେବ ମା'କୁ ତ ଦେଖିଲେ। ଏକା କଥା। ହେଲେ ଏତେ ସକାଳୁ କ'ଣ କାହା ଘରକୁ ଆସିବା କଥା?"

ଏ ପ୍ରକାର କଥା ଶୁଣି ବିଷ ଚଢିଯାଇଥିଲା ସ୍ୱିଗ୍ଟାର ଦେହସାରା। କି ଲୋକ ଇଏ? କୋଉ ପ୍ରକାର ମଣିଷକୁ କ'ଣ କହିଯାଉଛନ୍ତି? ଜ୍ଞାନୀ ମଣିଷମାନେ ଅଜ୍ଞାନମାନଙ୍କ ଇଙ୍ଗିତ ଓ କଟାକ୍ଷକୁ ବୁଝିପାରି ନିରବରେ ଚାଲିଯିବା ପରି ଫାଦର ମୁଣ୍ଡ ତଳକୁ କରି ଚାଲିଯାଇଥିଲେ। ଗେଟ୍ ପାଖକୁ ଯାଇ ପଛକୁ ସାମାନ୍ୟ ଫେରି ଚାହିଁଥିଲେ। ଆଖିର ଚଷମା କାଚକୁ ପୋଛିବାକୁ ଚଷମା ହାତରେ ଧରି ପକେଟରୁ ରୁମାଲ୍ ବାହାର କରିଥିଲେ। ହୁଏତ ତାଙ୍କ ଆଖି ଲୁହରେ ଭିଜିଥିବ।

ମିଠି ଜନ୍ମଦିନର ପ୍ରାୟ ପନ୍ଦର ଦିନ ବିତିଗଲାଣି। ଫାଦରଙ୍କ କଥା

ମନେପଡ଼ୁଥିଲେ ବି କିଛି କରିପାରିନାହିଁ ସ୍ମିଗ୍ଧା। ହଠାତ୍ ମିଠିର କାନ୍ଦ ଓ ସମିତ୍‌ଙ୍କ ଚିତ୍କାର ଶୁଣି ଭିତରକୁ ଗଲାବେଳକୁ ମିଠିକୁ ଠୋ ଠୋ ଚାପୁଡ଼ା ମାରିଚାଲିଛନ୍ତି ସମିତ୍। ସମିତ୍‌ଙ୍କୁ ଦୂରକୁ ଠେଲିଦେଇ ମିଠିକୁ ଆଉଜେଇ ନେଲା ସ୍ମିଗ୍ଧା। ସମିତ୍‌ଙ୍କ ପାଟିରୁ ଅଶ୍ଳୀଳ ଶବ୍ଦ "ଶାଲୀ... ମା'-ଝିଅ ଗୋଟେ ନାଟ ଚଲେଇଚ ନୁହେଁ। ଆବେ, ତୋ ଫାଦର ମୁଁ... ସେ ଦାଢ଼ିଆ ବୁଢ଼ା ନୁହେଁ। ବୁଝିଲୁ ଶାଲୀ ଗୋଟେ ଛୋଟୀକୁ ଜନ୍ମ କରି ନିଜକୁ ମା' କହୁଛି! ବୋଝ ଭଲି ଜୀବନସାରା ଝୁଲେଇକି ରଖିଥା ତାକୁ।" ସମିତ୍‌ଙ୍କ ଚିତ୍କାର ଶୁଣି ଶାଶୂ-ଶ୍ୱଶୁର ଭିତରକୁ ଚାଲିଆସିଲେ। ସମିତ୍ କ୍ରୋଧରେ ନିଜ ହିତାହିତଜ୍ଞାନ ହରେଇ ସାରିଥାନ୍ତି। ଫୁଟ୍‌ବଲ୍‌କୁ ଟାଣିନେଲା ପରି ମିଠିକୁ ସ୍ମିଗ୍ଧା ପାଖରୁ ଟାଣିନେଇ ତାକୁ ଜୋରରେ ଫିଙ୍ଗିଦେଲେ ଦୂରକୁ। ମିଠି କୌଣସି ପ୍ରକାର ଉଠି ଛୋଟେଇ ଛୋଟେଇ ସ୍ମିଗ୍ଧା ପାଖକୁ ଆସିବାକୁ ଚେଷ୍ଟା କରୁଥାଏ। ତା' ନରମ ଓଠରୁ ରକ୍ତ ବୋହି ତା' ଛାତି ଉପରର ଧଲା ଫ୍ରକ୍‌କୁ ରକ୍ତାକ୍ତ କରିଦେଇଥାଏ। ସ୍ମିଗ୍ଧା ଆଉ ସମ୍ଭାଳି ପାରିଲାନି। ରାଗରେ ଦାନ୍ତ କାମୁଡ଼ିଲା ପରି କହିଲା– "ଏଇ, ତୁମେ ଛୁଅଁନା ମୋ ଛୁଆକୁ। ବହୁତ ହେଇଗଲା। ମୋ ଛୁଆକୁ ଛୋଟୀ କହୁଛ; ଆରେ ଛୋଟା, ଅପାଙ୍ଗ ତ ତମେ! ତମ ପାଖରେ ସବୁ ଠିକ୍ ଥାଇ ତମେ ଅପାଙ୍ଗ, ଅକ୍ଷମ, ଭିନ୍ନକ୍ଷମ। ତମେ ଗୋଟେ ଜଡ଼ା। ପାଟିରେ ଯିଏ ଭଲ କଥା ପଦେ କହିପାରୁନି ସେ ଆଉ କ'ଣ ହେଇପାରେ! ମନ-ମସ୍ତିଷ୍କ ଆଉ ଆତ୍ମାରେ ତମେ ଅପାଙ୍ଗ, ମୋ ଝିଅ ନୁହେଁ। ଫାଦର ମୋ ଝିଅର କିଛି ନ ହୋଇ ବି ବାପାଠାରୁ ଅଧିକ। ବାପାଙ୍କଠୁଁ ଯେଉଁ ସ୍ନେହ, ଶ୍ରଦ୍ଧା କି ଆନ୍ତରିକତା ପାଇବା କଥା ତାହା ସେ ଫାଦରଙ୍କଠୁଁ ପାଇଛି। ଆଉ ତମେ ଯେଉଁ କଥା କଥାକେ ଦେଖେଇ ଶିଖେଇ ମୋ ଚରିତ୍ରକୁ ଇଙ୍ଗିତ କରୁଛ – ସେତିକି ହିଁ ତ ତମ ବୁଦ୍ଧି – ସେତିକି ତମ ଶିକ୍ଷା! ମୋ ଝିଅ ଛୋଟୀ ହେଉ କି ମୂକ ହେଉ ମୁଁ ସମ୍ଭାଳିବି। ଖବରଦାର ତା' ଦେହରେ ଯଦି ହାତ ଦେଇଛ, ତେବେ ଦେଖିବ ମୁଁ କ'ଣ କରିବି।" ତଥାପି ସମିତ୍ ମିଠିକୁ ମାରିବାକୁ ଉହୁଙ୍କି ଆସିଥିଲେ।

        ଏହି ସମୟରେ ଦରୱାନ୍ ମା' ମା' ଡାକି ଭିତରକୁ ପଶି ଆସିଲା। ମା' ଫାଦର ଯିବାବେଳେ ଏ ଚିଠିଟି ଦେଇଥିଲେ। ଗଲାବେଳେ କହିଲେ– "ମିଠିକୁ ମୋ ଗିଫ୍ଟ! ତାକୁ ଦେଇଦେବ ବାବା! ମୁଁ ଏ ସହର ଛାଡ଼ି ଦୂରକୁ ଚାଲିଯାଉଛି।"

        ସମିତ୍ ଚପରାସୀ ହାତରୁ ଚିଠିଟି ଛଡ଼େଇ ନେଇ ଖୋଲିଦେଲେ। ଲଫାପା ଭିତରୁ ବାହାରିଲା ଗୋଟେ ଦଶଲକ୍ଷ ଟଙ୍କାର ଚେକ୍। "ନିଅ ତମ ଫାଦର ତମକୁ ଏ ଚେକ୍ ଦେଇଛନ୍ତି। କି ସଂପର୍କ ବେ ତମର! ଏତେ ଲୋକଙ୍କ ପିଲା ସେଠିକି ଯାଉଥିଲେ, ଖାଲି ତମକୁ ଏ ଚେକ୍ କାହିଁକି ସେ ଦେଲେ?"

ଆହତ ବାଘୁଣୀ ପରି ଟେକ୍‌ଟିକୁ ସମ୍ବିତ୍‌ଙ୍କ ହାତରୁ ଛଡ଼େଇ ନେଲା ସ୍ନିଗ୍‌ଧା। ମିଠିକୁ କାଖ କରି ଭିତରକୁ ଗଲା ଓ ଗୋଟେ ଛୋଟ ବ୍ୟାଗ୍‌ରେ ନିଜର କିଛି ଜିନିଷପତ୍ର ଧରି ବାହାରକୁ ବାହାରି ଆସିଲା। ସମ୍ବିତ୍‌ଙ୍କ ଆଡ଼କୁ କଠୋର ଦୃଷ୍ଟିରେ ଚାହିଁ ଆଗକୁ ପାଦ ବଢ଼ଉ ବଢ଼ଉ ରୁକ୍ଷଗଳାରେ ପଚାରିଲା- "ଫାଦର୍' ଶବ୍ଦର ଅର୍ଥ ତୁମେ କ'ଣ ଜାଣିଚ ?"

ଯନ୍ତ୍ରମାନବୀ

ବୁଝିବାକୁ ଚେଷ୍ଟା ଭିତରେ ଅବୁଝା ହୋଇପଡ଼େ ଜୀବନ। ଠିକ୍ ଅଡ଼ୁଆ ସୂତା ଗୁଳାଟେ ପରି ଯେଉଁଠୁ ତାକୁ ବୁଝିବା ଆରମ୍ଭ ହୋଇଥାଏ, ସେଇଠି ଆସି ମଣିଷ ପହଞ୍ଚିଯାଏ। ସେମିତି ଏକ ସ୍ଥିତିରେ ପଡ଼ିଛନ୍ତି ଆଦିତ୍ୟ ସେତିକିବେଳୁ ଯେତେବେଳୁ ସେ ନିଜକୁ ହସ୍ପିଟାଲ୍ ବେଡ଼ରେ ଦେଖିଲେଣି। ତାଙ୍କର ଠିକ୍ ମନେଅଛି ଘରୁ ଅଫିସ୍ ବାହାରିବାବେଳେ ଦୁଆରଟା ହଠାତ୍ ବନ୍ଦ ହୋଇଯାଇଥିଲା। ଲାଗୁଥିଲା ସତେ ଯେମିତି କେହି ତାଙ୍କୁ ବାହାରକୁ ନ ଯିବା ପାଇଁ ବାରଣ କରୁଥିଲା। କିନ୍ତୁ କିଏ ସେ ? ଆଗରୁ ତାଙ୍କୁ ଯିଏ ବାରଣ କି ଆକଟ କରୁଥିଲା ସେ ତ ଆଉ ତାଙ୍କ ଜୀବନରେ ନାହିଁ। ସେଦିନ ଘରୁ ବାହାରି ଅଫିସ୍ ପର୍ଯ୍ୟନ୍ତ ଆସିବାକୁ ତାଙ୍କୁ ଢେର୍ ସମୟ ଲାଗିଥିଲା। ଅଫିସ୍‌ରେ ପହଞ୍ଚିବାକୁ ଆଉ କିଛି ବାଟ ଥାଏ, ପଛପଟୁ ଟ୍ରକ୍‌ଟେ ବାଡ଼େଇଦେଇଥିଲା ତାଙ୍କ ସ୍କୁଟିକୁ। ଜୋର୍‌ରେ ସେ ଛିଟିକି ପଡ଼ିଥିଲେ ଦୂରକୁ। ତାଙ୍କ ମୁଣ୍ଡଟା ରାସ୍ତାକଡ଼ ପଥରରେ ବାଡ଼େଇ ହୋଇଯିବାପରେ ତାଙ୍କୁ ଅନ୍ଧାର ଦିଶିଥିଲା। ସେତିକିବେଳେ ତାଙ୍କର ମନେ ହୋଇଥିଲା କେହି ଜଣେ ଯେମିତି ତାଙ୍କୁ ଶୂନ୍ୟ ଶୂନ୍ୟ ଟେକି ନେଉଥିଲା। ଆଖି ଖୋଲିଲାବେଳକୁ ମେଡିକାଲ୍ ବେଡ଼ ଉପରେ ନିଜକୁ ପାଇଥିଲେ ସେ। ନର୍ସ ଆସି କହିଲା– ତିନି ଦିନ ହେଲା ଆପଣ ଏଠି ବେହୋସ୍ ପଡ଼ିଥିଲେ। ଦୁର୍ଘଟଣାରୁ ଆପଣଙ୍କ ବଞ୍ଚିବା ସତରେ ବଡ଼ ମିରାକିଲ୍।

ଆଦିତ୍ୟ ଅବାକ୍ ହୋଇ ନର୍ସର ମୁହଁକୁ ଚାହିଁ ରହିଥିଲେ। ସତରେ କ'ଣ ସେ ତିନିଦିନ ହେଲା ଏଠି ପଡ଼ିଛନ୍ତି! "କିଏ ତାଙ୍କୁ ଏଠି ପହଞ୍ଚାଇଲା" ବୋଲି ଧୀରେ ପଚାରିଲାରୁ ଅନ୍ୟ ଜଣେ ୱାର୍ଡ ବୟ କହିଲା– ଜଣେ ମହିଳା ଆପଣଙ୍କୁ ଆଣି ଏଠି ପହଞ୍ଚେଇଥିଲେ। ଠିକ୍ ସମୟରେ ଯଦି ସେ ଆପଣଙ୍କୁ ଆଣି ନ ଥାନ୍ତେ, ଆପଣଙ୍କ ବଞ୍ଚିବା ଅସମ୍ଭବ ହୋଇଯାଇଥାନ୍ତା। ଆପଣଙ୍କ ଭାଗ୍ୟ ଭଲ। ଆଦିତ୍ୟଙ୍କ ମୁଣ୍ଡ ଗୋଲମାଲ ହୋଇଯାଉଥାଏ। ସେ ନର୍ସକୁ ଚାହିଁ ପଚାରିଲେ– ସେ ମହିଳା କିଏ ? ତାଙ୍କ ନାଆଁ

କ'ଣ ? ନର୍ସଙ୍କ ପାଟିରୁ 'ଜିନି'ର ନାଆଁ ଶୁଣି ଆଉ ଥରେ ଚମକିପଡ଼ିଲେ ଆଦିତ୍ୟ। ଓଃ ! ତେବେ ସେଥିପାଇଁ ଜିନି ତାଙ୍କୁ ସେଦିନ ଏତେ ଆକଟ କରୁଥିଲା ! ସେ କୁଆଡ଼େ ଗଲା ବୋଲି ପଚାରିବାରୁ ନର୍ସ ଜଣକ ପୁଣି କହିଲେ– ସେ ପ୍ରତି ସନ୍ଧ୍ୟାରେ ଆସନ୍ତି, ରାତିସାରା ଜଗିରହନ୍ତି। ସକାଳୁ ସକାଳୁ ଚାଲିଯାଆନ୍ତି। କିଛିକ୍ଷଣ ଗୁମ୍‌ସୁମ୍‌ ରହିବାପରେ ବେଡ୍‌ ପାଖ ବେସିନ୍‌ର ଦର୍ପଣରେ ନିଜକୁ ଦେଖିଲେ ଆଦିତ୍ୟ। କପାଳ ଉପରେ ଥିବା ବ୍ୟାଣ୍ଡେଜ୍‌କୁ ଦେଖି ସବୁକଥା ମନେପକେଇପାରୁଥିଲେ। ଆଖି ଛଳଛଳ ହୋଇଉଠିଲା। ଜିନିର ଅଭୂତ ଶକ୍ତି ଯୋଗୁଁ ସେ ନିଶ୍ଚିତ ମୃତ୍ୟୁମୁଖରୁ ବର୍ତ୍ତିଯାଇଥିବା କଥା ଅନୁମାନ କରିପାରୁଥିଲେ। କିନ୍ତୁ, ଜିନି ନିଜେ କେମିତି ବର୍ତ୍ତିଛି ? ଏକଥା ତ ଅସମ୍ଭବ ! ସେ ନିଜେ ଜିନିକୁ ନଦୀରେ ବିସର୍ଜନ ଦେଇ ଆସିଥିଲେ। ଜିନିକୁ ପାଇବା ଓ ହଜେଇଦେବାର ମଣି କଥାତକ ତାଙ୍କର ଗୋଟି ଗୋଟି ହୋଇ ମନେପଡ଼ିଯାଉଥିଲା।

ଆଦିତ୍ୟଙ୍କ ଆଖି ଆଗରେ ଦି' ବର୍ଷ ତଳ ବାଲିଯାତ୍ରାର ଘଟଣା ନାଚିଉଠିଲା। କଟକର ବାଲିଯାତ୍ରାରେ ବାପା-ମାଆଙ୍କ ଛଡ଼ା ସବୁ ମିଳେ। ବନ୍ଧୁ ଅଭୟଙ୍କ ଅନୁରୋଧକୁ ଏଡ଼ାଇ ନ ପାରି ଆଦିତ୍ୟ ସେ ବର୍ଷ ବାଲିଯାତ୍ରା ଯାଇଥିଲେ। ଅବିବାହିତ ଆଦିତ୍ୟଙ୍କ ଜୀବନରେ ଅଭୟଙ୍କ ବନ୍ଧୁତା ଥିଲା ଏକମାତ୍ର ଆଶ୍ରୟ। ଅଫିସ୍‌ କାମରୁ ଫେରି ସେଦିନ ଦି'ଜଣ ବାଲିଯାତ୍ରା ଦେଖିବାକୁ ବାହାରିଲା ବେଳକୁ ଅଭୟଙ୍କ ପତ୍ନୀଙ୍କ କିସମ କିସମ ଚିଜର ବରାଦ। ଅଭୟ କାର୍‌ ଚଲାଉଥିବାରୁ ରାସ୍ତାରେ ଭାଉଜଙ୍କ ବରାଦିଆ ଲିଷ୍ଟ ସବୁକୁ ଆଦିତ୍ୟଙ୍କୁ ମନେରଖିବାକୁ ପଡ଼ୁଥାଏ। ମିଠା କୋଲି ଆଚାର, ଫୁଲଝାଡ଼ୁ, ବଡ଼ି, ପାଅଁପଡ଼, ଦେଶୀ ଲଙ୍କାଗୁଣ୍ଡ, ଶଙ୍ଖର ବଡ଼ ବଡ଼ କଣ୍ଟେନର, ପ୍ଲାଷ୍ଟିକ୍‌ ରୋଜ୍‌ ଇତ୍ୟାଦି। ଗାଁରେ ଥିବା ଅଭୟଙ୍କ ସାନଭାଇ ଅଜୟଙ୍କ ପିଲାପିଲିଙ୍କ ପାଇଁ ମଧ୍ୟ ରକେଟ୍‌, ବେଲୁନ୍‌, ଚକ୍ରୀ, ରାବଣ ତୀର, ହନୁମାନ ଗଦା ଏମିତି କେତେ କ'ଣ ମଧ୍ୟ ବରାଦ ହୋଇଥିଲା। ବାଲିଯାତ୍ରାରେ ଲୋକ ହାଉକାଉ ହେଉଥାନ୍ତି। ଏ କୋଣରୁ ସେ କୋଣକୁ ଆଖି ପାଉ ନ ଥାଏ। ଗାଡ଼ିରୁ ଓହ୍ଲେଇ ଆଦିତ୍ୟ କହିଲେ– ପ୍ରଥମେ ଟିକେ କ'ଣ ଖିଆପିଆ କରିଦେବା, କାରଣ ଜିନିଷ କିଣିଲା ପରେ ସେ ସବୁ ହାତରେ ଧରି ଆଉ ଖାଇପାରିବାନି। କଟକ ଦହିବରା ଆଲୁଦମ୍‌ରୁ ଆରମ୍ଭ ହେଇ ଶେଷରେ ମୁଢ଼ି ମାଂସରେ ସରିଲା। ଏଥର ବରାଦିଆ ଜିନିଷ ସବୁକୁ କିଣିବାର ପାଳି। ପ୍ଲାଷ୍ଟିକ୍‌ ଫୁଲ ସବୁ ଅବିକଳ ସଜ ଫୁଲପରି ଲୋଭନୀୟ ଦିଶୁଥାନ୍ତି। ଗୋଟେରେ ଗୋଟେ ମାଗଣା ବୋଲି ଡାକ ଛାଡ଼ୁଥିବା ବୁଲାବିକାଳିମାନଙ୍କ ଆହ୍ୱାନ, ଆକର୍ଷଣ ଯାଦୁଖେଲ ଦେଖିବାକୁ ଲୋକଙ୍କ ଲାଇନ୍‌, ଚେନାଚୁର, ମିକ୍ସଚର ବିକାଳିଙ୍କ ଡାକରା ଆକାଶଛୁଆଁ ରାମଦୋଲିରୁ କୁନିକୁନି ପିଲାଙ୍କ କଉତୁକିଆ ପାଟି ଓ ଖିଲିଖିଲି ହସରେ ଫାଟି ପଡ଼ୁଥାଏ ଯାତ୍ରା ପଡ଼ିଆ। ପ୍ରାୟ

ସବୁ ଜିନିଷ କିଣାସରିଥାଏ। ଖାଲି ଆଚାର କିଣିବା ବାକିଥାଏ। ଅଭୟ ବ୍ୟାଗ୍‌ଟିଙ୍କୁ ରଖିଦେଇ ଆସିବାକୁ ଗାଡ଼ି ପାଖକୁ ଚାଲିଗଲେ। ଆଦିତ୍ୟ ଆକାଶଛୁଆଁ ଚକ୍ରିଦୋଲିର ତଳ-ଉପର ଗତିକୁ ସେମିତି ଚାହିଁଥାନ୍ତି। ପିଲାବେଳୁହିଁ ଏ ଦୋଲିରେ ବସିବା ପ୍ରତି ତାଙ୍କର ଭାରି ଭୟ। ପିଲାମାନଙ୍କୁ ସେଠିରେ ଆରାମରେ ବସିବା ଦେଖିଲେ ସେ ଅବାକ୍ ହୋଇ ସେମାନଙ୍କୁ ଦେଖନ୍ତି। ଅନ୍ୟମନସ୍କ ହୋଇ ସେ ସ୍ଥାନରୁ ଟିକେ ଆଗକୁ ଆସିଛନ୍ତି କି ନାହିଁ ପଡ଼ିଆର ଗୋଟେ ନିସ୍ତବ୍ଧ କୋଣରେ ଚାଦର ଢାଙ୍କି ନିରୀହ ଆଖିରେ ଗରାଖ ଅପେକ୍ଷାରେ ବସିଥିବା ଜଣେ ବୁଢ଼ା ଉପରେ ତାଙ୍କ ନଜର ପଡ଼ିଲା। ତା' ପାଖରେ କିଛି ଜିନିଷ ନ ଦେଖି ଆଦିତ୍ୟ ଆଶ୍ଚର୍ଯ୍ୟ ହେଇ ପଚାରିଲେ- "ମଉସା ଏଠି ଏକୁଟିଆ କ'ଣ କରୁଚ? ତମର ସବୁ ଜିନିଷ ବୋଧେ ବିକ୍ରି ହେଇ ସାରିଲାଣି।" ଆଦିତ୍ୟଙ୍କ କଥା ଶୁଣି, ବୁଢ଼ା ଥରିଲା ଓଠରେ ସାମାନ୍ୟ ହସି ଛିଡ଼ା ହେବାକୁ ଚେଷ୍ଟା କରି କହିଲା- "ହେଇଟି ପୁଅ ମ! ମୋ ଘର ପିପିଲି-ଚନ୍ଦନପୁର। ମୁଁ ଯାହାସବୁ ଆଣିଥିଲି ସବୁ ବିକ୍ରି ହେଇଟି। ହେଲେ, ଯେଉଁଟା ବିକିଲେ ମୁଁ ଅଧିକା ଦି' ପଇସା ପାଇଥାନ୍ତି ସେଇଟା ବିକ୍ରି ହେଇପାରିନି ପରା!" କହିଲାବେଳେ ଦାନ୍ତ ନ ଥିବା ଧୋକଡ଼ା ବୁଢ଼ାଟିର ମୁହଁ ଥରିଯାଉଥାଏ ଆଉ ଶିରାଳ ଚେହେରାରେ ଉଙ୍କିମାରୁଥାଏ ନୈରାଶ୍ୟ। – ହେଲେ ତମ ପାଖେ ତ କିଛି ଜିନିଷ ନାହିଁ। କ'ଣ ବିକିଥାନ୍ତ? 'ହେଇ ଦେଖ' କହି ବୁଢ଼ା ଧଡ଼କୁ ବୁଲିପଡ଼ି ଚିରା କପଡ଼ା ଖଣ୍ଡେ ଖସେଇଦେଲା। କନା ତଳେ ଢଙ୍କା ହୋଇଥିଲା ଗୋଟେ କାଠ ମୂର୍ତ୍ତି। ସେ ଆଗକୁ ଟିକେ ଉଙ୍କି ପଡ଼ି ଏଥର ଭଲରେ ଦେଖିଲେ ସେ ମୂର୍ତ୍ତିଟାକୁ। ପାଖାପାଖି ଚାରି ଫୁଟ୍‌ର ମୂର୍ତ୍ତିଟିଏ। ଡଲଢଲ ଆଖି, ତୀକ୍ଷ୍ଣ ନାକ, ଓଠ, ଗ୍ରୀବା ସବୁ ସୁନ୍ଦର-ଆକର୍ଷଣୀୟ। ଥରେ ଅନେଇଲେ ମୁହଁ ଫେରେଇ ହେବନି। ମୂର୍ତ୍ତିର ମୁଣ୍ଡରୁ କଳାଗ୍ମର କେଶ ତଳଯାଏ ଲମ୍ବିଛି। ଏତେ ସୁନ୍ଦର ନିଖୁଣ କାରିଗରୀ ଦେଖି ଆଦିତ୍ୟଙ୍କ ଆଶ୍ଚର୍ଯ୍ୟର ସୀମା ରହିଲାନି। ବୁଢ଼ାକୁ ପଚାରିବସିଲେ- ଏଇଟାର ମୂଲ୍ୟ କେତେ? ପ୍ରଶ୍ନ ଶୁଣି, ବୁଢ଼ା ଆଦିତ୍ୟଙ୍କ ପାଖକୁ ଟିକେ ଲାଗି ଆସିଲା। ଫିସ୍‌ଫିସ୍ କି କହିଲା- ଇଏ ଯାହିତାହି ମୂର୍ତ୍ତି ନୁହଁ ବାବୁ। ଯ୍ୟା' ଭିତରେ ମୁଁ ଯନ୍ତ ଖଞ୍ଜିଛି। ଇଏ ପୋଷା ମାନିବ ଠିକ୍ ମଣିଷ ପରି। ନିମ୍ବ-ଚନ୍ଦନ ଆଉ ବେଲର କାଠ ଦେଇ ଯ୍ୟାକୁ ମୁଁ ମୋ ନିଜ ହାତରେ ତିଆରି କରିଛି। ରାହାସ ପୂନେଇଁର ମଧରାତ୍ରରେ ଜଙ୍ଗଲକୁ ଯାଇ ମୁଁ ନିମ୍ବଗଛକୁ କାଟି ଆଣିଥିଲି। ସବୁ ସେଇ ତିଥିର ମହିମା। ଦିନେ ମୋର ଟିକେ ଆଖି ଲାଗିଯାଇଥିବାବେଳେ ହଠାତ୍ କାହାର ଶବ୍ଦ ଶୁଣି ଉଠିପଡ଼ିଲି। ଦେଖିଲାବେଳକୁ ଏ ମୂର୍ତ୍ତିଟା ଠିକ୍ ମଣିଷ ପରି ହସୁଥିଲା! ତା' ପରଦିନଠୁ ମୋ ଘରେ ଭାରି ଅଭୁତ ଘଟଣା ଘଟିଲା। ଝିଅ ପରି ସେ ମୋ ଦେଖାଶୁଣା କଲା।

ହେଲେ ବୁଢ଼ୀଟା ମୋ ଉପରେ ଖାଲି ଖପ୍ପା ହେଲା। ପଚାରିଲା– "ଏଇଟା ସତସତିଆ ଅପ୍ସରୀଟେ ନା ମିଛିମିଛିକା ମାଇକିନା ? ୟାକୁ ରଖିନି। ଯଦି ଜୀବନ୍ୟାସ ପାଇଯିବ ତେବେ ଭାରି କ୍ଷୟକ୍ଷତି କରିବ।" ମୁଁ ୟାକୁ ରଖିପାରିବିନି ବାବୁ! ଝିଅ ଭଲି ବିଦା କରିଦେବି। ବୁଢ଼ୀ ଦିହ ଖରାପ ବୋଲି ପଥ ପାଇଁ ପଇସା ମାଗୁଛି। ଏକଥା କହିଲାବେଲେ ବୁଢ଼ା ଆଖିରୁ ଦି' ଟୋପା ଲୁହ ଝରିପଡ଼ିଲା। ଇଏ ଏମିତି ସେମିତି ମୂର୍ତ୍ତି ନୁହେଁ। ହେଇ, ଅନେଇଲେ ଠିକ୍ ତା' ବାମ ଛାତି ପାଖରେ ଗୋଟେ ଯନ୍ତ ଅଛି। ତା'ର ଦୁକୁଦୁକି ଶୁଣିପାରିବେ ଆପଣ। ବେଲ ପଡ଼ିଲେ ସେ ଆପଣଙ୍କ ସେବା କରିବ। ଆଖି ନଟେଇ ବୁଢ଼ା ପୁଣି କହିଲା– "କ'ଣ ମୋ କଥା ବିଶ୍ୱାସ ହେଉନି କି ? ୟାକୁ ନିଅନ୍ତୁ, ଯଦି ମୋ କଥା ସତ ନ ହେଲା ତେବେ ଏ ବୁଢ଼ାକୁ ଗାଲିଦେବେ।" ବୁଢ଼ାର ଏସବୁ ଅସ୍ୱାଭାବିକ କଥା ଭାରି ବିଚିତ୍ର ମନେହେଉଥିଲେ ବି ଆଦିତ୍ୟ ମୂର୍ତ୍ତିଟା ଉପରୁ ଆଖି ଫେରେଇ ପାରୁ ନ ଥିଲେ। ମୂର୍ତ୍ତିର ଆଖି ଦି'ଟାରୁ ସତେ ଯେମିତି ଅସଂଖ୍ୟ ତାରକାଙ୍କ ଜ୍ୟୋତିପୁଞ୍ଜ ଉଚ୍ଛୁଲି ଉଠୁଥାଏ! କୁହ କେତେ ଦେବି ? ବୁଢ଼ା ଏଥର ଗମ୍ଭୀର ଭାବରେ କହିଲା– ପୂରା ହଜାରେ ଏଗାର ଟଙ୍କା। ହଜାରେ ମୋ ପରିଶ୍ରମ ପାଇଁ ଆଉ ଏଗାର ଟଙ୍କା ଠାକୁରଙ୍କୁ ଯାଚନା ଦେବି। ବାବୁ! ମୋ କଥା ମନ ଦେଇ ଶୁଣନ୍ତୁ। ୟାକୁ ସଜେଇ ରଖିବାକୁ ଚାହିଁଲେ ଇଏ ସେମିତି ଥିବ। କିନ୍ତୁ ଭୁଲରେ ଏହାକୁ କିଛି ଖାଇବାକୁ ଦେବେନି। ନଚେତ୍ ସେ ପୂରା ମଣିଷ ହୋଇଯିବ। ଆଉ ଠିକ୍ ମଣିଷ ପରି ଆପଣଙ୍କ ପଛେ ପଛେ ବୁଲିବ। କହନ୍ତିନି– 'ଅନ୍ନମୟ ପିଣ୍ଡ'। ଆଦିତ୍ୟ ବୁଢ଼ାର ରହସ୍ୟମୟ କଥା ଶୁଣୁ ଶୁଣୁ ପକେଟ୍ରୁ ଟଙ୍କା କାଢ଼ି ବଢ଼େଇଦେଲେ। ଏଥର ବୁଢ଼ା ମୂର୍ତ୍ତିଟାକୁ କପଡ଼ାରେ ଗୁଡ଼େଇଗାଡ଼େଇ ଆଦିତ୍ୟଙ୍କ ହାତକୁ ବଢ଼େଇଦେଲା। ପଛପଟୁ ଅଭୟଙ୍କ ଡାକ ଶୁଣି କ୍ଷିପ୍ରବେଗରେ ବୁଢ଼ା ପାଖରୁ ଚାଲିଆସିଥିଲେ ଆଦିତ୍ୟ। ଘର ଫେରନ୍ତା ବାଟରେ କ'ଣ କିଣିଲେ ବୋଲି ଆଦିତ୍ୟ ଅଭୟଙ୍କୁ ପଚାରିଲେ। ଧୀର କଣ୍ଠରେ ଆଦିତ୍ୟ କହିଲେ, "ଏଇ ସ୍ୱାରୁଟା ଭଲ ଲାଗିଲା ତ ନେଇ ଆସିଲି। ଘରର ବାସ୍ତୁ ପାଇଁ ଶୁଭ।"

ଘରେ ପହଞ୍ଚି, କବାଟ ବନ୍ଦ କରି ଗୋଡ଼ହାତ ଧୋଇବେ କ'ଣ, ମୂର୍ତ୍ତି ଉପରୁ ସେ କପଡ଼ାଟାକୁ ବାହାର କରିଦେଲେ ଆଦିତ୍ୟ। ଆଖି ପୂରେଇ ଦେଖୁଥାନ୍ତି ସେ। ମୂର୍ତ୍ତିର ପୂରିଲା ମୁହଁ, ତା' ବିନ୍ଦି, ନାକ, ସରୁ ନାଲି ଓଠ, ଚିବୁକ, ବେକ, ଦେହ କି ସୁନ୍ଦର ଗଢ଼ିଛି ତାକୁ ସେ ବୁଢ଼ା! ଘରର ଗୋଟେ କୋଣକୁ ଠିଆ କରେଇ ମୂର୍ତ୍ତିକୁ ରଖିଦେଲେ ଆଦିତ୍ୟ। ଯେମିତି ସେ ଖଟ ଉପରେ ଶୋଇରହି ସୁଦ୍ଧା ତାକୁ ଦେଖି ପାରିବେ। ବୁଢ଼ା କଥା ମନେପଡ଼ିଯାଉଥାଏ– "ୟାକୁ ଖାଇବାକୁ ଦେବେନି, ନ ହେଲେ

ସେ ଆପଣଙ୍କ ପଛେ ପଛେ ବୁଲିବ, ତା'ର ଦୁକୁଦୁକିଟେ ଅଛି, ତା' ଭିତରେ ଯନ୍ତ୍ର ଅଛି ।"

ସକାଳର ନିତ୍ୟକର୍ମ ସାରି ଅଫିସ୍ ବାହାରିଲା ବେଳକୁ ମୂର୍ତ୍ତି ଆଡ଼କୁ ଟିକେ ଚାହିଁଥିଲେ ଆଦିତ୍ୟ । ବଗିଚାର ସଦ୍ୟଫୁଟା ଜିନିଆଫୁଲ ଭଳି ସତେଜ ଦିଶୁଥାଏ ତା'ର ମୁହଁ । ଆଦିତ୍ୟ ମୂର୍ତ୍ତି ଆଡ଼କୁ ଚାହିଁ କହିଲେ– "ମୁଁ ଅତି ଅସହାୟ ମଣିଷ ! ମୋର ଏ ନିଃସଙ୍ଗ ଜୀବନରେ କେହି ନାହିଁ । ହେତୁ ପାଇବା ଦିନୁ ବାପା-ମାଆଙ୍କୁ ହରେଇଛି । ଅନାଥ ଭଳି ବୁଲିଛି । ନିଜେ ନିଜ ଗୋଡ଼ରେ ଛିଡ଼ା ହେବାକୁ ବହୁ ପରିଶ୍ରମ କରିଛି । ଆଜିଠୁ ତୁ ମୋ ସଖୀ କଣ୍ଢେଇ । ଏ ଘରକୁ ଆଉ ଓ ମୋ ଜୀବନକୁ ତୋତେ ସ୍ୱାଗତ ! ତୁ ଠିକ୍ ଜିନିଆ ଫୁଲ ପରି ସୁନ୍ଦରୀ ! ତେଣୁ ଆଜିଠୁ ତୋ ନାଁ ଦେଲି ଜିନି ।" ମଣିଷଙ୍କ ସହିତ ଗପିଲା ପରି ଆଦିତ୍ୟ କଥା ହେଉଥିଲେ ଜିନି ସହିତ । ଆଦିତ୍ୟଙ୍କ ନିଃସଙ୍ଗ ଜୀବନ ସତେ ଯେମିତି ଜିନିର ଉପସ୍ଥିତିରେ ପୂରି ଉଠୁଥିଲା । ଜିନି ତାଙ୍କ ପାଇଁ ସର୍ବଶ୍ରେଷ୍ଠ ଅବଲମ୍ବନ ପାଲଟିଗଲା । ବୁଢ଼ା କଥା ମନେପଡ଼ିଲା ଆଦିତ୍ୟଙ୍କର । ବୁଢ଼ା କହିଥିଲା ଯଦି ମୂର୍ତ୍ତିକୁ ଖାଦ୍ୟ ଖାଇବାକୁ ଦିଆଯାଏ ତେବେ ସେ ଜୀବନ୍ୟାସ ପାଇଯିବ । ଏଇ କଥା କ'ଣ ସତ ? ଯନ୍ତ୍ର ଯଦି ମଣିଷ ପରି ତାଙ୍କ ପଛେ ପଛେ ବୁଲିବ ତେବେ କ୍ଷତି କ'ଣ ? ଜିନି ଆଗରେ ଭଳିକି ଭଳି ଚିଜ ରଖିଦେଇ ଚାଲିଯାନ୍ତି ଆଦିତ୍ୟ । ଫେରିଲାବେଳକୁ ଖାଇବା ଚିଜ ଆଉ ଥାଲିରେ ନ ଥାଏ । କ୍ରମେ ଆଦିତ୍ୟ ଅନୁଭବ କଲେ, ବାଡ଼ି, ବଗିଚା ଓ ଘରର ଅଳନ୍ଦୁ ଭର୍ତ୍ତି ବହିଥାକ କେହି ଜଣେ ସଜାଡ଼ି ରଖୁଚି । ଘର ଭିତରେ ତାଙ୍କୁ ସ୍ୱର୍ଗସୁଖ ମିଳୁଛି । ଶୋଇବା ବେଳେ ଆଦିତ୍ୟ ଗୋଟେ ସ୍ଥିର ସେବାୟତ୍ନକୁ ଅନୁଭବ କରୁଥାନ୍ତି । ଅଫିସରୁ ଫେରି ଦିନେ ଅମୃତାଞ୍ଜନ ଶିଶିଟା ନେଇ ମୁଣ୍ଡରେ ଲଗେଇ ଶୋଇଥାନ୍ତି । ସାମାନ୍ୟ ଛାଇନିଦ ଲାଗି ଆସିଥାଏ କି କ'ଣ ହଠାତ୍ ସେ ଅନୁଭବ କରୁଥିଲେ କେହି ଜଣେ ତାଙ୍କ ମୁଣ୍ଡ ଚିପି ଦେଉଛି । ଆଦିତ୍ୟ ଜାଣିଶୁଣି ଗାମେଇକି ପଡ଼ିରହିଥିଲେ । ଅନୁଭବ କରୁଥିଲେ ଜିନିର ନରମ ହାତର ପରଶ ଓ ଯତ୍ନ ! ଜିନି ତାଙ୍କୁ ବିଭୋର କରି ରଖିଥିଲା । ବୁଢ଼ା କଥା ସତ ହେଲା । ଜିନି ଯ୍ୟା' ଭିତରେ ତେବେ ପାଲଟି ଯାଇଛି ଯନ୍ତ୍ରମାନବୀ । କିନ୍ତୁ କିଏ ଅବା ବିଶ୍ୱାସ କରିବ ଏ କଥା ! ସେସବୁ ଦିନମାନଙ୍କରେ ଆଦିତ୍ୟଙ୍କ ମନରେ ଘରକୁ ଫେରିବାର ଉଛାଟ ବେଶୀ ଥାଏ । ଫେରିଲାବେଳେ ଜିନି ପାଇଁ ଡଜନେ ହେବ ଟିକିମିକିଆ କାଚ ଚୁଡ଼ି, ଘୁଙ୍ଗୁରୁ ଲଗା ପାଉଁଜି ନେଇ ଆସିଥିଲେ । ଜିନି ଘରସାରା ବୁଲେ, ଘର ସଜାଡ଼େ, ଡବଡବ ଆଖିରେ ଆଦିତ୍ୟଙ୍କୁ ଚାହିଁରହେ ଓ ବେଳେବେଳେ ଆଦିତ୍ୟଙ୍କ ଦେହରେ ଲେସି ହେଇ ଚାଲିଯାଏ । ଆଦିତ୍ୟଙ୍କ ଯନ୍ତ୍ରମାନବୀ କଥା ଧୀରେ ଧୀରେ ସାହି ପଡ଼ିଶାରେ

ଚର୍ଚ୍ଚା ହେଲା। ଚାଳିଶ ବର୍ଷୀୟ ଅବିବାହିତ ଆଦିତ୍ୟଙ୍କ ଜୀବନରେ ଜିନିର ଆଗମନ ଅତି ବିସ୍ମୟକର ଥିଲା। ଖୁବ୍ କମ୍ ଦିନ ଭିତରେ ଜିନି ତାଙ୍କ ପାଇଁ ନିଜର ହୋଇଯାଇଥିଲା। କିନ୍ତୁ କିଛିଦିନ ପରେ କେତେକ ଅଭୁତ ଘଟଣା ଘଟିବା ପରେ ଲୋକଙ୍କ ଟୁପୁରଟାପର ଜଙ୍ଗଲର ନିଆଁ ପରି ଚାରିଆଡ଼େ କ୍ଷେପିଯାଇଥିଲା। ଅଭୟ ଏବଂ ତାଙ୍କ ସ୍ତ୍ରୀ ବିଚିତ୍ର ପ୍ରଶ୍ନରେ ତାଙ୍କୁ ଭାରାକ୍ରାନ୍ତ କରି ରଖିଥିଲେ। ଅଭୟଙ୍କ ସ୍ତ୍ରୀଙ୍କ କହିବା କଥା ଯେ, ଆଦିତ୍ୟ ଘରେ ନ ଥିବାବେଳେ ତାଙ୍କ ବଗିଚାରେ ଗୋଟେ ସ୍ତ୍ରୀଲୋକ ପହରା ଦେଲାପରି ବୁଲୁଛି। କେବେ କେବେ ତ ଘର ଭିତରୁ ଜୋର୍‌ରେ ତା' କଣ୍ଠସ୍ୱର ଶୁଭୁଛି। ଛକ ପାଖ ଚା ଦୋକାନୀ ହରିଆ ବି ଦିନେ ତାଙ୍କୁ ଅଭିମାନ କରି ପଚାରିଥିଲା– ଆଜ୍ଞା, ଆପଣ ବାହା ହୋଇଗଲେ, ଅଥଚ ଆମକୁ ଟିକେ ଜଣେଇଲେନି! ପ୍ରାୟ ସମସ୍ତେ କହିଲେ ଯେ, ଆଦିତ୍ୟଙ୍କ ଘରେ କୌଣସି ସ୍ତ୍ରୀର ସ୍ୱର, ଚୁଡ଼ି ଝଣ ଝଣ, ଗୀତ ଗାଇବା, ପାଉଁଜି ପିନ୍ଧା ରୁଣ ଝୁଣ ଚାଲି ଶୁଭୁଚି। ହରିଆ ଆଉ ଥରେ ବଡ଼ ବଡ଼ ଆଖି କରି କହିଲା– ଆଜ୍ଞା, ଓମ୍‌ଫେଡ୍ କ୍ଷୀର ଦୁଇ ପ୍ୟାକେଟ୍ ରଖି ସେଦିନ ଢେର ରାତିଯାଏ ଛକଟି ଆପଣଙ୍କ ଅଫିସ୍ ଫେରନ୍ତା ସମୟକୁ ଚାହିଁ ରହିଥିଲି। ହେଲେ ଆପଣ ନ ଆସିବାରୁ କାଲେ ଆପଣ ଘରେ ଥିବେ ଭାବି ମୁଁ ଆପଣଙ୍କ ହତାପାଖ ଗେଟ୍ ଖୋଲି ଭିତରକୁ ଆସିଲି। ଜଣେ ସ୍ତ୍ରୀ ଲୋକ କବାଟ ଖୋଲି କହିଲେ ଆପଣ ନାହାନ୍ତି। ତାଙ୍କୁ କ୍ଷୀର ଦି' ପକେଟ ଦେଇ ମୁଁ ଫେରି ଆସିଲା ବେଳକୁ ପଛକୁ ଚାହିଁ ଦେଖିଲି ସେ ସେମିତି ଛିଡ଼ା ହୋଇଥିଲେ। "ଆଜ୍ଞା ସେ କିଏ କି? ଯଦି ବାହା ହୋଇଛନ୍ତି ତେବେ ଲୁଚଉଛନ୍ତି କାହିଁକି?" ଆଦିତ୍ୟ ଅନ୍ୟମନସ୍କ ହେଉଥିଲେ। ସେ ଜିନିକୁ କେମିତି ବୁଝେଇବେ ଯେ, ସେ ନ ଥିଲାବେଳେ ବାହାରକୁ ନ ଯିବା ଉଚିତ। ବାଧ୍ୟ ହୋଇ ଅଭୟଙ୍କୁ ଜିନି ସମ୍ପର୍କରେ ସବୁ କଥା କହିଥିଲେ ଆଦିତ୍ୟ। ଆଦିତ୍ୟଙ୍କ ଯନ୍ତ୍ରମାନବୀକୁ ଦେଖିବାକୁ ଲୋକଙ୍କ ଭିଡ଼ ଲାଗିଲା। ଜିନି ଭଳି ଗୋଟିଏ ବିସ୍ମୟକର ଯନ୍ତ୍ରକୁ ପାଇଥିବାରୁ ବେଲେବେଲେ ଗର୍ବରେ ଫୁଲିଉଠିଥିଲେ ଆଦିତ୍ୟ। ଖୁସି କିନ୍ତୁ କ୍ଷଣସ୍ଥାୟୀ। ବିଳମ୍ବରେ ଆସେ ଏବଂ ଶୀଘ୍ର ଚାଲିଯାଏ। ଅଫିସରେ ଆଦିତ୍ୟଙ୍କ ମୁଣ୍ଡ ବୁଲେଇ ବାନ୍ତି ହେଇଗଲା। ବାନ୍ତିରେ ରକ୍ତ ଦେଖି, ଅଫିସ୍ ଲୋକେ ତାଙ୍କୁ ହାସପାତାଲରେ ଭର୍ତ୍ତି କରିଦେଲେ। ସପ୍ତାହେ କାଲ ତାଙ୍କର ଚିକିସ୍ସା ଚାଲିଲା। ଡାକ୍ତର କହିଲେ, "ଶ୍ୱାସନଳୀରେ ଇନ୍‌ଫେକ୍‌ସନ୍ ଯୋଗୁଁ ଏମିତି ହୋଇଛି। ସତର୍କ ନ ରହିଲେ ଆଗକୁ ସମସ୍ୟା ବଢ଼ିପାରେ।" ଅଭୟ ଓ ତାଙ୍କ ମିସେସ୍ ଆସି ପହଞ୍ଚିଲେ। ଆଦିତ୍ୟ ଆଖି ବନ୍ଦ କରି ଶୋଇଥାନ୍ତି। ଅଭୟ ଓ ତାଙ୍କ ମିସେସ୍‌ଙ୍କ କଥା ସ୍ପଷ୍ଟ ଶୁଣିପାରୁଥାନ୍ତି। ଅଭୟଙ୍କ ମିସେସ୍ ତାଙ୍କୁ କହୁଥାନ୍ତି– "ଆହେ, ତମେ କହୁନ, ତମେ ତ ତାଙ୍କ ସାଙ୍ଗ!

ମୋ କଥା କ'ଣ ସେ ଶୁଣିବେ! ତାଙ୍କ ଘରଟା ତ ଗୋଟେ ଭୂତକୋଠି ପାଲଟିଲାଣି। ଆମେ ସେ କଲୋନିରେ ରହିବା ନା ନାହିଁ?" ଅଭୟ ଏଥର ଆଦିତ୍ୟଙ୍କୁ ଧୀରେ ଧୀରେ ଡାକିଲେ। ଆଦିତ୍ୟ ସବୁ ବୁଝିଥିଲେହେଁ ନ ଜାଣିଲା ପରି ମୁଣ୍ଡ ଟେକି ଅଭୟଙ୍କ ଆଡ଼କୁ ଚାହିଁଲେ। "ମୁଁ ଭଲ ଅଛି ଅଭୟ! ବ୍ୟସ୍ତ ହୁଅନ୍ତୁନି।" ଅଭୟ ଥରେ ସ୍ତ୍ରୀ ଆଡ଼େ ଆଉ ଥରେ ତଳକୁ ଚାହିଁ ଆଦିତ୍ୟଙ୍କୁ କହିଲେ- "ମୁଁ ଆଉ କିଛି କଥା କହିବାକୁ ଆସିଚି।" - "ହଁ କୁହନ୍ତୁ!" "ଆପଣ ସପ୍ତାହେ ହେବ ମେଡିକାଲରେ ଅଛନ୍ତି। ସେପଟେ ସେଇ ଯୋଉ ମୂର୍ତ୍ତିଟା ଅଛି - ସେ ଆଉ ରଖେଇ ଥୋଇ ଦେଉନି। ଘର ଭିତରୁ ଚୁଡ଼ି-ପାଉଁଜି ଛଣ ଛଣ ଶୁଭୁଥିଲା, ଏବେ ତ ସେ ରାତିଅଧରେ ବଗିଚା ସାରା ବୁଲୁଚି ବୋଲି ଲୋକେ କହୁଛନ୍ତି। କାଲି ରାତିରେ କଲୋନି ସାରା ଲୋକେ କାହା କାନ୍ଦିବା ଶୁଣିଛନ୍ତି। ଆଦିତ୍ୟ କେବଳ ଚାହିଁ ରହିଥାନ୍ତି ଅଭୟଙ୍କୁ। କେମିତି ଅବା ବୁଝେଇବେ ଯେ ଜିନି ତାଙ୍କୁ ହିଁ ଖୋଜୁଥିବ। ମେଡିକାଲରେ ଥିବାରୁ ଜିନି କିଛି ହେଲେ ଖାଇ ନ ଥିବ। ଆଦିତ୍ୟଙ୍କ ଭାବନାକୁ ବାଧାଦେଇ ଏଥର ଅଭୟଙ୍କ ମିସେସ୍ କହିଲେ- ଦେଖନ୍ତୁ ଆଦିତ୍ୟ, ସେ ମୂର୍ତ୍ତିଟାକୁ ଆଉ ରଖନ୍ତୁନି, ଫିଙ୍ଗିଦିଅନ୍ତୁ। ଘରର ବାସ୍ତୁ ଦୃଷ୍ଟିରୁ ସେ ମୂର୍ତ୍ତି ରହିଲେ ଅନେକ କ୍ଷୟକ୍ଷତି ହେବ। ଅଭୟ କହିଲେ- "ଆପଣ ତା' ମାୟାରେ ପଡ଼ିଯାଇଛନ୍ତି। ସେ ମଣିଷଠୁ ବି ମାରାତ୍ମକ। ଆପଣ ବୁଝିଲାବେଳକୁ ସବୁ ଶେଷ ହେଇଯାଇଥିବ।" ସେଦିନ ସନ୍ଧ୍ୟାରେ ସମ୍ପୂର୍ଣ୍ଣ ସୁସ୍ଥ ଥିବା ରିପୋର୍ଟ ଧରି ଆଦିତ୍ୟ ହାସପାତାଳରୁ ଡିସଚାର୍ଜ ହୋଇ ଘରକୁ ଆସିଥିଲେ। ଘର ଭିତର ଅବସ୍ଥା ଦେଖି ତାଙ୍କ ଆଶ୍ଚର୍ଯ୍ୟର ସୀମା ରହିଲାନି। ବହିପତ୍ର, ଗିନା-ତାଟିଆ ଚାରିଆଡ଼େ ଇତସ୍ତତଃ ହେଇ ପଡ଼ିଚି। ଜିନିର ସେ ମୂର୍ତ୍ତି ତାଙ୍କ ଆଡ଼କୁ ଧୀରେ ଧୀରେ ଚାଲିଆସିଲା ଓ ଆଉଜି ପଡ଼ିଲା ତାଙ୍କ କାନ୍ଧରେ। ଜିନି ଭିନ୍ନ ଦିଶୁଥାଏ। ଲାଗୁଥାଏ ସେ ଝଡ଼ିଯାଇଛି। ଦୀର୍ଘଦିନ ପରେ ପ୍ରିୟ ମଣିଷକୁ ଦେଖିଲା ପରି ଆଦିତ୍ୟଙ୍କ ଛାତି ଉପରେ ନିର୍ଭୟରେ ଆଉଜି ପଡ଼ିଥାଏ ଜିନି! ଜିନିକୁ ଧରି ତା'ର ନିର୍ଦ୍ଦିଷ୍ଟ ଜାଗାରେ ଛିଡ଼ା କରେଇଦେଲେ। ଅସୁସ୍ଥତା ହେତୁ ଘରକୁ ସଜାଡ଼ିବା ଅବସ୍ଥାରେ ନ ଥିବାରୁ ଜିନି ପ୍ରତି କ୍ରୋଧ ଓ ନିଜର ଅସହାୟତା ନେଇ ନିସ୍ତେଜ ହୋଇପଡ଼ୁଥିଲେ ଆଦିତ୍ୟ। କିଛିକ୍ଷଣର ବିଶ୍ରାମ ପରେ ଆଖି ଖୋଲିଲା ବେଳକୁ ଘର ପୂର୍ବ ଭଳି ସଜଡ଼ା ଦିଶୁଥାଏ! ଜିନି ତା' ସ୍ଥାନରେ ନ ଥାଇ ଠିକ୍ ତାଙ୍କ ଖଟ ବାଡ଼ାକୁ ଲାଗି ବସିଥାଏ। ଆଦିତ୍ୟଙ୍କୁ ଜିନିର ମୁହଁ ଦେଖି ଭାରି ବିକଳ ଲାଗିଲା। କିନ୍ତୁ, ସେ କ'ଣ ଜିନିକୁ ନିଜ ପାଖରେ ରଖିପାରିବେ? ନା ଏ କଲୋନିର ଲୋକେ ନାନା କଥା କହିବା ଆରମ୍ଭ କରିଦେଲେଣି। ପରଦିନ ସକାଳୁ ସକାଳୁ କବାଟ ଠେଲି ପଶି ଆସିଲେ ଅଭୟ। ବଡ଼ପାଟିରେ ଚିକ୍କାର କରି କହି ଉଠିଲେ- ଆଦିତ୍ୟ! ଆଉ

ଡେରି କରନି ! କାଲି ରାତିରେ ମିଶ୍ର ବାବୁଙ୍କ ପୋଷାକୁକୁର ଟମିର ରକ୍ତ ଜୁଡ଼ୁବୁଡ଼ୁ ଦେହ ମିଳିଲା । ଆମ ହେଡ୍‌କ୍ଲର୍କ ନିଧିର ସ୍ତ୍ରୀ ଅଜଣା ବେମାରରେ ପଡ଼ି ବାୟାଣୀ ଭଳି ହେଉଛି । ଲାଗୁଛି ଏ ସବୁକିଛି ପଛରେ ଦାୟୀ ଆପଣଙ୍କର ଏଇ ମୂର୍ତ୍ତି । ଆଦିତ୍ୟ ଜିନି ଆଡ଼କୁ ଚାହିଁଲେ । ତା' ସୁନ୍ଦର ଆଖିରେ ଥିବା କରୁଣ ବିନୀତ ଅନୁରୋଧକୁ ସେ ପଢ଼ିପାରୁଥିଲେ । ଜିନି ଆଗରେ ହାତଯୋଡ଼ି ଆଦିତ୍ୟ କହିଲେ– କ୍ଷମା କରିଦେ ଜିନି ! ତୋ ପ୍ରତି ମୋର ଭଲପାଇବା ଥିଲେ ବି ତୋତେ ମୁଁ ମୋ ପାଖରେ ରଖିପାରୁନି । ଏ ସମାଜ ବଡ଼ ଅଭୁତ । କିଏ ଖାଇଲା ନ ଖାଇଲା ବୁଝେନି, ହେଲେ କିଏ ଶାନ୍ତିରେ ରହିଲେ ଅଯଥା ହସ୍ତକ୍ଷେପ କରେ । ଏଇ ଶେଷଥର ପାଇଁ ମୁଁ ମୋ ହାତରେ ତୋତେ ଖୁଆଇଦେବି । ଏଇ ନେ କହି ଗିଲାସେ କ୍ଷୀର ଜିନିର ଓଠ ଆଗରେ ଲଗେଇଲେ ଆଦିତ୍ୟ । ମୁହୂର୍ତ୍ତକରେ ଗିଲାସରୁ କ୍ଷୀର ଶେଷ ହେଇଗଲା । ପାନିଆଟେ ଆଣି ନିଜ ହାତରେ ଜିନିର ମୁଣ୍ଡକୁ କୁଣ୍ଢେଇ ବଡ଼ ଗଣ୍ଠିଟେ କରି ସେଥିରେ ବାଡ଼ିର ଜିନିଆ ଫୁଲକୁ ଗଜରା ଭଳି ସଜେଇଦେଲେ । ଦେହସାରା ଅତର ବିଞ୍ଛିଲେ । ଅପେକ୍ଷା କଲେ ମଧ୍ୟରାତ୍ରକୁ । ଆଲିଙ୍ଗନବଦ୍ଧ ମୁଦ୍ରାରେ ଧରିଲେ ଜିନିକୁ । ତା'ର ମଥାରେ, ଗାଲରେ ଆଙ୍କିଲେ ଅଜସ୍ର ଚୁମ୍ବନ । ଆଖିରୁ ଝରି ପଡ଼ୁଥିବା ଲୁହର ବନ୍ୟା ଭିତରେ ଆଦିତ୍ୟ ବାରି ପାରୁଥାନ୍ତି ଅବା ଜିନିର ହୃଦୟର ସ୍ପନ୍ଦନ । ଅନୁଭବ କରୁଥାନ୍ତି ଜିନିର ଅବ୍ୟକ୍ତ ଉଚ୍ଚାରଣକୁ । – "ମୁଁ ଅଶୁଭ ନୁହେଁ । ମୋତେ ତମଠୁ ଦୂରାଅନି ।" ଆଦିତ୍ୟ ଜିନିକୁ ନିଜ ଛାତିରେ ଆଉଜେଇ ନେଇଯାଇଥିଲେ କୁଆଖାଇ ନଦୀବନ୍ଧ ଉପରକୁ । ଜିନିର ହାତରେ କାଜୁ, କିସମିସ୍, ଚେରୀ ଏବଂ ଆଉ କିଛି ଓଖୁଡ଼ା ପୁର୍ଟଲି କରି ବାନ୍ଧିଦେଲେ । ବାସିଫୁଲକୁ ଫିଙ୍ଗିଲା ପରି ଆଦିତ୍ୟ ଜିନିକୁ ଫିଙ୍ଗିଦେଲେ ପାଣିର ସୁଅ ମୁହଁକୁ । ବାଷ୍ପରୁଦ୍ଧ କଣ୍ଠରେ କହିଉଠିଲେ– "ଯା, ତୋତେ ତୋ ବାଟରେ ଛାଡ଼ିଦେଲି ।" ମୁହୂର୍ତ୍ତକରେ ଶେଷ ହୋଇଯାଇଥିଲା ଗୋଟେ ଅଶୁଣା ଗୋପନ କାହାଣୀ । ଜିନି ଜଳସ୍ରୋତରେ ଭାସିଯିବା ଯାଏ ସେମିତି ଏକଲୟରେ ଚାହିଁରହିଥିଲେ ସେ ।

କିଛି ଦିନ ସେ ଘରୁ ବାହାରକୁ ବାହାରି ପାରି ନ ଥିଲେ । ଘରର ସେ ନିର୍ଦ୍ଦିଷ୍ଟ କୋଣଟି ଥିଲା ଶୂନ୍ୟ । ବହିଥାକ ଉପରେ ସଜା ହୋଇଥିଲା କିଛି ଚମ୍ପା-ଜିନିଆ ଫୁଲ । ପାଖକୁ ଥିଲା ଦୁଇଟି ଚିଠି । ବିସ୍ମିତ ହୋଇ ଆଦିତ୍ୟ ଚିଠି ଖୋଲିଦେଲା ବେଳକୁ କିଛିଦିନ ତଳୁ ଆସିଥିବା ତାଙ୍କ ପ୍ରମୋସନ୍ ଲେଟର୍ ପାଇଲେ । ଟେଲିଫୋନ୍ ରିଂ ହେବାରୁ, ଆଦିତ୍ୟ ଫୋନ୍ ଉଠେଇଥିଲେ । ଅଭୟ କହିଲେ, "ବୁଝିଲେ ଆଦିତ୍ୟ, ମିଶ୍ର ବାବୁଙ୍କ ଟମିକୁ ଅନ୍ୟ ଗୋଟେ ବୁଲାକୁକୁର ଝୁଣିଥିବାରୁ ସେ ମରିଥିଲା । ନିଧି ବାବୁଙ୍କ ସ୍ତ୍ରୀଙ୍କର ବ୍ଲଡ୍‌ପ୍ରେସର୍ ଯୋଗୁଁ ସେ ପାଗଳୀଙ୍କ ଭଳି ହେଉଥିଲେ । ଜିନି ଗୋଟେ

ବସ୍ତୁଟେ। ତା' ଯୋଗୁଁ ଏସବୁ ହେଉଛି ଭାବିବା ଥିଲା ମୂର୍ଖାମି। କ୍ଷମା କରିବେ, ଆମେମାନେ ଆପଣଙ୍କୁ ଅଯଥା ହଇରାଣ କଲୁ।" ଏପଟୁ ଆଦିତ୍ୟ କହିଲେ- "ମୋ ଜିନି ଆଉ ଏସବୁ କରିବାକୁ ନାହିଁ, ମୁଁ ମୋ ଏଇ ହାତରେ ତାକୁ ବିସର୍ଜ ଦେଇଛି।" ଭୋ-ଭୋ କାନ୍ଦି ଉଠି ଫୋନ୍ କାଟିଦେଲେ ଆଦିତ୍ୟ! ପୁଣି ଯଦି ବାଲିଯାତ୍ରାରେ ସେଇ ବୁଢ଼ା କେବେ ଦେଖାହୁଏ ଆଉ ଜିନି କଥା ପଚାରେ କ'ଣ ଉତ୍ତର ଦେବେ ତାକୁ? ଗୋଟେ ଯନ୍ତ୍ରମାନବୀକୁ ସେ ଜଳସମାଧି ଦେଇଛନ୍ତି!

ମନେପଡୁଛି ସେଦିନ ସେ ଅଫିସ୍‌କୁ ବାହାରିଥିଲେ ଏବଂ ରାସ୍ତା ଦୁର୍ଘଟଣାରୁ ଜିନି ହିଁ ତାଙ୍କୁ ମେଡିକାଲ୍ ଯାଏ ଆଣି ଏଭଳି କରିଥିବ। ସବୁକଥା ଆଦିତ୍ୟଙ୍କ ଆଗରେ ସ୍ପଷ୍ଟ ହୋଇଯାଉଥିଲା।

ମେଡିକାଲ୍‌ରୁ ଘରକୁ ଫେରିବା ପରେ ଖାଁ ଖାଁ ଘରଟା ଯେମିତି ତାଙ୍କୁ ଖାଇ ଗୋଡ଼େଇଲା ପରି ଲାଗୁଥାଏ। ଅଭୁତ ଭାବନା ଭିତରେ ଦି' ରାତି ଶୋଇପାରି ନ ଥିଲେ ଆଦିତ୍ୟ। ଦି' ରାତିର ଅଧାନିଦକୁ ପୂରା କରିବା ପାଇଁ ଗୋଟେ ନିଦ ବଟିକାଟେ ଖାଇ ଶୋଇବାକୁ ଚେଷ୍ଟା କରିଛନ୍ତି କି ନାହିଁ, ଦେହ ପାଖରେ କେହି ଲେସି ହେଇ ଚାଲିଯିବାର ଅନୁଭବ। ଚିହ୍ନା କାହା ଶ୍ୱାସ-ପ୍ରଶ୍ୱାସର କିଛି ନିରବିତ ଶବ୍ଦ ବାରିପାରି ଉଠିବସିଲେ ଆଦିତ୍ୟ। ଶୋଇଥିବା ପ୍ରକୋଷ୍ଠରେ ସ୍ତିମିତ ନୀଳ ଆଲୋକ ବିଛାଡ଼ି ହୋଇ ପଡ଼ିଥାଏ। ଘରୁର ସେଇ ନିର୍ଦ୍ଦିଷ୍ଟ ସ୍ଥାନଟିରେ ଜଣକର ଅନୁପସ୍ଥିତିର ଶୂନ୍ୟତାକୁ ଅନୁଭବ କରୁଥିଲେ ଯେଉଁଠି ଦି' ବର୍ଷ ଧରି ସେ ଜିନିକୁ ଅପଲକ ଚକ୍ଷୁରେ ଛିଡ଼ାହେବା ଦେଖି ଆସୁଥିଲେ। କେମିତି ଏକ ତୀବ୍ର ଶୂନ୍ୟତାରେ ଆଦିତ୍ୟଙ୍କ ହୃଦୟ ଓଜନିଆ ଲାଗୁଥିଲା। ବିକଳ ଆବେଗରେ ତାଙ୍କ ହୃଦୟ ପୂରି ଉଠୁଥିଲା। କଡ଼ ଲେଉଟାଇ ଶୋଇବାକୁ ଆପ୍ରାଣ ଚେଷ୍ଟା କରିଚାଲିଥିଲେ ଆଦିତ୍ୟ। ମୁଣ୍ଡ ଉପର ପଙ୍ଖାଟା ଜୋରରେ ବୁଲୁଥିଲେ ବି କପାଳରେ ଥୋପି ଥୋପି ଝାଳବିନ୍ଦୁ ଜକେଇ ଆସୁଥାଏ। ସେତିକିବେଳେ ଝରକା ସେପଟୁ ୫ଣ ୫ଣ ଶବ୍ଦ ଶୁଭିଲା, ଜିନିର କାଚ ରୁଢ଼ିର ଶବ୍ଦ ଭଳି। ନା- ଆଉ ଶୋଇହେବନି ଭାବି ଆଦିତ୍ୟ କବାଟ ଖୋଲି ବାହାରକୁ ବାହାରିଲେ। ପୁନେଇଁର ଗୋଲ୍ ତୋଫା ଜହ୍ନ ଆଲୁଅରେ ବାହାର ବଗିଚାର ଚୁନାଚୁନା ଫୁଲସବୁ ସୁନ୍ଦର ଦିଶୁଥାନ୍ତି। ଗେଟ୍‌କୁ ଲାଗି ସେ ଆମ୍ବଗଛ ଚଉତରା ପାଖରେ କିଏ ସେ ଛିଡ଼ା ହେଇଛି? ସ୍ପଷ୍ଟ ଦେଖିପାରୁଥିଲେ ଆଦିତ୍ୟ। ବଡ଼ ପାଟିରେ ପଚାରିଲେ- କିଏ ସେ ସେଠି? "ସେଇଠି ରୁହ" କହି ଆଦିତ୍ୟ ବଡ଼ ବଡ଼ ପାହୁଣ୍ଡ ପକେଇ ବଗିଚା ଭିତରକୁ ଗଲେ। ପଥର ଖଣ୍ଡେ ଝୁଣ୍ଟିପଡ଼ିବାରୁ ତାଙ୍କ ପାଦର ଗୋଇଠିଟା ମୋଡ଼ି ହୋଇଗଲା। ଓଃ! କହି ପାଦଟାକୁ ଚାପି ଧରିବାକୁ ନଇଁପଡ଼ି ଗେଟ୍ ଆଡ଼କୁ ଚାହିଁଲା ବେଳକୁ ସେଠି କେହି ନ

ଥିଲେ । ଶରତ ରତୁର ଧିମା ଧିମା ଶୀତୁଆ ପବନ ଆଦିତ୍ୟଙ୍କୁ ଟିକେ ଆନମନା କରୁଥାଏ । ଜିନିର ସେଇ ଡ଼ଳଢ଼ଳ କଣ୍ଢେଇ ଭଳି ଆଖି ତାଙ୍କ ଆଗରେ ନାଚି ଯାଉଥାଏ । କ୍ଷଣେ ଗେଟ୍ ଆଡ଼କୁ ଆଉ ଟିକେ ଚଉତରା ଆମ୍ବଗଛ ମୂଳକୁ ଚାହିଁ, ପୁଣି ନିଜ ପ୍ରକୋଷ୍ଠକୁ ଫେରି ଆସିଲେ ଆଦିତ୍ୟ । ଘଣ୍ଟାରେ ରାତି ସାଢ଼େ ତିନି । ଛୋଟପିଲା ପରି କାନ୍ଦିଉଠିଲେ ଆଦିତ୍ୟ ।

ପଛରୁ କାହାର ଏ ପାଉଁଜି ଶବ୍ଦ ! କାହାର ଏ ସ୍ପର୍ଶ ! ଲୁହଭିଜା ଆଖିରେ ପଛକୁ ଚାହିଁଲାବେଳକୁ ଏ କ'ଣ ଦେଖୁଛନ୍ତି ସେ ! ହସ ହସ ମୁହଁରେ ଛିଡ଼ାହୋଇଥିଲା ଜିନି । ଆବେଗରେ ତା' ପାଖକୁ ଧାଇଁଗଲେ ଆଦିତ୍ୟ । କୁନିଛୁଆକୁ ଧରିଲା ପରି ଜୋର୍‌ରେ ଜାବୁଡ଼ି ଧରିଲେ ଜିନିକୁ । ଜିନିର ହୃଦୟର ଅସ୍ଫୁଟ ଶବ୍ଦ ଶୁଣିପାରୁଥିଲେ ସେ । ସତେଯେପରି ସେ କହୁଥିଲା– "ଆତ୍ମା ଅମର, ଜିନି ଅମର, ତାର ମରଣ ନାହିଁ ।" ଆଦିତ୍ୟଙ୍କୁ ଶୁଭୁଥିଲା ଜିନିର ସ୍ୱର– "କାନ୍ଦ ନାହିଁ । ପରକଥାକୁ ଧରିବସିଲେ କ'ଣ ଘର ଚଳେ ? ଲୋକେ ତ କେତେ କ'ଣ କହିବେ !"

ତୃଷାର ଆବର୍ତ୍ତ

ଶ୍ରାବଣର ବର୍ଷାଝରା ହେମାଳ ରାତିରେ ମୋହିନୀପୁର ଗାଁଟା ଘଡ଼ିଏ ଶୋଇଥିବ କି ନାହିଁ, ମିଶ୍ରସାହି ପଟୁ ବିମ୍ୟାଧରର ଚିତ୍କାର ସେ ନିଦ ଭାଙ୍ଗିଦେଲା । ବିମ୍ୟାଧର ଘନଶ୍ୟାମ ମିଶ୍ରଙ୍କ ଘର ପାଖକୁ ଲାଗିଥିବା କୋଠାଘରୁ ବାହାରିଆସି ବଡ଼ପାଟିରେ ଡାକିଲା- "ନାନା ! ଉଠ ହେ ଉଠ । ଠାକୁମା' ହିକା ମାରିଲାଣି । ଏଥର ଆଉ ବଞ୍ଚିବନି । ଆସ, ଆସ, ଏ ବରଷା ପାଗରେ କୋକେଇ ପାଇଁ ଶୁଖିଲା କାଠ ଯୋଗାଡ଼ କରିବାକୁ ପଡ଼ିବ ଯେ !" ଘନଶ୍ୟାମ ମିଶ୍ରଙ୍କ ଶୋଇବାଘର ଆଡ଼କୁ ଝପଟି ଆସି ସେହି କଥାକୁ ପୁଣିଥରେ ଦୋହରେଇଲା ବିମ୍ୟାଧର । ଘନମିଶ୍ରଙ୍କ ନିଦ ଭାଙ୍ଗିସାରିଥିଲା । ସେ ବାହାରକୁ ଆସି ଦେଖିଲେ ଝିପିଝିପ ବର୍ଷା ଲାଗିରହିଛି । ଅନ୍ଧାର ହଟିନାହିଁ । ତାଟି ବାହାରେ ଛିଡ଼ା ହୋଇଥିବା ବିମ୍ୟାଧରକୁ ଠିକ୍ ଭାବରେ ଦେଖି ନ ପାରି ସେ ଦାଣ୍ଡଘରର ଆଲୁଅ ଜଳେଇଦେଲେ । ବିମ୍ୟାଧର ଏଥର ତାଟି ଖୋଲି ଘନମିଶ୍ରଙ୍କ ପିଣ୍ଡା ଉପରକୁ ଆସିଲା । ବର୍ଷାର ବେଗ ସହିତ ପବନର ବେଗ ବଢ଼ୁଥାଏ । ଏମିତି ଆଗରୁ ଚାରି ଚାରି ଥର ଠାକୁମା'ର ଅନ୍ତ୍ୟେଷ୍ଟି କ୍ରିୟାକର୍ମ ପ୍ରସ୍ତୁତ କରି ସୁଦ୍ଧା ଶେଷକୁ ମଶାଣିରୁ ସେ ଜିଙ୍କି ଫେରିଆସିଛନ୍ତି । ବିମ୍ୟାଧରକୁ ଚାହିଁ ଘନମିଶ୍ରେ ଚିଡ଼ିଗଲା ସ୍ୱରରେ କହିଲେ- "ବିମ୍ୟା, ତୁ ଚାରିବର୍ଷ ହେଲା ବୁଢ଼ୀଙ୍କ ଦାୟିତ୍ୱରେ ଅଛୁ । ଥରେ ନୁହେଁ, ଚାରିଥର ହେଲା ବୁଢ଼ୀଙ୍କର ଶେଷ ଅବସ୍ଥା ଭାବି ସବୁ ସଜଡ଼ାସଜଡ଼ି କଲାବେଲକୁ ବୁଢ଼ୀ ପୁଣି ସୁସ୍ଥ ହେଇ ଫେରୁଛନ୍ତି । କତରାଲଗା ହେଲେଣି, ହେଲେ ପ୍ରାଣ ଯାଉନି । ତୋତେ କ'ଣ ଲାଗୁଛି, ଏଥର ବୁଢ଼ୀ ସତରେ ଯିବେ ? ଚାରିବର୍ଷ ହେଲା ସେ ଗୋଟେ ଫାରସ ଚଲାଇଛନ୍ତି । ସେ ମରୁଛନ୍ତି ନା ଆମକୁ ଶାନ୍ତିରେ ରହିବାକୁ ଦେଉଛନ୍ତି ।"

ବିମ୍ୟାଧର ନିରୀହ ଆଖିରେ ମିଶ୍ରଙ୍କ ଆଡ଼କୁ ଚାହିଁ କହିଉଠିଲା- "ମୁଁ କେମିତି କହିବି ଆଜ୍ଞା ? ମୁଁ ତ ଚାକର ଲୋକ । ସେ ଆପଣଙ୍କ ବଡ଼ ଭାଉଜ । ଆପଣ ତାଙ୍କର ଦେଖାରଖା ଦାୟିତ୍ୱ ମୋତେ ଦେଇଛନ୍ତି । ମୋ କାମ ହେଲା ତାଙ୍କର ସବୁ ଭଲମନ୍ଦ

ଖବର ଆପଣଙ୍କୁ ଜଣେଇବା । ତେବେ ମୋତେ ଲାଗୁଛି ଏଥର ସେ ଆଉ ବଞ୍ଚିବେନି ।"

ଘନମିଶ୍ର କହିଲେ- "ତୁ ତ ଜାଣୁ, ଯା' ପୂର୍ବରୁ ଥରେ ତାଙ୍କର ଦେହହାତ ନିଷ୍ଚଳ ହେଇଥିଲା । କୋକେଇରେ ବାନ୍ଧି ତାଙ୍କୁ ଗାଁ ମଶାଣିକୁ ନେଇଥିଲେ, କିନ୍ତୁ ନିଆଁ ଲାଗିବା ପୂର୍ବରୁ ସେ ହାତଗୋଡ଼ ହଲେଇଲେ । ମଶାଣିରୁ ଫେରି ପୁଣି ସେମିତି କତରାଲଗା ହୋଇ ଶୋଇଗଲେ । କି ହଟଚଟା ହେବାକୁ ନ ପଡ଼ିଥିଲା ସେତେବେଲେ ! ହଁ, ଏତିକି ରକ୍ଷା ଯେ, ଦେହରେ ତାଙ୍କର ଘା'ଘାଉଡ଼, ପୂଜରକ୍ତ କି ପିମ୍ପୁଡ଼ି ଜନ୍ଦା ଲାଗିନାହାନ୍ତି । ନ ହେଲେ ଆମର କି ଦଶା ଯେ ହୁଅନ୍ତା !"

ବିମଳଧର କହିଉଠିଲା- "ହଁ, ଆଜ୍ଞା - ଆପଣ ଦିଅର ହୋଇ ମଧ ଭାଇ ପରି ତାଙ୍କର ସବୁ ଦାୟିତ୍ୱ ନେଇଛନ୍ତି । ବାହାଘରର ମାସେ ନ ପୂରୁଣୁ ତାଙ୍କ ସ୍ୱାମୀଙ୍କର ଦେହାନ୍ତ ହେଲା । ସେଇଦିନୁ ଆପଣ ତାଙ୍କୁ ସ୍ନେହ ଆଦରରେ ରଖିଛନ୍ତି । ସେ ବି ଚାହିଁଥିଲେ ଏ ଗାଁ ଛାଡ଼ି ତାଙ୍କ ବାପଘରକୁ ଯାଇପାରିଥାଆନ୍ତେ । କିନ୍ତୁ ଆପଣଙ୍କ ସ୍ନେହ, ଆଦର ଯୋଗୁଁ ସେ ଏଇ ଗାଁରେ ହିଁ ସବୁଦିନେ ରହିଗଲେ ।"

ଦୀର୍ଘଶ୍ୱାସ ଛାଡ଼ି ମିଶ୍ର ପୁଣି କହିଲେ- "ହଁରେ ବିମା, ବାପଘରକୁ ଫେରିଯିବାକୁ ମୁଁ ବହୁଥର ଭାଉଜଙ୍କୁ କହିଛି । ସେ କିନ୍ତୁ ନିରୁଭର ରହନ୍ତି ସବୁବେଲେ । ସେ ଚାହିଁଥିଲେ ଗୋଟେ ନୂଆ ଜୀବନ ଆରମ୍ଭ କରିପାରିଥାଆନ୍ତେ । ମାତ୍ର ପନ୍ଦର ବର୍ଷ ବୟସରେ ସେ ଯେତେବେଲେ ବିଧବା ହେଇଗଲେ, ସେତେବେଲେ ତାଙ୍କର ସେ ଚେହେରା ଦେଖି ମୋ ଛାତି ଭିତରଟା ଥରିଉଠିଥିଲା । ସଂସାର କ'ଣ ବୁଝିବା ଆଗରୁ ହିଁ ତାଙ୍କ ସଂସାର ସରିଯାଇଥିଲା । ଲୋକେ ତାଙ୍କୁ ଗେରସ୍ତଖାଇର ଉଲୁଗୁଣା ଦେଇ ତାଙ୍କୁ ଅପମାନ ଦେଲେ । ସେତେବେଲେ ଅଧିକାଂଶ ସମୟରେ ମୁଁ ତାଙ୍କୁ ମୁହଁ ଲୁଚେଇ କାନ୍ଦିବାର ଦେଖିଛି । ପୂଜାପାର୍ବଣରେ ଧଲାଶାଢ଼ି ପିନ୍ଧି ଗୋଟିଏ କୋଣରେ ସମସ୍ତଙ୍କୁ ଅଲଗା ହୋଇ ବିଷଣ୍ଣ ମୁହଁରେ ବସିବାର ଦେଖିଛି । ସତରେ ବିମା, କିଶୋରୀଟିଏ କେମିତି ହଠାତ୍ ପରିପକ୍ୱ ନାରୀଟିଏ ପାଲଟିଗଲା ଭାବିଲେ ଆଶ୍ଚର୍ଯ୍ୟ ଲାଗେ । ସେ ଘଟଣାକୁ ଆସି ପଚାଶ ବର୍ଷ ହେଲାଣି । ମୋ ପୁଅ ବାହାସାହା ହୋଇ ବିଦେଶରେ ରହିଲା । ତା' ମାଆ ଚାଲିଗଲା । ଗାଁରେ କେତେ କ'ଣ ବଦଲିଗଲା । ଏହା ଭିତରେ କିନ୍ତୁ ଯିଏ ବଦଲିପାରିଲା ନାହିଁ, ସିଏ ହେଉଛନ୍ତି ମୋ ଭାଉଜ - ତୋ ଠାକୁମା' । କାମଦାମ ଆଉ ସଂସାର ଜଞ୍ଜାଲରେ ବ୍ୟସ୍ତ ରହି ମୁଁ ସବୁବେଲେ ତାଙ୍କ ଭଲମନ୍ଦ ବୁଝିପାରି ନ ଥାଏ । ପୁଅର ପାଠପଢ଼ା ବେଲେ ଆମେ ତ ଗାଁରୁ ଯାଇ ସହରରେ ରହୁଥିଲୁ । ଏଠି ସେ ଏକା ଏକା ଘରବାଡ଼ି, ଚାଷବାସ ସବୁର ଦାୟିତ୍ୱ ନେଇଥାଆନ୍ତି । ଆମେ ଆସିଲାବେଲକୁ ଅଗଣା, ଦାଣ୍ଡପିଣ୍ଡାରୁ ନେଇ ଘର ଭିତରର ସବୁ ଜିନିଷ ଯଥାସ୍ଥାନରେ

ସଜଡ଼ା ହୋଇଥାଏ। କେବେ କେବେ ଦୀର୍ଘ ଅନ୍ତରାଳରେ ମୁଁ ସହରରୁ ଫେରିଆସି ଦେଖେ, ଆମ ଘରର କୂଅ ପାଖକୁ ଥିବା ଖଣ୍ଡେ ଅଣଓସାରିଆ ସନ୍ତସନ୍ତିଆ ଦିହ ଉପରେ ସେ ଲଗେଇଥାଆନ୍ତି ଲେଉଟିଆ ଶାଗପତାଳିଏ, ତା' ପାଖକୁ ଗୋଛେ ମଲ୍ଲୀଗଛ ଆଉ ହାତେ ଛାଡ଼ି ଥିବା ଠିକ୍ କାନ୍ଥିନୀ କଡ଼କୁ ଖଣ୍ଡେ ବାଉଁଶ ଢେରା ଦେଇ ଲତେଇ ଦେଇଥିବେ ଥୋପି ଅପରାଜିତା ଗଛ। କୁଞ୍ଜଲତାର ଟିକି ଟିକି ନାଲିଫୁଲର କୁଞ୍ଜ ଚମକ୍ରାର ଉପବନର ଭ୍ରମ ତୋଳିଧରେ। ମୁଁ ଘରେ ପାଦ ଦେଇ କିଛି କହିବା ପୂର୍ବରୁ ସେ ନିରବରେ ହିଁ ଯୋଗାଡ଼ିଦିଅନ୍ତି ମୋ ଦରକାରୀ ଜିନିଷ, କହିବା ପୂର୍ବରୁ ସେ ବାଢ଼ିଦିଅନ୍ତି ମୋ ମନପସନ୍ଦର ବ୍ୟଞ୍ଜନ। କେମିତି ଯେ ସେ ଏମିତି ଏକ ନିରବ, ନିଃସଙ୍ଗ ଜୀବନକୁ ସହି ନିଅନ୍ତି, ଭାବିଲେ ମୋତେ ଆଶ୍ଚର୍ଯ୍ୟ ଲାଗେ।

ପୁଣି ଆଶ୍ଚର୍ଯ୍ୟ ଲାଗେ ଗୋଟେ ପନ୍ଦର ବର୍ଷର କିଶୋରୀ ଦୀର୍ଘ ପଚାଶ ବର୍ଷ ଏକାକିନୀ ହୋଇ କେମିତି କାଟିପାରିଲା! ତାଙ୍କର ସବୁ ସମୟ ମନ୍ଦିର ଓ ମନ୍ଦିର ପାଖରେ ଥିବା ସିଦ୍ଧପୁରୁଷଙ୍କ ଆଶ୍ରମରେ ବିତେ। ସେଇ ଦୁଇଟା ସ୍ଥାନ ତାଙ୍କ ପାଇଁ ଜୀବନର ସବୁଠାରୁ ପ୍ରିୟ ସ୍ଥାନ। କି ଖରା, କି ବର୍ଷା, କି ଶୀତ କାକର, ରାତି ଚାରିଟାରୁ ଉଠି ଦାଣ୍ଡ ଓଳେଇ ନିତ୍ୟକର୍ମ ସାରି ମନ୍ଦିର ଓ ଆଶ୍ରମକୁ ଯିବା ଥିଲା ତାଙ୍କ ନିତିଦିନିଆ ଅଭ୍ୟାସ। ଯଦି କେବେ ଦେହପା ଯୋଗୁଁ ଆଶ୍ରମ ଯାଇପାରନ୍ତି ନାହିଁ, ସେବେ ଆଶ୍ରମରୁ କେହି ନା କେହି ଆସି ତାଙ୍କ ଭଲମନ୍ଦ ପଚାରିଦେଇ ଯାଆନ୍ତି। ପ୍ରାୟ ପ୍ରତି ସନ୍ଧ୍ୟାରେ ସିଦ୍ଧପୁରୁଷ ଆଶ୍ରମର ଚଉତରା ଉପରେ ସେ କେବେ ମୀରା ଭଜନ, କେବେ ଭାଗବତ ଅବା ଅଷ୍ଟଗୁଜରୀ ବୋଲୁଥିବାର ମୁଁ ଦେଖିଛି ଆଉ ଶୁଣିଛି। ଆଉ ସେ ଯେତେବେଳେ ମନ୍ଦିରରୁ ସନ୍ଧ୍ୟାଆଳତି ସାରି ଘରକୁ ଫେରନ୍ତି ସେତେବେଳେ ତାଙ୍କ ଉପସ୍ଥିତିରେ ହିଁ ଚାରିଆଡ଼ କର୍ପୂର-ଅଗୁରୁ ଗନ୍ଧରେ ମହମହ ବାସେ। ତାଙ୍କଆଡ଼େ ମୁଁ ଚାହିଁପାରେନି। ସତେ କି ଅପରୂପା ଦେବୀଟିଏ ସେ! ସେତେବେଲେ ତାଙ୍କ ଚେହେରା ଦାଉଦାଉ ଦିଶୁଥାଏ। କେବେ କେବେ ତାଙ୍କ ମୁହଁ ପୁଣି ମେଘଢଙ୍କା ଆକାଶ ପରି ଗମ୍ଭୀର ଓ ବିଷଣ୍ଣ ବି ଦିଶେ। ସେ ପ୍ରାୟତଃ ନିରବ ମଣିଷ। ଛୋଟିଆ ଗୋରା ତକତକ କପାଲ ଉପରେ କର୍ପୂରମିଶା କେଶର ରଙ୍ଗର ଚନ୍ଦନ ବିନ୍ଦୁଟିଏ ଏବଂ ମଥା ଉପରେ ଢାଙ୍କିଥିବା ଶୀର ପଣତ ତାଙ୍କ ମୁହଁଟିକୁ ଅଭୁତ ଲାବଣ୍ୟରେ ଭରିଦିଏ। କିନ୍ତୁ ବେଲେବେଲେ ରାତିଅଧରେ ତାଙ୍କ କାନ୍ଦଣା ବି ମୁଁ ଶୁଣେ। କ'ଣ ପାଇଁ କାନ୍ଦନ୍ତି ତାହା ବୁଝିବାକୁ କ'ଣ ବାକି ଥାଏ! ହଁ, ଯେବେଠାରୁ ସିଦ୍ଧପୁରୁଷ ଆଶ୍ରମରେ ତାଙ୍କୁ ଫୁଲ ଦେବାର ଦାୟିତ୍ୱ ଦିଆଗଲା ତା' ପରଠାରୁ ସେ ଖୁବ୍ ଖୁସି ରହିଲେ। ସବୁଦିନ ଆଶ୍ରମକୁ ମଲ୍ଲୀ, ତରାଟ, କନିଅର, ଟଗର ଓ ଅପରାଜିତା ଫୁଲର ହାର ଗୁନ୍ଥି ସେ ଆଶ୍ରମରେ ମଦନମୋହନଙ୍କ

ସଜଉଥିଲେ। କିଛିବର୍ଷ ତଳେ ସିଦ୍ଧଆଶ୍ରମକୁ ଜଣେ ଯୁବସାଧୁ ଆସିଥିବା କଥା ଗାଁ ଛକରେ କଥା ଉଠିଲା। ସେ ଜଣେ ମହାଜ୍ଞାନୀ ପୁରୁଷ। ତାଙ୍କ ପ୍ରବଚନରେ ଗାଁ ଲୋକମାନେ ଏତେ ସମ୍ମୋହିତ ହୋଇଯାଉଥିଲେ ଯେ ମୁଁ ମଧ ସେଥିରୁ ବାଦ୍ ପଡ଼ି ନ ଥିଲି। ଥରେ ସେ ଏକ ସତ୍ସଙ୍ଗରେ କହୁଥା'ନ୍ତି- ବିନା କାରଣରେ ହସିହୁଏ, ବିନା ଶବ୍ଦରେ ଅନ୍ୟ ହୃଦୟରେ ନିଜ ଆତ୍ମାର କଥାକୁ ବିସ୍ତାରିତ କରିହୁଏ, ବିନା ସ୍ପର୍ଶରେ ଅନ୍ୟକୁ ସ୍ପର୍ଶ କରିହୁଏ, ବିନା ଦେଖା ଓ ବିନା ସାନ୍ନିଧ୍ୟରେ ପ୍ରେମ କରିହୁଏ, ଯେମିତି ଆମେ ଈଶ୍ୱରଙ୍କୁ କରୁ। ଯୁବସାଧୁଙ୍କର ଶବ୍ଦରେ କି ସମ୍ମୋହନ ଶକ୍ତି ଥିଲା କେଜାଣି ତା ପରଠାରୁ ମୁଁ ବି ତାଙ୍କ ପାଖକୁ ଯିବାକୁ ଭାବିଥିଲି; କିନ୍ତୁ କାମଚାପ ଯୋଗୁଁ ସେସବୁ ମୋ ପକ୍ଷେ ସମ୍ଭବ ନ ଥିଲା।

"ଦିନେ ଭାଉଜ ଛୋଟ ପିଲା ପରି ମୋ ପାଖକୁ ଧାଇଁଆସି କହିଲେ- "ଜାଣ ଶ୍ୟାମ, ଆଜି ମୁଁ ମୋ ବଞ୍ଚିବାର ଲକ୍ଷ୍ୟ ପାଇଗଲି। ଆଜିଠୁ ମୁଁ ଆଉ କେବେ ବି ଦୁଃଖୀ ହେବିନି।" ମୁଁ କିଛି ବୁଝି ନ ପାରି ଆଶ୍ଚର୍ଯ୍ୟ ହୋଇ ତାଙ୍କ ଆଡ଼କୁ ଚାହିଁଥିଲି। ପ୍ରକୃତରେ ସେଇଦିନଠାରୁ ହିଁ ସେ ସମ୍ପୂର୍ଣ୍ଣ ବଦଳିଯାଇଥିଲେ। ସବୁବେଳେ ଗୁଣୁଗୁଣୁ ହୋଇ ଗୀତ, ଭଜନ ନ ହେଲେ ଶ୍ଳୋକ ଆବୃତ୍ତି କରୁଥିବେ। ହସ ହସ ମୁହଁରେ ଘର ସଜାଉଥିବେ। ସତେ ଯେମିତି କେହି ଅତିଥି ଆସିବେ କି! ମୁଁ ଦିନେ ଏମିତି ଭାବି ତାଙ୍କୁ ପଚାରିଲି କେହି ଆସିବେ କି ଭାଉଜ? ସେ ହସିଦେଇ କହିଲେ- ପ୍ରଭୁ କେତେବେଳେ ଆସିଯିବେ କ'ଣ କାହାକୁ ଜଣା ଥାଏ? ସବୁବେଳେ ତେଣୁ ଘର ସହିତ ମନକୁ ବି ସ୍ୱଚ୍ଛ ଓ ପରିଷ୍କାର ରଖିବାକୁ ହେବ। ମୁଁ ତାଙ୍କୁ ବଲବଲ କରି ଚାହିଁଥିଲି। ସେ ସତରେ ଭାରି ଅଭୁତ ଥିଲେ।

ତାଙ୍କର ଜୀବନ ଏଇ ଘର, ସକାଳ ସଞ୍ଜରେ ମନ୍ଦିର ଓ ଆଶ୍ରମ ଭିତରେ ଯେମିତି ବନ୍ଧା ପଡ଼ିଥିଲା। ଛୁଆରୁ ବଡ଼ ଯାଏ ଗାଁସାରା ଲୋକ ତାଙ୍କୁ ଠାକୁମା' ଠାକୁମା' ଡାକିବାରେ ଲାଗିଲେ। କେମିତି ଯେ ଏତେଗୁଡ଼ିଏ ବର୍ଷ ବିତିଗଲା ଜଣାପଡ଼ିଲାନି। କିଛିବର୍ଷ ହେଲା ଆଶ୍ରମରେ ଭିଡ଼ ଜମୁ ନ ଥିଲା। ବିଶେଷ ଭାବରେ ଯେବେଠାରୁ ସାଧୁ ଜଣକ କୌଣସି କାରଣ ଯୋଗୁଁ କେଉଁ ଗୁପ୍ତସ୍ଥାନରେ ଯାଇ ସାଧନାରେ ରହିଲେ। ମୁଁ ଲକ୍ଷ୍ୟ କଲି ତା' ପରଠାରୁ ମୋ ଭାଉଜ ପ୍ରାୟ ନିରବ ଓ ଉଦାସ ରହୁଥିଲେ। ତା'ପରେ ତାଙ୍କ ସ୍ୱାସ୍ଥ୍ୟ ମଧ ଖରାପ ହେବାରେ ଲାଗିଲା। ସେ ଭଲକରି ଚଲାବୁଲା କରିପାରିଲେ ନାହିଁ। ଚାରିବର୍ଷ ହେଲା ମନ୍ଦିର ଯିବା ଯେବେଠାରୁ ବନ୍ଦ ହେଲା ସେବେଠାରୁ କେବେ ଖରାବେଳେ ତ କେବେ ରାତିଅଧରେ ମୁଁ ତାଙ୍କର ବାହୁନା ଶୁଣେ। ସେ କାନ୍ଦିଲେ ମୋତେ ଭଲ ଲାଗେନି। ମିଛରେ ବିରକ୍ତ ହୋଇ ତାଙ୍କୁ କହେ-

କାହିଁ କାନ୍ଦୁଛ କହିଲ ? ବଳ-ବୟସ ତ ଗଲାଣି । ଏତେ ବର୍ଷ ତ ଦିଅଁ-ଦେବତା କଲ ! ଯଦି ମନ୍ଦିରକୁ ନ ଯାଇ ପାରୁଛ ଏଇ ଘରେ ରହି ତାଙ୍କୁ ତମେ ଡାକିପାରିବ ଓ ତମ କଥା ସେ ଶୁଣିବେ । ମୋ ପାଟି ଶୁଣି ତାଙ୍କ କାନ୍ଦିବା କିଛି ସମୟ ବନ୍ଦ ହୋଇଯାଏ । ଧକେଇବାର ଶବ୍ଦ ଆସେ । ଏଥିରୁ ମୁଁ ଅନୁଭବ କରିପାରେ ଯେ ସେ ବୋଧେ ତାଙ୍କ ମୁହଁରେ ଲୁଗା ଜାକି ଜୋରରେ କାନ୍ଦୁଛନ୍ତି । ଗଲା ଚାରିବର୍ଷରେ ଚାରିଥର ମୁଁ ତାଙ୍କୁ ମରଣମୁହଁରୁ ଫେରିବାର ଦେଖିଲିଣି । କୋକେଇ ବନ୍ଧା ସରି ସବୁ ଆୟୋଜନ ସରିଥିବ, ଅଥଚ...।"

ବିମ୍ୟାଧର ଦୀର୍ଘଶ୍ୱାସ ଛାଡ଼ି ବଲବଲ କରି ଚାହିଁଲା ଘନମିଶ୍ରଙ୍କ ମୁହଁକୁ ।

ମିଶ୍ର ବିମ୍ୟାଧରକୁ ନିଜ ପାଖକୁ ଆସିବାକୁ ଆଖିରେ ଇସାରା ଦେଇ କହିଲେ– "ବିମ୍ୟା, ମୋ ମନକୁ ଗୋଟେ କଥା ଆସୁଛି । ତୁ ଯଦି ଟିକେ ସାହାଯ୍ୟ କରନ୍ତୁ, ତେବେ ଯ।'ର ସମାଧାନ ହୁଅନ୍ତା ।"

ବିମ୍ୟାଧର ଉସ୍ତୁକତାର ସହ ତାଙ୍କ ଆଡ଼କୁ ଚାହିଁରହିଲା ।

"ତାଙ୍କୁ ଥରେ ପଚାରନ୍ତୁନି, ତାଙ୍କ ମନରେ କି ଦୁଃଖ, କି ଅବସୋସ ଅଛି, ଯେଉଁଥିପାଇଁ ତାଙ୍କ ଆତ୍ମା ଏତେ ଛଟପଟ ହେଉଛି ? ତାଙ୍କ ଅବୟବ ଶିଥିଲ ହେଲା ପରେ ବି କେଉଁ ଆଶା ଟିକକ ତାଙ୍କୁ ଦେହ ଛାଡ଼ିବାକୁ ଦେଉନି ? ବାନ୍ଧି ରଖୁଛି । କ'ଣ ତାଙ୍କ ଶେଷଇଚ୍ଛା ? କ'ଣ ତାଙ୍କର ଅନ୍ତିମ ତୃଷା ?"

ବିମ୍ୟାଧରର ଦୁଇ ଆଖି କ୍ଷଣକ ପାଇଁ ଚିକ୍‌ଚିକ୍‌ କରି ଉଠିଲା । ଥରିଲା ଓଠରେ ସେ ଅସ୍ୱସ୍ତ ଭାବରେ କହିଲା– "ନନା, ସେ କାରଣଟି ବୋଧେ ମୁଁ ଜାଣେ । ଚାଲନ୍ତୁ ଆଜ୍ଞା, ଠାକୁମା'ଙ୍କ ଯନ୍ତ୍ରଣାର ଉପଶମ କରିବା । ମୋର ମନେ ପଡ଼ୁଛି ସେ ମୋତେ କିଛିଦିନ ତଳେ କହୁଥିଲେ– "ଆଶ୍ରମ ମୋତେ ଶାନ୍ତି ଦିଏ, ସାଧୁଙ୍କୁ ଦେଖିଲେ ମୋ ଆତ୍ମା ପୂରିଯାଏ । ସେଇଥିପାଇଁ ଆଉ ଥରେ ଜନ୍ମ ନେଇ ଏ ସଂସାରକୁ ଆସିବାକୁ ହେବ ମୋତେ ! ସେହି ସାଧୁ କହୁଥିଲେ ମଣିଷ ହୃଦୟର ନିଭୃତରେ ସଂଗୁପ୍ତ ଇଚ୍ଛା ଥିବା ଯାଏ ସେ ଛଟପଟ ହେଉଥାଏ । ଆତ୍ମା ଭାରି କଲବଲ ହେଉଥାଏ ।"

ଘନଶ୍ୟାମ ମିଶ୍ର ବିମ୍ୟାଧରକୁ ଥରିଲା ଥରିଲା ହାତରେ ଧରିପକେଇଲେ କହିଲେ, "ମୁଁ ତୋ କଥା ବୁଝିପାରୁଛି ।"

ବିମ୍ୟାଧର କହିଲା– "ଚାଲନ୍ତୁ ଆଜ୍ଞା, ଠାକୁମା'ଙ୍କୁ ଯନ୍ତ୍ରଣାରୁ ମୁକ୍ତି ଦେବା ।"

"କ'ଣ କହୁଛୁ ତୁ ବିମ୍ୟା ?"

"ଆପଣ ଆସନ୍ତୁ ଆଜ୍ଞା" କହି ବିମ୍ୟାଧର ବଡ଼ ବଡ଼ ପାହୁଣ୍ଡ ପକେଇ ଠାକୁମା'ଙ୍କ କୋଠରି ଆଡ଼କୁ ଚାଲିଲା । ବୁଢ଼ୀ ସେହିପରି ନିଶ୍ଚଳ ହୋଇ ଶୋଇରହିଥିଲେ । ତାଙ୍କ

ପାଖରେ ପହଞ୍ଚି ଅତି ସ୍ନେହରେ ବିମଳଧର ଠାକୁମା' ବୋଲି ଡାକିଲା ଓ ମଥା ଆଉଁଶି କହିଲା– "ଠାକୁମା' ଭାରି କଷ୍ଟ ହେଉଛି ନା ? ପାଣି ପିଇବ ? ଏଇ ନିଅ, ତୁଳସୀ ଓ ଗଙ୍ଗାପାଣିରୁ ଟୋପେ ପିଇଲ। ଥରେ ପରା କହୁଥିଲ, ମୋ ସହିତ ତୁମେ ସିଦ୍ଧପୁରୁଷ ଆଶ୍ରମକୁ ଯିବ। ସାଧୁବାବା ଏଇ କିଛି ମାସ ହେବ ଆଶ୍ରମରୁ ବାହାରକୁ ଯାଇଥିଲେ। ଏବେ ଆସିଗଲେଣି।"

"ସେ ଆସିଲେଣି !" ଠାକୁମା' ବିମଳଧରର କଥା ଶୁଣି ଚେତା ଫେରି ପାଇବା ପରି ପଚାରିଲେ।

"ତୁମେ ଯିବ ଠାକୁମା' ?"

"ହଁ, ଥରୁଟିଏ ତାଙ୍କୁ ଆଖିଭରି ଦେଖନ୍ତି। ମୋତେ ଟିକେ ତାଙ୍କ ପାଖକୁ ନେଇ ଯାଇ ପାରିବୁ ?"

"ହଁ, ଠାକୁମା" ବିମଳଧର କହିଲା।

ବିମଳଧର ଖଟିଆରେ ଠାକୁମା'ଙ୍କୁ ଆଉଜାଇ ଶୁଆଇଦେଲା। ପାଖ ପଡୋଶୀ ଆଉ ତିନିଜଣ ପିଲାଙ୍କୁ ଡାକିଲା। ସମସ୍ତେ ଖଟିଆ ଟେକିଲେ। ଖଟିଆ ଉପରେ ଠାକୁମା'।

ଠାକୁମା'ଙ୍କ କାନ ପାଖରେ ବିମଳଧର କହିଲା– "ସେ କ'ଣ ଜାଣନ୍ତି ଯେ ତୁମେ ତାଙ୍କୁ ଏତେ ଭଲପାଅ ଆଉ ଏତେ ଖୋଜ ?"

ଠାକୁମା' କହିଲେ– "ଜାଣିବାକୁ କେବେ ଚେଷ୍ଟା କରିନି। ଏତିକି ଇଚ୍ଛା, ଏଠୁ ଯିବା ପୂର୍ବରୁ ଶେଷଥର ପାଇଁ ଥରୁଟିଏ ତାଙ୍କୁ ଟିକେ ଦେଖନ୍ତି।"

ଘନମିଶ୍ର ଆସିସାରିଥାନ୍ତି। ବିମଳଧର ଓ ତାଙ୍କ ଭାଉଜଙ୍କ କଥୋପକଥନ ବୁଝିବାକୁ ତାଙ୍କୁ ବେଶୀ ସମୟ ଲାଗିଲାନି। ଗୋଟେ ସଂଗୁପ୍ତ ହୃଦୟର ଗୋପନ ରହସ୍ୟ ପଢ଼ିପାରୁଥିଲେ ସେ। ଖଟିଆକୁ ବୋହିନେଇ ସିଦ୍ଧପୁରୁଷ ଆଶ୍ରମର ଚଉତରାରେ ରଖାଗଲା। ଶଙ୍ଖ, ଘଣ୍ଟ, ହୁଲହୁଳିରେ ସିଦ୍ଧପୁରୁଷଙ୍କ ପାଠ ଉଚ୍ଚୁଲି ଉଠିଲା। ସମସ୍ତେ ଦେଖୁଥାନ୍ତି– ଆଶ୍ରମର ମୁଖ୍ୟ ଦରଜା ଖୋଲି ପ୍ରେ ସାଧୁ ଜଣେ ତଳକୁ ଓହ୍ଲାଇ ଆସିଲେ। ଖଟିଆ ପାଖକୁ ଆସି ସେ ଠାକୁମା'ଙ୍କ ମୁଣ୍ଡ ପାଖରେ ବସିପଡ଼ିଲେ ଓ ଠାକୁମା'ଙ୍କ ଶିଥିଳ ହାତକୁ ନିଜ ହାତରେ ଧରିବା ମାତ୍ରେ ଠାକୁମା'ଙ୍କ ଆଖି ଖୋଲିଗଲା। ଥରଥର ଓଠରେ ଠାକୁମା' କହିଲେ– "ଦେହ ଖରାପ, ଏତେବର୍ଷ ହେଇଗଲା ଆସିପାରୁ ନ ଥିଲି। ଥରୁଟିଏ ଦେଖିବାକୁ ଇଚ୍ଛା ଥିଲା। ଏଥର ମୁଁ ଶାନ୍ତିରେ ଯାଇପାରିବି।"

ସାଧୁ ବୁଢ଼ୀମାଆଙ୍କ ହାତ ସେମିତି ଧରିଥିଲେ। କିଛି ସମୟ ପରେ ସେ ହାତଟିକୁ ଛାଡ଼ିଦେଲେ। ହାତଟା ମଲା ଲତାଟିଏ ପରି ତଳକୁ ଖସିପଡ଼ିଲା। କାହାକୁ କିଛି ବୁଝିବା ପାଇଁ ବାକୀ ନ ଥିଲା। ବୁଢ଼ୀଙ୍କ ଖଟିଆ ପାଲଟିଗଲା କୋକେଇ।

ହୁରି ଉଠିଲା, "ରାମ ନାମ ସତ୍ୟ ହେ, ହରି ନାମ ସତ୍ୟ ହେ।"

ସାଧୁ କିନ୍ତୁ ସେମିତି ପାଖରେ ବସିରହିଥିଲେ, ସେଇ କୋକେଇ ପାଖରେ। ତାଙ୍କ ଆଖି ଦୁଇଟି ଅର୍ଦ୍ଧନିମୀଳିତ ଅବସ୍ଥାରେ ଠାକୁମା'ଙ୍କ ମୁହଁ ପାଖରେ ସ୍ଥିର ହୋଇଯାଇଥାଏ। ସତେ ଯେମିତି ସେ ସେଇଠି ବସି ଅତୀତର କୋଉ ସ୍ମୃତି ପାଖରେ ଅଟକି ଯାଇଥାଆନ୍ତି।

ଘନଶ୍ୟାମ ମିଶ୍ର ଚାହିଁଥାଆନ୍ତି। ବିମ୍ୟଧର ମଧ ଆଖିରୁ ଲୁହ ପୋଛି ଅନେଇଥାଏ। ଶବାଧାର ପାଖରେ ସ୍ଥିର ସନ୍ନ୍ୟାସୀ, ମୂର୍ତ୍ତି ପରି ଅବିଚଳିତ।

ଭିଡ଼ ଭିତରୁ କେହି ଜଣେ କହିଲା, "ଉଠନ୍ତୁ, କୋକେଇ ଉଠିବ।"

ସନ୍ନ୍ୟାସୀ ତଥାପି ସେମିତି ଅବିଚଳିତ ମୁଦ୍ରାରେ ବସିଥାଆନ୍ତି। ଘନଶ୍ୟାମ ନିଜେ ଯାଇ ସନ୍ନ୍ୟାସୀଙ୍କୁ ଟିକେ ହଲେଇଦେଲେ। ସନ୍ନ୍ୟାସୀଙ୍କର ନିସ୍ତ୍ରାଣ ଶରୀର ଅକାଡ଼ିପଡ଼ିଲା ଠାକୁମା'ଙ୍କ ଦେହ ଉପରେ। ସମସ୍ତେ ସ୍ତବ୍ଧ, ଆଶ୍ଚର୍ଯ୍ୟ। କାହା ମୁହଁରେ ଭାଷା ନାହିଁ।

ବେଶ୍ କିଛି ସମୟ ପରେ ଯେତେବେଳେ ସେଇଠୁ ଗୋଟିଏ ନୁହେଁ, ଯୋଡ଼ିଏ କୋକେଇ ଶ୍ମଶାନ ଅଭିମୁଖେ ଉଠିଲା ଏବଂ ମାଲଭାଇଙ୍କ କୋଲାହଲରେ ଜାଗାଟି ପୂରି ଉଠିଲା, ସେତେବେଳେ ପାଖ ଅଶ୍ୱତ୍ଥ ଗଛରୁ ଦିଇଟି ଚଢ଼େଇ ଆଗପଛ ହୋଇ ପଶ୍ଚିମ ଆକାଶରେ ଉଡ଼ିଗଲେ।

ବୃହନ୍ନଳାର ଅଭିସାର

ଦୂରନ୍ତ ଆକାଶର ବୃନ୍ଦାବୃନ୍ଦା ତାରା ଆଖିକୁ ଭଲ ଦିଶନ୍ତି କିନ୍ତୁ କେହି କ'ଣ ଅନୁଭବ କରିପାରେ ସେମାନଙ୍କ ଚମକ ଭିତରେ କେତେ ଜ୍ୱଳନ ଅଛି! ସେମାନଙ୍କ ଔଜ୍ଜ୍ୱଲ୍ୟ ସେମାନଙ୍କ ବାହ୍ୟରୂପ। ଆକାଶକୁ ଛୁଇଁବାକୁ କାହାର ବା ଇଚ୍ଛା ନ ଥାଏ କିନ୍ତୁ କ'ଣ ଛୁଇଁ ହୁଏ? ସେ କେବଳ ସୁନ୍ଦର ଦିଶେ ନୀଳନୀଳ ମେଘଖଣ୍ଡ, ଅସଂଖ୍ୟ ତାରା, ଜହ୍ନ ଆଉ ସୂର୍ଯ୍ୟଙ୍କୁ ନେଇ। ଆକାଶର ସେଇତକ ତ ଐଶ୍ୱର୍ଯ୍ୟ। ଅସରନ୍ତି ରାତିର ଅନେକ ରୂପକୁ ପିଲାବେଳୁ ଦେଖିଆସୁଚି ଦିନା! ଦୀର୍ଘ କୋଡ଼ିଏ ବର୍ଷ ଧରି ସେଇମାନଙ୍କ ଆତଯାତକୁ ଲକ୍ଷ୍ୟ କରିଚି, ନିଦ ନ ଆସିଲେ ସେମାନଙ୍କୁ ଗଣିଚି ଓ ସେଇମାନଙ୍କ ସହିତ ଗପିଚି। ଏଇ ଗଣିବା ଆଉ ଗପିବା ଭିତରେ କେତେବେଳେ ଶୋଇଯାଇଚି।

କାଲି ପରି ତା'ର ସବୁ ଜଳଜଳ ହୋଇ ମନେ ପଡ଼ିଯାଉଛି। ସେ କେମିତି ଦିନା ଗଉଡ଼ରୁ ଧାନୀ ମାଇଚିଆ ପାଲଟିଲା। ନେତପୁର ଗାଁର ପିଲାଠୁ ବୁଢ଼ାଙ୍କ ପାଖରେ ଧାନୀ ମାଇଚିଆ ନାଁରେ ପରିଚିତ ହେବା ପଛରେ ଅଲକ୍ଷଣିଆ– ଦଇବବଛଡ଼ା ଜନ୍ମ ସମୟ ଆଉ ମୋହନ ଭାଇକୁ ଦୋଷାରୋପ କରୁଥିଲା ଧାନୀ। ଜନ୍ମରୁ ସେ କିନ୍ତୁ ଏମିତି ନ ଥିଲା। ହେତୁ ପାଇଲା ବେଳକୁ ଆଖିଆଗରେ ହାଡ଼– ଦି'ଖଣ୍ଡ ଉପରେ ପତଲା ଶାଢ଼ି ଗୁଡ଼େଇ ହୋଇଥିବା ଯେଉଁ ନାରୀଟିଏକୁ ସେ ଦେଖିଥିଲା, ସେ ଥିଲା ତା' ବୋଉ ଧୋବୀ। ରାତି ପାହିବାକୁ ଦିଘଡ଼ି ବାକି ଥିବ କି ନାଇଁ ଗଉଡ଼ ସାଇରେ ତାଙ୍କରି ଘର ଚାଲ ଛପର ଦେଇ ମୁଢ଼ି, ଖଇ, ଖୁଦଭଜା ଗନ୍ଧ ଚାରିଆଡ଼କୁ ମହକେଇ ଦେଉଥିବ।

ବୋଉ ପଣତରେ ସବୁବେଳେ ଲେସି ହେଇ ରହୁଥିବା ଦିନାର ଆଖିରୁ ନିଦ ଛାଡ଼ିଥିବ କି ନାଇଁ ବୋଉର ସେଇ ନହକା ଦିହଟା ମୁଣ୍ଡ ଉପରେ ବୋଝେ ହେବ ମୁଢ଼ି, ଖଇ ମୁଣ୍ଡେଇ, ହାତରେ ବସା ଦହି, ଚହ୍ଲା, ଛେନା ଓ କ୍ଷୀର ଡବାସବୁ ସଜାଡ଼ି

ଗାଁ ଭିତରକୁ ଯିବା ସେ ଦେଖିଚି। ବୋଉ ଯିବାପରେ ପାଖପଡ଼ୋଶୀ ପିଲାମାନଙ୍କ ସହିତ ଖେଳିଲାବେଳେ ଦିନା ବାରମ୍ବାର ବୋଉ ଯିବା ରାସ୍ତାକୁ ଚାହିଁଛି। କିଛି ନ ବୁଝି ପାରିବା ଭିତରେ ବି ଏତିକି ଜାଣିପାରେ ବୋଉ ଆସିବାଯାଏ ତାକୁ ଏଇମିତି ଅପେକ୍ଷା କରିବାକୁ ହେବ। ବୋଉ ଯିବାପୂର୍ବରୁ ତାଟିଆଏ ହେବ ମୁଢ଼ିରେ ଗରମ କ୍ଷୀରକୁ ଖୁଆଇଥାଏ ବୋଲି ଦିନାକୁ ଭୋକ ନ ଥାଏ। ଦିନା ଦେଖିଚି ବୋଉ ଗାଁ ଭିତରୁ ଫେରି ଠଣା ଉପରେ ଥିବା ଛୋଟ ବେତ ଡବାରେ ଖୁଚୁରା ଟଙ୍କା ସବୁକୁ ଗୋଟି ଗୋଟି ଗଣିକି ସାଇତି ରଖେ। ଦିନେ ତା' ମୁଣ୍ଡରେ ନଡ଼ିଆ ତେଲରୁ ଧାପେ ଲଗାଉ ଲଗାଉ ଗେଲକରି ବୋଉ କହିଥିଲା– "ମୋ ପୁଅ ପାଠ ପଢ଼ିବ, ବଡ଼ ସାହିବ ହେବ।" ବୋଉର ଆତ୍ମଶକ୍ତି ଓ ସ୍ଫୂର୍ତିକୁ ସେଇ ବାଲ୍ୟ ବୟସରେ ବି ଅନୁଭବ କରିଚି ଦିନା। ବୋଉର ପେଟମରା ବେମାରୀ ଯେବେ ତା' ଉପରେ ଦାଉ ସାଧେ ତେବେ ଦିନାକୁ କ୍ଷୀର, ଦହି ନେଇ ଗାଁରେ ନାଗୁଆ ଲୋକଙ୍କୁ ଦେବାକୁ ହୁଏ। ଗଉଡ଼ ସାଇକୁ ବ୍ରାହ୍ମଣ ସାଇ ପ୍ରାୟ ଲାଗିଚି। ବାପଛେଉଣ୍ଡ ଦିନା ପାଇଁ ପାଖ ବ୍ରାହ୍ମଣ ସାଇର ନାରଣ ଗୋସେଇଁ ଥିଲେ ବାପତୁଲ୍ୟ। ଦିନା ତାଙ୍କୁ ନନା ଗୋସେଇଁ ବୋଲି ଡାକେ। ମନ୍ଦିର ପୂଜା ପାଇଁ ତାଙ୍କ ଘରକୁ ପ୍ରାୟ କଞ୍ଚା କ୍ଷୀର ଓ ଛେନା ଦେବାକୁ ଯାଏ ଦିନା। ଗୋସେଇଁଙ୍କ ଘରକୁ ଗଲେ ତାକୁ କଦଳୀ, ଉଖୁଡ଼ା, ଲଡ଼ୁ ଭଲି ଭୋଗ ମିଳେ। ଭୋଗ ଅପେକ୍ଷା ଦିନାକୁ ଭଲଲାଗେତୋ ଗୋସେଇଁଙ୍କ ପୁଅ ମୋହନ। ମା' ଛେଉଣ୍ଡ ମୋହନ ଦିନାଠୁ ବୟସରେ ଚାରି ବରଷ ବଡ଼। ନାରଣ ଗୋସେଇଁଙ୍କ ପଛେ ପଛେ ଦିନାଠୁ ବୟସରେ ଚାରି ବରଷ ବଡ଼। ମୋହନର ନାଁ ଯେମିତି ରୂପ ବି ସେମିତି। ଶତୁ ବି ଘଡ଼ିଏ ଚାହିଁବ। ଦିନା ମଧ ତା' ମୋହନ ଭାଇକୁ ଚାହିଁରହେ। ଘଡ଼ିଏ ନ ଦେଖିଲେ ତାକୁ କିଛି ଭଲ ଲାଗେନି। ନାରଣ ଗୋସେଇଁଙ୍କ ପଛେ ପଛେ ଦିନା ପ୍ରାୟ ମନ୍ଦିରକୁ ଯାଏ। ସର୍ପେଶ୍ୱରଙ୍କ ପାଇଁ ଫୁଲ, ବେଲପତ୍ର, ଭୋଗସବୁ ସଜାଡ଼ି ନାରଣ ଗୋସେଇଁଙ୍କ ହାତକୁ ବଢ଼େଇଦିଏ। ପୂଜା ବଢ଼ିବା ବେଳକୁ ମୋହନ ମଧ ଆସି ପହଞ୍ଚିଯାଏ। ଦିନା ଆଉ ମୋହନ ମିଶିକି ଭୋଗତକ ଖାଆନ୍ତି। ନାରଣ ଗୋସେଇଁଙ୍କ ସହିତ ଦିହେଁ ମନ୍ଦିରରୁ ଫେରି ଚାଟଶାଳୀ ସ୍କୁଲକୁ ଯାଆନ୍ତି। ଦିନା ଚାଟଶାଳୀରେ ପଢ଼ୁଥିବା ବେଳେ ମୋହନ ପଢ଼ୁଥିଲା ତୃତୀୟ ଶ୍ରେଣୀରେ।

  ସେଦିନ ଥିଲା ଯେମିତି ଏକ କାଳରାତି। ରାତି ଅଧରେ ବୋଉର ପେଟ ମାରିଲା ଆଉ ସେ ବହେ ବାନ୍ତି କଲା। ସକାଳକୁ ବୋଉ ଶେଯରେ ପଡ଼ି କୁଣ୍ଠେଇ ହେଉଥାଏ। ଦିନା ତା' ଛୋଟ ବୁଦ୍ଧିରେ ବି ପାଖଘର ସାବି ମାଉସୀକୁ ଦଉଡ଼ି ଯାଇ ଡାକି ଦେଇଥିଲା। ସାବି ମାଉସୀ ଆଗରେ ଖନି ଖନି ହେଇ ସେଦିନ ବୋଉ କହିଥିଲା–

"ମୁଁ ଆଉ ବଞ୍ଚିବିନି। ନାରଣ ଗୋସେଇଁଙ୍କୁ କହିବୁ ଦିନା ତାଙ୍କୁ ଲାଗିଲା।" ତା'ପରେ ବୋଉ ଆଖି ବୁଜିବା ଦେଖି ଦିନା ଭାବୁଥାଏ, ବୋଉ ପେଟମରା କମିଗଲାରୁ ବୋଧେ ସେ ଶୋଇଗଲା। କିନ୍ତୁ ଯେବେ ସାଇଲୋକ କାଠ ବାନ୍ଧି ତା' ବୋଉକୁ ନୂଆ ଲୁଗା ଗୁଡ଼େଇ ନେଇଗଲେ, ସାବି ମାଉସୀ ଆଖି ଛଳଛଳ କରି କହିଲା– "ଦିନା ତୋ ବୋଉ ମରିଗଲା ରେ! ଆଉ ତୋର କେହି ନାହିଁ।" ଦିନା କ'ଣ ଭାବିଲା କେଜାଣି ବହେ ସମୟ ଯାଏ ରାହାଧରି କାନ୍ଦିଥିଲା। କାନ୍ଦି କାନ୍ଦି କେତେବେଳେ ଶୋଇପଡ଼ିଥିଲା ସେ ଜାଣେନି। ଆଖି ଖୋଲିଲା ବେଳକୁ ସାମ୍ନାରେ ଥିଲେ ନନା ଗୋସେଇଁ। ଉଇଲଗା ଦଦରା କବାଟର କିଳିଣିକୁ ନାମକୁ ମାତ୍ର ତାଲାପକେଇ ସାବି ମାଉସୀ ଚାବି, ଦିନାର ବହିପତ୍ର ଓ ଜାମାପଟା ବାକ୍ସଟିକୁ ଧରେଇ ଦେଲା ଗୋସେଇଁଙ୍କୁ। ସେଇଦିନଠାରୁ ଦିନା ନନା ଗୋସେଇଁଙ୍କ ପଛେ ପଛେ ଛାଇ ପରି ରହିଥାଏ। ସବୁଠୁ ବେଶୀ ଆକର୍ଷିତ ହୁଏ ସେ ମୋହନ ପ୍ରତି। ତା' ମୋହନ ଭାଇର ଆଖି, ମୁହଁ ତା'ର ସବୁଠୁ ବେଶୀ ପ୍ରିୟ। ଗଉଡ଼ ସାଇର ଝୁମ୍ପୁଡ଼ି ଛାଡ଼ି ଦିନା ବ୍ରାହ୍ମଣ ସାଇରେ ନିଜକୁ ସ୍ୱାଭାବିକ କରିନେଇଥିଲା।

ମୋହନ ଭାଇ ପାଖରେ ବସି ବର୍ଣ୍ଣବୋଧ, ଶିଶୁ ଗଣିତ ଅଭ୍ୟାସ କରେ। ନନା ଗୋସେଇଁ ସଞ୍ଜ ବେଳକୁ ଉଭୟଙ୍କୁ ଶ୍ଳୋକ ଶୁଣାନ୍ତି। ଦିନା ତାଙ୍କରି ପାଖରେ ଧୀରେ ଧୀରେ ବଡ଼ ହୋଇଛି। ବେଳେବେଳେ ଇଚ୍ଛା ହେଲେ ସାଇଆଡ଼େ ଯାଇ ପୁରୁଣା ଘରକୁ ଟିକେ ଦେଖିଦେଇ ଆସେ। ବୋଉ ନ ଥିବା ସେ ଘରଟି ତାକୁ ମାରିଗୋଡ଼ାଏ। ଦିନା ଭାବେ ଝିଅପିଲା ନ ଥିଲେ ଘର କ'ଣ ସଜଡ଼ା ଦିଶେ?

ଏଣିକି ଦିନା ନନା ଗୋସେଇଁଙ୍କ ପାଖରେ ବସି ସଞ୍ଜବେଳେ ଭଜନ ଗାଏ। ମୋହନ ଭାଇ ବଇଁଶୀ ବଜାଏ। ଦିନା ସ୍ୱରରେ ଗାଇ ଉଠେ– ହଟିଆ ଠାକୁର ଆଉ କେତେ ନାଚ ଦେଖିବ। ଗାଇଲାବେଳେ ଦିନା ନିଜେ କାନ୍ଦିପକାଏ। ଦିନା ନିଜ ଭିତରେ କିଛି ନୂଆ ପରିବର୍ତ୍ତନ ହେଉଥିବା ଅନୁଭବ କରୁଥାଏ। ତାକୁ ଅନୁଭବ ହେଉଥାଏ ସେ ଯେମିତି ଝିଅ ପାଲଟିଯାଇଛି। ଆଇନାରେ ମୁହଁ ଦେଖିଲେ ତାକୁ ଏଣିକି ଲାଜମାଡ଼େ। ସେ ଝିଅପରି ଦିଶୁଚି ଆଉ ତା' କଥାବାର୍ତ୍ତା ଝିଅଙ୍କ ପରି ବୋଲି ସାଙ୍ଗସାଥୀଙ୍କ ଚୁପଟାପ କଥା ବି ତା' କାନରେ ପଡ଼େ।

ସେଇବର୍ଷ ଦିନା ଆଇ.ଏ ପଢ଼ିବାକୁ ମନା କରିଦେଲା। ମୋହନର ବି.ଏ. ପରୀକ୍ଷାରେ ପାସ୍ ହେବା ଖବର ପାଇ ନନା ଗୋସେଇଁ ବହୁତ ଖୁସିଥିଲେ। ସେଇସନ ଦୋଲମେଲଣ ଏବେବି ମନେ ଅଛି ଦିନାର। ଗାଁ ମେଲଣ ପଡ଼ିଆର ରାଧାକୃଷ୍ଣଙ୍କ ଭୋଗ ମଣ୍ଡପ ଉପରେ ମୋହନ କୃଷ୍ଣ ବେଶରେ ଏବଂ ଦିନା ଯେବେ ରାଧା ବେଶରେ ପ୍ରଥମଥର ପାଇଁ ନାଚିଥିଲେ ଗାଁ ଲୋକେ ଅବାକ୍ ହୋଇ ତାଙ୍କ ନାଚକୁ ଚାହିଁ

ରହିଥିଲେ। ଲୋକେ ମୋହନକୁ ତ ଚିହ୍ନି ଦେଇଥିଲେ ହେଲେ ଝିଅରୂପୀ ଦିନାକୁ ଚିହ୍ନି ନପାରି ପଚରାପଚରି ହେଲେ କି ସୁନ୍ଦର ଦେବୀ ପରି ଝିଅଟିଏ କୋଉଠୁ ଆସି ଦୋଲମଣ୍ଡପରେ ନାଚୁଛି ସତେ! କୁଣ୍ଡେମୋଟ ହେଇଯାଉଥିଲେ ନାରଣ ଗୋସେଇଁ। ମୋହନ ଆଉ ଦିନାକୁ ଏକାଠି ଧରି କହିଉଠିଲେ- ଇଏତ ମୋହନରୂପୀ କୃଷ୍ଣ, ଆଉ ଇଏ କିଏ କହିଲ? ଇଏ ପରା ଆମ ଦିନା...। ଲୋକଙ୍କ ପାଟି ଆଁ ହୋଇ ରହିଗଲା। ଇଏ ସେଇ ଧୋବି ଗଉଡୁଣୀ। ପୁଅ ଦିନା? ଏ ମା' ପୂରା ଝିଅଟେ ତ! କି ଅପୂର୍ବ ରୂପକାନ୍ତି! ଝିଅଟେ ହେଇଥିଲେ ଚହଲ ପଡ଼ିଥାନ୍ତା ପରା। ମୋହନ ଭାଇ ତା' ଆଖିରେ ଆଖିରେ ଦିନାକୁ ସୁନ୍ଦରୀ ଦିଶୁଚି ବୋଲି ଠାରରେ କହିଥିଲା। ସେଦିନର ଲୋକଙ୍କ କଥା, ମଜା ଆଉ ପରିହାସ ସାଧାରଣ ଥିଲା, ହେଲେ କିଛିଦିନ ତଳୁ ଦିନା ଭିତରେ ଯେଉଁ ସବୁ ଅଜବ ଅନୁଭବ ସୃଷ୍ଟି ହେଉଥିଲା ଏକଥାରେ ଦିନା ଆହୁରି ରୋମାଞ୍ଚିତ ହୋଇଉଠିଲା। ଦିନା ବଦଳି ଯାଉଥିଲା ଦେହରେ – ମନରେ ଓ ଆତ୍ମାରେ। ସେ କାହାରିକୁ ସିନା କିଛି କହିପାରୁ ନ ଥିଲା। ହେଲେ ସେ ଅନୁଭବ କରୁଥିଲା ସେ ଅଭୁତ ଭାବେ ବଦଳୁଚି... ଦୁନିଆ ଆଗରେ ସେ ପୁଅ ସିନା କିନ୍ତୁ ପ୍ରକୃତରେ ସେ ଝିଅ।

କିଛିଦିନ ହେଲା ଦିନା ଭିତରପଟୁ କବାଟ ବନ୍ଦ କରି ଶାଢ଼ୀ, ଶାୟା, ବ୍ଲାଉଜ, ଓଢ଼ଣୀ, ପାଇଁଜି, ଚୁଡ଼ି ପିନ୍ଧି ଅଲତା, କୁଙ୍କୁମ, କଜଳ ଲଗେଇ ସଜେଇ ହେଉଥିଲା। ନିଜ ଦେହକୁ ନିରେଖି ଚାହୁଁଥିଲା। ତା' ଆଖି, ଓଠ, ଦେହ, ଅଣ୍ଟା ଓ ଛାତିରେ ପରିବର୍ତ୍ତନ ଆସିଥିଲା। ସେ ଅଭୁତ ଭାବରେ ସୁନ୍ଦର ଦିଶୁଥିଲା। ସେ ଲକ୍ଷ୍ୟ କରୁଥିଲା ଗାଁ ଝିଅମାନେ ତାକୁ କଣେଇ କଣେଇ ଚାହିଁ ମୁହଁରେ ହାତଚାପି ହସୁଛନ୍ତି। ଗାଁ ଟୋକାଏ ହୁଇସିଲ ମାରି ତାକୁ ଲୋଭିଲା ଆଖିରେ ଚାହିଁ ଦେଇ ଯାଉଛନ୍ତି। ମୋହନ ଭାଇ କିନ୍ତୁ ରାଗୁଥିଲା। ଏମିତି ବେଶ ହେବାକୁ ମନା କରୁଥିଲା। ମୋହନ ଭାଇ ଦିନେ ବୁଝାଇବାକୁ ଯାଇ କହିଥିଲା- "ଅକାଲେ ସକାଲେ ବେଶ ହେଲେ ସିନା ଭଲ ଲାଗିବ, ତୁ ଏମିତି ସବୁବେଳେ ବେଶ ହୋଇ ବୁଲିଲେ ଲୋକେ ତତେ ମାଇଚିଆ କହିବେନି? ମଜା କରିବାକୁ ଯାଇ ଦିନା, ମୋହନ ପାଖରେ ଲାଗିଯାଇ ରୁପଚାପ ପଚାରିଥିଲା- ମୁଁ କ'ଣ ତମକୁ ଏ ରୂପରେ ଭଲ ଲାଗୁନାହିଁ ମୋହନାଇ?" ମୋହନ ଗାଲରେ ଟିପା ମାରି କହିଥିଲା- "ହଁ ଭାରି ସୁନ୍ଦରି ଦିଶୁଚୁ। ଯଦି ତୁ ଝିଅଟେ ହୋଇଥାଆନ୍ତୁ ନା ତେବେ ତତେ ବାହାହେଇ ଯାଇଥାଆନ୍ତି ଲୋ ଧାନୀ।" ମୋହନ ପାଟିରୁ 'ଧାନୀ' ସମ୍ବୋଧନରେ ସେଦିନ ଉଲ୍ଲସିତ ହୋଇଥିଲା ଦିନା। ଏଇ ନାଁ ଟି ତା' ମୋହନାଇ ଦେଇଚି। ଆଜିଠୁ ସେ ମୋହନାର ଧାନୀ। ଦିନା ଅନୁଭବ କରୁଥିଲା

ଧାନୀ ଡାକିଲା ବେଳେ ମୋହନ ଭାଇ ଆଖିର ଚାହାଣୀ ସମ୍ପୂର୍ଣ ବଦଳିଯାଇଥିଲା। ତା' ମୁହଁ ଗାମ୍ଭୀର୍ଯ୍ୟରେ ଥରିଯାଇଥିଲା। ବେଳକୁ ବେଳ ମୋହନର ନିବିଡ଼ ଆକର୍ଷଣରେ ଦିନା ବାନ୍ଧି ହୋଇଯାଇଥିଲା।

ଦିନେ ପୋଖରୀ ତୁଟରେ ଦିନାକୁ ହଳଦୀ ଲଗେଇ ଗାଧୋଇବା ଦେଖି ଗାଁ ମାଇପେ ମାଇଚିଆ ଡାକିଦେଲେ। ସେଦିନ ଦିନା ମୁହଁ ଶୁଖିଯାଇଥିଲା। ତା' ମନଉଣା ଥିବା ଦେଖି ନନା ଗୋସେଇଁ ତାକୁ ପଚାରି ଉଠିଲେ- "ଆଜି କାଇଁ ମୋ ରାଧାରାଣୀଙ୍କ ମନରେ ହରଷ ନାଇଁ?" ଦିନା ସବୁକଥା କହିଲାପରେ, ନାରଣ ଗୋସେଇଁ ତାକୁ ପାଖକୁ ଡାକି ଶାସ୍ତ୍ର ବୁଝେଇବା ଢଙ୍ଗରେ କହିଲେ- "ଆରେ କା କଥାରୁ କ'ଣ ମିଳିବ କହିଲୁ? ଏ ସଂସାରରେ ଏକମାତ୍ର ପୁରୁଷପ୍ରବର ହେଉଛନ୍ତି ଯୋଗେଶ୍ୱର କୃଷ୍ଣ। ଆଉ ଏ ସଂସାରର ସବୁ ପୁରୁଷ ପରା ନାରୀ।" ଭାଗବତକାର ଶ୍ରୀ ଜଗନ୍ନାଥ ଦାସ ପରା ପ୍ରଭୁଙ୍କ ଅଙ୍ଗସେବା ଲାଗି ସଖୀ ଭାବରେ ସତେଇଶ ଦିନ ପୁରୁଷ ଅଙ୍ଗ ଆଉ ତିନିଦିନ ନାରୀ ଅଙ୍ଗରେ ରହନ୍ତି। ତୋ ଆଖି, ନାକ, ମୁହଁ ଓ ଅଙ୍ଗକାନ୍ତି ଠିକ୍ ରାଧାରାଣୀ ପରି। ସତରେ ଝିଅଟିଏ ହେଇଥିଲେ ତୁ ଭାଆରି ସୁନ୍ଦରିଆ ହେଇଥାଆନ୍ତୁ ବୁଝିଲୁ। ନନା ଗୋସେଇଁଙ୍କ କଥାରେ ଦିନା ଚୁପ୍ ରହିଥିଲା। କ'ଣ କହିବ କହିବ ହେଇ ନିଜ ଭାବନାକୁ ଚାପି ଦେଇଥିଲା। ଅନିଚ୍ଛା ସତ୍ତ୍ୱେ ଦିନା ପୁଅ ପିଲାଙ୍କ ପରି ଜାମାପ୍ୟାଣ୍ଟ ପିନ୍ଧୁଥିଲା। ହେଲେ ଛାତି ଉପରେ ନାଲିଆ ଗାମୁଛା ଖଣ୍ଡେ ନ ପକେଇଲେ ତାକୁ ଆଦୌ ଭଲଲାଗୁ ନ ଥିଲା।

କାର୍ତ୍ତିକ ପୂନେଇଁ ରାତିରୁ ଉଠି ଦିନା ଆଉ ମୋହନ ମନ୍ଦିର ପାଖ ପୋଖରୀରେ ବୁଡ଼ ପକେଇଥିଲେ। ସଞ୍ଜ ବୁଡ଼କୁ ମୋହନକୁ ଭୀଷଣ ଜ୍ୱର। ପ୍ରବଳ ତାତିରେ ଖାଲି ବିଳିବିଳେଇ ହେଉଥିଲା। ଦିନା ତା' ମଥାରେ ହାତରଖି ଚମକି ପଡ଼ିଲା। "ଇଲୋ ମାଆ! କେତେ ଜର! ନନା ଗୋସେଇଁ ପରା ଅଷ୍ଟପ୍ରହରୀ ପାଇଁ ପାଖ ଗାଁକୁ ଯାଇଚନ୍ତି। ସେ ଥାଆନ୍ତେ ଯଦି ବଇଦ, ଯାହାଟିକେ ପଥି ଆଣି ଦେଇଥାଆନ୍ତେ। ହଉ ତମେ ଶୋଇଥା, ମୁଁ ଗରମ କ୍ଷୀର ଦେଉଚି। ରୁମାଲରେ ଓଦାପଟି ପକେଇଦେଲେ ଜର ଛାଡ଼ିଯିବମ!" ଧୀରେ ଧୀରେ ଆଖି ଖୋଲି ମୋହନ କହିଲା- "ମୋ ମୁଣ୍ଡ ଭାରି ବିନ୍ଧୁଚି, ଅଇ ଉଠୁଚି। ମୁଣ୍ଡ ଟିକେ ଚିପିଦେଲୁ।" ଦିନା ଘର ଆଲୁଅ ନିଭେଇ ଦେଇ ଅମୃତାଞ୍ଜନ ଟିକେ ଆଣି ମୋହନର ମୁଣ୍ଡରେ ଲଗେଇଦେଲା। ଝରକା ସେପଟୁ ପଡ଼ୁଥିବା ଦାଣ୍ଡଘର ଆଲୁଅ ଘର ଭିତରକୁ ଫର୍ଚ୍ଚା କରିଥିଲା। ମୋହନର ଅର୍ଦ୍ଧମୁଦ୍ରିତ ଆଖି ଦିନାକୁ ଭାରି ସୁନ୍ଦର ଦିଶୁଥିଲା। ଠିକ୍ ଯେମିତି କୃଷ୍ଣ। ଦିନା ଅତି ସୋହାଗରେ ମୋହନ ମଥାରେ ବୋକ ଦେଲା। ମୋହନ ଦିନାର ହାତ ଧରି କହିଲା- "ତୁ ରାଧା ପରି

ଦିଶୁଚୁ ଧାନୀ !” ଧାନୀ ଆଉ ମୋହନ ପରସ୍ପରର ନିକଟରୁ ନିକଟ ହେଉଥିଲେ। ମୋହନର ପ୍ରଖର ପ୍ରଶ୍ଵାସରେ ଧାନୀ ଜଳିବା ପରି ଅନୁଭବ କରୁଥିଲା। ଧାନୀ କହିଲା– “ମୋତେ ଲାଜ ଲାଗୁଚି ମୋହନାଇ ! ତମେ ଏ କ’ଣ କରୁଚ ?” ସକାଳ ପାହିଲାବେଳକୁ ଦିନା ମୋହନାର ଧାନୀ ପାଲଟିଯାଇଥିଲା। ମନ ଆଉ ଆତ୍ମା ତା’ର ଅପୂର୍ବ ପୁଲକରେ ପୁଲକିତ ହେଉଥିଲା। ଅନୁରାଗର ମହକରେ ଧାନୀର ମୁହଁ ଆରକ୍ତ ଦିଶୁଥିଲା। ଧାନୀକୁ ଅନୁଭବ ହେଉଥିଲା ସେ ଯେପରି ମୋହନାର ନବବିବାହିତା ସ୍ତ୍ରୀ ପାଲଟିଚ୍ଛି। ଜୀବନର ଗତି ସମସ୍ତଙ୍କୁ ଅଗୋଚର। ବର୍ତ୍ତମାନଟି ହିଁ ସବୁଠାରୁ ବଡ଼ ସତ୍ୟ। ମୁହୂର୍ତ୍ତକର ଆନନ୍ଦ ସମଗ୍ର ଜୀବନର ଅଖଣ୍ଡ ସ୍ମୃତି। ଦିନା ଓରଫ ଧାନୀ ଇତିମଧ୍ୟରେ ପୁରୁଷର ଶରୀର ନେଇ ନାରୀ ପାଲଟିଯାଇଥିଲା। ପରିବର୍ତ୍ତିତ ହୋଇଥିଲା ତା’ର ପୂର୍ବ ରୂପରଙ୍ଗ। ପୂର୍ବାପେକ୍ଷା ସେ ଦିଶୁଥିଲା ଆହୁରି ସୁନ୍ଦରୀ। ମୋହନର ତା’ ରୂପ ପ୍ରତି ଆକର୍ଷଣ ଥାଉ ବା ନ ଥାଉ ସେ କିନ୍ତୁ ତାକୁ ଛାଡ଼ି ମୁହୂର୍ତ୍ତେ ବଞ୍ଚିପାରିବିନି ବୋଲି ଅନୁଭବ କରୁଥିଲା। ଗାଁ ଲୋକଙ୍କ ଟାହିଟାପରା ଓ ମାଇଚିଆ ସମ୍ବୋଧନକୁ ଭୃକ୍ଷେପ ନ କରି ଦିନା– ଧାନୀରେ ରୂପାନ୍ତରିତ ହୋଇଯାଇଥିଲା। ଏଥର ସେ ପୁରୁଷ ପୋଷାକ ନ ପିନ୍ଧି ପ୍ରାୟ ଶାଢ଼ିରେ ନିଜକୁ ସଜଉଥିଲା। ନାରଣ ଗୋସେଇଁଙ୍କ ବାଡ଼ି, ବଗିଚା, ଠାକୁର ଘରର ଦାୟିତ୍ଵ ତା’ରି ମୁଣ୍ଡରେ ଉପରେ। ଘର ଅଗଣା, ମଇଳା ଲୁଗା ସଫା କରିବା, ନାନ୍ନା ଗୋସେଇଁ ଓ ମୋହନାଇ ଖାଇବା ପିନ୍ଧା କଥା ବୁଝିବା– ସବୁ ଦାୟିତ୍ଵ ତା’ରି ଉପରେ। ଏଥିନେଇ କେହି ତାକୁ ନିୟୋଜିତ କରିନି, ଦାୟିତ୍ଵ ଦେଇନି। ନିଜ ଘରକୁ ସଜାଡ଼ି ରଖିବାକୁ, ନିଜ ପ୍ରିୟ ପରିଜନଙ୍କ ଯତ୍ନ ନେବାକୁ କେହି କ’ଣ କହେ ? ଯାକୁ ତ ସ୍ଵତଃପ୍ରବୃତ୍ତ ହୋଇ ଆପେ କରିବାକୁ ହୁଏ।

ନାରଣ ଗୋସେଇଁ ଖୁଁ ଖୁଁ କାଶିଲେ ଧାନୀ ଦଉଡ଼ିଯାଇ ଅଦା, ଗୋଲମରିଚ, ପକେଇ କଡ଼ା ଚା’ ଟିକେ କରିଦେଉଥିଲା। ଗୋସେଇଁଙ୍କ ଗୋଡ଼ ମୋଡ଼ିଦେଉଥିଲା। ଗୋସେଇଁ ଖୁସିହୋଇ କହୁଥିଲେ– “ପୂର୍ବଜନ୍ମରେ ତୁ ମୋରି ଝିଅ ଥିଲୁ। କ’ଣ ଟିକେ ସେବା ତୋର ବାକି ଥିଲା। ଏ ଜନ୍ମରେ ସେଇଥିପାଇଁ ମୋ ପାଖକୁ ଆସିଚୁ। ଧାନୀ ଲାଜେଇକି ମୁହଁ ନୁଆଁଇ ହସିଥିଲା। ତା’ର କହିବାକୁ ଇଚ୍ଛା ହେଉଥିଲା– ଗୋସେଇଁ ! ଏ ଜନ୍ମରେ ମୁଁ ପରା ତମ ବୋହୂ। ତାକୁ ଲାଜ ମାଡ଼ିଲା। କିଚ୍ଛି ହେଲେ କହି ନ ପାରି ଆହୁରି ମନଦେଇ ଗୋସେଇଁଙ୍କୁ ମୋଡ଼ିଦେଲା। ସବୁ ରାତିରେ ମୋହନ କାମ ସାରି ଆସିବାକୁ ଡେରି ହୁଏ। ତା’ର ଆସିବା ବାଟକୁ ଦିନା ସେମିତି ଚାହିଁ ରହୁଥିଲା। ମୋହନ ଆସିବା ଶବ୍ଦ ଶୁଣିବାମାତ୍ରେ ଦିନା ଚଞ୍ଚଳ ହୋଇଉଠୁଥିଲା। ସକାଳରୁ ସଞ୍ଜ ଯାଏ ମୋହନ ହିଁ ତା’ର ଏକମାତ୍ର ଆରାଧ୍ୟ। ବେଶୀ ଡେରି କଲେ

ଘର ଦୁଆର ମୁହଁରେ ସେମିତି ଅନ୍ଧାର ଆଡ଼କୁ ବାଟକୁ ଚାହିଁ ରହୁଥିଲା ସେ। ମୋହନ ତାକୁ ବହୁବାର ମନା କରିଛି ଅପେକ୍ଷା କରିବାକୁ। ଧାନୀର ମନ ମାନେନି। ଧାନୀ ଅପେକ୍ଷା କରିରହେ ଗଭୀର ରାତିରେ ମୋହନର ଆତ୍ମୀୟତାରେ ପରିପୂର୍ଣ୍ଣ ସେଇ ଆଖି ଦି'ଟାକୁ ଦେଖିକି। ତା' ଆଖି ଦୁଇ ତାକୁ ନିରବରେ କେତେ କଥା କହେ। କେତେ ତୀବ୍ର ଥାଏ ଧାନୀ ପାଇଁ ସେ ଆଖି ଦୁଇର ଆମନ୍ତ୍ରଣ। ସବୁଦିନ ପରି ସେଦିନ ମୋହନ ଡେରିରେ ଫେରିଥିଲା। ଧାନୀ ଆଡ଼କୁ ନ ଚାହିଁ, ନନା ଗୋସେଇଁଙ୍କ ପାଖକୁ ଯାଇ କହିଲା, ନନା ମୁଁ କାଲିଆଡ଼କୁ କଲିକତା ଯିବି। ସେଠି ଗୋଟେ ନୂଆ କରି ମାଉନ୍ଦ ପ୍ରୋଜେକ୍ଟ ଚାଲିବ। ଏଠି ଠାକୁର ପୂଜାରୁ, ଭାଗଜମିରୁ ଅବା କେତେ ଚଳିବା ? ମୋର ସବୁ ସାଙ୍ଗସାଥୀ କୋଠା କଲେଣି। ବାହାରକୁ ଗଲେ ଦି' ପଇସା ଅଧିକ ଆସିପାରିବ। ନା କ'ଣ କହୁଚ ? ମୋହନ କଥା ଶୁଣି ଗୋସେଇଁ ଚୁପ ରହିଲେ। ସେ ବି ଅସୁସ୍ଥ ହେଲେଣି। ଆଜିକାଲିକା ପିଲାଙ୍କୁ କେତେ ପ୍ରକାରର ଇଚ୍ଛାକୁ କେତେ ଚାହିଦା। ସେ କ'ଣ ଅବା କହିଥାଆନ୍ତେ। ଖାଲି ଏତିକି କହିଲେ- "ଦିନାଟା ଏଇଠି ମୋ ପାଖରେ ରହୁ। ସେ ପଳେଇଲେ ମୋ କଥା କିଏ ବୁଝିବ ?" ମୋହନ ଦିନା ଆଡ଼କୁ ଚାହିଁଦେଇ ନିଜ ଶୋଇବା ଘର ଆଡ଼କୁ ପଳେଇଲା। ଗୋସେଇଁଙ୍କୁ ଘୋଡ଼େଇ ଦେଇ ଦିନା, ମୋହନ ଶୋଇବା ଘରକୁ ଗଲା। ଦେଖିଲା ମୋହନ ଚୁପ୍‌ଚାପ୍‌ ବସିଚି। ଦିନା ହଠାତ୍‌ ଯାଇ ମୋହନକୁ ଜାବୁଡ଼ି ଧରି ଜୋରରେ ପାଟିଚାପି କାନ୍ଦିଉଠିଲା। ମୋହନ କହିଲା- ତୁ ଯଦି କହିବୁ ମୁଁ କଲିକତା ଯିବିନି। କ'ଣ କହୁଚୁ ?

ନା ନା, ମୁଁ କାଇଁ ମନା କରିବି ଦି' ପଇସା ଆସିବ। ହେଲେ ତମକୁ ମୋ ରାଣ ମୋତେ ଭୁଲିବ ନାଇଁଟି।

ମୁଁ କଥା ଦେଉଚି ଧାନୀ। ମୁଁ ତତେ କେବେ ଭୁଲିବିନି। କେମିତି ବା ଭୁଲିବି ? ମୋ ଜୀବନରେ ତୋର ସ୍ଥିତି କ'ଣ ତୁ ବି ଜାଣିନୁ।

ଅବଶ୍ୟ ନ ଭୁଲିବାର ପ୍ରତିଶ୍ରୁତି ପ୍ରତି ମଣିଷ ଅନ୍ୟକୁ ଦିଏ, ହେଲେ ସମୟ ଅତିକ୍ରାନ୍ତ ହେଲେ ସବୁ କିଛି ଭୁଲି ହେଇଯାଏ। ସକାଳୁ ସକାଳୁ ସେଇ ଗାଁର ଆଉ ଦି-ତିନିଜଣକୁ ଧରି ମୋହନ ବାହାରିଗଲା କଲିକତା ଅଭିମୁଖେ। ଯିବାବେଳେ ଧାନୀ ଢିଲା କୁର୍ତ୍ତା ଉପରେ ନାଲିଆ ଗାମୁଛାକୁ ଶାଢ଼ି ପରି ଗୁଡ଼େଇ ଠିଆ ହୋଇଥିଲା ତା' ପ୍ରିୟ ମୋହନାଇକୁ ଶୁଭ ମନାସି ବିଦା କରିବାକୁ। ମୋହନ ଗଲାବେଳେ କାନ୍ଦୁରା ମୁହଁରେ ଟିକେ ଧାନୀ ଆଡ଼କୁ ଚାହିଁଥିଲା। ସବୁ ଶୂନ୍‌ଶାନ୍‌। ସବୁଦିନର ସେଇ ସନ୍ଧ୍ୟ ବୁଢ଼, ସନ୍ଧ୍ୟା ଘଣ୍ଟ, ଉଦାସିଆ ଆକାଶ। ମନ୍ଦିର ବେଢ଼ାରେ ଧାନୀ ଆକାଶକୁ ଘଡ଼ିଏ ଯାଏ ଚାହିଁଚାହିଁ ଘରକୁ ଫେରିଲା।

ମୋହନ ଯିବାର ଦଶ ମାସ ହେଇଯାଇଥିଲା, ନା ଚିଠି ଖଣ୍ଡେ ନା କିଛି ଖବର । ସେଇ ଗାଁର ନିତିଆ ବାରିକ ପୁଅ ଯା' ଭିତରେ ଦି' ଦି'ଥର ଆସିଗଲାଣି । ଦିନା ତା' ହାତରେ ଦେଶୀ ମୁଗଡ଼ାଲି ଭଜା, ବଡ଼ି, ଆଚାର ଆଉ ଚିଠି ଖଣ୍ଡେ ଦେଇଥିଲା ଅଭିମାନରେ । ଚିଠି ଭିତରେ କିଛି ବି ଲେଖିଥିଲା । କାହିଁକି କିଛି ଲେଖିବ । ତା' ରୋଗିଣା ବାପକୁ ଛାଡ଼ିକି ଯାଇଟି, ଧାନୀକୁ ଛାଡ଼ିକି ଯାଇଟି, ସେ ଯଦି ଭାବୁନି ତାକୁ ବୁଝେଇବ କିଏ ? ନାରଣ ଗୋସେଇଁ ଭାରି ଖୋଜି ହେଉଥିଲେ ମୋହନକୁ । ଧାନୀ ବି ତ ଝୁରୁଚି.... । ମୋହନ ଯିବାପରଠୁ ତା' ମୁହଁରେ ହସ ନାଇଁ, ଖାଇବା, ପିଇବା, ଗୀତ ବୋଲିବା, ବେଶ ହେବା ସବୁ ଯେମିତି ନିରସ, ନାମକୁ ମାତ୍ର । କେତେ କେତେ ରାତି ମନେ ମନେ ନିଜକୁ ମୋହନ ପାଖେ ସମ୍ପି ଦିଏ, ପୁଣି ଛଟପଟ ହୁଏ । ଗୋସେଇଁ ଓ ! ଗୋସେଇଁ– ଏଇ ଦେଖ କିଏ ଆସିଚନ୍ତି । ନିତିଆ ବାରିକ ପୁଅର ଡାକ ଶୁଣି ଦିନା ଘର ଭିତରୁ ବାହାରି ଆସିଲା । ତଉଲିଆକୁ ଛାତିରେ ଢାଙ୍କିଦେଇ ଅନେଇଲା ବେଳକୁ ମୋହନ ଭାଇ ଏବଂ ତା' ପାଖକୁ ଲାଗି ଟିକିମିକିଆ ଶାଢ଼ି ପିନ୍ଧି ନୂଆ ପୁଆଣି ହେଇଥିବା ମାଇପିଟିଏ । ଇଲୋ ମା' ଇଏ କିଏ ? କହି ପାଟିରେ ହାତ ଦେଇ ଧୀରେ ଧୀରେ ଦିନା ମୋହନ ପାଖକୁ ଆସିଲା । ମୋହନ ଯେମିତି ଦିନା ଆଡ଼କୁ ଚାହିଁ ପାରୁ ନ ଥିଲା । ମୁହଁପୋତି କହିଲା– ଦୀପଟେ ଆଣ । ଇଏ ନୂଆଉ । ବଢ଼େଇକି ଘର ଭିତରକୁ ନେ'ଇଆ' । ସତେ ଯେମିତି ଗୋଡ଼ତଲୁ ମାଟି ଖସିଗଲା ଦିନାର ! କିଏ... କିଏ ଇଏ... ନୂଆଉ... ମାନେ... ମୋହନାଇ ତମେ... ବାହା...।

କିଏ... କିଏ କହି ନାରଣ ଗୋସେଇଁ ବାଡ଼ିଟିଏ ଧରି ଭିତରୁ ଆସିଲେ । ଗୋଡ଼ ଛୁଇଁ ମୁଣ୍ଠିଆ ମାରିଲା ମୋହନ । କାନ ପାଖକୁ କୁଣ୍ଠେଇ କୁଣ୍ଠେଇ ମୋହନ କହିଲା, ନନା.. ଏଇ ତମ ବୋହୂ... ଗରିବ ଘର ଝିଅଟିଏ ... ଆମରି ଜାତିର । ଭାରି ଭଲ ଝିଅ । ସବୁକାମ କରିବ, ତମ ସେବା କରିବ । ବିଚାରୀ ଅନାଥିନୀଟାର କେହି ନାହାନ୍ତି । ନାରଣ ଗୋସେଇଁ କାଶ ଭୁଲି କହି ଉଠିଲେ, ଦିନା ଏ ଦିନା.. ଠିଆହେଇ କ'ଣ ରହିଲୁ ବନ୍ଦାପନା କରି ଭାଉଜକୁ ଭିତରକୁ ନେଇଆ' । ଦିନାକୁ ଲାଗୁଥିଲା ସତେ ଅବା ଆକାଶଟା ତା' ହାତରେ ଛିଣ୍ଡି ପଡ଼ିଲା କି ! ନୂଆଉକୁ ଭିତରକୁ ନେଇ ଖଟରେ ବସେଇ ବାହାରକୁ ଆସିଲାବେଳେ ମୋହନ ଦିନାକୁ ବାଟଘର କଣକୁ ଡାକି କହିଲା– ଧାନୀ... ମୋ କଥା ଧରିବୁନି! ବଡ଼ ଅସୁବିଧାରେ ଏସବୁ ଘଟିଗଲା ।

ଧାନୀ ନିଜ ଆଖି କଣରୁ ଲୁହ ପୋଛି କହିଲା, "କି କଥା କହୁଚୁ ମୋହନାଇ । ନନା ଗୋସେଇଙ୍କ ପାଇଁ ମୁଁ ଏଇଠି ଥିଲିନା... ସେଇ ମତେ ବାନ୍ଧି ରଖିଥିଲେ । ଏଣିକି ମୁଁ ମୁକ୍ତ... ମୋ ଇଚ୍ଛା ସୁଆଡ଼େ ଯିବି... ମୋ ପାଇଁ କେହି ବ୍ୟସ୍ତ ହୁଅନା ! ବୋଉ

ମଲାପରେ ପୁରୁଣା ଘରଟାକୁ ଛପର କରିବି ଭାବି କରିପାରୁ ନ ଥିଲି। ଏଥର ଆଉ ଚିନ୍ତା ନାଇଁ। ଏଥର ମଜବୁତିଆ କରିକି ଶେଷିକୁ ବାନ୍ଧିବି ଯେ, ଆଉ ଛପର ଉଡ଼ିବନି।" ମୋହନ ପଚାରିଲା, "ତୁ କୁଆଡ଼େ ଯିବୁ ଧାନୀ?" ଧାନୀ କହିଲା- "ଏ ପୃଥିବୀଟା ଧାନୀ ପରି ଅସଂଖ୍ୟ ହିଞ୍ଜିଡ଼ାମାନଙ୍କର। ସମାଜର ଲୋକେ ସେମାନଙ୍କ ମଜା ଉଡ଼ାନ୍ତି। ସେମାନେ କିନ୍ତୁ କାହା ଅମଙ୍ଗଳରେ ନଥାନ୍ତି। ଅର୍ଦ୍ଧନାରୀଶ୍ୱରଙ୍କୁ ପୂଜା କରି ମଣିଷ ବହୁ ମାନସିକ କରେ, ଭୋଗରାଗ କରେ। କିନ୍ତୁ ମାଇଚିଆଙ୍କୁ ପାଖ ମଡ଼େଇ ଦିଏନି। ଲୋକେ ତାଙ୍କ ଭଲମନ୍ଦରେ ଶୁଭ ମନାସ ପାଇଁ ହିଞ୍ଜିଡ଼ାଙ୍କୁ ଡାକନ୍ତି। ମାତ୍ର କେଇଟା ପଇସା ଦେଇ ସାରାଜୀବନର ସୁଖ ସାଉଁଟନ୍ତି। ହେଲେ ହିଞ୍ଜିଡ଼ାମାନେ ସେମିତି ଆଜୀବନ ଅଭିଶପ୍ତ ବୃହନ୍ନଳା ସାଜି ଶାପମୁକ୍ତିର ଅପେକ୍ଷାରେ ଥାଆନ୍ତି। ମୁଁ ତ ମାଇଚିଆଟେ। ମୋ ପରି ମଣିଷମାନଙ୍କ ସହିତ ତମ ଭଲି ସଭ୍ୟ ମଣିଷମାନେ ଏମିତି ଖେଳନ୍ତି। ଆମେ ବାହାହେଇ ଘରସଂସାର କରି ବଞ୍ଚିବାଟା ପ୍ରକୃତରେ ସାତ ସପନ। ହେଇ ଦେଖ, ତମ ବାହାଘରେ ମୁଁ କେମିତି ତାଳି ମାରୁଚି।" ଛାତି ଉପରେ ପଡ଼ିଥିବା ତଉଲିଆକୁ ଆଣି ଆଖି କୋଣରୁ ପୋଛି ଜୋରରେ ହସୁଥିଲା ଧାନୀ। ଅଦୂରରେ ମୁଣ୍ଡରେ ହାତଦେଇ ବସିଥିଲେ ନିରୁପାୟ ନନା ଗୋସେଇଁ। ହୁଏତ ସେ କିଛି କହି ପାରୁ ନ ଥିଲେ ବି ସେ ଗୁମୁରି ଗୁମୁରି କାନ୍ଦୁଥିଲେ। ହେଇପାରେ ସେ କିଛି ଭାବୁ ନ ଥିବେ। ଧାନୀ ବଡ଼ ପାଟିରେ କହି ଉଠିଥିଲା- "ତମେ ସବୁ ଭଲରେ ରୁହ। ହସଖୁସିରେ ତମ ସଂସାର ପୂରିଉଠୁ। ମୁଁ ତ ମାଇଚିଆ, ଯୋଉଠି ଚାହିବି ସେଇଠି ରହିବି।" ନାଚି ନାଚି ଅନ୍ଧାର ଭିତରେ ମିଶିଯାଉଥିଲା ଦିନା ଓରଫ୍ ଧାନୀ। ପଛରେ କିଏ ଆସୁଛି କିଏ ନ ଆସୁଛି ଦେଖିବାକୁ ତା'ର ଆଉ ସାହସ ନ ଥିଲା। ସେଦିନ ଅନ୍ଧାରରେ ଦିନା ବାହାରିଆସିଥିଲା ତା'ର ସେଇ ଝାଟିମାଟିର ଘରକୁ। ତା' ବୋଉର ହାତବୁଣା ଦଉଡ଼ିଆ ଖଟ ଉପରେ ବସି ଦିନା ନିଜ ଜନ୍ମକୋଷ୍ଠୀ ଭିତରେ ବୃହନ୍ନଳା ପାଲଟିବାର ମୁହୂର୍ତ୍ତକୁ ଦାୟୀ କରିଥିଲା ଏବଂ ଛାତି ବାଡ଼େଇ ଖୁବ୍ ଜୋରରେ ବାହୁନିଥିଲା ଠିକ୍ ଯେମିତି ଦିନେ ରାହାଧରି କାନ୍ଦିଥିଲା ତା' ବୋଉ ମଲାବେଳେ।

ପିଉସୀ ଅପା

ପାହାଡ଼ ତଳେ ସାପ ପରି ଲମ୍ବିଥିବା ଝରଣାଟା ପାର ହେଲେ, ଦୂରରୁ ଯେଉଁ ପଥୁରିଆ-ମାର୍ବଲର ସୁନ୍ଦର ଘରଟି ଦିଶେ ସେଇଟା ମୋ ପିଉସୀ ଅପାର ଘର। ଚାରିଆଡ଼େ ଖାଲି ମହମହ ଫୁଲଗଛ, ଜଙ୍ଗଲି ଚଢ଼େଇଙ୍କ କିଚିରିମିଚିରି ସ୍ୱର। କାଠ ଗେଟ୍‌ଟା ଖୋଲି ଭିତରକୁ ପଶିଗଲେ ମଝିରେ ଚଉଁରାଟେ ଅଛି, ତା' ପରେ ଛାତକୁ ଯିବାକୁ ଦି'ପଟୁ ସିଡ଼ି, ମଝିରେ ଠାକୁର ଘରକୁ ଲାଗି ମୋ ପିଉସୀ ଅପାର ଶୋଇବା ଘର। ପାଖକୁ ପାଖ କେତେ ବଖରା। ଲୋକେ ତ କେହି ନାହାନ୍ତି। କାହିଁକି କେଜାଣି ଅପା ବାହାହେଇନି। ବାପାଙ୍କଠୁ ଶୁଣିଛି ଘର ଦାୟିତ୍ୱ ମୁଣ୍ଡେଇ ଅଧା ବାହା ହୋଇପାରିଲାନି।

ମୋ ପିଉସୀ ଅପା ଭାରି ସୁନ୍ଦରୀ। ଗୋରା, ପତଲା, ଡେଙ୍ଗା, ହସହସ ମୁହଁ ମିଠା କଥା, ଠିକ୍ ଯେମିତି ଠାକୁରାଣୀ। କେହି କେବେ ତା'ର ମୁହଁ ଶୁଖାଇବା ଦେଖିନି। ଭାରି ପରିଶ୍ରମୀ ପୁଣି ଦୃଢ଼ମନା। କୌଣସି ଗୋଟିଏ ଛୋଟିଆ ଅଫିସରେ କିରାଣିଟିଏ ଭାଙ୍ଗିଯିବ ସିନା ନଇଁବନି। ପିଉସୀ ଅପାକୁ ମୁଁ ଛୋଟବେଲୁ ଜାଣିଛି। ବାପା ଯେଉଁବର୍ଷ କୋମାରେ ପଡ଼ିଲେ, ସେତେବେଳେ ମୁଁ ହୋଇଥାଏ ଆଠବର୍ଷର। ମାଆ କୋରାପୁଟର କୌଣସି ଏକ ବିଦ୍ୟାଳୟର ଶିକ୍ଷୟିତ୍ରୀ ଥିବାରୁ ଭାରି ହଇରାଣ ହୁଏ। ବାପାଙ୍କ କଥା-ମୋ କଥା କିଏ ଅବା ବୁଝିବ! ଦିନେ ଅପା, ବାପାଙ୍କ ଦେହ କଥା ଶୁଣି ସକାଳୁ-ସକାଳୁ ଗାଡ଼ିକରି ଆସି ଆମ ଘରେ ହାଜର। ତା' ହାତରେ ଥାଏ ଛୋଟିଆ ହାଣ୍ଡବ୍ୟାଗ୍‌ଟିଏ। ଯେଉଁଦିନ ସେ ଆମ ଘରକୁ ପ୍ରଥମ କରି ଆସିଥିଲା, ସେଇଦିନ ହିଁ ଯାହା ଅପାକୁ ମୁଁ ଦେଖିଥିଲି ଥକାମାରି ବସିବାର। ତା'ପରଠୁ ଭୋରୁ କାଉ-କୋଇଲି ଡାକ ନ ଶୁଭୁଣୁ ତା' ବାସି କାମ ଶେଷ। ତା' ସବୁଦିନର କାମ ଥିଲା ବାପାଙ୍କ ଦେହକୁ ଗରମ ପାଣିରେ ପୋଛିବା, ରୋଷେଇ କରିବା, ମୋ ଟିଫିନ୍ ତିଆରି କରି, ମତେ ସ୍କୁଲ୍ ପାଇଁ ପ୍ରସ୍ତୁତ କରିବା। ସନ୍ଧ୍ୟା ହେଲେ ମୁଁ ତା' ପାଖରେ ଲେସି ହୋଇବସେ।

ମହାପୁରୁଷଙ୍କ ଗପରୁ ଆରମ୍ଭ କରି ଡାହାଣୀ, ପିଶାଚୁଣୀ, ବାମନ ଭୂତ, ବ୍ରତ-ପୁରାଣ ସବୁ ତା’ ମୁହଁରେ। ମୋର ପଢ଼ାରେ ମନ ନଥାଏ। ଖାଲି ତା’ରି କଥା ସବୁ ଶୁଣିଲେ ପେଟ ପୂରିଯାଏ, ଆରାମରେ ନିଦ ହୋଇଯାଏ। ଏମିତି ଏମିତି ଆମ ସାଥିରେ ସେ ଚାରି ବର୍ଷ ରହିଛି। ତା’ରି ଭିତରେ କେବେକେବେ ଅପା ମୁହଁ ମତେ ଆମ ଗାଁ ଠାକୁରାଣୀ ପରି ଗୁମ୍‌ସୁମ୍ ଲାଗେ। ସଞ୍ଜ ବୁଡ଼ିଗଲେ ଅପାର ମୁହଁ ଅଧିକ ଉଦାସ ଦିଶେ। ଜାଣିନି କାହିଁକି ତା’ ଆରକ୍ତ ଆଖିର କୋଣରେ ଥାଏ ଅସଂଖ୍ୟ ଯନ୍ତ୍ରଣା। କେବେ ବୁଝିପାରିନି କାହିଁକି ସେ ଏକାନ୍ତ ଜୀବନକୁ ଆଦରି ନେଇଥିଲା। ମୁଁ ଲକ୍ଷ୍ୟ କରିଛି ତା’ ଆଖିରେ ଲୁହର ଝରଣାଟେ ଅହରହ ଝରିପଡ଼ିବାର ଉପକ୍ରମ କରୁଥିବାବେଳେ ମୁଁ ତାକୁ କିଛି ପଚାରିବା ପୂର୍ବରୁ, କ’ଣ ଗୋଟେ ପଡ଼ିଛି କହି ଲୁହ ପୋଛୁଥିବାରୁ ଦେଖିଛି। ମୁଁ କିଛି ବୁଝିପାରେନା। କିନ୍ତୁ କେମିତି ଓଜନିଆ ଲାଗେ ମନଟା। ମୋତେ ଭଲେଇ ଦେଇ ସେ ପୁଣି ହସିଦିଏ, ମୁଣ୍ଡରେ ହାତମାରି ଆଉଁଶି ଦିଏ। ମା’ ପାଖରେ ସେ ଦିନ ମୋ ଅଳି ଶୁଣି ଲୁଚାଇକି ମୋ ହାତରେ ପଚାଶ ଟଙ୍କା ଦେଇ କହିଲା- ‘ଯା’ ପେଟ ଭରି ଚାଓମିନ୍ ଖାଇବୁ, ଅଣ୍ଡା ଖାଇବୁ। ତୁ ଭଲପାଉ ପରା।’ ଅପା ଆମିଷ ଛୁଏଁନି। ମା’ ସ୍କୁଲରୁ ଆସି ସବୁଦିନ ସନ୍ଧ୍ୟାରେ ଅପା ପାଖରେ ବସିଥିବା ଦେଖିଲେ, ଯାଉ ସ୍ୟାଉ କେତେକଥା କହି ଗାଳିଦିଅନ୍ତି ଆଉ ପାଠ ପଚାରନ୍ତି। ସେଦିନ କଥା ମୋର ଏବେବି ମନେଅଛି। ମାଆ ମତେ ପାଖକୁ ଡାକି ପାଠ ପଚାରିଲେ- ଆଉ ମୁଁ କହିପାରିନଥିଲି। ପିଜୁଲି ବାଡ଼ିଖଣ୍ଡ ଆଣି ସେଦିନ ନିଷ୍ଠୁକ ମାଡ଼ ମାରିଥିଲେ। ଦିନରାତି ଏ ଘରେ ଖାଲି ଗପ ଆଉ ଗପ, ପିଲାଟା ଅମଣିଷ ହୋଇଗଲା, ପାଠଶାଠ କିଛି ନାହିଁ, ରାତି ହେଲେ ଯ଼ା’କୁ ଖାଲି ଭୂତ ଖାଇଯାଉଛନ୍ତି। ଖାଲି ଯାଇ ତାଙ୍କରି କୋଳରେ ପଶିଥିବ। ମୁଁ ଜାଣିଛି ମାଆ କାହିଁକି ଏତେ କଥା କହିଲା। ଗପ ଶୁଣିଶୁଣି ମୁଁ ଅପା ପାଖରେ ଜାକିଜୁକି ହୋଇ ଶୋଇଯାଏ; ସେ ଯେତେ ଡାକନ୍ତି ମୁଁ ଯାଏନି। ଅପାର ସେହିଦିନଠୁ ଆଉ ହସ ଦେଖୁନି। ରାତିମତ ଏସବୁ ଚାଲେ। ମାଆଙ୍କ ଚିକ୍ତାର ଦିନକୁ ଦିନ ବଢ଼େ। ଅପାକୁ ଦେଖେଇ ଶିଖେଇ ମାଆ କେତେ କଥା କୁହନ୍ତି। ଅପାର ଯେ କି ଭୁଲ୍ ମୁଁ ବୁଝିପାରେନି। ବାପା ଧୀରେ ଧୀରେ ଭଲହେଲେ। ଆଗପରି ସବୁ ତାଙ୍କର ଠିକ୍ ହେଲାପରି ମନେହେଲା। ବାପା ଯେବେ ଧୀରେ ଧୀରେ ଚାଲି ବାହାରକୁ ଗଲେ, ଅପା ସେହିଦିନ ତା’ର ସେଇ ଚାରିବର୍ଷ ତଳର ଛୋଟ ହ୍ୟାଣ୍ଡବ୍ୟାଗ୍‌ଟିକୁ ଧରି ବାହାରିଲା। ଏତିକି ବର୍ଷ ଭିତରେ ଅପା ଯେ ତା’ର ଚାକିରି ଛାଡ଼ି ବାପାଙ୍କ ପାଇଁ ଆସି ଏଠି ରହିଥିଲା ସେ କଥା ମୁଁ ତା’ ଯିବାର ବହୁପରେ ଜାଣିଲି। ଅପାର ଯିବାଦିନ ସ୍ଥିର ହେଲା। ଟ୍ରେନ୍ ଛାଡ଼ିବା ପୂର୍ବରୁ ମୋ ହାତଧରି ଅପା କହିଲା- “ମନଦୁଃଖ କରିବୁନି,

ପାଠପଢ଼ା ନ ଘୋଷିଲେ ହୁଏନି, ପାଠକୁ ବୁଝିଲେ ହୁଏ। ମୋ ଧନ ତୁ ସବୁବେଳେ ହସୁଥା'।" ମୋର ମନେଅଛି ଟ୍ରେନ୍ ଛାଡ଼ିଲା ବେଳକୁ ଅପା ମୁହଁ ମତେ ଠିକ୍‌ରେ ଦିଶୁନଥାଏ। ତା' ହାତରୁ ହାତ ଛାଡ଼ିଲାବେଳେ ମୋ ଭିତରୁ ଛାତି ଫଟେଇ କୋହ ଉଠୁଥାଏ। ମୁଁ ବାପାଙ୍କୁ ଜାବୁଡ଼ି ଧରି କାନ୍ଦୁଥାଏ। ଚାହିଁଲାବେଳକୁ ଟ୍ରେନ୍ ଯାଇସାରିଥିଲା। ଅପା ଯିବାର ଠିକ୍ ପନ୍ଦର ଦିନପରେ ବାପାଙ୍କୁ ଗୋଟେ ଟେଲିଗ୍ରାମ୍ ମିଳିଲା। କାର୍ଯ୍ୟବ୍ୟସ୍ତତାରେ ଆଜି କାଲି ହୋଇ ସପ୍ତାହେ ବିତିଗଲା। ଶେଷରେ ବାପା ଓ ମୁଁ ତା'ରି ପାଖକୁ ଯିବାକୁ ବାହାରିଲୁ। ତା' ଘରର ଗେଟ୍ ଖୋଲି ଯେବେ ବାପା ଓ ମୁଁ ଭିତରକୁ ପଶି ଦେଖିଲୁ କିଛି ପାଖ ପଡ଼ୋଶୀ ରୁଣ୍ଡ ହୋଇଛନ୍ତି। ବାପା ମୋ ହାତ ଛାଡ଼ି କ'ଣ ହେଇଛି ଜାଣିବା ପାଇଁ ଭିତରକୁ ପଶିଗଲେ। ଅନେକ ସମୟ ବିତିଗଲା ହେଲେ ବାପା ଫେରିଲେନି। ସମସ୍ତେ ଥିଲେ ଚୁପ୍। ମଝିରେ ମଝିରେ ଅପାର ଦାଣ୍ଡ ଦୁଆରେ ଟଙ୍ଗା ହୋଇଥିବା ପଞ୍ଜୁରିର ଶୁଆଟି ବଡ଼ ପାଟିରେ ମାଆ ମାଆ ଡାକି ଚୁପ୍ ହେଇଯାଉଥାଏ। କିନ୍ତୁ ମୋ ଅପା କାହିଁ? ଅପା ଅପା ଡାକି ମୁଁ ଘର ଭିତରକୁ ପଶିଯାଇ ଦେଖିଲି, ଖଟ ବାଡ଼ାକୁ ଲାଗି ବାପା ଏକଲୟରେ କାନ୍ତରେ ଟଙ୍ଗା ଫଟୋକୁ ଚାହିଁଛନ୍ତି। ଚନ୍ଦନଫୁଲର ହାର ଭିତରୁ ଉକୁଟି ଉଠୁଛି ମୋ ପିଇସୀ ଅପାର ମୁହଁ। ବାପା ମତେ ଜୋରରେ ଜାବୁଡ଼ିଧରି ରଡ଼ିକରି କାନ୍ଦି କହିଲେ- ବାବୁନାରେ କାହାକୁ ଦେଖାକରି ଆସିଛୁ। ତୋ' ଅପାର ଆଜିକୁ ପରା ଦଶ। ବାହାରୁ ଶୁଭିଲା ଆସନ୍ତୁ ଦାଢ଼ୁ ଦଶପତ୍ର ପଢ଼ିବ।

କ୍ରୀତଦାସୀର କୋହ

ଜୀବନକୁ ବୁଝିବାରେ ହିଁ ଜୀବନ ଶେଷ ହୋଇଯାଏ। ନିଜର ବୋଲି ଯାହା ମଣିଷ ପାଖରେ ଥାଏ, ତାହା କେବଳ ତା'ର ଚିରୁଡ଼ା ଚିରୁଡ଼ା ଦୁଃଖ। ଆଉ ଯେବେ ଦୁଃଖ ଭୋଗୁଥିବା ମଣିଷ ପାଇଁ ତା'ର ଏକାନ୍ତ ଦୁଃଖଟି ବି ନିଜର ହୋଇ ନଥାଏ, ତେବେ ସେ ବଞ୍ଚିବାର ଅର୍ଥ କ'ଣ? ବେଳେବେଳେ ଏକୁଟିଆ ଥିଲାବେଳେ ଏମିତି ଅନୁଶୋଚନା ଭିତରେ ବୁଡ଼ିଯାଉଥିଲା ବ୍ରାହ୍ମଣସାହିର ବାପମାଆ ଛେଉଣ୍ଡ ସ୍ନେହା। ମା'-ବାପା ଅଜଣା ରୋଗରେ ଜଣଙ୍କ ପରେ ଜଣେ ହାତ ଧରାଧରି ହୋଇ ଦିନ କେଇଟାରେ ଚାଲିଗଲେ। ବାରବର୍ଷର ସ୍ନେହା ପାଇଁ ମାଆବାପା ପାଲଟିଯାଇଥିଲେ ତା ମାମୁ ଅଲେଖ ମିଶ୍ର। ଅଲେଖଙ୍କ ପାଇଁ ସମ୍ବଳ ଥିଲା ଯୋଡ଼ା ବଳଦ, ମାଣେ ଚାଷଜମି ଆଉ ମନ୍ଦିରରେ ପାଲିପୂଜା। ଘରେ ତାଙ୍କର ଦି ବର୍ଷର ପୁଅଟିଏ ଓ ସ୍ତ୍ରୀ ଭଉଣୀକୁ ଜୀବନଠୁ ବଳି ଭଲପାଉଥିବା ଅଲେଖ ସ୍ନେହାକୁ ନିଜ ଝିଅ ପରି କୋଳେଇନେଲେ ସତ ହେଲେ ଅଭାବୀ ଜୀବନ ଓ ସ୍ତ୍ରୀର କଡ଼ା ମିଜାଜ୍ ଭୟରେ ଅଲେଖ ତାକୁ ନିଜ ଘରଠାରୁ ପ୍ରାୟ ପଚାଶ କିଲୋମିଟର ଦୂର ଗୋଟିଏ ଆବାସିକ ଶିକ୍ଷାଶ୍ରମରେ ନାମ ଲେଖାଇଦେଇ ଆସିଥିଲେ। ସେଇଠି ସ୍ନେହା ମାଟ୍ରିକ୍ ପରେ ଆଇ.ଏ. ପଢୁଥିଲା।

ସମୟ ଗଡ଼ିଚାଲିଥିଲା। ଶିକ୍ଷାଶ୍ରମରେ ସ୍ନେହାର ଜୀବନ ସାଙ୍ଗସାଥିଙ୍କ ମେଳରେ ହସଖୁସିରେ ବିତୁଥିଲା। ବେଳେବେଳେ କିନ୍ତୁ ସ୍ନେହା ମାମୁମାଇଁଙ୍କୁ ମନେପକେଇ ଭାବପ୍ରବଣ ହୋଇ କାନ୍ଦିପକାଏ। ମଝିରେ ମଝିରେ ମାମୁ ଆସି ପହଞ୍ଚି ସବୁପିଲାଙ୍କ ଅଭିଭାବକ ଭଲି ତାକୁ ନେଇଆସନ୍ତି ଘରକୁ। ଛୁଟି ଖୋଲିଲା ପରେ ପୁଣି ଫେରି ଆସିବାକୁ ହୁଏ। ଏମିତି ଏମିତିରେ ଦଶମ ପରୀକ୍ଷା ବି ସରିଯାଇଥିଲା। ସେଥର ଛୁଟିରେ ବି ସ୍ନେହା ନିଜ ଜାମାପଟା ସଜାଡ଼ି ଗୋଡ଼ଟେକି ବସିଥିଲା, ମାମୁଙ୍କ ସହିତ ଘରକୁ

ଫେରିବାକୁ। ଦୂରରୁ ଦେଖିଲା, ମାମୁଙ୍କ ସହିତ କେହି ଜଣେ ଆସୁଛନ୍ତି। ମାମୁ ପାଖରେ ପହଞ୍ଚି ଆଖିଠାରରେ ତାଙ୍କୁ ମୁଣ୍ଡିଆ ମାରିବାକୁ କହିଲେ। ସ୍ନେହା ପାଦଛୁଇଁ ପ୍ରଣାମ କଲା। ସ୍ନେହାକୁ ଚିହ୍ନା କରେଇ ମାମୁ କହିଲେ- "ଇଏ ସାର୍‌ କୋଉଠୁ କ'ଣ ଖବର ପାଇଲେ କେଜାଣି ? ଖୋଜଖବର ନେଇ ଆସିଛନ୍ତି। ସେବାଶ୍ରମର କୌଣସି ପିଲାକୁ ତାଙ୍କ ଘରକୁ ନେବାକୁ।" ସ୍ନେହା ଡବଡବ କରି ମାମୁଙ୍କ ଆଡ଼କୁ ଚାହିଁବାରୁ ମାମୁ ତା' ହାତଧରି ଟିକେ ଦୂରକୁ ଚାଣିଆଣି କହିଲେ, "ଦେଖ୍‌ ସ୍ନେହା, ତୋ ଭାଗ୍ୟ ବଡ଼ ଚାଣ। ବୁଝିଲୁ ଇଏ ହେଉଛନ୍ତି ସହରର ଜଣେ ପ୍ରତିଷ୍ଠିତ ଉଦ୍ୟୋଗପତି ନିଶାଙ୍କ ପଟ୍ଟଯୋଶୀ। ତାଙ୍କ ପତ୍ନୀ ପଦ୍ମାକ୍ଷୀ ଦେବୀ ମଧ୍ୟ ଜଣେ ବିଶିଷ୍ଟ ସମାଜସେବୀ। କିନ୍ତୁ ଏଇ କିଛିଦିନ ତଳେ ସିଡ଼ିରୁ ପଡ଼ିବାରୁ ସେ ଶଯ୍ୟାଶାୟିନୀ। ସେ ଚାଲିପାରୁନାହାନ୍ତି। ତୋ ପାଠପଢ଼ା ଦାୟିତ୍ୱ ସେ ନେବେ। ତୁ ତାଙ୍କ ଘରେ ରହି ଖାଲି ଟିକେ ମା'ଙ୍କ କଥା ବୁଝିବୁ। ବୋଲହାକ କରିବୁ। ମୁଁ ମଝିରେ ମଝିରେ ଯିବି। ବ୍ୟସ୍ତ ହେବାର କିଛି ନାହିଁ। ତୁ ତ ଦେଖୁଚୁ ଗରିବ ମାମୁଟେ ତୋର।" ଅଚିହ୍ନା ଲୋକ ହାତରେ ନିଜ ସଂପର୍କୀୟ ମଣିଷକୁ କ'ଣ କେହି ଏମିତି ଟେକିଦେଇପାରେ ? କ'ଣ କରିବି କହ। ଭାଗ୍ୟଡୋରି କାହାକୁ କେତେବେଳେ ଯେ କୋଉଆଡ଼କୁ ନବ କାହାକୁ ଜଣା ? ସମୟ ଯେମିତି ଧକ୍କାଦେଇ ସ୍ନେହାକୁ ଠେଲୁଥିଲା ସେହି ଅପରିଚିତ ଭଦ୍ରବ୍ୟକ୍ତିଙ୍କ ସହିତ ସହରକୁ ଯିବାକୁ। ଆଉ ତା'ର ଉପାୟ ବି କ'ଣ ? ଭଦ୍ରବ୍ୟକ୍ତିଙ୍କ ସହିତ କାରରେ ବସିଲାବେଳେ ବିଦାୟ ଦେଉଥିବା ମାମୁଙ୍କୁ ଚାହିଁ ଭେଁ କିନା କାନ୍ଦି ଉଠିଥିଲା ସ୍ନେହା। ଭଦ୍ରଲୋକ ତା ପିଠି ଥାପୁଡ଼େଇ ତାକୁ ଆଶ୍ୱାସନା ଦେବାକୁ ଚେଷ୍ଟା କରୁଥିଲେ। ମାମୁଙ୍କ ଚେହେରା ଖୁବ୍‌ ପଛରେ ରହିଗଲା। ବହୁତ ସମୟ ଯାଏ ସ୍ନେହାର ଛାତିଥରେଇ କୋହ ଉଠୁଥାଏ। ରାସ୍ତାରେ ଗାଡ଼ି ରଖି ଭଦ୍ରବ୍ୟକ୍ତି ଜଣକ ସ୍ନେହାକୁ ଥଣ୍ଡା ପାଣି ପିଆଇଲେ ଏବଂ କାଗଜ ପୁଟୁଲାରେ କିଛି ପକୁଡ଼ି ଓ ପିଆଜି ତା' ହାତରେ ଧରାଇଦେଇ କହିଲେ- ଏଇ ନେ ମା', କିଛି ଖାଇଦେ। ଆସିଲା ବେଳଠୁ କାନ୍ଦୁଛୁ ଯେ କାନ୍ଦୁଛୁ। ଆମ ଘରେ ରହି ଆମକୁ ସାହାଯ୍ୟ କଲେ ଆମେ ବି ତୋ କଥା ବୁଝିବୁ। ଏତିକି କହିବି ମୋ ସ୍ତ୍ରୀ ଭାରି ରାଗୀ, କିନ୍ତୁ ହୃଦୟଟି ତାର ଭାରି କୋମଳ। ତା କଥା ସହିଗଲେ ତୋ ଜୀବନ ବଦଳିଯିବ। ସ୍ନେହା ଭୟଭୀତ ହେଉଥାଏ ମାଲିକାଣୀଙ୍କ କ୍ରୋଧୀ ସ୍ୱଭାବ କଥା ଶୁଣି ମାମୁଙ୍କ ଉପରେ ତା'ର ଅଭିମାନ ଆସୁଥାଏ। ତା ମାଆବାପା ବଞ୍ଚିଥିଲେ ଆଜି କ'ଣ ସେ ଏମିତି କ୍ରୀତଦାସୀର ଜୀବନକୁ ଆଦରି ନେଇଥାଆନ୍ତା !

ସ୍ନେହା ଲକ୍ଷ୍ୟ କରିଥିଲା ଗାଡ଼ିରେ ବସିବା ପୂର୍ବରୁ, ଭଦ୍ରବ୍ୟକ୍ତି ଜଣକ ମାମୁଙ୍କ ହାତରେ ପୁଲାଏ ଟଙ୍କା ଗୁଞ୍ଜି ଦେଇଥିଲେ ଓ ନିଶ୍ଚିନ୍ତ ରହିବାକୁ କହିଥିଲେ। ଅଚିହ୍ନା-

ଅଜଣା ଜାଗାକୁ ଯିବା ପାଇଁ ତା' ମନରେ ଭୟ ଉଠୁଥିଲା। ବାପା-ମାଆ-ମାମୁଙ୍କ ଚେହେରା ସବୁ ମନେପଡ଼ିଯାଉଥିଲା। ଆଖିରେ ଲୁହ ଭର୍ତ୍ତି ହେଉଥିଲେ ବି ଲୁଚେଇକି ପୋଛି ଦେଉଥିଲା। ସେଇ ଭଦ୍ରବ୍ୟକ୍ତି ସ୍ନେହାକୁ ସହଜ କରିବାକୁ କେତେ କଥା ପଚାରୁଥିଲେ, ସେ କିନ୍ତୁ ମୁଣ୍ଡ ହଲାଇ ହଁ-ନାଇଁରେ ଉତ୍ତର ଦେଉଥିଲା। ରାସ୍ତାରେ ଭଦ୍ରବ୍ୟକ୍ତିଙ୍କ କୋମଳ ବ୍ୟବହାରକୁ ଅନୁଭବ କରୁଥିଲା ସ୍ନେହା। ବର୍ତ୍ତମାନଠୁ ଦୂରେଇବା ଓ ଭବିଷ୍ୟତକୁ ଆପଣେଇନେବା ଛଡ଼ା ତା' ପାଖରେ ଉପାୟ ବି କ'ଣ ଥିଲା ? ରାତି ପ୍ରାୟ ବାରଟା ବେଳକୁ ସହରରେ ପହଞ୍ଚିଲେ ସେମାନେ। ଗୋଟେ ବଡ଼ ଫାଟକ ଆଗରେ ଗାଡ଼ି ଠିଆହେଲା। ଭିତରୁ ଦରୱାନ ଆସି ଗେଟ୍ ଖୋଲି ଭଦ୍ରବ୍ୟକ୍ତିଙ୍କୁ ନମସ୍କାର ଜଣାଇଲା। ନିଶାଙ୍କ ସାର୍ ତାକୁ ପଚାରିଲେ- "ମ୍ୟାଡାମ୍ କିଛି ଖାଇଛନ୍ତି ନା ନାହିଁ ?" "ନା ସାର୍! ଆଜି କେବଳ ଜୁସ୍ ଗ୍ଲାସଟେ ପିଇକି ରହିଛନ୍ତି। ଆପଣ ଯିବା ପରଠୁ ଖାଲି ବିରକ୍ତ ହେଉଛନ୍ତି। ଖାଦ୍ୟ କିଛି ଖାଇଲେ ସିନା ମେଡ଼ିସିନ୍ ଦେଇଥାନ୍ତି !"

"ଆଚ୍ଛା, ଠିକ୍ ଅଛି, ମୁଁ ଦେଖୁଛି" କହି ସାର୍ ଭିତରକୁ ଗଲେ। ଭିତରକୁ ଯିବାବେଳେ କହିଲେ, "ଆ' ମା ଭିତରକୁ ଆ'। ଆଜିଠୁ ଏଠି ତୁ ରହିବୁ।" ସ୍ନେହା ଚାରିଆଡ଼କୁ ଥରେ ଆଖି ବୁଲେଇନେଲା। ଏତେ ବଡ଼ ଗେଟ୍, ଦରୱାନ, କୋଠାଘର, ବାଟସାରା ଭଲିକିଭଲି ସୁନ୍ଦର ଫୁଲଗଛ। ବାହାରଟା ଯାହାର ଏତେ ସୁନ୍ଦର ଭିତରଟା କେତେ ସୁନ୍ଦର ହେଇ ନ ଥିବ ସତେ! ଏଡ଼େ ବଡ଼ କୋଠାଘରେ ତାକୁ ରହିବାକୁ ହେବ ଭାବି ଯେତିକି ଖୁସି ହେଉଥିଲା ମାଲିକାଣୀଙ୍କ କଥା ଭାବି ସେତିକି ଆଶଙ୍କିତ ହେଇଯାଉଥିଲା।

ଝଣଝଣ୍ ଶବ୍ଦ ଶୁଣି ଚମକିପଡ଼ିଲା ସ୍ନେହା। କିଛି ପାଦ ଆଗକୁ ଯାଇଚି କି ନାଇଁ – ସାର୍ଙ୍କ କଥା ତା' କାନରେ ପଡ଼ିଲା- "ଆରେ ପଦ୍ମାକ୍ଷୀ! ଏମିତି ଜିନିଷ ସବୁ ଫିଙ୍ଗୁଚ କାହିଁକି ? ତମେ ଏମିତି ବିରକ୍ତ ହେଲେ ହେବ ? ମୁଁ ତ ତମରି କଥାକୁ ସମାଧାନ କରିବାକୁ ଯାଇଥିଲି। ଏଇ ଦେଖ, ସେବାଶ୍ରମରୁ ଏ ଝିଅଟିକୁ ଆଣିଚି। ତା ମାମୁ ବହୁତ ଭଲଲୋକ। ଆମ ପରିସ୍ଥିତି ବୁଝି ଝିଅଟିକୁ ଆମ ସହାୟତା ପାଇଁ ଦେଲେ।" ପଦ୍ମାକ୍ଷୀ ଦେବୀ ଝିଅ ଆଡ଼କୁ ଚାହିଁଲେ ଏବଂ ସ୍ୱାମୀଙ୍କ ଉଦ୍ଦେଶ୍ୟରେ କହିଲେ- ମୋତେ ଲାଗୁନି ଯେ ଝିଅ ମୋ ମନ ମୁତାବକ କାମ କରିପାରିବ। ମୋତେ ସବୁକାମରେ ପରଫେକ୍ସନ୍ ଦରକାର।

ମ୍ୟାଡାମ୍ କହୁଥିଲେ "ମୋ ଦୁର୍ଭାଗ୍ୟ ଯେ ମୁଁ ଚାଲିପାରୁନି। ମୋ ଗୋଡ଼ ପାଇଁ ମୁଁ ସବୁ ପ୍ରକାର ଏକ୍ସରସାଇଜ କରିବାକୁ ପ୍ରସ୍ତୁତ।" ଏଠି ବେଡ୍ ଉପରେ ମାସେ ହେଲା ପଡ଼ି ପଡ଼ି ମୁଁ ମରିଯିବି। ମୋତେ ଚାଲିବାକୁ ହେବ। ମୁଁ ବିରକ୍ତ ହୋଇସାରିଲିଣି।"

ସ୍ନେହା ପଦ୍ମାକ୍ଷୀ ଦେବୀଙ୍କ ଉଦ୍ଦେଶ୍ୟରେ ଯା' ଭିତରେ ଦୁଇଥର ହାତଯୋଡ଼ି ନମସ୍କାର ଜଣାଇ ସାରିଥିଲା। ସେ ଦେଖି ମଧ୍ୟ ଅଣଦେଖା କରିଥିଲେ। ସ୍ନେହା ତାଙ୍କରି ଆଡ଼କୁ ଉବ୍‌ଡ଼ବ୍‌ ହୋଇ ଚାହିଁଥାଏ। ସେ ପଚାରିଲେ "ତୋ ନାଁ କ'ଣ? ସ୍ନେହା ଦେଖୁଥିଲା ବେଡ୍‌ ଉପରେ ବସିଥିବା ମୂର୍ତ୍ତି ଭଳି ମ୍ୟାଡ଼ାମ୍‌ଙ୍କ ଚେହେରାକୁ। ଦୁର୍ଗାପୂଜା ଛୁଟିରେ ମାମୁଘର ଗାଁର ରଘୁଆ ମହାରଣା ଗଢ଼ିଥିବା ମୂର୍ତ୍ତି ପରି ଅବିକଳ। ଦାଉ ଦାଉ ମୁହଁ, ଚଉଡ଼ା କପାଳ ଉପରେ ଠୋପା ଲାଲ୍‌ ବିନ୍ଦି, ଟଣା ଟଣା ଆଖି, ସୁନ୍ଦରିଆ ମୁହଁଟେ। ସ୍ନେହା ସେମିତି ଅପଲକ ଆଖିରେ ତାଙ୍କରି ଆଡ଼େ ଚାହିଁଥାଏ। ମ୍ୟାଡ଼ାମ୍‌ କହିଲେ, "ଏଇଠି, ମୋ ପାଖ ବେଡ଼ରେ ତୁ ଶୋଇବୁ।" ଭୋରରୁ ଉଠିବୁ, ଠିକ୍‌ ସାତଟାରେ ବେଡ୍‌ଟି, ନଅଟାରେ ବ୍ରେକ୍‌ଫାଷ୍ଟ ଓ ଜୁସ୍‌, ବାରଟା ତିରିଶରେ ଲଞ୍ଚ, ତା' ଭିତରେ ଟାଇମ୍‌ ଟୁ ଟାଇମ୍‌ ମେଡିସିନ୍‌, ଘରସଜଡ଼ା, ଠାକୁରପୂଜା, ଗଛରେ ପାଣିଦେବା, ରାତି ରୋଷେଇ କରିବାକୁ ହେବ। ବୁଝିଲୁ? ଏକା ନିଃଶ୍ୱାସରେ କହିଯାଉଥିଲେ ମ୍ୟାଡ଼ାମ୍‌। ଛେପଢୋକି ହଁ କଲା ସ୍ନେହା। ସେତେବେଳକୁ ରାତି ସାଢ଼େ ବାର ଉପରେ।

ନୂଆ ଘର, ନୂଆ ଖଟ, ଆଉ ନୂଆ ପରିବେଶ ଭିତରେ ନିଦ ହେଲାନି ସ୍ନେହାକୁ। ସ୍ନେହା ଭାବୁଥାଏ, ମ୍ୟାଡ଼ାମ୍‌ କାହିଁକି ଏମିତି ଗ୍ଲାସ୍‌ ଫିଙ୍ଗୁଥିଲେ ଘର ଭିତରେ, କାହିଁକି ଏମିତି ବଡ଼ ପାଟିରେ କଥା କହନ୍ତି। କେମିତି ରହିବ ସେ? ହେ ଝିଅ, ହେ ମାଁ! ବାଥ୍‌ରୁମ୍‌ ଯିବି। ସକାଳୁ ମ୍ୟାଡ଼ାମ୍‌ଙ୍କ ଚିକ୍‌ରାରେ ଚମକିପଡ଼ି ଉଠିପଡ଼ିଲା ସ୍ନେହା। ରାତିରେ ଘର ଭିତରକୁ ଠିକ୍‌ ଦେଖିପାରି ନ ଥିଲା। ତାକୁ କେମିତି କୁଆଡ଼େ ନେବ ବୋଲି ଭାବୁଥାଏ। "ଏମିତି ବୋକୀ ଝିଅ ମୋର ଦରକାର ନାହିଁ। ସାରଙ୍କୁ ଡାକ୍‌। ମୁଁ ଜାଣିଥିଲି ତୁ ଏସବୁ ପାରିବୁନାହିଁ।" ତଥାପି ସ୍ନେହା ମ୍ୟାଡ଼ାମ୍‌ଙ୍କ ପାଖକୁ ଯାଇ ତାଙ୍କ ହାତ ଧରିଲା। ନିଶାଙ୍କ ବାବୁ ଭିତରକୁ ପଶିଆସି କହିଲେ- "ଏତେ ବଡ଼ ପାଟି କଲେ ପିଲାଟା ଡରିଯିବନି। ସେ କାଲି ତ ଆସିଛି। କୋଉଠିକି ନେବ କ'ଣ ଜାଣିଛି?

ମ୍ୟାଡ଼ାମ୍‌ ବଡ଼ପାଟି କରି କହିଲେ- କାଇଁ, ସେ କ'ଣ ଛୋଟିଆ ପିଲା ହେଇଚି?

ବାଥ୍‌ରୁମ୍‌ରେ ମ୍ୟାଡ଼ାମ୍‌ଙ୍କୁ ଛାଡ଼ି ସାର୍‌ ଆସି ବୁଝାଇବା ପରି କହିଲେ- "ମା' ବ୍ୟସ୍ତ ହଅନି। ମ୍ୟାଡ଼ାମ୍‌ ଏମିତି ବେଡ଼ରେ ପଡ଼ିପଡ଼ି ବିରକ୍ତ ହେଇଯାଇଛନ୍ତି। ସେ ବହୁତ ଭଲ।" ସ୍ନେହାକୁ ଘରର ସବୁକଥା ବୁଝାଇଦେଲେ ନିଶାଙ୍କ ବାବୁ। ସ୍ନେହା କିନ୍ତୁ ସେଦିନ ପରଠୁ ଠିକ୍‌ ଠିକ୍‌ରେ କେମିତି ସବୁ କାମ କରିବ ଭାବି ଭିତରେ ଭିତରେ ଥରି ଯାଉଥିଲା। ସେ ପରିବେଶରେ ଦିନକୁ ଦିନ ସ୍ନେହା ସ୍ୱାଭାବିକ ମଧ୍ୟ ହେଉଥାଏ। ନିଜ ବିଷୟରେ ଭାବିବାକୁ ତା' ପାଖରେ ସମୟ ନ ଥିଲା। ପାଠ ପଢ଼ିବା ଆଶାରେ ନିଶାଙ୍କ ବାବୁଙ୍କ ସହିତ ସେ ଆସିଛି ସିନା, ତାକୁ ଲାଗିଲା, ପାଠପଢ଼ା

ଅପେକ୍ଷା ତା' ପାଇଁ ଏସବୁ କାମ ହିଁ ବଡ଼। ୟା' ଭିତରେ ଛଅ ମାସ ବିତିଗଲା। ମାମୁ ଥରେ ମାତ୍ର ଫୋନ୍ କରି ତା' କଥା ପଚାରିଥିଲେ। କିନ୍ତୁ ସାରଙ୍କ ସହିତ ଛଅ ମାସରେ ଛଅଥର କଥା ହବା ଶୁଣିଚି ଆଉ ଜାଣିଚି ଯେ ସେ ଏଠି ଆସି ରହିବା ଯୋଗୁଁ ମାମୁ କିଛି ମୋଟା ଟଙ୍କା ପାଉଛନ୍ତି। ଏବେଠୁ ବୋଧେ ଏହାକୁ ହିଁ ଜୀବନ ଭାବି ତାକୁ ବଞ୍ଚିବାକୁ ହେବ। ଆଉ କିଛି ରାସ୍ତା ନାହିଁ। କିନ୍ତୁ ମ୍ୟାଡାମ୍‌ଙ୍କ ପାଖରେ କାମ କରି ରହିବା କେବଳ ମାନସିକ ଯନ୍ତ୍ରଣାର ରଡ଼ନିଆଁ ଉପରେ ଚାଲିବା କଥା ଯାହା। ସେଦିନ ପଦ୍ମାକ୍ଷୀ ବଡ଼ ପାଟିରେ ଡାକିଲେ ସ୍ନେହାକୁ। "ୟା' ଭିତରେ ତୁ ଛଅ ମାସ ହେଲା ଆସିଲୁଣି, କାଇଁ କୋଉଦିନ ତ ପାଠ ପଢ଼ିବା ମୁଁ ଦେଖିନି। ପଢ଼ିବାକୁ ଇଚ୍ଛା ଥିଲେ ସିନା ତୁ ପଢ଼ିବୁ, ଯାହାର ଇଚ୍ଛା ନ ଥିବ ତାକୁ କିଏ ବାଟିକି ପଢ଼େଇବ। ମୋତେ କ'ଣ କହିବାକୁ ପଡ଼ିବ ପଢ଼ ବୋଲି?"

ସ୍ନେହା ଆଶ୍ଚର୍ଯ୍ୟ ହୋଇ ଚାହିଁଥାଏ ପଦ୍ମାକ୍ଷୀ ଦେବୀଙ୍କ ମୁହଁକୁ। ଆଚ୍ଛା ଲୋକ, କେବେ ତ ପାଠପଢ଼ା କଥା କହିନାହାନ୍ତି, ସାରଙ୍କୁ ଜୋର୍‌ରେ ଡାକ ଛାଡ଼ିଲେ ମ୍ୟାଡାମ୍। ତାକୁ ପାଖ କଲେଜରେ ଆଡ଼ମିସନ୍ କର। ମୁଁ ଟିକେ ଟିକେ ସୁସ୍ଥ ହେଲିଣି। ସେ ଏଣିକି ପଢ଼ୁ। ମୁଁ କ'ଣ ଯାଇ ଆଡ଼ମିସନ୍ କରିପାରିବି?

ସାରଙ୍କୁ ସେଦିନ ଈଷତ୍ ହସିବା ଲକ୍ଷ୍ୟ କଲା ସ୍ନେହା। ରାତି ଚାରିଟାରୁ ପଦ୍ମାକ୍ଷୀଙ୍କ ବଡ଼ପାଟିରେ ନିଦରୁ ଆଖି ମଳି ମଳି ଉଠେ ସ୍ନେହା। ଝିଅପିଲା ସୁକୁମାରିଆ ହେଲେ ହେବନି। ପାଠକୁ ପାଠ, ଶାଠକୁ ଶାଠ। ସବୁ କରିବାକୁ ପଡ଼ିବ। ସ୍ନେହାକୁ ଭାରି ବାଧେ। କଲେଜ ଯାଇ ଘରର ଏତେ କାମ ସାରି ଶୋଇଲାବେଳକୁ ରାତି ବାରଟା ପରେ। ଭୋର୍ ଚାରିଟାରୁ ନିଦ ଭାଙ୍ଗେନି। ପଦ୍ମାକ୍ଷୀ ଦେବୀଙ୍କ କଠୋର ସ୍ଵଭାବ ନେଇ ରୋଷେଇ ଘରେ ସେ ଲୁଚେଇ ଲୁଚେଇ କାନ୍ଦେ। କିନ୍ତୁ ପଢ଼ିବା ନିଶାରେ ଗଡ଼ିଚାଲେ ସମୟ। ସ୍ନେହାକୁ ପାଖ କଲେଜରେ ବି.ଏ.ରେ ଆଡ଼ମିସନ୍ କରାଗଲା। ସଂପୂର୍ଣ୍ଣ ସୁସ୍ଥ ହୋଇନଥିଲେ ବି ଧୀରେ ଧୀରେ ଚାଲୁଥିଲେ ମ୍ୟାଡାମ୍।

ଥରେ ସ୍ନେହାକୁ ଡାକିଲେ ପଦ୍ମାକ୍ଷୀ ଦେବୀ। କହିଲେ— "ତୋ ମାମୁଙ୍କୁ ଆଉ ଟଙ୍କା ଦେଇ ହେବନି। ଏପଟେ ବଢ଼ିଲା ଝିଅଟେ ଖାଇବ, ପିଇବ, ଯାବତୀୟ ଖର୍ଚ୍ଚ।" ଏହି ସମୟରେ ଘର ଭିତରକୁ ପଶି ଆସିଲେ ନିଶାଙ୍କ ବାବୁ। ଆହା – ତାକୁ କାହିଁକି କହୁଚ? ମୁଁ ତ ସେକଥା ବୁଝୁଚି। ପଦ୍ମାକ୍ଷୀ ଦେବୀ କହିଲେ— "ନା ତା' ମାମୁକୁ ଟଙ୍କା ଦେବା ବନ୍ଦ କର। ଏଠି କ'ଣ ଧର୍ମଶାଳା ଖୋଲାହେଇଚି? ତମେ ତ ପୂରା ଭଲ ହେଲିଣି। ତେବେ ସ୍ନେହା ଏଠୁ ଯାଉ।" ନା ସେ ଯାଇପାରିବନି। ସେ ଏଇଠି ରହିବ। ବି.ଏ. ପରେ ଯିବ ଆଉ ଶୁଣ ତା' ସହିତ ଓ.ଏ.ଏସ୍. କୋଚିଂ ବି ଦିଅ। ସ୍ନେହା ଲକ୍ଷ୍ୟ

କଳା, ସାର୍ ପୂର୍ବ ଭଳି ସାମାନ୍ୟ ହସିଦେଇ ଚାଲିଗଲେ। ସ୍ନେହା ଅପମାନିତ ଅନୁଭବ କଲା। ସ୍ଥିରକଲା, ନା ଆଉ ପଢ଼ିବିନି କି ଏତେକଥା ସହିବିନି। ସାରଙ୍କଠୁ ଫୋନ୍ ମାଗି ମାମୁଙ୍କ ସହିତ କଥା ହେଲା। ସବୁକଥା କହିଲା। ମାମୁ ସବୁ ଶୁଣି ଘରକୁ ନେଇଯିବାକୁ ମଙ୍ଗିଲେ। ସକାଳୁ ପହଞ୍ଚି ତାକୁ ନେଇ ଆସିବେ ବୋଲି ସ୍ଥିର ହେଲା। ସମସ୍ତଙ୍କ ଖାଇବା କଥା ବୁଝି, ସେଦିନ ସ୍ନେହା କିଛି ନ ଖାଇ ଶୋଇପଡ଼ିଥିଲା। ସେ ଦିନସାରା ତାକୁ ଜରୁଆ ଜରୁଆ ଲାଗିଥିଲା। ପଦ୍ମାକ୍ଷୀ ଦେବୀଙ୍କ କାମଚାପା ଯୋଗୁଁ ଯେମିତି ଦିନକୁ ଦିନ ଅସୁସ୍ଥ ହୋଇପଡୁଥିବା ଅନୁଭବ କରୁଥିଲା। ସ୍ନେହାର ନିଜ ଭାଗ୍ୟ ଉପରେ ଢେର୍ ଅଭିମାନ। କାହିଁକି ଈଶ୍ୱର ତାକୁ ଗୋଟିଏ କ୍ରୀତଦାସୀର ଜୀବନଟେ ଦେଇଛନ୍ତି ବୋଲି ଫୁଲିଫୁଲି କାନ୍ଦୁଥିଲା ସ୍ନେହା। ଟିକିଏ ଆଖି ଲାଗି ଯାଇଥିଲା ବୋଧେ, ରାତିଅଧକୁ ହଠାତ୍ ଅନୁଭବ କଲା କେହି ଯେମିତି ତା' ମୁଣ୍ଡ ଉପରେ ଆଉଁଶୁଛି। ଚାରିଆଡ଼ ଅନ୍ଧାର, ସେ କିଛି ଜାଣିପାରୁ ନଥିଲା। ଏମିତି ଆଗରୁ ବ ବହୁତ ଥର କେହ ଜଣେ ତାକୁ ଆଉଁଶୁଥିବାର ସେ ଅନୁଭବ କରିଛି। ସ୍ନେହା ସେଦିନ ସାହସ କରି ବେଡ଼ରୁ ଉଠି ଲାଇଟ୍ ସ୍ୱିଚ୍ ପାଖକୁ ଆସି ଲାଇଟ୍ ଲଗାଇଲା ପରେ ଦେଖିଲା ପଦ୍ମାକ୍ଷୀ ବେଡ୍ ଉପରେ ବସିଛନ୍ତି। ସ୍ନେହା ଏଥର ସବୁ ବୁଝିପାରୁଥିଲା, ହେଲେ ବିଶ୍ୱାସ କରିପାରୁ ନଥିଲା। ପଦ୍ମାକ୍ଷୀ ଦେବୀଙ୍କ ଭଳି କଠୋରପନ୍ଥୀ ନାରୀ କେବେବି କାହା ଦେହରେ ହାତ ମାରି ନ ପାରେ। ତେବେ କ'ଣ ସେ ନିଦ ବାଭଳାରେ ଆଉ କାହାକୁ ଦେଖୁଥିଲା।

ସକାଳୁ ମାମୁ ଆସି ପହଞ୍ଚିଲେ। ମ୍ୟାଡାମ୍ ପଚାରିଲେ, "କ'ଣ ପାଇଁ ଆସିଲ ?" "ସ୍ନେହା ଏଠୁ ଯିବାକୁ କହୁଚି" – "ନା ସେ ଯାଇପାରିବନି।" "ମାନେ ?" "ମାନେ ବି.ଏ. ନ ସାରି ସେ ଏଠୁ ଯିବନି। ତମକୁ ସେମିତି ଫେରିବାକୁ ହେବ।" ସ୍ନେହା ଭିତରେ ଥାଇ ସବୁ ଶୁଣି ଭୋ ଭୋ କାନ୍ଦୁଥାଏ। ସେ ଭାବିଲା, ବାହାରକୁ ଯାଇ ସେ ପଦ୍ମାକ୍ଷୀ ଦେବୀଙ୍କ ମୁହଁ ଉପରେ ଜବାବ ଦବ। "ସେ ଏଠୁ ଯେମିତି ହେଲେ ଯିବ, ଆଉ ରହିପାରିବନି। ଏ ଗୋଟେ ଅତ୍ୟାଚାର, ଏ ଗୋଟେ ଶୋଷଣ। ସେ କେସ୍ ଦେବ ପଦ୍ମାକ୍ଷୀ ଦେବୀଙ୍କ ନାଁରେ।" ସ୍ନେହା ଭିତରୁ ବଡ଼ ବଡ଼ ପାହୁଣ୍ଡ ପକେଇ ଆସିଲାବେଳକୁ, ପଦ୍ମାକ୍ଷୀ ଦେବୀଙ୍କ କଥା ତା କାନରେ ବାଜିଲା। ସେ ମାମୁଙ୍କୁ କହୁଥିଲେ-

"ଏଇ ନିଅ ଲକ୍ଷେ ଟଙ୍କାର ଚେକ୍। ଯାହା କରିବ ଏ ଟଙ୍କାରେ କର।" ସ୍ନେହା ମୋ ପାଖରେ ରହିବ। ତାକୁ ମୁଁ ମଣିଷ କରିବି। ତାକୁ ମୁଁ ଛାଡ଼ିପାରିବିନି। ଯଦି ଆଉ ଟଙ୍କା ଦରକାର ତେବେ ମୁଁ ଦେବି। ତମେ ଏଥର ଯାଇପାର।"

ମାମୁ ଚେକ୍‌ଟି ଫେରେଇ ଦେଇ କହିଲେ– "ମ୍ୟାଡାମ୍‌ ଆପଣ ଏ ଚେକ୍‌ ରଖନ୍ତୁ। ମୋର କ'ଣ ହେବ। ଏ ଗରିବ ପାଇଁ ଆପଣ କ'ଣ ନ କରିଛନ୍ତି। ମାସକୁ ମାସ ଚଳିବା ପାଇଁ ଆପଣ ଅଜସ୍ର ଦେଇଛନ୍ତି। ତା' ମାଙ୍କ ମରିଯାଇଥାତ୍ରା, କଟକ ବଡ଼ ମେଡିକାଲ୍‌ରେ ପଚାଶ ହଜାର ଟଙ୍କା ଦେଇଥିଲେ ଆପଣ। ସେ ଭଲ ଅଛି। ସ୍ନେହାକୁ ମୁଁ ନେଇଯିବି। ମା' ବାପ ଛେଉଣ୍ଡ ଛୁଆଟା ପାଇଁ କେହି କ'ଣ ଏମିତି କରେ।" ସ୍ନେହା – ସ୍ନେହା ବୋଲି ଡାକିଲେ ମାମୁ।

ପଦ୍ମାକ୍ଷୀ ଦେବୀ ନିରବରେ ବସିଥାଆନ୍ତି। ସ୍ନେହା ପୂର୍ବରୁ ପ୍ରସ୍ତୁତ ହେଇଥିଲା। ସମସ୍ତଙ୍କୁ ପ୍ରଣାମ ଜଣାଇଲା ଓ ବାହାରକୁ ବାହାରିଆସିଲା। ଗେଟ୍‌ ଭିତରୁ ବାହାରକୁ ଆସି କଣାଜାଲିରେ ଭିତରକୁ ଦେଖିଲା– ପଦ୍ମାକ୍ଷୀ ଦେବୀଙ୍କ ଗୋରା ତକତକ ମୁହଁଟା ଯେମିତି ଶେଥା ପଡ଼ିଯାଇଥାଏ। ରିକ୍‌ସାବାଲା ଆସିଯାଇଥାଏ। ରିକ୍‌ସାରେ ତା' ଜିନିଷପତ୍ର ରଖି ମାମୁ ରିକ୍‌ସା ଉପରକୁ ଉଠିଗଲେ। ସ୍ନେହା ବି ଗୋଟେ ଗୋଡ଼ ରିକ୍‌ସା ଉପରକୁ ନେଲା। କିନ୍ତୁ କ'ଣ ଭାବିଲା କେଜାଣି ଦୌଡ଼ିଆସିଲା ଗେଟ୍‌ ଭିତରକୁ।

ମା' ମା' ମୁଁ ତମକୁ ଛାଡ଼ି ଯାଇପାରିବିନି ମା'। ତମେ ମଣିଷ ନା ଦେବୀ! ଗୋଟେ କାମ କରୁଥିବା ଝିଅ ପାଇଁ କାହିଁକି ଏ ସ୍ନେହ, ଆଦର, ଏ ଯତ୍ନ, ଏ ଉତ୍ସର୍ଗ? କେହି କ'ଣ ପର ପାଇଁ ଏମିତି କରିପାରେ? ଉଭୟଙ୍କ ଆଖିରୁ ଲୁହ ଝରୁଥାଏ। ତାଙ୍କ ଦି'ଜଣଙ୍କ ଏ ମହାମିଳନ ଦେଖି ନିଶାଙ୍କ ବାବୁଙ୍କ ଆଖିକୁ କିଛି ଦିଶୁ ନ ଥାଏ।

ସମାଧିର ବିଳାପ

"ତମେ ମୋ ଜୀବନ କଥାକୁ ଗପରେ ଲେଖିପାରିବ ?" ବାଷ୍ପରୁଦ୍ଧ କଣ୍ଠରେ ସେ ପଚାରିଲାବେଳେ ମୋ ହାତକୁ ଜାବୁଡ଼ି ଧରିଥିଲେ। ଏତେ ଜୋରରେ ଜାବୁଡ଼ି ଧରିଥିଲେ ଯେ ମୋ କାଣି ଆଙ୍ଗୁଠି ତାଙ୍କ ହାତର ମୁଦି ସହିତ ଚାପିହୋଇ ଭାରି କଷ୍ଟ ଲାଗୁଥାଏ। ମୁଁ ଧୀରେ ଧୀରେ ତାଙ୍କୁ ସ୍ୱାଭାବିକ କରିବାକୁ ଚେଷ୍ଟା କରି ସାମାନ୍ୟ ହସିଦେଇ କହିଲି, "ହଁ ନିଶ୍ଚୟ ଲେଖିବି।" ଏଥର ତାଙ୍କ ହାତମୁଠାରୁ ମୋ ହାତକୁ ଧୀରେ ଧୀରେ ଛଡ଼େଇବାକୁ ମୁଁ ଚେଷ୍ଟା କରୁଥିଲି। ସେ ସେମିତି ଭାବାବିଷ୍ଟ ଆଖିରେ ମୋ ଆଖିକୁ ଚାହିଁରହି ପଚାରିଲେ, "ତମେ କିନ୍ତୁ କମେଡି ଲେଖ ପରା !" ମୁଁ ସେମିତି ହସି ଉତ୍ତର ଦେଲି- "ହଁ।" ସେ ପୁଣ ତାଙ୍କ କଥାରେ ବିରାମ ନ ଦେଇ କହିଲେ- "ତନୁ ମୁଁ ତମକୁ ବହୁତ ଥର ଫୋନ୍ କରିଛି। କିନ୍ତୁ କଥାହେବାକୁ ସାହସ ଜୁଟେଇ ପାରିଲିନି।" ଏକଥା ଶୁଣି ମୋର ମନେପଡ଼ୁଥାଏ, ଦୀର୍ଘ ଦୁଇ ସପ୍ତାହ ଧରି ଲ୍ୟାଣ୍ଡଫୋନ୍‌କୁ ଆସୁଥିବା ବ୍ଲାଙ୍କ୍ କଲ୍ କଥା ! ଓହୋ ଆପଣ ତେବେ ଫୋନ୍ କରୁଥିଲେ ? ମୁଁ ତ ପୂରା ଡରିଯାଇଥିଲି। ଯାହାହେଉ ମୁଁ ଏବେ ନିଶ୍ଚିତ ହେଇଗଲି।

କମେଡି ଦ୍ୱାରା ମଣିଷକୁ ମୁଁ ହସେଇବାକୁ ଚେଷ୍ଟା କରେ। କାରଣ ଆଧୁନିକ ମଣିଷ ଭାରି ଦୁଃଖୀ ଆଉ ସେଣ୍ଟିମେଣ୍ଟ। ନ ହସିପାରିବାରୁ ସମୟ ପୂର୍ବରୁ ଜରା ବ୍ୟାଧିଗ୍ରସ୍ତ ହେଉଛି ମଣିଷ। ସେ କହିଉଠିଲେ- "ତେବେ ମୋ ଜୀବନର କଥାକୁ ଅନ୍ୟ ବାଟରେ ଲେଖ। ଦୁଃଖ ବନାମ କମେଡି କରିଦିଅ।" ସେ ମୋତେ ସେମିତି ଅପଲକ ଆଖିରେ ଚାହିଁଥିଲେ ଯେମିତି ତାଙ୍କର ଅନେକ କଥା କହିବାକୁ ଅଛି। ତାଙ୍କ ଆଖିର ସଫେଦ ଫଳକଟି ଆରକ୍ତ ହେବା ଆରମ୍ଭ କରିଥାଏ। ସତେ ଯେମିତି ଆଉ କିଛିକ୍ଷଣ ପରେ ଆଖିରୁ ଝର ଫିଟିବ। ମୁଁ ତାଙ୍କ ମନକୁ ଭୁଲେଇବାକୁ ଚେଷ୍ଟା କଲି। ତାଙ୍କୁ ମୁଁ ଦ୍ୱିତୀୟ ଥର ପାଇଁ ଭେଟିଥାଏ। ତାଙ୍କର ମୋ ପ୍ରତି ଆତ୍ମୀୟତାପୂର୍ଣ୍ଣ ବ୍ୟବହାର ମୋତେ ଆଶ୍ଚର୍ଯ୍ୟ କରୁଥାଏ।

ସେହିବର୍ଷ ପାହାଡ଼-ଜଙ୍ଗଲଘେରା ମାଲକାନଗିରିର ଡାକବଙ୍ଗଳାକୁ ଲାଗିଥିବା ବିସ୍ତୀର୍ଣ୍ଣ ଖେଳପଡ଼ିଆରେ ଆୟୋଜିତ ହୋଇଥାଏ ତ୍ରିଦିବସୀୟ-ରାଜ୍ୟସ୍ତରୀୟ କବି ସମ୍ମିଳନୀଟିଏ। ଓଡ଼ିଶାର ବିଭିନ୍ନ ପ୍ରାନ୍ତରୁ କବିମାନେ ଆସିଥାନ୍ତି। ପ୍ରାୟ ପଚାଶରୁ ଊର୍ଦ୍ଧ୍ୱ ସାହିତ୍ୟିକମାନଙ୍କ ରହଣି ବ୍ୟବସ୍ଥା ହୋଇଥାଏ ଡାକବଙ୍ଗଳାରେ। ଜଙ୍ଗଲ କର୍ତ୍ତୃପକ୍ଷଙ୍କ ସହଯୋଗ ଓ ପୋଲିସ୍ ମୁତୟନ ବ୍ୟବସ୍ଥା ମଧ୍ୟରେ କବିତା ପାଠୋତ୍ସବ ସହିତ ପୁସ୍ତକ ମେଳାର ମଧ୍ୟ ଆୟୋଜନ ହୋଇଥାଏ। ମୋ ପରି ଅନେକ ଲେଖକ-ଲେଖିକା ଓଡ଼ିଶାର ବିଭିନ୍ନ ଜିଲ୍ଲାରୁ ଆସିଥାନ୍ତି। ସହରୀ ଜୀବନର ବ୍ୟସ୍ତତାରୁ ମୁକ୍ତ ହୋଇ ନୈସର୍ଗିକ-ପ୍ରକୃତିର ସୌନ୍ଦର୍ଯ୍ୟ ଓ ଶୁଦ୍ଧ-ସ୍ନିଗ୍ଧ ପରିବେଶରେ ମୁକ୍ତ ପ୍ରଶ୍ୱାସ ଟିକେ ନେବାର ଆନନ୍ଦ କେତେ ଯେ ଆହ୍ଲାଦ ଦିଏ, ଯିଏ ଅନୁଭବ କରିଛି ସେ ହିଁ କେବଳ ବୁଝିପାରିବ।

ଭୁବନେଶ୍ୱରରୁ ଟ୍ରେନ୍ ଯୋଗେ ମାଲକାନଗିରିରେ ପହଞ୍ଚିବାକୁ ପ୍ରାୟ ଏଗାର/ବାର ଘଣ୍ଟା ଲାଗିଥିଲା। ମୁଁ ପହଞ୍ଚିଲାବେଳକୁ ଭୋର ପାଞ୍ଚଟା। ମୋର ଜଣେ ବାନ୍ଧବୀର ସହାୟତା କ୍ରମେ ମାଲକାନଗିରିର ଡାକବଙ୍ଗଳାରେ ମୋ ରହଣିର ସୁବ୍ୟବସ୍ଥା ପୂର୍ବଦିନରୁ ହୋଇଯାଇଥିଲା। ମୋର ପରିଚୟ ଦେବାମାତ୍ରେ ବାର-ତେର ବର୍ଷର ପିଲାଟିଏ ମୋ ହାତକୁ ରୁମ୍ ଚାବିଟିଏ ବଢ଼େଇ ଦେଇ, ରୁମ ଆଡ଼କୁ ଯିବାକୁ ନମ୍ର ଭାବରେ ପାଛୋଟି ନେଲା। ମୋ ପ୍ରକୋଷ୍ଠର ଝର୍କା ଦେଇ ଡାକବଙ୍ଗଳାର ଚତୁଃପାର୍ଶ୍ୱର ସୌନ୍ଦର୍ଯ୍ୟକୁ ଅନୁଭବ କରୁଥାଏ। ଖୋଲା ଝର୍କାଦେଇ ସାନ୍ଧ୍ୟକାଳୀନ କୁହୁଡ଼ିଆ-ଧୀମା ପବନକୁ ଦି' ହାତ ପତେଇ କୋଳେଇ ନେବାକୁ ଚେଷ୍ଟା କରୁଥାଏ। ମୁହଁସଞ୍ଚରେ ଅଦୂରର ସେ କୁଣ୍ଡୁକୁଣ୍ଠିଆ ପାହାଡ଼ ସବୁ ଯେମିତି ଅର୍ଦ୍ଧନିମୀଳିତ ଚକ୍ଷୁରେ ଧ୍ୟାନସ୍ଥ ଋଷି ପରି ଦିଶୁଥାନ୍ତି। ଏଇ ସମୟରେ ଦରଜା ସେପଟୁ ଠକ୍ଠକ୍ ଶଦ ଶୁଣି ମୁଁ କବାଟ ଖୋଲିଦେଲି। ଦେଖିଲି ଜଣେ ଗୌରବର୍ଣ୍ଣା-ପ୍ରୌଢ଼ ମହିଳା ହସହସ ମୁହଁରେ ଛିଡ଼ା ହୋଇଛନ୍ତି। ମୁଁ ତାଙ୍କୁ ନ ଜାଣି ମଧ୍ୟ ନମସ୍କାର ଜଣାଇଲି। ସେ ମୋତେ ପଚାରିଲେ- "ତମେ ତନୁଜା ମହାନ୍ତି କି? ମୁଁ ହେଉଛି ଧ୍ୱନୀ ରାୟ। ଏଇ ଅଞ୍ଚଳର ରିଟାୟାର୍ଡ ଓ.ଏ.ଏସ୍।" ତାଙ୍କଠାରୁ ମୋ ନାମ ଶୁଣି ମୁଁ ତାଙ୍କୁ ବିସ୍ମିତ ହୋଇ 'ହଁ' କଲି। "ତମେ ସେଇ ତ, ଯିଏ ଆଜିକାଲି ଲେଖାଲେଖି ନେଇ ଭାରି ଚର୍ଚ୍ଚାରେ?"

ମୁଁ ତାଙ୍କୁ ଭିତରକୁ ଡାକିଲି। ଡାକିବା ପୂର୍ବରୁ ଯେମିତି ସେ ନିଜେ ପ୍ରସ୍ତୁତ ଥିଲେ ଭିତରକୁ ଆସିଯିବାକୁ। ବଡ଼ ବଡ଼ ପାହୁଣ୍ଡ ପକେଇ ପାଖ ସୋଫାରେ ବସିପଡ଼ିଲେ।

"ତନୁ! କବାଟଟା ବନ୍ଦ କରିଦିଅ ବେଟା। ଏଠିକାର ଜଙ୍ଗଲୀ ଜୀବଜନ୍ତୁ ଭାରି ଭୟଙ୍କର।"

'ବେଟା' ଶଦ ଶୁଣି ମୁଁ ଆଶ୍ଚର୍ଯ୍ୟ ହୋଇଗଲି। କେତେ ଯେ ସ୍ନେହ, କେତେ

ଯେ ମମତା ତାଙ୍କ ମୁହଁରୁ ଝରିପଡୁଥାଏ! ମୋତେ କିଛି କହିବାକୁ ନ ଦେଇ ସେ କହିଲେ- "ତମକୁ ମୁଁ ମନେ ମନେ ବହୁତ ଖୋଜୁଥିଲି ତନୁ! କେତେ ଯେ ଖୋଜିଛି ବୁଝେଇପାରିବିନି। ଭଗବାନ୍ ସତେ ଯେମିତି ମୋ ମନକଥା ବୁଝିଦେଲେ। ସୁଦୂର ଭୁବନେଶ୍ୱରରୁ ତମେ ଚାଲିଆସିଲ ଏଇଠି - ମୋ ପାଖକୁ!"

"ମ୍ୟାମ୍, ମୁଁ ଆପଣଙ୍କୁ ଜାଣିପାରୁନି!"

ସେ ହସିଦେଇ କହିଲେ, "ତମେ ତ ଆଜି ପ୍ରଥମ ଥର କରି ମୋତେ ଚିହ୍ନିଲ। ଯଦିଓ ମୁଁ ଜଣେ ଓ.ଏ.ଏସ୍ ତଥାପି ସାହିତ୍ୟ ମୋତେ ଆନନ୍ଦ ଦିଏ। ତମର ଗୋଟିଏ ଲେଖାଟିଏ ପଢ଼ିଥିଲି ଯେଉଁଠି ତମେ ଲେଖିଥିବା କଥା ଗୋଟି ଗୋଟି ହୋଇ ମୋର ମନେ ଅଛି। ଲେଖିଥିଲ- 'ଜୀବନ ହସିବା ପାଇଁ, କାନ୍ଦିବା ପାଇଁ ନୁହେଁ। ହସ ସହିତ କାନ୍ଦ କିନ୍ତୁ ଛନ୍ଦାଛନ୍ଦି। ଯଦି କାନ୍ଦିବାକୁ ଚାହୁଁଛ, ଦୁଃଖ, କୋହ, ଲୁହକୁ ଚାପିଦିଅ। ଅପେକ୍ଷା କର ବର୍ଷାଦିନକୁ। ଘଡ଼ଘଡ଼ି ସହିତ ଧୁମ୍ ବର୍ଷା ହେଉଥିଲାବେଲେ ଚିତ୍କାର କଲି, ବୁକୁ ଫଟେଇ କାନ୍ଦ। ଯେମିତି ଚାର୍ଲି ଚାପ୍ଲିନ୍ କାନ୍ଦୁଥିଲେ। କିନ୍ତୁ ସଂସାରକୁ ଲେଖକଟିଏ ହସ ବାଣ୍ଟିବା ଉଚିତ।'"

ବୟସ୍କ ମହିଲା ପୁଣି ଆରମ୍ଭ କଲେ- "ତମେ ଏମିତି କେମିତି ଲେଖିପାରିଲ? ଲେଖକଟିଏ ଯଦି କେବଳ ସୁଖ ବାଣ୍ଟିବ ତେବେ ଦୁଃଖ କଥା କିଏ ଲେଖିବ?" ଏମିତିରେ ତ ଆମେ ସମସ୍ତେ ମିଛ ଜୀବନ ବଞ୍ଚୁଛେ ତନୁ!"

ମୁଁ ତାଙ୍କ କଥା ଶୁଣି ଆଶ୍ଚର୍ଯ୍ୟ ହେଉଥାଏ। କାହାର ଦୁଃଖ, କିଏ ଦୁଃଖୀ? ମୋ ଆଖିର ଚାହାଣି ବୋଧେ ସେ ପଢ଼ିପାରିଲେ କି କ'ଣ ମୋ ଆଡ଼କୁ ଚାହିଁ ସେ ଏକପ୍ରକାର କ୍ଷତ୍ ହସ ହସି ପଚାରିଲେ- "ତମେ ମୋ ଜୀବନ କଥାକୁ, ମୋ ଦୁଃଖକୁ ଲେଖିପାରିବ?"

"କିନ୍ତୁ ଆପଣ ମୋତେ କାହିଁକି ବାଛିଲେ ଆପଣଙ୍କ ଦୁଃଖ କଥା ଲେଖିବାକୁ? ଆଉ କାହାକୁ କାହିଁକି ନୁହେଁ?"

ସେ ପୁଣି ରହସ୍ୟମୟ ହସଧାରେ ହସି କହିଲେ- "ଏଇଥିପାଇଁ ଯେ ତୁମେ ମୋ ଆତ୍ମଜା! ମୋ କଷ୍ଟକୁ ମୋ ଅଙ୍ଗେନିଭା କଥାକୁ ତମେ ହିଁ ଲେଖିପାରିବ, ଅନ୍ୟ କେହି ନୁହେଁ।"

ମୋ ଆଶ୍ଚର୍ଯ୍ୟର ସୀମା ନ ଥିଲା। ଜଣେ ରିଟାୟାର୍ଡ ଓ.ଏ.ଏସ୍ ତା'ର ଅବା କ'ଣ ଦୁଃଖ ଥାଇପାରେ? ଅଭାବରୁ ସ୍ୱଭାବ ନଷ୍ଟ ବୋଲି ସଂସାର କହେ। ଅର୍ଥ, ପ୍ରତିପତ୍ତି, ପ୍ରତିଷ୍ଠା ଥାଇ ଜଣେ ଅଫିସରର ଦୁଃଖ କ'ଣ ଥାଇପାରେ? ହଁ, ଅବଶ୍ୟ ମହିଲା ଭାବରେ କିଛି ଦୁଃଖ ଥାଇପାରେ।

ମୁଁ ପ୍ରଶ୍ନିଳ ଦୃଷ୍ଟିରେ ତାଙ୍କୁ ଚାହିଁଥାଏ । ସେ ତାଙ୍କର ଗଳାଖାଡ଼ି କଥା ଆରମ୍ଭ କଲେ । ଆରମ୍ଭ କଲାବେଳେ ତାଙ୍କ ବାଷ୍ପାରୁଦ୍ଧ କଣ୍ଠକୁ ମୁଁ ବାରିପାରୁଥାଏ । ମୁଁ ଓ.ଏ.ଏସ୍ ପାଇଁ ପଢ଼ାପଢ଼ି କରୁଥାଏ । ବାପା ଓ ବୋଉଙ୍କ ଅସୁସ୍ଥତା ଲାଗିରହୁଥିବାରୁ ସେମାନେ ମୋତେ ବାହା କରିଦେବାକୁ ଜିଦ୍ କରୁଥାନ୍ତି । ଜଣେ ପ୍ରତିଷ୍ଠିତ ଉଦ୍ୟୋଗପତି କିଛି ବର୍ଷ ହେଲା ବିଦେଶରୁ ଆସି ଆମ ଅଞ୍ଚଳରେ ବିରାଟ ବଡ଼ କୋଠା ତିଆରି କରି ରହିଆସୁଥିଲେ । ସେ ମୋ ବାପାଙ୍କୁ କେବେଠୁ ପ୍ରସ୍ତାବ ଦେଇ ଯାଇଥିଲେ । ମୋ ବାପାଙ୍କ ଆଗରେ ପ୍ରତି କଥାରେ ମୋ ଗୁଣ ବଖାଣୁଥାନ୍ତି । କହିଲେ ଆପଣଙ୍କ ଝିଅଠି ଆମର ଭାରି ଲୋଭ । ସୁନ୍ଦରୀ, ଗୁଣୀ, ବିଦୁଷୀ ! ମୁଁ ତାକୁ ମୋ ବୋହୂ କରିବାକୁ ଚାହୁଁଛି । ପ୍ରତିପତିଶାଳୀ ଅର୍ଣ୍ଣବ ରାୟଙ୍କ ଏକମାତ୍ର ପୁତ୍ର ଆଦିତ୍ୟ ରାୟଙ୍କ ପୁତ୍ରବଧୂ ହେବା ପାଇଁ ଅବା କିଏ ନ ଚାହିଁବ ! ମୋ ବାବା କିନ୍ତୁ ତାଙ୍କ ପୁଅ ସଂପର୍କରେ ପଚାରିବାକୁ ଭୁଲି ନ ଥିଲେ । ଲଣ୍ଡନ୍ ଫେରନ୍ତା ପୁଅ ସଂପର୍କରେ ସେ ଉଚ୍ଛ୍ୱସିତ ଭାବରେ କହିଯାଇଥିଲେ । ବିଲାତ ଫେରନ୍ତା ପୁଅକୁ ବାହା ହେବାକୁ ସହରର ପ୍ରତିଷ୍ଠିତ ବ୍ୟକ୍ତିବିଶେଷଙ୍କ ଲମ୍ବା ଧାଡ଼ି ସଂପର୍କରେ ସୂଚନା ଦେଇଥିଲେ ଅର୍ଣ୍ଣବ ରାୟ ।

ଆମ ବାହାଘର ଧୁମ୍‌ଧାମ୍‌ରେ ସଂପନ୍ନ ହୋଇଥିଲା । ବାହାଘର ପରେ ସ୍ୱପ୍ନଭିଜା ରାତିରେ ଆଦିତ୍ୟ ଗୋଲାପଫୁଲ ବଦଳରେ ନବପରିଣୀତାକୁ ହୁଇସ୍କି ପିଇବା ପାଇଁ ଆହ୍ୱାନ କରିଥିଲେ । ମଦିରା ଗନ୍ଧରେ ବାସର ରାତି ସୁଦୀପ୍ତଙ୍କ ପାଇଁ ମତୁଆଲା ଥିଲା । ଜୁଲୁଜୁଲୁ ହୋଇ ମୁଁ ଚାହିଁଥିଲି ତାଙ୍କୁ । ଇମ୍ପୋଟେଡ୍ ପଟଚିତ୍ର, ନଗ୍ନନାରୀର ଦାମିକା ଫଟୋଫ୍ରେମ୍‌କୁ ଚାହିଁଲାବେଳେ ମୋତେ ଦିଶୁଥାଏ ମୋ ପାଠପଢ଼ା ବହି । ମୋର ଇଚ୍ଛା-ଅନିଚ୍ଛା, ଭଲ-ଖରାପ କଥା ବିଚାର କରିବା ପାଇଁ ସମୟ ପାଇ ନ ଥିଲି । ଶାଶୂଘରର ଦାୟିତ୍ୱ ଭିତରେ ଦିନ-ରାତି ବିତୁଥିବାବେଳେ, ହଠାତ୍ ଦିନେ ମୁଁ ଓ.ଏ.ଏସ୍ ପାଇଥିବା ଖବର ଜଣେଇ ବାବା ମୋତେ ଚମକେଇ ଦେଇଥିଲେ । ମାଲକାନଗିରିର ଏହି ଅଞ୍ଚଳରେ ମୋର ନିଯୁକ୍ତି କଥା ନେଇ ଆନୁଷଙ୍ଗିକ ବିଭିନ୍ନ କଥା ବୁଝାବୁଝି ନେଇ ବାବାଙ୍କ ସହିତ ମୁଁ ଯିବା ପାଇଁ ପ୍ରସ୍ତୁତ ହେଲି । ମୋ ସ୍ୱାମୀଙ୍କୁ ଛାଡ଼ି ମୋର ଏ ସଫଳତାରେ ସମସ୍ତେ ଖୁସି ଥିଲେ ।

ମୁଁ ମୋ ଚାକିରିରେ ଯୋଗ ଦେଇଥିଲି । ମୁଁ ଏଠାରେ ଥଇଥାନ ହେଲା ପରେ ମୋ ବାପା ଶ୍ୱଶୁରଙ୍କୁ ଜଣାଇଲେ । ଶ୍ୱଶୁର ବାପାଙ୍କୁ କହିଲେ- ଦେଖିଲ ତ ସମୁଦୀ ମୋ ପୁଅ ତମ ଝିଅ ପାଇଁ କେତେ ଶୁଭଙ୍କର ! ବାହାଘର ଛଅ ମାସ ବିତିଚି କି ନାହିଁ, ସେ ଅଫିସର ହେଇଗଲା । ଆବେଗଗତ ସଂପର୍କ ନ ଥିଲେ କେହି କାହାକୁ ଖୋଜିବା ତ ଦୂରର କଥା ମନେ ବି ପଡ଼େନି । ମୁଁ ଯେ ବାହା ହେଇଛି ସେକଥା ମୋର ସାମାନ୍ୟ ବି

ମନେପଡ଼ି ନ ଥାନ୍ତା ଯଦି ସେଦିନ ମୁଣ୍ଡ ବୁଲେଇଦେଇ ପଡ଼ିଯାଇ ନ ଥାନ୍ତି। କ୍ରମାଗତ ବାନ୍ତି-ମୁଣ୍ଡବୁଲା ହେତୁ ଦୁର୍ବଳ ହୋଇପଡ଼ିଛି ଭାବି ଡାକ୍ତରୀ ଚେକ୍‌ଅପ୍‌ ପରେ ମୁଁ ମା' ହେବାକୁ ଯାଉଛି ବୋଲି ଜାଣିଲି। କିଏ ମାତୃତ୍ୱ ପାଇଁ ଖୁସି ହୁଏ, ମୁଁ କିନ୍ତୁ କାହିଁକି କେଜାଣି ଖୁବ୍‌ କାନ୍ଦିଥିଲି ଦିନକୁ ଦିନ। ଗର୍ଭସ୍ଥ ଭ୍ରୁଣର ଚଞ୍ଚଳତା ମୋତେ ଅନ୍ୟମନସ୍କ କରୁଥାଏ। ଜାଣିପାରୁ ନ ଥାଏ କେଜାଣି କାହିଁକି ଦିନକୁ ଦିନ ମୁଁ ବିଚଳିତ ଆଉ ଅବସାଦଗ୍ରସ୍ତ ହୋଇପଡ଼ୁଥାଏ। ସେ ମାଂସପିଣ୍ଡୁଳା ଧୀରେ ଧୀରେ ମୋ ଭିତରେ ଦୋଲାୟମାନ ହେଉଥାଏ। ମୋତେ ଲାଗୁଥାଏ, ସେ ମୋତେ ମା' ମା' ବୋଲି ଡାକୁଚି। ମୁଁ ଶିହରିତ ହେଉଥିଲି। ହସୁ ହସୁ କିନ୍ତୁ ମୋତେ କାହିଁକି ଜୋର୍‌ କାନ୍ଦ ଲାଗୁଥିଲା। ଶ୍ୱଶୁର ତାଙ୍କ ଫାର୍ମ ହାଉସ୍‌ ପାଇଁ ଟଙ୍କା। କଥା କହିବା ପରେ ମୁଁ ପ୍ରତି ମାସରେ ମୋ ମୋଟା ଦରମା ତାଙ୍କୁ ମାସକୁ ମାସ ପଠେଇବାକୁ ଭୁଲେନି। ମାତ୍ର ଭୁଲିଯାଇଥାଏ ମୋ ବାପାଙ୍କୁ, ଯିଏ ଝିଅକୁ ଉଚ୍ଚଶିକ୍ଷିତା କରିବାକୁ ତାଙ୍କ ନାଁରେ ଥିବା ଜମିକୁ ବିକି ଦେଇଥିଲେ। ମୋତେ ତାଙ୍କ ଆଉ ଫୋନ୍‌ କରି ନ ଥିଲେ। ଯେବେ ବି ଫୋନ୍‌ କରେ ବ୍ୟସ୍ତ ଅଛି କହି କାଟିଦିଅନ୍ତୁ। ମଣିଷ ଜୀବନରେ ଦୁଃଖ ତାକୁ ଦାନ୍ତ ନିକିଟେ, ଛିଗୁଲାଏ ଆଉ ତା'ର ପ୍ରତିକୂଳ ସ୍ଥିତି ବି ଆପେ ଯୋଡ଼ିହୋଇଯାଏ। ମାତୃନିଟି ଛୁଟିରେ ସାତମାସ ପାଇଁ ଘରକୁ ଆସିଥିଲି। ସେ ଖୁସି ନ ଥିଲେ। ସବୁବେଳେ ତାଙ୍କ ମୁହଁ ଫଧାଧଣ ଦିଶୁଥାଏ। ଅଫିସ୍‌ କଥା ନେଇ କିଛି ଫୋନ୍‌ ଆସିବା ମାତ୍ରେ ତାଙ୍କ ମୁହଁ ମେଘଢଙ୍କା ଆକାଶ ଭଳି ଭାରୀ ଦିଶେ। ବେଲେବେଲେ ଜୀବନ ଭାରି ଅବୁଝ। ମନେହୁଏ। କିଛି କଥାକୁ ବଦଲେଇ ହୁଏନି। କରିଥିବା ଭୁଲ୍‌ ଓ ସମୟକୁ ପଛକୁ ଯଦି ଫେରେଇ ହୁଅନ୍ତା, ମଣିଷ ଜୀବନରେ ଦୁଃଖ ନ ଥାନ୍ତା!

ବେଲେବେଲେ ଦୁଇଦିନ ମାତ୍ର ମିଶିଥିବା ମଣିଷକୁ ଜନ୍ମଜନ୍ମାନ୍ତରୁ ଜାଣିଥିବା ମନେହୁଏ ଆଉ ବେଲେବେଲେ ଦେହଲଗା ମଣିଷଟି ଖୁବ୍‌ ଅଚିହ୍ନା ମନେହୁଏ। ତା' ସହିତ କ୍ଷଣିଏ ମୁହୂର୍ତ୍ତରେ ବିତେଇବା ଅନନିଃଶ୍ୱାସୀ ମନେହୁଏ। ଆଦିତ୍ୟଙ୍କ ସହିତ ବିତେଇଥିବା ଅନ୍ତରଙ୍ଗ ମୁହୂର୍ତ୍ତର ମଧୁର କ୍ଷଣଟି ମୋର ସାମାନ୍ୟ ବି ମନେପଡ଼ୁ ନ ଥିଲା। ମଧୁର କ୍ଷଣଟି ମୋର ସାମାନ୍ୟ ବି ମନେପଡ଼ୁ ନ ଥିଲା। ବାପାଙ୍କ ନିଷ୍ପତି, ବାଧ୍ୟ ଝିଅ ଭାବରେ ମୋର ସମର୍ଥନ, ଆଉ ସବୁ ଘଟଣାକୁ ସହିଯିବା ଦ୍ୱାରା କେବଳ ଦୁଃଖକୁ ହିଁ ସ୍ୱୀକୃତି ଦେଇଥିଲି। ବାପାଙ୍କ ଅଭିଆଡ଼ ଥିଲି ବୋଲି ତାଙ୍କ ଗେଲବସର କଥା ଶୁଣିବା ଅଭ୍ୟାସ ଥିଲା ମୋର। ସାମାନ୍ୟ ଗମ୍ଭୀର କଥା ଶୁଣି ମୁହଁ ଫୁଲେଇ କାନ୍ଦୁଥିବା ଝିଅ ଥିଲି ମୁଁ। କିନ୍ତୁ କଥାକଥାକେ ଆଦିତ୍ୟଙ୍କ ରୋକ୍‌ଟୋକ୍‌ କଥା, ଅହଂକାରରେ ଫୁଲିଉଠି କହୁଥିବା କଥାର ଔଦ୍ଧତ୍ୟକୁ ଗ୍ରହଣ କରିହୁଏନି। ତାଙ୍କ ଦୃଷ୍ଟିରେ

ଓ.ଏ.ଏସ୍ ଅଫିସରଟେ ସରକାରଙ୍କ ବେତନଭୋଗୀ କର୍ମଚାରୀ ମାତ୍ର । ଜଣେ ବ୍ୟବସାୟୀକୁ ଅବା ସରକାରଙ୍କ ଯୋଗ୍ୟତା ବିବେଚନାର ପ୍ରକ୍ରିୟା ସହିତ କି ସଂପର୍କ ? ରାତି ହେଲେ ବେଶୀ ଭୟଭୀତ ହୋଇପଡୁଥିଲି ମୁଁ । ଜାଣି ଜାଣି ଆଖି ବନ୍ଦ କରି ଶୋଇଯାଇଥିବାର ବାହାନା କରୁଥିଲି ଯାହା । ସେ କିନ୍ତୁ ଛାଡ଼ନ୍ତିନି ତାଙ୍କ ପୁରୁଷପଣିଆ । ଘୋଷାଡ଼ି ନିଅନ୍ତି ସେ ନିଜ ଆଡ଼କୁ । ଭୟାର୍ତ୍ତ ହୋଇ ଆଖି ଖୋଲିଦେଲା ପରେ ବଢ଼େଇ ଦିଅନ୍ତି ହୁଇସ୍କି ! ଯେତେବେଳେ ସେ ମୋ ମୁହଁରେ ଜବରଦସ୍ତ ସେ ମଦକୁ ଢାଲି ଦିଅନ୍ତି, ଛାତିଦେଇ ପେଟଯାଏ ଗରମ ଲାର୍ଭା ଭଳି କିଛି ଜଳେଇଦିଏ ମୋତେ । ପେଟ ଭିତରୁ ସତେ ଯେମିତି କେହି ଜଣେ କହିଉଠେ- ଚାଲିଯା’ ଏଠୁ ଚାଲିଯା’ । ମୋର କିନ୍ତୁ ଯିବାର ଉପାୟ ନ ଥିଲା । ସଂସାରକୁ, ବାପାଙ୍କୁ କ’ଣ ବା କହିବି ! ମଣିଷ ବିବାହ କାହିଁକି କରେ ? ଖାନଦାନୀ - ପ୍ରତିଷ୍ଠିତ ଘରେ କି ଅଭାବ ଅଛି ଯେ ସେ ଘର ଛାଡ଼ିବ ? ତାହାହେଲେ ଶିକ୍ଷା, ଦୀକ୍ଷା କ’ଣ ମୋତେ ଏସବୁକୁ ସହିବାକୁ ଦେଉନି ? ଆଦିତ୍ୟଙ୍କ ଆଡ଼କୁ ଚାହିଁ ଦୀର୍ଘଶ୍ୱାସ ଛାଡୁ ଛାଡୁ ଘୃଣାରେ ମୁହଁ ଫେରେଇ ନିଏ ମୁଁ । ଏ ମଣିଷ ସହିତ ଜୀବନର ଲମ୍ବା ରାସ୍ତା କେମିତି କଟିବ ? ମୂକ-ନିର୍ବେଦଙ୍କ ପରି ପଡ଼ିଥାଏ ମୁଁ । ଦିନ ଗଣୁଥାଏ ସେଇ ନିର୍ଦ୍ଦିଷ୍ଟ ସମୟର ବିନ୍ଦୁରେ ପହଞ୍ଚିବାକୁ । ସେଦିନ ମୋତେ ଟିକେ ଅଧିକ ପିଆଇଦେଇଥିଲେ ସେ । ନିଶାଗ୍ରସ୍ତ ଅବସ୍ଥାରେ ମୋ’ଠୁ ଖୁବ୍ ଦୂରରେ ଖଟ ସେପଟକୁ ସେ ଛିଡ଼ାହୋଇ ଟଳଟଳ ହେଉଥା’ନ୍ତି । ଅର୍ଦ୍ଧଚେତନ ଅବସ୍ଥାରେ ମୁଁ ଅନୁଭବ କରୁଥାଏ ମୋ ଦେହରେ କାହା ବଳିଷ୍ଠ ହାତ ଠିକ୍ ଅଜଗର ଭଳି ମୋତେ ଗ୍ରାସ କରୁଛି । ମୁଁ ମୋ ଆୟତ୍ତରେ ନ ଥିଲି । ମୁଁ ପଡ଼ିରହିଥିଲି ସେମିତି ସକାଳ ଯାଏ । ସକାଳର ଆଲୁଅ ମୋତେ ତତାଏ, ଜ୍ୱାଳାଏ । ରାତିର ଘଟଣା ଭାବି ଭାବି ଅସ୍ଥିର ହୋଇଯାଏ ମୁଁ । ଲାଗେ ମୁଁ ପାଗଳ ହେଇଯିବି । ଖଟ ଉପର ବେଡ଼ସିଟ୍କୁ ସଜାଡୁ ସଜାଡୁ ହଠାତ୍ ଦିନେ ମୋର ଆଖି ପଡ଼ିଲା, ନାଲି ରଙ୍ଗର ଗୋଟେ ଟି-ସାର୍ଟ ଉପରେ । ସେଇଟା କିନ୍ତୁ ଆଦିତ୍ୟଙ୍କର ନ ଥିଲା । ତେବେ... କାଲି ରାତି – ତା’ ପୂର୍ବ ରାତି, ଦିଲ୍ଲୀରୁ ଫେରିବା ପରର ସବୁ ରାତିରେ ତା’ ପାଖରେ କ’ଣ ଆଉ କିଏ...। ଭାବିପାରିଲିନି ମୁଁ । ଗାଧୁଆଘର କଳ ଖୋଲି ତା’ରି ତଳେ ଛିଡ଼ାହୋଇ ପୋଡୁଥିବା ମନ-ଆତ୍ମା-ଦେହକୁ ଶାନ୍ତ କରିବାକୁ ଚେଷ୍ଟା କରୁଥାଏ ମୁଁ । ଏ ନର୍କରୁ ମୁକ୍ତି କେମିତି ବା ହେବ! ବାପାଙ୍କୁ କ’ଣ କହିବ ସେ? ଅଧସ୍ତ ଅଫିସରଟେ ହେଇ ମଧ୍ୟ କାହିଁକି ସହୁଚି ମୁଁ? ଏସବୁ ବାପାଙ୍କୁ ନ କହି ଏଠୁ ଚାଲିଯିବା ଭଲହେବ । ବାପାଙ୍କୁ ଏକଥା କହିବାକୁ ହେବ ଭାବି ମୁଁ ମୋବାଇଲଟି ଧରିଲି । ସେଥିରେ ଆଉଟ୍‍ଗୋଇଙ୍ଗ୍ ନ ଥିଲା । ଏତେ ଏତେ ଟଙ୍କା ରୋଜଗାର କରୁଥିବା ଗୋଟେ ଅଫିସରର ଫୋନ୍‍ରେ

ରିଚାର୍ଜ ନାହିଁ। ସେପଟୁ ଚାଲିଆସିଲେ ଶ୍ୱଶୁର। ମୁଁ ବାବାଙ୍କ ସହିତ କଥା ହେବା ପାଇଁ ତାଙ୍କୁ ତାଙ୍କ ଫୋନ୍ ମାଗିଥିଲି। ସେ କହିଲେ, ଯାହା ଦରକାର ଆମକୁ କହ। ଅଯଥା ବାପଘରକୁ ଫୋନ୍ କରି ବ୍ୟସ୍ତ କରନି ତମେ! ଆଉ ତମେ ଝିଅ ହେଇ ନାହିଁ, ମୋ ପୁଅର ସ୍ତ୍ରୀ, ମୋ ଖାନ୍ଦାନର ଭାବୀ ବଂଶଧରର ମା' ତମେ। ହେଲେ ମୁଁ ମୋ ବାବାଙ୍କୁ କଥା ହେବାକୁ ଚାହୁଁଚି କହି ତାଙ୍କ ହାତରୁ ଫୋନ୍‌ଟି ନେଇ ବାବାଙ୍କୁ ଡାଏଲ୍ କଲି। ଶ୍ୱଶୁର ଝାମ୍ପ ମାରିଲା ପରି ଫୋନ୍‌ଟି ଛଡ଼େଇ ନେବା ପରେ ଜାଣିଲି, ମୁଁ ନଜରବନ୍ଦୀ ଭଳି ଜୀବନ ବଞ୍ଚୁଛି। ସଞ୍ଜ ମାଡ଼ି ଆସୁଥାଏ। ରାତିର କଳଙ୍କିତ ପ୍ରହର ସବୁ କଙ୍କଡ଼ାର ଶିତ ଘାଉଡ଼ ନେଇ ମାଡ଼ି ଆସୁଥାଏ। ଆଦିତ୍ୟ ସବୁଦିନ ପରି ପାଖକୁ ଆସି ମଦଭରା ଗ୍ଲାସଟିକୁ ମୋ ମୁହଁକୁ ଯେମିତି ଦେଲେ ମୁଁ ଖୁସିରେ ନେଇ ପିଇବାର ମିଛ ଅଭିନୟ କରିଥିଲି। ସେ ବୋଧେ ମୋ କଥା ବିଶ୍ୱାସ କରିଗଲେ। ଏଥର ମୁଁ ତାଙ୍କୁ ପେଗ୍ ପରେ ପେଗ୍ ପିଆଇବା ଆରମ୍ଭ କରିଥିଲି। କିଛି ସମୟ ପରେ ସେ ଅଚେତ ଅବସ୍ଥାରେ ଖଟରେ ପଡ଼ିଗଲେ। ମୁଁ କିଛି ଭାବିପାରୁ ନ ଥାଏ। ମୁଁ ଘରର ଆଲୁଅ ଲିଭାଇ ଖଟ'ବାଡ଼ାକୁ ଟେରିହେଇ ବସିଲି। ହଠାତ୍ ଲାଗିଲା କେହି ଯେମିତି ଆମ ଘରର କବାଟ ପାଖରେ ଏପଟ ସେପଟ ହେଉଚି। ମୁଁ କିଛି ନ ଜାଣିଲା ପରି ଶୋଇପଡ଼ିଲି। ଏଥର ଯାହା ଦେଖିଲି ମୁଁ ମୋ ଆଖିକୁ ବିଶ୍ୱାସ କରିପାରୁ ନ ଥିଲି। ସେଇ ଅନ୍ଧାରରେ ବି ମୁଁ ଜାଣିପାରୁଥାଏ, ଆଦିତ୍ୟଙ୍କ ବ୍ୟବସାୟୀ ସାଙ୍ଗ ରବି ଏବଂ ଆଉ ଜଣେ ମୋ ଶ୍ୱଶୁର। ସେମାନେ ପାଖକୁ ଆସିବା ପୂର୍ବରୁ ମୁଁ ଦୌଡ଼ିଯାଇ ଆଲୁଅ ଲଗେଇଦେଲି। ରାଗ ଆଉ ଘୃଣାରେ ମୁଁ ଗୋଟାପଣେ ଥରୁଥାଏ। ସେମାନେ ଥିଲେ ନିର୍ଲଜ୍ଜ-କାପୁରୁଷ। ଆହୁରି ଜୋର୍‌ରେ ହି-ହି ହୋଇ ହସୁଥିଲେ। ମୁଁ ରାଗ ସମ୍ଭାଳି ନ ପାରି କହିଲି- "ବାବା ତମେ ବି! ଛିଃ! ଏତେ ତଳକୁ ଖସିଯାଇପାରିଲ?" ସେ ବଡ଼ ଜୋର୍‌ରେ ହସି ହସି କହିଲେ- "କିଏ କାହା ବାପା ବେ? ଦିସ୍ ଇଜ୍ - ହନିଟ୍ରାପ୍ ବେବି! ତୋର ଦୁର୍ଭାଗ୍ୟ ତୁ ଅଫିସର ହେଇଗଲୁ! ଆମେ କେହି କାହାକୁ ଜାଣୁନା! ବାହାଘର କେବଳ ଗୋଟେ ଛଲନା ମାତ୍ର। ଯାହାକୁ ବିଦେଶ ଫେରନ୍ତା ପୁଅ ଭାବୁଚୁ ସେ ଏଇ ପୂରା ପ୍ଲାନର ମାଷ୍ଟରମାଇଣ୍ଡ, ଗୋଟେ ଦଲାଲ। ତୋତେ ବିଦେଶକୁ ଚାଲାଣ କରିବା ପାଇଁ ଯୋଜନା ଆମର। ତା' ପୂର୍ବରୁ ତତେ ନେଇ ଆମେ ଖୁସି ହେବା ଚାହୁଁଥିଲୁ।" ମୁଁ ମୋ କାନକୁ ବିଶ୍ୱାସ କରିପାରୁ ନ ଥିଲି। ବାପାଙ୍କ ସେ ନିରୀହ ଚେହେରା ମନେପଡ଼ିଯାଉଥାଏ। ପେଟ ଭିତରୁ ହାବୁକା ହାବୁକା ହୋଇ କୋହ ଉଠୁଥାଏ। ମୁଁ ନିଜକୁ ଦୃଢ଼ କଲି। ଘରର ଦରଜା ଆଡ଼କୁ ଧାଇଁବାକୁ ଚେଷ୍ଟା କଲାବେଳକୁ ସେମାନେ ମୋତେ ଧରିନେଲେ। ମୁଁ ପାଟିକରି ଛାତିପିଟି ହୋଇ କହିଲି- "ତମମାନଙ୍କ ମୁଖା ମୁଁ

ଖୋଲିଦେବି। ଛାଡ଼ିବିନି କେବେ! ଦାହାଲ କୁକୁରଙ୍କ ପରି ସେମାନେ ମୋତେ ମାଡ଼ିବସିଲେ। ମୋ ଦି'ହାତ ଉପରେ ଦି'ଜଣ ଛିଡ଼ା ହୋଇଗଲେ। ମୁଁ ଛାଟିପିଟି ହେଉଥାଏ। ଏଇ ସମୟରେ ନିଶାରେ ହିତାହିତଜ୍ଞାନ ହରେଇଥିବା ଆଦିତ୍ୟ ମୋ ଆଡ଼କୁ ଝପଟି ଆସି ମୋ ବେକ ଓ ପେଟ ଉପରେ କୁଦିବା ଆରମ୍ଭ କଲେ। ଯନ୍ତ୍ରଣାରେ ଛଟପଟ ହେଉଥିଲି ମୁଁ। ମାଂସ-ପିଣ୍ଡୁଳା ଫାଟିଗଲା ପରି ମୋ ଦେହ ରକ୍ତ ଜୁଡ଼ୁବୁଡ଼ୁ ହୋଇଯାଇଥିଲା। ମୋ ଆଖି ବନ୍ଦ ହୋଇଆସୁଥିଲା। ମୋ ଦେହରେ ଶକ୍ତି ନ ଥିଲା। କେବଳ ଜାଣିପାରୁଥିଲି ଯେ ସେମାନେ ମୋତେ ଅଖା କିମ୍ବା କୌଣସି ଚାଦର ଗୁଡ଼େଇ ମୋତେ ଟେକିନେଲେ। ରାତିର ସେଇ ଘନ ଅନ୍ଧାର ଭିତରେ ମୋ ଆଗତ ଭୟଙ୍କର ପରିଣାମକୁ ମୁଁ ଜାଣିପାରି ମୋ ଭିତରେ ଯେତେ ବଳ ଥିଲା, ସେତେ ଜୋରରେ ମୁଁ ପାଟିକରି ଚିକ୍କାର କଲି। ଆଉ ସେମାନେ ମୋତେ ଫିଙ୍ଗିଦେଲେ ପାହାଡ଼ ତଳ ଖୋଲରେ। ମୋ ଆଖି ଆଗରେ କେବଳ ଥିଲା ଅନ୍ଧାର ଆଉ ଅନ୍ଧାର। ତା'ରି ଭିତରେ ଗୋଟେ ଟିକି ଉଜ୍ଜ୍ୱଳ ତାରକାଟିଏ ତା' ଆଡ଼କୁ ମୋତେ ହାତଠାରି ଡାକୁଥିବା ପରି ମୋର ମନେହେଉଥିଲା। ଧୀରେ ଧୀରେ ମୋ ପେଟ ଉପରେ ମୁଁ ହାତ ବୁଲେଇ ଆଣିଲି। ପେଟରେ ଆଗଭଳି ଉଚ୍ଚତା ନ ଥିଲା, ଭିତରକୁ ପଶିଯାଇଥିଲା! ନିସ୍ତବ୍ଧ ଆଖିରେ ଦେଖୁଥିଲି ସେ ଟିକି ତାରା ଗୋଟେ ଝିଅ ପାଲଟିଗଲା। ସେ ମୋ ପାଖକୁ ଆସିଲା। ଆଉ ମୋ ପାଟିରେ ଜଙ୍ଗଲୀ କୁଅରୁ ପାଣିଟୋପେ ଦେଲା। କୋଉଠୁ କେଜାଣି ବଣମଲ୍ଲୀରୁ ଆଣ୍ଠୁଲେ ଆଣି ମୋ ଦେହ ଉପରେ ସଜେଇଦେଲା। ମୋ ମଥା ଉପରେ ଧୀରେ ଧୀରେ ସେ ଆଙ୍ଗୁଳି ଚାଳନା କଲା। ଆଉ ମୁଁ ଆରାମରେ ଶୋଇଗଲି।" - ଏତିକି କହି ସେ ଚୁପ୍ ହୋଇଗଲେ।

ମୁଁ ତାଙ୍କୁ ଚାହିଁ ପଚାରିଲି- "କିନ୍ତୁ ଆପଣ ସେ ଦୁଃସ୍ଥିତିରୁ ବଞ୍ଚିଲେ କେମିତି? ସେ ଝିଅଟି କିଏ?"

ସେ ଏଥର ମୋ ଆଡ଼କୁ ସଲଖି ଚାହିଁଲେ ଆଉ କହିଲେ- "ମୁଁ କେମିତି ବଞ୍ଚିଲି ପରେ କହିବି। ଡାକବଙ୍ଗଲାର ଶେଷମୁଣ୍ଡକୁ ଲାଗିଥିବା ମୋର ଘରକୁ କେବେ ଆସ।"

"କିନ୍ତୁ ସେ ଝିଅ?"

"ସେ ଝିଅ ପରା ତମେ ତନୁ!" ଏତିକି କହି ସେ ବସିଥିବା ଜାଗାରୁ ଉଠି ଦରଜା ଖୋଲି ବାହାରକୁ ବାହାରିଗଲେ। ମୁଁ ତଟସ୍ଥ ହୋଇ ତାଙ୍କରି ଆଡ଼େ ଚାହିଁଥାଏ। ତାଙ୍କ ରହସ୍ୟପୂର୍ଣ୍ଣ କଥାକୁ ଭେଦ କରିବା ମୋ ପାଇଁ ସମ୍ଭବ ନ ଥିଲା। ମୁଁ କବାଟ ବନ୍ଦ କରି ଶୋଇବାକୁ ଚେଷ୍ଟା କଲି ସତ, ହେଲେ ଆଖିକୁ ନିଦ ଆସିବା ଦୂରର କଥା -

ତାଙ୍କୁ ଆଉ ଥରେ କେମିତି ଦେଖା କରିବି ସେଇ ଚିନ୍ତାରେ ମୋ ରାତି ପାହିଲା। ପ୍ରତି ସ୍ତରୀ ଜୀବନ ତ ଅନେକ ଯନ୍ତ୍ରଣାର ମର୍ମଲିପି। ହେଲେ ଜଣେ ପଦସ୍ଥ ମହିଳା ଅଫିସରର ଜୀବନ ଯେ ଏତେ ଯନ୍ତ୍ରଣାଦଗ୍ଧ ହୋଇଥିବ, ବିଶ୍ୱାସ କରିପାରୁ ନ ଥିଲି। ତା' ପରଦିନ ହିଁ ଆମର ଦ୍ୱିତୀୟ ଥର ପାଇଁ ଦେଖା ହୋଇଥିଲା, ଉଦୁଉଦିଆ ଖରାବେଳଟାରେ। ଡାକବଙ୍ଗଲା ଆଗରେ ଥିବା ସହସ୍ର ବର୍ଷ ପୁରୁଣା ସେଇ ବରଗଛ ଓହଲକୁ ଧରି ତାଙ୍କୁ ଛିଡ଼ାହେବା ମୁଁ ଦେଖିଥିଲି। ତାଙ୍କରି ଆଡ଼କୁ ମୁହେଁଇଲା ବେଲକୁ ହଠାତ୍ ପଛରୁ – ଦିଦି! ଦିଦି ଏଠି କ'ଣ କରୁଚ ଶୁଣି ପଛକୁ ଚାହିଁଲା ବେଲକୁ ଡାକବଙ୍ଗଲା ଦାୟିତ୍ୱରେ ଥିବା ସେଇ ପିଲାଟି ଛିଡ଼ା ହୋଇଥିଲା। ମୁଁ ତା' ଆଡୁ ମୁହଁ ଫେରେଇ ନେଇ ଧ୍ନୀ ମ୍ୟାଡାମ୍‌ଙ୍କ ଆଡ଼କୁ ଚାହିଁଲା ବେଲକୁ ସେଠାରେ ସେ ଆଉ ନ ଥିଲେ। ଏଥର ମୁଁ ସେଇ ପିଲାଟିକୁ ଚାହିଁ କହିଲି– "ଆରେ ପୁଅ ଧ୍ନୀ ମ୍ୟାଡାମ୍ ଆଉ ମୁଁ ଏଠି କଥା ହେଉଥିଲୁ ତ! ଏଇଠି ଥିଲେ ସାଙ୍ଗେ ସାଙ୍ଗେ କୁଆଡ଼େ ଚାଲିଗଲେ!" ମୋ କଥା କହିବା ଭିତରେ ମୁଁ ଆଗକୁ ଚାଲିଆସି ପୁଣି ପଛକୁ ସେଇ ବରଗଛ ଆଡ଼କୁ ଫେରି ଚାହୁଁଥିଲି। ମୋତେ ଚାଲିବାର ଦେଖି ମୋ ବାଟ ଓଗାଲି ସେଇ ପିଲାଟି ଛିଡ଼ା ହୋଇଗଲା। "କ'ଣ ହେଲା କିରେ? ତୁ ଏମିତି ମୋ ଆଗରେ ଆସି ଠିଆ ହେଇଗଲୁ ଯେ?" ପିଲାଟି ମତେ ପଚାରିଲା– "କାହା ସହିତ କଥା ହେଉଥିଲେ ଆପଣ? 'ଧ୍ନୀ' ନାଁ କହୁଥିଲେ ନା?" ମୁଁ 'ହଁ' କହିବାରୁ ସେ 'ବାବା, ବାବା' ଡାକି କ୍ୟାଣ୍ଟିନ୍ ଦାୟିତ୍ୱରେ ଥିବା ସେ ଜଣେ ବୃଦ୍ଧାଙ୍କ ଆଡ଼କୁ ଧାଇଁଲା। ମୁଁ କିଛି ବୁଝିବା ପୂର୍ବରୁ ସେଇ ପିଲାଟି ବୃଦ୍ଧାଙ୍କ ହାତ ଧରି ଏକପ୍ରକାର ଟାଣି ଟାଣି ମୋ ପାଖକୁ ନେଇ ଆସିଥିଲା। ବୃଦ୍ଧା ମୋତେ ପଚାରିଲେ– "ଝିଅ, ତମେ କ'ଣ ସତରେ ଧ୍ନୀକୁ ଭେଟିଲ?" ମୁଁ ମୁଣ୍ଡ ଟୁଙ୍ଗାରିଲି। ଏଥର ବୃଦ୍ଧା ଜଣକ ମୁଣ୍ଡରେ ହାତ ଦେଇ ସୁକୁସୁକୁ ହୋଇ କାନ୍ଦିବା ଆରମ୍ଭ କଲେ।

   "କ'ଣ ହେଇଚି ମାଉସୀ, ଏମିତି କାନ୍ଦୁଚନ୍ତି ଯେ!"

   "ମା'ଲୋ ତୋ ଭାଗ୍ୟ ଭଲ ତୁ ତା' ହାବୁଡ଼ରୁ ବଞ୍ଚିଗଲୁ! ଦୀର୍ଘ ପଇଁତିରିଶ ବର୍ଷ ହେଲା ଏଇ ଘଟଣା ସହିତ ଆମେ ଦେହସୁହା ହୋଇଗଲୁଣି।"

   "ମାନେ? ମୁଁ ତ କିଛି ବୁଝିପାରୁନି। ସେ ବାଘ ନା ଭାଲୁ ଯେ ତାଙ୍କ ହାବୁଡ଼ରୁ ବଞ୍ଚିଗଲି?"

   "ସେ ବାଘ–ଭାଲୁ ନୁହେଁ ଲୋ ମା... ସେ... ସେ ପରା... ଗୋଟେ ପ୍ରେତାତ୍ମା!"

   "ଏମିତି କ'ଣ କହୁଛନ୍ତି ଆପଣ? ସେ ମୋ ସହିତ ନିଜେ ତାଙ୍କ ବିଷୟରେ ଗପିଛନ୍ତି।"

ପିଲାଟି ବୃଦ୍ଧାଙ୍କ ଆଡ଼କୁ ଆଖିରେ ଇସାରା ଦେଇ କହିଲା– "ଦିଦି ! ଆପଣ ଏଠୁ ଚାଲିଲେ। ସେ ଆଡ଼କୁ ଆଉ ଯିବେନି। ଏ ଜଙ୍ଗଲରେ କାହାକୁ ଭରସା କହିଲେ ! କେତେ ଜୀବଜନ୍ତୁ, ଭୂତ-ପ୍ରେତ ଅଛନ୍ତି।"

ମୁହଁସଞ୍ଜ ହୋଇ ଆସୁଥାଏ। ମୁଁ ବରଗଛ ଆଡ଼କୁ ପୁଣି ଫେରି ଚାହିଁଲି। ମୋର ମନେହେଲା ବରଗଛ ପଛପଟେ ସେ ଯେମିତି ଲୁଚିକି ଛିଡ଼ା ହୋଇଛନ୍ତି। ଧନୀ ରାୟଙ୍କ ସଂପର୍କରେ ପିଲାଟିର ଶେଷ କଥା ଥିଲା– "ମୁଁ ପିଲାବେଲୁ ଶୁଣିଆସୁଛି ଯେ, ତାଙ୍କୁ କୁଆଡ଼େ ମାରିକି, ଏଇ ଡାକବଙ୍ଗଲା ପଛ ଜଙ୍ଗଲରେ ପକେଇ ଦେଇଥିଲେ ଦିଦି ! କେବେ ଯଦି କେହି ଏଠିକୁ ଆସେ, କାଲେ ସେ ଏମିତି ଦେଖା ଦିଅନ୍ତି, କଥା ହୁଅନ୍ତି ଓ କାନ୍ଦନ୍ତି। ପ୍ରାୟ ରାତିରେ ତାଙ୍କରି ବାହୁନା ଆମେ ଶୁଣୁ। ଆଜି ମୁଁ ଆଉ ଆପଣଙ୍କୁ ଏକୁଟିଆ ରହିବାକୁ ଦେବିନି। ମୁଁ ଏଇ କବାଟ ପାଖରେ ଆପଣଙ୍କୁ ଜଗି ରହିବି।" ପିଲାଟି କବାଟ ପାଖରେ ଅଟକିଗଲା। ଭିତରକୁ ଆସି ମୁଁ ଟେବୁଲ୍ ଉପରେ ଥିବା ବୋତଲରୁ ଢକଢକ କରି ଅଧବୋତଲେ ପାଣି ପିଇଲି। ଆସନ୍ତା ପୂଜାସଂଖ୍ୟା ପାଇଁ ଗପଟିଏ ଦେବା ପାଇଁ ଡାଏରୀରେ ଲେଖିବା ଆରମ୍ଭ କଲି। ଧନୀ ରାୟଙ୍କ ସେ ନିରୀହ ମୁହଁ ଆଖି ଆଗରେ ନାଚିଯାଉଥିଲା। ତା' ସହିତ ମନେପଡୁଥିଲା ତାଙ୍କର ସେଇ ଅନୁରୋଧ – 'ତମେ ମୋ ଜୀବନର କଥାକୁ ଗପରେ ଲେଖିପାରିବ।' ମୁଁ କ'ଣ ତାଙ୍କ ଗର୍ଭର ସେଇ 'ଝିଅ' ଯେ, ତାଙ୍କ ଉପରେ ବଣମଲ୍ଲୀ ସଜେଇ ତାଙ୍କ ପାଟିରେ ପାଣିଟୋପେ ଦେଇ ତାଙ୍କ ମୁକ୍ତି ଚାହିଁଥିଲା ! ମୋ ଆଖିର ଲୁହରେ ଡାଏରୀ ପୃଷ୍ଠା ଦିଶୁ ନ ଥିଲା।

ମୁଗ୍ଧ ଛାୟାପଥ

ଛାୟାପଥ ଆଡ଼କୁ ଦେଖିଲେ ପୁରୁଣା ନକ୍ଷତ୍ରର ବିଦାୟ ପଥରେ ନୂତନ ନୀହାରିକାର ଆଗମନ ଦିଶେ। ନୂତନର ଉଜ୍ଜ୍ୱଳପଣ ମନକୁ ଆବିଷ୍ଟ କରେ। ଜୀବନ ଯଦି ଛାୟାପଥ ହୁଏ, ଗତାନୁଗତିକତା ଭିତରେ ନୂତନତା ନିଶ୍ଚୟ ଜରୁରୀ - ଆକାଶର ନକ୍ଷତ୍ରପୁଞ୍ଜ ଆଡ଼କୁ ଚାହିଁ ଭାବିଚାଲିଛନ୍ତି ଅନସୂୟା। ଦେବପ୍ରିୟଙ୍କ ସହିତ ତାଙ୍କର ବୈବାହିକ ଜୀବନର ଗତିପଥ ଦୀର୍ଘ ପଚଁତିରିଶ ବର୍ଷ ଧରି ଗତିଶୀଳ। ପଚିଶ ବର୍ଷ ବୟସରେ ସେ ଦେବପ୍ରିୟଙ୍କ ହାତ ଧରିଥିଲେ। ଦେବପ୍ରିୟ ତାଙ୍କଠାରୁ ଆଠବର୍ଷ ବଡ଼। ବୟସର ତାରତମ୍ୟ ଯୋଗୁଁ ଉଭୟଙ୍କ ମଧ୍ୟରେ ଏକପ୍ରକାର ଦୂରତା ଥାଏ। ମେଧାବୀ ଇଂରାଜୀ ଅଧ୍ୟାପକ ଭାବରେ କେବଳ ନୁହେଁ, ଜଣେ କବି ଭାବରେ ମଧ୍ୟ ଦେବପ୍ରିୟ ଥିଲେ ଲୋକପ୍ରିୟ। ପାଞ୍ଚ ଫୁଟ - ଆଠ ଇଞ୍ଚର ଡେଙ୍ଗା-ହୃଷ୍ଟପୁଷ୍ଟ ଦେବପ୍ରିୟ ଧଳା ସାର୍ଟ ଉପରେ ଆକାଶୀ ରଙ୍ଗର କୋଟ୍ ପିନ୍ଧିଥିବାବେଳେ ଅନସୂୟାଙ୍କ ଆଖି ଲାଖିଯାଏ। ଶ୍ୟାମଳ ବର୍ଣ୍ଣ ଦେବପ୍ରିୟଙ୍କ ରାଜକୀୟ ଠାଣୀ, ଆୟତ ଚକ୍ଷୁ ଓ ସ୍ମିତହସ ଦେଖିଲାବେଳେ ତାଙ୍କୁ ଲାଗେ ଶତ୍ରୁ ବି କ୍ଷଣେ ଦେବପ୍ରିୟଙ୍କୁ ଚାହିଁବ। କାହା ନଜର ନ ଲାଗିବା ପାଇଁ ମନେମନେ ଶୁଭ ମନାସନ୍ତି ଅନସୂୟା। ନିଜକୁ ଗାଳିଦେଇ କହନ୍ତି- ଏତେ ସୁନ୍ଦର ମଣିଷ ଉପରେ ମୁଁ ଅଲକ୍ଷଣୀ ଦୃଷ୍ଟି ପକାଉଛି।

ବିବାହର ପଚଁତିରିଶ ବର୍ଷ ପରେ ଅଧ୍ୟାପକ ସ୍ୱାମୀଙ୍କ ପ୍ରତି ଅନସୂୟା ସେତିକି ଅନୁଗତା ଯେତିକି ବାହା ହୋଇ ଆସିବାବେଳେ ଥିଲେ। ବିବାହର ଚାରିବର୍ଷ ପରେ ପୁତ୍ର ଅନିକେତର ଜନ୍ମ।

ଦେବପ୍ରିୟ ଛାତ୍ରପ୍ରିୟ ଅଧ୍ୟାପକ। ପାଠପଢ଼ା ଛଡ଼ା ସଭା-ସମିତି, ଆନୁଷ୍ଠାନିକ କାମରେ ବ୍ୟସ୍ତ ରହନ୍ତି। ସକାଳୁ ଯାଇ ରାତିକୁ ଘରକୁ ଫେରନ୍ତି ସେ। ତା'ପରେ କପେ ଚା' ପିଇଦେଇ ମୁଣ୍ଡପୋତି ନିଜ ପଢ଼ାଘରେ କ'ଣ ସବୁ ଲେଖିବସନ୍ତି। ବିଭିନ୍ନ ପତ୍ରପତ୍ରିକା ଓ ସମ୍ୱାଦପତ୍ରରେ ତାଙ୍କର ଲେଖା ବାହାରେ। ଦେବପ୍ରିୟ ସେସବୁ ଘରକୁ

ଆଣନ୍ତି ଓ ନିଜ ଟେବୁଲ୍ ଉପରେ ରଖିଦିଅନ୍ତି। କେଣସି ଦିନ ଅନସୂୟାଙ୍କୁ ପଢ଼ିବାକୁ ସେ କହନ୍ତି ନାହିଁ; ବରଂ ଅନସୂୟା ତାଙ୍କ ଲେଖା ପଢ଼ିସାରି ତାଙ୍କୁ ପ୍ରଶଂସା କରିଥାନ୍ତି।

ଦେବପ୍ରିୟ ଏବେ ଚାକିରିରୁ ଅବସର ନେଇଛନ୍ତି। ଅବସର ଦିନ ଘରକୁ ଫେରିଲାବେଳକୁ ତାଙ୍କ ମୁହଁ ଶୁଖିଯାଇଥିଲା। ସବୁବେଳେ ଦାଉ ଦାଉ ଜଳୁଥିବା ତାଙ୍କ ମୁହଁ ଯେମିତି ଶୁଷିଲା ଓ କାନ୍ଦୁରା ଦିଶୁଥିଲା। ଶୁଭେଚ୍ଛୁ ଓ ପିଲାମାନେ ଦେଇଥିବା ଫୁଲତୋଡ଼ା, ସ୍ମାରକୀପତ୍ର, ଉତ୍ତରୀୟ ଆଉ ଉପହାର ଗୁଡ଼ିକୁ ଟେବୁଲ୍ ଉପରେ ରଖିଦେଇ ଥକାମାରି ବସିଯାଇଥିଲେ ସେ। ଥରିଲା ଥରିଲା କଣ୍ଠରେ କହିଥିଲେ– "ଆଜିଠୁ ପ୍ରୌଢ଼ ହେଇଗଲି ଅନୁ! ଷାଠିଏ ପୂରିଲା। ରିଟାୟାର୍ଡ।"

ତାଙ୍କ ପାଟିରୁ କଥା ସରିଛି କି ନାହିଁ ଅନସୂୟା କହିଲେ, "ମୁଁ କିନ୍ତୁ ଭାରି ଖୁସି। ତମେ ରିଟାୟାର୍ଡ ହେବା କଥା କହୁଛ, ମୁଁ କିନ୍ତୁ ଆମ ନୂଆ ଅବସରକାଳୀନ ଖୁସିଦିନ କଥା ଭାବି ବହୁତ ଆନନ୍ଦିତ। ଆଜିଠୁ କିଛି ଚିନ୍ତା ନାହିଁ କି କଲେଜକୁ ଯିବାରେ ଡେରି ହେଇଯିବାର ଭୟ ବି ନାହିଁ। ଏବେ ତମେ ସଂପୂର୍ଣ୍ଣ ମୁକ୍ତ, ଅବାଧ। ନିଜ ଇଚ୍ଛାରେ ଜୀବନ ଜିଇବ।"

"ବେଳେବେଳେ ବନ୍ଧନ ଦରକାର ଥାଏ ଅନୁ। ଜୀବନ ଯେତେ ବିଶୃଙ୍ଖଳିତ ମନେହେଲେ ହେଁ ସେଥିରେ କିନ୍ତୁ ଉତ୍ତେଜନା ଥାଏ। ଜୀବନ ଅବାଧ ହେଲେ ବଞ୍ଚିବାର ସୁଖ ସରିଯାଏ। ମୋତେ ମୋ ବୃତ୍ତିଗତ ଜୀବନର ସେଇସବୁ ନିୟମ କଟକଣା ଭଲ ଲାଗୁଥିଲା।" କୌଣସିମତେ ସେଦିନ ଅନସୂୟାଙ୍କୁ ବୁଝାଇଦେଇଥିଲେ ଦେବପ୍ରିୟ।

ସମୟ ଗଡ଼ିଚାଲିଥିଲା। କିନ୍ତୁ ଦେବପ୍ରିୟଙ୍କ ସ୍ୱଭାବ ଓ ଆଚରଣ ମେଘଢଙ୍କା ଆକାଶର ଆସ୍ତରଣ ପରି କ୍ରମେ ଗମ୍ଭୀର ହେଉଥିଲା। ଦିନେ ହୃଦ୍‌ଘାତ ଯୋଗୁଁ ସେ ତଳେ ପଡ଼ିଗଲେ। ଡାକ୍ତରଖାନାରେ ଜଣାପଡ଼ିଲା ତାଙ୍କର ସର୍ଜରୀ ଦରକାର। ଅପରେସନ୍ ଟେବୁଲ୍ ଉପରେ ଦେବପ୍ରିୟଙ୍କ ସ୍ଥିର ଶରୀରକୁ ଦେଖି ଆଖିର ଲୁହକୁ ରୋକିପାରୁ ନ ଥାନ୍ତି ଅନସୂୟା। ଏଇ ସେ ମଣିଷ ଯାହା ହାତ ଧରି ସେ ରାୟ ପରିବାରର ବୋହୂ ହୋଇ ଆସିଥିଲେ। ପ୍ରିୟ ମଣିଷକୁ ଏ ଅବସ୍ଥାରେ ଦେଖି କେମିତି ନିଜକୁ ସମ୍ଭାଳିଥାନ୍ତେ!

ସଂପୂର୍ଣ୍ଣ ସୁସ୍ଥ ହୋଇ ଦେବପ୍ରିୟ ଡାକ୍ତରଖାନାରୁ ଫେରିଲା ପରେ ସୁଦ୍ଧା ତାଙ୍କର ସେବାଯତ୍ନରେ ସାମାନ୍ୟ ହେଳା କରି ନ ଥିଲେ ଅନସୂୟା। ଠିକ୍ ସମୟରେ ଡାକ୍ତରଖାନା ନ ନେଇଥିଲେ କ'ଣ ଯେ ହେଇଥାଆନ୍ତା ଭାବି ଈଶ୍ୱରଙ୍କୁ କୃତଜ୍ଞତା ଜଣାଉଥିଲେ ମଝିରେ ମଝିରେ। ଷାଠିଏ ଟପିଲେ କ'ଣ ଏମିତି ଗୋଟେ–ଯୋଡ଼େ ବ୍ୟାଧିଜନିତ ଦୁର୍ଘଟଣା ଘଟିବାକୁ ବାଧ୍ୟ? ମଣିଷ ନିଜ ଶରୀରର ଯତ୍ନ ନ ନେଲେ କ'ଣ ସେ ଏମିତି ରୋଗୀ ପାଲଟିଯିବ?

ଡାକ୍ତରଖାନାରୁ ଫେରିଲା ପରଠାରୁ ଦେବପ୍ରିୟ ସବୁବେଳେ ବିଛଣାରେ ଶୋଇରହିଲେ। ନା ବାହାରକୁ ଯିବାକୁ ଚାହିଁଲେ ନା କୌଣସି ପତ୍ରପତ୍ରିକା ପଢ଼ିଲେ। ଦିନେ ଅନସୂୟା ଘର ସଜାଡ଼ିଲାବେଳେ କଲିଂବେଲ୍ ବାଜିଲା। କବାଟ ଖୋଲି ସେ ଦେଖିଲେ ଜଣେ ବାଇଶ-ତେଇଶ ବର୍ଷଆ ଝିଅଟିଏ ଦୁଆରମୁହଁରେ କିଛି ବହି ଧରି ଛିଡ଼ାହୋଇଛି। ଅନସୂୟାଙ୍କୁ ଚାହିଁ ସେ ପଚାରିଲା, "ମ୍ୟାଡାମ୍, ଦେବପ୍ରିୟ ସାରଙ୍କୁ ଟିକେ ଦେଖା କରିପାରିବି ?"

"ହଁ, ସାର୍ ଅଛନ୍ତି, ଡାକିଦେଉଛି" – ବାଟଘର ସୋଫାରେ ଝିଅଟିକୁ ବସାଇ ଅନସୂୟା ଘର ଭିତରକୁ ଗଲେ। କିଛିକ୍ଷଣ ପରେ ଧୀର ପାଦରେ ଆସିଲେ ଦେବପ୍ରିୟ। "କିଏ ? କ'ଣ କହୁଛ ?" ପଚାରି ଝିଅଟି ଆଡ଼କୁ ଚାହିଁଲେ।

"ସାର ମୁଁ ନୀହାରିକା ମିଶ୍ର। ଜାଣିପାରିଲେ ? ଇଂରାଜୀରେ ଏମ୍.ଏ ଛାତ୍ରୀ ଭାବରେ ଆପଣଙ୍କ ପାଖରେ ଅଳ୍ପଦିନ ପଢ଼ିଥିଲି। ଏବେ ମୁଁ ରିସର୍ଚ କରିବାକୁ ବାହାରିଛି। ଯଦି ଆପଣଙ୍କର ଅସୁବିଧା ନ ଥାଏ, ତେବେ ମୋତେ ଟିକେ ଗାଇଡ୍ କରନ୍ତେ।"

ଅନସୂୟା ଦେଖୁଥିଲେ ହଠାତ୍ ନୀହାରିକାର ପ୍ରସ୍ତାବ ଶୁଣି ଦେବପ୍ରିୟ ସକ୍ରିୟ ହୋଇଉଠିଲେ। "ହଁ ହଁ, ବସ। କ'ଣ ବୁଝିବାକୁ ଚାହୁଁଛ !"

ଅନସୂୟା ଅସ୍ୱସ୍ତି ନୁହେଁ ଆଶ୍ୱସ୍ତ ଅନୁଭବ କରୁଥିଲେ।

ଦିନ-ସପ୍ତାହ-ମାସ ବିତିଚାଲିଥିଲା। ଅନସୂୟା ଲକ୍ଷ୍ୟ କରୁଥିଲେ ଦେବପ୍ରିୟ ଧୀରେ ଧୀରେ ପୂର୍ବଦିନର ସ୍ୱାଭାବିକ ଅବସ୍ଥାକୁ ଫେରୁଛନ୍ତି। ଅତୀତର ସେହି ଔଜ୍ଜ୍ୱଲ୍ୟ, ଗାମ୍ଭୀର୍ଯ୍ୟପୂର୍ଣ୍ଣ ହସ, ସେହି ଭାବ-ଭଙ୍ଗୀ, ସେହି କ୍ଷିପ୍ର ଚାଲି ମୁଗ୍ଧ ହେଉଥାନ୍ତି ଅନସୂୟା। ଦେବପ୍ରିୟଙ୍କ ଜୀବନର ଗତିପଥ ବଦଳିଥିବା ଲକ୍ଷ୍ୟ କରୁଥାନ୍ତି ସେ। ଦେବପ୍ରିୟ ଏବେ ତାଙ୍କ ଢଲା-କଳା ବାଳକୁ ପ୍ରତି ସପ୍ତାହରେ କଳା କରୁଥିଲେ। ମନକୁ ମନ ପୁରୁଣା ଗୀତକୁ ଗୁଣୁଗୁଣଉଛନ୍ତି। ସତେ ଯେମିତି ସେ ଯୌବନକୁ ଫେରି ପାଇଛନ୍ତି !

ଦରଜା ପାଖରେ ପଡ଼ୋଶୀ ମିସେସ୍ ପଣ୍ଡା ଭିତରକୁ ପଶିଆସିଲେ ଓ କହିଲେ– "ମିସେସ୍ ରାୟ, ଆମେ ଦି' ଦିନ ତଳେ ପାଖ ପାର୍କ ଆଡ଼େ ଯାଇଥିଲୁ। ସେଠି ଆପଣଙ୍କୁ ପ୍ରଥମ ଥର ପାଇଁ ମୁଁ ରାୟବାବୁଙ୍କ ସହିତ ପୋଷାକରେ ଦେଖି ଭାରି ଖୁସିହେଲି। ଆପଣଙ୍କୁ ବଡ଼ପାଟିରେ ଡାକିଲି ମଧ। କିନ୍ତୁ ଆପଣ ଶୁଣିପାରିଲେ ନାହିଁ।"

ମିସେସ୍ ପଣ୍ଡାଙ୍କ କଥା ଶୁଣି ଅନସୂୟା କହିଲେ, "ନା ନା – ମୁଁ ଘରୁ କୁଆଡ଼େ ଅବା ଯିବି ? ଆପଣ ଆଉ କାହାକୁ ଦେଖିଥିବେ !"

ମିସେସ୍ ପଣ୍ଡା କହିଲେ– "ଆପଣ ନ ଶୁଣିବାରୁ ମୁଁ ସେୟା ଭାବିଥିଲି। କିଛି ସମୟ

ପରେ ମିଷ୍ଟର ରାୟ ଆସିଲେ । ମୁଁ ତାଙ୍କୁ କିଛି ପଚାରିବା ପୂର୍ବରୁ ମୋତେ ଚାହିଁ ହସିଦେଇ ଚାଲିଗଲେ ।"

ଓଠରେ ଧାରେ ହସ ଖେଳାଇ ଅନସୂୟା ପଚାରିଲେ- "ସେ ଗୋଟେ ପତଳୀ ସୁନ୍ଦରୀ ଝିଅଟିଏ ଥିଲା ନା ? ସାଲୁଆର କମିଜରେ ?"

ମିସେସ୍ ପଣ୍ଡା କହିଲେ, "ହଁ, ସେଇ ଝିଅଟି ହାତରେ ଖାତାଟେ ଧରି ରାୟବାବୁଙ୍କ ପଛେ ପଛେ ଚାଲିଥାଏ । ରାୟବାବୁ କ'ଣ ସବୁ କହିଚାଲିଥାନ୍ତି ବୋଧେ । ଦୂରରେ ଥିବାରୁ ଶୁଣି ହେଉନଥାଏ ତାଙ୍କ କଥା ।"

"ମିଷ୍ଟର ରାୟ ଯେଉଁ ଝିଅ ସହିତ ଥିଲେ ତାକୁ ଆପଣ ଜାଣନ୍ତି ?" ମିସେସ୍ ପଣ୍ଡା ପଚାରିଲେ ।

ସାମାନ୍ୟ ହସି ଅନସୂୟା କହିଲେ, "ହଁ, ମୁଁ ଜାଣେ ।"

ମିସେସ୍ ପଣ୍ଡା ବ୍ୟଙ୍ଗ କଲା ପରି ପଚାରିଲେ, "ମିସେସ୍ ରାୟ, ଆପଣଙ୍କ ପ୍ରୌଢ଼ ସ୍ୱାମୀଙ୍କ ଜୀବନରେ ଷୋଡ଼ଶୀ ସୁନ୍ଦରୀ ଆବିର୍ଭାବକୁ ଦେଖି ଆପଣ ଭୟଭୀତ ନୁହନ୍ତି ! ଯଦି ପ୍ରେମରେ ପଡ଼ି ସେଇ ଝିଅ ନାଁରେ ସବୁ ସଂପତ୍ତି କରିଦିଅନ୍ତି ତେବେ ଆପଣ ତ ତିନି ପାଞ୍ଜିରୁ ଯିବେ ଯେ !"

ଓଠରେ ଏକ ଅଭୁତ ହସ ଧାରେ ଆଙ୍କି ଅନସୂୟା କହିଲେ, "ଆମେ କେମିତି କହିପାରିବା ସେମାନେ କ'ଣ କଥା ହେଉଥିଲେ ? ତେବେ ସେ ମୋତେ ଜୀବନର ପଇଁତିରିଶ ବର୍ଷ ଦେଇଛନ୍ତି । ମୋତେ ଏମିତି ଗୋଟେ ପ୍ରାସାଦର ମହାରାଣୀର ଜୀବନ ବଞ୍ଚିବା ଲାଗି ସବୁ ସାମଗ୍ରୀ ଖଞ୍ଜିଦେଲେ । ମାତୃତ୍ୱର ସମ୍ମାନ ଦେଲେ । ମୁଁ ଏତେସବୁ ପାଇଲା ପରେ ଯଦି ତାଙ୍କ ଓଠକୁ ହସ ଫେରେଇ ଆଣିଥିବା ଝିଅଟିକୁ ଈର୍ଷା କରିବି, ତାହାହେଲେ ମୁଁ ସ୍ୱାର୍ଥପର ହେବି ନାହିଁ ! ଏତିକି ଜାଣେ ମୋ ସ୍ୱାମୀ ପୁଣିଥରେ ଜୀବନ ବଞ୍ଚିବା ଆରମ୍ଭ କରିଛନ୍ତି । ଅବସର ପରେ ସେ ତାଙ୍କର ବୃତ୍ତିଗତ ଜୀବନରେ ହୁଏତ ଅଲୋଡ଼ା, କିନ୍ତୁ ତାଙ୍କ ଛାତ୍ର-ଛାତ୍ରୀଙ୍କ ପାଇଁ ଅଲୋଡ଼ା ନୁହନ୍ତି । ମଣିଷ ଭ୍ରମରେ ଭ୍ରମରେ ବଞ୍ଚିଯାଏ ମିସେସ୍ ପଣ୍ଡା । ତେବେ ଆପଣ ଯେପରି ଭାବୁଛନ୍ତି ତା'ର ଉତ୍ତରରେ ଏତିକି କହିବି- ମୋ ସ୍ୱାମୀ ଯେଉଁଠି ଯାହା ସହିତ ରୁହନ୍ତୁ, ଖୁସି ରୁହନ୍ତୁ ଓ ଦୀର୍ଘାୟୁ ହୁଅନ୍ତୁ । ଯୋଉ ଝିଅ କଥା ଆପଣ କହୁଛନ୍ତି ସେ ଏକ ସୁନ୍ଦର ନୀହାରିକା !"

ମିସେସ୍ ପଣ୍ଡା ଅବିଶ୍ୱାସର ଭଙ୍ଗୀରେ ଅନସୂୟାଙ୍କୁ ଚାହିଁରହିଥିଲେ । ହୁଏତ ଭାବୁଥିଲେ, ଅନସୂୟା ପ୍ରକୃତରେ ଖୁସି ନା ଖୁସି ହେବାର ଅଭିନୟ ଭିତରେ ଦୁଃଖକୁ ଢାଙ୍କିବାର ଉଦ୍ୟମ କରୁଛନ୍ତି !

ଅଫେରା ପଥ

ଯେମିତି ଫେରି ନ ଥିଲେ ତଥାଗତ ଯଶୋଧାରାଙ୍କ ପାଖକୁ, ଯେମିତି ଫେରି ନ ଥିଲା ସାରୀପୁତ୍ର ତା' ମା' କୋଳକୁ, ଯେମିତି ଫେରି ନ ଥିଲେ କୃଷ୍ଣ ଗୋପକୁ– ସେମିତି ବେଳେବେଳେ କଥାଦେଇ ଫେରି ହୁଏନି। ରୁକୁଣା ରଥ ପରି ଜୀବନ। ଇଚ୍ଛା ଥିଲେ ବି ପଛକୁ ଫେରି ପାରେନି ମଣିଷ। ଫେରିଲାବେଳକୁ ଦୋଦୋଚିହ୍ନା ହୋଇଯାଇଥାଏ ସବୁକିଛି। ସମୟ ବଦଳେଇ ଦେଇଥାଏ ଜଗତର ମାନଚିତ୍ର। ମଣିଷ କିନ୍ତୁ ଯେଉଁଦିନ ଯେଉଁଠାରୁ ବିଦାୟ ନେଇଯାଇଥାଏ, ମାନସିକ ସ୍ତରରେ ଆଜୀବନ ଠିକ୍ ସେଇଦିନ – ସେଇ ବୟସ ଆଉ ସେଇ ସମୟରେ ହିଁ ସବୁବେଳେ ଥାଏ। ହୁଏତ ଫେରିଲାବେଳକୁ ତା'ର ପାଦଚିହ୍ନ ସବୁ ଲିଭିସାରିଥାନ୍ତି ଓ କେହି ତା'ର ଅପେକ୍ଷାରେ ନ ଥାନ୍ତି।

ଦୀର୍ଘ ପଚିଶ ବର୍ଷ ପରେ ମୃଣ୍ମୟ ନିଜେ କାର୍ ଚଲାଇ ବାହାରିଚି ଜଣଙ୍କୁ ଦେଖିବା ପାଇଁ। ସେଇ ଜଣଙ୍କ ତା' ପିଲାବେଳର ସୁନ୍ଦର ସ୍ମୃତି, ତା' ଜୀବନର ଶ୍ରେଷ୍ଠ ଅନୁଭବ। ତା'ର ଅତି ପ୍ରିୟ ରତନୀ ମାଉସୀ! ଅତୀତ ପିଲାଦିନର କଥାସବୁ ଚଳଚ୍ଚିତ୍ର ପରି ଆଖି ସମ୍ମୁଖରେ ଭାସିଉଠୁଥିଲା। କୋରାପୁଟର ସେଇ ନୀଳ କୃଷ୍ଣଚୂଡ଼ା ଗଛଧାର ଦେଇ, ସାପ ପରି ଅଙ୍କାବଙ୍କା ହୋଇ ଯାଇଥିବା ପିଚୁରାସ୍ତା, ବସ୍ ଷ୍ଟପେଜ୍‌ରେ ନିଜ ଛୋଟ ଦୋକାନ ଦେଇଥିବା ଚା' ଦୋକାନୀ ମାଧ ଭାଇନାଙ୍କୁ ସେ ମନେପକଉଥିଲା। ସେ ଭାବୁଥିଲା ମାଧ ଭାଇନାଙ୍କ ଦୋକାନର ପୁରୁଣା ଡବା ଭିତରେ ଥିବା ଖଜା, ମୁଢ଼ୁକି, ଚେନାଚୁର, ନଲି କ'ଣ ଏବେ ବି ଥିବ! ହୁଏତ ଏତେବର୍ଷ ପରେ ସେସବୁର ଦରଦାମ୍ ବଢ଼ିଯାଇଥିବ ଏବଂ ମାଧ ଭାଇନା ବୟସ୍କ ଦିଶୁଥିବ। ସେ ସମୟର ଦି' ଟଙ୍କିଆ ନଲି ଯାହା ଆଜିର ଦଶ ଟଙ୍କାରେ ମିଲେ, ସେତିକି କ'ଣ ସୁଆଦିଆ ଥିବ!

ଦୀର୍ଘବର୍ଷ ପରେ କାହିଁକି କେଜାଣି ମୃଣ୍ମୟର ଇଚ୍ଛା ହୋଇଥିଲା, ନିଜ ବ୍ୟସ୍ତ ଚାକିରି ଜୀବନରୁ ବାହାରି ଟିକେ ନିଜ ପାଇଁ ସମୟ ଦେବ। ନିଜେ ନିଜ ସହିତ

ନିଜକୁ ଭେଟିବ । ଆଉ ନିଜକୁ ଭେଟିବାକୁ ହେଲେ ପୁରୁଣା ସ୍ମୃତିକୁ ଖୋଜିବ । ଅତୀତର ଛାୟାଲ୍ଲନ୍ନ ପୃଷ୍ଠାରେ ମୃଣ୍ମୟର ପିଲାବେଲର ସ୍ମୃତିସବୁ ଆସି ଛିଡ଼ା ହୋଇଯାଇଥିଲେ । ଏମିତି ବି ତାକୁ ସ୍ମୃତିମାନେ ଆକ୍ରାନ୍ତ କରନ୍ତି ବେଲ-ଅବେଲରେ, ମନରେ, କୋହରେ, ଦୀର୍ଘଶ୍ୱାସରେ ।

ସେ ଗାଡ଼ି ଚଲଉଥିଲା ଓ ସେଦିନର ସେ ଦିନଗୁଡ଼ାକ ଆଜି ବି ବେଶ୍‌ ଚଲଚଞ୍ଚଲ, ଚିତ୍ର ପରି ସାକ୍ଷାତ ତା' ସମ୍ମୁଖରେ ଉଭା ହେଉଥିଲେ । ଦୀର୍ଘ ପଚିଶ ବର୍ଷ ପରେ ପୁଣି ସେଇ ପୁରୁଣା ସହରକୁ ଫେରିବାର ଇଚ୍ଛା କ'ଣ ଆଜିଯାଏ ଆସି ନ ଥିଲା ? ବହୁତ ଥର ଆସିଥିଲା, ହେଲେ ପାଠପଢ଼ା, ଜୀବନ ସଂଘର୍ଷ, ପୁଣି ଆତ୍ମପରିଚୟ ଖୋଜିବା ଭିତରେ ଏତେ ବର୍ଷ ବିତିଗଲା ସତରେ ! କେତେ ଯେ ମନେପଡ଼ିଚି ମୃଣ୍ମୟର ସେ ପାହାଡ଼ ଖୋଲ ଭିତରେ ଥିବା ଶିବ ମନ୍ଦିର, ତା' ପାଖକୁ ଲାଗି ବୋହିଯାଇଥିବା ଅନାମଧେୟ ଝରଣା, ଅନାବନା - ସୁଗନ୍ଧିତ ଫୁଲ ଭିତରେ କେଉଁ ଅପରିଚିତ ପୂଜାରୀର ବେଲପତ୍ର ଆଉ ନାଲି-ଧଲା ଟଗର ଫଲରେ ସଜଡ଼ା ଆପେ ଉଠିଥିବା ପାତାଳଫଟା ଶିବଲିଙ୍ଗ । ମୃଣ୍ମୟ ଆଖି ଆଗରେ ଜୀବନ୍ତ ହୋଇ ଉଠୁଥିଲା ଅତୀତର କୋରାପୁଟ କାକିରିଗୁମ୍ମା ପାହାଡ଼ୀ ଅଞ୍ଚଲ ।

ବାପାଙ୍କ ଚାକିରିରୁ ସେବାନିବୃତ୍ତି ପରେ ଯେତେବେଲେ ତାକୁ କୋରାପୁଟ ଛାଡ଼ି ସହରକୁ ଆସିବାକୁ ପଡ଼ିଥିଲା ଏବଂ ବସ୍‌ରେ ବସି ଯେତେବେଲେ ସେମାନେ ଫେରୁଥିଲେ ମୃଣ୍ମୟକୁ ଲାଗୁଥିଲା ସତେ ଯେମିତି ପଛରୁ କେହି ଜଣେ ଡାକୁଛି ! ଜଙ୍ଗଲଘେରା କାକିରିଗୁମ୍ମାର ପାହାଡ଼ୀ ଅଞ୍ଚଲରେ କାଟିଥିବା ତା'ର ଅତୀତର ପିଲାବେଲ, ସାଙ୍ଗସାଥୀଙ୍କ ସହିତ କେତେ ତା'ର ଧୂଲିଖେଲ, ବାଟିଖେଲ, ସରକାରୀ ସ୍କୁଲ୍‌ ପଛପଟ ତେନ୍ତୁଲି ଗଛରୁ କଷି ତେନ୍ତୁଲି ଖାଇବା ପୁଣି ଘରକୁ ଫେରିଲାବେଲେ ସେଇ ଚିହ୍ନା ବନ୍ଧତଲ ପାଦତଲା ରାସ୍ତାକୁ ଭିଜାଇଥିବା ଅଜ୍ଞାତ ଝରଣା ପାଣିରେ ଚବର ଚବର ହୋଇ ଘରକୁ ଫେରିବା କଥା ତା'ର ମନେପଡ଼େ ।

ଏବେ ବି ମନେଅଛି, ଥରେ ନିଶୀଥ ଆଉ ଅଶେଷଙ୍କ ସହିତ ମିଶି ଚିକ୍‌କଣ ଛୋଟ ବଡ଼ କଲା ପଥରକୁ ପାଣି ଭିତରୁ ସଂଗ୍ରହ କରି ତାକୁ ଶାଲଗ୍ରାମ ଭାବି ଘରକୁ ଆସି ମାଆକୁ ଦେଇଥିଲା । ମାଆ ବି ତା' ମନ ରଖିବାକୁ କହିଥିଲେ ଯେ- ଠାକୁର ଘରେ ସଜେଇ ରଖେ । "ମାନିଲେ ଠାକୁର, ନ ମାନିଲେ ପଥର" । ମୃଣ୍ମୟ ସଜେଇ ରଖିଥିଲା, ଏବେ ବି ରଖିଛି । କାହିଁକି ରଖିଛି କେଜାଣି ! ବେଲେବେଲେ ଭାବିଛି ସେସବୁକୁ ଫିଙ୍ଗିଦେବ, ହେଲେ ଫିଙ୍ଗି ପାରିନି । ଅଭୁତ ଆତ୍ମୀୟତା ସେଇ ପଥରମାନଙ୍କ ସହିତ ତା'ର ।

ସେଇ ବନ୍ଧତଳ ଝରଣାକୁ ଯେବେ ସେ ଦେଖିଛି ତାକୁ ମନେ ହେଇଟି ପାହାଡ଼ ଉପର ସେ ଏକୁଟିଆ ଝରଣା ଯେମିତି ତାକୁ କିଛି କହେ । ଆନ୍ତରିକତାରେ ଆର୍ଦ୍ର ହେଇଯାଏ ମୃଣ୍ମୟର ମନ । ସବୁଦିନ ସ୍କୁଲ୍‌ରୁ ଫେରିଲାବେଳେ ଜାଣି ଜାଣି ପାଣିରେ ଓଦା ହୁଏ । ଘରକୁ ଫେରି ଓଦା ଜାମାପଟା ବଦଲେଇଲାବେଳେ ମାଆ ରାଗିଲେ ବି ସୁନାପିଲା ପରି ମୁହଁତଳକୁ କରି ଭିତରେ ଥାଇ କହେ – ଆସିଲାବେଳେ ପାଣି ଅଧିକା ଥିଲା ତ ଟିକେ ଓଦା ହେଇଗଲି, ପୁଣି କେବେ କହେ ଆଜି ଗୋଡ଼ଟିକେ ଖସିଯିବାରୁ ପଡ଼ିଗଲି ପରା ! ପ୍ରଥମରୁ ନବମ ଯାଏ ସେଇ ସରକାରୀ ସ୍କୁଲର ନାଲିରଙ୍ଗ ହତା, ହତାକୁ ଘେରିଥିବା ଲମ୍ବ ବାଡ଼ । ସିଜୁ, କନିଅର, ଜଙ୍ଗଲୀ ବ୍ରଜମଲ୍ଲୀ, ଲଟେଇଥିବା ରାଧା ତମାଲ ଏସବୁ ଯେମିତି ତା' ନିଜ ଜୀବନବୃତ୍ତର ବଳୟ ପାଲଟିଯାଇଥିଲେ ।

ସ୍କୁଲ୍ ହତାକୁ ଲାଗି ରତନୀ ମାଉସୀର ଚାଳିଆ । ରତନୀ ମାଉସୀ ସ୍କୁଲ୍ ହତା ସଫାସୁତୁରା ଦାୟିତ୍ୱରେ ଥିବାରୁ ସେଇ ପାଖରେ ଥାଏ । ରତନୀ ମାଉସୀର କେହି ନ ଥିଲେ । ସେ କିନ୍ତୁ ତା' ବୋଉ ପରି ସିନ୍ଦୂର ଲଗାଏ, ଚୁଡ଼ି ପିନ୍ଧେ, ତା' ସ୍ୱାମୀକୁ କେହି କେବେ ଦେଖି ନ ଥିଲେ । ସେ ଏକା ସ୍କୁଲ୍ ଛୁଟିବେଳକୁ ସବୁପିଲା ତା' ହାତଛଣା ପକୁଡ଼ି, ଗୁଲୁଗୁଲା ପାଇଁ କଣେଇ କଣେଇ ଚାହାଁନ୍ତି । କେତେଥବା ସେ ଟଙ୍କା ପାଉଥିବ କେଜାଣି ! ଯାହା ଯେତିକି ହେଲେ ବି ରତନୀ ମାଉସୀ ଗୋଟେ-ଯୋଡ଼େ କରି ପ୍ରାୟ ପିଲାଙ୍କୁ ଦିଏ । ଜାଣି ଜାଣି ବେଶୀ ଦି'ଟା ଦେଇଥାଏ ମୃଣ୍ମୟକୁ । ସ୍କୁଲ୍‌ରେ ଦାଖିଲା ଦିନୁ ରତନୀ ମାଉସୀକୁ ବାପା ଚିହ୍ନା କରେଇ ତା' କଥା ବୁଝିବାକୁ କହିଦେଇଥିଲେ । ତା'ପରଠୁଁ ତା' ମାଉସୀକୁ କିଛି କହିବାକୁ ପଡ଼ିନି । ମୃଣ୍ମୟର ମନେଅଛି- ମାଉସୀ ସ୍କୁଲ୍ ଗେଟ୍ ଆଡ଼କୁ ସବୁଦିନ ଚାହିଁରହିଥାଏ । ମୃଣ୍ମୟକୁ ଦେଖିବା କ୍ଷଣି ତା' ମୁହଁ ଉଜ୍ଜ୍ବଲ ଦିଶେ । ପାନଖିଆ ଓଠ ତା'ର ବିସ୍ତାରିତ ହେଇଯାଏ । ବୋଉ ଓ ବାପା କ'ଣ ସବୁ ବଡ଼ ଜରିରେ ରତନୀ ମାଉସୀ ପାଖକୁ ତା' ସ୍କୁଲ୍ ବ୍ୟାଗ୍‌ରେ ଦେଇ ପଠେଇଥାଆନ୍ତି । ମୃଣ୍ମୟ ଲକ୍ଷ୍ୟ କରେ, ମାଉସୀର ମୁହଁ ଖୁସିରେ ଉଚ୍ଛୁଲି ଉଠେ । ବୋଉ କେବେ କେବେ ତା' ପୁଅର ଦେଖାଶୁଣା କରୁଥିବାରୁ ମାଉସୀକୁ ଖଣ୍ଡେ ନୂଆ ଲୁଗା, କିଛି ଭଲ ଖାଇବା ଚିଜ ଦେଇଥାଏ ସେଥିରେ । ଟିକେ କିଛି ଦେଲେ ବି ମାଉସୀ ଭାରି ସୋହାଗରେ ନେଇଯାଏ । ମୃଣ୍ମୟର ନାକକୁ ସ୍ନେହରେ ଟିକେ ଚିପିଦେଇ ଗେହ୍ଲା କରି କହେ– "ବାବୁଲୁ ମନଦେଇ ପଢ଼, ବାପା-ବୋଉ କେତେ ଚିନ୍ତା କରୁଛନ୍ତି ତୋ ପାଇଁ ।" ସ୍କୁଲର ଖରାବେଳ ଛୁଟିରେ ମାଉସୀ ତାକୁ ଡାକି ପେଟେ ପଖାଳ ଖୁଆଇଦିଏ । ସ୍କୁଲରୁ ଫେରି ସଂଜ୍ୟାଏ ବି ତାକୁ ଭୋକ ନ ଥାଏ । ରବିବାର ଦିନ ସ୍କୁଲ୍ ଛୁଟି । ସୋମବାର ଦିନ ମାଉସୀ ଯେମିତି ତା' ଯିବା ବାଟକୁ ଚାହିଁଥାଏ, ଏକଲୟରେ । ଦେଖୁ ଦେଖୁ

ତା' ମୁହଁରେ ସେମିତିଆ ତୋଫା ହସ। ହାତ ଧରି ନେଇଯାଏ ଭିତରକୁ। ତା' ହସ
ଭିତରେ ବି କେମିତି ଗୋଟେ ଗାମ୍ଭୀର୍ଯ୍ୟ ଥାଏ, ତା' ପାଟିରେ ଶବ୍ଦ ନ ଥାଇ ବି ତା'
ଆଖିରେ ଅନେକ କଥା ଥାଏ। ସ୍ନେହ ଆଉ ଏକ ପ୍ରକାର କାରୁଣ୍ୟ ଥାଏ। ମୃଣ୍ମୟ
ବେଳେବେଳେ ଭାବେ ବାପା-ବୋଉ ଯେମିତି ଏକାଠି ରହୁଚନ୍ତି, ମାଉସୀଟା ସହିତ
କେହି କାଇଁ ରହୁନି। ତା'ର କ'ଣ କେହି ନାଇଁ। ବୋଉକୁ ଦିନେ ଏମିତି କହିବାରୁ,
ବୋଉ ତାକୁ ବୁଝେଇଥିଲା- ନା ବାପା ସେମିତି ପଚାରିବୁନି ମାଉସୀକୁ। ସେ ମନଦୁଃଖ
କରିବ। ମୃଣ୍ମୟ ମନରେ କିନ୍ତୁ ପ୍ରଶ୍ନଉଠେ। ମାଉସୀଟା ଏମିତି ଏକା କାହିଁକି ଥିଲା
ଯେ ? ମୃଣ୍ମୟ ଗାଡ଼ିରେ ଥିବା କାଚକୁ ଆଉଟିକେ ସଫା କରିଦିଏ। କୋରାପୁଟର
ଥଣ୍ଡାଳିଆ ପାଗ କାଚ ଉପରେ ବହଲେ ଧଲା ଧୂଆଁ ପରି ଆସ୍ତରଣ ଜମେଇଥାଏ।
ମୃଣ୍ମୟର ଛାତି ଭିତରଟା ରତନୀ ମାଉସୀକୁ ଭେଟିବାର ଉଚ୍ଛାସରେ ପୂରି ଉଠୁଥାଏ।
ଗାଡ଼ିର ବେଗ ସହିତ କେତେ କ'ଣ ଭାବିଚାଲିଲା ମୃଣ୍ମୟ।

      ମାଉସୀ ଦେଖିବାକୁ କିଛି କମ୍ ସୁନ୍ଦରୀ ନ ଥିଲା। ସେ ଅଣ୍ଡା ପାଖରୁ ଗୁଡ଼ାଇ
ଆଣିଥିବା ଶାଢ଼ିଟାର ପଣତରେ ତା' ସମଗ୍ର ଦେହକୁ ଢାଙ୍କି ରଖିଥାଏ। କପାଳ ଉପରେ
ଗୋଲ୍ ବଡ଼ ନାଲି ଟିକିଲି, ତେଲମାରି ମୁଣ୍ଡ କୁଣ୍ଡେଇ ସିନ୍ଥିରେ ସିନ୍ଦୂର, ହାତରେ
ମେଞ୍ଜେହବ କାଚଚୁଡ଼ି। ଟଣା-ଟଣା ଆଖିରେ କଳାଧାରେ। ଠିକ୍ ଠାକୁରାଣୀ ମୂର୍ତ୍ତି ପରି
ହେଲେ ଠାକୁରାଣୀ ପରି ବି ଅଭୁତ ମନେହୁଏ ମୃଣ୍ମୟକୁ। ସେଦିନ ସ୍କୁଲରୁ
ଫେରିଲାବେଲକୁ ମାଉସୀ ତା' ଅଣ୍ଟିରେ କିଛି କଣ୍ଢେଇକୋଲି, ଲେଉଟିଆ ଶାଗ
ଦେଇ କହିଲା, ବାବା, ଏତକ ଯାଇ ନାନୀଙ୍କୁ ଦେଇଦେବ। ତମ ବୋଉ ଭାରି
ଭଲପାଆନ୍ତି। ମୃଣ୍ମୟ ଅଭିମାନରେ କହିଲା, ମାଉସୀ କାଇଁ ମୋ ପାଇଁ କିଛି ଦେଇନ
ତ ! ମାଉସୀ ହଠାତ୍ ଆଖି ଛଳଛଳ କରି କହିଲା, ମୋ ବାବୁଲୁଟାକୁ ଦେବିନି, ହେଇ
ତୋ ପାଇଁ ଏତକ ଅଲଗା ରଖିଚିନା ! ଗୋଟେ କାଗଜ ପୁଡ଼ିଆରେ ସିଝା ବାଦାମରୁ
କିଛି ଅଲଗା କରି ଦେଇଥିଲା ମାଉସୀ।

      'ମୃଣ୍ମୟ'ର ନାଁଟା ମାଉସୀ ପାଟିରେ ପଶେନି ବୋଲି ସେ ତାକୁ 'ବାବୁଲୁ'
ଡାକୁଥିଲା। ବାବା ଏ ବର୍ଷ ତମର ଅଷ୍ଟମ ପରୀକ୍ଷା ସରିଲା। ନବମ-ଦଶମ ପଢ଼ା ଭାରି
କଡ଼ା। ମନ ଦେଇକି ପଢ଼ାପଢ଼ି କରୁଥିବ ବାବା। ମୁଁ ତ ମୂରୁଖ। କ'ଣ ତମକୁ ବୁଝେଇବି।
ବାପା-ବୋଉଙ୍କ ନାଁ ରଖିବ। ତମ ଗାଁଗଣ୍ଡା କୌଠି, ଘର-ଦୁଆର ଛାଡ଼ି ବାପା ଆସି
ଏତେ ବାଟରେ ଚାକିରି କରିଚନ୍ତି ଖାଲି ତମକୁ ମଣିଷ କରିବାକୁ। ତମେ ମଣିଷ
ହେଲେ ସେମାନେ ଧନ୍ୟ ହେଇଯିବେ। ମୃଣ୍ମୟ ସେଦିନ ହସିଦେଇ କହିଲା ମାଉସୀ
ସେମାନେ ତ ଧନ୍ୟ ହେବେ, ହେଲେ ମୁଁ ଜାଣିଚି, ସେମାନଙ୍କଠାରୁ ଅଧିକ ଖୁସି ତୁ

ହେବୁନା ? ମାଉସୀ କିନ୍ତୁ ଉତ୍ତର ନ ଦେଲେ ବି ତା' ଆଖିରେ ସେଦିନ ଦିଶୁଥିଲା ଅପରିସୀମ ଆଶା-ଆକାଂକ୍ଷା। ପୁଣି ବଦଳିଗଲା ତା' ଆଖିର ସେଇ କାରୁଣ୍ୟଭରା ଚାହାଣି। ଆହା କ'ଣ ପାଇଁ ଦିଶୁଥିଲା ସେମିତି କେଜାଣି ? କି ଅସଂଖ୍ୟ ବେଦନାରେ ପୂର୍ଣ୍ଣ, କ'ଣ ସବୁ କହୁଥିଲା... କେଜାଣି ?

ଅଷ୍ଟମର ଫଳାଫଳ ବାହାରିଲା ଦିନ ମାଉସୀର ଗୋଡ଼ ଲାଗୁ ନ ଥିଲା। ଯେମିତି ସେଦିନ ଚାଲୁ ନ ଥିଲା ତ, ସତେ ଯେମିତି ନାଚୁଥିଲା। ବାପା ଫଳାଫଳ ନେବାକୁ ଆସି ହେଡ଼ସାରଙ୍କ କକ୍ଷ ଭିତରକୁ ଗଲେ। ଗଲା ପୂର୍ବରୁ ମୋତେ ଡାକି ସବୁବେଳ ପରି ବାପା କେତେ କ'ଣ ଜିନିଷ ଦେଇ କହିଲେ- "ମାଉସୀକୁ ଏତକ ଦେଇଦବୁ। ମୁଣ୍ଡିଆ ମାରିବୁ। ଆଶୀର୍ବାଦ ନେବୁ। ସେ ତୋର ବହୁତ କରିଚି।" ମୃଣ୍ମୟ ଏକପ୍ରକାର ଧାଇଁଗଲା ମାଉସୀର ସେଇ ଚାଲିଆ ଆଡ଼କୁ। ରତନୀ ଯେମିତି ମୃଣ୍ମୟକୁ ଦେଖିଚି ତାକୁ ଛାତିରେ ଜାକିଦେଲା। ବହେ ସମୟ ଯାଏ ଚାପିଧରିଲା। ମୃଣ୍ମୟ ଅନୁଭବ କରୁଥିଲା ତା' ଛାତିର ଦୁକୁଦୁକିର କମ୍ପନକୁ। "ମାଉସୀ! ବୋଉ ଏତକ ପଠେଇଚି ତୋ ପାଇଁ ନେ।" ମୃଣ୍ମୟର କଥା ଶୁଣି ରତନୀ ମାଉସୀ ପ୍ରକୃତିସ୍ଥ ହେଲା। "ମୋ ବାବୁଲୁକୁ ଆଜି ହେଡ଼ସାର ଭାରି ପ୍ରଶଂସା କରୁଥିଲେ। ବଢ଼ିଆ କରିଚ ବାବା ପରୀକ୍ଷାରେ।" ମୁଁ ତମ ପାଇଁ ଗୋଟେ ଭଲ ଜିନିଷ ଆଣିଚି; ଦେଖି ହାତ ଦେଖେଇଲା। ମୃଣ୍ମୟ ହାତ ଦେଖେଇଲାବେଳକୁ ଗୋଟେ ଟାଇଟନ୍ ଘଡ଼ିଟିଏ। ଘଡ଼ିକୁ ମୃଣ୍ମୟର ହାତରେ ବାନ୍ଧିଦେଇ ରତନୀ କହିଲା, "ଆଉ ଦି'ଟା ବରଷ ମନଦେଇ ପଢ଼ିଦିଅ ବାବା। ମ୍ୟାଟ୍ରିକ୍‌ଟା ପରା ଘାଟି, ତାକୁ ଡେଇଁଗଲେ ଆଉ ଚିନ୍ତା ନାଇଁ।" ଏହି ସମୟରେ ବାପାଙ୍କ ସ୍ୱର ଶୁଭିଲା- "ରତନୀ! ଟିକେ ବାହାରକୁ ଆସିଲ।" ବାପାଙ୍କ ପାଟିଶୁଣି ମୃଣ୍ମୟ ବାହାରକୁ ବାହାରିଆସିଥିଲା ଓ ତା' ପଛେ ପଛେ ମାଉସୀ ବି। ବାପା ମୃଣ୍ମୟକୁ ଚାହିଁ କହିଲେ- "କାଲିଠୁ ତ ଖରାଛୁଟି ଆରମ୍ଭ। ତୁ ତୋ ସାଙ୍ଗଙ୍କ ସହିତ ଘରକୁ ଯା, ମୋର ସ୍କୁଲରେ ଆଉ ଟିକେ କାମ ଅଛି। ସେସବୁ ସାରି ପଛରେ ଯିବି।" ମାଉସୀ ଯା' ଭିତରେ ଗୋଟେ ହାତଭଙ୍ଗା ପୁରୁଣା କାଠ ଚୌକିଟା ଆଣି ବାପାଙ୍କୁ ବସିବାକୁ କହୁଥିଲା। ମାଉସୀକୁ ଟିକେ ସସ୍ନେହ ଦୃଷ୍ଟିରେ ଚାହିଁଦେଇ ମୃଣ୍ମୟ ବାହାରକୁ ଚାଲିଆସିଲା। ଆସିଲାବେଳେ ତା'ର ମନେପଡ଼ିଯାଉଥାଏ ମାଉସୀର ସେଇ ମମତା ଓ ଆବେଗଭରା-ଉଷ୍ମ ଛାତି ଉପରେ ପ୍ରଗାଢ଼ ଆନ୍ତରିକତାରେ ତାକୁ ଆଉଜେଇ ନେଇ କୋହ ଉଠେଇ କାନ୍ଦିଥିବା ଘଟଣା। ବୋଉଠୁ ବି ଅଧିକା ତା' ସ୍ନେହ। ନିଜକୁ ନିଜେ ଦିନେ ଡାହାଣୀ କହି ଗାଳି କରିଥିଲା ମାଉସୀ। କହିଥିଲା- "ବାବୁଲୁ ଏତେ ମାୟା ଲଗାନିରେ! କେମିତି ତୋତେ ଛାଡ଼ି ରହିବି ଯେ! ମା'ଠୁ ଯେ ଅଧିକ ସ୍ନେହ

କରେ ସେ ପରା ଡାହାଣୀ ।" ଘରକୁ ଫେରିଲାବେଲେ ସେଦିନ କେମିତି ଅଭୁତ
ଭାବରେ ଦୁଃଖ ଲାଗିଥିଲା ତାକୁ । ସେଦିନ ମାଉସୀ ପାଖରୁ ବାପା ବହୁତ ଡେରିରେ
ଫେରିଥିଲେ । ବାପା ସେଦିନ ରାତିରେ ବୋଉକୁ ତିନିଦିନ ମୃଣ୍ମୟକୁ ଧରି ରାଉରକେଲା
ଯିବାକଥା କହୁଥିଲେ । ମାମୁ ପାଖରେ ଦି' ବର୍ଷ ପଢ଼ି ଭଲ ନମ୍ବର ରଖିଲେ ଗୋଟେ
ଚିନ୍ତା ଯିବ ।

        ମୃଣ୍ମୟ ଆଶ୍ଚର୍ଯ୍ୟ ହୋଇ ଚାହିଁଥାଏ ବାପାଙ୍କୁ । ତାକୁ ମନେହେଉଥିଲା ତା'ର
ନିଃଶ୍ୱାସ-ପ୍ରଶ୍ୱାସ ସ୍ଥିର ହୋଇଯାଇଛି ଯେମିତି ! ତାକୁ ଲାଗୁଥିଲା ତା' ଗଳାପାଖଟା
ଶୁଖିଯାଉଛି । ସେ କିଛି ଭାବିପାରୁ ନ ଥିଲା । ନମ୍ରସ୍ୱରରେ ପଚାରିଲା- "ମାନେ,
କ'ଣ କହୁଚ ବାପା, ରାଉରକେଲା... ମାନେ ମୁଁ ସେଠି ପଢ଼ିବି ? ନା ନା ! ମୁଁ
ଏଠି ବି ଭଲ କରିପାରିବି ।" ବୋଉ ଆସି ପିଠି ଉପରେ ହାତ ଆଉଁଶି କହିଲା-
"ସେ ସ୍କୁଲ୍ଟା ଓଡ଼ିଶାର ସବୁଠୁ ଭଲ ସ୍କୁଲ୍ । ଏଣ୍ଟ୍ରାନ୍ସ କରି ଆଡ୍ମିସନ୍ ଦେବେ ।
ମାମୁ ବି ଅଛି । କିଛି ଅସୁବିଧା ହେବନି । ତୁ ବ୍ୟସ୍ତ କାଇଁ ହେଉଛୁ ! ଏବେ କ'ଣ
ହେଇଯାଉଛି ? ଆଗ ଏଣ୍ଟ୍ରାନ୍ସଟା ଦେ ।" ସେଦିନ ରାତି ନା ସେ କିଛି ଖାଇପାରିଲା
ନା ଶୋଇପାରିଲା । ତା'ର ମନେପଡୁଥାଏ ଖାଲି ମାଉସୀ କଥା । ପିଲାଟିବେଲୁ ଆଜିଯାଏ
ସେ ଯେମିତି ପାଲଟିଯାଇଥିଲା ତା' ପାଇଁ ସଖା-ସହୋଦର । ସେ ଭାବି ମଧ ନ ଥିଲା
ଏମିତି କିଛି ଘଟିବ । ରାତି ନ ପାହୁଣୁ ଭୋରରୁ ଆସି ମାଉସୀ ପାଖରେ ପହଞ୍ଚିଲା ।
ମାଉସୀକୁ ଦେଖିଲା କ୍ଷଣି ଦୌଡ଼ିଯାଇ ତାକୁ କୁଣ୍ଢେଇ ପକେଇ ଭେଁ ଭେଁ କରି
କାନ୍ଦିଉଠିଲା । ଏତେ ସକାଳୁ ମୃଣ୍ମୟକୁ ଦେଖି ରତନୀ କିଛି ବୁଝିପାରୁ ନ ଥିଲା ।
"କ'ଣ ହେଇଚି ରେ ବାବୁଲୁ ! କ'ଣ ହେଇଚି ମୋ ଧନର !" ଗୋଟି ଗୋଟି କରି
ମୃଣ୍ମୟ ସବୁ କହିଚାଲିଥାଏ । କହିଲାବେଲେ ତାକୁ ମନେହେଉଥାଏ ଯେମିତି ରତନୀ
ମାଉସୀ ଛଡ଼ା ଏ ସଂସାରରେ ତା'ର ଆଉ କେହି ବି ନିଜର ନୁହେଁ । ରତନୀର ମୁହଁଟା
ଯେମିତି ଲଘୁଚାପଜନିତ ଆକାଶଟା ପରି ଭାରୀ ଦିଶିଲା । ତଥାପି ସେ ବୁଝେଇ ଶୁଝେଇ
କହିଲା- ଏଇଟା ଗୋଟେ କଥା ! ମୋ ବାବୁଲୁ ଯୋଉଠି ଥିଲେ ବି ମୋର ! ସେ
ପାଠ ପଢ଼ିବ, ମଣିଷ ହେବ, ଗାଡ଼ି କିଣିବ । ଆଉ ସେ ଗାଡ଼ିରେ ମୁଁ ବସି କେତେ
ରାଇଜ ବୁଲିବି । ଆଉ ଦି'ଟା ବରଷର କଥା । ମଝିରେ ମଝିରେ ତମେ ଆସିଯିବନି ।
ବାପା ତ ଏଇଠି ଚାକିରିରେ ଅଛନ୍ତି ।

        ମୃଣ୍ମୟର ଆଖିରୁ ଲୁହପୋଛି ରତନୀ କହିଲା- "ଚାଲ ଚାଲ ଆମେ ପାହାଡ଼
ଉପର ସେଇ ଶିବ ମନ୍ଦିରକୁ ଯିବା । ଠାକୁର ସବୁ ବୁଝନ୍ତି । ସେ ଚାହିଁଲେ ମୋତେ
ଏଇଠି ରଖିଦେବେ । ମୁଁ ତୋତେ ଛାଡ଼ି କୁଆଡ଼େ ହେଲେ ଯିବିନି ମାଉସୀ ।" ନ ଚାହିଁ

ବି ମୃଣ୍ମୟ ଫୁଲି ଫୁଲି କାନ୍ଦୁଥାଏ। କାନ୍ଦି କାନ୍ଦି ଆଖି ଫୁଲିଯାଇଥିଲା ସେତେବେଳକୁ। "ମାଉସୀ ତୁ କ'ଣ ମୋ ସହିତ ରାଉରକେଲା ଯାଇପାରିବୁ? ମୋ ପାଖରେ ରହିବୁ, ମୋ କଥା ବୁଝିବୁ। ଚାଲନା ମାଉସୀ। ଦେଖ୍, ତୁ ମନା କରନା।" ମାଉସୀ କହିଲା— "ଆରେ ବାବୁଲୁ, ଆମ ଜୀବନ ଏମିତି। କେବେକେବେ କୋଉଠି ଦିନାକେତେ ରହିଯିବାକୁ ହୁଏ। ସେଇ ଯୋଉ ଝରଣା ପାହାଡ଼ ଉପରୁ ବହୁଚି – ସେ କ'ଣ ଅଟକୁଚି! ସେ ବହିଚାଲିଛି। ଆମକୁ ବି ସେମିତି ଜୀବନସ୍ରୋତରେ ବହିଯିବାକୁ ହବନା। ତମେ ପ୍ରଥମ ଶ୍ରେଣୀରେ ଥିଲ। ଏବେ କ'ଣ ସେଇ ଶ୍ରେଣୀରେ ସବୁଦିନ ପଢ଼ିପାରିବ? ସେମିତି ଦିନେ ତମର ସବୁ ପାଠପଢ଼ା ସରିଯିବ। ତମେ ମୋ ପାଖକୁ ଆସିଯିବ। ମୋ କଥା ବୁଝିବଟି? ପାହାଡ଼ ଖୋଲ ଶିବ ମନ୍ଦିର ପାହାଚ ଉପରେ ବସି, ମୃଣ୍ମୟ ଚାହିଁଥାଏ ମାଉସୀ ମୁହଁକୁ। ଛୁଆଟିବେଲୁ କେତେ ଯେ ସ୍ନେହ ସେ ତାକୁ ଦେଇଚି। ସେଠି ଏକା ହେଇଯିବ ସେ। ସ୍କୁଲ୍ ଛୁଟି ପରେ କାହା ସହିତ କଥା ହେବ ସେ! ଆଖିରେ ଲୁହ ଉଚ୍ଛୁଲି ଉଠୁଥାଏ ମୃଣ୍ମୟର। 'ଏଣ୍ଟାନ୍ସରେ ସେ ପାସ୍ ନ ହୁଅନ୍ତା କି' – ଠାକୁରଙ୍କୁ ମୁଣ୍ଠିଆ ମାରି ଜଣେଇଲା ମୃଣ୍ମୟ। ମନ ଭିତରଟା କେମିତି ଏକ ଆତ୍ମବିଶ୍ୱାସରେ ଭରିଗଲା ଯେ ତା'ର ଏଣ୍ଟାନ୍ସ ହେବନି।

ଦି' ଦିନ ପରେ ବାପାଙ୍କ ସହିତ ଘର ଛକଠୁ ବସ୍‌ରେ ଚଢ଼ିଲା। ବସ୍ ସେଇ ଅଣଓସାରିଆ ସ୍କୁଲ୍ ରାସ୍ତାର ଝରଣା ଭିଜା ବନ୍ଧ ଦେଇ ଆଗକୁ ବଢ଼ିଲାବେଲେ ୫୍କଂ ସେପଟକୁ ମୃଣ୍ମୟ ଚାହିଁଥାଏ ସ୍କୁଲ୍‌ଗେଟ୍ ଆଡ଼କୁ। ଯାହାକୁ ଦେଖିବ ବୋଲି ଚାହୁଁଥିଲା ସେଇ ଦେବୀ ପରି ଚେହେରାଟା ଠିକ୍ ସେଇ ସ୍କୁଲ୍ ପାଚେରିକୁ ଲାଗି ଠିଆ ହୋଇଥିଲା। ଅଧାଢ଼କା ମୁହଁରେ ପଣତକୁ ଦାନ୍ତରେ ଚାପି ଠିଆ ହେଇଥିଲା ରତନୀ ମାଉସୀ। ଖାଲି ଆଖି ଦି'ଟା ସ୍ପଷ୍ଟ ଦିଶୁଥିଲା ମୃଣ୍ମୟକୁ। ହଁ ସେଇ ଆଖି କିଛି କହୁଥିଲା ଯେମିତି ବ୍ୟକ୍ତ ଆବେଗରେ ବିକଳ ହୋଇ!

ଏଣ୍ଟାନ୍ସରେ ସବୁଠୁ ଅଧିକା ନମ୍ବର ରଖି ଦାଖିଲା ପାଇଥିଲା ମୃଣ୍ମୟ। ତା' ପାଇଁ ରତନୀ ଥିଲା କାକିରିଗୁମ୍ମା ଯିବାର ଏକମାତ୍ର ବାହାନା। ବାପାଙ୍କ ପାଖକୁ ଯିବା କଥା ଭାବିଲେ ବି ଆସିପାରେନି, କାରଣ ଛୁଟି ହେଲେ ଏକ୍‌ଟ୍ରା କ୍ଲାସ୍ ସବୁ ଥାଏ, ସମୟ ନିର୍ଘଣ୍ଟ ଅନୁସାରେ ପାଠପଢ଼ାରୁ ଫୁରୁସତ ପାଇନି। ମଝିରେ ତାକୁ ଦେଖା କରିବାକୁ ତା' ବାପା-ବୋଉ ଆସିଥିଲେ। ବାପାଙ୍କୁ ଦେଖିବାକ୍ଷଣି ମୃଣ୍ମୟ ମାଉସୀ କଥା ପଚାରିଥିଲା। ବାପା କହିଲେ ମାଉସୀ ଭଲ ଅଛି। ଥରେ ଦି'ଥର ଦେଖା କରିଥିଲି। ତୁ ସ୍କୁଲରେ ଥିବାରୁ ସିନା ଯାଇପାରୁଥିଲି ହେଲେ ସବୁବେଲେ କ'ଣ ଯାଇହେବ? ମାଟ୍ରିକ୍ ପରେ ଉଚ୍ଚଶିକ୍ଷା ସାରି ଚାକିରି କଲା ମୃଣ୍ମୟ। ଏମ୍.ଏସ୍‌ସି. ବର୍ଷ ବାପା ରିଟାୟାର୍ଡ

ହେଇ ଚାଲିଆସିଥିଲେ କାକିରିଗୁମ୍ମାରୁ। ମୃଣ୍ମୟକୁ ଏକ ଫାର୍ମାସୀ କମ୍ପାନୀରେ ଭଲ ଚାକିରି ବି ମିଳିଲା। ମାଉସୀ ସହିତ ଦେଖା ହେଇଥିବା ପ୍ରାୟ ବାର ବର୍ଷର ଘଟଣା ତା'ର ରହି ରହି ମନେପଡ଼େ। ହଁ ବାରବର୍ଷ। ରାମଚନ୍ଦ୍ର ବନବାସ ସାରି ଅଯୋଧ୍ୟାକୁ ଫେରିଥିଲେ। ହେଲେ ମୃଣ୍ମୟ ଫେରିପାରି ନ ଥିଲା। ଏବେ ଏତେ ବର୍ଷ ପରେ ସେଇ ଝରଣା, ପାହାଡ଼ ଉପର ମନ୍ଦିର, ନାଗୁଆରି ଜଙ୍ଗଲ, ସେଇ ରତନୀ ମାଉସୀ ପାଇଁ ସେ ଏତେବର୍ଷ ପରେ ଆଜି ଫେରୁଚି। ହାତରେ ପିନ୍ଧିଛି ମାଉସୀ ଦେଇଥିବା ସେଇ ଘଡ଼ିଟି। ଯାହା ଦୀର୍ଘ ଏତେବର୍ଷ ପରେ ମାଉସୀ ତାକୁ ଚିହ୍ନିବାର ଶେଷ ସ୍ମାରକୀ।

ଅପରାହ୍ଣ ପାଞ୍ଚଟା ବେଳକୁ କାକିରିଗୁମ୍ମାରେ ପହଞ୍ଚିଥିଲା ମୃଣ୍ମୟ। ସ୍କୁଲ୍ ହତା ପାଖେଇ ଆସିଲାବେଳକୁ ମୃଣ୍ମୟର ଛାତି ଭିତରେ ଅଜଣା କମ୍ପନ। ଦୀର୍ଘବର୍ଷ ପରେ ଯାହା ପାଇଁ ସେ ଫେରିଚି, ତାକୁ ଥରେ ଆଖି ପୂରେଇ ଦେଖିବାକୁ ତା'ର ଇଚ୍ଛା। ମାଉସୀ ଏବେ କେମିତି ଦିଶୁଥିବ! ପ୍ରଥମେ ତାକୁ ବୋଧେ ଚିହ୍ନିପାରିବନି। ଯା' ଭିତରେ କିଶୋର ମୃଣ୍ମୟ ଯୁବକରେ ପରିଣତ ହୋଇସାରିଥିଲା। ଶରୀର ଓ ଚେହେରାରେ ଅସମ୍ଭବ ପରିବର୍ତ୍ତନ। ମୃଣ୍ମୟ ମନେ ମନେ ଭାବୁଥିଲା ମାଉସୀ ସହିତ ଦେଖାହେଲେ ତାକୁ ଟିକେ ହଇରାଣ କରିବ ଓ ଚିଡ଼େଇବ। ସତରେ କ'ଣ ସେ ତାକୁ ଏତେ ବର୍ଷ ପରେ ଚିହ୍ନିପାରିବ! ଆଉ ଯେବେ ମୃଣ୍ମୟ ତା'ର ପରିଚୟ ଦେବ, କେତେ ଖୁସି ସେ ନ ହେବ! ମୃଣ୍ମୟକୁ କାକିରିଗୁମ୍ମାର ସେଇ ସ୍କୁଲ୍‌କୁ ଖୋଜିବାରେ ସମୟ ଲାଗିଲା। କାରଣ ଏତେବର୍ଷ ଭିତରେ ବହୁ ପରିବର୍ତ୍ତନ ଆସିସାରିଥିଲା। ସେ ସମୟର ଆଜବେଷ୍ଟ ସ୍କୁଲ୍ ସ୍ଥାନରେ ଛିଡ଼ା ହୋଇଥିଲା ଏକ ତିନିମହଲା ବିଶିଷ୍ଟ ବିଦ୍ୟାଳୟଟି।

ମୃଣ୍ମୟ କାର୍‌ରୁ ଓହ୍ଲେଇ ସ୍କୁଲ୍‌ର ଗେଟ୍ ଖୋଲିବାକୁ ଯାଉଥିଲା, ହଠାତ୍ ଦେଖିଲା, ଦି'ପଟ ଗେଟ୍ ପାଖକୁ ଲାଗି ଯେଉଁ ବଡ଼ ବଡ଼ ଦେବଦାରୁ ଗଛ ଥିଲା, ସେସବୁ ଆଉ ନାହିଁ। ତା' ସ୍ଥାନରେ ଗୋଟେ ପଟେ ଛୋଟ ଆଜବେଷ୍ଟ ଘରଟିଏ। ଗେଟ୍ ଖୋଲିବା ଶବ୍ଦ ଶୁଣି, ପ୍ରୌଢ଼ ବ୍ୟକ୍ତି ଜଣେ ସେ ଘରର ଝରକା ଦେଇ ବାହାରକୁ ଚାହିଁଲେ। ମୃଣ୍ମୟ ତାଙ୍କୁ ଚାହିଁ କହିଲା- "ଆଜ୍ଞା, ସ୍କୁଲ୍ ଭିତରକୁ ଟିକେ ଯାଇଥାନ୍ତି। ନଚେତ୍, ଆପଣ ଟିକେ ସ୍କୁଲ୍ ପଛପଟେ ଥିବା ରତନୀ ମାଉସୀକୁ ଡାକିଦିଅନ୍ତୁ।" ପ୍ରୌଢ଼ ଜଣକ ଏଥର ଗେଟ୍ ପାଖକୁ ଆସିସାରିଥିଲେ। ବିସ୍ମିତ ହେବା ପରି ମୃଣ୍ମୟ ଆଡ଼କୁ ଚାହିଁ ପଚାରିଲେ- "କିଏ ? କୋଉ ରତନୀ ? ଏଠି କେହି ସେମିତି ନାହାନ୍ତି, ତମେ କ'ଣ ବାୟାଣୀ ରତନୀକୁ ଖୋଜୁଛ ?" ନିଜ ଆବେଗକୁ ନିୟନ୍ତ୍ରଣ କରି ନ ପାରି ମୃଣ୍ମୟ କହିଉଠିଲା- "ନା ନା ସେ ବାୟାଣୀ ନୁହେଁ, ସେ ମୋ ମାଉସୀ! ତାଙ୍କୁ କୁହନ୍ତୁ ମୃଣ୍ମୟ

ଆସିଛି ।” ପ୍ରୌଢ଼ଜନକ କହିଲେ- “ରୁହ, ମୁଁ ଟିକେ ବୁଝେ ।” ସେ ଭିତରକୁ ଗଲେ ଓ କିଛିକ୍ଷଣ ପରେ ବାହାରିଆସି କହିଲେ- “ହଁ ହଁ, ସେଇପରା ବାୟାଣୀ ରତନୀ । କିନ୍ତୁ ଆପଣ ଯେଉଁ ରତନୀକୁ ଖୋଜୁଛନ୍ତି, ସେ କ’ଣ ଆଉ ଏଠି ଅଛି ! ସେ ପରା ପାଖାପାଖି ଦଶବର୍ଷ ତଳୁ ଏଠୁ କୁଆଡ଼େ ଚାଲିଯାଇଛି ।” ମୃଣ୍ମୟକୁ ଲାଗୁଥାଏ ସେ ସେଇଠି ବେହୋସ ହେଇଯିବ । କିନ୍ତୁ ଏମିତି କେମିତି ହେଇପାରେ ? ମାଉସୀ ବାୟାଣୀ କେମିତି ହେଲା ? ପ୍ରୌଢ଼ ଜନକ କହିଲେ, “ମୁଁ ବିଶେଷ କିଛି ଜାଣିନି ତା’ ବିଷୟରେ । ତାକୁ ମୁଁ ଏଥିପାଇଁ ମନେ ରଖିଛି, କାରଣ ତା’ ବଦଳରେ ମୁଁ ଏଠି ଚାକିରି ପାଇଲି । ସେ ପୂରା ବାୟାଣୀ ହେଇଯାଇଥିଲା । ମୋର ମନେଅଛି- ସେ ଚାରିଆଡ଼କୁ ଚାହିଁ ଛାତିପିଟି କାନ୍ଦୁଥିଲା । ଦୂର ସେଇ ରାସ୍ତା ଆଡ଼କୁ ଧାଇଁଯାଇ ପୁଣି ଏଠି ଆସି ଭୂଇଁ ସାଉଁଟିଲା ପରି ବାହୁନୁଥିଲା । କେବଳ ଏତିକି ଶୁଣିଛି ଯେ ସ୍କୁଲରେ ଥିବାବେଳେ, ହଠାତ୍ ଦିନେ ସେ ଆବୁରୁଜାବୁରୁ ଗପିଲା । ସବୁ ପିଲାଙ୍କୁ ଦଉଡ଼ିଯାଇ ବାବୁଲୁ ବାବୁଲୁ ଡାକିଲା । କାନ୍ଦିଲା । ସବୁବେଳେ କହିଲା ତା ପୁଅ କାଲେ ଅଫିସର ହେଇଚି । ରାଉରକେଲାରୁ ଆସିବ । କିନ୍ତୁ ବିଚାରୀର କାଲେ ସ୍ୱାମୀ-ପିଲା-ଝିଲା କେହି ନ ଥିଲେ ! ଦିନେ ହଠାତ୍ କାହାକୁ କିଛି ନ କହି ସେ କୁଆଡ଼େ ଚାଲିଗଲା ।”

ମୃଣ୍ମୟ ସ୍ଥିର ହେଇ ସେମିତି ଛିଡ଼ାହୋଇଥାଏ । ତା’ ଆଖିକୁ ସେ ପରିବେଶ ଅଚିହ୍ନା ଓ ଜାଲଜାଲୁଆ ଦିଶୁଥାଏ । ମୃଣ୍ମୟ ଅଶନିଃଶ୍ୱାସୀ ହୋଇପଡୁଥାଏ, ତଣ୍ଟି ପାଖରେ ଜମାଟ ବନ୍ଧା ଅସମ୍ବ କୋହ ଛାତି ଫଟେଇ ବାହାରିଆସୁଥାଏ ସତେ କି ! ସେ ମନେ ମନେ କହୁଥାଏ- ମାଉସୀ ! ମାଉସୀ କୋଉଠି ଥିବ ? ପାଗଳୀଙ୍କ ପରି କୁଆଡ଼େ ଚାଲିଗଲା ସେ ? ମାଉସୀ... ମାଉସୀ ତୁ କଥା ଦେଇଥିଲୁ ଦେଖାହେବ... ତୁ କୋଉଠି ? କୋଉ ଅଫେରା ରାସ୍ତା ଦେଇ ଯାଇଚୁ ? ଏଇ ଦେଖ୍ ତୋ ବାବୁଲୁ ଆସିଛି । ବଡ଼ ଚାକିରି କରିଚି - ମୃଣ୍ମୟକୁ ମନେ ହେଉଥାଏ ସତେ ଯେମିତି ତା’ ଛାତି ଉପରେ ପାହାଡ଼ଟା ଲଦି ହେଇଯାଉଛି । ସେ କାକିରିଗୁମ୍ମା ଛାଡ଼ିବା ପୂର୍ବରୁ ତା’ର ମନେପଡ଼ିଲା ମାଉସୀ ପରି ତା’ର ପ୍ରିୟ ଆଉ ଏକ ସ୍ଥାନ ! ପାହାଡ଼ ଉପରେ ଥିବା ପାତାଲପୁତା ଶିବ ! ଏତେବର୍ଷ ପରେ ଶିବଙ୍କୁ ଦେଖି ହାତ ଯୋଡ଼ିଦେଲା, ଆଖିରୁ ଝରୁଥାଏ ଅସରା ଲୁହ । ମାତ୍ର ଏ କ’ଣ ଦେଖୁଛି ସେ- ! ଗାଡ଼ିରେ ପାହାଡ଼ି ରାସ୍ତାଦେଇ ମନ୍ଦିର ପାଖରେ ପହଞ୍ଚିଥିଲା ମୃଣ୍ମୟ । ପାହାଚ ଉପରେ ମଇଲା-ଚିରା ଶାଡ଼ିଟିଏ ପିନ୍ଧି ଜଣେ ମହିଲାଙ୍କୁ ବସିଥିବା ଦେଖିଲା ମୃଣ୍ମୟ । ଏ ଘଞ୍ଚ ଜଙ୍ଗଲରେ କିଏ ସେ ? ମାଉସୀ...!!!

ସେଇ ଶିଳ୍ପୀ ପାଇଁ

ଶୀତ ଯିବାକୁ କିଛି ଦିନ ବାକି ଥାଏ, ବସନ୍ତ ଉଙ୍କି ମାରିଦେଇ ଲୁଚ୍‌କାଲି ଖେଳିଚାଲିଥାଏ । ପାହାଡ଼ିଆ ସରୁ ରାସ୍ତା, କାଚକେନ୍ଦୁ ପରି ଝରଣା, ଜାତିଜାତି ଜଙ୍ଗଲିଆ ଘାସଫୁଲ, ଅଳସୀ, ସୋରିଷର ହଳଦିଆ ଫୁଲମାନଙ୍କର ଚିତ୍ରିତ ଜଗତ କୋରାପୁଟ । କୋରାପୁଟର ସେ ବଣ-ପାହାଡ-ଝରଣାଘେରା ସରୁ ରାସ୍ତା ଦେଇ ଗାଡ଼ି ଚାଲିଥାଏ । ବୁଦୁବୁଦୁକିଆ ନାଗୁଆରୀର କଳା-ପାଟିଲା କୋଲି ସବୁ ଝର୍କାର ଖୁବ୍ ପାଖରେ ଦିଶୁଥାନ୍ତି । କେଉଁଠି କେଉଁଠି ସଲଖ ପାହାଡ ଉପରେ ଧୁଆଁଳିଆ ଖଣ୍ଡ ବଉଦ ସତେ ଯେମିତି ଦୀର୍ଘ ସମୟ ଧରି ଅଳସ ଭାଙ୍ଗୁଥିବା ପରି ମନେହେଉଥାଏ । ଠିକ୍ ସାପ ପରି ଅଙ୍କାବଙ୍କା ରାସ୍ତାରେ ଗାଡ଼ିଟି ମନ୍ଥର ଗତିରେ ଆଗେଇ ଚାଲିଥାଏ । ବିଜିତା ଓ ତା'ର ପାଞ୍ଚ-ଛଅ ଜଣ ପୁଅ-ଝିଅ ସାଙ୍ଗ ଆୟୁର୍ବେଦ ଚିକିସାକୁ ନେଇ ପ୍ରୋଜେକ୍ଟ କରିବା ଉଦେଶ୍ୟରେ କୋରାପୁଟର ଏକ ନିର୍ଦ୍ଦିଷ୍ଟ ପାହାଡ଼ୀ ଅଞ୍ଚଲକୁ ନିଜ ଗବେଷଣାର କ୍ଷେତ୍ର ପ୍ରସ୍ତୁତି ନିମନ୍ତେ ବାଛିଥା'ନ୍ତି । ବିଜୟନଗରମ୍‌ରୁ କୋରାପୁଟ ପାଖାପାଖି ଚାରି-ପାଞ୍ଚ ଘଣ୍ଟାର ରାସ୍ତା । ତେଣୁ ଅନ୍ତତଃପକ୍ଷେ କୋଡ଼ିଏ ଦିନ ରହଣି ବ୍ୟବସ୍ଥା ନେଇ ବିଜିତାର ଗାଇଡ୍ ବୁଝିଛନ୍ତି । ବିଜିତା ଓ ମେଘା ଘନିଷ୍ଟ ବାନ୍ଧବୀ । ମେଧା ସଙ୍ଗୀତ ମହାବିଦ୍ୟାଳୟରୁ ଏମ୍.ଏ. ସମାପ୍ତ କରି ଘରେ ଥାଏ । ବିଜିତା ଆୟୁର୍ବେଦରେ ଉଚ୍ଚଶିକ୍ଷା ଲାଭ କରି ରିସର୍ଚରେ ଲାଗିଥାଏ । ମାନବ ସମାଜ ନିମନ୍ତେ ଜଙ୍ଗଲୀ ଗୁଲ୍ମର ଚେର, ତୃଣ, ପତ୍ର, ଫୁଲମାନଙ୍କର କେଶର ଇତ୍ୟାଦିକୁ ନେଇ ଔଷଧ ପ୍ରସ୍ତୁତି ନିମନ୍ତେ ଅନୁସନ୍ଧାନରତ ଥାଏ । ବିଜିତା ଯେତେବେଲେ ସେ ସବୁର ରୋଚକ ବର୍ଣ୍ଣନା ଦିଏ, ମେଧା ଆଗ୍ରହୀ ହୋଇ କାନଡେରି ଶୁଣେ । ଏ ପ୍ରକୃତି କେତେ ସୁନ୍ଦର ସତରେ ! ବିଧାତାର ଅପୂର୍ବ ପରିକଳ୍ପନା ! କ'ଣ ନ ଅଛି ଏଠି ! କେତେ ଯେ ଅବାଙ୍ ମାନସ ଗୋଚର ତଥ୍ୟ ପୁଣି କେତେ ଅଭୁତ-ରହସ୍ୟାବୃତ କଥାସବୁ ରହିଛି । ଯଦି କେହି ପ୍ରକୃତି ପ୍ରେମରେ ପଡ଼ିଯାଏ ତେବେ,

ପ୍ରକୃତି ତା' ଆଗରେ ନିଜର ଗୁପ୍ତ ରହସ୍ୟ ଖୋଲେ। ଯେଉଁ ମଣିଷ ପାଖରେ ନିଜ ପାଇଁ ବି ସମୟ ନାହିଁ, ସେ ଅବା କ'ଣ ବୁଝିବ ପ୍ରକୃତିର ଏ ଅସୀମ ରହସ୍ୟକୁ! ତା'ରି ସୌନ୍ଦର୍ଯ୍ୟ ଓ ଆକର୍ଷଣକୁ ଲକ୍ଷ୍ୟ କରି ଉପନିଷଦରେ ଅଛି— "ମଧୁବାତା ରତାୟନ୍ତେ ମଧୁ କ୍ଷରନ୍ତି ସିନ୍ଧବଃ-" ଏ ସଂସାର ମଧୁମୟ। ପ୍ରକୃତିର ଅସାମାନ୍ୟ ସୌନ୍ଦର୍ଯ୍ୟ ଦେଖିବାକୁ ଉନ୍ମୁକ୍ତ ଦୃଷ୍ଟି ଟିକେ ଦରକାର, ଆଉ ଦରକାର ଆନ୍ତରିକତା ନିରବଚ୍ଛିନ୍ନ ପ୍ରୟାସ। ବିଜିତା ଓ ମେଧା ଘନିଷ୍ଠ ବାନ୍ଧବୀ। ବିଜିତା ଗଛ-ପତ୍ରକୁ ନିଜ ପ୍ରିୟ ଚିଜ ପରି ଆଦର କରିବା ମେଧା ଦେଖିଛି। ବିଜିତା ବେଳେବେଳେ ମେଧାକୁ ବୁଝାଏ– 'ତୁ ସଙ୍ଗୀତର ଛାତ୍ରୀ। ସଙ୍ଗୀତ ସାଧକମାନେ ପୂର୍ବ ଏମିତି ସବୁ ଅଞ୍ଚଳକୁ ନିଜ ସ୍ୱର ସାଧନାର କ୍ଷେତ୍ର ରୂପେ ବାଛିଥାନ୍ତି। ଏମିତି ବି ଶୁଣଶୁଣାଏ ଯେ ସଙ୍ଗୀତର ଅପୂର୍ବ ଯାଦୁରେ କାଲେ ରାତିରେ ଗଛରୁ ଫୁଲଝରେ, ସୁଲମ୍ୟ ଗଛମାନେ ତଳକୁ ନଇଁଯାନ୍ତି, ବର୍ଷା ହୁଏ ଏବଂ ଆକାଶରୁ ପରୀମାନେ ଆସି ପୃଥିବୀରେ ନାଚିଉଠନ୍ତି।' ବିଜିତାର କଥାଶୁଣି ମେଧା ଆଁ କରି ଚାହିଁରହେ ଏବଂ ସେ ଉତ୍‌ଫୁଲ୍ଲିତ ହେଇଯାଏ। ସେଦିନ ସେମାନେ ବସ୍‌ରେ କୋରାପୁଟର ସେଇ ନିଷିଦ୍ଧ ନିଘଞ୍ଚ ଅଞ୍ଚଳକୁ ଯାଉଥିଲେ।

ମେଧାର ଅନେକ ଭାବ-ଭାବନା ଭିତରେ ବସ୍‌ଟି ରହିଲା। ଜଣ ଜଣ ହୋଇ ସବୁ ସାଙ୍ଗ ତଳକୁ ଓହ୍ଲେଇଗଲେ। ଧାଇଁଯାଇ ବିଜିତା ଦୂରରେ ପଡ଼ିଥିବା ଚିକ୍‌ଣ ବଡ଼ ଖଣ୍ଡେ ପଥର ଉପରେ ଟଙ୍କାସନ ପକେଇ ବସିଗଲା। ଢେର୍ ସମୟଯାଏ ଚାରିଆଡ଼କୁ ଚାହିଁ, ପବନକୁ ମନଭରି ଆଘ୍ରାଣ କଲା। ମେଧାକୁ ଚାହିଁ ବିଜିତା କହିଲା–ଦେଖ, ସେଇପଟେ କିଛି ଦୂରରେ ନିହାତି ଜଙ୍ଗଲୀ ଚମ୍ପା ଗଛଟେ ଥିବ। ଆଃ କି ସୁନ୍ଦର ସୁଗନ୍ଧ! ଆମ ସହରରେ ଯେଉଁସବୁ ଫୁଲଗଛ ମିଲେ, ସେସବୁ ଏଇ ଜଙ୍ଗଲୀ ଗଛର ଟିକେ ପରିବର୍ତ୍ତିତ ରୂପ, ବିଜିତାର କଥା ସରେନି। ଆହୁରି ଶୁଣିବାକୁ ଇଚ୍ଛା ହୁଏ ମେଧାକୁ। ଏଇ ସମୟ ମଧ୍ୟରେ ଡ୍ରାଇଭର୍ ରାସ୍ତାକଡ଼ରୁ ବଇଁଚ କୋଲି, ଖଜୁରୀ ଓ ନାଗୁଆରି କୋଲି କିଛି ଆଣି ସମସ୍ତଙ୍କୁ ଦେଲା। ସେ ତା' ସିଟ୍‌କୁ ଆସିବାରୁ ସମସ୍ତେ ପୁଣି ଗାଡ଼ିରେ ବସିଲେ। ବିଜିତା ଆଦୌ ଆସୁନଥାଏ ସେ ପଥର ଉପରୁ। ସମସ୍ତଙ୍କୁ ଗାଡ଼ିକୁ ଚଢ଼ିବାର ଦେଖି ସେ ବାଧ୍ୟ ହୋଇ ଆସିଲା। ଗାଡ଼ି ଚାଲିଲା ସେମିତି ଅଙ୍କାବଙ୍କା ରାସ୍ତା ଦେଇ। କିଛି ସମୟ ପରେ ଡ୍ରାଇଭର ଗାଡ଼ିକୁ ସାମାନ୍ୟ ଧୀର କରି କହିଲା– "ହେଇ ଦେଖଦେଖ–ଗୋଟେ ଟିକି ହାତୀଛୁଆ। ବୋଧେ ଜଙ୍ଗଲ ଭିତରୁ ତା' ମା'ଠୁ ଦୂରେଇ ବାଟହୁଡ଼ି ଏପଟକୁ ଚାଲିଆସିଚି।" ସମସ୍ତେ ଡରକାପଟୁ ମୁଣ୍ଡ ଗଲେଇ ଉଙ୍କିଙ୍କି ଦେଖିଲେ। ଆହା! ଗୁଲୁଗୁଲିଆ ହାତୀଛୁଆଟା କେମିତି ହାତୀପଲଙ୍କଠାରୁ ବାଟହୁଡ଼ି ଖସିଆସିଚି। କି ସୁନ୍ଦର ଦିଶୁଥିଲା ସେ! ବିଜିତା ଚଟାପଟ୍ ଗାଡ଼ିରୁ ଓହ୍ଲେଇବାକୁ ଚେଷ୍ଟା

କରିବାରୁ ଡ୍ରାଇଭର ବଡ଼ପାଟିରେ ମନାକଲା- "ନା- ଯାଆନ୍ତୁନି... ତା' ମା' ଏଠି କୋଉଠି ଥାଇପାରେ। ଦେଖିଲେ ଆଉ ଆମ ଅବସ୍ଥା ରହିବନି। ଏଠୁ ଜଲ୍‌ଦି ଚାଲିଯିବା ଭଲ।" ହାତୀଛୁଆଟି ତା' ଛୋଟିଆ ଶୁଣ୍ଢକୁ ମାଟିରେ ମାଟିରେ ହଲଉଥାଏ। ମେଧାର ମନେପଡ଼ିଯାଉଥାଏ, ଗଣେଶଙ୍କ ଜନ୍ମବୃତ୍ତାନ୍ତ। କେମିତି ମହାଦେବ ହାତୀଶୁଣ୍ଢ ଯୋଡ଼ି ଗଣେଶଙ୍କୁ ଜୀବନ୍ୟାସ ଦେଇଥିଲେ। ମେଧା ଭାବନାରେ ମଗ୍ନ ଥିଲାବେଳେ ବିଜିତାର ଅନ୍ୟ ଜଣେ ସାଙ୍ଗ ହଠାତ୍ ଚିତ୍କାର କରି କହିଲା- "ଆରେ ବାପ୍‌ରେ, ହେଇସବୁ- ସେଇ ଆଡ଼କୁ ଚାହିଁଲ... ଦେଖ ଦେଖ କି ସୁନ୍ଦର ଧଳା-କଳା ମୟୂର! ଆଃ ଏତେ ସବୁ କେବେବି ଦେଖିନଥିଲୁ।" ଡ୍ରାଇଭର ଗାଡ଼ି ଚଲେଇବ କ'ଣ, ସେ ବି ଆତ୍ମହରା ହୋଇ ସେଇଆଡ଼କୁ ଚାହିଁଲା। ଗାଡ଼ିଟି ଗନ୍ତବ୍ୟସ୍ଥଳରେ ପହଞ୍ଚିବାକୁ ଆଉ ଅଳ୍ପ ସମୟ ବାକିଥାଏ। କେତେବେଳକୁ ପହଞ୍ଚିଯିବା କଥା। କିନ୍ତୁ ଔଷଧୀୟ ଗବେଷଣା କଥାକୁ ଭୁଲି ପ୍ରକୃତିର ଅପରୂପ ସୌନ୍ଦର୍ଯ୍ୟକୁ ଦେଖିବାର ଏ ପରିବେଶ ଏତେ ଚମତ୍କାର ଥିଲା ଯେ ସମସ୍ତେ ସମ୍ଭବତଃ ସେଇଥିରେ ଆତ୍ମହରା ହୋଇପଡ଼ିଥିଲେ। ତା'ଛଡ଼ା ସହରୀ ଜୀବନରେ ଏସବୁ ବା ଆଜିକାଲି କେଉଁଠି ଦେଖିବାକୁ ମିଳୁଛି ? ଗାଡ଼ି ଆସି ରହିଲା କୋରାପୁଟର ଛୋଟ ଏକ ଡାକବଙ୍ଗଳା ଆଗରେ। ସମସ୍ତେ ଗାଡ଼ିରୁ ଓହ୍ଲାଇଲେ। ମେଧାର ହାତଧରି ବିଜିତା ତାକୁ ତଳକୁ ଟାଣି ଆଣିଲା। ଖଣ୍ଡେଦୂରରେ ଥିବା ବିଜିତାର ପୁଅସାଙ୍ଗମାନେ ଡ୍ରାଇଭର ସହିତ ଗାଡ଼ିରୁ ଜିନିଷପତ୍ର ବାହାର କଲେ। ସମସ୍ତେ ନିଜ ନିଜ ରହିବା ବ୍ୟବସ୍ଥା ନେଇ ବ୍ୟସ୍ତ ରହିଲେ। ବିଜିତା ଓ ମେଧା ଗୋଟିଏ ଛୋଟ ପ୍ରକୋଷ୍ଠରେ ନିଜ ବ୍ୟବହାର୍ଯ୍ୟ ଜିନିଷ ରଖିଲେ। ବିଜିତା କହିଲା- "ଚାଲ୍ କିଛି ଖାଇନେବା। ହେଇ ସେଇଆଡ଼କୁ ଦେଖ, ଆମେ ଆଗରୁ ଆଉଥରେ ଏଠିକୁ ଆସିଥିଲେ। ସେଇ ଯୋଉ-ସରୁ ରାସ୍ତାଟା ବାଁ ପଟକୁ ଯାଇଛି ସେଇପଟକୁ ମାତ୍ର ଅଧଘଣ୍ଟା ଚାଲିଲେ- ଆରମ୍ଭ ହେଇଯିବ କୋରାପୁଟର ଜଙ୍ଗଲ। ମୁଁ ତ ମୋ କାମରେ ଲାଗିପଡ଼ିବି। ମୋ ସହିତ ତୁ ଯଦି ଯିବୁ ତେବେ ସେଇଠି ଗୋଟେ ଛୋଟ ମନ୍ଦିର ଅଛି। ପୂଜାରୀ ପ୍ରାୟ ନଥାଏ। ସଂଗୀତ ଅଭ୍ୟାସ କରିବାକୁ ବଢ଼ିଆ ଲାଗିବ। କି ଶାନ୍ତି ସେଠି!" ସତରେ ବିଜିତାର କଥା ମେଧାକୁ ଉଛୁଳିତ କଲା। ମନେମନେ ସେ ଭାବୁଥିଲା, କି ଅଭୁତ ସଂଯୋଗ ପ୍ରକୃତି ଓ ସଙ୍ଗୀତର! ସେଥିପାଇଁ ତ ପୂର୍ବ ପିଲାମାନେ ଗୁରୁକୁଳରେ ରହି ଅଧ୍ୟୟନ କରୁଥିଲେ। ପ୍ରକୃତି ମଣିଷର ଆତ୍ମାକୁ ପବିତ୍ରତା-ସକ୍ରିୟତାରେ ଭରିଦିଏ। ବିଜିତା ପୁଣି ମେଧାକୁ କହିଲା- "ମେଧା! ମୁଁ ତୋ ପରି ସଂଗୀତ ଶିଖିନି। କିନ୍ତୁ ମୋତେ ବିଶ୍ୱାସ କର, ଏଠି ଏଇ ଜଙ୍ଗଲରେ ମଧ୍ୟ ତୁ ସିଦ୍ଧ ସଙ୍ଗୀତଜ୍ଞମାନଙ୍କୁ ଭେଟିପାରୁ, ଯେଉଁମାନେ ସେମାନଙ୍କ ରାଗ-ମୂର୍ଚ୍ଛନା ତୋଳି ବର୍ଷା କରିପାରିବେ ଓ ଫୁଲ ବର୍ଷଣ

ମଧ୍ୟ କରିପାରିବେ ।" ବିଜିତା ପରି ପ୍ରକୃତିପ୍ରେମୀ ବାନ୍ଧବୀଟେ ପାଇ ମେଧା ଆନନ୍ଦିତ ହେଉଥିଲା । ବିଜ୍ଞାନର ଛାତ୍ରୀ ହୋଇ ମଧ୍ୟ ପ୍ରକୃତି, ସଂଗୀତ, ଜୀବଜନ୍ତୁ ପାଇଁ କେତେ ତା'ର ଆତ୍ମୀୟତା ସତରେ !

କୋରାପୁଟର ସେଇ ଜଙ୍ଗଲୀ ଗଛ-ଫୁଲକୁ ନେଇ ବିଜିତାର ରିସର୍ଚ୍ଚ ପ୍ରାୟ ସପ୍ତାହେ ବିତିସାରିଥିଲା । ତା' ସହିତ ମେଧା ଓ ଅନ୍ୟାନ୍ୟ ବନ୍ଧୁମାନେ ଯାଇ ସନ୍ଧ୍ୟାକୁ ଫେରୁଥିଲେ । ନିଜ ନିଜର ରିସର୍ଚ୍ଚର ତଥ୍ୟକୁ ସନ୍ଧ୍ୟା ପରେ ଲେଖୁଥିଲେ । ମେଧା କିନ୍ତୁ ବିଜିତାକୁ ଅନ୍ୟମନସ୍କ ଭାବରେ ବସିଥିବାର ଲକ୍ଷ୍ୟ କଲା । ମେଧା ତାକୁ ପଚାରିଲା- "ବିଜିତା, ତୁ ଏଠି ବୋର୍ ହେଉଚୁ କି ? କହିବୁ ଯଦି ଡ୍ରାଇଭରକୁ ଡକେଇଦେବି । ଆମ କାମ ତ ଏମିତି ଚାଲିବ । ତୁ ଘରକୁ ଫେରିବାକୁ ଚାହିଁଲେ ଯାଇପାରିବୁ ।" ମେଧା କହିଲା- "ଆରେ ନା ନା ! ସେମିତି କିଛି ନୁହେଁ । ସେଇ ମନ୍ଦିର ପାଖରେ ଆଜି ଜଣେ ସୌମ୍ୟ-ଶ୍ମଶ୍ରୁଧାରୀ-ଉଜ୍ଜ୍ୱଲ ବ୍ୟକ୍ତିଙ୍କୁ ଦେଖିଲି, ତୁ ତାଙ୍କୁ ଚିହ୍ନୁରୁ ? ତାଙ୍କ ସହିତ ମୋର ଦେଖାହେଲା । ମୁଁ କିଛି କହିବା ପୂର୍ବରୁ ହିଁ ମନ୍ଦିର ପଛପଟ ସେଇ ବାଲି-ଗୋଡ଼ି ରାସ୍ତାଦେଇ ଦୂରରେ ମିଶିଗଲେ । ତୁ ଜାଣୁ କି ସେ କେଉଁଠି ରହନ୍ତି ?" ବିଜିତା ମୁଣ୍ଡ ହଲାଇ ମନାକଲା । ପାଖକୁ ଆସି ଟିକେ ଚିଡ଼େଇବା ଢଙ୍ଗରେ ସେ ପଚାରିଲା- "ସେ କ'ଣ ଦେଖିବାକୁ ବହୁତ ସୁନ୍ଦର କି ?" ଅନ୍ୟମନସ୍କରେ ମେଧା କହିଲା- "ହଁ... ସେମିତି... କିନ୍ତୁ କିଛି ଅଭୁତ ଲାଗିଲେ, ବେଶ୍ ଆକର୍ଷଣୀୟ ମଧ୍ୟ ।" ବିଜିତା-ମେଧାକୁ ଚାହିଁ କହିଲା- "ତୁ ଜାଣୁ, ଏ ଜଙ୍ଗଲରେ ପଶୁପକ୍ଷୀଙ୍କ ସହ ବହୁ ସାଧୁ-ସନ୍ତୁ-ସନ୍ନ୍ୟାସୀ କାଳେ ଲୁଚିକି ଅଛନ୍ତି । ସେ ମଧ୍ୟ ସେମିତି ଜଣେ ସିଦ୍ଧପୁରୁଷ ହୋଇଥିବେ ବୋଧେ ! କାଲି ଦେଖାହେଲେ ତାଙ୍କ ସହିତ ନିଶ୍ଚୟ କଥା ହେବୁ ।" ବିଜିତାକୁ ସବୁବେଳେ ହିଁ ଏ ପୃଥିବୀ ରହସ୍ୟମୟ ମନେହୁଏ । ତା' ସହିତ ରହିଲେ ଜୀବନର ବହୁ ଅନାଲୋଚିତ ଦିଗ ଉଙ୍କିମାରେ । ନ ଭାବିବା କଥା ଭାବିଚାଲିଲା ମେଧା । ମନରେ ଆସୁଥିବା ଭାବନା ଉପରେ ଅବା କାହାର କାବୁ ଅଛି, ସେ ତ ଲଗାମଛଡ଼ା ଘୋଡ଼ା ପରି ! ସତରେ କ'ଣ ସେ ଜଣେ ସିଦ୍ଧପୁରୁଷ ? ତାଙ୍କୁ ଥରୁଟିଏ ଦେଖି ଏତେ ଦୂର ଆକର୍ଷିତ ହେବା ମେଧାକୁ ଆଶ୍ଚର୍ଯ୍ୟ ଲାଗୁଥିଲା । ସକାଳ ପାହିବା ପାଇଁ ସତେ ଯେମିତି ଅପେକ୍ଷା କରିଥିଲା ମେଧା । ସେଦିନ ବିଜିତା ଉଠିବାର ବହୁପୂର୍ବରୁ ଉଠି ମେଧା ନିଜ ନିତ୍ୟକର୍ମ ସାରି, ଜଙ୍ଗଲ ଭିତରକୁ ଯିବା ନିମନ୍ତେ ପ୍ରସ୍ତୁତ ହୋଇସାରିଥିଲା । ଗନ୍ତବ୍ୟ ଉଦ୍ଦେଶ୍ୟ ଜଣା ନଥିଲା, କିନ୍ତୁ ଉଦ୍‌ବିଗ୍ନ ଥିଲା ସେଇ ମନ୍ଦିର ପାଖକୁ ଯିବାକୁ । ମେଧା ଜଙ୍ଗଲ ଆଡ଼କୁ ମୁହାଁଇଲା ଏବଂ ଭାବୁଥିଲା- ଯୋଉଠି ଏ ସଂସାରରେ ମଣିଷ-ମଣିଷକୁ ଚିହ୍ନିପାରୁନି କି ତା' ଭିତରେ ଥିବା ପ୍ରବୃତ୍ତିକୁ ବୁଝିପାରୁନି,

ସେଠି ବିଜିତା ପରି ଗବେଷିକା ସତରେ ଗଛ-ଲତାଙ୍କ ଭାଷାକୁ ବୁଝିବା ପାଇଁ କି ଅଭିନବ ପ୍ରୟାସ କରୁଛି ସତେ ! କଥା କହିପାରୁନଥିବା ଜୀବନ୍ତ ପୁଣି ନିରବିତ ପ୍ରକୃତି ଅନ୍ତତଃ ସମାଜରେ ହିଂସା-ପ୍ରତାରଣାର ତ ବାର୍ତ୍ତା ଦେଉନି ଓ ଜନହିତରେ ତ ଲାଗୁଛି ! ଏମିତି ଭାବନା ଭିତରେ ମେଧା ଦେଖିଲା କେହି ଜଣେ ସଫେଦ୍ ଚାଦର ଘାଙ୍କି ତା'ଠୁ ଖୁବ୍ କମ୍ ଦୂରରେ କିଛି ଫୁଲ ତୋଳୁଥିବାର । ମେଧା ତାଙ୍କ ଆଡ଼କୁ ଚାଲିଲା । କିଛି ବାଟ ଅତିକ୍ରମ କରିଛି କି ନାହିଁ, ହଠାତ୍ ଦେଖିଲା ଦି'ଟା ବଡ଼ ପଥର ଯୋଡ଼ାକୁ ଲାଗି ତଳକୁ ଖସିଯିବା ପାଇଁ ଆଉ ଗୋଟେ ଛୋଟ ସରୁରାସ୍ତା ଏବଂ ରାସ୍ତା ଯେଉଁଠି ଶେଷ ହୋଇଚି ସେଇଠି ଗୋଟେ ଛୋଟ କୁଡ଼ିଆ । ମେଧାର ଛାତି ଭିତରେ ଅଭୁତ ଆଲୋଡ଼ନ ସୃଷ୍ଟି ହେଲା । ସେ ଭାବିଲା- କି ଅଭୁତ ଅଞ୍ଚଳ ଇଏ ! ଏ ଜଙ୍ଗଲ ଭିତରେ ଏ କୁଡ଼ିଆ ! ପୁଣି ଏମିତି ଜଣେ ବ୍ୟକ୍ତିତ୍ୱ ! ହଠାତ୍ ମେଧାକୁ ସଂଗୀତର କିଛି ଅସ୍ପଷ୍ଟ ରାଗ ଶୁଭିଲା । ବୀଣାର ସେ ମୂର୍ଚ୍ଛନାକୁ ସେ କେମିତି ଅବା ନଜାଣି ପାରନ୍ତା ! ସତରେ ବିଜିତାର କହିବା ଅନୁସାରେ ପ୍ରକୃତି ସବୁଟି ସମସ୍ତଙ୍କ ପାଇଁ କିଛି ସାଇତି ରଖିଛି । ଖୋଜିବାର ଆଖି ଦରକାର । ଆହୁରି ଶୀଘ୍ର ପହଞ୍ଚିବାକୁ ଚଞ୍ଚଳ ହୋଇଉଠିଲା ମେଧା ! ଠିକ୍ କୁଡ଼ିଆ ପାଖରେ ପହଞ୍ଚିଛି କି ନାହିଁ, ଏଥର ସ୍ପଷ୍ଟ ଶୁଣିପାରୁଥିଲା, ସେ ମୂର୍ଚ୍ଛନା, ସୁରିଲା ରାଗକୁ । ଆଃ ! କି ସୁନ୍ଦର କଣ୍ଠସ୍ୱର ! ଧୀରେ ଧୀରେ ମେଧା କୁଡ଼ିଆର ସେ ତାଟିକୁ ଠେଲି ଭିତରକୁ ଚାହିଁଲା । ଦେଖିଲା, ସଫେଦ୍ ଚାଦର ଘୋଡ଼ିହୋଇ ତା' ଆଡ଼କୁ ପଛକରି, ବୀଣା ଧରି ବସିଥିବା ସେଇ ସୁପୁରୁଷଙ୍କୁ । ଓଃ ତେବେ ଇଏ ସେଇ ! ଯାହାଙ୍କୁ ମେଧା ସେଦିନ ଦେଖିଥିଲା ! ପଦପାତ ବାରି ସେ ଜାଣିପାରିଲେ କି କ'ଣ ଧୀରେ ବୀଣାକୁ ରଖି ପଛକୁ ଚାହିଁଲେ । ଏଥର ମେଧା ତାଙ୍କୁ ପ୍ରତ୍ୟକ୍ଷ ଭାବରେ ଦେଖିଥିଲା । ସେ କିଛି କହିବା ପୂର୍ବରୁ ମେଧା କହି ଉଠିଲା- "ଆଜ୍ଞା କ୍ଷମା କରିବେ ! ଆମେ ସାଙ୍ଗମାନେ ରିସର୍ଚ୍ଚ କାମନେଇ ଏଠିକୁ ଆସିଥିଲୁ । ଆପଣଙ୍କୁ ସେଦିନ ଦେଖିଥିଲି । ଆଉ ଆଜି ମଧ ଦେଖିଲି । କିଛି ମନେ କରିବେନି ଏମିତି ଆପଣଙ୍କ ପଛେ ପଛେ ଆସିଲି ବୋଲି !" ସେ ଚୁପ୍ ଥିଲେ । ଶାନ୍ତମୁଦ୍ରାରେ - ହସହସ ମୁହାଁରେ, ଅଭୁତ ଦିଶୁଥିଲେ ଠିକ୍ କୌଣସି ପୁରାଣ ଯୁଗର ଦେବତା ଭଳି ! ସେ ହାତ ଦେଖେଇ ମେଧାକୁ କାତର ଗୋଟେ ପଟା ଉପରେ ବସିବାକୁ ନିର୍ଦ୍ଦେଶ ଦେଲେ । କୁଡ଼ିଆ ଭିତରେ ଡାଳ ଆଉ ପତ୍ରରେ ବାଡ଼ ଦିଆଯାଇ ଛୋଟ ପ୍ରକୋଷ୍ଠ ପରି ଥିଲା । ସେ ନୀରବରେ ତା' ଭିତରକୁ ଚାଲିଗଲେ । ସେ ଯିବାପରେ ମେଧା ଚାରିଆଡ଼କୁ ଆଖି ବୁଲେଇ ଦେଖୁଥାଏ । କୁଡ଼ିଆର ଗୋଟେ କୋଣକୁ ଗୋଟେ ମାଟି ସୁରେଇ-ପାଣି ଥାଇପାରେ ! ଦି'ଖଣ୍ଡ ବାଉଂଶ ବାନ୍ଧି ଗୋଟେ କପଡ଼ାରେ ଝୁଲାମୁଣିଟେ ତିଆରି କରିଦିଆଯାଇଚି । ସେଥିରେ ଥିବା ଧଲା ଧୋତି

କିଛି ଅଂଶ ତଳକୁ ଓହଲି ପଡ଼ିଚି । ଅନ୍ୟପଟେ ଗୋଟେ ସୁଲମ୍ୟ କାଠପଟା ଉପରେ ତେଲ ଭଳି ଚିକ୍‌ଚିକ୍ କରୁଥିବା ବୀଣାଟେ ମେଧା ଲକ୍ଷ୍ୟ କରୁଥିବା ଭିତରେ ସେ ବ୍ୟକ୍ତିଜଣକ ଭିତରକୁ ଆସି ମେଧା ଆଗରେ ଗୋଟେ ଶାଳପତ୍ର ବନ୍ଧା ଠୋଲାରେ କିଛି ଖଜୁରୀ, ତିନୋଟି ପାଚିଲା କାଜୁବାଦାମର ଫଳ ରଖିଲେ । ମେଧା ସେସବୁ ଦେଖ କହିଲା- "ନା ନା, ମୋତେ ଦିଅନ୍ତୁନି । ମୁଁ ଖାଇବିନି । ମୁଁ ଏମିତି ଆସିଯାଇଥିଲି ନା ! ଆପଣ କ'ଣ ଏଠି ଏମିତି ଏକୁଟିଆ ରହନ୍ତି ! ଏ ଜଙ୍ଗଲରେ ରାତିହେଲେ ଆପଣଙ୍କୁ ଭୟ ଲାଗେନି ?" ସେ ସାମାନ୍ୟ ହସି କହିଲେ- "ମୁଁ ପେସାରେ ଡାକ୍ତର । କିନ୍ତୁ ସଙ୍ଗୀତ ଓ ପେଣ୍ଟିଂ ମୋ ନିଶା । ମୁଁ ଚାହିଁଥିଲେ ଉଚ୍ଚ ପଦବୀରେ ରହି ଜୀବନକୁ ସାଧାରଣ ମଣିଷମାନଙ୍କ ପରି ଆନନ୍ଦରେ କାଟିଦେଇଥାନ୍ତି । କିନ୍ତୁ, ସମାଜରେ ମୁଖାପିନ୍ଧା ମଣିଷଙ୍କ ଅଭାବ ନାହିଁ । ଉପରକୁ ଭଲଦିଶୁଥିବା ମଣିଷ ତା' ମନ ଭିତରେ କେତେ ଯେ କଦାକାର ସେ ସବୁ ମୁଁ ବୁଝିଛି । ଉଚ୍ଚ ପଦ-ପଦବୀରେ ଥିବା ମଣିଷମାନେ ଛଲନାପୂର୍ଣ୍ଣ ଜୀବନ ବଞ୍ଚନ୍ତି । ପେଟ ପୋଷିବାକୁ ନିତି ମରିମରି ବଞ୍ଚୁଥିବା ଖଟିଖିଆମାନଙ୍କୁ କିଏ ପଚାରେ ? ମୁଁ ମାଗଣାରେ ଗୋଟିଏ ଦାତବ୍ୟ ଚିକିତ୍ସାଳୟ ଖୋଲିଥିଲି । ଦୁଃସ୍ଥ-ଅଭାବୀ ଲୋକଙ୍କ ସେବା କରିବାକୁ । ଥରେ ଗୋଟିଏ ଲୋକ ମଦନିଶାରେ ମୁଁ ଦେଇଥିବା ଔଷଧର ଓଭର୍ ଡୋଜ୍ ନେଇ ମରିଗଲା । ତା'ପରେ ଯାହା ହେବାକଥା ! ଲୋକେ ମୋ କ୍ଲିନିକ୍‌କୁ ଜାଳିଦେଲେ, ତା'ପରେ ମୋତେ ଜୀବନରୁ ମାରିଦେବାକୁ ଧାଇଁଲେ । ମୁଁ କୌଣସିମତେ ସେମାନଙ୍କ କବଳରୁ ଖସିଆସିଲି । ଅତି ବିଡ଼ମ୍ବିତ ଜୀବନଟିଏ ବଞ୍ଚୁଥିବାବେଲେ ମୁଁ ଏଠି ଟିକେ ଶାନ୍ତି ପାଇବା ଉଦ୍ଦେଶ୍ୟରେ ରହିଯିବାକୁ ଚିନ୍ତା କଲି । ଜଙ୍ଗଲର ବାଘ, ଭାଲୁ, ଭୂତ-ପିଶାଚଠୁ ବି ମଣିଷ ଭୟଙ୍କର । ଚାକିରୀ କରିଥିବା ମଣିଷମାନେ କୋଠା-ବାଡ଼ି ତୋଲି ବଞ୍ଚନ୍ତି-ମରନ୍ତି, ତାଙ୍କ ହିସାବ ନା ଥାଏ ତାଙ୍କ ପାଖ ପଡ଼ୋଶୀ ପାଖରେ ନା ଥାଏ ସମୟ ହାତରେ । କିଛିଦିନ ପରେ ତାକୁ ସମସ୍ତେ ଭୁଲିଯା'ନ୍ତି । ହେଲେ ଗୋଟେ ଶିଳ୍ପୀ-କଳାକାରର କେବେ ମୃତ୍ୟୁ ନଥାଏ । ସେ ଲକ୍ଷଲକ୍ଷ ମଣିଷଙ୍କ ହୃଦୟରେ ବଞ୍ଚିରହେ । ଶିଳ୍ପୀଟେ ମରି ନପାରେ-ସେ ଅମର । ତେଣୁ, ମୁଁ ଏଇ ଜୀବନକୁ ଆଦରି ନେଇ, ଏହି ଜଙ୍ଗଲରେ ହିଁ ରହିଲି ।" ମେଧା ଆହୁରି କେତେ କ'ଣ ପଚାରିବାକୁ ଚାହିଁଲେ ବି ସେ ଭଦ୍ରବ୍ୟକ୍ତିଙ୍କ ନିରବତା ଲକ୍ଷ୍ୟ କରି ଚୁପ୍ ହେଇଗଲା । ସେ ଅତି ଧୀରକଣ୍ଠରେ ହସିହସି କହିଲେ- "ତମେ ଯାକୁ ଖାଇନିଅ । ମୁଁ ସବୁ କହିବି ।" ମେଧାଠୁ ଅନତିଦୂରରେ ସେ ଯାଇ ବସିଲେ । ତାଙ୍କ ସମ୍ମୁଖରେ ବସି ମେଧା ଇତସ୍ତତଃ ଅନୁଭବ କରୁଥାଏ । କିନ୍ତୁ ମେଧାକୁ ଅଭୁତ ଭାବରେ ଭଲ ବି ଲାଗୁଥାଏ । ବିଜିତା ଠିକ୍ କହୁଥିଲା । ଭଦ୍ରବ୍ୟକ୍ତି ଜଣକ କହିଲେ- "ତମ

ଭଳି ମୁଁ ବି ଜଣେ ସଙ୍ଗୀତଜ୍ଞ । ମୋତେ ଦେବଦତ୍ତ ନାମରେ ସମସ୍ତେ ଜାଣନ୍ତି । ମୁଁ ଏଇପାଖ ଅଞ୍ଚଳରେ ରହେ । ବ୍ୟସ୍ତ ଲାଗିଲେ ଏଠି ଆସି ମୁଁ ସଂଗୀତ ସାଧନା କରେ ।” ତାଙ୍କ କଥା ଶୁଣି ମେଧା ଚମକିପଡ଼ିଲା । ସେ କେମିତି ଜାଣିଲେ ଯେ, ମେଧା ବି ଜଣେ ସଂଗୀତର ଛାତ୍ରୀ ବୋଲି ! ଆଶ୍ଚର୍ଯ୍ୟର ସୀମା ରହିଲାନି ତା’ର । କିନ୍ତୁ ତାଙ୍କୁ ପଚାରି ମଧ୍ୟ ପାରୁନଥାଏ । କିଛି ସମୟ ଉଭୟେ ନିରବ ରହିଲେ । ନିରବତା ଭାଙ୍ଗି ବ୍ୟକ୍ତି ଜଣକ କହିଲେ- “ତମେ ଜାଣିପାରୁନ- ତମ ରହିବା ସ୍ଥାନରୁ ତମେ ବହୁତ ବାଟ ଚାଲିଆସିଚ । ଏଥର ତମେ ଯାଅ । ନଚେତ୍ ପହଞ୍ଚିଲା ବେଲକୁ ବିଲମ୍ବ ହେବ । ପୁଣି କେବେ ସୁବିଧା ହେଲେ ଆସିବ ।” ମେଧା କିଛି କହିବା ପୂର୍ବରୁ ସେ ଆଖି ବନ୍ଦ କରି, ବୀଣାରେ ତାନ୍ ଦେଲେ । ମେଧା ଧୀରେ ଉଠିଲା ଓ କୁଡ଼ିଆରୁ ବାହାରି ଆସିଲା । ଯିବାବେଲେ ତା’କୁ ଯେତିକି ଦୂର ଲାଗିନଥିଲା, ଫେରିଲାବେଲେ ତାକୁ ସେଦିନ ବହୁତ ବାଟ ଲାଗିଥିଲା । ସନ୍ଧ୍ୟାରେ ବିଜିତାକୁ ଗୋଟିଗୋଟି କରି ସବୁ କଥା କହିଲା । ବିଜିତା କହିଲା- “ଭଲ ହେଲା । ତୁ ଏଠି ଅଯଥାରେ ବୋର୍ ହେଇଥାନ୍ତୁ । ପ୍ରକୃତିରାଣୀ କୋଲରେ ସଂଗୀତ ଓ ସଂଗୀତଜ୍ଞଙ୍କୁ ନେଇ ତୋର ଏଇ ମିଷ୍ଟିକୁ ଜାରିରଖୁ ।” ବିଜିତାର ଗବେଷଣା କାମ ସରିଆସୁଥାଏ । ମେଧାର ସେହି ବ୍ୟକ୍ତିଙ୍କ ସହ ସେଇ ଅବଶିଷ୍ଟ ଦିନମାନଙ୍କର ସାକ୍ଷାତ୍ ବଢ଼ୁଥିଲା । ଧୀରେ ଧୀରେ ଉଭୟଙ୍କ ଆଲାପ- ଆଲୋଚନା-ଭାବ-ଭାବନାର ଆଦାନପ୍ରଦାନ ମଧ୍ୟ ବଢ଼ୁଥାଏ । ତାଙ୍କ ସ୍ମିତହାସ, ନିରବ- ସ୍ଥିର ଚାହାଣୀ, ଶାନ୍ତମୁଦ୍ରା ପ୍ରତି ମେଧାର ଆକର୍ଷଣ ବଢ଼ିଚାଲିଥିଲା । ଆଉ କେତେଦିନ ପରେ ଯେ ତାକୁ ଏ ସ୍ଥାନ ଛାଡ଼ି ସହରକୁ ପୁଣି ଫେରିବାକୁ ହେବ, ସେ କଥା ଭାବିବାକୁ ମେଧା ସାହସ କୁଲଉ ନଥିଲା । ଆକର୍ଷଣର କ’ଣ ସଂଖ୍ୟା ଥାଏ କି ? କେତେବେଲେ କ’ଣ ମନକୁ ଜିଣିନେବା ପରି ସ୍ମୃତି ପହଞ୍ଚିବ କିଏ ଜାଣେ ? ଥରେ ମେଧା ସେଇ ପଥୁରିଆ ରାସ୍ତା ଦେଇ କୁଡ଼ିଆ ଆଡ଼କୁ ଯିବାବେଲେ ତା’ର ପାଦ ଖସିଯିବାରୁ ଗୋଇଠି ଖଣ୍ଡିଆ ହେଇଯାଇଥିଲା । କୌଣସିମତେ କୁଡ଼ିଆ ଯାଏ ଚାଲିଗଲା । କିନ୍ତୁ ସେଠି ପହଞ୍ଚିଲା ବେଲକୁ ତା’ ଡାହାଣ ପାଦ ରକ୍ତାକ୍ତ ହୋଇ ଫୁଲିଯାଇଥାଏ । ମେଧାର ଆସିବା ଜାଣି ସେ ଦୌଡ଼ିଆସି ତା’ ପାଦରେ କୌଣସି ଗଛର ପତ୍ରକୁ ପଥରରେ ଛେଚି ଔଷଧ ଲଗେଇ ଦେଇଥିଲେ । ପାଖ ଝରଣାରୁ ମାଟିପାତ୍ରରେ ପାଣି ପିଇବାକୁ ଦେଇଥିଲେ । ମନ ବହଲେଇବାକୁ ବୀଣାରେ ଅତି ସୁନ୍ଦର ୫ଙ୍କାର ତୋଲିଥିଲେ । ବଜେଇଲାବେଲେ ତାଙ୍କ ଆଖି ଦୁଇ ବନ୍ଦ ଥିଲା । ସେଇ ମୁଦ୍ରିତ ପଲକ, ସେଇ ଶାନ୍ତ-ସ୍ନିଗ୍ଧ ମୁହଁ ମେଧା ହୃଦୟକୁ ଅଭିଭୂତ କରୁଥିଲା । ତାଙ୍କର ଶାନ୍ତ ମୁଖମଣ୍ଡଲ ପ୍ରତି ମେଧାର ଆକର୍ଷଣ ବଢ଼ିଚାଲିଥିଲା । ଦେବଦତ୍ତ କିଛି ନ କହିଲେ ବି ତାଙ୍କ

ଆଖିରେ ଏହିମାତ୍ର ଆରମ୍ଭ ହୋଇଥିବା ଭଲପାଇବାକୁ ମେଧା ଅନୁଭବ କରିପାରୁଥିଲା। ସେଦିନ ଥାଏ ପୂର୍ଣ୍ଣିମୀ ରାତି। ସନ୍ଧ୍ୟାବେଳକୁ ହିଁ ଗୋଲ୍ ଜହ୍ନଟା ରୂପା ଥାଲି ପରି ଭାରି ଝଲସୁଥାଏ। ତରତର ହୋଇ ମେଧା ଡାକବଙ୍ଗଲାକୁ ଫେରିଆସିବାକୁ ବାହାରିଲା। ହଠାତ୍ ସେଦିନ ଦେବଦତ୍ତ ପ୍ରଥମ ଥର ଅନୁରୋଧ କଲେ, ଆଉ କିଛି ସମୟ ରହିବାକୁ। ମେଧା ଲକ୍ଷ୍ୟ କରୁଥିଲା ତାଙ୍କ ଆଖିର କରୁଣ ଚାହାଣୀକୁ। ସତେ ଯେମିତି ସେ ଅନୁନୟ କରୁଥିଲେ, ଟିକିଏ ରହିଯିବା ପାଇଁ। ଦୁହେଁ ସେଦିନ ପୂରା ଚୁପଚାପ - ଗୁମସୁମ ଓ ଖୁବ୍ ପାଖାପାଖି ବସିଥିଲେ। ଜଙ୍ଗଲ ଆଡୁ ଛୁଟି ଆସୁଥିଲା ମହୁଲ ଫୁଲ ଓ ବଣମଲ୍ଲୀର ସୁଗନ୍ଧ! ଜଙ୍ଗଲୀ ଗଛର ଡାହିଦେଇ ଅଦୂରରୁ ଶୁଭୁଥିଲା ମତାଣିଆ ଆଦିବାସୀ ସଙ୍ଗୀତ। ଧୀରକଣ୍ଠରେ ଦେବଦତ୍ତ ପଚାରିଥିଲେ- "ସହର ଯାଇ ତମେ ଏ ଶିକ୍ଷଣୀକୁ ହୁଏତ ଭୁଲିଯିବ, କିନ୍ତୁ ଏ ପୂର୍ଣ୍ଣିମୀ ରାତିକୁ କ'ଣ ଭୁଲିପାରିବ ମେଧା?" ମେଧା କ'ଣ ଉତ୍ତର ଦେବ ଭାବିପାରୁନଥିଲା। ଦୁଇଟି ଅପରିଚିତ ମଣିଷ ମନରେ ଆତ୍ମୀୟତାର ଜୁଆର ଯେମିତି ଉଚ୍ଛୁଳି ଉଠୁଥିଲା। ମେଧା କାନ୍ଦିଆସୁଥିଲା, କିନ୍ତୁ ମନକୁ ଦୃଢ଼କରି ସେ କୌଣସିମତେ ଫେରିଆସିଥିଲା ଡାକବଙ୍ଗଲାକୁ। କିନ୍ତୁ ଅଚିହ୍ନା ସ୍ଥାନ, ଅଚିହ୍ନା ମଣିଷ ପ୍ରତି ମାୟା ବଢ଼ିବା ଉଚିତ ନୁହେଁ। କାରଣ ଜୀବନରେ ସବୁ ହୁଏତ ଭୁଲିହୋଇପାରେ କିନ୍ତୁ ସ୍ମୃତି ମଣିଷର ମାଟିରେ ମିଶିବା ଯାଏ ମନରୁ ଯାଏନି।

ରିସର୍ଚ କାମ ସରିଲା। ପରଦିନ ସମସ୍ତେ ପ୍ରସ୍ତୁତ ହେଲେ ସହରକୁ ଫେରିବାକୁ। ସନ୍ଧ୍ୟା ହେବାକୁ ଆଉ ଘଣ୍ଟାଏ ବାକି ଥାଏ। ମେଘଢଙ୍କା ଆକାଶ ପରି ଥମ୍‌ଥମ୍ ହୋଇଉଠୁଥାଏ ମେଧା! ମେଧାକୁ ଯେମିତି ନିଜର କିଛି ହଜିଲା ପରି ମନେହେଉଥାଏ। ଫେରିବାର ସମୟ ହେଲେ, ଫେରିବାକୁ ହୁଏ। କେହି ରୋକିପାରେନି। ଗାଡ଼ିରେ ସମସ୍ତେ ବସିଲେ। ବସିଲାବେଳେ ମେଧାର ଆଖି ଛଳଛଳ ହୋଇଉଠିଥିଲା। କୋରାପୁଟର ସେଇ ପାହାଡ଼ୀ ରାସ୍ତାଦେଇ ଗାଡ଼ି ଚାଲିଥିଲାବେଳେ ମେଧା ଖୋଜୁଥିଲା ସେଇ ମନ୍ଦିର, ସେଇ କୁଡ଼ିଆ ଆଉ ସେଇ ସିଦ୍ଧପୁରୁଷଙ୍କୁ। ଅରାଏ ପବନ ମେଧାର ମୁହଁରେ ଛାଟି ହେଇଗଲା। ବିଜିତାର ହାତକୁ ଧରି ମେଧା କହିଲା- "ପ୍ଲିଜ୍ ଟିକେ ଗାଡ଼ି ରଖ୍‌ବୁ। ଥରେ ମାତ୍ର ମୁଁ ତାଙ୍କୁ ଭେଟି ଆସିବି।" ବିଜିତା କହିଲା- "କି ଅଭୁତ ପିଲା ତୁ! ହଉ ଚାଲ୍ - ମୁଁ ବି ଯିବି। ଦି'ଜଣ ଦେଖାକରି ଆସିବା।" ବିଜିତା ଗାଡ଼ିକୁ ରୋକିଲା। ଉଭୟେ ମନ୍ଦିର ପଛପଟ ସେଇ ସଂକୀର୍ଣ୍ଣ ରାସ୍ତାଦେଇ ଆଗକୁ ଚାଲିଲେ। ଯୋଉଠି ଦି'ଟା ବଡ଼ ପଥର ଯୋଡ଼ିହୋଇ ତଳକୁ ଖସିଆଇ କୁଡ଼ିଆ ଆଡ଼କୁ ରାସ୍ତା ଥାଏ, ସେମାନେ ସେ ଆଡ଼କୁ ଚାଲିଲେ। କିନ୍ତୁ, ଏ କ'ଣ ଦେଖୁଥିଲା ମେଧା- ସେଠି

ସେ କୁଡ଼ିଆ ବି ନଥିଲା! ଥିଲା ଖାଲି ମାଟିର ସୁରେଇଟେ! କିଛିଦିନ ତଳେ ମେଧା ଜାମୁକୋଲି, କାଜୁବାଦାମ ଖାଇଥିବା ମଞ୍ଜିମେଣ୍ଢ ଆଉ ଦୂରକୁ ପଡ଼ିଥିଲା ଖଣ୍ଡେ ତାରଚ୍ଛିଣ୍ଡା ଖଣ୍ଡିଆ ବୀଣାଟେ! ମେଧା କିଛି ବୁଝି ନପାରି, ବିଜିତାକୁ ବଲବଲ କରି ଚାହିଁଲା। ତାକୁ ସ୍ୱପ୍ନ ପରି ଲାଗୁଥିଲା ସବୁ। ତା' ଛାତି ଭିତର ରୁନ୍ଧିହେଇଯାଉଥିଲା। ତା'ର ଜୋରରେ କାନ୍ଦିବାକୁ ଇଚ୍ଛା ହେଉଥିଲା। କିଛିକ୍ଷଣ ପରେ ବିଜିତାକୁ କୁଣ୍ଢେଇ ଭୋ-ଭୋ ହୋଇ କାନ୍ଦିଉଠିଲା ମେଧା। ବିଜିତା କିଛି ବୁଝେଇବା ପୂର୍ବରୁ, କୋଉଠୁ ଗୋଟେ ଗାଙ୍ଗଆଲ ବୁଢ଼ାଟେ ଆସି ପଚାରିଲା- "ଏ ଅପଚ୍ଛରା ମଶାଣିରେ କ'ଣ କରୁଛ ପିଲାଏ! ଜଙ୍ଗଲୀ ଭାଲୁ ବୁଲୁଛନ୍ତି। ଯା' ଏଠୁ।" ହଠାତ୍ ମେଧା ନିଜ ଲୁହ ପୋଛି, ନିଜ କୋହକୁ ନିୟନ୍ତ୍ରଣ କରି କହିଲା- "ଆପଣ ଏଠି ଜଣେ ଦାଢ଼ି ରଖିଥିବା ଓ ସିଦ୍ଧପୁରୁଷଙ୍କ ଭଳି ଦିଶୁଥିବା କୌଣସି ବ୍ୟକ୍ତିଙ୍କୁ ଦେଖିଛନ୍ତି? କାଲି ତ ଏଇଠି ଥିଲେ। ଜଣେ ଆଦିବାସୀ ରୋଗିଣା ବୁଢ଼ାକୁ କିଛି ଚେରମୂଲି ଦେଇ ଭଲ ବି କରିଥିଲେ। ଏଇଠି ଥିବା ଗୋଟେ କୁଡ଼ିଆକୁ ମୁଁ କିଛିଦିନ ହେଲା ଆସୁଥିଲି। ବିଶ୍ୱାସ କରନ୍ତୁ ମୁଁ ଗତକାଲି ମଧ୍ୟ ଆସିଥିଲି। ଅଥଚ ଆଜି..." ଅସ୍ପଷ୍ଟ ହେଇଗଲା ମେଧାର ଶବ୍ଦ। ବୁଢ଼ା ପଚାରିଲା- "କାହାକୁ ଏଠି ଖୋଜୁଛ। ଓଃ! ତମେ ବି ତାଙ୍କୁ ଖୋଜୁଛ! ତମେ ବି ତାଙ୍କ ସାକ୍ଷାତ ପାଇଛ ତା'ହେଲେ?" ମେଧା ଆଶ୍ଚର୍ଯ୍ୟଚକିତ ହୋଇ ପଚାରିଲା- "ମାନେ? ଆପଣ କ'ଣ କହିବାକୁ ଚାହାନ୍ତି।" ବୁଢ଼ାଟି ଦୂରକୁ ଆଙ୍ଗୁଠି ଦେଖେଇ କହିଲା- "ଯାହାକୁ ଖୋଜୁଚ, ସିଏ ସେଇଠି।" ବିଜିତା ଆଶ୍ଚର୍ଯ୍ୟ ହୋଇ କହିଲା- "ମାନେ?" ପାଞ୍ଚ-ଦଶ ପାଦ ଦୂରରେ ଥିଲା ଗୋଟେ ସମାଧିଟେ। ଲେଖାଥିଲା- ସଙ୍ଗୀତ ଶିଳ୍ପୀ ଦେବଦଉଙ୍କ ସ୍ମୃତିରେ। ସେଇଠି ପଡ଼ିଥିଲା ତାଙ୍କୁ ତା' ପୂର୍ବଦିନ ମେଧା ଦେଇଥବା କିଛି ଚମ୍ପାଫୁଲର ମଉଲା ପାଖୁଡ଼ା। ବିଜିତା ମେଧାକୁ, ମେଧା ବିଜିତାକୁ ବଲବଲ ଚାହିଁଥାନ୍ତି। ସେଇ ଅଶରୀରୀ ଶିଳ୍ପୀ ପାଇଁ ମେଧା ଆଖିରେ ଲୁହ ଯେମିତି ବରଫ ଭଳି ଜମାଟ ବାନ୍ଧିଯାଉଥିଲା!

ଗାନ୍ଧୀ – ଡୁମା

ସମସ୍ତେ ନିଜ ଜୀବନକୁ ଜୀବନ ଭାବରେ ବଞ୍ଚନ୍ତି ନାହିଁ। କେବଳ ବଞ୍ଚିବା ପାଇଁ ବଞ୍ଚନ୍ତି। ବଞ୍ଚିବାର ଦୃଷ୍ଟିକୋଣ ବଦଳିଗଲେ, ଜୀବନ ଜିଇବା ମଧ୍ୟ ସ୍ୱତନ୍ତ୍ର ହୋଇଯାଏ। ସୋଫିଆ ଏହି ଦୀର୍ଘ ତିରିଶ ବର୍ଷ ବୟସରେ ବଞ୍ଚିବାର ଯେଉଁ ସ୍ୱତନ୍ତ୍ର କାରଣଟିଏ ଖୋଜି ପାଇଛନ୍ତି, ତା' ପଛରେ ଥିଲେ ତାଙ୍କର ବାପା ସାମୁଏଲ୍। ଭାରତ ସ୍ୱାଧୀନତା ପାଇବାର କିଛି ମାସ ଆଗରୁ କାଳେ ଗାନ୍ଧୀଙ୍କ ପ୍ରେମରେ ପଡ଼ି ସେ ଚାଲିଆସିଥିଲେ ଭାରତକୁ। ସାମୁଏଲ୍ ଗାନ୍ଧୀଙ୍କ ଅନ୍ଧ ଅନୁଗାମୀ ଥିଲେ। ଇତିହାସ ହୁଏତ ତାଙ୍କୁ ମନେ ରଖି ନ ପାରେ, ହେଲେ କୋରାପୁଟ-ଲାମ୍ତାପୁଟର ଲୋକେ ତାଙ୍କୁ ଏଯାବତ୍ ଭୁଲିନାହାନ୍ତି। ଗାନ୍ଧୀଙ୍କର ନିଜ ଅନୁଗାମୀମାନଙ୍କ ପ୍ରତି ନିର୍ଦ୍ଦେଶ ଥିଲା ଯେ ଭାରତରେ ଅସହାୟମାନଙ୍କର ଯଦି ସେବା କରିବାକୁ ଚାହଁ ତେବେ ଓଡ଼ିଶାର ଦୀନଦରିଦ୍ର ବିଶେଷକରି ସମାଜର ମୁଖ୍ୟସ୍ରୋତରୁ ଖୁବ୍ ଦୂରରେ ଥିବା ନିରୀହ ଜନତାଙ୍କର ସେବା କର। ଗାନ୍ଧୀଙ୍କର ମାତ୍ର ଏଇ କେଇପଦ କଥାର ପ୍ରେମରେ ପଡ଼ି ସାମୁଏଲ୍ ନିଜ ଜନ୍ମମାଟି ଲଣ୍ଠନ ପୁଣି ଭାରତର କୌଣସି ବିଶେଷ ସ୍ଥାନରେ ନ ରହି ଚାଲିଆସିଥିଲେ ଏହି ନିଘଞ୍ଚ ଜଙ୍ଗଲକୁ। ଗାନ୍ଧୀଙ୍କ ଆଦର୍ଶ ଅନୁସରଣ କରି ନିଜକୁ ଦୁଃସ୍ଥ-ଅଶିକ୍ଷିତ-ନିପଟ ଜଙ୍ଗଲୀ ମଣିଷଙ୍କ ସେବାରେ ଉତ୍ସର୍ଗ କରିଦେଇଥିଲେ ସେ। ଆଦିବାସୀମାନେ ମଧ୍ୟ ସାମୁଏଲଙ୍କ ଭାଷା କିମ୍ୱା ସେମାନଙ୍କ ଭାଷା ସାମୁଏଲଙ୍କ ପାଇଁ ଅବୁଝ। ଥିଲେ ହେଁ ନିରବ ସମର୍ଥନ ଓ ସ୍ୱୀକୃତି ମଧ୍ୟରେ ଭାଷାର କିଛି ଆବଶ୍ୟକତା ପଡ଼ି ନ ଥିଲା। ଅବଶ୍ୟ ତା'ପରେ ଖୁବ୍ ସହଜରେ ଓଡ଼ିଆ କହିବା ଶିଖିଯାଇଥିଲେ ସାମୁଏଲ ଓ ତାଙ୍କ ପତ୍ନୀ ନାନ୍ସୀ। ଆଦିବାସୀମାନଙ୍କ ସେବା କରିବା ଉଦ୍ଦେଶ୍ୟରେ ସାମୁଏଲଙ୍କ ପତ୍ନୀ ନାନ୍ସୀ ମଧ୍ୟ ମନପ୍ରାଣ ଢାଳିଦେଇଥିଲେ। ଲାମ୍ତାପୁଟର ସେଇ ନିଘଞ୍ଚ ଜଙ୍ଗଲ ଭିତରେ ଆଦିବାସୀମାନଙ୍କ ସହଯୋଗରେ ନିଜ ଜୀବନର ସଞ୍ଚିତ ପୁଞ୍ଜିକୁ ବ୍ୟୟ କରି ସାମୁଏଲ

ତିଆରି କରିଥିଲେ ଶିକ୍ଷାକେନ୍ଦ୍ର ଓ ଚିକିସା କେନ୍ଦ୍ର। ଲାମ୍ତାପୁଟ୍ର ପାହାଡ଼ୀ ଝରଣା କୂଳକୁ ଲାଗି ସେ ତୋଳିଥିଲେ ଦ୍ବିତଳ ବିଶିଷ୍ଟ କୋଠାଘର ଓ ତା' ପାଖକୁ ଲାଗି ଚାରି-ପାଞ୍ଚ ବଖରା ଆଜବେସ୍ଟସ ଘର। ସେସବୁକୁ ଆବଦ୍ଧ କରି ରଖିବାକୁ ଛୋଟ ଲୁହା ଫାଟକଟିଏ ମଧ ତିଆରି କରିଦେଇଥିଲେ। ଫାଟକ ଆଗରେ ଝୁଲିଥିଲା ଗାନ୍ଧୀ ସେବାଶ୍ରମ ଫଳକ। ଆଶ୍ରମ ମଝିରେ ସ୍ଥାପନ କରିଥିଲେ ଚଷମାପିନ୍ଧା ଗାନ୍ଧୀଜୀଙ୍କ ହସ ହସ ମୂର୍ତ୍ତି। ଆଲୁଅ, ପାଣି, ଖାଦ୍ୟର ଅଭାବ ଥିବା ସତ୍ତ୍ୱେ ସେଇ ଜଙ୍ଗଲରେ ଅଭୁତ ଇଚ୍ଛାଶକ୍ତି ଧରି ଉଭୟ ସ୍ୱାମୀ-ସ୍ତ୍ରୀ ସମାଜ ସେବାରେ ନିଜକୁ ନିୟୋଜିତ କରିଦେଇଥିଲେ। ନାନ୍ସୀଙ୍କ ସମସ୍ତ ସଚେତନତା ସତ୍ତ୍ୱେ ଦୁଇ ଦୁଇଥର ଗର୍ଭପାତ ହୋଇ ଶେଷରେ ସୋଫିଆ ଜନ୍ମ ହୋଇଥିଲେ। ସୋଫିଆଙ୍କ ଜନ୍ମର ଦି' ମାସ ପରେ ନିମୋନିଆରେ ପୀଡ଼ିତ ହୋଇ ନାନ୍ସୀ ମୃତ୍ୟୁବରଣ କରିଥିଲେ। ଦି' ମାସର ଝିଅକୁ ଧରି ସାମୁଏଲ୍ କେତେ ଯେ ଦହଗଞ୍ଜି ହୋଇଥିଲେ ସେ ସବୁ ସାମୁଏଲଙ୍କ ମୃତ୍ୟୁ ପରେ ସୋଫିଆ ପଢ଼ିବାକୁ ପାଇଥିଲେ ତାଙ୍କ ଆତ୍ମଜୀବନୀରୁ।

ନାନ୍ସୀଙ୍କ ମୃତ୍ୟୁ ପରେ ସାମୁଏଲ ଏକପ୍ରକାର ଭାଙ୍ଗିପଡ଼ିଥିଲେ। ତଥାପି ଆଦିବାସୀ ପିଲାଙ୍କୁ ଶିକ୍ଷାଦାନ କଲାବେଲେ ତାଙ୍କ ଯନ୍ତ୍ରଣା ଓ ବ୍ୟଥାର ସାମାନ୍ୟ ଚିହ୍ନ ତାଙ୍କ ମୁହଁରେ ନ ଥାଏ। ନିଜ ପ୍ରତି ଅବହେଲା ଏବଂ କଠୋର ପରିଶ୍ରମ କରି ଦିନେ ହୃଦ୍‌ଘାତରେ ସାମୁଏଲ ମଧ ଚାଲିଗଲେ। ମାତ୍ର ୨୫ ବର୍ଷରେ ଓଡ଼ିଶାକୁ ଆସିଥିବା ସାମୁଏଲଙ୍କ କର୍ମମୟ ଜୀବନ ଥିଲା ମାତ୍ର ୩୫ ବର୍ଷର। ସୋଫିଆଙ୍କୁ ଯେତେବେଲେ ୨୫ ବର୍ଷ ସାମୁଏଲ ତାଙ୍କଠୁ ବିଦାୟ ନେଇସାରିଥିଲେ। ପିତା ଚାଲିଗଲା ପରେ ମଧ ତାଙ୍କର ଉପଦେଶ ସୋଫିଆଙ୍କ କାନରେ ଅହରହ ଗୁଞ୍ଜରଣ ହୁଏ। ସାମୁଏଲ୍ ଦେଇଥିବା ଶିକ୍ଷା-ଦୀକ୍ଷା-ସଂସ୍କାରରେ ଅନୁପ୍ରାଣିତା ସୋଫିଆ ମଧ ଆଦିବାସୀଙ୍କ ସେବାରେ ମନପ୍ରାଣ ଢାଲିଦେଇଥିଲେ। ଗାନ୍ଧୀପ୍ରେମୀ ସାମୁଏଲ୍ ସବୁବେଲେ ତାଙ୍କୁ ଉପଦେଶ ଦେଇଥିଲେ ଯେ- "ଗାନ୍ଧୀ ମରିନାହାନ୍ତି କି କେବେ ମରିବେନି। ଆମେ ଚାହିଲେ ତାଙ୍କୁ ବଞ୍ଚାଇପାରିବା ଆମ ଭିତରେ। ସେ ଏକ ଶକ୍ତି, ସେ ମହାତ୍ମା ଓ ସେ ହିଁ ଈଶ୍ୱର। ଗାନ୍ଧୀ ଆମର ନୀତି, ଆଦର୍ଶ, ସେବା, କ୍ଷମା ଓ ପ୍ରେମରେ ବଞ୍ଚିବେ।"

ସୋଫିଆଙ୍କ ସେହି ଶିକ୍ଷାନୁଷ୍ଠାନରେ ଦିନସାରା ଆଦିବାସୀ ପିଲାଙ୍କ ଗହଳି ଲାଗିରହିଥାଏ ଏବଂ ଦାତବ୍ୟ ଚିକିତ୍ସାଲୟରେ ମଧ ଅହରହ ଚାଲିଥାଏ ରୋଗୀଙ୍କ ଚିକିତ୍ସା। ପିତା ସାମୁଏଲଙ୍କ ମୃତ୍ୟୁ ପରେ କିଛି ସହଯୋଗୀଙ୍କ ସହାୟତା କ୍ରମେ ତରୁଣୀ ସୋଫିଆ ଆଶ୍ରମକୁ ସୁରୁଖୁରୁରେ ଚଲେଇଥାଆନ୍ତି। ଆଶ୍ରମ ଏବଂ ଚିକିତ୍ସାଲୟ ପାଇଁ ସେଠିକାର ବାସିନ୍ଦାମାନଙ୍କ ମଧରୁ କିଛିଜଣଙ୍କୁ ନିଯୁକ୍ତି ମିଲିଥାଏ। ସେମାନେ ନିଜ

ନିଜ ସୁବିଧାରେ ଆସି ଆଶ୍ରମର ବିଭିନ୍ନ ରଚନାତ୍ମକ କାମରେ ଯୋଗ ଦିଅନ୍ତି ଏବଂ ନିଜ ନିଜ କାମ ସଂପନ୍ନ କରି ଚାଲିଯାନ୍ତି। ପିଲାମାନଙ୍କର ଶିକ୍ଷା ପାଇଁ ପାଠ୍ୟକ୍ରମରେ ଥାଏ– "ଅକ୍ଷର ଶିକ୍ଷା, ପୁରାଣ କଥା ଓ ଗାନ୍ଧୀଙ୍କୁ ଜାଣିବାର ବିଷୟ।" ସେହି ପିଲାମାନଙ୍କ ଭିତରେ ସୋଫିଆଙ୍କ ପାଇଁ ସବୁଠୁ ପ୍ରିୟ ଥାଏ ବାର-ତେର ବର୍ଷର ମାଆ-ବାପଛେଉଣ୍ଡ ଝିଅ ଗୁରୁବାରୀ। ଗୁରୁବାରୀ ଆଶ୍ରମରେ ସଫାସୁତୁରା କାମ କରିବା ସହିତ ସୋଫିଆଙ୍କ ପାଖରେ ପାଠ ପଢ଼େ। ସୋଫିଆଙ୍କ ପାଇଁ ଶ୍ୟାମାଙ୍ଗୀ ଗୁରୁବାରୀ ଅତି ଅନ୍ତରଙ୍ଗ ଥିଲା। ଆଶ୍ରମକୁ ଲାଗିଥିବା ଛୋଟିଆ ଝାଟିମାଟିର ଘରେ ଗୁରୁବାରୀ ଏକଲା ରହୁଥିଲେ ହେଁ ସୋଫିଆଙ୍କ ଦୃଷ୍ଟି ସବୁବେଳେ ତା' ଉପରେ ଥାଏ। ସୋଫିଆ ଜାଣନ୍ତି ଆଦିବାସୀ ପିଲାମାନେ ଜନ୍ମରୁ ହିଁ ଆତ୍ମନିର୍ଭରଶୀଳ। ତେଣୁ ଗୁରୁବାରୀର ଏକୁଟିଆ ରହିବା ବିଷୟ ତାଙ୍କୁ କେବେ ଆଶ୍ଚର୍ଯ୍ୟ ମନେ ହୋଇନି। ସୋଫିଆ ଏଇ କିଛିଦିନ ହେବ ଲକ୍ଷ୍ୟ କରୁଥିଲେ ଗୁରୁବାରୀର ବ୍ୟବହାରରେ ସାମାନ୍ୟ ପରିବର୍ତ୍ତନ ଆସିଛି। ସେ ପୂର୍ବପରି ତାଙ୍କ ସହିତ ଆଖି ମିଶେଇ କଥା କହିପାରୁନି କିମ୍ବ। ଗପିପାରୁନି। କିଶୋରୀ ଗୁରୁବାରୀ ଇତିମଧ୍ୟରେ ସତେ ଯେମିତି ପରିପକ୍ ତରୁଣୀରେ ପରିଣତ ହୋଇଯାଇଛି ବୋଲି ସୋଫିଆଙ୍କୁ ମନେ ହୋଇଛି। ଥରେ ଗୁରୁବାରୀ ନାଲିଶାଢ଼ି ପିନ୍ଧି ଆଶ୍ରମ ପ୍ରାଙ୍ଗଣକୁ ସଫା କରୁଥିବା ସୋଫିଆ ଦେଖିଲେ। ତାହା ହାତରେ ରୁପାଖଣ୍ଡୁ, ମୁଣ୍ଡରେ ଅଲସୀ ଫୁଲ ଖୋସି ଘୁରୁବାରୀ ଭାରି ସୁନ୍ଦର ଦିଶୁଥାଏ। ସୋଫିଆ ତାକୁ ପାଖକୁ ଡାକି ତା' ଭଲମନ୍ଦ ପଚାରୁ ପଚାରୁ ଜାଣିଲେ ଯେ, ସେ ୟା' ଭିତରେ ପର୍ମେଶ୍ୱର ଜାନିକୁ ବାହାହେଇ ବେଶ୍ ଖୁସିରେ ଅଛି। ଆଦିବାସୀମାନଙ୍କର ବିବାହ ବେଶ୍ କମ୍ ବୟସରେ ହୁଏ ବୋଲି ସୋଫିଆ ଜାଣିଥିଲେ। ତେଣୁ ଗୁରୁବାରୀର ବାହା ହୋଇଯିବା ଘଟଣା ତାଙ୍କୁ ଆଶ୍ଚର୍ଯ୍ୟ ମନେ ହୋଇ ନ ଥିଲା। ତଥାପି କାହିଁକି କେଜାଣି ଗୁରୁବାରୀର ବାହାଘରରେ ସୋଫିଆ ଆଦୌ ଖୁସି ହୋଇପାରି ନ ଥିଲେ। ଗୁରୁବାରୀ ସହିତ ତାଙ୍କର ସଂପର୍କ ଖୁବ୍ ପ୍ରଗାଢ଼ ଥିଲା। ସୋଫିଆ ଭାବୁଥିଲେ ଗୁରୁବାରୀ କେମିତି ତରତର ହୋଇ ଆଶ୍ରମର ସବୁ କାମ ତୁଟେଇ ତାଙ୍କ ଆଗରେ ଆସି ବସିଯାଏ ଏବଂ ଦେଶ-ବିଦେଶର ବିଭିନ୍ନ କଥା ପଚାରିବସେ। ସୋଫିଆ ଦେଖିଛନ୍ତି ଗୁରୁବାରୀ ବେଲେବେଳେ ନିଜ ବାପ-ମା'ଙ୍କ କଥା ଭାବି ଲୁହ ଛଲଛଲ ହୋଇଯାଏ ଏବଂ ତାଙ୍କୁ ଚାହିଁ ପଚାରେ– "ମେମ୍ ମୋର୍ ମା' ତୁଇ, ବାପକୁ ନାଇଁ ଦେଖି।"

ସୋଫିଆ ସାମାନ୍ୟ ହସି କହନ୍ତି– "ତୋ ବାପାକୁ ଦେଖିବୁ? ହେଇ ଦେଖ୍" କହି ଗାନ୍ଧୀଙ୍କ ମୂର୍ତ୍ତି ଆଡ଼କୁ ଠାରିଦିଅନ୍ତି।

ଗୁରୁବାରୀ ଏକଲୟରେ ଗାନ୍ଧୀମୂର୍ତ୍ତି ଆଡ଼କୁ ଚାହିଁରହେ। ଏମିତି ଥରେ ନୁହେଁ,

କେତେଥର ସୋଫିଆ ତାଙ୍କୁ ତା' ବାପା ଗାନ୍ଧୀ ବୋଲି କହିଛନ୍ତି । ଗୁରୁବାରୀର ବାହାଘର ତା' ଜୀବନକୁ ସୁନ୍ଦର କରି ମନେ ମନେ ଯୀଶୁଙ୍କୁ ପ୍ରାର୍ଥନା କଲେ ସୋଫିଆ ।

ଆଶ୍ରମରେ ପ୍ରତିବର୍ଷ ଅଗଷ୍ଟ ପନ୍ଦର ଦିନ ସୋଫିଆ ଆଦିବାସୀମାନଙ୍କୁ ଡକାଇ ସଭାର ଆୟୋଜନ କରନ୍ତି । ପିତା ସାମୁଏଲଙ୍କ ଦେଇଥିବା ଉପଦେଶକୁ ଆଲୋଚନା କରିବା ସହିତ ଗାନ୍ଧୀଙ୍କ ଜୀବନୀ ଆଲୋଚନା କରନ୍ତି । ସମସ୍ତେ ଯେମିତି କାନ ଡେରି ତାଙ୍କ କଥାକୁ ଶୁଣନ୍ତି । ଥରେ ଗୁରୁବାରୀ ଭୋରରୁ ଭୋରରୁ ଧାଇଁଆସି ସୋଫିଆଙ୍କୁ କହିଥିଲା– "ମେମ୍ ମୁଇଁ କାଲି ରାତିରେ ଗାନ୍ଧୀବାବାକୁ ସପନ୍ ଦେଖ୍ଲି । ସେ ଏ ଜଙ୍ଗଲର ଡୁମା ହେଇଯାଇଛି । ଆଉ ଆମେ ସବୁ ତାକୁ ପୂଜା କରୁ ।" ସୋଫିଆଙ୍କୁ ଗୁରୁବାରୀର ପିଲାଲିଆମି ଭାରି ଭଲ ଲାଗେ । ସେଦିନ ସୋଫିଆ କହିଥିଲେ– "ହେଉ, ତୋ ଡୁମା ତୋତେ ଶକ୍ତି ଦିଅନ୍ତୁ ।"

ଗୁରୁବାରୀର ବାହାଘର ପରେ ଆଶ୍ରମ କାମରେ ସୋଫିଆଙ୍କୁ ମାସେ ପାଇଁ ସହରକୁ ଯିବାକୁ ପଡ଼ିଲା । ସହରରୁ ଫେରି ଆସିବାର ମାସେ ଗଲା, ଦି' ମାସ, ଛ' ମାସ ପରେ ବି ଗୁରୁବାରୀର ଦେଖା ନ ଥିଲା । ଆଶ୍ରମ କର୍ମଚାରୀ କହିଲେ ଗୁରୁବାରୀର ପିଲାପିଲି ହେବ । ସୋଫିଆଙ୍କ ମନ ଆନନ୍ଦରେ ଉଛୁଳି ଉଠିଥିଲା ।

ନିଘଞ୍ଚ ଜଙ୍ଗଲର ମେଘମେଦୁର ବର୍ଷାରାତି ଭାରି ଭୟଙ୍କର ହୋଇ ଉଠନ୍ତି । ମଝିରେ ମଝିରେ ବିଜୁଲି ଓ ଘଡ଼ଘଡ଼ିର ପରିବେଶ ତାଙ୍କ ଛାତି ଥରାଇଦିଏ । ସେଦିନ ମଧ୍ୟ ଖୁବ୍ ଜୋର୍ରେ ଘଡ଼ଘଡ଼ି ସହ ବର୍ଷା ହେଉଥାଏ । ସୋଫିଆ ବାହାରର ଅନ୍ଧାରକୁ ଚାହିଁଥାନ୍ତି । ତାଙ୍କୁ ଲାଗୁଥାଏ ବାହାର ଅନ୍ଧାର ଅପେକ୍ଷା ମଣିଷ ମନର ଅନ୍ଧାର ଅଧିକ ଗାଢ଼ । ହଠାତ୍ ବିଜୁଲି ଆଲୁଅରେ ସୋଫିଆଙ୍କୁ ଲାଗିଲା ଫାଟକ ଡେଇଁ କେହି ଜଣେ ଭିତରକୁ ପଶୁଛି । ଏତେ ରାତିରେ ସୋଫିଆ ବାହାରକୁ ବାହାରିବାକୁ ଚାହିଲେ ନାହିଁ । ରାତିସାରା ଏକ ଅଭୁତ ଯନ୍ତ୍ରଣାରେ ସେ ଛଟ୍ପଟ୍ ହେଉଥିଲେ । ପ୍ରାୟ ବର୍ଷେ ହେଲା ଗୁରୁବାରୀର ଅନୁପସ୍ଥିତି ତାଙ୍କୁ ଏମିତିକି ଆଶଙ୍କିତ କରି ରଖିଥିଲା । ସହରର ବଡ଼ ବଡ଼ ବାବୁମାନଙ୍କ ସହିତ ତା' ସ୍ୱାମୀ ପରମେଶ୍ୱର କାମ କରୁଛି ବୋଲି ଗୁରୁବାରୀ କହୁଥିଲା । ହୁଏତ ତା' ସହିତ ସେ ସହରକୁ ଚାଲିଯାଇଥାଇପାରେ ବୋଲି ନିଜକୁ ବୁଝେଇ ନେଇଥିଲେ ସୋଫିଆ । କିନ୍ତୁ ସକାଳୁ ବାହାରକୁ ଆସି ଯାହା ଦେଖିଲେ ସେ ନିଜ ଆଖିକୁ ବିଶ୍ୱାସ କରିପାରିଲେ ନାହିଁ ।

ଆଶ୍ରମର ବାରଣ୍ଡା ଉପରେ ଗୁରୁବାରୀ ମୁଣ୍ଡରେ ହାତ ଦେଇ ଗାନ୍ଧୀ ମୂର୍ତ୍ତିଆଡ଼କୁ ଏକାଲୟରେ ଚାହିଁରହିଛି । ଆଖିରୁ ଝରିଚାଲିଛି ତା'ର ଅସରା ଲୁହଧାର । କସ୍ତା ଶାଡ଼ି ଖଣ୍ଡେକୁ ତା'ର ଶ୍ୟାମଳ ଦେହରେ ଗୁଡ଼େଇ ଠିକ୍ ଡାହାଣ କାନ୍ଧ ଉପରେ ଗଣ୍ଠି କରି

ବାନ୍ଧିଦେଇଛି ସେ। ମୁଣ୍ଡ ଉପରେ କାନ ପାଖକୁ ଛୋଟ ବଲ୍ ପରି ଝୁଲିଛି ତା'
କେଶଗୁଚ୍ଛ। ନାକରେ ତୁଣ୍ଡ ପରି ଲଗେଇଛି ନାକନୋଥ, ହାତରେ ଦିଇଟି ରୁପାବଲା,
ମାଥାରେ ତା'ର ୦ ଭଲି କଳା ଚିତା କୁଟେଇଛି। ଏହି ବର୍ଷକର ବ୍ୟବଧାନ ଭିତରେ
ଗୁରୁବାରୀ ସତେ ଯେମିତି ପାଲଟି ଯାଇଛି ଜଣେ ଅଭିଜ୍ଞ ଗୃହିଣୀ। ସୋଫିଆ ଲକ୍ଷ୍ୟ
କଲେ ଗୁରୁବାରୀର ଛାତି ଭିତରୁ ଉଠୁଥିବା କୋହକୁ ସମ୍ଭାଳି ନ ପାରି ମଝିରେ ମଝିରେ
ଥରିଯାଉଛି ତା' ଦେହ। ତା' ପିଠି ଉପରକୁ ହାତ ବଢ଼େଇଲେ ସୋଫିଆ। ସ୍ନେହପୂର୍ଣ୍ଣ
ପରିଚିତ ସ୍ପର୍ଶ ପାଇ ଗୁରୁବାରୀ ପଛକୁ ଫେରି ଚାହିଁଲା ଏବଂ ଦେଖିଲା ସୋଫିଆ ଠିକ୍
ତା' ମାଆ ଭଲି ଦିଶୁଛନ୍ତି। ସେଇ ବସିବା ଅବସ୍ଥାରେ ନିଜକୁ ଗୁରୁବାରୀ ଘୋଷାଡ଼ି
ଘୋଷାଡ଼ି ସୋଫିଆଙ୍କ ପାଦ ଯୋଡ଼ିକ ଧରି ଭୋ ଭୋ କାନ୍ଦିବାକୁ ଲାଗିଲା। ଗୁରୁବାରୀକୁ
ସେ ଯେତେ ଆଶ୍ୱାସନା ଦେବାକୁ ଚେଷ୍ଟା କଲେ ମଧ ସେମିତି ବାହୁନୁଥାଏ ଗୁରୁବାରୀ।
କଥାର ମୋଡ଼ ଏବଂ ନିଜ ଆବେଗପୂର୍ଣ୍ଣ କଣ୍ଠସ୍ୱର ପରିବର୍ତ୍ତନ କରି ସୋଫିଆ କହିଲେ-
"ତୁ ଏତେଦିନ କୁଆଡ଼େ ଥିଲୁ କହିଲୁ? ତୁ ନାହୁଁ ବୋଲି ଆଶ୍ରମର ମାଟିଗୋଡ଼ି
ତୋତେ ଖୋଜୁଥିଲେ ପରା!" ସେମିତି ଲୁହ ଛଲଛଲ ଆଖିରେ ଗୁରୁବାରୀ ମୁଣ୍ଡଟେକି
ଚାହିଁଲା ସୋଫିଆଙ୍କୁ। କିଛି କହିବାର ଚେଷ୍ଟାରେ ସେ ଆହୁରି କାନ୍ଦିଉଠୁଥାଏ। କୌଣସି
ପ୍ରକାରେ ନିଜକୁ ସମ୍ଭାଳି ଗୁରୁବାରୀ କହିଲା- "ମୁଇଁ ମୋର ମରଦ୍କୁ ମାର୍ଲି। ଆଉ
ଖସି ଆସ୍ଲି। ମୁଇଁ ଏଠୁ ଯିମ୍ନାର୍ ନାଇଁ।"

ସୋଫିଆ ଗୁରୁବାରୀର ପିଠିକୁ ଥାପୁଡ଼ାଇ କହିଲେ- "ନାଇଁ, ତୁ ଏଠୁ ଯିବୁନି।
ବ୍ୟସ୍ତ ହଅନି। କାନ୍ଦ ବନ୍ଦ କର। ସବୁକଥା ବୁଝିବା।" ପାଖରେ ଛିଡ଼ା ହୋଇଥିବା
ଅନ୍ୟ ଏକ ଝିଅକୁ ପାଣି ଆଣିବାକୁ ନିର୍ଦ୍ଦେଶ ଦେଲେ ସୋଫିଆ। ଝିଅଟି ଗୋଟେ
କାଗଜ ଥାଲିରେ କିଛି ବିସ୍କୁଟ୍ ଓ ଗୋଟେ ଗ୍ଲାସ୍ ପାଣି ଆଣି ଗୁରୁବାରୀ ଆଗରେ
ରଖିଦେଇ ଚାଲିଗଲା। ସୋଫିଆ ଖଣ୍ଡେ ବିସ୍କୁଟ୍ ନେଇ ଗୁରୁବାରୀକୁ ଖୁଆଇବାକୁ
ଚେଷ୍ଟା କଲେ। ସବୁଟକ ବିସ୍କୁଟ୍ ତାକୁ ଖୁଆଇସାରି ସୋଫିଆ ପଚାରିଲେ- "ହେଲେ
ତୁ ତୋ ମରଦ୍କୁ ମାରିବାକୁ ଏତେ ସାହସ କରିପାରିଲୁ କେମିତି ?"

ଢକଢକ କରି ଗ୍ଲାସ୍ଟାୟାକ ପାଣି ପିଉଥିବା ଗୁରୁବାରୀକୁ ଦେଖି ସୋଫିଆଙ୍କୁ
ଲାଗୁଥାଏ ସତେ ଯେମିତି ଗୁରୁବାରୀ ପାଣି ପିଉନି, ତା' ଲୁହକୁ ପିଉଛି।

ଗୁରୁବାରୀ କଥା ଆରମ୍ଭ କଲା- "ମେମ୍, ମୋର ମରଦ୍ ମଦୁଆ। କିଛି କାମ
ନାଇଁ କରି। ମାଣ୍ଡିଆ ଖାଇକରି, ମହୁଲି ପିଇକରି ମତେ ମାରେ। ଏଇ ବରଷ ସାରା
ଏମ୍ତି କଲା। ସେ ଖାଲି ମତେ ମାର୍ଲା, ପିଟ୍ଲା, ଖାଇମାକୁ ଦେଲାନି। ମୋର
ଡାବୁ, ସୁନା ସବୁ ନେଲାନ। ଦିନ୍ ରାତି ମଦ ପିଇ ଟୁଲ୍ଟୁଲ୍। ସହରୀ ବାବୁ ସହ ମିଶି

ଆମ କୁକୁଡ଼ା ଭାଡ଼ି ତଳେ ପେଟି ପେଟି ମଦ୍‌ ଲୁଚେଇ ରଖିଥିଲାନ୍‌। ବିହା ହେବାର ଛଅ ମାସରେ ମୋର୍‌ ପିଲା ରହିଲା। ଧୀରେ ଧୀରେ ମୁଇଁ କାମ୍‌ କରିନାଇଁ ପାରିଲି। ମୋ ବା' ମତେ ଯୋଉ ସୁନା ଦେଇଥିଲା ତାକୁ ସେ ମୋ'ଠୁଁ ଜବର କରି ନେଇଗଲାନ୍‌। ମୁଇଁ ଯେତେ କାନ୍ଦିଲି ସେ ନାଇଁ ଶୁଣି। ବଡ଼ ପାଟିରେ କାନ୍ଦିଲେ ମୋର୍‌ ରୁଟି ଝିଙ୍କି ଝିଙ୍କି ମାରେ ସେ। ଖାଇବସିଲେ ସେ ଗୋଇଠା ମାରି ମୋର୍‌ ଥାଲିଆ ଫିଗାଡ଼ିଦିଏ। ମୋର୍‌ ଛଅ ମାସର ପିଲା ତା'ର୍‌ ମାଡ଼ରେ ପେଟରେ ମରିଲା।" ଏସବୁ କହିବା ଭିତରେ ଗୁରୁବାରୀର ମୁହଁ ଅସହାୟତାରେ କାନ୍ଦୁରା ଦିଶୁଥାଏ।

ସୋଫିଆ ତା' ମୁଣ୍ଡ ଉପରେ ହାତ ଆଉଁଶି କହିଲେ– "ତୋ ପରି ଅନେକ ଆଦିବାସୀ ଝିଅ ଏମିତି ଜୀବନ ଭୋଗିବାର ମୁଁ ବହୁବର୍ଷ ଧରି ଦେଖି ଆସୁଛି। ହେଲେ ତୁ ତ କହିଲୁନି ତୋ ମରଦକୁ ମାରିବାକୁ ତତେ ଏତେ ସାହସ ଦେଲା କିଏ ?"

ସୋଫିଆଙ୍କ ଉତ୍ତରରେ ଗୁରୁବାରୀ କହିଲା– "ମୋର୍‌ ଡୁମା – ସେଇ ଗାନ୍ଧୀବାବା। ମେମ୍‌ ଏତ୍‌କି ନାଇଁ ଗୋ, ମୁଇଁ ତା'ର୍‌ ସେ ଭାଡ଼ି ତଳ ମଦ ବୋତଲ୍‌କେ ନିଆଁ ଲଗେଇଦେଲି। ସେଥିରେ ହୁତ୍‌ହୁତ୍‌ ହେଇ ତା'ର୍‌ କଳା ଡାବୁ ଜଲ୍‌ଲା। ଆଉ ଠୋ' ଠା' ହେଇ ମଦବୋତଲ୍‌ ଫାଟ୍‌ଲା ବେଲେ ମୋର୍‌ ଆତ୍ମାକୁ ଶାନ୍ତି ମିଲ୍‌ଲା ଗୋ ମେମ୍‌। ମୋ ମରଦ୍‌ ନାଲିଆଖି କରି ମୋ ଆଡ଼୍‌କେ ଧାଇଁ ଆସ୍‌ଲା ବେଲେ ମୁଇଁ ତା'ର୍‌ ମଥାକୁ ଗୋଟେ ଠେଙ୍ଗାରେ ପାହାର ଦେଲି। ସେଇଠି ସେ ପଡ଼ିଗଲା। ମରିଚି କି ଜିଇଁଚି ମୁଇଁ ନାଇଁ ଜାନି ଗୋ ମେମ୍‌। ତୋର୍‌ ଏଠିକି ମୁଇଁ ସବୁବେଲେ ଚାଲିଆସେ କି ନାଇଁ ? ଚାଲିଆସ୍‌ଲି ତୋକେ ଛାଡ଼ି ମୁଇଁ ନାଇଁ ଜିମାର୍‌।"

ସୋଫିଆ ସବୁ ଶୁଣି ସ୍ତବ୍ଧ ହୋଇଯାଇଥିଲେ। ବାହାରେ କିଛି ଲୋକଙ୍କ ପାଟିତୁଣ୍ଡ ଶୁଭିଲା। ସୋଫିଆ ବାହାରକୁ ଆସି ଦେଖିଲେ କେତେଜଣ ପୋଲିସ୍‌ ପର୍ମେଶ୍ୱରକୁ ଜିପ୍‌ରେ ବସେଇ ଆଶ୍ରମ ଆଗରେ ଛିଡ଼ା ହୋଇଛନ୍ତି। ସୋଫିଆ ଗୁରୁବାରୀକୁ ଠାରିଦେଇ ପର୍ମେଶ୍ୱରକୁ ଦେଖେଇଦେଲେ। ମଦନିଶାରେ ନିଆଁଧାସ ବାଜି ସିଝିଆଥିବା ପର୍ମେଶ୍ୱର ମୁଣ୍ଡ ନୁଆଁଇ ଜିପ୍‌ରେ ବସିଥିଲା। ପୋଲିସ୍‌ ଇନିସ୍‌ପେକ୍ଟର ସୋଫିଆଙ୍କ ପାଖକୁ ଆସି କହିଲେ– "ମ୍ୟାଡାମ୍‌ ଆମେ ଶୁଣିଲୁ, ୟା'ର ସ୍ତ୍ରୀ ଗୁରୁବାରୀ ଏଠି ଅଛି, ତାକୁ ଡାକନ୍ତୁ। ପର୍ମେଶ୍ୱରର ଘରେ ପେଟି ପେଟି ମଦ ବୋତଲ, ଗଞ୍ଜେଇ, ଟଙ୍କାବିଡ଼ା ଓ କଲାଟଙ୍କା ଥିବା ଖବର ପାଇ ଆମେ ପହଞ୍ଚିଲା ବେଲକୁ ତା' ଭାଡ଼ି ତଳ ଜଲୁଥିବାର ଦେଖିଲୁ। ଆମକୁ ଲାଗୁଚି ଆମ ଆସିବା ଖବର ଶୁଣି କେହି ତାକୁ ନିଆଁ ଲଗାଇ ଦେଇଚି।" ପୋଲିସ୍‌ କଥା ନ ସରୁଣୁ ଗୁରୁବାରୀ ଗାଡ଼ିଆଡ଼୍‌କୁ ଗଲା। ସୁଁ ସୁଁ ହୋଇ କାନ୍ଦୁଥିବା ପର୍ମେଶ୍ୱର ପାଖକୁ ଯାଇ ତା' କାନ ପାଖରେ ମୁହଁ ଲଗାଇ କ'ଣ

ତାଙ୍କୁ କହିଲା। କେଜାଣି ପର୍ମେଶ୍ୱର ନିରୀହ ଆଖିରେ ଗୁରୁବାରୀକୁ ଚାହିଁଲା। ତା'
ଆଖିରୁ ଅନୁତାପର ଲୁହ ଝରୁଥିବା ପରି ମନେ ହେଉଥାଏ। ପୋଲିସ୍ ଇନିସ୍ପେକ୍ଟରଙ୍କ
ଆଡ଼କୁ ଚାହିଁ ଗୁରୁବାରୀ କହିଲା- "ଆଜ୍ଞା ବାବୁ ଜୁହାର୍। ମୋର ମରଦ୍ ସେଇ ବଡ଼
ବଡ଼ ବାବୁମାନ କହିବାରୁ ମଦ୍ ରଖିଥିଲା। ହେଲେ ତା'ର ଦୋଷ ନାଇଁ ଆଜ୍ଞା। ତା'ର
ପାଇଁ ମୁଇଁ ସାକ୍ଷୀ ପଡ଼ିବି।"

ସୋଫିଆ ଗୁରୁବାରୀର ପାଖକୁ ଆସି ପଛରୁ ଚିମୁଟି ଦେଲେ। ଫିସ୍‍ଫିସ୍ କରି
କହିଲେ- "ଏ କ'ଣ କରୁଛୁ? ତାଙ୍କୁ ଜେଲ୍ ଯିବାକୁ ଦେ। ତତେ ଯେତିକି ଯନ୍ତ୍ରଣା
ଦେଇଛି, ସେଇଠି ରହି ପ୍ରାୟଶ୍ଚିତ କରୁ।"

ଗୁରୁବାରୀ କହି ଉଠିଲା- "ନାଇଁ ମେମ୍। ମୋ ଡୁମା-ଗାନ୍ଧୀ କହିଚି ପାପୀକୁ
ଘୃଣା ନାଇଁ କରି। ଏଇ ଥର୍ ତାକୁ କ୍ଷମା କରିଦେଲି ଆଉ। ସେ ବି ନ କହି ନ କହି
ତା' ଆଖିରେ କହିଲା- "ଭଲ ମନିଷ ହୋଇଯିବ।"

ପୋଲିସ୍ ପର୍ମେଶ୍ୱରକୁ ନେଇଗଲେ। ପ୍ରାୟ ପନ୍ଦର ଦିନ ପରେ ଆଶ୍ରମର ଫାଟକ
ପାଖରେ ପର୍ମେଶ୍ୱରକୁ ଛିଡ଼ାହୋଇଥିବା ଦେଖିଲେ ସୋଫିଆ। ସୋଫିଆଙ୍କୁ ଦେଖି
ପର୍ମେଶ୍ୱର ଆଣ୍ଠୁମାଡ଼ି ହାତଯୋଡ଼ି ତାଙ୍କ ଆଗରେ ବସିଗଲା। ମୁହଁ ଲୁଚେଇ ଖୁବ୍
ଦୂରରୁ ହସୁଥାଏ ଗୁରୁବାରୀ। ସୋଫିଆ ପର୍ମେଶ୍ୱରକୁ ତଲୁ ଉଠେଇ ଛିଡ଼ା କଲେ ଏବଂ
ଗୁରୁବାରୀକୁ ପାଖକୁ ଡାକି ଉଭୟଙ୍କ ହାତକୁ ଛନ୍ଦି ଦେଲେ। ଆତ୍ମସନ୍ତୋଷରେ ସୋଫିଆଙ୍କ
ହୃଦୟ ପୂରି ଉଠୁଥାଏ। ତା'ପରଠୁ ସେ ଅଞ୍ଚଳରେ ପର୍ମେଶ୍ୱରକୁ କେହି ମଦ ପିଇବା
ଦେଖିନାହାନ୍ତି। ଏହି ଘଟଣାର ବହୁ ମାସ ପରେ ସୋଫିଆ ଦିନେ ସ୍ନେହବୋଲା
କଣ୍ଠରେ ଗୁରୁବାରୀକୁ କହିଲେ- "ତୋ ଡୁମା-ଗାନ୍ଧୀକୁ ଟିକେ କହ ମୋତେ ସ୍ୱପ୍ନରେ
ଦେଖା ଦେବେ।"

ଗୁରୁବାରୀ ହସିଦେଇ କହିଲା- "ମେମ୍, କାଲି ସେ ମତେ ତମର୍ ଭିତ୍‍ରେ
ଦେଖା ଗଲେ ଗୋ! ଏ ସଂସାର୍ ପରା ଚାଲିଚି ସେଇ ଡୁମା-ଗାନ୍ଧୀ ପାଇଁ।"

ଶୀତଳ ନିଆଁ

ଏଇ କିଛିଦିନ ଆଗରୁ ଝରକା ଖୋଲିଦେଲା ମାତ୍ରେ ଯେଉଁ ଘର ବାରମାସୀ ୟୂଇ ଫୁଲର ଭୁରୁଭୁରୁ ସୁଗନ୍ଧରେ ଭରିଯାଉଥିଲା, ସେଇ ଘର ଏବେ ଭଣଭଣ ଦୁର୍ଗନ୍ଧରେ ଫାଟିପଡୁଛି। ଆଗରୁ ନାରାୟଣ ମିଶ୍ର ଘରର ଝରକା ଖୋଲିଦେଇ ତାଙ୍କ ମଉରସୀ ପୁରୁଣା କୋଠାର ପାଚେରିରେ ଲଟେଇଥିବା ଛନଛନ ୟୂଇ କଢ଼ର ସୌନ୍ଦର୍ଯ୍ୟ ଉପଭୋଗ କରୁଥିଲେ। ଏବେ ଝରକା ଖୋଲିବା କଥା ମନେପଡ଼ିଲେ ମନଟା ବିଷେଇ ଉଠେ। ନାରାୟଣ ମିଶ୍ର ହରିପୁର ସ୍ୱପ୍ନେଶ୍ୱର ମନ୍ଦିରର ପୂଜାରୀ। ଜଣେ ବେଦଜ୍ଞ ବ୍ରାହ୍ମଣ ଭାବରେ ଚାରିଖଣ୍ଡ ମୌଜାରେ ପୁଣି ତାଙ୍କର ପ୍ରସିଦ୍ଧି ରହିଛି। ହରିପୁର – ସହର ଓ ଗାଁର ମିଶାମିଶି ଏକ ଅଞ୍ଚଳ। ସ୍ତ୍ରୀଙ୍କ ପରଲୋକ ପରେ ଛୋଟିଆ ବଗିଚାରେ ମିଶ୍ରେ ନିଜେ କିଛି ଫୁଲଗଛ ଲଗେଇଥିଲେ। ସେଇଠାରେ ଅବସର ସମୟ ବିତେଇବାକୁ ଭଲ ଲାଗେ। ତାଙ୍କର ଜୀବନ ଏକପ୍ରକାର ନିଃସଙ୍ଗ। ଝିଅ ବାହାଘର ପରେ ଘରେ ଏକୁଟିଆ। ଯଜମାନଙ୍କ ବ୍ରତଘର, ବାହାଘରଠାରୁ ଆରମ୍ଭ କରି ଚଣ୍ଡୀପାଠ, ଯଜ୍ଞ ପର୍ଯ୍ୟନ୍ତ ସବୁ କାମ ସେ କରନ୍ତି। ଘରଠାରୁ ପାଞ୍ଚ ଛଅ ଘର ଦୂରରେ ପ୍ରମୋଦ ମହାନ୍ତିଙ୍କ ଘର। ତାଙ୍କ ସହିତ ମିଶ୍ରଙ୍କର ବନ୍ଧୁତ୍ୱ ନିବିଡ଼।

ଆଗରୁ ମିଶ୍ରେ ଝରକା ଖୋଲିଦେଇ ଭାଗବତ ପାଠ କରୁଥିଲେ। ମାତ୍ର ଯୋଉଦିନୁ ତାଙ୍କ ଘର ପାଖକୁ ଲାଗି ପଡ଼ିଥିବା ଖାଲି ଜାଗା ଉପରେ ଯନ୍ତ୍ରୀ ଦୁର୍ଲଭ ଜେନା ଆସି ନିଆଁ ପକେଇଲେ, ସେହିଦିନୁ ଚିତ୍ର ବଦଳିବାକୁ ଆରମ୍ଭ କରିଥିଲା। ଚାହୁଁ ଚାହୁଁ ଦୁର୍ଲଭ ଜେନାଙ୍କ ତିନିମହଲା କୋଠାଘର ମିଶ୍ରଙ୍କ ଘର ଆଗରେ ଗୋଟେ ବିରାଟ ପାଚିରି ହୋଇ ଆଲୁଅ-ପବନର ରାସ୍ତା ରୁନ୍ଧିଦେଲା।

ଦିନେ ସକାଳେ ନାରାୟଣ ମିଶ୍ର ବିଛଣାରୁ ଉଠିବା କ୍ଷଣି ଦୁର୍ଗନ୍ଧର ଉପସ୍ଥିତି ଅନୁଭବ କଲେ। ଝରକା ଖୋଲିବା ମାତ୍ରେ ଦୁର୍ଗନ୍ଧରେ ନାକ ଫାଟିପଡ଼ିଲା। କୁଆଡ଼େ

ଗଲା କର୍ପୂର, ଚନ୍ଦନ ଆଉ ଯୂଇ ଫୁଲର ମିଶାମିଶି ସୁଗନ୍ଧ, ତା' ଜାଗାରେ ଏହି ଅସ୍ୱସ୍ତିକର ପୋଚରା ଦୁର୍ଗନ୍ଧ ! ସେ ଝରକା ସେପଟକୁ ଉଙ୍କି ଚାହିଁ ଦେଖିଲେ, ସେହି ଘରେ ରହୁଥିବା ଭଦ୍ରଲୋକ ପାଚେରି କଡ଼କୁ ମେଞ୍ଚାଏ ଅଳିଆ ଫିଙ୍ଗିଦେଇ ଚଟ୍‌କିନା ଭିତରକୁ ଚାଲିଗଲେ । ନାରାୟଣ ମିଶ୍ର ଘର ବାହାରକୁ ଆସି ଦେଖନ୍ତି ତ ମାଛକଣ୍ଡା, ଅଣ୍ଡାଖୋଲ, ବାସିଭାତ ଓ ପଚା ପନିପରିବା ଚୋପା ଗଦା ହୋଇଛି । ବ୍ୟସ୍ତ ହୋଇ ସେ ପଡ଼ୋଶୀ ଦୁର୍ଲଭ ଜେନାଙ୍କୁ ଡାକ ପକେଇଲେ । ଅଳିଆ ଆଡ଼କୁ ହାତ ଦେଖେଇ ତାଙ୍କୁ କିଛି କହିବାବେଳକୁ ଜେନାବାବୁଙ୍କ ସ୍ତ୍ରୀ ବାହାରି ଆସି ଖିଙ୍କାରିଲା ଭଳି ମିଶ୍ରଙ୍କୁ କହିଲେ, "ଏ ପାଚେରି ଆମ ଘରକୁ ଲାଗିକି ଅଛି । ଆମେ ନୂଆକରି ଏ ଘର କିଣିଚୁ । ଆମେ ଏଠି ଅଳିଆ ପକେଇବୁ ନାହିଁ କାହିଁକି ? ଆପଣଙ୍କର ଯଦି ଅସୁବିଧା ହେଉଚି ତେବେ କବାଟ ବନ୍ଦ କରି ରହୁନାହାନ୍ତି !!" ଦୁର୍ଲଭ ବାବୁ ନିଜ ସ୍ତ୍ରୀଙ୍କୁ ଅଟକାଇବାକୁ ଚାହିଲେ ବି କିଛି ଫଳ ହେଲାନାହିଁ । ମିଶ୍ର ବାଧ୍ୟହୋଇ ଘର ଭିତରକୁ ଫେରି ଆସିଥିଲେ । କ୍ରମେ ପାଚେରି ପାଖ ଆବର୍ଜନା ଗଦାର ଉଚ୍ଚତା ବଢ଼ିଚାଲିଲା । ସୋମବାର ଦିନ ଗାଧୋଇ ପାଧୋଇ ସେ ମନ୍ଦିରକୁ ବାହାରିଲା ବେଳକୁ ଘର ଗେଟ୍ ପାଖରେ ମାଛକଣ୍ଡା ଉପରେ ତାଙ୍କ ପାଦ ପଡ଼ିଗଲା । ବାଧ୍ୟହୋଇ ସେ ଘରକୁ ଫେରିଆସି ଆଉ ଥରେ ଅଣ୍ଟାପାଣି କଲେ ଓ ମନ୍ଦିର ଗଲେ । ସେହିଦିନ ଯାଇ ଥାନାରେ ଏତଲାଟାଏ ଦେଇ ଆସିଲେ ମିଶ୍ର ।

ଥାନାରୁ ଫେରି ବନ୍ଧୁ ପ୍ରମୋଦ ମାହାନ୍ତିଙ୍କ ଘରକୁ ଯାଇ ଏ ବିଷୟରେ କିଛି ପରାମର୍ଶ ନେବାକୁ ସେ ଚିନ୍ତା କଲେ । ସେ ଜାଣୁଥିଲେ ଏ ଲଢ଼େଇ ସହଜରେ ସରିବ ନାହିଁ । ବାହାରେ ଛିଡ଼ାହୋଇ ପ୍ରମୋଦ ବାବୁଙ୍କୁ ଖୋଜିଲାବେଳେ ଲମ୍ବ ଓଢ଼ଣି ଦେଇ ବୋହୂ ଆସି ତାଙ୍କୁ ମୁଣ୍ଡିଆ ମାରିଲା । ପଛେ ପଛେ ପ୍ରମୋଦ ଆସି କହିଲେ, "ଇଏ ଦୀପୁନାର ସ୍ତ୍ରୀ ମୌସୁମୀ ।" ବୋହୂ ଭିତର ଘରୁ ଜଳଖିଆ ଓ ପାଣି ଗିଲାସ ବାଟଘର ଟି-ପୟରେ ରଖି ଚାଲିଯାଉଥିଲା । ଗୋରା ତକତକ ବୋହୂଟିର ହାତରେ ବାହାସୂତା ଏବେ ବି ରହିଥିଲା ଅକ୍ଷତ । ପ୍ରମୋଦ ବାବୁ ମିଶ୍ରଙ୍କୁ କହିଲେ- "ପଣ୍ଡିତେ ଆଜ୍ଞା ! କିଛି ମନେ କରିବେନି । ଆପଣ ଚା' ଜଳଖିଆ କରି ଯିବେ । ଗୋଟେ ଜରୁରୀ କାମରେ ମୁଁ ଟିକେ ବାହାରକୁ ଯାଉଛି । ଆପଣ ତ ଆମ ସାହିର ମୁରବି ।" ପ୍ରମୋଦଙ୍କ କଥା ଶେଷ ହେବା ପୂର୍ବରୁ ନାରାୟଣ ମିଶ୍ର ନିଜ ପଡ଼ୋଶୀଙ୍କ ଜୁଲୁମ କଥା କହି ଫାଣ୍ଡିରେ ଏତଲା ଦେଇଥିବା କଥା ଜଣାଇଦେଲେ । ପ୍ରମୋଦ ତାଙ୍କ ନିଷ୍ପତ୍ତିକୁ ସମର୍ଥନ ଜଣାଇ କହିଲେ, "ଆପଣ ଏକଦମ୍ ଠିକ୍ କରିଛନ୍ତି । ମୁଁ ଆପଣଙ୍କ ସାଙ୍ଗରେ ଅଛି ।" ଦୁଇ ମୁରବିଙ୍କ କଥା ଘରକୋଣରେ ଠିଆହୋଇ ବୋହୂଟି ଶୁଣୁଥିଲା । ନାରାୟଣ ମିଶ୍ରଙ୍କୁ ଚା' ପିଇବାକୁ କହି ପ୍ରମୋଦ ବାବୁ କୌଣସି ଜରୁରୀ କାମରେ ବାହାରକୁ ବାହାରିଗଲେ ।

ପ୍ରମୋଦ ଚାଲିଯିବା ଶବ୍ଦ ସାଂଗେ ଚୁଡ଼ି ଝଣଝଣ ଶୁଣି ମିଶ୍ର ଚାହିଁ ଦେଖିଲେ ବୋହୂଟି ଚା' ଆଣି ଛିଡ଼ା ହୋଇଛି । ସାମାନ୍ୟ ହସିଦେଇ ମିଶ୍ର କହିଲେ- "ଏଠି ରଖ ମା', ରଖ । ତୋ ଶ୍ୱଶୁର ଭାରି ଭଲ ଲୋକ । ଦୀପୁନା ତ ମୋରି ଆଗରେ ବଡ଼ ହେଇଛି । ସେ ଭଲ ପିଲାଟିଏ । ଏ ଦିହିଁକୁ ନେଇ ତୋ ସଂସାର । ଜଞ୍ଜାଳ ବୋଲି କିଛି ନାହିଁ ।" କାନ୍ଥକୁ ଆଉଜି ଛିଡ଼ା ହୋଇଥାଏ ବୋହୂଟି । ମିଶ୍ର ଚା' ପିଇବା ଆରମ୍ଭ କଲେ । ନିରବରେ ମୁଣ୍ଡ ତଳକୁ କରି ଛିଡ଼ା ହୋଇଥିବା ବୋହୂକୁ ପୁଣି କହିଲେ- "ତୁ ଆମ ଝିଅ ପରି ମା' । ଗୋଟେ ଘର ଛାଡ଼ି ଆଉ ଗୋଟେ ଘରକୁ ଆସିଛୁ । ଯା'ର ମାନ-ସମ୍ମାନ ସବୁକିଛି ତୋରି ହାତରେ । ଏଠି କିଛି ଅଭାବ ନାହିଁ । ଆନନ୍ଦରେ ତୋ ଦିନ କଟିଯିବ ।" ମିଶ୍ର ଚା' କପ୍‌ରେ ଆଉ ଗୋଟେ ଢୋକ ଦେବାକୁ ଯାଉଛନ୍ତି, ଅନୁଭବ କଲେ ତାଙ୍କ ଆଗର କିଛି ଗୋଟେ ବସ୍ତୁ ତଳକୁ ଖସିପଡ଼ିଲା । ଇଏ କ'ଣ ? ସେ ଚାହିଁ ଦେଖନ୍ତି ତ ବୋହୂଟି ତଳେ ପଡ଼ି ମୂର୍ଚ୍ଛା ଯାଇଛି । ବ୍ୟସ୍ତ ବିବ୍ରତ ହୋଇପଡ଼ିଲେ ନାରାୟଣ ମିଶ୍ର । ଝିଅଟିର ମୂର୍ଚ୍ଛା ରୋଗ ଅଛି ନା କ'ଣ ? କ'ଣ କରିବେ ସେ ? କେହି କୁଆଡ଼େ ନାହାନ୍ତି । ନୂଆ ବୋହୂଟାକୁ ନିଜେ କେମିତି ଉଠେଇବେ ? ସେ ଗ୍ଲାସ୍‌ରୁ ପାଣି ଆଞ୍ଜୁଳାଏ ନେଇ ତା' ମୁହଁରେ ଛିଞ୍ଚିଦେଲେ । ବୋହୂଟି ଧୀରେ ଆଖି ଖୋଲିଲା ଏବଂ ବାଉଳି ହେଲା ପରି କହିଲା- "ପ୍ରଭାସ ! ତମେ ମୋତେ ଛାଡ଼ି ଯାଇନି ! ମୁଁ ମରିଯିବି ।" ମିଶ୍ର ଏଥର ଆଉ ଟିକେ ପାଣି ଛିଞ୍ଜାଡ଼ି 'ବୋହୂ – ବୋହୂ' ବୋଲି ଡାକିଲେ । ବୋହୂଟି ଆଖି ଖୋଲିଲା ଓ ପ୍ରକୃତିସ୍ଥ ହେଲା । ଚାରିଆଡ଼କୁ ଚାହିଁ ନିଜ କେଶବାସ ସଜାଡ଼ିଲା ଓ ମିଶ୍ର ଆଉ କିଛି ପଚାରିବା ପୂର୍ବରୁ ତରବର ପାଦରେ ଘର ଭିତରକୁ ପଳେଇଗଲା ।

ବୋହୂଟିର ଅଚାନକ ମୂର୍ଚ୍ଛା ଯିବା ଓ ଧୀରଗଳାରେ ଅପରିଚିତ 'ପ୍ରଭାସ'କୁ ଖୋଜିହେବା ହୁଏତ ନାରାୟଣ ମିଶ୍ରଙ୍କ ପାଇଁ ଆହୁରି କିଛି କାଳ ରହସ୍ୟ ହୋଇ ରହିଯାଇଥାଆନ୍ତା । ମାତ୍ର କାଲୁ ସାହୁ ଦୋକାନରୁ ପୂଜା ସାମଗ୍ରୀ କିଣିଲାବେଳେ ସେ ରହସ୍ୟ ଉପରୁ ପରଦା ହଟିଲା । ନାରାୟଣ ମିଶ୍ରଙ୍କଠାରୁ କାଲୁ ସବୁକଥା ଶୁଣିଲା । ପଡ଼ୋଶୀ ଜେନାବାବୁଙ୍କ ଅଲିଆ-ଅତ୍ୟାଚାର, ନିର୍ଯାତନା ଓ ତା'ପରେ ମହାନ୍ତି ଘର ବୋହୂର ମୂର୍ଚ୍ଛାଘାତ ପ୍ରସଙ୍ଗ । ମିଶ୍ର ଆଉ କିଛି କହିବାକୁ ଯାଉଥିଲେ, କାଲୁ ସାହୁ ଆଙ୍ଗୁଳି ଦେଖାଇ କହିଲା, "ଏଇ ଦେଖନ୍ତୁ, ଦୀପୁନାର ସ୍ତ୍ରୀକୁ ଦେଖନ୍ତୁ ।" ମିଶ୍ର ଅନେଇଲେ । ଓଢ଼ଣା ଭିତରୁ ବୋହୂଟିର ତୋରାମୁହଁ ସେ ଚିହ୍ନିପାରିଲେ । ଗାଁ ମହିଳାଙ୍କ ମେଳରେ ବୋହୂଟି ଦୂରକୁ ଚାଲିଯିବା ପରେ କାଲୁ ଆରମ୍ଭ କଲା- "ସେଇ ବୋହୂକୁ ନେଇ ଏ ଗାଁର ଚାରିଆଡ଼େ ଚୁପ‌ଚାପ୍ । ଝିଅଟି ଉଚ୍ଚଶିକ୍ଷିତା, ସୁନ୍ଦରୀ । ମାତ୍‌....."

ମିଶ୍ର ପଚାରିଲେ, "ଉଚ୍ଚଶିକ୍ଷିତା ଓ ସୁନ୍ଦରୀ ହେବା କ'ଣ ଭୁଲ୍ ?"

"ନାଇଁ ଆଜ୍ଞା – କଥାଟା ସେଇଆ ନୁହେଁ । ଭାରି ଗୁମର କଥା ! ଗୁମର ଏଇ ଯେ ସେ ଝିଅଟି ବାହାଘର ପୂର୍ବରୁ କାଲେ ଗୋଟେ ପିଲାକୁ ଭଲପାଉଥିଲା । ବାହା ହେଲା ପରେ ବି ତାକୁ ଝୁରି ଚାଲିଛି । କି ଅଭିଳା କଥା କହିଲେ !"

ଆଖିର ଭୁଲତାକୁ ଟେକି ମିଶ୍ର ଚଢ଼ାଗଲାରେ କହିଉଠିଲେ– "ହେ ! ଇ'ଏ କ'ଣ କହୁଚୁ କିରେ ? ନୂଆବୋହୂଟା ବିଷୟରେ ଏସବୁ କଥା କହିବା ଲଜ୍ଜାକର । ଛି ଛି !"

"ନାଇଁ ଆଜ୍ଞା, ଏସବୁ କଥା ପାଇଁ ବୋହୂଟି ନିଜେ ହିଁ ଦାୟୀ ! ମହାଦେବ ମନ୍ଦିର ଆସିବ, ବୃଷଭ ମୁହଁକୁ ପରସ୍ତେ ଆଉଂଶି ତା' କାନ ପାଖରେ ଫିସ୍‌ଫିସ୍‌ କରି କ'ଣ କହିବ । ତା'ପରେ ଘଣ୍ଟି ବଜେଇ ମୁଣ୍ଡିଆ ମାରିଲାବେଲକୁ ଏମିତି କାନ୍ଦିବା ଆରମ୍ଭ କରିବ ଯେ ଘଣ୍ଟାଏ ପର୍ଯ୍ୟନ୍ତ ସେ କାନ୍ଦ ବନ୍ଦ ହେବ ନାହିଁ ।"

ପଣ୍ଡିତେ ପଚାରିଲେ– "ଏସବୁରୁ କେମିତି ଜାଣିଲୁ ଯେ ସେ ଆଗରୁ କେଉଁ ପିଲାକୁ ଭଲପାଉଥିଲା ?"

"ସେ ନିଜ କଥାଟିକୁ ନିଜେ ପରା ପ୍ରଗଟ କଲା ଆଜ୍ଞା ! ମନ୍ଦିର ନନାଙ୍କୁ ବେଲପତ୍ର, ଫୁଲ ଆଉ କଞ୍ଚାକ୍ଷୀର ଧୋଇ ଚୁପ୍‌କିନା ଦାପୁନା ନୁହେଁ, ପ୍ରଭାସ ନାଁରେ ଅଭିଷେକ କରିବାକୁ କହିଲା । ଏ ଘଟଣା କ'ଣ ଥରେ ନା ଦି'ଥର, କେତେଥର ଘଟିଲାଣି । ମନ୍ଦିରକୁ ଆସିଲାମାତ୍ରେ ସେ ପ୍ରଭାସକୁ ଝୁରି ବାହୁନୁଛି ।"

ସେଦିନ ବୋହୂଟି 'ପ୍ରଭାସ' ନାଁ ଉଚ୍ଚାରଣ କରିଥିବା ମିଶ୍ରଙ୍କର ମନେ ଥିଲା । ସେ ଏବେ ସବୁ ବୁଝିପାରୁଥିଲେ । ଉପରକୁ ମୃଦୁ କ୍ରୋଧ ଦେଖାଇ ସେ କାଲୁକୁ କହିଲେ– "ଛାଡ଼ ଆମର ଏଥିରେ କ'ଣ ଯାଏଆସେ ? ପରଝିଅଟା ବିଷୟରେ ଏସବୁ ଚର୍ଚ୍ଚା କରିବା ଠିକ୍ ନୁହେଁ ।"

କାଲୁ କହିଲା– "ଠିକ୍ ନୁହେଁ ଯେ ! ବାହା ହେଇ ନ ଥିଲା ବେଲେ ତୁ ଯାହା କରୁଥିଲୁ କାହାର କିଛି କହିବାର ନ ଥିଲା; ବାହା ପରେ ସ୍ୱାମୀ ଥିଲା ସ୍ତ୍ରୀ ମନ୍ଦିରରେ ସ୍ୱାମୀର ଭଲମନ୍ଦ ନ ମନାସି ପ୍ରେମିକ ପାଇଁ ଜଲ୍ଲାତି କରିବା କେତେଦୂର ଠିକ୍ ଆପଣ କହିଲେ ! ତାକୁ ପ୍ରେମରୋଗ ଧରିଛି ।"

କାଲୁର କଥା ଶେଷ ହେବା କ୍ଷଣି ମିଶ୍ରେ ଉଠିପଡ଼ିଲେ । ବଡ଼ ବଡ଼ ପାହୁଣ୍ଡ ପକେଇ ପ୍ରମୋଦ ବାବୁଙ୍କ ଘର ଆଡ଼କୁ ମୁହାଁଇଲେ । ବେଲ୍ ବଜେଇବା କ୍ଷଣି ସେଇ ବୋହୂ ଆସି କବାଟ ଖୋଲିଲା । 'ପ୍ରମୋଦ ଅଛି କି' ବୋଲି ପଚାରି ମେଲାଘର

ଭିତରକୁ ପଶିଯାଇଥିଲେ ମିଶ୍ର। ବୋହୂ ମୌସୁମୀ ପ୍ରଣାମ କରି ଉତ୍ତର ଦେଲା, "ସେ ନାହାନ୍ତି। ବାହାରକୁ ଯାଇଛନ୍ତି।"

: "ଭଲ ହେଲା, ପ୍ରମୋଦ ନାହିଁ। ମୋର ତୋ ପାଖରେ କାମ ଅଛି ମା'। ଯଦି କିଛି ନ ଭାବୁ ତେବେ ତତେ ଗୋଟିଏ କଥା ପଚାରିବି?" – ନିଦାସ୍ବରରେ କହିଲେ ମିଶ୍ର।

ନିରବରେ ବୋହୂଟି ମୁଣ୍ଡ ତଳକୁ କରି ପାଦ ଆଙ୍ଗୁଠିରେ ମାର୍ବଲ୍ ଚଟାଣରେ ରେଖା କାଟିବାରେ ଲାଗିଲା।

: "ତୁ ସୁଖର ସଂସାର ପାଇଛୁ। ଯାହା ହାତ ଧରିଛୁ ସେ ଅତି ଭଦ୍ର ପିଲାଟିଏ। ଏହା ସତ୍ତ୍ୱେ ମନ୍ଦିରକୁ ଯାଇ ତୁ କାନ୍ଦୁଛୁ କାହିଁକି? କି ଦୁଃଖ ଅଛି ତୋ ଭିତରେ କହିଲୁ! ମୁଁ ତୋ ବାପ ସମାନ। କହ।"

ଏ ପ୍ରକାର ସିଧାସଳଖ ପ୍ରଶ୍ନରେ ମୌସୁମୀ ହଡ଼ବଡ଼େଇ ଗଲା। କ'ଣ କହିବ ନ କହିବ ହଠାତ୍ ଭାବିପାରିଲା ନାହିଁ। ତା'ପରେ ସକ୍ ସକ୍ କରି କାନ୍ଦିବାକୁ ଲାଗିଲା। ମିଶ୍ର ଅବାକ୍ ହୋଇ ବୋହୂ ଆଡ଼କୁ ଚାହିଁଥାନ୍ତି।

ଆଶ୍ୱାସନା ଦେଲା ପରି ମିଶ୍ର ତାକୁ କହିଲେ– "ମୋ ସୁନା ମା'ଟା। ମୁଁ କାହାକୁ କିଛି କହିବିନି। ମୋତେ ମନଖୋଲି କହିଲୁ, କ'ଣ ତୋର ସମସ୍ୟା?"

– "ମଉସା! ମୋ ଜୀବନର ଏକ ଦୁର୍ବଳ ସଂପର୍କକୁ ମୁଁ ଆପଣଙ୍କ ପାଖରେ କହିବାକୁ ସାହସ କରୁଛି ବୋଲି ମୋତେ କ୍ଷମା ଦେବେ। ମୁଁ ପ୍ରଭାସଙ୍କୁ ଆଦୌ ଭୁଲିପାରୁନି। ଭୁଲିପାରିବିନି। ମୁଁ ଓ ସେ ଉଭୟ ଉଭୟଙ୍କୁ ଖୁବ୍ ଭଲପାଉଥିଲୁ। ସେ ଗରିବ କିନ୍ତୁ ମେଧାବୀ ଥିଲେ। ତାଙ୍କୁ ପାଠ ପଢ଼ିବା ପାଇଁ ମୋ ବାପା ସାହାଯ୍ୟ କରିଥିଲେ। ସେ ପାଠପଢ଼ି ଭଲ ଚାକିରି କଲେ ଓ ବିଦେଶ ଗଲେ। ବିଦେଶ ଯିବା ପରେ ସେ ସବୁ ଭୁଲିଗଲେ। ତେବେ ସେ ସିନା ଭୁଲିଗଲେ, ମୁଁ ଭୁଲିପାରୁ ନାହିଁ। ଯିଏ ମୋତେ କ୍ଷଣେ ନ ଦେଖିଲେ ରହିପାରୁ ନ ଥିଲେ ସେ ମୋ ପାଖକୁ ଆସିବା ବନ୍ଦ କରିଦେଲେ, ପଦୁଟିଏ କଥା ହେବାକୁ ମଧ୍ୟ ଚାହିଲେ ନାହିଁ। ମୋ ବାପା ଏଠି ମୋତେ ବାହା ଦେଲେ ସିନା; ମାତ୍ର ମୁଁ ଖୁସି ନୁହେଁ। ମଉସା! ଜବରଦସ୍ତିରେ ବାହାଘର ହେଇପାରେ, ପ୍ରେମ ହୁଏ ନାହିଁ।"

ମିଶ୍ର କହିଲେ, "ତୁ ତ ବାହା ହେଇସାରିଛୁ। ଶାଶୂଘରର ମର୍ଯ୍ୟାଦା ପାଇଁ ପଛକଥା ଭୁଲି ଆଗକୁ ବଢ଼।"

ମୌସୁମୀ ଏଥର ମିଶ୍ରଙ୍କୁ ସିଧା ଚାହିଁ କହିଲା, "ମଣିଷ କାହାକୁ କିଛି ଗୋଟାଏ ଜିନିଷ ଦେଇଥିଲେ ସେକଥା ସେ ଭୁଲିଯାଇପାରେ, ହେଲେ ଯାହାକୁ ନିଜର ହୃଦୟ

ଦେଇଥାଏ, ତାକୁ କ'ଣ ସେ ଭୁଲିପାରେ ? ନା, ମଣିଷ ସବୁ ଭୁଲିପାରେ, ହେଲେ ପ୍ରେମ ଆଉ ଶତ୍ରୁତାକୁ ଭୁଲିପାରେ ନାହିଁ । ଆପଣ କ'ଣ ଅଳିଆ ଆବର୍ଜନାରେ ଆପଣଙ୍କୁ ସବୁଦିନେ ଅସ୍ତବ୍ୟସ୍ତ କରୁଥିବା ଜେନାବାବୁଙ୍କୁ କ୍ଷମା କରିପାରିବେ ? ମୋ କଥା ବି ସେମିତି । ମୁଁ ପ୍ରଭାସଙ୍କ ପ୍ରେମକୁ ଭୁଲିପାରିବି ନାହିଁ ।"

ମିଶ୍ର କହିଲେ, "ମାତ୍ର ପ୍ରଭାସ ତୋତେ ଭୁଲିସାରିଛି । ତେଣୁ ତାକୁ ତୁ ଭୁଲିଯିବା ଭଲ ।"

ମୌସୁମୀ କହିଲା, "ମଣିଷକୁ ଯେମିତି ଭଲପାଉଥିବା ଲୋକର ଖରାପ ଗୁଣ ଦିଶେ ନାହିଁ, ସେମିତି ଖରାପ ପାଉଥିବା ଲୋକର ଭଲ ଗୁଣ ମଧ୍ୟ ଦିଶେ ନାହିଁ । ପ୍ରେମ ଓ ଘୃଣା ଉଭୟ ଯେ ତୀବ୍ର !"

ନାରାୟଣ ମିଶ୍ର ବାକ୍‌ଶୂନ୍ୟ ହୋଇପଡ଼ିଲେ । ଏ କଥାର ବା ସେ କି ଉତ୍ତର ଦେବେ ? ଦୀର୍ଘଶ୍ୱାସ ପକେଇ ଘରକୁ ଫେରିଲା ବାଟରେ ତାଙ୍କ କାନ ପାଖରେ ବୋହୂଟିର ଆଉ ପଦେ କଥା ଶୁଭିଯାଉଥାଏ – 'ମଣିଷର ପ୍ରେମ ପରି ଘୃଣା ମଧ୍ୟ ତୀବ୍ର !' ସେ ଯଦି ଜେନାବାବୁଙ୍କୁ କ୍ଷମା କରିପାରିବେ ନାହିଁ, ମୌସୁମୀ ପ୍ରଭାସକୁ ଭୁଲିଯିବ ବା କିଭଳି ? ତା'ର ପ୍ରେମ ଶୀତଳ ନିଆଁ ହୋଇ ସବୁଦିନ ତାକୁ ଜାଳୁଥିବ !

ବିଲପିତ ଆକାଶ

ଫୁଙ୍କୁଲା ଆକାଶର ଛାତିଚିରି ଭସା ବଉଦଖଣ୍ଡେ ଭିତରୁ ଉହୁଙ୍କି ଝୁଲୁଛି କଳାହାଣ୍ଡିଆ ମେଘର ଚିତ୍ରିତ ଚାନ୍ଦୁଆ । ଏଇ ବର୍ଷାବ ଯେମିତି! ଆକାଶ ପାତାଳ ଏକ କରିବ କାହିଁକି ନା ଏଇ ବର୍ଷାର ଗର୍ଜନ ଭିତରେ କାହା ବୁକୁଥରା – କୋହ–ଆର୍ତ୍ତନାଦ ସଂସାରର କାହାରିକୁ ଯେମିତି ଶୁଭିବନି! ହଁ, ମାଟି ଅଞ୍ଜାଳି ବାହୁନି ବାହୁନି କାନ୍ଦୁଛି ନେତ । କୋଳରେ ତା'ର ମାସକର ମଲାଛୁଆ । କେବେ ଫୁଲି ଫୁଲି କାନ୍ଦୁଛି ତ ପୁଣି କେବେ ଡବଡବ ଆଖିକରି ଛୁଆର ଦେହକୁ ଆଉଁଶି ଦେଉଛି ହାତରେ! ତା'ପରେ ପୁଣି ବାହୁନା ।

ଡୁବୁରି ଗାଁରେ ନେତକୁ କିଏ ବା ନ ଚିହ୍ନେ–ନ ଜାଣେ! ସନିଆ ପଧାନର ଭାରିଜା ହିସାବରେ ସମସ୍ତଙ୍କର ସେ ଅତି ପ୍ରିୟ । ସନିଆଟା ଭାରି ଅଳସୁଆ, ବଦମାସିଆ । ମୂଲଲାଗି ଯାହା ରୋଜଗାର କରେ ଗଞ୍ଜେଇ ଅଫିମରେ ଉଡ଼ାଏ । ଗଲାସନ ହାତକୁ ଦି'ହାତ ହେଇଥିଲା । ନେତକୁ ପାଇ ବଦଳିଥିଲା ତା' ଜୀବନ । ନେତର ଶିକ୍ଷଣା, ଚଞ୍ଚଳ–କର୍ମଠତାରେ ସନିଆ ଭୁଲିଯାଇଥିଲା ତା' ଦାୟିତ୍ୱ । ନେତ ପର ଘରେ ବାସି ପାଇଟି କରି ଯାହା ଆଶେ, ତାକୁ ସନିଆ ପୋଛିପାଛି ନେଇଯାଏ । ନେତ ଡଁ-ଚୁଁ କରିବାର କେହି ଦେଖିନି । ସେ ତା' ଗେରସ୍ତକୁ ଭାରି ଭଲପାଏ । କାହା ପାଇଁ ଖଟୁଛି ଯେ! ହଁ, ମଁ ନେଲେ ନେଉ ।

ସେଦିନ ନେତ ମନ ପୂରି ଉଠିଲା, ଯେଉଁଦିନ ଜାଣିଲା ସେ ମାଆ ହେବ । ଗୋଡ଼ ତଳେ ଲାଗିଲାନି । ସନିଆ କିନ୍ତୁ ଖସ୍ସା ହେଲା, ମନ ଉଣା କଲା । "ତୁ ତ ଆଉ କାମକୁ ପାରିବୁନି ଲୋ।" ନେତ କହିଲା– "ନା'ମ ଚିନ୍ତା ନାଇଁ, ଶେଷ ମାସ ଦି'ଟା ପାରହେଲେ ଗଲା।" ସନିଆ କହିଲା, "ପୁଅଟେ ହୁଅନ୍ତା କି!" ନେତ କହିଲା, "ସେଇଟା କିଏ କହିବ ଲୋ ମାଆ, ପେଟ ଭିତରେ ସାପ ଅଛି କି ବେଙ୍ଗ ଅଛି ସେଇ ବୁଢ଼ୀ ମଙ୍ଗଳା ଜାଣିଛି।"

ନେତର ଦିହ ଏଣିକି ଅସୁଖ ହେଲା, ବାସି ପାଇଟି କରିବ କ'ଣ ଚାଲି-ବୁଲି ପାରିଲାନି। ଦିହେଁ ଦିନ ଗଣିଲେ। ରାତି-ଅଧିଆ ନେତର କୁହାଟ ଶୁଣି ଗାଁ ମାଇପେ ରୁଣ୍ଡ ହେଲେ। ଭୋରୁ ଭୋରୁ କୁଆଁ କୁଆଁ ଡାକ। ଚାରିଆଡ଼େ ଚହଲ ପଡ଼ିଲା ଯେ, ସନିଆ ଘରକୁ ଲକ୍ଷ୍ମୀ ଠାକୁରାଣୀ ବିଜେ କରିଛନ୍ତି। ସନିଆ ମୁଣ୍ଡ ଉପରେ ସତେକି ଡାହାଣୀ ସବାର ହେଲା! ନାଲି-ନାଲି ଆଖିରେ ତମତମ ହୋଇ ବାହାରକୁ ଗଲା ଯେ ମାସେ ଯାଏ ତାକୁ କେହି ଦେଖିଲେ ନାଇଁ। ତା' ପଛରେ ନେତର କ'ଣ ହେବ ଟିକେ ସେ ଭବିଲା ନାହିଁ।

ପାଖାପାଖି ମାସେ ପରେ ସନିଆ ଘରକୁ ଫେରିଲା। ସେଇ ପୁରୁଣା ରାଗ। ନେତକୁ ପରତେ ଚାହିଁଲା ନାଇଁ କି ଛୁଆର ପାଖ ମାଡ଼ିଲା ନାଇଁ। ନେତ କାମକୁ ଯାଇ ନ ଥିବାରୁ ହାତ ତା'ର ଖାଲି। ଘରେ ଖାଇବାକୁ ନାଇଁ। ଛୁଆଟାକୁ କେହି ନ ସମ୍ଭାଳିଲେ, ବାସି ପାଇଟି ବା ସେ କରିବ କେମିତି ? ସନିଆକୁ ନିଶା ଘାରିଛି। ଦିନରାତି ଗଞ୍ଜେଇ ମାରି, ନାଲି-ନାଲି ଆଖି ଦେଖାଇ ପଡ଼ି ରହିଛି।

ନେତ ମୁହଁ ମାଡ଼ି କେତେ କାଦେ, ଆଖି ତା'ର ଫୁଲିଯାଏ। ମାସକର ଛୁଆଟାକୁ କାଖରେ ଧରି ନେତ ବାହାରିଲା କାମକୁ। ପରଘରେ ମୂଲ ନ ଲାଗିଲେ ଘରେ ଚୁଲି ଜଳିବ ବା କେମିତି ? ବାହାରୁ କାମ ସାରି ଆସିଲେ ତା' ଉପରକୁ ବାଘ ପରି ଝାମ୍ପିବାକୁ ବସିଥାଏ ସନିଆ। ତା'ର ନେତ ଦିହ ଆଉ ଟଙ୍କା ଉପରେ ଲୋଭ।

ସେଦିନ ସନିଆ ଭାରି ଖୁସିରେ ଛୁଆଟାକୁ ନେତ କାଖରୁ ନେଇ ଧରିଲା। ନେତର ଆଖି ଛଳଛଳ ହେଲା। ବାପା-ଝିଅଙ୍କ ସୋହାଗ ଦେଖି ବୁଢ଼ୀ ମଙ୍ଗଳାଙ୍କୁ ମୁଣ୍ଠିଆ ମାରି ଶୁଭ ମନାସିଲା। ଛୁଆଟାକୁ ମନଭରି ଗେଲକରି କହିଲା– "ଧନଲୋ, ମୁଁ ଏଇ ଯାଇ ଏଇ ଆସିଯିବି। ବା' ପାଖେ ଥା'।" ନେତକୁ ଛାଡ଼ିଲାବେଲେ ଚିହିଁକି ଚିହିଁକି ରଡ଼ି କରୁଥାଏ ଛୁଆଟା। କେମିତି ବା ନ କାନ୍ଦିବ! ମାସକର ଥିଲା ପରା।

ମାଲିକଙ୍କ ପୁଅ ବାହାଘର ପାଇଁ ବହେ କାମ। ନେତ ଉପରେ ସବୁ ଦାୟିତ୍ୱ। ସକାଳ ଯାଇ ସନ୍ଧ୍ୟା ହୋଇଥିଲେ ବି କାମ ସରୁ ନ ଥାଏ। ସେପଟେ ନେତର ଛାତି ଓଜନିଆ ହେଲାଣି ଛୁଆଟା କିଛି ଖାଇ ନ ଥିବ। ଆସିଲାବେଲେ କ୍ଷୀର ବୋତଲଟା ସନିଆକୁ ଧରେଇ ଦେଇ ଆସିଥିଲା। ନେତର ମନ ଆଉଟୁ-ପାଉଟୁ ହେଉଥାଏ। ମନ ଭିତରେ ଗୋଲେଇଘାଣ୍ଟି ହେଉଥାଏ। ୫ଅଟ-୫ଅଟ କାମ ସାରି ଘରମୁହାଁ ସତେ ଯେମିତି ଦଉଡ଼ୁଥାଏ ନେତ।

ଘରେ ପହଞ୍ଚ ଦେଖେ ତ ଛୁଆଟା ଆରାମରେ ଶୋଇଛି। ଭାରି ଡଉଲଡଉଲ ଦିଶୁଥାଏ ସେ। ବାପା ମୁହଁଟା ପୁରା ଛେଡ଼େଇ ଆଣିଛି। ନେତ ଗେହ୍ଲାକରି ଛୁଆଟାକୁ

ଧରିଲାବେଳକୁ ଚମକିପଡ଼ିଲା। ଛୁଆ ହଲ-ଚଲ ହେଉନି। ମା'ଲୋ ମୋ ଛୁଆ ଦିହ କ'ଣ ପୂରା ଥଣ୍ଡା।

ଘର ଭିତରକୁ ନସର ପସର ହୋଇ ପଶିଆସିଲା ସନିଆ, କହିଲା– "ଆଲୋ ନେତ! ଦେଖିଲୁ ତ ମୋ କିମିଆ। ତୁ ଯିବା ପରେ ଏ ଚଣ୍ଡୀ ଏମିତି ରଡ଼ିକଲା ଯେ ମୋ ନିଶା ଗୁଡୁମ୍। ତୁ ଦେଇଥିବା କ୍ଷୀରରେ ପାନେ ଅଫିମ ମିଶେଇ ପିଏଇଦେଲି। ଏଇ ଦେଖୁନୁ ସେତିକିବେଳୁ ଚୁପ୍‌ହେଇ ଶୋଇଛି ଯେ, ଏ ଯାଏ ଉଠିନି।" ଏଇ ସମୟରେ ଦି' ଚାରିଟା ବୁଲାକୁକୁର ଏକାସାଙ୍ଗରେ ଭୋ କରି କାନ୍ଦିଉଠିଲେ। ନେତ ଆଖିରୁ ଝର-ଝର ହୋଇ ବୋହିଚାଲିଲା ତତଲା ଲୁହ। ଛାତିଟା ପୂରା ଓଦା।

ଶେଷ ଈର୍ଷା

ଝରକାର ରେଲିଂଦେଇ ସକାଳର ଖରା ସବୁଦିନ ପରି କେବେଠୁ ଆସିସାରିଥିଲା। ଖରାର ଏମିତି ଆସିବା ଯେମିତି ଗତାନୁଗତିକ, ଥମଥମ ଅଭିମାନରେ ତାକୁ ଶିବାନୀ ଶଙ୍ଖୋଲିବା ସେମିତି ଗତାନୁଗତିକ। ସେଦିନ ଶିବାନୀ ଝରକା ଏପଟୁ ଏକଲୟରେ ଚାହିଁଥାଏ। ରାସ୍ତାଦେଇ କ୍ଷୀରବୁହା ଗାଡ଼ି, ମଟର ସାଇକେଲ୍ ଓ ପିଲାଙ୍କ ସ୍କୁଲ୍ ଭ୍ୟାନ୍ ନାନା ପ୍ରକାର ଶଧରେ ସକାଳର ନିରବତାକୁ କୋଲାହଲମୟ କରୁଥାନ୍ତି। ଶିବାନୀ କାନ୍ତୁଘଣ୍ଟାକୁ ଚାହିଁଲା। ଦଶଟା ବାଜିବ। ସବୁଦିନ ଭଲି ସେଇ ନିର୍ଦ୍ଦିଷ୍ଟ ସମୟ ଏବେ ତା' ପାଇଁ ପାଖେଇ ଆସୁଛି ଯାହା ତା'ର ହୃଦୟକୁ ଅଭୁତ ଈର୍ଷା ଓ ବେଦନାରେ ଆଉ ଥରେ ଆଚ୍ଛନ୍ନ କରିବ।

ଦୁଇଜଣ ଆସି ତା' ଆଖି ଆଗରେ ଛିଡ଼ା ହୋଇଥିଲେ। ପଡ଼ୋଶୀ ଅନୁ ଓ ତା' ସ୍ୱାମୀ ସୁକାନ୍ତ। ସବୁଦିନ ସୁକାନ୍ତଙ୍କର ସାର୍ଟର ରଙ୍ଗକୁ ମ୍ୟାଟିଂ କରି ଶାଢ଼ି ପିନ୍ଧିବାପରି ଆଜି ମଧ୍ୟ ଅନୁ ପିନ୍ଧିଛି ସୁନ୍ଦର ହାଲୁକା ବାଇଗଣୀ ରଙ୍ଗର ଶାଢ଼ି। ତା'ର ହେୟାର କ୍ଲିପ୍, ଭ୍ୟାନିଟି ଓ ଚପଲ ସବୁ ସୁନ୍ଦର। ବାଇକ୍‌ର ଆଇନାରେ ନିଜ ମୁଣ୍ଡକୁ ସଜାଡ଼ି ଗାଗଲ୍‌ସ ଲଗେଇଲେ ସୁକାନ୍ତ ବାବୁ। ଅନୁ ମଧ୍ୟ ତା'ର କଳା ଚଷମା ପିନ୍ଧିସାରିଥିଲା। ସୁକାନ୍ତ ବାଇକ୍‌ରେ ବସିବା କ୍ଷଣି ଶାଢ଼ି ପଣତକୁ ଅଣ୍ଟା ପାଖକୁ ଟାଣି ସୁକାନ୍ତଙ୍କ କାନ୍ଧରେ ହାତରଖି ବସିପଡ଼ିଲା ଅନୁ। ତା' ହାତର ଚମ୍ପାକଢ଼ିଆ ଆଙ୍ଗୁଲି ଶିବାନୀକୁ ଦିଶିଯାଉଥାଏ। ଅନୁ ଓ ସୁକାନ୍ତ ଯେମିତି ଦିହେଁ ଦିହଙ୍କ ପାଇଁ ଜନ୍ମ। ସବୁବେଳେ ପ୍ରେମପକ୍ଷୀ ପରି ଦୁଇଜଣ ଏକାଠି ବୁଲନ୍ତି।

ନିଜ କଥା ମନେପଡ଼ିଲା ଶିବାନୀର। ଥରେ ସୁରେନ୍ଦ୍ର ବ୍ୟବସାୟ କାମରେ ବାହାରକୁ ଯିବା ପାଇଁ ପ୍ରସ୍ତୁତ ହେଉଥିଲେ। ପାଦ ଚିପି ଚିପି ଓ ସାହସ ସଂଚୟ କରି ସେ ସୁରେନ୍ଦ୍ର ପାଖକୁ ଯାଇଥିଲା। ମୁଣ୍ଡ ତଳକୁ କରି ଧୀର କଣ୍ଠରେ କହିଥିଲା ଯେ

ସୁକାନ୍ତ ଓ ଅନୁ ବୁକ୍ କରିଥିବା ଟ୍ୟାକ୍ସିରେ ସେ ପୁରୀ ଯିବ। ଶିବାନୀର କଥା ନ ସରୁଣୁ ସବୁଥର ପରି ଚିହିଙ୍କି ଉଠି ସୁରେନ୍ଦ୍ର କହିଥିଲେ– "ଯାଉନୁ ଯୁଆଡ଼େ ଯିବୁ, ମୁଁ କ'ଣ ତତେ ବାନ୍ଧି ରଖିଛି ? ତୋ' ଚେହେରା ଦେଖିଲେ ତ ମଣିଷର ବୁଲିଯିବାର ଇଚ୍ଛା ମରିଯିବ।" ସେତେବେଳେ ଶିବାନୀର ଛାତି ଭିତରେ ଦୁଃଖର ଜୁଆର ଥଲକୂଲ ପାଇ ନଥିଲା। ସେ ସୁରେନ୍ଦ୍ର ପାଖରୁ ତୁରନ୍ତ ଚାଲି ନ ଆସିଥିଲେ ସେଇଠି କାନ୍ଦିପକେଇଥା'ନ୍ତା।

ଏସବୁ ସତ୍ତ୍ୱେ ଶିବାନୀ ପରଦିନ ସେମାନଙ୍କ ସହିତ ପୁରୀ ବାହାରିଥିଲା। ତା'ର ଗହଲ କେଶକୁ ସଜେଇ ଖୋଷାଟିଏ କରିଥିଲା। ମଥା ଉପରେ ସବୁଦିନ ଅପେକ୍ଷା ଆଉ ଟିକେ ବଡ଼ ବିନ୍ଦି ପିନ୍ଧିଥିଲା। ତାକୁ ତା' ଚେହେରା ସେଦିନ ବେଶୀ ସୁନ୍ଦର ଲାଗିଥିଲା। ଜଗନ୍ନାଥ ଦର୍ଶନ କଲାବେଳେ ସ୍ୱାମୀର ଦୀର୍ଘଜୀବନ କାମନା କରି ମୁଣ୍ଡିଆ ମାରିଲାବେଳେ ଶିବାନୀର ଆଖିରୁ ଅବିଶ୍ରାନ୍ତ ଅଶ୍ରୁ ଝରିଥିଲା। ସମୁଦ୍ର ପାଖରେ ଅନୁ ଓ ସୁକାନ୍ତ ବାଲିମିଶା ପାଣିରେ ଛୋଟପିଲା ପରି ଖେଳୁଥିଲେ। ବଡ଼ ଲହଡ଼ିଟିଏ ମାଡ଼ିଆସିଲା ବେଳେ ସୁକାନ୍ତ ଅନୁର ହାତ ଦୁଇଟିକୁ ଭିଡ଼ି ଧରିବାର ଦୃଶ୍ୟ ଦେଖି କାହିଁକି କେଜାଣି ଈର୍ଷା ଏବଂ ଅବ୍ୟକ୍ତ ବେଦନାରେ ଛଟପଟ ହୋଇଉଠିଥିଲା ଶିବାନୀ।

ସୁରେନ୍ଦ୍ରଙ୍କ ନାକ ତଳକୁ ଥିବା ମୋଟା ନିଶ ଶିବାନୀକୁ ଭଲ ଦିଶେନାହିଁ। ଯଦି ନିଶ କାଟିଦିଅନ୍ତେ ତେବେ ସୁକାନ୍ତ ବାବୁଙ୍କ ଠାରୁ ମଧ୍ୟ ସୁରେନ୍ଦ୍ର ଭଲ ଦିଶନ୍ତେ ବୋଲି ତା'ର ବିଶ୍ୱାସ। କିନ୍ତୁ ବଦ୍ରାଗୀ ସ୍ୱାମୀଙ୍କୁ ଶିବାନୀ ସେକଥା କହିପାରେ ନାହିଁ। ଏମିତି ଭାବନା ଭିତରେ ଶିବାନୀର ପୁରୀ ବୁଲା କେମିତି ଶେଷ ହୋଇଥିଲା ସେ ତାହା ଜାଣିପାରି ନଥିଲା। ଗାଡ଼ିରୁ ଓହ୍ଲାଇ ପୁରୀ ଭୋଗ ଟିକେ ଦେବାବେଳେ ଅନୁ ତାକୁ କହିଥିଲା, "କେତେ ଭଲ ହେଇଥା'ନ୍ତା, ଯଦି ସାଙ୍ଗରେ ସୁରେନ୍ଦ୍ର ଯାଇଥା'ନ୍ତେ ! ତୋ' ପାଇଁ ଦୁଃଖ ଲାଗୁଛି ଶିବାନୀ।"

ଅନୁ ଓ ସୁକାନ୍ତ କେବେଠାରୁ ଯାଇସାରିଥିଲେ। ଶିବାନୀ ଖଟ ଉପରେ ବସି ସେମାନଙ୍କ କଥା ଭାବୁଥିଲା ଓ ନିଜ ଭାଗ୍ୟକୁ ନିନ୍ଦୁଥିଲା। ପୁରୀ ଅନୁଭୂତି ପରି ଅନେକ ପିଛିଲା କଥା ମନେପଡ଼ି ଆଖିକୋଣରୁ ଲୁହ ଓଟାରି ଆଣୁଥିଲା।

ସୁରେନ୍ଦ୍ରଙ୍କ ସହିତ ଶିବାନୀର ବାହାଘର ହେବାର ମାତ୍ର ମାସ କେଇଟା ଭଲରେ କଟିଥିଲା। ତା'ପରେ ସବୁ ଶେଷ ହେଇଗଲା। ବାପା ମା'ଙ୍କର ଏକମାତ୍ର ଅଲିଅଣୀ ଝିଅ ଭାବରେ ଶିବାନୀ ସ୍ନେହ ଆଦରରେ ବଢ଼ିଥିଲା। ସଂସାରର ଘରକରଣା କ'ଣ ସେ କେବେ ବୁଝି ନଥିଲା। ସେଥିପାଇଁ ବାହାଘର ପରେ ସୁରେନ୍ଦ୍ର ତା' ଚାଲିଚଲନ, ସରଳ ସ୍ୱଭାବ ଆଉ ଦେହର କଳାରଙ୍ଗ ପାଇଁ ଯାଉଣୁ ଆସୁଣୁ ଖୁଣା ଦେବାକୁ ଆରମ୍ଭ କରିଥିଲେ। ଧୀରେ ଏହା ବଢ଼ି ବଢ଼ି ଚାଲିଲା। ସୁରେନ୍ଦ୍ର ଓ ଶିବାନୀଙ୍କ ଭିତରେ କେବଳ

ହଁ–ନାହିଁର ଏକ ସଂପର୍କ ଗଢ଼ିଉଠିଲା। ଆବଶ୍ୟକ ପଡ଼ିଲେ କଥା ହୁଏ ଶିବାନୀ, ନଚେତ୍ ନିରବ ଥାଏ। ସୁରେନ୍ଦ୍ରଙ୍କୁ ସେ ଯେତେ ଡରେନି ସେତେ ଡରେ ତାଙ୍କର ଆକ୍ଷେପ ଓ ନିର୍ଦୟ ବ୍ୟବହାରକୁ। ଶିବାନୀର ରଙ୍ଗ କଳା ଓ ସେ ଦେଖିବାକୁ ଅସୁନ୍ଦରୀ ବୋଲି ସୁରେନ୍ଦ୍ର ତାକୁ ନିଜ ସାଥିରେ କୌଣସି ଦିନ ବାହାରକୁ ବୁଲାଇ ନିଅନ୍ତି ନାହିଁ। ଶିବାନୀ ବୁଲି ବାହାରିଲେ ନାନା ଆଳ ଦେଖାଇ ସୁରେନ୍ଦ୍ର ଏଡ଼େଇ ଚାଲିଯାଆନ୍ତି। ସୁରେନ୍ଦ୍ର ଡେଙ୍ଗା ଓ ସୁନ୍ଦର ବୋଲି ତାଙ୍କ ମନରେ ଅଭିମାନ।

       ଶିବାନୀର ବାପା ଶିବାନୀ ନାଁରେ ଉଇଲ୍ କରିଦେଇଥିବା ଚାରି ଏକର ଚାଷଜମିକୁ ଆଣି ସୁରେନ୍ଦ୍ର କିଛି କରିବାର ଯୋଜନା ରଖିଥାନ୍ତି। ସେଇଥିରେ ତାଙ୍କର କେବଳ ଲୋଭ। ବେଳେବେଳେ ଶିବାନୀକୁ ଖୁବ୍ ଏକଲା ମନେହୁଏ। ବାହାଘରର ଅର୍ଥ ବୁଝିବା ତ ଦୂରର କଥା, ଆଗକୁ କେମିତି ସୁରେନ୍ଦ୍ରଙ୍କ ଉଲୁଗୁଣା ସହି ଜୀବନ କାଟିବ ସେକଥା ସେ ଚିନ୍ତା କରିପାରେ ନାହିଁ। ସୁରେନ୍ଦ୍ର ତାଙ୍କର ବ୍ୟବସାୟ କାମରେ ଚାଲିଗଲା ପରେ ତକିଆକୁ ଧରି ଭୋ ଭୋ ହୋଇ କାନ୍ଦିଉଠେ ଶିବାନୀ। ଝିଅମାନଙ୍କ ଜୀବନ ହିଁ ଏମିତି ! ବାହାଘର ଗୋଟେ ଅଭୁତ ବୁଝାମଣା, ଶେଷଯାଏ ଗୋଟିଏ ପରିସ୍ଥିତି ସହିତ ସାଲିସ୍ କରି ରହିବାକୁ ହୁଏ।

       ଦିନେ ଦିନେ ଶିବାନୀର ଆଖି ଦି'ଟା କାନ୍ଦିକାନ୍ଦି ଫୁଲିଯାଏ। ଜନ୍ମ ବେଳୁ ମରିଯାଉଥିଲେ ଭଲ ହେଇଥାନ୍ତା ବୋଲି ସେ ଭାବେ। ସୁରେନ୍ଦ୍ରଙ୍କୁ ଖୁସି କରିବା ପାଇଁ ତା'ର ଅନବରତ ଚେଷ୍ଟା ଭିତରେ ସେ ଆହୁରି ଭୁଲ୍ କରିବସେ। କେବେ ଭାତ ପେଜୁଆ ହୋଇଥାଏ ତ କେବେ ଶାଗ ଲୁଣିଆ। କେବେ ଖିରି କରିବା ଚେଷ୍ଟାରେ ତାକୁ ସେ ଯାଉ କରିଦିଏ। କେବେ ନିଜକୁ ସଜେଇବାକୁ ଯାଇ ମୁହଁରେ ମେଞ୍ଚେ କ୍ରିମ୍ ବୋଲି ତା' ଉପରେ ପାଉଡର ମାଖିଦିଏ। ତା'ର ସେ ଚେହେରା ଦେଖି ସୁରେନ୍ଦ୍ର ଆହୁରି ପରିହାସ କରନ୍ତି, ଉଲୁଗୁଣା ଦିଅନ୍ତି। ଯେତେ ଚେଷ୍ଟା କଲେ ବି ଶିବାନୀ ସୁରେନ୍ଦ୍ରଙ୍କୁ ନିଜର କରିପାରେ ନାହିଁ। ନିଜର ଅଲକ୍ଷଣିଆ ଜୀବନ ପାଇଁ ସେ ଠାକୁରଙ୍କୁ ଦାୟୀ କରେ। ଠାକୁରେ ଯଦି ତାକୁ ଅନୁ ପରି ସୁନ୍ଦରୀ କରିଥା'ନ୍ତେ ତେବେ କ'ଣ ତାଙ୍କର ଅସୁବିଧା ହେଇଯାଇଥା'ନ୍ତା ?

       ଆଉ ଗୋଟେ ଦିନର କଥା ଶିବାନୀର ମନେପଡ଼ୁଥିଲା। ସେଦିନ କବାଟ ଖଡ଼ଖଡ଼ ଶବ୍ଦ ଶୁଣି ସେ ଚମକି ଚାହିଁଥିଲା। ସୁରେନ୍ଦ୍ର ଗୋଟେ କଳା ପଲିଥିନ୍‌ରେ ଗୁଡ଼ା ହେଇଥିବା ସଉଦା ଆଣି ରୋଷେଇ ଘରେ ଥୋଇଥିଲେ। ଶିବାନୀ ବିଚଳିତ ହୋଇ ଉଠିଥିଲା। ମାଛ କି ମାଂସ ରାନ୍ଧିବା ଦିନ ସୁରେନ୍ଦ୍ର ଅଧିକ ରାଗନ୍ତି। ମସଲାରେ ଲଙ୍କାର ଭାଗ ଅଧିକା ହେଲେ ରାଗନ୍ତି, କମିଗଲେ ବି ରାଗନ୍ତି। ଶିବାନୀ ସେଦିନ ମନଦେଇ

ରୋଷେଇ କରିଥିଲା। ଭାବିଥିଲା ସୁରେନ୍ଦ୍ର ତା' ରୋଷେଇକୁ ପ୍ରଶଂସା କରିବେ। ମାତ୍ର ଖାଇବା ଆରମ୍ଭ ନ କରୁଣୁ ସୁରେନ୍ଦ୍ର ମାଛ ତରକାରି ଗିନାକୁ ଏମିତି ତଳେ କଟାଡ଼ିଦେଲେ ଯେ ତରକାରିର ଗରମ ଝୋଳ ସବୁ ଆସି ଶିବାନୀର ପାଦରେ ପଡ଼ିଥିଲା। ତରକାରିର ଗରମ ଚିଆଁରେ ଶିବାନୀର ଗୋଡ଼ ଅସମ୍ଭବ ଭାବରେ ପୋଡ଼ିଉଠିଥିଲା। ପାଦର କଷ୍ଟ ଅପେକ୍ଷା ମନର ଜ୍ୱଳନ ତାକୁ ଅଧିକ କୁହୁଳଉଥାଏ। ସେ ପ୍ରସ୍ତୁତ ହେଉଥିଲା, ସୁରେନ୍ଦ୍ରଙ୍କ ଗର୍ଜନ ଶୁଣିବ। ସୁରେନ୍ଦ୍ର ଗର୍ଜି ଉଠିଥିଲେ– "ତୋ ପରି ଝିଅକୁ ବାହା ହେବା କଥା ନୁହଁ। ନା ତୋର ଢଙ୍ଗ ଅଛି ନା ରଙ୍ଗ ଅଛି। ମଣିଷ ଶାନ୍ତିରେ ଦି'ଟା ଖାଇ ବି ପାରୁନି।" ଶିବାନୀ କହିଦେଇଥିଲା, "ମୁଁ ଯଦି ଠିକ୍ ଭାବରେ ରାନ୍ଧିପାରୁନି ତମେ ରାନ୍ଧିଲ।" ବାସ୍ ଏତିକି। ବାଘ ଲମ୍ଫ ଦେଲା ପରି ଝପଟି ଆସିଥିଲେ ସୁରେନ୍ଦ୍ର ଓ ଠୋ ଠୋ କରି ଶିବାନୀ ଗାଲରେ ଚାପୁଡ଼ା ପରେ ଚାପୁଡ଼ା କଷିଦେଇ ଚାଲିଯାଇଥିଲେ। ଆତ୍ମାର ଅପମାନ, ମନର କୋହ ଏବଂ ଶରୀରର ଯନ୍ତ୍ରଣାରେ ଅତିଷ୍ଠ ଶିବାନୀ ବିକଳରେ ବାହୁନି ଉଠିଥିଲା। ସେ ସ୍ଥିର କରିଥିଲା ଏ ଘର ଓ ସୁରେନ୍ଦ୍ରଙ୍କୁ ଛାଡ଼ି ଚାଲିଯିବ। କିନ୍ତୁ କୁଆଡ଼େ ବା ଯିବ ? ନା ସେ ବେଶୀ ପାଠ ପଢ଼ିଛି ନା ସହର-ବଜାର ସଂପର୍କରେ କିଛି ଜାଣିଛି ! ରାସ୍ତା ଉପରେ ଗାଡ଼ି ମଟର ଘୁ-ଘାଁ ହେଲେ ସେ ଡରିଯାଏ। ଗାଉଁଲି ଝିଅଟିଏ ସେ। ଏସବୁ ଘଟଣା ଶୁଣି ତା' ବାପା ମା' ଭାଙ୍ଗିପଡ଼ିବେ। 'ଦେଲା ନାରୀ ହେଲେ ପାରି' ଭାବି ସେମାନେ ଖୁସିରେ ଅଛନ୍ତି। ସେମାନଙ୍କୁ କାହିଁକି କଷ୍ଟ ଦେବ ବୋଲି ସେ ଭାବିଥିଲା। ଶିବାନୀ ଖଟ ଉପରୁ ଉଠିଲା। ନା, ଆଉ ନୁହେଁ। ସେ ବଞ୍ଚୁ କି ମରୁ, ଏଠୁ ଚାଲିଯିବ। ଆଉ ଏଠି ରହିପାରିବ ନାହିଁ।

ସେ ଖଣ୍ଡିଏ ବ୍ୟାଗ୍ ଆଣି ତା' ଭିତରେ ନିଜର ଲୁଗାପଟା ଭର୍ତ୍ତି କଲା। କାଲି ସକାଳୁ ସେ ଏଠୁ ଚାଲିଯିବ। କାହାଘରେ ମୂଲ ଲାଗି ଅବା ବାସନ ମାଜି ରହିବ ପଛେ ସେ ସୁରେନ୍ଦ୍ରଙ୍କ ପାଖରେ ରହିବ ନାହିଁ କି ବାପ ମା'ଙ୍କ ପାଖକୁ ଯିବ ନାହିଁ ବୋଲି ସ୍ଥିର କଲା।

ଅଶାନ୍ତିରେ ଖରାବେଳ ଗଡ଼ି ରାତି ହେଲା। ସୁରେନ୍ଦ୍ର କବାଟ ବାଡ଼େଇବାରୁ ଶିବାନୀ ଭୟରେ ପୁଣି ଥରିବାକୁ ଲାଗିଲା। ଏଡ଼େ ବଦ୍‌ରାଗୀ ଲୋକ ପାଖରେ ସାରା ଜୀବନ କାଟିବା ଆଦୌ ସହଜ ନ ଥିଲା। ଗୋଟେ ଘରେ ଦୁଇଟା ମଣିଷ ନଦୀର ଦୁଇଟି ଧାର ପରି ରହିଲେ କେମିତି ଅବା ସଂସାର ଚାଲିବ ? ଶିବାନୀର ମନେପଡ଼ୁଥିଲା ବାହାଘର ପରର ପ୍ରଥମ ଛଅ ମାସର କଥା। ଯେତେବେଳେ ସୁରେନ୍ଦ୍ରଙ୍କୁ ସେ ଭଲ ଭାବରେ ବୁଝି ନ ଥିଲା ସେତେବେଳେ ତାଙ୍କର ସବୁ ଆକ୍ରୋଶକୁ ସେ ମଥାପାତି ସହି ନେଉଥିଲା। କାମରୁ ଫେରିଲା ପରେ ସୁରେନ୍ଦ୍ର

ମିଠାମିଠା କଥା କହି ସକାଳର ଗାଳିଗୁଲଜକୁ ଭୁଲେଇ ଦେଉଥିଲେ। କିନ୍ତୁ କେତେଶୀଘ୍ର ତା' ଦାମ୍ପତ୍ୟ ଜୀବନର ମଧୁର ସଂପର୍କଟି ପୋକଖିଆ ଡାଳ ପରି ଖସିପଡ଼ିଲା, ତାହା ଶିବାନୀ ବୁଝିପାରିଲା ନାହିଁ। ଆଜିକାଲି ସୁରେନ୍ଦ୍ର ତାକୁ ଦିନରେ ଚାହିଁବା ତ ଦୂରର କଥା, ରାତିରେ ଶୋଇଲାବେଳେ ମୁହଁ ବୁଲେଇ ଶୁଅନ୍ତି। ଶିବାନୀ ବୁଝିଛି ଯେ ସେ ଶିକ୍ଷିତା ନୁହେଁ, ସୁନ୍ଦରୀ ନୁହେଁ, ତା'ର ବେଶଭୂଷା, ଚାଲିଚଳନ କାହାର ମନକୁ ଆକର୍ଷଣ କରେ ନାହିଁ। ଏସବୁ କଥା ଭାବିବସିଲେ ଶିବାନୀର ମନ ଭିତରଟା ବିକଳରେ ଆଉଟୁପାଉଟୁ ହୁଏ। ସେଦିନ ରାତିରେ ଜାଣିଜାଣି ସେ ନିଦରେ ଶୋଇବାର ଅଭିନୟ କଲା। ସୁରେନ୍ଦ୍ରଙ୍କର ଆସିବା ଏବଂ ଶୋଇବା ସବୁ ସେ ଜାଣିପାରିଥିଲା। ସୁରେନ୍ଦ୍ରଙ୍କର ଘୁଙ୍ଗୁଡ଼ି ଶୁଣିବା ପରେ ସେ ହାଲୁକା ଅନୁଭବ କଲା। ସେ ଶୋଇପଡ଼ିବ ନାହିଁ। ରାତି ନ ପାହୁଣୁ ସେ ଏ ଘର ଛାଡ଼ି ଚାଲିଯିବ ବୋଲି ମନେ ମନେ ସ୍ଥିର କଲା।

ରାତିଅଧରେ କାହାର ଚିକ୍କାର ଶୁଣି ଶିବାନୀର ଅଧାନିଦ ଭାଙ୍ଗିଗଲା। ଏତେ ରାତିରେ କିଏ ପାଟି କରୁଛି ଭାବି ସେ ଉଠିପଡ଼ିଲା। ଟିକେ କାନେଇଲା ପରେ ଏକ ଚିହ୍ନାସ୍ୱର ପରି ତାକୁ ମନେହେଲା। ଏ ତ ତା'ର ପାଖ ପଡ଼ୋଶୀ ସୁକାନ୍ତ ବାବୁଙ୍କ ସ୍ତ୍ରୀ ଅନୁର ସ୍ୱର! କ'ଣ ହେଇଛି ଜାଣିବା ପାଇଁ ଯେତେବେଳେ ସେ କବାଟ ଖୋଲି ବାହାରକୁ ବାହାରିଲା ଦେଖିଲା ସବୁଆଡ଼ ଅନ୍ଧାର। କେବଳ ସୁକାନ୍ତ ବାବୁଙ୍କ ଘର ଭିତରୁ ଚେନାଏ ଆଲୁଅ ବାହାରକୁ ଛିଟିକି ପଡ଼ିଛି। ଉତ୍କଣ୍ଠା ଓ କୌତୂହଳରେ ଶିବାନୀ ସେଇଆଡ଼କୁ ଚାଲିଲା। ତିନିଟା ଘର ଛାଡ଼ି ସୁକାନ୍ତ ବାବୁଙ୍କ ଘର। ସୁକାନ୍ତ ଓ ଅନୁ ଦିହେଁ ଗୋଟିଏ ଅଫିସରେ କାମ କରନ୍ତି। ଭଲ ସଂପର୍କ। ସେ କାନେଇଲା। ଏଥର ଶିବାନୀକୁ ସ୍ୱଷ୍ଟ ଶୁଭିଲା ଅନୁର ସ୍ୱର। ଦରଜା ଫାଙ୍କରୁ ଶିବାନୀ ଯାହା ଦେଖିଲା ନିଜ ଆଖିକୁ ବିଶ୍ୱାସ କରିପାରିଲା ନାହିଁ। ସୁକାନ୍ତ ବାବୁ ତଳେ ପଡ଼ିଥିବା ଅନୁକୁ ଗୋଇଠା ପରେ ଗୋଇଠା ମାରିଚାଲିଥାନ୍ତି। ଅନୁ ଗୋଟେ କାଠଗଡ଼ ପରି ଘର ଭିତରେ ଗଡ଼ୁଥାଏ। ସୁକାନ୍ତ ବାବୁ ଚିକ୍କାର କରି କହୁଥାନ୍ତି- “ତୋ ଦରମା ସବୁ ଯାଉଛି କୁଆଡ଼େ? ବାପଘରକୁ ଯେତେ ଦେଲେ ତୋ ମନ ପୂରୁନି? ଯା' ବାହାରି ଯା' ଏଠୁ।” ଅନୁ ବଡ଼ପାଟିରେ କହୁଥାଏ- “ମୋର ଛୋଟ ଭାଇକୁ ଯଦି କିଛି ପଇସା ଦେଇଦେଲି ତ କ'ଣ ହେଲା? ଏଥର ତମ ମାଡ଼-ଗାଳି ମୁଁ ଆଉ ସହିବିନି।”

ପୁଣି ଗୋଟେ ଗୋଇଠା ମାରି ସୁକାନ୍ତ ବାବୁ କହିଲେ, “ଯାଉନୁ ଯାହାକୁ କହୁଛୁ କହ। ମୋର କିଏ କ'ଣ ବିଗାଡ଼ିଦେବ ମୁଁ ଦେଖିବି।” ଯ୍ୟା' ଭିତରେ ସୁକାନ୍ତ ବାବୁ ଅନୁର ଚୁଟିକେରାକୁ ଧରି ଘୋଷାଡ଼ିଲା ପରି ଟାଣିନେଲେ। ଏ ଦୃଶ୍ୟ ଦେଖି

ଶିବାନୀ ନିଜକୁ ସମ୍ଭାଳି ପାରିଲାନି। ତା' ଦେହହାତ ଥରିବାକୁ ଲାଗିଲା। ସେ ଜାଗା ଛାଡ଼ି ସେ ଘରକୁ ଧାଇଁ ଧାଇଁ ଫେରି ଆସିଲା।

ଘର ଭିତରକୁ ପଶିଯାଇ ସେ ଝରକାବାଟେ ଆକାଶକୁ ଚାହିଁଲା। ତା' ବାପା ସବୁବେଳେ ତାକୁ କହୁଥିଲେ ଜହ୍ନକୁ ଚାହିଁଲେ ଶାନ୍ତି ମିଳେ। ଶିବାନୀର ମୁଣ୍ଡ ବୁଲେଇ ଦେଲାପରି ଲାଗୁଥିଲା। ସେଇଠି ବସୁ ବସୁ ସେ ବିଛଣାରେ ଗଡ଼ିପଡ଼ିଲା। ସକାଳ ଖରାର ତେଜ ଓ ରାସ୍ତାର ଗାଡ଼ି ଶବ୍ଦରେ ନିଦ ଭାଙ୍ଗିଲା ଶିବାନୀର। ଦିନ ଦଶଟା ପାଖାପାଖି ହେବଣି। ରାତିର ଘଟଣା ତାକୁ ଏକ ଦୁଃସ୍ୱପ୍ନ ଭଳି ମନେ ହେଉଥାଏ। ତଥାପି କିଛିକ୍ଷଣ ଖଟରେ ପଡ଼ିପଡ଼ି ସେ ଭାବିହେଲା ଅନୁ କଥା। ସୁକାନ୍ତ ବାବୁଙ୍କ ବାଇକ୍ ଶବ୍ଦ ଶୁଣି ଶିବାନୀ ଧଡ଼ପଡ଼ ହୋଇ ଉଠିପଡ଼ିଲା ଓ ଝରକା ପାଖକୁ ଦଉଡ଼ିଗଲା। ସୁକାନ୍ତ ବାବୁଙ୍କ ସାର୍ଟ ରଙ୍ଗକୁ ମ୍ୟାଚ୍ କରି ଫିକା ଗୋଲାପୀ ରଙ୍ଗର ଜର୍ଜେଟ୍ ଶାଢ଼ିରେ ଅତି ସୁନ୍ଦର ଦିଶୁଥାଏ ଅନୁ। ସୁକାନ୍ତ ବାବୁ ବାଇକ୍ ଷ୍ଟାର୍ଟ କଲେ। ତାଙ୍କ କାନ୍ଧରେ ହାତ ରଖି ବସିଲା ଅନୁ ଓ ସବୁଦିନ ପରି ନିଜ ଅଫିସ୍‌କୁ ବାହାରିଗଲେ। ଶିବାନୀକୁ କାହିଁକି କେଜାଣି ଏତେ ଦୁଃଖ ଭିତରେ ହସ ଲାଗିଲା। ଆଗକୁ ଝୁଲିଥିବା ଚୁଟିକେରାକୁ ପଛକୁ ନେଇ ବାନ୍ଧିଦେଲା। ସେ ଖଟ ତଳେ ଲୁଚେଇ ରଖିଥିବା ବ୍ୟାଗ୍ ଭିତରୁ ନିଜ ଲୁଗାଗୁଡ଼ିକ ବାହାର କରି ପୁଣି ଯଥାଜାଗାରେ ସଜେଇ ରଖିଲା। ଆଜି ପ୍ରଥମ ଥର ପାଇଁ ଅନୁର ସୌଭାଗ୍ୟ ତା' ମନରେ ଈର୍ଷା ସୃଷ୍ଟି କରୁ ନଥିଲା। ଜୀବନ ଓ ଜିଇବାର କଳାକୁ ନେଇ ସେ ଅଭିଜ୍ଞ ହୋଇଗଲା ପରି ଅନୁଭବ କରୁଥିଲା।

ଅପାସୋରା ଗଜଲ୍

ଝରକା ବାହାରକୁ ଚାହିଁଲେ ଓଡ଼ଗଛର ଶୁଖିଲା ପତ୍ରସବୁ ଖସୁଥିବାର ଦୃଶ୍ୟ ପ୍ରାୟ ସବୁଦିନିଆ । ଗଛରୁ ଝରିଯାଇ ସେଗୁଡ଼ିକ ବିଛାଡ଼ି ହୋଇ ପଡ଼ିଥାନ୍ତି । ଏମିତି ପଥଧାରରେ ପତ୍ରଝଡ଼ । ମୁଁ ଯେବେବି ଦେଖେ ମୋର ମନେ ପଡ଼ିଯାଏ ଏକଦା ଶୁଣିଥିବା ମହାମୃତ୍ୟୁଞ୍ଜୟ ମନ୍ତ୍ର ମର୍ମାର୍ଥ । ପତ୍ର ଅବା ଫୁଲ ହେଉ ବୃନ୍ତରୁ ଶୁଖିଯାଇ ଝରିପଡ଼ିବା ପରି ମାନବର ଆତ୍ମା ଶରୀରରୁ କଷ୍ଟଶୂନ୍ୟ ହୋଇ ବିଦାୟ ନେବାର ସେହି ଦର୍ଶନ ଖୁବ୍ ମାର୍ମିକ । କିନ୍ତୁ ସତରେ କ'ଣ ଏଭଳି ପରିଣତିକୁ ସହଜରେ ଗ୍ରହଣ କରିହୁଏ ? ଏ ଯେମିତି ଗୋଟେ ଉଜ୍ଜାସରିଆ-ଦୃଢ଼ ଗଛ ରାତି ପାହି ସକାଳ ହେଲା ବେଳକୁ ଆକସ୍ମିକ ଭାବରେ ଧରାଶାୟୀ ହୋଇପଡ଼ିଥିବ । ଗତକାଲି ସାକ୍ଷାତ୍ କରି ଆସିଥିବା ମଣିଷଟି ତା' ପରଦିନ ସେ ନଥିବାର ଖବର ପାଇବା ! କି ଅଭୁତ ସତରେ !

ସତରେ ରହସ୍ୟାଛନ୍ନ ଏ ଜୀବନର ଛନ୍ଦପତନ । ଯେଉଁଦିଗରୁ ତା'ର ସତ୍ୟକୁ ଜଣେ ଉନ୍ମୁକ୍ତ କରିବାକୁ ଚାହିଁବ, ଆର ଦିଗରୁ ଅନ୍ୟ ଏକ ରହସ୍ୟ ଯୋଡ଼ି ହୋଇଥିବ । ଆଗରୁ କେବେବି ମୃତ୍ୟୁକୁ ନେଇ ଏହି ଅମୀମାଂସିତ ଦର୍ଶନ ସଂପର୍କରେ ଏମିତି ମୁଁ ଭାବୁନଥିଲି । କିନ୍ତୁ ତା' ସହ ସେ ପିଲାଟି ଚାଲିଗଲା ପରେ ଜୀବନ ମୃତ୍ୟୁର ଏଇ ଅସମାଧିତ ଗଣିତକୁ ମୁଁ ବୁଝିବାକୁ ଚେଷ୍ଟା କରୁଥିଲି ।

ବିଶ୍ୱବିଦ୍ୟାଳୟ ସ୍ତରରେ ସେମିଷ୍ଟାର ପରୀକ୍ଷା ଖୁବ୍ ସ୍ୱାଭାବିକ ପ୍ରକ୍ରିୟା । ଅଧ୍ୟାପନା କ୍ଷେତ୍ରରେ ଥିଲେ ପରୀକ୍ଷା ହଲରେ ପରୀକ୍ଷା ନିରୀକ୍ଷକ ହେବାର ଦାୟିତ୍ୱ ତ ରହିବ । ପରୀକ୍ଷା ହଲକୁ ଆସୁଥିବା ପ୍ରତିଟି ଝିଅମାନଙ୍କ ଭିତରେ ମୁଁ ମୋ ନିଜକୁ ଖୋଜେ । ଅତୀତରେ ପାଠପଢ଼ା ସମୟର ମୋ ଭିତରର ସେଇ ଛାତ୍ରୀକୁ ମୁଁ ଖୋଜି ପାଉଥାଏ ସେମାନଙ୍କ ଭିତରେ । ସେମାନେ ପରୀକ୍ଷା ହଲ୍ ସାମ୍ନାରେ ଭିଡ଼ ଜମେଇ ଖୁବ୍ ଅସ୍ତବ୍ୟସ୍ତ ହୋଇ ନୋଟିସ୍ ବୋର୍ଡରେ ଲାଗିଥିବା ନାମ ତାଲିକାରେ ନିଜ ରୋଲ୍

ନମ୍ବର ଖୋଜୁଥାନ୍ତି । ପୁଣି ନିର୍ଦ୍ଦିଷ୍ଟ ହଲ୍ ସମ୍ମୁଖରେ ଲଗାହୋଇଥିବା ଲିଷ୍ଟରେ ନିଜ ରୋଲ୍ ନମ୍ବର ନପାଇ ଅନ୍ୟ ହଲ୍ ଆଡ଼କୁ ଧାଉଁଥାନ୍ତି ଉଦ୍‌ବିଗ୍ନ ହୋଇ । ନିଜ ସିଟ୍‌ରେ ବସିଗଲେ ଯାଇ ତେଣିକି ଚିନ୍ତାନାହିଁ । ପ୍ରଶ୍ନପତ୍ର ପାଇବା ପୂର୍ବରୁ ହିଁ ପିଲାଙ୍କୁ ପରୀକ୍ଷା ଖାତାରେ ନିଜ ନିଜ ରୋଲ୍ ନମ୍ବର, ବିଷୟ, ତାରିଖ ଲେଖିବାକୁ ହୁଏ ଏବଂ ତା'ପରେ ଇନ୍‌ଭିଜିଲେଟର ସେସବୁକୁ ଠିକ୍ ଲେଖା ହୋଇଛି କି ନାହିଁ ଯାଞ୍ଚ କରି ଦସ୍ତଖତ କରନ୍ତି ।

ତିନିଘଣ୍ଟିଆ ପରୀକ୍ଷା ଚାଲିଲେ ପରୀକ୍ଷକଙ୍କୁ ଟିକେ ସମସ୍ୟା ହୁଏ । ଦୀର୍ଘ ସମୟ ପରୀକ୍ଷା ହଲ୍‌ରେ ଛିଡ଼ାହୋଇ ରହିବାକୁ ହୁଏ ଓ ହଲ୍‌ସାରା ବୁଲିବୁଲି ପିଲାଙ୍କ ଉପରେ ନଜର ରଖିବାକୁ ହୁଏ । ସ୍ମାର୍ଟ ୱାଚ୍, ଫୋନ୍ ଆଉ କିଛି ହାତଲେଖା କାଗଜଟୁକୁଡ଼ା ଖୋଜି ପିଲାଙ୍କୁ ସାମାନ୍ୟ ଭୟଭୀତ କରିପାରିଲେ ପରୀକ୍ଷା ଡ୍ୟୁଟି ଠିକ୍ ହୋଇଛି ବୋଲି ଆତ୍ମସନ୍ତୋଷ ମିଳେ ।

ବେଶୀ ଭଲଲାଗେ ପିଲାମାନଙ୍କର ତରବର ହୋଇ ଲେଖିପକେଇବାର ଦୃଶ୍ୟ, ପୁଣି ପ୍ରଶ୍ନପତ୍ର ପଢ଼ିସାରି ବିମର୍ଷ ଦିଶୁଥିବା ନିରୀହ ମୁହଁ ଦେଖି ଦୁଃଖ ଲାଗେ । ପିଲାଟିର ପାଠବୋଧେ ମନେପଡ଼ୁନଥିବ । ପାଠ ସବୁ ମନେରଖିବା କଷ୍ଟ । ସହଜରେ କ'ଣ ପାଠ ମନେରହେ ? ସେଦିନ ପରୀକ୍ଷା ଆରମ୍ଭର ପ୍ରଥମ ସତର୍କଘଣ୍ଟି ବାଜିସାରି ପ୍ରଶ୍ନପତ୍ର ବଣ୍ଟନ ଆରମ୍ଭ ହୋଇସାରିଥିଲା । ମୋ ସହିତ ଅନ୍ୟ ଦୁଇଜଣ ଅଧ୍ୟାପିକା ମଧ୍ୟ ଥିଲେ । ମୁଁ ଛ'ମାସ ତଳେ ବାଣିଜ୍ୟ ବିଭାଗର ଏଇ ପିଲାଙ୍କ ପରୀକ୍ଷାରେ ନିରୀକ୍ଷକ ଦାୟିତ୍ବରେ ଥିଲି । ପିଲାମାନଙ୍କ ମୁହଁ ମୋର ଚିହ୍ନା ଚିହ୍ନା । କାରଣ ଶେଷ ଛ'ମାସ ତଳେ ଏଇ ପିଲାଙ୍କ ଭିତରୁ ସେ ବଡ଼ ବଡ଼ ଆଖି ଥିବା ଚୁଲବୁଲୀ-ଗୁଲୁଗୁଲିଆ ଝିଅଟି କଥା ମନେପଡ଼ୁଥିଲା । ଯିଏ ତା' ହାତରେ ଅସ୍ପଷ୍ଟ ଭାବରେ କିଛି ଲେଖି ଆଣିଥିଲା ବୋଲି ଜଣେ ମ୍ୟାଡାମ୍‌ଙ୍କ ନଜରରେ ଧରାପଡ଼ି ଗାଳି ଶୁଣିଥିଲା । ସମସ୍ତେ ତାକୁ ଘେରିଯାଇଥିଲେ, ତା' ପାଖରୁ ତା' ଉତ୍ତର ଖାତାଟିକୁ ପ୍ରାୟ ଅଧଘଣ୍ଟାଏ ପର୍ଯ୍ୟନ୍ତ ନିଆ ଯାଇଥିଲା । ଉଦ୍ଦେଶ୍ୟ ଥିଲା ତାକୁ ଭୟଭୀତ କରିବା ସହିତ ଅନ୍ୟ ପରୀକ୍ଷାର୍ଥୀଙ୍କ ଉପରେ କପି ନ କରିବାକୁ ଚାପ ପକାଇବା । ଗାଳି ଶୁଣିବାପରେ ଝିଅଟିର ଟଣାଟଣା ଆଖିରେ ସେହି ଯେଉଁ ଭୟ ଓ ଅପରାଧବୋଧ ନେଇ ତା'ର ସେହି ଅସହାୟତା ମୋର ଏବେବି ମନେଅଛି । ମୁଁ ସେଇ ଝିଅଟିକୁ ଲକ୍ଷ୍ୟ କରୁଥିଲି । ସେ ଯେତେବେଳେ ମୋ ଆଡ଼କୁ ତା' ନିରୀହ ଚାହାଣୀରେ ଚାହୁଁଥାଏ, ମୁଁ କିଛି ନ ଜାଣିଲା ପରି ତା'ଆଡ଼ୁ ମୁହଁ ବୁଲେଇ ନେଉଥାଏ । କିଛି ସମୟ ପରେ ପରୀକ୍ଷା ହଲ୍‌ରେ ଏତେ ନିରବତା ଖେଳିଗଲା ଯେ ଛୁଞ୍ଚିପଡ଼ିଲେ ଶଢ଼ ହେବ । ସମସ୍ତେ ରୁପ୍‌ଚାପ୍ ଲେଖୁଥାନ୍ତି । ସତେ ଯେମିତି

ସେମାନେ ସେ ଝିଅଟିକୁ ଜଣାଉଥା'ନ୍ତି ଯେ, ତା'ର ହାତରେ ଏଭଳି ଉତ୍ତର ଲେଖି ଆସିବା ଉଚିତ ହେଇନି। ସେମାନେ ସମସ୍ତେ ଖୁବ୍ ସଙ୍କୋଚ ଓ ଏମିତି କପିଫପି କେବେହେଲେ କରନ୍ତିନି। ସମସ୍ତେ ଲେଖିଚାଲିଥିଲା ବେଳେ ଝିଅଟି ଦୂରନ୍ତ ଟେବୁଲ୍ ଉପରେ ଥିବା ତା'ର ଉତ୍ତର ଖାତାକୁ ଥରେ, ଅନ୍ୟ ପରୀକ୍ଷାର୍ଥୀଙ୍କୁ ଓ ପରୀକ୍ଷା ତଦାରଖ କରୁଥିବା ମ୍ୟାଡାମ୍‌ମାନଙ୍କୁ ଚାହୁଁଥାଏ ଓ ପୁଣି ତଳକୁ ମୁହଁପୋତି ବସୁଥାଏ। ହଠାତ୍‌ ସେ ଛିଡ଼ା ହୋଇଯିବାରୁ ମୁଁ ତା' ଆଡ଼କୁ ଚାହିଁଲି ସେ ସାଙ୍କେତିକ ଭାବେ ଅନୁନୟପୂର୍ଣ୍ଣ ଅନୁରୋଧ କରୁଥିଲା ତା' ପାଖକୁ ଯିବାକୁ।

ମୋତେ ତା' ଦୟନୀୟ ସ୍ଥିତି ଦେଖି ବିକଳ ଲାଗୁଥିଲେ ବି ମୁଁ ନାଚାର ଥିଲି। ତା' ପାଖରେ ପହଞ୍ଚିଲା ପରେ – ସେ ଫିସ୍‌ଫିସ୍‌ ହୋଇ କହିଲା– "ମ୍ୟାମ୍ ପ୍ଲିଜ୍‌, କାଲିରାତିରେ ମୋ ଦେହ ଟିକେ ଖରାପ ଥିବାରୁ ମୁଁ ଭଲଭାବରେ ପଢ଼ିପାରିନଥିଲି। ମୋ ହାତରେ ଲେଖିଥିବା ଏଇ ଉତ୍ତର ସହିତ ଖାତାରେ ଲେଖିଥିବା ପାଠକୁ ମିଶାନ୍ତୁ। ଶଢ଼େଟେ ବି ମିଶିବନି। ଆଉ ଏମିତି କରିବିନି ମ୍ୟାମ୍‌! ପ୍ଲିଜ୍‌ ମୋତେ ମୋ ଖାତା ଫେରେଇ ଦିଅନ୍ତୁ। ଆଇ ଆମ୍ ସରି।"

ଝିଅଟିର ଅନୁନୟ ମୋ ହୃଦୟକୁ ଦ୍ରବୀଭୂତ କରିଦେଲା ଓ ମୁଁ ଟେବୁଲ୍ ଉପରେ ଥିବା ଖାତାଟିକୁ ତା' ଆଡ଼କୁ ବଢ଼େଇ ଦେଇଥିଲି। ଝିଅଟିର କପି ଧରିଥିବା ଅଧ୍ୟାପିକା ମୋ'ଠାରୁ ବୟସରେ ଅପେକ୍ଷାକୃତ ସାନ ଥିବାରୁ ସେ ଆଉ କିଛି କହିନଥିଲେ। ପରୀକ୍ଷା ଶେଷ ହେବାପରେ ସମସ୍ତେ ଛାତ୍ରୀମାନଙ୍କ ଠାରୁ ଉତ୍ତର ଖାତା ସଂଗ୍ରହ କରି ନେଇ ଯାଇଥିଲେ। ମୁଁ ମଧ୍ୟ ମୋ ଭାଗରେ ପଡ଼ିଥିବା ଖାତାସବୁକୁ ଠିକ୍ ଭାବେ ଗଣିସାରି ଯିବା ବେଳକୁ ଦେଖିଲି ସେଇ ଝିଅଟି ବାହାରେ ମୋତେ ଅପେକ୍ଷା କରିଥିଲା। ଦେଖୁଦେଖୁ ସେ ଆସି ମୋ ପାଦ ଛୁଇଁ ପ୍ରଣାମ ଜଣାଇଲା– "ଥ୍ୟାଙ୍କ୍ ୟୁ ମ୍ୟାମ୍‌, ଆପଣ ଆମ ଡିପାର୍ଟମେଣ୍ଟର ନହେଲେ ବି ଆପଣଙ୍କୁ ମୋତେ ଖୁବ୍ ଭଲ ଲାଗେ। ଆପଣଙ୍କ ଏ ଉପକାର ପାଇଁ ମୁଁ ଆପଣଙ୍କ ପାଖରେ ରଣୀ!" ତାକୁ କେବଲ ଏତିକି ପଚାରିଥିଲି– "ତମ ନାଁ କ'ଣ?"

ସେ ଧୀରେ ଉତ୍ତର ଦେଇଥିଲା– "ଗଜଲ।"

ବାଃ ବଢ଼ିଆ ନାଁଟେ ତ! ମୁଁ ମନେମନେ ଝିଅଟିର ନାଁଟିକୁ ଅସ୍ପଷ୍ଟ ଭାବରେ ଉଚ୍ଚାରଣ କଲି – ଗ...ଜ...ଲ। ଏଭଳି ନାଁ ଅନ୍ୟ ନାଁଠାରୁ ଟିକେ ଅଲଗା ଥିବାରୁ ଭୁଲିବା ସମ୍ଭବ ନଥିଲା। ଅନେକ ସମୟରେ ପରୀକ୍ଷା ହଲର ଘଟଣା ଓ ସେଇ ଝିଅଟିର ଅସହାୟ ଚେହେରା ମୋର ମନେପଡ଼େ।

ସେଦିନ ଝିଅଟିକୁ କିଛି ନକହି ତା' ପିଠି ଥାପୁଡ଼େଇ ଆସିଯାଇଥିଲି। ଚାହିଁଥିଲେ

ମୁଁ କହିପାରିଥାନ୍ତି- 'ତୁମେ ଆଉ ଏମିତି କରିବନି', ମାତ୍ର କହିପାରିନଥିଲି। କାରଣ, ତା' ବୟସ ଦେଇ ପାଠପଢ଼ିଥିବା ମୋ ଭଳି ପ୍ରତି ଝିଅ ଜୀବନରେ ଥରେ ଅଧେ ହାତରେ କିଛି ଗୋଟେ ଲେଖିନେବା ଏକ ସାଧାରଣ କଥା।

ତା'ପରେ ଯେବେବି ସେ ଝିଅ ଆମ କରିଡୋରର ସିଡ଼ିଦେଇ କ୍ଲାସ୍‌କୁ ଯାଇଛି ସେତେବେଳେ ମୋତେ ଦେଖି ହସିଛି, ନମସ୍କାର କରି ଚାଲିଯାଇଛି। ସେଇବର୍ଷ ଗୁରୁଦିବସରେ ମୋ ଟେବୁଲ୍‌ ଉପରେ କିଛି ସଜ ରଜନୀଗନ୍ଧାର ଫୁଲ ଦେଖି ମୁଁ ଯେତେବେଳେ ପିଅନକୁ କିଏ ଦେଇଛି ବୋଲି ପଚାରିଥିଲି ସେ କହିଥିଲା- "ଆଜ୍ଞା! ଗଜଲ୍‌ ବୋଲି ଝିଅଟିଏ ଆପଣଙ୍କୁ ଦେବାପାଇଁ କହିଦେଇ ଯାଇଛି।" ସେଇ ଫୁଲରେ ତା' ମୁହଁର ସତେଜପଣକୁ ମୁଁ ଅନୁଭବ କରିଥିଲି। ଛବିଅଙ୍କା ଚେହେରାକୁ ତା'ର କେବେ ବି ମୁଁ ଭୁଲିପାରିନଥିଲି।

ପରୀକ୍ଷା ହଲରେ ଏବେ ତା'ରି ବ୍ୟାଚ୍‌ର ସବୁ ପିଲାଙ୍କୁ ଦେଖି ମୋର ଗଜଲକୁ ନେଇ ଘଟିଥିବା ଘଟଣା ମନେପଡ଼ିଯାଇଥିଲା। ମୁଁ ପିଲାଙ୍କ ଭିଡ଼ରେ ତାକୁ ଖୋଜୁଥିଲି। ହଠାତ୍‌ ଦେଖିଲି ବେଞ୍ଚର ଶେଷଧାଡ଼ିର କୋଣରେ ଉତ୍ତରଖାତାଟିଏ ପଡ଼ିଛି କିନ୍ତୁ ସିଟ୍‌ ଖାଲି। ମୁଁ ସବୁ ପିଲାଙ୍କ ଉପସ୍ଥାନ ଦସ୍ତଖତ ନେଇ ସେଇ ଖାଲି ବେଞ୍ଚ ପାଖରେ ପହଞ୍ଚିଲି। ପାଖରେ ବସିଥିବା ଗଜଲର ସାଙ୍ଗକୁ ତା' ଅନୁପସ୍ଥିତି ସଂପର୍କରେ ପଚାରିଲି। "ଇଏ କ'ଣ ଆବସେଣ୍ଟ ଅଛି କି?"

"ନା ମ୍ୟାମ୍‌। ଆପଣ ଜାଣିନଥିବେ ଏଇ ଚାରିମାସ ତଲେ ତା'ର ଡେଥ ହେଇଯାଇଛି।"

ପାଟିରୁ ବାହାରିଗଲା- "କେମିତି?"

"ଜାଣିନି ମ୍ୟାମ୍‌! ତା' ଦେହ ସବୁବେଳେ ଖରାପ ରହୁଥିଲେ ମଧ୍ୟ ଭଲ ପାଠ ପଢୁଥିଲା। କ'ଣ ହେଲା କେଜାଣି ହଠାତ୍‌ ଏମିତି ହେଲା। ମୁଁ ଶୁଣିଲି, ସେ କାଲେ ମଲାବେଳେ ଖୁବ୍‌ କଷ୍ଟ ପାଇଥିଲା।"

ଗୋଟେ ଅବୁଝା ଯନ୍ତ୍ରଣାରେ କରତି ହେଇଯାଉଥିଲା ମୋ ଛାତି ଭିତର! ଯେ କାଲି ଥିଲା ସେ ଆଜି ନାହିଁ! ମୁହୂର୍ତକ ଲାଗି ମୋ ପାଦତଳୁ ମାଟି ଧସିଗଲା ଯେମିତି! ଆଖି ଆଗରୁ ପୃଥିବୀ ଅନ୍ଧକାର ଦିଶୁଥିଲା ଏମିତି କ'ଣ କୌଣସି ଲୋକ ଚାଲିଯାଏ? ଏତେ ଆକସ୍ମିକ ଭାବେ ତ ଝଡ଼ିପଡ଼େ ନାହିଁ କୌଣସି ଫୁଲ, ମଉଳିଯାଏ ନାହିଁ କୌଣସି କଢ଼, ଉଭେଇ ଯାଏ ନାହିଁ କୌଣସି ଛାଇ, ଏତେ ଶୀଘ୍ର କ'ଣ ସରିଯାଏ କୌଣସି ଗଜଲ୍‌? ଅଧା ବୋଲା ଗଜଲର ମୁହଁଟି ମୋ ଆଖି ଆଗରୁ ହଟୁନଥାଏ। ଭାବୁଥିଲି କାହିଁକି ଜଣେ ଜଣେ ମଣିଷ ଏମିତି ଆସି ହୃଦୟରେ ସ୍ଥାନ ଦଖଲ୍‌ କରନ୍ତି

ଏବଂ ଚୁପ୍‌ଚାପ୍ କିଛି ନକହି କିଛି ନଜଣାଇ ଚାଲିଯାଆନ୍ତି। ମୁଁ ପରୀକ୍ଷା ହଲ୍‌ରୁ ଅଶନିଃଶ୍ୱାସୀ ହୋଇ ବାହାରକୁ ବାହାରି ଆସିଥିଲି। ପାହାଚ ଦେଇ ମୋ ଚ୍ୟାମ୍ବରକୁ ଆସିଲାବେଳେ ମତେ ଲାଗୁଥିଲା ସତେ ଯେମିତି ପରୀକ୍ଷା ହଲ୍‌ର ପଛସିଟ୍‌ରେ ବସି ଗଜଲ୍ ଅଦୃଶ୍ୟ ଭାବରେ ମତେ କିଛି କହିବାକୁ ଚାହୁଁଛି। ମତେ ପୃଥିବୀଟା ଜାଲୁଜାଲୁଆ ଦିଶୁଥିଲା।

ଆଘାତ

ଜୀବନରେ ବହୁପ୍ରକାର ଅନୁଭବ ମିଳେ କିନ୍ତୁ ହୃଦୟର ନକ୍ସା ବଦଳେଇବା ପରି ଅନୁଭବ କେବେବି ଭୋଗିନଥିଲେ କମିଶନର ଭାନୁପ୍ରତାପ ରାୟ। ଜଣେ ସଚ୍ଚୋଟ ଓ କଠୋର ଅଫିସର ଭାବରେ ତାଙ୍କୁ ସମସ୍ତେ ଜାଣନ୍ତି। ତିରିଶ ବର୍ଷରୁ ଉର୍ଦ୍ଧ୍ୱ ପୋଲିସ୍ ବିଭାଗର କାର୍ଯ୍ୟକାଳ ଭିତରେ ସେ ଅନେକ ଘଟଣା ଦେଖିଛନ୍ତି ଓ ଅନେକ ସମସ୍ୟାର ସମାଧାନ କରିଛନ୍ତି। କିନ୍ତୁ କହନ୍ତିନି ଜୀବନ ଗୋଟେ ଜଟିଳ ମାନସାଙ୍କ ବୋଲି! ସହଜ ମନେ ହେଉଥିଲେ ବି କେତେ ଯେ ଜଟିଳ ତାହା ବୁଝିବାକୁ ସମୟ ଲାଗେ। ଏଇ କିଛିଦିନ ହେଲା ଯେଉଁ କେସ୍‌ଟି ସେ ବୁଝୁଛନ୍ତି ତାହା ତାଙ୍କ ବିଚାରକୁ ଅସ୍ତବ୍ୟସ୍ତ କରିପକାଇଛି। ସ୍ତ୍ରୀ ସୁଲଗ୍ନା ଯା' ଭିତରେ ତିନି-ଚାରିଥର ପଚାରିକି ଗଲେଣି ସେ କାହିଁକି ଏତେ ବିମର୍ଷ ଅଛନ୍ତି ବୋଲି! ଭାନୁପ୍ରତାପ ଅବା କି ଉତ୍ତର ଦେବେ ତାଙ୍କୁ! ଅନେକ ବେଳୁ ଟେବୁଲ୍ ଉପରେ ସୁଲଗ୍ନା ରଖି ଯାଇଥିବା ଥଣ୍ଡା ଚା'କୁ ଗୋଟେ ନିଃଶ୍ୱାସରେ ପିଇଦେଇ ନିଜ ଶୋଇବାଘରକୁ ଚାଲିଯାଇ ଭିତରୁ କବାଟକୁ ବନ୍ଦ କରିଦେଲେ ଭାନୁପ୍ରତାପ! ଖଟ ଉପରେ ସ୍ଥିର ହୋଇ ବସି ନପାରି ଚାଲିବା ଆରମ୍ଭ କଲେ ସେ। ଦୀର୍ଘ ତିନିଦିନ ହେବ ସେ ଠିକ୍‌ରେ ଖାଇପାରୁନାହାନ୍ତି କି ଶୋଇପାରୁନାହାନ୍ତି, ସେ ଖୁବ୍ ଅଶାନ୍ତ-ବିଚଳିତ! ତାଙ୍କର ମନେ ପଡ଼ୁଥିଲା ଗତ ରାତିର କଥା। ପୋଲିସ୍ ଷ୍ଟେସନ୍‌ରେ ଘଟିଥିବା ଘଟଣାଟି ତାଙ୍କ ପାଇଁ ନୂଆ ନଥିଲେ ବି ଅତୀତକୁ ଉଖୁରେଇବାରେ ବେଶ୍ ସ୍ପର୍ଶକାତର।

ସେଇ ଯୁବକର ଡବଡବ ଚାହାଣି ଭିତରେ ଥିବା ଯନ୍ତ୍ରଣା ତାଙ୍କୁ ଛଟପଟ କରିଚାଲିଛି! ରାଜାପୁଅ ପରି ଦୀର୍ଘକାୟ ବଳିଷ୍ଠ ଚେହେରା। କିନ୍ତୁ ଆହା! ଆଖିରେ କି କାରୁଣ୍ୟ ତା'ର! ବଡ଼ବଡ଼ ଆଖିରେ କାହାକୁ ଖୋଜିବାର ଉଦ୍‌ବିଗ୍ନପଣ କାହିଁକି ଏତେ କଷ୍ଟ ଦେଉଛି ତାଙ୍କୁ! ବିଚରା କି ଆଘାତ ପାଇଛି ଆଉ କେତେ ଆଉଟା ଆବେଗକୁ

ଛାତି ଭିତରେ ଜଡ଼େଇ ଧରିଛି କେଜାଣି ! ତିରିଶ ବର୍ଷର ଯୁବକ ପ୍ରତୀକ ପଟ୍ଟନାୟକଙ୍କୁ ଅର୍ଦ୍ଧପାଗଳ ଅବସ୍ଥାରେ ଯେବେ ଧରିଆଣି ତାଙ୍କ ଆଗରେ ଛିଡ଼ା କରେଇ ଦିଆଗଲା, ସେ ସବୁ ଘଟଣା ଶୁଣି ଆଶ୍ଚର୍ଯ୍ୟ ହୋଇଯାଇଥିଲେ । ତାଙ୍କ ଜୀବଦଶା ଭିତରେ ଏଭଳି କେଶ୍ କେବେ ତାଙ୍କ ପାଖକୁ ଆସିନଥିଲା । ସବ୍‌ଇନ୍‌ସ୍ପେକ୍ଟର ଜ୍ୟୋତିରଞ୍ଜନ ଯାହା ସବୁ କହିଗଲେ ତାକୁ ଶୁଣି ବିସ୍ମିତ ଆଉ ସ୍ତବ୍ଧ ହୋଇଯାଇଥିଲେ ଭାନୁପ୍ରତାପ ! ଜ୍ୟୋତିରଂଜନ ଯୁବକର ପରିଚୟ ଦେଇ କହିଲେ, ଯୁବକର ନାମ ପ୍ରତୀକ ପଟ୍ଟନାୟକ, ସେ ଭୁବନେଶ୍ୱରର ଗୋଟେ ବେସରକାରୀ ସଂସ୍ଥାରେ ଯନ୍ତ୍ରୀ ଭାବରେ କାମ କରୁଥିଲା, କିନ୍ତୁ ଏବେ କରୁନାହିଁ । ଦୀର୍ଘ ଚାରିବର୍ଷର ରହଣି ଭିତରେ ତିନିଟା ଅଞ୍ଚଳରେ ଘର ବଦଲେଇବା ଏବଂ ଘର ବଦଲେଇସାରି, ରାତିଅଧରେ ସେଇ ଘର ଚାରିପଟେ ଦୁର୍ବୃତ୍ତଙ୍କ ପରି ଟହଲିବା, ଟର୍ଚ୍ଚ ମାରି ଘର ଦୁଆରବନ୍ଦ ପାଖରେ କିଛି ଖୋଜିବା, ଆଉ ଘର ପଛପାଖରେ କାହା ଅପେକ୍ଷାରେ ଲୁଚି ବସିବା ତା'ର କାମ !

ଥରେ ନୁହେଁ, ତିନି ତିନିଥର ଏଭଳି କରିଥିବାରୁ ସ୍ଥାନୀୟଲୋକଙ୍କ ଅଭିଯୋଗକ୍ରମେ ତା' ନାଁରେ କେସ୍ ଦାଏର ହୋଇଛି । କିଛି ମାସ ପରେ କିଛି କାରଣ ଦର୍ଶାଇ ଘର ଛାଡ଼ି ଅନ୍ୟ ଘର ସନ୍ଧାନ କରିବା ହୁଏତ ସ୍ୱାଭାବିକ ଘଟଣା ହୋଇପାରେ ମାତ୍ର; ଅକାରଣରେ ଘରଛାଡ଼ି ସେଇ ଘରକୁ ରାତି ରାତି ଜଗିରହିବା କଥା ଆଦୌ ସ୍ୱାଭାବିକ ନୁହେଁ ବୋଲି ଭାନୁପ୍ରତାପ ବୁଝିପାରୁଥିଲେ । ସମସ୍ତଙ୍କୁ ଅଫିସ୍ ଭିତରୁ ବାହାରି ଯିବାକୁ କହି, ପ୍ରତୀକ ଆଡ଼କୁ ଚାହିଁ ତାଙ୍କୁ ଚେୟାରରେ ବସିବାକୁ ନିର୍ଦ୍ଦେଶ ଦେଇଥିଲେ କମିଶନର । ଅଭିଯୁକ୍ତଙ୍କ ଭଳି ତାଙ୍କ ସମ୍ମୁଖରେ ବସିରହିଥିଲା ପ୍ରତୀକ । ମଝିରେ ମଝିରେ ତାଙ୍କ ଆଡ଼କୁ ଚାହିଁ ପୁଣି ଆଖିକୁ ତଳକୁ କରିଦେଉଥିଲା । ଭାନୁପ୍ରତାପ ତାକୁ ପଚାରିଥିଲେ– "ଆଇ.ଆଇ.ଟି.ର ଛାତ୍ର ବୋଲି ଶୁଣିଲି, ଏକଥା ଠିକ୍ ତ ?" ମୁଣ୍ଡ ଟୁଙ୍ଗାରି 'ହଁ' କଲା ପ୍ରତୀକ । "ଆଚ୍ଛା ତମେ ଉଚ୍ଚଶିକ୍ଷିତ ହୋଇ ଏମିତି କ'ଣ ପାଇଁ କରୁଛ ? ସ୍ୱ-ଇଚ୍ଛାରେ ଛାଡ଼ି ଆସିଥିବା ଘରକୁ ଯାଇ ରାତିଅଧରେ କ'ଣ ଖୋଜୁଛ ? କାହିଁକି ଏମିତି ଲୁଚିରହୁଛ ? ଥରେ ନୁହେଁ, ତିନି–ତିନି ଥର ଏମିତି କଲଣି, ସ୍ଥାନୀୟ ଲୋକେ ତମକୁ ପ୍ରଥମେ ତ ଚୋର ଭାବୁଥିଲେ, ଆଉ ଏବେ ପାଗଳ ଭାବିଲେଣି । ପ୍ରତୀକ ପଟ୍ଟନାୟକ ସେମିତି ମୁଣ୍ଡ ନୁଆଁଇ ବସିରହିଥାଏ । ବାରମ୍ବାର ତାକୁ ପଚାରିବା ସତ୍ତ୍ୱେ ପ୍ରତୀକ କିଛି ନକହିବାରୁ, କମିଶନର ଉଚ୍ଚସ୍ୱରରେ କହିଲେ ତିନିଥର ଏଭଳି ଘଟଣା ଘଟାଇଥିବା ଅଭିଯୋଗରେ ତମକୁ ମତେ ଜେଲ୍‌ରେ ଭର୍ତ୍ତି କରିବାକୁ ହେବ । ତା'ପରେ ତୁମ କ୍ୟାରିଅର ଶେଷ ! ଲୋକେ ତମକୁ ଇଞ୍ଜିନିୟର ନ ଭାବି ଚୋର କହିବେ । ତମକୁ ଭଲଲାଗିବ ତ ? ଆଚ୍ଛା ! ଘରେ ତମର କିଏ କିଏ

ଅଛନ୍ତି ? ଆଇଡିଣ୍ଟିକାର୍ଡରେ ଅବଶ୍ୟ ତମ ବାପାଙ୍କ ନାମ ଓ ଠିକଣା ଥିବ ! ତାଙ୍କ ନମ୍ବର ଦେଲ, ମୁଁ କଥାହୁଏ !

ଚାରିଆଡ଼କୁ କିଛି ଖୋଜିଲାପରି ଚାହିଁଲା ପ୍ରତୀକ । ଭାନୁପ୍ରତାପଙ୍କ ପାଖ ଟେବୁଲରେ ଥିବା ପାଣିବୋତଲ ଆଡ଼େ ଚାହିଁବାରୁ କମିଶନର ବୁଝିପାରିଲେ ଓ ବୋତଲଟି ଆଣିଦେଲେ । କିଛି ସମୟ ଭିତରେ ବୋତଲୟାକ ପାଣି ଏକ ନିଶ୍ୱାସରେ ଶେଷ କରିଦେଲା ସେ । ଆଉ ଧୀରଗଳାରେ କହିଲା- ମୁଁ ଟିକେ ଶୋଇବି ! ଅନେକ ଦିନ ହେଲା ଶୋଇନି ସାର୍ !

ଆଶ୍ଚର୍ଯ୍ୟ ହୋଇ ପ୍ରତୀକକୁ ଚାହିଁଲେ କମିଶନର । "ଶୋଇବ ଯେ ମତେ ମୋ ପ୍ରଶ୍ନର ଉଭର ଦିଅ ! ସବୁ ଜାଣିଲେ ହୁଏତ ତମକୁ ମୁଁ କିଛି ସାହାଯ୍ୟ କରିପାରିବି । ନଚେତ୍ ଅୟଥା ତମେ କେସ୍‌ଫେସ୍‌ରେ ଫସିବ । ବଡ଼ଦଢ଼ଙ୍କା ଆକାଶ ପରି ପ୍ରତୀକର ମୁହଁ ଥମଥମ ଦିଶୁଥାଏ । ତାକୁ ବୋଧେ କାନ୍ଦ ମାଡୁଥାଏ କି କ'ଣ ତା' ନାକପୁଡ଼ା ଫୁଲି ଉଠୁଥାଏ ଏବଂ ତା'ର ଓଠ ଥରି ଉଠୁଥାଏ । ଗଳା ଝାଡ଼ି ଧୀରେ ଧୀରେ କହିବା ଆରମ୍ଭ କଲା ପ୍ରତୀକ- ସ୍ୱାତୀ ଓ ମୁଁ ଏକାଠି ପାଠ ପଢୁଥିଲୁ । ଆମ ଭିତରର ବନ୍ଧୁତ୍ୱ ଖୁବ୍‌ ନିବିଡ଼ ଥିଲା । ମୋ ବାପା ମତେ ପାଠ ପଢ଼ିବା ପାଇଁ ଯେତିକି ପକେଟ୍ ମନି ଦେଉଥିଲେ ସେଥିରୁ ମୋ ନିଜ ପାଇଁ ଅଳ୍ପ ରଖି ଆଉ ସବୁ ସ୍ୱାତୀକୁ ଦେଉଥିଲି । ସ୍ୱାତୀର ପାଠପଢ଼ା, ତା'ର ବହିପତ୍ର କିଣା ଓ ସେ କ'ଣ ଖାଇବ ? କେମିତି ରହିବ ? ସବୁକିଛିର ଦାୟିତ୍ୱ ଯେମିତି ମୋ ଅଯାଚିତ ଭାବେ ବୁଝିଥିଲି । ସ୍ୱାତୀ ବିଷୟରେ ମୁଁ କିଛି ହେଲେ ଜାଣି ନଥିଲି । କେବଳ ଏତିକି ଜାଣିଥିଲି ଯେ ବାପା-ମା'ଛେଉଣ୍ଡ ସ୍ୱାତୀ କୌଣସି ଅନାଥାଶ୍ରମରେ ରହି ପାଠ ପଢ଼ିଛି ଓ ଶେଷରେ ଇଞ୍ଜିନିୟରିଙ୍ଗ୍ କରୁଛି । ପ୍ରତୀକ ଏଥର ପୁଣି ଟିକେ ପାଣି ପିଅ ପାଗଳଙ୍କ ପରି ହସିବାକୁ ଲାଗିଲା । ପୂର୍ବ ଅପେକ୍ଷା ଏଥର ସେ ସ୍ୱାତୀ କଥା କହୁଥିଲା ବେଳେ ଆଉ ଟିକେ ଉଛ୍ୱସିତ ମନେ ହେଉଥିଲା । ଆମ ସକାଳ ଓ ସନ୍ଧ୍ୟା, ରାତିରୁ ପୁଣି ସକାଳୟାଏ ଅପେକ୍ଷାର ମୁହୂର୍ତ ସବୁ ଏତେ ସୁନ୍ଦର ଥିଲା ଯେ ମୁଁ ଜୀବନକୁ ସ୍ୱର୍ଗ ବୋଲି ମନେକରୁଥିଲି । ମୋ ଜୀବନ କେବଳ ସ୍ୱାତୀମୟ ଥିଲା । ସ୍ୱାତୀ ଛଡ଼ା ମୁଁ ଜୀବନର ଅର୍ଥ କିଛି ବୁଝୁନଥିଲି ଓ ସେ ହସୁଥିଲେ ମୁଁ ହସୁଥିଲି । ମୁହୂର୍ତମାନେ କେତେବେଳେ ଲୁଚକାଲି ଖେଳି ସମୟସ୍ରୋତରେ ହଜିଗଲେ ଜାଣିବି ପାରିଲିନି । ବନ୍ଧୁତ୍ୱ ଛଡ଼ା ତା' ମୋ ଭିତରେ କିଛି ଅଧିକ ଥିଲା ବୋଲି ମୁଁ ବହୁପରେ ତା' ଅନୁପସ୍ଥିତିରେ ବୁଝିଲି ।

ଆମ ପଢ଼ା ସରିଲା ପରେ ତା'ର ଯୋଗାଯୋଗ ଭାବରେ ମୋ ପାଖରେ ଥିଲା ଏକ ଅନାଥାଶ୍ରମର ଠିକଣା । ଯେଉଁ ଠିକଣାରେ ମୁଁ ତାକୁ ପାଖାପାଖି ଶହେରୁ

ଅଧିକ ଚିଠି ଦେଇଥିଲି । ମାତ୍ର ତା'ଠାରୁ କିଛି ହେଲେ ଉତ୍ତର ମୁଁ ପାଇନଥିଲି । ଶେଷରେ ବାଧ୍ୟ ହୋଇ ମୁଁ ଅନାଥାଶ୍ରମରେ ତାକୁ ଦେଖା କରିବାକୁ ଯାଇଥିଲି । ସେଠାରେ ପହଞ୍ଚି ମୁଁ ଯାହା ଶୁଣିଲି ନିଜ କାନକୁ ବିଶ୍ୱାସ କରିପାରିଲି ନାହିଁ । ସ୍ୱାତୀ କାଲେ ତା'ର ପାଠପଢ଼ା ଶେଷ କରି ଆଉ ଅନାଥାଶ୍ରମକୁ ଫେରି ନଥିଲା । ସେ କୁଆଡ଼େ ଏଇ ଭୁବନେଶ୍ୱରରେ ହିଁ ଚାକିରୀ କରୁଛି । ଆଉ କେହି କେହି କହିଲେ ସେ କାଲେ ବାହା ହେଇଯାଇଛି । ଏତିକି କହିବା ପରେ ହଠାତ୍ ପ୍ରତୀକ ବସିଥିବା ଚେୟାରରୁ ଉଠିପଡ଼ି ଚଟାଣ ଉପରେ ବସିପଡ଼ିଲା ଓ ସ୍ତ୍ରୀ ଲୋକଙ୍କ ପରି ମାଟି ଅଞ୍ଜାଲି, ଛାତି ପିଟି ବଡ଼ ଜୋରରେ ବାହୁନିବା ପରି କାନ୍ଦିଉଠିଲା– 'ସ୍ୱାତୀ! କୁଆଡ଼େ ଗଲୁ? ଥରେ ମୋ ପାଖକୁ ଆସି ଶେଷଥର ପାଇଁ ମୋ'ଠାରୁ ବିଦାୟ ନେଉଛୁ ବୋଲି କହିଦେଇ ଯାଆ ।' ଏଥର ପ୍ରତୀକ ଭାନୁପ୍ରତାପଙ୍କ ଆଡ଼କୁ ନିରୀହ ଚାହାଣୀରେ ଚାହିଁ କହିଲା– ସାର୍! କେବଳ ଚିଠିରେ ମୋ ପ୍ରତି ବସାଘରର ଠିକଣା ତା' ପାଖକୁ ପଠାଇଛି । ତା' ବିନା ମୋ ସମୟ ସରେନି । ତା' ସହିତ ଅଭ୍ୟାସ ହୋଇଯାଇଥିବା ମୋ ସମୟସବୁକୁ କେମିତି ଭୁଲିପାରିଥାନ୍ତି କୁହନ୍ତୁ? ମୁଁ ତାକୁ ଅପେକ୍ଷା କରିଛି । ଆଉ ରାଗିଛି ବି । ସେ ଯେଉଁ ଠିକଣାରେ ଆସିବ ମତେ କିନ୍ତୁ ପାଇବନି । ସାର୍, ସେ ଆସିବ ତ? ଏସବୁ କହିଲାବେଳେ ପ୍ରତୀକର ଆଖିରୁ ଝରିପଡ଼ୁଥାଏ ଅମାନିଆ ଲୁହ ଆଉ ତା'ର କଣ୍ଠରୁଦ୍ଧ ହୋଇଯାଉଥାଏ !

ଭାନୁପ୍ରତାପ ତାଙ୍କର ଉଦ୍ଵାର୍ଣ ବୟସରେ ଏଭଳି ଅଭୁତ ଘଟଣାର ସମାଧାନର ସୂତ୍ର ଖୋଜୁଥିଲେ । ପ୍ରତୀକ ତାଙ୍କୁ ପ୍ରଶ୍ନିଲ ଆଖିରେ ଚାହିଁ କହିଲା– ସାର୍! ଆପଣ ମୋତେ ସ୍ୱାତୀକୁ ଖୋଜି ଆଣିବାରେ ସାହାଯ୍ୟ କରିବେ? ମୁଁ ସ୍ୱାତୀକୁ ଅପେକ୍ଷା କରିଛି । ତାକୁ ମୁଁ ଯେ ଏତେ ଭଲପାଇଥିଲି । ଏତେ ସମୟ ଦେଇଥିଲି ଅଥଚ ସେ ମୋତେ ଭୁଲିଗଲା ! ମୋତେ ଥରେ ହେଲେ ଖୋଜିଲାନି ! ଏଥର ପ୍ରତୀକ ନିଜ ଶୁଖିଲା ଜିଭକୁ ଓଠରେ ବୁଲାଇ କହିଲା– ସାର୍! ସ୍ୱାତୀ କାଲେ ମତେ ଖୋଜିବାକୁ ଆସିବ ! ଆସିଲାବେଲକୁ କିନ୍ତୁ ମୁଁ ନଥିବି ! ଦେଖିବେ ସେ ଆସିବ ନିଶ୍ଚୟ । ସେ ଯେବେ ମୋତେ ଖୋଜିବାକୁ ଆସିବ ମୁଁ ଲୁଚିକି ତାକୁ ଦେଖିବି, ହେଲେ ମୁଁ ତାକୁ ଦେଖାଦେବିନି ।'

ୟା'ରି ଭିତରେ କନଷ୍ଟେବଲ ରଘୁ ସାମାନ୍ୟ ପାଖକୁ ଆସି କହିଲା– ସାର୍! ତାକୁ ହାଜତ୍‌ରେ ପୂରେଇ ଦିଅନ୍ତୁ । ସେ ମେଣ୍ଟାଲ ହୋଇସାରିଲାଣି । କେତେବେଲେ କ'ଣ କରିବ କିଛି ହିସାବ ନାହିଁ । ଭାନୁପ୍ରତାପ ଜାଣିପାରିଲେ, ପିଲାଟି ତା' ବାନ୍ଧବୀକୁ ଝୁରି ଝୁରି ପାଗଲପ୍ରାୟ ହୋଇଯାଇଛି । ଭାନୁପ୍ରତାପଙ୍କର ଆଉ କିଛି ବୁଝିବାକୁ ବାକି

ନଥିଲା। ଜୀବନରେ ଏଭଳି ସମ୍ବେଦନଶୀଳ ଘଟଣା ବହୁତ ଅଛି। ବୟସ୍କ ହୋଇଗଲେ ବି ମଣିଷ ଜୀବନର ଆବେଗ ଅବା କାହା ଭିତରେ ନଥାଏ! ଅଲୋଡ଼ା-ଅଖୋଜା ହୋଇଯିବାର ଦୁଃଖ ଓ ଆଶଙ୍କା କେତେ କଷ୍ଟଦାୟକ ସତରେ!

ସେ ଭାବୁଥିଲେ ମଣିଷ ଭିତରେ କେତେ ଯେ ରୁଦ୍ଧ ଯନ୍ତ୍ରଣା ତାକୁ ପ୍ରତିନିୟତ ମାନସିକ ସ୍ତରରେ ଆନ୍ଦୋଳିତ କରି ଚାଲିଥାଏ ଅଥଚ ମଣିଷ ବାହାରେ ସ୍ୱାଭାବିକ ଥାଏ। ଏଇଟା ବୋଧେ ପ୍ରତି ମଣିଷର କଥା। ବୟସ୍କ ହୋଇଯାଇଥିବା ମଣିଷମାନେ କ'ଣ ତାରୁଣ୍ୟକୁ ଅତିକ୍ରମ କରିନଥାନ୍ତି! ପ୍ରତୀକ ପ୍ରତି ତାଙ୍କର ଗଭୀର ସମବେଦନା ଥିଲେହେଁ, ଜଣେ ଅଫିସର ଭାବରେ ଜଣେ ଦୋଷୀ ଆଗରେ ନରମିଗଲେ ତାଙ୍କୁ ଅନ୍ୟମାନେ କ'ଣ ଭାବିବେ ଚିନ୍ତାକରି ନିରବରେ ତା' କଥା ଶୁଣିଥିଲେ ଓ ଘରକୁ ଫେରିଥିଲେ। ଏଇ ତିନି ଦିନ ଭିତରେ ଅନେକ ଥର ଭାନୁପ୍ରତାପ ଫେରିଯାଇଛନ୍ତି ତାଙ୍କ ଅତୀତକୁ। ଅତୀତର ସମୟ ଓ ହଜିଥିବା ମଣିଷମାନେ କେବେ ଫେରନ୍ତିନି। କେବଳ ସ୍ମୃତି ପଡ଼ିଥାଏ ଓ ଜାଳୁଥାଏ ମନକୁ। ଦୀର୍ଘ ନିଃଶ୍ୱାସ ପକାଇ ବାହାରକୁ ଆସିଲେ ଭାନୁପ୍ରତାପ। ପ୍ରତୀକକୁ କୌଣସି ମନସ୍ତତ୍ତ୍ୱବିଦ୍‍ଙ୍କ ପାଖକୁ ନେଇଯାଇ ତା'ର ଚିକିତ୍ସା କରିବାକୁ ମନେ ମନେ ସେ ନିଷ୍ପତ୍ତି ନେଲେ। କିନ୍ତୁ ପ୍ରତୀକ ସ୍ୱାଭାବିକ ହେଲେ ମଧ୍ୟ ସେ ତା'ର ମନ-ହୃଦୟ ଓ ଆତ୍ମାରେ ପାଇଥିବା ଆଘାତକୁ କ'ଣ ଭୁଲିପାରିବ! ଅତୀତର କିଛି କଥା ମନେପକାଇ ହଠାତ୍ ଭାନୁପ୍ରତାପଙ୍କ ଆଖି ଛଳଛଳ ହୋଇଉଠିଲା।

ଅପାଙ୍କ୍ତେୟ

ଗାଁରୁ ହଠାତ୍ ମୋ ସାଙ୍ଗର ଫୋନ୍ ପାଇ ମୁଁ ଅବାକ୍ ହେଇଗଲି । କିଛି ସମୟ ପାଇଁ ମୋତେ କିଛି ଆଉ ଶୁଭିଲା ନାହିଁ । ସେ କହୁଥିଲା- "ବିନି ମାଈଁ ଚାଲିଗଲା ।"

ବିନି ମାଈଁ !... ଆଖି ଆଗରେ ଗୋଟେ ତନୁପାତଲୀ–ଶ୍ୟାମଳୀ ସ୍ତ୍ରୀ ଲୋକଟିର ଚେହେରା ଭାସି ଉଠିଲା । ବିନି ମାଈଁ ମୋ ଶୈଶବ ସ୍ମୃତିର କେନ୍ଦ୍ରବିନ୍ଦୁ ଥିଲେ, ଯାହାଙ୍କ ମମତା ଓ ନିବିଡ଼ ସ୍ନେହ ମୋତେ ମୋ ଘର ଅପେକ୍ଷା ତାଙ୍କ ସହିତ ଅଧିକ ବାନ୍ଧି ରଖିଥିଲା । କି ଶୀତ କି କାକର, କି ଖରା କି ବର୍ଷା ! ସବୁ ଅବସ୍ଥାରେ ଦିନ–ରାତି ଏକ କରି ଅକ୍ଲାନ୍ତ ପରିଶ୍ରମ କରୁଥିବା ସେଇ ବିନି ମାଈଙ୍କର ସ୍ଥାନ ମୋ ହୃଦୟରେ ସ୍ୱତନ୍ତ୍ର ଥିଲା । ଗାଁରୁ ସହରକୁ ଆସିବାର ଚାଳିଶ ବର୍ଷ ଭିତରେ କେତେଥର ଗାଁକୁ ଯାଇଥିବି ମାତ୍ର ତାଙ୍କ ସହ ଦେଖା କରିବା ସୁବିଧା ହୋଇନାହିଁ । ବାପା ଚାଲିଯିବା ପରେ ମା'କୁ ମୁଁ ମୋ ପାଖକୁ ନେଇ ଆସିବା ପରେ ଗାଁକୁ ଯିବା ଏକପ୍ରକାର ବନ୍ଦ ହୋଇଗଲା । ହେଲେ ବିନି ମାଈଁଙ୍କର ସେଇ ନିରୀହ ଚେହେରା ଆଉ ତାଙ୍କ ବିଡ଼ମ୍ବିତ ଜୀବନ କଥା ଯେବେବି ମନେପଡ଼ିଛି ସେତେଥର କେବଳ ଦୀର୍ଘଶ୍ୱାସ ହିଁ ବାହାରିଛି ।

ଆମ ଘରକୁ ଲାଗି ବିନୟ ମାମୁଙ୍କ ଘର । ସେହି ହିସାବରେ ମୋ ମାମୁ । ଆମ ଘର କାନ୍ଥିନୀକୁ ଆଉଜା ହୋଇଥିବା ଲଇ ଆଉ କରଡ଼ା ଡାଳରେ ବନ୍ଧା ତାଟିବାଡ଼କୁ ଠେଲି ମୁଁ ସେପଟ ସାହିକୁ ଯିବା ବାଟରେ ବିନୟ ମାମୁଙ୍କ ଘର ପଡ଼େ । ପିଲାବେଳେ ତାଙ୍କରି ଘରେ ଅନେକ ସମୟ କଟିଯାଉଥିଲା । ସେତେବେଳେ ଗାଁରେ ବିଜୁଳି ଆଲୁଅର ଏପରି ସୁବିଧା ବି ନ ଥିଲା । ଡିବି, ଲଣ୍ଠନ ସହିତ କାଁ ଭାଁ ବିଜୁଳିର କ୍ଷୀଣ ଆଲୁଅ ହେଲେ ଢେର । ମୋର ମନେପଡ଼ୁଥିଲା ବିନୟ ମାମୁଙ୍କ ସେଇ ବାହାଘର କଥା । ସେତେବେଳେ ମୋତେ ମାତ୍ର ଆଠବର୍ଷ । ସଞ୍ଜ ସାତଟା ବେଳକୁ ଗାଁ ଖାଁ ଖାଁ ଗୋଡ଼ାଏ । ଗାଁମୁଣ୍ଡ ହନୁମାନ ଚାନ୍ଦିନୀ ପାଖ ବରଗଛ ପଛକୁ ଲାଗିଥିବା ପାହାଡ଼, ଆଉ ଆମ୍ବତୋଟା

ପାଖ ପୋଖରୀପଟୁ ଯେମିତି ସଞ୍ଚର ଛାଇଛାଇଆ ଅନ୍ଧାର ଧସେଇ ପଶିଆସେ ଆଉ ଗାଁ ମଝି ଚାଉଳ କଳ ଓ ପଦିଆସାହୁ ଗୁଡ଼ିଆ ଦୋକାନ ପାଖ ହେଲାବେଳକୁ ଲାଜୁଆ ସଞ୍ଚରେ ପରିଣତ ହେଇଯାଏ। ବ୍ରାହ୍ମଣ, କରଣ, ଚଷା, ଗୁଡ଼ିଆ, ତେଲି ସାହିର ଲୋକଙ୍କୁ ନେଇ ଆମ ଗାଁ। ସେଦିନ ମୁଁ ଓ ମୋ ସାଙ୍ଗସାଥୀ ଶୀଘ୍ର ନ ଶୋଇ ଜାଣି ଜାଣି ହନୁମାନଙ୍କ କଦଳୀ-ଉଖୁଡ଼ା ଭୋଗ ପାଇଁ ଚେଇଁ ରହିଥାଉ। ନଚେତ୍ ସନ୍ଧ୍ୟା ସାତଟା ବେଳକୁ ଆମେ ନିଦରେ ଶୋଇଯିବା କଥା। ସେଦିନ ସାତଟା ବେଳକୁ ମୁଁ ମା'କୁ ଖାଇବାକୁ ମାଗିଥିଲି। ବ୍ରାହ୍ମଣ ସାହି ପଟୁ ଦେଶୀ ମୁଗଡାଲିର ପିଆଜ ଛୁଙ୍କ ସୁଗନ୍ଧ ମୋ ଭୋକକୁ ଦ୍ୱିଗୁଣିତ କରିଦେଉଥାଏ। ଚୁଲି ପାଖକୁ ଯାଇ ଦେଖେ ତ ମୋ ମା' ଆଉ ବିନୟ ମାମୁଙ୍କ ମା' ନେତି ଆଈ ଚୁପ୍‌ଚୁପ୍ କଥା ହେଉଛନ୍ତି। ମୋତେ ଦେଖି ସେମାନେ ଚୁପ୍ ହେଇଗଲେ। ମୁଁ କହିଲି- "ମା' କ'ଣ ଖାଇଥାନ୍ତି ମ, ବହୁତ ଭୋକ ମୋତେ।" ମା' କିଛି କହିବା ପୂର୍ବରୁ ତା' ପାଟିରୁ କଥା ଛଡ଼େଇ ନେଇ ନେତି ଆଈ କହିଲା- "ହେଇ ଶୁଣ, ଆଜି ତୋ ବିନୟ ମାମୁର ବାହାଘର। ଘରେ କ'ଣ ଖାଇବୁ ମ! ଆଉ ଟିକେ ଯାଉ କି ଏକାଠରେ ଭୋଜି ଖାଇବୁ।"

ମୁଁ କହିଲି, "କିନ୍ତୁ ମାମୁ ତ ଆଗରୁ ବାହା ହେଇଛନ୍ତି। ଆଉ ପୁଣି କ'ଣ ବାହା ହେବେ ?"

ମୋ ପ୍ରଶ୍ନ ଶୁଣି ଏଥର ନେତି ଆଈ ମା' ଆଡ଼କୁ ଚାହିଁ କହିଲା- "କ'ଣ ଆଉ କହିବି ? ବାର-ତେର ବରଷ କାଳ ମାଇପ କତିରୁ ସାପତେ କି ବେଙ୍ଗତେ ପାଇଁ ଅନେଇ ରହି ମୋ ପୁଅ ବୁଢ଼ା ହେବାକୁ ବସିଲାଣି। କେତେଦିନ ଆଉ ଅନେଇଥାନ୍ତା! ମହାନ୍ତି ସାଇରୁ ବଡ଼ ବୋହୂର ସଂପର୍କୀୟ ତା' ଭାଇଆଳିଆରୁ ତୋଲାକନିଆ କରି ଆଣୁଚି ଯଦି ଆଣୁ। ଆଉ କେତେଦିନ ଅବା ମୁଁ ବଞ୍ଚିବି! ନାତି କି ନାତୁଣୀଟେ ଦେଖି ଜୀବ ଛାଡ଼ିଗଲେ ଗଲା! ମଗୁଶିର ପଶିବାକୁ ଆଉ ଦି' ଦିନ। ନୂଆ ବୋହୂ ଆସୁ, ମାଣ ବସେଇବ।"

ମୁଁ ମା' ଓ ଆଈର କଥା କିଛି ବୁଝିପାରୁ ନ ଥାଏ। ମନରେ କିନ୍ତୁ ଗୋଟେ ପ୍ରଶ୍ନ ଉଙ୍କି ମାରୁଥାଏ, ନେତି ଆଈର ପୁଅ ବିନୟ ମାମୁ ତ ବିନି ମାଙ୍କୁ ବାହା ହେଇଛନ୍ତି। ପୁଣି କି ବାହାଘର! ପ୍ରଚୁର ଭୋକ ଯୋଗୁଁ ତାଟିଆରେ ମୁଢ଼ି ଦି'ଟା ଆଣି ମୁଠା ମୁଠା କରି ଚୋବେଇ ଦେଇଥିଲି। ପାଣି ପିଇଦେବା ପରେ କେତେବେଳେ ପିଣ୍ଢାରେ ପଡ଼ିଥିବା ଦଉଡ଼ିଆ ଖଟ ଉପରେ ଶୋଇପଡ଼ିଥିଲି। ଅଧରାତିକୁ ମା' ମୋତେ ବଡ଼ପାଟିରେ ଡାକ ପାରିଲା। ମୁଁ ଆଖି ମଳିମଳି ଉଠିଲାବେଳକୁ ଶୀତୁଆ ରାତିର ନିରବତାକୁ ଭାଙ୍ଗି ଦେଉଥାଏ ତେଲିଙ୍ଗିବାଜାର ଶଢ। ହଠାତ୍ ତରକାରି ଓ ପୁରି ଛଣାର ସୁଗନ୍ଧ ମୋ

ନାକରେ ବାଜିଲା। ମୁଁ ଆହୁରି ଭୋକରେ ଆତୁର ହୋଇଗଲି। ନେତି ଆଇ ବଡ଼ପାଟିରେ ମୋ ମା'କୁ ଭୋଜି ଖାଇବାକୁ ଡାକୁଥାଏ।

ନିଦ ଭଲରେ ଛାଡ଼ି ନ ଥିଲେ ବି ଭୋକବାଉଲା ହୋଇ ମୁଁ ବିନୟ ମାମୁଙ୍କ ଘର ଆଡ଼କୁ ଯାଇଥିଲି। ଗାଁ ଗହଳିରେ ଭୋଜି ହେଲେ ସାଇଲୋକେ ଖିରି ଖାଇବାକୁ ଚାହିଁ ରହିଥାନ୍ତି। ଡାଲିଚଟୁରେ ଦି' ଉଙ୍କି ଖିରିକୁ ହାପୁଡ଼ି ହାପୁଡ଼ି ଖାଇ ଏଉଡ଼ି ମାରି କୁନିଆ ପୁରୋହିତ ନେତି ଆଇକୁ କହୁଥାନ୍ତି– "ଆର ସନକୁ ତୁ ନାତି ମୁହଁ ଦେଖିବୁ ହେଲା? ଏଥର ତୋ ଦୁଃଖ ଗଲା।" ଭୋଜି ଖାଇସାରି ସାଇଲୋକେ ନୂଆବୋହୂ ଥିବା ଘର ଭିତରକୁ ଯାଇ କିଛି ଟଙ୍କା ହାତରେ ଗୁଞ୍ଜିଦେଇ ଯାଉଥାନ୍ତି। ସାହିଲୋକେ, ଭାଇଆଳିଆ, ପରିଚିତ ବନ୍ଧୁ–ବାନ୍ଧବ ଧୀରେ ଧୀରେ ଯେଝା ଘରକୁ ଯାଉଥାନ୍ତି। ଘର ପାଖ ମୋ ସାଙ୍ଗ ମାଧବ ଓ ମୁଁ ଖାଇସାରି ଟିକେ କାଚ–କଉଡ଼ି ଖେଳିଲୁ। ଖଣ୍ଡାଟା ପୂରା ଶୂନ୍ଶାନ୍ ହୋଇଗଲା। ହଠାତ୍ ନେତି ଆଇର ଭାରୀ କଣ୍ଠସ୍ୱର ଶୁଣି ମୁଁ ପଛଆଡ଼କୁ ଚାହିଁଲାବେଳକୁ ଦେଖିଲି, ବିଲେଇ ଝାମ୍ପ ମାରିଲା ପରି ନେତି ଆଇ ବିନି ମାଙ୍ଙ୍କ ହାତରୁ ଚାବିଲେଣ୍ଟାଟା ଛଡ଼େଇ ନେଲା ଆଉ ନୂଆବୋହୂ ଥିବା ଘର ଭିତରକୁ ପଶିଗଲା। ମୁଁ ଏଯାଏ ନୂଆବୋହୂକୁ ଦେଖି ନ ଥିଲି।

ନୂଆବୋହୂ ଥିବା ଘର ଭିତରୁ ହେନାର ଅତର ଚାରିଆଡ଼କୁ ମହକଉଥାଏ। ନେତି ଆଇ ନୂଆବୋହୂ ହାତରେ ଚାବିଲେଣ୍ଟାଟା ଧରେଇ ଦେଇ କହିଲା– "ନେ' ଆଜିଠୁ ସବୁ ତୋ ଜିମା ଦେଲି। ସେପଟ ଘରକୁ ଯାଇ ଶୋଇବୁ ଯା'।" ନେତି ଆଇର ପଛକୁ ବିନି ମାଙ୍ଙ୍କ ମୁଣ୍ଡ ତଳକୁ ଛିଡ଼ା ହୋଇଥାନ୍ତି। ବିନି ମାଙ୍ଙ୍କ ଉଦ୍ଦେଶ୍ୟରେ ଆଇ କହିଲା– "ତାକୁ କ୍ଷୀର ଗିଲାସେ ଦେଇଦେ। ସେ ଯାଉ। ରାତି ବହୁତ ହେଲାଣି। ବିନୟ ବାଜାବଜାଲିକୁ ବିଦାକି ଦେଇ ଆସୁଥିବ।"

ନେତି ଆଇ ସେଠୁ ଚାଲିଯିବା ପରେ ନୂଆବୋହୂର ହାତଧରି ବିନି ମାଙ୍ଙ୍କ ତାକୁ ଆରପାଖ ଘରକୁ ନେବାକୁ ପ୍ରସ୍ତୁତ କଲେ। ଅସଜଡ଼ା ତା' ଶାଢ଼ିର କୁଞ୍ଚ, ନୂଆବୋହୂ ମୁଣ୍ଡର ଗଜରାକୁ ସଜାଡ଼ି ତା' ହାତରେ କ୍ଷୀର ଗ୍ଲାସଟେ ଦେଲେ। ନଈଁ ନଈଁ ବୋହୂଟି ଧୀର ପାଦ ପକେଇଲା। ବଡ଼ ଜୋରରେ ହୁଳହୁଳିଟା ପକେଇଦେଲେ ବିନି ମାଙ୍ଙ୍। ନୂଆବୋହୂର ମୁହଁ ଏଥର ବେଶ୍ ସଫା ଦିଶୁଥିଲା। ସେଇ ଲଣ୍ଠନ ଆଉ ଡିବିରି ଆଲୁଅରେ ତା' ମୁହଁର ଉଚ୍ଛଳ ଖୁସି ଜଣାପଡୁଥିଲା। ଆରପାଖ ଘର ଭିତରକୁ ନେଇ ବିନି ମାଙ୍ଙ୍ ଛାଡ଼ିଦେଇ ଆସିସାରିଛନ୍ତି କି ନାହିଁ ସଫେଦ୍ ପାଇଜାମା, ଧୋତି ପିନ୍ଧି ବିନୟ ମାମୁ ଭିତରକୁ ଆସିଲେ। ବିନୟ ମାମୁଙ୍କୁ ଦେଖି ବିନି ମାଙ୍ଙ୍ ଖଣ୍ଡେ ବାତ ଦୂରକୁ ଘୁଞ୍ଚି ନୂଆବୋହୂ ଥିବା ଘରର ଦରଜା ପାଖକୁ ଲାଗିଥିବା ଶେଣିକୁ ଆଉଜି ଛିଡ଼ା

ହୋଇଗଲେ ଏବଂ ପୁଣିଥରେ ହୁଲହୁଲି ପକେଇବାରେ ଲାଗିଲେ। ଯା' ଭିତରେ ମୋ ମା' ମୋତେ ନେବାକୁ ଆସିସାରିଥାଏ। ବିନୟ ମାମୁ ନୂଆବୋହୂ ଥିବା ଘର ଭିତରକୁ ଚାଲିଯିବାର କିଛିକ୍ଷଣ ପରେ ଭିତରପଟୁ ସେ ଘରର କବାଟ ବନ୍ଦ ହେବା ସହିତ ଧିମା ଧିମା ଆଲୁଅ ଦେଉଥିବା ଲଣ୍ଠନଟା ବୋଧେ ଲିଭିଗଲା। ତା'ପରେ ଲଥ୍‌କରି ସେଇଠି ବସିପଡ଼ିଥିଲେ ବିନି ମାଈଁ। ମୋ ମା' ଧୀରେ ତାଙ୍କ ମୁଣ୍ଡ ଉପରେ ହାତ ରଖି ଛିଡ଼ା ହୋଇଥାଏ। ହଠାତ୍‌ ବିନି ମାଈଁ ମୋ ମାଆକୁ ଜାବୁଡ଼ି ଧରି ତାଙ୍କ ମୁହଁକୁ ମା'ର ଗୋଡ଼ ପାଖରେ ଚାପିରଖିଲେ। ମା' ଆସିବା ପରେ ମୋ ସାଙ୍ଗ ଚାଲିଯାଇଥିଲା। ମୋତେ ବିନି ମାଈଁଙ୍କ ଦେହ ଓ ଚାପାକଣ୍ଠର କାନ୍ଦଣା ଶୁଭୁଥାଏ। କବାଟ ଆଡ଼େ ହାତ ଦେଖେଇ ବିନି ମାଈଁ କିଛି କହିବାକୁ ଚେଷ୍ଟାକରି କହିପାରୁ ନ ଥିଲେ।

ଏ ଅବସ୍ଥା ଦେଖି ମୁଁ ହତବାକ୍‌ ହୋଇଥିଲି। ବହୁବର୍ଷ ଯାଏ ମୁଁ ବୁଝିପାରି ନ ଥିଲି ଯେ ବିନୟ ମାମୁ ଓ ନୂଆବୋହୂ ଭିତରୁ କବାଟ କାହିଁକି ଦେଲେ? ବିନି ମାଈଁ ଏମିତି କାହିଁକି କାନ୍ଦୁଥିଲେ? ମୋ ମା' ତାଙ୍କୁ କାହିଁକି ବୋଧ ନ କରି ଅସହାୟ ଭାବେ ଛିଡ଼ା ହୋଇଥିଲା? ଏସବୁ ଘଟଣା ମୋ ପାଇଁ ଯେତିକି ଅଭୁତ ଥିଲା ସେତିକି ଅମୀମାଂସିତ। ବିନି ମାଈଁ ଓ ବିନୟ ମାମୁଙ୍କ ଖୁସି-ମଜାଗପ, ସେମାନଙ୍କର ଏକାଠି ମନ୍ଦିରବୁଲା, ଗାଁ ମେଳଣ ପଡ଼ିଆରେ ହରେକ୍‌ମାଲ୍‌ ଜିନିଷ କିଣିଲାବେଲେ ମାଈଁଙ୍କ ପାଖେ ପାଖେ ରହି ତାଙ୍କ ଇଚ୍ଛା ମୁତାବକ ଜିନିଷ କିଣିବା, ଯାତ୍ରା ପଡ଼ିଆରୁ ମାଈଁଙ୍କ ପସନ୍ଦର ଚେନାଚୁର, ଗଜାବୁଟ, ଶଙ୍ଖର ହାତୀ-ଘୋଡ଼ା-ବତକ ଏମିତି କେତେ କ'ଣ କିଣିବା ମୁଁ ଦେଖିଛି। ସାନବେଳେ ବି ଉଭୟଙ୍କ ବୁଝାମଣା ଓ ଭଲପାଇବାର ଗଭୀରତା ବୁଝିପାରେ।

ମୁଁ ବିନି ମାଈଁ ପାଖେ ପାଖେ ସବୁବେଳେ ଥାଏ। ତାଙ୍କ ସହିତ ଗୋଟିଏ କଂସାରେ ବସି ମୁଁ ଭାତ ଖାଏ। ଠିକ୍‌ ଭାବରେ ଖାଇ ନ ପାରିଲେ ସେ ବଡ଼ ବଡ଼ ଗୁଣ୍ଠା କରି ମୋତେ ଖୁଆଇ ଦିଅନ୍ତି, ଆଉ କହନ୍ତି- "ବଡ଼ ବଡ଼ ଗୁଣ୍ଠା ଖାଇଲେ ସିନା ଶୀଘ୍ର ବଡ଼ ହେବ। ନ ହେଲେ ଏମିତି ସାନ ହେଇ ଥିବ ଯେ।" ବିନି ମାଈଁ ଏତେ ସ୍ନେହୀ ଯେ ତାଙ୍କ ମୁହଁରୁ ମମତା ଓ ଆନ୍ତରିକତା ଉଛୁଳି ପଡ଼ୁଥାଏ।

ବେଲେବେଲେ ବିନି ମାଈଁଙ୍କ ଶୁଖିଲା ଓ କାନ୍ଦୁରା ମୁହଁ ଦେଖିଲେ ମୋତେ କେମିତି ଦୁଃଖ ଦୁଃଖ ଲାଗେ। ତାଙ୍କ ଖୁସି ପାଇଁ ଭଗବାନଙ୍କୁ ପ୍ରାର୍ଥନା କରେ। କିଛି ଲୋକଙ୍କ ଭାଗ୍ୟରେ କିଛି ନିର୍ଦିଷ୍ଟ ଯନ୍ତ୍ରଣାକୁ ଭୋଗି ବଞ୍ଚିବା ଆଉ ଚାଲିଯିବା ବୋଧେ ଲେଖାଥାଏ। ଯେଉଁଦିନ ପୁଅଟେ ଆଶା କରି ମାମୁ ସାତଖଣ୍ଡ ଗାଁରୁ ବ୍ରାହ୍ମଣ ଡକେଇ

'ହରିବଂଶ' ବସେଇଥିଲେ, ସେଦିନ ବିନି ମାଈଁର ଗୋଡ଼ ତଳେ ଲାଗୁ ନ ଥିଲା। ମଥାରେ ଚନ୍ଦନ-ସିନ୍ଦୂରମିଶା ଗୋଲ ଟୋପା ଲଗେଇ, ଧଳା ଆଉ ନାଲି କନ୍ତା ଶାଢ଼ି ଖଣ୍ଡେ ପିନ୍ଧିଥିବା ବିନି ମାଈଁ ମୋତେ ସେଦିନ ଆମ ଗାଁ ଠାକୁରାଣୀଠୁ ବି ସୁନ୍ଦର ଦିଶୁଥାଏ। ସେ ଘଟଣାର ଦୀର୍ଘବର୍ଷ ପରେ ନୂଆ ମାଈଁ ବାହାହେବା ଘଟଣା ମୋ ପାଈଁ କିଛି ବୁଝା-ଅବୁଝା ଥିଲା।

ମାମୁଙ୍କ ଦ୍ୱିତୀୟ ବାହାଘର ପରେ ବିନୟ ମାମୁ ବିନି ମାଈଁଙ୍କ ସହିତ କେବେ କଥା ହେବା ମୁଁ ଦେଖି ନ ଥିଲି। ଦି'ଟା ସରଳରେଖା ପରି ଦି'ଜଣ ଘର ଭିତରେ ଥାନ୍ତି, ଯଦି କେବେ ସାମ୍ନାସାମ୍ନି ହୁଅନ୍ତି ପରସ୍ପରକୁ ଅତିକ୍ରମ କରନ୍ତି ନାହିଁ। ବାହାଘର ପରେ ବିନି ମାଈଁର ବସାଉଠା ରୋଷେଇଘର ଖଲା ଘରେ। କାରଣ ବିନୟ ମାମୁ ଓ ନୂଆ ମାଈଁଙ୍କ ଶୋଇବାଘର ଆଉ ବିନି ମାଈଁଙ୍କର ଘର ହୋଇ ନ ଥିଲା।

ବିନୟ ମାମୁଙ୍କ ଦେହ ଖରାପ ହେଲେ ବିନି ମାଈଁ ଯଦି ତାଙ୍କ ଦେହରେ ହାତ ବୁଲେଇ ଦେବାକୁ ଯାଉଥିଲେ, ସାନ ମାଈଁ ସାଙ୍ଗେ ସାଙ୍ଗେ କହୁଥିଲେ- "ଅପା, ତମେ ଯାଅ। ରୋଷେଇ କଥା ବୁଝ। ମୁଁ ଯା'ଙ୍କ ପାଖେ ଅଛି।" ବହୁତ ଥର ବିନି ମାଈଁଙ୍କୁ ଧାଇଁଆସି କାନ୍ଦିବାର ମୁଁ ଦେଖିଛି। ତାଙ୍କ କାନ୍ଦ ଦେଖି ମୋ ଛାତି ଭିତରଟା କାହିଁକି କାନ୍ଦି ଉଠୁଥିଲା କେଜାଣି!

ସକାଳୁ ସଞ୍ଜ ଧାଏ ବିନି ମାଈଁ ଘରକାମରେ ଲାଗିଥାନ୍ତି। ମାମୁଙ୍କ ବାହାଘର ପରଠାରୁ କେବେ ବି ତାଙ୍କୁ ମୁଁ ହସିବା, ବଡ଼ପାଟିରେ ଖୁସିରେ କଥା କହିବା ଦେଖିନି। ବର୍ଷକ ଭିତରେ ବିନି ମାଈଁ ଯେମିତି ମାମୁଙ୍କଠାରୁ ଅଧିକ ବୟସ୍କ ଦିଶୁଥାନ୍ତି।

ସାନବୋହୂର ପିଲାପିଲି ହେବ ଜାଣି, ନେତି ଆକ୍ଇର ଗୋଡ଼ ତଳେ ଲାଗୁ ନ ଥାଏ। ଦିନ ଦି'ଟା ଭିତରେ ଗାଁସାରା ଜାଣିଗଲା ବିନୟ ମାମୁଙ୍କ ନୂଆ ସ୍ତ୍ରୀର କିଛି ପିଲାପିଲି ହେବ। ବିନୟ ମାମୁ ସାନ ମାଈଁଙ୍କ ପାଈଁ ଡାକ୍ତରାଣୀ ଓ ଧାଇର ବ୍ୟବସ୍ଥା କରିଥାନ୍ତି। କୂଅରୁ ଦଶ-ପନ୍ଦର ବାଲ୍ଟି ପାଣି ଆଣି ବିନି ମାଈଁ ଖଞ୍ଜା ଭିତରେ ଥିବା ପାଣିକୁଣ୍ଡ ଭର୍ତ୍ତି କରିଦିଅନ୍ତି। ସାନ ବୋହୂର ଭଲ-ମନ୍ଦ ଖାଇବା ଇଚ୍ଛା, ତା' ମୁଣ୍ଡରେ ତେଲଲଗା, ତା' ବାସିଲୁଗା ଧୁଆର ସବୁକାମ ବିନି ମାଈଁ କରିଦିଅନ୍ତି। ଦିନେ ଭୋରୁ ଭୋରୁ ସାନ ମାଈଁଙ୍କର ଗୋଟେ ପୁଅ ହେଲା ବୋଲି ମା' ଆସି ବାପାଙ୍କୁ କହୁଥିବାର ଶୁଣି, ମୁଁ ତାଙ୍କ ଘରପଟକୁ ଧାଇଁଗଲି।

ଏତେଦିନ ପରେ ବିନି ମାଈଁଙ୍କୁ ପୂର୍ବପରି ଖୁସି ଥିବା ଦେଖୁଥିଲି। ତାଙ୍କ ଗୋଡ଼ ଯେମିତି ତଳେ ଲାଗୁ ନ ଥାଏ। ସେ ପୂର୍ବ ଅପେକ୍ଷା ଅଧିକ ଚଳଚଞ୍ଚଳ ହୋଇଉଠିଥିଲେ। ପୁଅଟି ବିନୟ ମାମୁଙ୍କ ମୁହଁକୁ ଛଡ଼େଇ ଆଣିଚି ବୋଲି ସମସ୍ତେ କୁହାକୁହି ହେଉଥିଲେ।

ଏକୋଇଶିଆ ପାଲାରେ ଶିରିଣି ପାଇଁ ମାମୁ କ୍ଷୀର, ଦହି, ଛେନା, ନଡ଼ିଆ, ଲଡ଼ୁ, କଦଳୀ ଆଣି ଗଦେଇଦେଲେ। ପୁରୋହିତଙ୍କ ବରାଦ ଅନୁସାରେ କେବଳ ଚାଉଳଚୂନା, ଗୋଲମରିଚ ଓ ଗୁଡ଼ ଆସି ନ ଥାଏ। ବିନି ମାଈଁ ଢିଙ୍କିରେ ଚାଉଳଚୂନା କୁଟିବା ପାଇଁ ଢିଙ୍କିଘରଟି ସଫା କରିବାରୁ ନେତି ଆଈ ବଡ଼ପାଟିରେ ମନା କରିଦେଲା- "ହେଇ ଖବରଦାର୍‌ କହିଦେଉଚି। ଏତେ କଷ୍ଟରେ ସତ୍ୟନାରାୟଣ ମୋ ଡାକ ଶୁଣିଚନ୍ତି। ତୁ ସେ ଢିଙ୍କିଶାଳକୁ ଯାଆନି। ତୁ ତ ଅଲକ୍ଷଣୀ। ତୋ ମୁହଁ ଚାହିଁଲେ ଦୋଷ! ଯା' ଏଠୁ ଯା'। ପୁଅ ମନା କରିବ ବୋଲି ମୁଁ ତତେ କିଛି କହୁନି। ଯା' ତୁ ସେଇ ରୋଷେଇଘର ପାଖ ଚାଲିଆରେ ଥା'। ଏସବୁ ପୂଜା ଦରବ ଛୁଆଁଛୁଇଁ କରନି। ମୋ ପୁଅର ବଉଁଶ ବଢ଼ୁ।"

ନେତି ଆଈର କଥା ସରିଥିବ କି ନାଇଁ ବିନି ମାଈଁ ରୋଷେଇଘର ଆଡ଼କୁ ଧାଇଁଗଲେ। ମୁଁ ସେଦିନ ତାଙ୍କ ପଛେ ପଛେ ଗଲିନି। ମୋର ସେଇ ପିଲା ଅବସ୍ଥାରେ ବି ମୁଁ ଅନୁଭବ କରିପାରୁଥିଲି ତାଙ୍କ ଦୁଃଖ ଓ ଯନ୍ତ୍ରଣା। ସେଦିନ ରାତିରେ ବଡ଼ ଧୁମ୍‌ଧାମ୍‌ରେ ସତ୍ୟନାରାୟଣ ପାଲା ହେଲା। ବିନୟ ମାମୁ ଗାଁର ପିଲାଠୁ ବୁଢ଼ାଯାଏ ସମସ୍ତଙ୍କୁ ପାଲାରେ ନିମନ୍ତ୍ରଣ କରିଥିଲେ। କେବଳ ଜଣେ ମାତ୍ର ସେଠି ଉପସ୍ଥିତ ନ ଥିଲେ, ଆଉ ସିଏ ଥିଲେ ମୋ ବିନି ମାଈଁ। ଅଦୂରରୁ ସେ ଅନ୍ଧାରିଆ ଚାଲିଆ ଘର ପିଣ୍ଡାରେ ସେଦିନ ଗୋଟେ ଛାଇଟେ ବହୁ ସମୟ ଯାଏ ଏପଟ ସେପଟ ହେଉଥିବାର ମୁଁ ଦେଖୁଥିଲି।

ସେଇ ବିନି ମାଈଁ ଏବେ ଚାଲିଗଲେ ବୋଲି ବୋଉ କହୁଥିଲା। କିନ୍ତୁ ବିନି ମାଈଁ କ'ଣ ଏବେ ମରିଗଲେ! ସିଏ ତ ସେହିଦିନ ମରିଯାଇଥିଲେ ଯୋଉଦିନ ଚାବିଲେଣ୍ଟା ଓ ତାଙ୍କ ଘର ଛଡ଼େଇ ନିଆଯାଇଥିଲା। ଅଲୋଡ଼ା ହେଇପଡ଼ିବାରୁ ମରଣ କ'ଣ ବେଶୀ କଷ୍ଟକର ? ମୋତେ କାହିଁକି ସେମିତି ଲାଗୁ ନ ଥିଲା।

ମୁଁ ତଳେ ବସିପଡ଼ି ଦୁଇ ହାତ ଯୋଡ଼ିଲି, ବିନି ମାଈଁଙ୍କ ଆତ୍ମା ପାଇଁ। ଏ ଜନ୍ମରେ ନ ହେଲା ନାହିଁ ଆରଜନ୍ମରେ ତାଙ୍କୁ ସବୁଯାକ ସୁଖ ମିଳୁ।

ସାବେନୀ

ଆଖ୍ ଓଦାହେଲେ ସାବେନୀର ମନଦୁଃଖ ହୋଇଛି ନା ମନଦୁଃଖ ହେଲେ ତା'ର ଆଖ୍ ଓଦା ହେଉଛି ସେ କଥା ବୁଝୁବୁଝୁ ଦୀର୍ଘ କୋଡ଼ିଏ ବର୍ଷ ବିତିଯାଇଛି ସାବେନୀର। ବେଲେବେଲେ ଆଖ୍ଖର ଲୁହ ବରଫ ପାଲଟି ଯାଇ ସେ ପାଷାଣୀଟେ ପରି ନିଷ୍କ୍ରିୟ ବି ହୋଇଯାଇଛି। ସେଦିନ ମନ୍ଦିରରେ ବେହୋସ ହେବାପରେ, ଏ କ'ଣ ଦେଖୁଛି ସେ। ଡାକ୍ତରଖାନାରେ ବୋଧେ! ଚାରିପଟେ ଧଳା ପୋଷାକ ପିନ୍ଧା ତିନିଜଣ ଡାକ୍ତର। ଆଉ ଗୋଟେ ପାଖକୁ ଜଣେ ପୋଲିସ ଅଫିସର। "ଏମିତି ନିର୍ଦ୍ଦୟ ଭାବରେ କିଏ ବାଡ଼େଇଛି ତମକୁ?" - ପୋଲିସ୍ ଅଫିସର ପଚାରିଲେ। ଜଣେ ଡାକ୍ତର ପଚାରିଲେ- "ଏବେ କେମିତି ଅନୁଭବ କରୁଛ ତମେ? ବେକ ଭାଙ୍ଗି ଡାକ୍ତରି ଆଡ଼କୁ ଚାହିଁଲା ସାବେନୀ। ଧୀରେ ଧୀରେ କଡ଼ ଲେଉଟାଇ ଡାକ୍ତରି ଆଡ଼କୁ ବୁଲିବାକୁ ଚେଷ୍ଟା କଲାରୁ, ଜଣେ ନର୍ସ ଦଉଡ଼ି ଆସି କହିଲା- "ନା- ସେମିତି ଶୋଇଥାଅ, ସାଲାଇନ୍ ଲାଗିଛି ପରା।" ପୋଲିସ୍ ବାବୁ ହାତରେ କାଗଜ କଲମ ଧରି ତାକୁ ପୁଣି ପଚାରିଲେ- "କେତେ ଦିନ ହେଲା ଖାଇନ ତମେ? ଏ ଦେହ ଓ ପିଠିସାରା ଏତେ ଦାଗ କେମିତି ହେଲା? ଏମିତି ପଶୁ ପରି କିଏ ମାରିଚି? ସବୁ ସତ କୁହ, ଏଇଟା ପୋଲିସ୍ କେଶ୍। ଜଣେ ନର୍ସ କହିଲେ- ତମେ କାଲି ମନ୍ଦିରରେ ବେହୋସ ହେଇଗଲ। ଲୋକମାନେ ତମକୁ ଆଣି କ୍ଲିନିକ୍‍ରେ ଭର୍ତ୍ତି କରିଦେଇଗଲେ। ତମେ ତ ଅଚେତ୍ ଥିଲ। "ବାବୁ" "ବାବୁ" ବୋଲି କାହାକୁ ବିଳିବିଲେଇକି ଡାକୁଥିଲ? କିଏ ସେ ବାବୁ? କୁହ କ'ଣ ହେଇଛି? ତମ ଘରେ କିଏ ସବୁ ଅଛନ୍ତି?" ଏହି ସମୟରେ ଆଉ ଜଣେ ନର୍ସ କହିଲା- "ସାର୍ ପାଖ ଗାଁ ଲୋକଙ୍କ କହିବା ଅନୁସାରେ ସିଏ କୁଆଡ଼େ କାଲି ଭୋଗଥାଲି ଧରି ସ୍ତ୍ରୀ ଲୋକଙ୍କ ମେଲରେ ସାବିତ୍ରୀ ବ୍ରତ କଥା ଶୁଣୁଥିଲେ। ହଠାତ୍ ସେ ପଡ଼ିଯିବାରୁ ଲୋକେ ଉଠେଇବାକୁ ଚେଷ୍ଟା କଲେ। ସେମାନେ ୟାଙ୍କୁ ଏଠିକୁ ଆଣିଲାବେଲେ ତାଙ୍କ ନାକରୁ

ରକ୍ତ ବାହାରୁଥିଲା । ଏଠି ଭର୍ତ୍ତି କଲାପରେ ତାଙ୍କର ମୁଣ୍ଡରୁ ଓଢ଼ଣା କାଢ଼ି ଛାତି-ପିଠି ପରୀକ୍ଷା କରିବାକୁ ଡାକ୍ତର କହିବାରୁ, ଆମେ ତାଙ୍କ ଦେହସାରା ରକ୍ତାକ୍ତ ମାଡ଼ ଦାଗ ସବୁ ଦେଖିଲୁ ଏବଂ ସାରଙ୍କୁ ଜଣେଇଲୁ । ପୋଲିସ୍ କେସ୍ ଭାବି ସାର ଆପଣଙ୍କୁ ଡକେଇଦେଲେ ।" ପୋଲିସ୍ ବାବୁ ଜଣକ ଏଥର ପଚାରିଲେ- "ତମ ନାଁ, ତମ ସ୍ୱାମୀଙ୍କ ନାଁ କହିପାରିବ ଏବେ ?" ସାମାନ୍ୟ ମଥା ହଲାଇ ଧୀର ଶଦ୍ଦରେ କହିଲା, "ମୋ ନାଁ ଶ୍ରାବଣୀ ବେହେରା ଓରଫ୍ ସାବେନୀ, ମୋ ସ୍ୱାମୀଙ୍କ ନାଁ ହଳଧର ବେହେରା । ଆମେ ଏଇ ପାଖ ଗାଁ ଚମ୍ପାପୁରରେ ରହୁ ।" ପୋଲିସ୍ ପୁଣି ପଚାରିଲେ- "କିଏ ଏମିତି ମାରିଚି ତୁମକୁ ?" ସାବେନୀ ଧୀରେ ଧୀରେ କହିଲା- "ଆଜ୍ଞା ସାରେ କାଲି ଅଧରାତିରେ ଦି'ଜଣ ଚୋର ପଶିଥିଲେ । ମତେ ଡରାଇ-ଧମକେଇ ମୋ ସବୁ ସୁନା ଜିନିଷଟକ ନେଇଗଲେ । ମୁଁ ବିରୋଧ କଲାରୁ ଜଣେ ମତେ ଏମିତି ପିଟିଲା । ମୋ ସ୍ୱାମୀ ନଥିଲେ । ସକାଳୁ ଉଠି ସାବିତ୍ରୀ ପୂଜା ପାଇଁ ଆଇଥିଲି ମନ୍ଦିର । ମୁଣ୍ଡ ଘୂରେଇ ଦେବାରୁ ପଡ଼ିଗଲି ।" ଏହି ସମୟରେ ଜଣେ ଡାକ୍ତର କହୁଛନ୍ତି ତମେ ପ୍ରାୟ ପାଞ୍ଚଦିନ ହେଲା ବୋଧେ ଖାଇନ । ସତ କୁହ । ଡରିବାର କିଛି ନାହିଁ । ଏବେ ତମ ସ୍ୱାମୀ କେଉଁଠି ? ସେ କ'ଣ ଗାଁ ଲୋକଙ୍କଠୁ ଶୁଣିନଥିବେ ତମେ ଏଇ ଡାକ୍ତରଖାନାରେ ଭର୍ତ୍ତି ବୋଲି ? ଏଇ ସମୟରେ ନର୍ସ ଜଣେ ସାଲାଇନ୍ ଖୋଲି କାଗଜ ଥାଲିରେ ଦି' ଚାରି ଖଣ୍ଡ ବିସ୍କୁଟ୍ ଆଉ ଗିଲାସେ କ୍ଷୀର ଆଣି ପାଖ ଟେବୁଲରେ ରଖିଲା ଏବଂ ବିସ୍କୁଟରୁ ଖଣ୍ଡେ କ୍ଷୀରରେ ବୁଡ଼େଇ ସାବେନୀ ପାଟିରେ ଦେବାକୁ ହାତ ବଢ଼େଇବାରୁ ସାବେନୀ, ନର୍ସର ହାତକୁ ଦୂରକୁ ଠେଲିଦେଲା । ନର୍ସ କହିଲା- "ହେଇ ଦେଖିଲେ ସାର, ଆମେ ଦି'ଥର ଚେଷ୍ଟା କଲୁଣି- ଇଏ କିଛି ଖାଉନି । କହୁଛି- ଆଜି ତା'ର ସାବିତ୍ରୀ ! ସ୍ୱାମୀଙ୍କୁ ଦେଖିଲେ ଯାଇ ଖାଇବ । ତା' ସ୍ୱାମୀ ହେଲେ ଆସନ୍ତ । ଏଣେ ଜୀବନ ଛାଡ଼ିବାକୁ ବସିଲାଣି । ଯେତେ ବୁଝେଇଲେ ବି ଖାଇବାକୁ ମନା କରୁଛି । କହୁଛି ରଖ ପରେ ଖାଇଦେବି ।" ଡାକ୍ତର କହିଲେ- "ହେଉ ସେ ଟିକେ ବିଶ୍ରାମ ନେଉ ।" ଡବଡବ ଆଖିରେ ସାବେନୀ ସେମାନଙ୍କ କଥା ଶୁଣୁଥିବା ପରି ଚାହିଁଥାଏ, ହେଲେ ତା' କାନକୁ କିଛି ଶୁଭୁନଥାଏ କି ଦେହରେ ବଳ ନ ଥାଏ । ଆଖିରେ ଲୁହର ବନ୍ୟା ସବୁକିଛିକୁ ଅସ୍ପଷ୍ଟ କରିଦେଉଥାଏ । ଗୋଟିଗୋଟି ହୋଇ ମନେ ପଡ଼ୁଥାଏ ତା'ର ପିଛିଲା କୋଡ଼ିଏ ବର୍ଷ ତଳର କଥା ସବୁ । ହରିପୁରର ଗଉଡ଼ ସାହିର ନିପଟ ମଫସଲୀ ଝିଅ ସାବେନୀ । ଶ୍ରାବଣ ମାସର ଝିପିଝିପି ବର୍ଷାବେଳେ ସେ ଜନ୍ମ ବୋଲି ଏକୋଇଶିଆରେ ବାପ ଯୋଗୀ ବେହେରା ଓ ବୋଉ ଯମୁନୀ ବେହେରା ନାଁ ଦେଇଥିଲେ ଶ୍ରାବଣୀ । ପରେ କିନ୍ତୁ ହରିପୁର ଗଉଡ଼ ସାହିରେ ତା'ର ଶ୍ରାବଣୀ ନାଁ କୁଆଡ଼େ ହଜିଯାଇ, ଲୋକେ

ତାକୁ ସ୍ନେହରେ ସାବେନୀ ଡାକିବସିଲେ। ପଛରେ ହେତୁ ପାଇବା ପରେ ଲୋକ ଏମିତି କାହିଁକି ଡାକିଥାଇ ପାରନ୍ତି ବୋଲି ଶ୍ରାବଣୀ ବହୁତ ଭାବିଥିଲା। ୟା' ପଛରେ ଦାୟୀ କରିଥିଲା ନିଜ ସାବେନୀ ରଙ୍ଗକୁ। ତା' ଜନ୍ମର ବରଷକରେ ଯଦି ତା' ବୋଉ ମରିନଥାନ୍ତା ବୋଧେ ତା' ନା ସାବେନୀ ବଦଳରେ ଶ୍ରାବଣୀ ହେଇପାରିଥାନ୍ତା। ବାପା ଯୋଗୀ ବେହେରା ଯେବେ ସ୍କୁଲରେ ନାଁ ଲେଖାଇଥିଲା, କିଛିଦିନ ଯାଏ ଉପସ୍ଥାନ ଖାତାରେ ଶିକ୍ଷକଙ୍କ ପାଟିରୁ ଶ୍ରାବଣୀ ନାମ ଉଚ୍ଚାରଣ ଶୁଣିବାକୁ ତାକୁ ଭଲ ଲାଗୁଥିଲା। ମ୍ୟାଟ୍ରିକ୍ ପରୀକ୍ଷା ଯାଏ ଗୋଟେ ପ୍ରକାର ସବୁ ଠିକ୍ ଥିଲା। ଯେବେ ଯୋଗୀ ବେହେରା ଅପସ୍ମାର ରୋଗରେ ଆକ୍ରାନ୍ତ ହୋଇ ଘରେ ପଡ଼ିଲା ଆଉ ତା'ର ପାଠରେ ଡୋରି ବନ୍ଧା ହେଲା, ସେବେଠୁ ଧୀରେ ଧୀରେ ଲୋକଙ୍କ ପାଖରେ ସେ ସାବେନୀ ନାଁରେ ଚିହ୍ନାହେଲା।

ସାବେନୀ ଅସୁନ୍ଦର ନଥିଲା। ରଙ୍ଗ ଟିକେ ମଳିନ ଥିଲେ ବି ଆଖି, ଭ୍ରୁ, ନାକ, କାନ, ଓଠ, ଦାନ୍ତ ଠିକ୍ ମୂର୍ତ୍ତିଟେ ଆଙ୍କିଦେଲା ଭଲି। ସାବେନୀ ଗାଁ ଠାକୁରାଣୀ ଭଲି ଦିଶେ। ଗାଁ ଝିଅଙ୍କ ଭିତରେ ସାବେନୀ ଉଁଚାସରିଆ, ମଜବୁଟିଆ। ଗାଁ କୂଅରୁ ଦି' କାଖରେ ପିତଳ ଗରା ଭର୍ତ୍ତି କରି ପାଣି ନେଲାବେଲେ ଟୋପାଟେ ବି ଚହଲେ ନାହିଁ। ସେ ସନ ସାଙ୍ଗଙ୍କ ସହିତ ଦୁର୍ଗା ମଣ୍ଡପ ପାଖ ରାବଣପୋଡ଼ି ଯାଇଥିଲା ବୁଲିବାକୁ। ଦହିବିକା ପଇସାରୁ ବାପଙ୍କୁ କହି କିଛି ଟଙ୍କା ଆଣିଥିଲା। ସବୁ ବରଷ ପରି ସେଥର ବି ବୁଲିବୁଲି କାଠର ସଖୀ କଣ୍ଢେଇ, ମାଟି ତିଆରି ନେଥେକା ବୁଢ଼ା-ବୁଢ଼ୀ ଯୋଡ଼ିଟିଏ କିଣିଲା। ଭଲିକି ଭଲି ଟିକିଲି, ଅତର, ପାଉଡର, ନେଲ୍-ପାଲିସି, ଅଲତା ବି କିଣିଲା। ଘରକରଣା ଜିନିଷ ସହିତ ନୂଆ କୁଲା, ଝାଡ଼ୁ ମୁଠେ, ଖଇଚଲାଟେ କିଣିବାକୁ ବି ଭୁଲିଲାନି। ଫେରିଲାବେଲକୁ ସାଙ୍ଗ ଝିଅମାନେ ରାମଦୋଲିରେ ବସିବାକୁ ବାଧ୍ୟ କରିବାରୁ ଜିନିଷସବୁକୁ ଗାଁର ଜଣେ ମଉସାଙ୍କ ହାତରେ ପଠାଇଦେଇ, ସାଙ୍ଗଙ୍କ ସହ ପ୍ରଥମ କରି ରାମଦୋଲିରେ ଚଢ଼ିଲା। ଆକାଶ ମଥାନକୁ ଛୁଇଁ ଦୋଲି ତଳକୁ ଆସି ପୁଣି ଉପରକୁ ଉଠିଲା ବେଲକୁ ସାବେନୀର ପେଟ ଭିତରୁ କିମିତି ଗୋଟେ ହାବୁକା ଉଠିଲା ପରି ଲାଗୁଥାଏ। କଷ୍ଟେମଷ୍ଟେ ଦୋଲିକୁ ଜାବୁଡ଼ି ବସିଥାଏ ସାବେନୀ। ଦୋଲି ତଳକୁ ଆସିଲାକ୍ଷଣି ଖପାଖପ୍ ହୋଇ ସାଙ୍ଗ ଝିଅମାନେ ଯିଏ ଯାହାର ଓହ୍ଲେଇ ପଡ଼ିଲେ। କିନ୍ତୁ ସାବେନୀ ଅଚେତ ହୋଇ ଯାଇଥିଲା। ଝିଅମାନେ ପାଟିକରି ଉଠିଲେ। ସେଇ ଯାତ୍ରାରେ ହରିପୁର ଗାଁକୁ ଲାଗିଥିବା ଚମ୍ପାପୁର ଗାଁର ହଳଧର ନାମକ ଯୁବକଟିଏ ଝିଅମାନଙ୍କ କୋଲାହଲ ଶୁଣି ସବୁ ବିଷୟ ବୁଝିଲା। ପାଖ ଦୋକାନରୁ ଥଣ୍ଡାପାଣି ବୋତଲ ଆଣି ସାବେନୀ ମଥା ଉପରେ ପାଣି ଛିଞ୍ଚି, ତାଙ୍କୁ ସାନ୍ତ୍ୱନା କରିବାକୁ

ଚେଷ୍ଟାକଲା । କିଛି ସମୟ ପରେ ସାବେନୀ ଆଖି ଖୋଲିଲା । ସାମ୍ନାରେ ଥିଲା ହଳଧରର ସୁନ୍ଦର ଗୋଲ୍‍-ଗମ୍ଭୀର ମୁହଁ, ଚଣାଚଣା ଆଖି, ଡେଙ୍ଗା-ଚଉଡା ଚେହେରା । ସାବେନୀଙ୍କୁ ନିଜ ବଳିଷ୍ଠ ହାତରେ ତଳୁ ଉଠେଇ ସିନେମାର ନାୟକ ପରି ଧରିଥାଏ ସେ । ସାଥୀ ଝିଅମାନେ ଏ ଦୃଶ୍ୟ ଦେଖି ମୁଚୁମୁଚୁ ହସି କହୁଣୀ ମରାମରି ହେଲେ । ସାବେନୀକୁ ଭଲ ଲାଗୁନଥିଲେ ବି ବାଧ୍ୟହୋଇ ସେମିତି ହଳଧରର ଦି'ହାତରେ ଅସହାୟ ଅବସ୍ଥାରେ ଥାଏ । ଏବେ ବି ତା' ମୁଣ୍ଡ ବୁଲେଇ ଦେଉଥାଏ । ମଝିରେ ମଝିରେ ସାମାନ୍ୟ ଆଖିଖୋଲି ଦେଖୁଥାଏ ହଳଧରର ଚେହେରାକୁ । ହଳଧର ଚେହେରା ଉପରୁ ସେ ଆଖି ଫେରେଇ ପାରୁନଥାଏ । ଗୋଟେ ଅଟୋ ଡାକି ହଳଧର ଅତି ଯତ୍ନରେ ବସେଇଲା ସାବେନୀକୁ । ଅନ୍ୟ ଝିଅମାନଙ୍କୁ ମଧ୍ୟ ଜଣଜଣ କରି ସେମାନଙ୍କ ଘର ପାଖରେ ଆସି ଛାଡ଼ିଲା ସମସ୍ତଙ୍କୁ । ସେଇଦିନର ସେଇ ଘଟଣା ଅପାସୋରା ସ୍ମୃତି ସାଜିଥିଲା ସାବେନୀ ପାଇଁ । ଦିନ-ରାତି ପ୍ରତିକ୍ଷଣ ସେ ଝୁରୁଥାଏ ହଳଧରକୁ । ତା' ଆଖିରେ ଲୁହ ଜକେଇ ଆସିଲେ, ନିଜକୁ ନିଜେ ଚ଼ାପରା କରି ସାବେନୀ ମନେ ମନେ କହେ- "ତୋର ତ ଭାରି ବହୃପ ! କାଳୀ-କୋତରୀ ହୋଇ କେଉଁ ସାହସରେ ରାଜକୁମାର ଭଳି ପୁଅ ଉପରେ ଆଖି ପକଉଚୁ । ଦେଖୁଚୁଟି ତୋ ଚେହେରା ? ସେ ତ ତତେ ଆଢ଼ ଆଖିରେ ଅନେଇନଥିଲା । ତୁ କାଇଁ ତା' ପାଇଁ ହାଇଁପାଇଁ ହେଉଛୁ ?" ମନକଥା ମନରେ ରଖି ବିତିଗଲା ଦି' ବରଷ । ଯୋଗୀ ବେହେରା ଝିଅ ପାଇଁ ମଧ୍ୟସ୍ଥତା କରୁଥିବା ଅବଧାନଙ୍କ ମାଧ୍ୟମରେ ଚାରିଆଡ଼େ ପ୍ରସ୍ତାବ ଦେଲା । ଗାଁକୁ ଲାଗି ଆଉ ଚାରିଖଣ୍ଡ ଗାଁ । ନିଜ ଜାତିଆ ପ୍ରସ୍ତାବଟେ ନହେଲେ ସାଇଭାଇ ସମ୍ପର୍କ କାଟିବେ । ଯୋଗ ଅନୁସାରେ ଭୋଗ ଭଳି ଅବଧାନେ ଦିନେ ସକାଳୁ ସକାଳୁ ଆସି ଯୋଗୀ ପାଖରେ ହାଜରା । ଅବଧାନେ ଆଣିଥିଲେ ହଳଧରର ପ୍ରସ୍ତାବ । ଫଟୋଟି ନେଇ ଯୋଗୀ ଟିକେ ମୁହଁ ଶୁଖେଇ କହିଲେ- "ଇଏ ତ ରାଜକୁମାର ପରି ଦିଶୁଚି । ଆମ ସାବେନୀକୁ ତାଙ୍କର କ'ଣ ରାଜି ହେବେ ? ଅବଶ୍ୟ ମୋ ସାବେନୀଟାର ରଙ୍ଗସିନା ଟିକେ ମଇଲା ହେଲେ ଭାରି କାମିକା । ଏମିତିକା ବୋହୂ ତାଙ୍କୁ ଏ ଖଣ୍ଡମଣ୍ଡଳରେ ମିଳିବେନି ।" ଅବଧାନେ- ଯୋଗୀ କାନ ପାଖରେ ଫିସ୍-ଫିସ୍ କରି କିଛି କହିଲା । କବାଟ ଆଢୁଆଳରେ ଥାଇ ସାବେନୀ ସବୁ ଶୁଣୁଥିଲା । ଠାକୁରଙ୍କୁ ମନେମନେ ମୁଣ୍ଡିଆ ମାରି ହଳଧରକୁ ମାଗୁଥିଲା । ତା' ଛାତି ଭିତରେ ଗୋଟେ ଅଭୁତ ଶୀଳ୍କାର ଥୋଲି ହଳଧରର ମୁହଁ ମନେପଡ଼ିଗଲା । ଅନ୍ୟପଟେ ଅବଧାନେ ଚାଲିଯିବା ପରେ ରୋଗୀଣା ବାପାଟାର ଉଦାସ ମୁହଁକୁ ଦେଖି ସାବେନୀକୁ କାନ୍ଦ ଲାଗୁଥାଏ । ଝିଅକୁ ପାଖକୁ ଡାକି ଯୋଗୀ ବେହେରା ବାହାଘର ବାବଦକୁ ନଗଦ ଲକ୍ଷେ ଟଙ୍କା ଖର୍ଚ୍ଚ ହେବା କଥା କହିଲା । ଏହା ଶୁଣି ଅନ୍ୟମନସ୍କ

ହୋଇପଡ଼ିଲା ସାବେନୀ। ଝିଅକୁ ସାନ୍ତ୍ୱନା ଦେଇ ନିଜ ଚାଷଜମି ବଦଳରେ ଟଙ୍କା ଯୋଗାଡ଼ କଲା। ବାହାଘର ପାଇଁ ଦିନ ଧାର୍ଯ୍ୟ ହେଲା। ସମସ୍ତ ବନ୍ଦୋବସ୍ତ କରି ଗରିବ ଯୋଗୀ ବେହେରା ସାବେନୀର ବାହାଘର ଯେମିତି ଧୂମ୍‌-ଧାମ୍‌ରେ କଲା, ସମ୍ଭବତଃ ଆଉ ଚାରିଖଣ୍ଡ ଗାଁରେ କେହି କେବେ କରିନଥିବେ।

ଅସୁମାରୀ ସ୍ୱପ୍ନର ଫରୁଆ ସାଇତି ହଳଧରର ଜୀବନସାଥୀ ରୂପେ ସାବେନୀ ନିଜ ପାଖରେ ନିଜେ ଶପଥ କରୁଥିଲା, ହଳଧରର ଜୀବନକୁ ସୁଖ-ଶାନ୍ତି-ପ୍ରେମରେ ଭରିଦେବାକୁ। ଝିଅଟେ ଅବା କ'ଣ ଚାହେଁ ? ଜୀବନରେ ଯାହାର ହାତ ଧରିବ ସେ କେବଳ ତାକୁ ହିଁ ଭଲପାଉ ଟିକେ ଯତ୍ନ କରୁ। ଏତିକି ତ ପ୍ରତି ଝିଅଙ୍କର ସ୍ୱପ୍ନ। ଚତୁର୍ଥୀର ସ୍ୱପ୍ନମଖା ରାତିରେ ସେ ଅପେକ୍ଷାର ମୁହୂର୍ତ୍ତକୁ ନେଇ ବିଭୋର ସାବେନୀ ହଠାତ୍‌ ଚମକିପଡ଼ିଲା ଯେବେ ଧଡ଼କରି କବାଟଟା ଖୋଲିଗଲା। ହଳଧର ମଦନିଶାରେ ଟଳମଳ ହୋଇ ତା' ପଖକୁ ଆସିଥିଲା ଆଉ ଧୁମ୍‌କରି ଖଟ ଉପରେ ପଡ଼ିଯାଇଥିଲା। ବାହାଘରରେ ସାଙ୍ଗ-ସାଥୀ ମେଳରେ ଏମିତି ହୁଏ ଭାବି ସାବେନୀ ହଳଧରର ଜୋତା ଖୋଲି କବାଟ କଣକୁ ରଖ୍‌ଦେଲା। ନିଶାଗ୍ରସ୍ତ ହଳଧରର ଗୋଲ୍ ମୁହଁକୁ ନିଜ ଦି' ହାତ ପାପୁଲିରେ ଧରି ମନଭରି ଦେଖୁଥିଲା। ନିଜକୁ ଅଲକ୍ଷଣୀ କହି ନିଜ ଛେପରୁ ହଳଧରର ମଥାରେ ଲଗେଇଦେଲା। ଅଭିମାନ ଆସିଲାନି କି ତା'ର ମନଦୁଃଖ ହେଲାନି। ଦୁର୍ଲ୍ଲଭ ସପନଟେ ଭଳି ହଳଧର। ଚଉଠି ରାତିର ମହଭୁ ସେଦେଯାଏ କିଛ ନାହିଁ ଯେବେଯାଏ ଝିଅଟେ ତା' ସ୍ୱାମୀ ହୃଦୟରୁ ସତ୍ ସ୍ନେହ ଧାପେ ପାଇନି। ତା' ପରଦିନ କାଉ କା' ନ କରୁଣୁ ସାବେନୀର ବାସି ପାଇଟି ସରିଥିଲା। ସକାଳୁ ଉଠି ହଳଧର କିଛି ନ କହି ବାହାରକୁ ଯାଇଥିଲା। ସାବେନୀକୁ ସେ ଅପରିଚିତ ଗାଁରେ ସବୁ ଅଭୁତ ଲାଗୁଥିଲେ ବି ହଳଧର ଥିଲା ତା'ର ଏକାନ୍ତ ନିଜର। ସଞ୍ଜବୁଡ଼କୁ ବୁଲି ବୁଲି ହଳଧର ଆସି ଖଟ ଉପରେ ଶୋଇପଡ଼ିଲା। ସାବେନୀ ପାଦ ଟିପି ଟିପି ଆସି ତା' ଗୋଡ଼ ପାଖରେ ବସି ଚାହିଁ, ତାକୁ ଧୀର କଣ୍ଠରେ କହିଲା– "କାଲି ତମକୁ ଅପେକ୍ଷା କରିଥିଲି। ହେଲେ... ଆଜି କିଛି କହିବନି ?" ହଳଧର ସାମାନ୍ୟ ଚାହିଁଥିଲା ସାବେନୀକୁ। କହିଲା– "ଘର କହିଲେ ଏଇ ବଖରାଟାଏ ମୋ ଘର। ଦି'ଟା ଗାଈ ଗୋଟେ ବାଛୁରୀ। ମୋର କେହି ନାହିଁ। ଯାହା କରିବ ତମେ।" ସ୍ନେହ ଓ ଆଦରରେ ସାବେନୀ ତା' ହାତ ଧରି ତାକୁ ଖାଇବାକୁ ଡାକିଲା। ଖୁସିର ସେଇ ଦିନସବୁ ଗଡ଼ିଚାଲିଲା। ବାହାଘରର ଦି'ମାସ ପରେ ପାଖ ପଡ଼ୋଶୀମାନେ ଧୀରେ ଧୀରେ ସାବେନୀ ସହ ପରିଚିତ ଭଳି ମିଶିଗଲେ। ସାବେନୀ ନିଜ ଆତ୍ମୀୟତାରେ ସମସ୍ତଙ୍କୁ ବାନ୍ଧି ଦେଇଥିଲେ। ସାବେନୀ ଚହ୍ଲା, କ୍ଷୀର, ଦହି, ଛେନା ନେଇ ଘରେ ଘରେ ପହଞ୍ଚାଇଦେଇ ଆସେ।

ହଳଧର ଦିନ-ଦିନ ଧରି କୁଆଡ଼େ ଯେ ଯାଏ ତା'ର ପତା ନଥାଏ ସାବେନୀ ପାଖରେ। କୁଆଡ଼େ ଯାଇଥିଲ ପଚାରିଲେ, ହଳଧର ସାବେନୀ ଗାଲକୁ ଦି'ଚାପୁଡ଼ା କଷିଦିଏ। ସାବେନୀର କାମ ଏତେ ଯେ ହଳଧର ଆଡ଼କୁ ନିଗା ନଥାଏ। କର୍ମଠ ଝିଅଟେ ବାପଘର ପରି ଶାଶୂଘରେ ବି କାମ କରେ। ଯାହାକୁ ଦିନେ ପାଇବାକୁ ଦିଅଁ ଦେବତାକୁ ମନାସିଥିଲା, ତାକୁ ପାଇଛି। ଆଉ କ'ଣ ଦରକାର ? ପାଖ ଭାଉଜ-ମାଉସୀମାନଙ୍କ ପାଖରେ ଦୁଃଖ-ସୁଖ ହେଉ ହେଉ କାହିଁକି କେଜାଣି ତା' ଛାତି ଭିତରେ ବେଳେବେଳେ ରୁନ୍ଧି ହୋଇଯାଏ। ହଳଧରର ଅଭୁତ ଜୀବନ। ତା' ମନ ତଳେ କୋଉଠି ସାମାନ୍ୟ ଭଲପାଇବା ଖୋଜିପାଏନି ସାବେନୀ। ଥରେ ଗେରସ୍ତ-ଭାରିଯା ଅନ୍ତରଙ୍ଗ ଭାବେ ବସିଥିଲା ବେଳେ ତକିଆ ତଳୁ ଗୋଟେ ଗୋରୀ ନିର୍ବସ୍ତ୍ର ତରୁଣୀର ଫଟୋ କାଢ଼ି ସାବେନୀକୁ ଦେଖେଇ ଆଦର କରିଥିଲା। ହଠାତ୍ ସେଦିନ କାଇଁ ସାବେନୀର ଛାତି ଉପରେ କିଏ କୁରାଢ଼ିରେ ହାଣିଲା ପରି ମନେ ହୋଇଥିଲା। ହଳଧର କିସମ କିସମର ଗୋରା ହେବା କ୍ରିମ୍ ଲଗାଏ। ତାକୁ ବି ଯାଚେ। ସାବେନୀ ଅନୁଭବ କଲା, ତା' ଶ୍ୟାମଳ ରଙ୍ଗ ଯୋଗୁଁ ହଳଧର ଖୁସି ନୁହେଁ, ତାକୁ ସାଙ୍ଗରେ ବୁଲେଇ ନବାକୁ ଇଚ୍ଛା କରୁନି। ଦୋକାନରେ ଜିନିଷ ବଦଲେଇ ହୁଏ କିନ୍ତୁ ଜୀବନରେ କିଛି ଘଟଣାର ପରିବର୍ତ୍ତନ କରି ହୁଏନି। ଅଭିମାନରେ ଫୁଲିଫୁଲି କାନ୍ଦେ ସାବେନୀ। ତକିଆ ଭିଜିଯାଏ, ହେଲେ ଆଖ୍ରୁ ଲୁହ ସାବେନୀ। ସେଦିନ ବାପା ଦେଇଥିବା କାଠ ଟ୍ରଙ୍କରେ ପଡ଼ିଥିବା ତାଲାଟିକୁ ନ ଦେଖ୍ ଖୋଲି ଦେଖିଲାବେଳକୁ, ତା' ବାହାଘରର ହରଡ଼ଫାଲିଆ ହାରଟା ନଥିଲା। ସେଇ ଗୋଟିଏ ଥିଲା ସାବେନୀ ବୋଉର ସମ୍ବଳ। ସାବେନୀ ଦେହରେ ଯେମିତି ନିଆଁ ଲାଗିଗଲା। ଗୋଟେ ଝିଅର ଆତ୍ମା ଭିତରେ ତା' ବାପା-ମା'ର ଆନ୍ତରିକତା କେତେ ଯେ ମିଶିଯାଇଥାଏ ତା' କେବଳ ଝିଅଟେ ଜାଣିଥାଏ। ହଳଧରକୁ ଅପେକ୍ଷା କରି ସେଦିନ ଖାଇନଥିଲା ସେ। ଦିନସରିକି ହଳଧର ଆସିବାରୁ ସାବେନୀ ତା' ଗହଣା କଥା ପଚାରିଥିଲା। ସାମାନ୍ୟ ହସି ହଳଧର କହିଲା- "ଏଇ କଥା ପାଇଁ ଏତେ ବ୍ୟସ୍ତ ? ହଁ ମୁଁ ନେଇଛି। ଯେତିକି ତା' ଦାମ୍, ତା'ର ଦି' ଉବଲ୍ ଆସିଲେ ଖୁସି ହେବ ତ ମୋ ରାଣୀ !" ଏଇ ରାଣୀ ଡାକରେ ସବୁ ରାଗ କୁଆଡ଼େ ଉଭାନ୍ ହୋଇଗଲା ସାବେନୀର। ସବୁ ଭୁଲିଗଲା, ହେଲେ ବୋଉର ସେ ପୁରୁଣା ହାର କଥା ଯେବେ ମନେପଡ଼େ ହଳଧର ଆଡ଼କୁ ଚାହିଁପାରେନି ସେ। ଏମିତି ଦିନ ଗଡ଼ିଗଡ଼ି ଚାଲିଲା। ମଝିରେ ମଝିରେ ଯାହା ଦି' ପଇସା ସେ ସଞ୍ଚୁଥିଲା ହଳଧର ନେଇଯାଉଥିଲା। କୋଉ କାମ ପାଇଁ ସେ ନିଏ ଭଲା କହନ୍ତା, ସେତିକ ବି ସେ କହେନି। ଚାରିଦିନ ହେଲା ସାବେନୀକୁ ଭୋକ-ଶୋଷ ନଥିଲା। ଦିନେ ସାବେନୀର ବାପା କଥା ମନେପଡ଼ିବାରୁ

ସେ ଅଟୋ କରି ଯାଇ ପହଞ୍ଚିଲା ବାପା ପାଖେ। କ'ଣ ହେଲା କେଜାଣି, ବାପାଙ୍କୁ ଦେଖି ଦଉଡ଼ିଯାଇ, କୁଣ୍ଢେଇ ପକେଇ ମନଭରି କାନ୍ଦିଲା ସାବେନୀ। ଯୋଗୀ ବେହେରା ଆଜିଯାଏ ସାବେନୀର ଏମିତି କାନ୍ଦ କେବେ ଦେଖିନଥିଲା। ପଚାରିଲା– "ମା' ତୁ ଠିକ୍ ଅଛୁ ତ? କ'ଣ ଏମିତି ଶୁଖିଲାଟା ଦିଶୁଛୁ?" ଆଖି ଲୁହ ପୋଛି ହସିଦେଲା ସାବେନୀ। ଖୁଁ ଖୁଁ କାଶୁଥିବା ବାପାର ଶୁଖିଲା ଚେହେରାକୁ ଦେଖି ସାବେନୀର କୋହ ଉଠୁଥିଲା। ନିଜକୁ ନିୟନ୍ତ୍ରଣ କରି ଘର ଭିତରକୁ ପଶିଗଲା। କହିଲା– "ତମେ ନିଜର ଯତ୍ନ ନେଉନ ବାପା! ତମେ ତ ଠିକ୍ ଥିଲ। ପାଖ ଗୁଡ଼ିଆ ଘର ମାଉସୀ ଦି'ବେଲା ଭାତ-ତିଅଣ ଦେଉଛନ୍ତି ହେଲେ ତମେ ଏତେ ଦୁର୍ବଲ ଦିଶୁଚ ଯେ!" ଝିଅର ମଥାକୁ ଆଉଁଶି ଯୋଗୀ ବେହେରା କହିଲା– "ନା ନା! ମୁଁ ଠିକ୍ ଅଛି। ଏବେ ତୋ କଥା କହ। ନାତି-ନତୁଣୀଟେ ଆସିଲେ ସିନା ମୁଁ ଖୁସି ହୁଅନ୍ତି। ତୋ ବେକ କ'ଣ ଫୁଙ୍ଗୁଲା, ତୋ ବୋଉର ହାର କାହିଁ?" ସାବେନୀ କହିଲା– "ଏତିକି ମୋର ଆସିବାର ନଥିଲା। ତମ କଥା ମନେପଡ଼ିବାରୁ ଟିକେ ଚାଲିଆସିଲି। ହାରଟା ଟ୍ରଙ୍କରେ ଅଛି।" ସାବେନୀର ଆସିଥିବାର କଥା ଶୁଣି ଆଖ-ପାଖ ସାଙ୍ଗମାନେ ଆସି ତାକୁ ଘେରିଗଲେ। ସମସ୍ତଙ୍କ ସହ ସୁଖ-ଦୁଃଖ ହେଉ ହେଉ ହଳଧର ପାଖକୁ ଫେରିବାକୁ ଆଦୌ ଇଚ୍ଛା ହେଉନଥିଲା ସାବେନୀର। ଏତେ ଶୀଘ୍ର ବାହାଘରର ସେ ବିଭୋରପଣ ଯେ ତା' ଭିତରୁ ଚାଲିଯିବ ସେ ଭାବିନଥିଲା। ତଥାପି ମନେମନେ ଆଶ ବାନ୍ଧୁଥିଲା ଅନାଗତ ଭବିଷ୍ୟତକୁ ସଜାଡ଼ିବାର ସ୍ୱପ୍ନ ନେଇ।

ବାପଘରୁ ଫେରିବା ବାଟରେ ବାପାର ସେ ପ୍ରଶ୍ନିଳ ଆଖି ଓ ଅସହାୟ ଅବସ୍ଥାକୁ ମନେପକାଇ ଆଖି ପୋଛୁଥାଏ ସାବେନୀ। ହରିପୁର ଛକ ଆଉ କୋଶେ ବାଟ ଥାଏ, ଅଟୋ ରଖି ଡ୍ରାଇଭର ପାଖ ଦୋକାନରୁ ପାନ ଆଣିବାକୁ ଗଲା। ମୁଣ୍ଡରେ ଓଢ଼ଣା ଟାଣି ଘୋଡ଼େଇ-ଘାଡ଼େଇ ବସିଥାଏ ସାବେନୀ। ତା' କାନରେ ଦି'ଜଣଙ୍କ କଥା ପଡ଼ିଲା। ସେମାନେ ହଳଧର ନାଁ ଧରି କହୁଥାନ୍ତି। "ଜୁଆଡ଼ି ହେବ ତ ହଳଧର ପରି, ନିଶାଡ଼ି ହେବ ତ ହଳଧର ପରି! ସେ ପୁଣି ଆଜି ଯାଇଚି, ଆଉ ଯାହା ଘରେ ସୁନା ଜିନିଷପତ୍ର ଅଛି ବନ୍ଧା ପକାଇବାକୁ ଆଣିବ। ଭାରି ଦୟା ଲାଗୁଛି ତା' ଭାରିଯା କଥା ଭାବି। ସେ କୁଆଡ଼େ ଭାରି ପରିଶ୍ରମୀ ପିଲାଟିଏ।" ଏସବୁ ଶୁଣି କାନମୁଣ୍ଡ ଝାଇଁଝାଇଁ ହେଉଥାଏ ସାବେନୀର। ହଳଧର ଆଉ କାହାର ନାମ ବି ହୋଇଥାଇପାରେ, ନା' ତା' ସ୍ୱାମୀ! କିଛି ଭାବିପାରୁନଥାଏ ସାବେନୀ। ଅଟୋବାଲା ଗାଡ଼ିକୁ ଆଣି ଠିକ୍ ତା' ଘର ଆଗରେ ରଖିଦେଲା। ତରତର ହୋଇ ସାବେନୀ ଘରର କଣ୍ଠି ଖୋଲି ଭିତରକୁ ପଶି ଯାହା ଭୟ କରୁଥିଲା ସେଇଆ ହିଁ ଘଟିଥିବା ଦେଖିଲା। ସବୁ ଜିନିଷପତ୍ର ଛିନ୍-ଛତ୍ର ଭାବରେ

ପଢ଼ିଥିଲା । କାଠବାକ୍ସରେ ଏଇ କିଛିଦିନ ତଳେ ଲୁଟେଇ କି ରଖିଥିବା ଦଶହଜାର ଟଙ୍କା, ସୁନାର ପେଣ୍ଟ ଫୁଲ ନଥିଲା । ମୁଣ୍ଡରେ ହାତ ଦେଇ ଛାତି ବାଡ଼େଇ କାନ୍ଦିଉଠିଲା ସାବେନୀ । ରାତି ପାହିଲେ ସାବିତ୍ରୀ ଓଷା । ଦୀର୍ଘ କୋଡ଼ିଏ ବର୍ଷର ବାହାଘରରେ ଦିନଟିଏ ଭଲପାଇନଥିବା ସ୍ୱାମୀରୂପୀ ମଣିଷଟା ପ୍ରତି ତା'ର ଘୃଣାଭାବ ଆସୁଥିଲା, ହେଲେ କ'ଣ ବା ସେ କରିବ ?

ହଠାତ୍ ଘର ଭିତରକୁ ପଶିଆସିଲା ହଳଧର । କ୍ରୋଧ ସମ୍ବରଣ କରିନପାରି ସାବେନୀ ରାଗରେ କହିଲା– "ସବୁ ତ ମୋର ନେଇଗଲ । କାଲି ପୂଜାଟା, ଶାଢ଼ୀଟେ କିଣିଥାନ୍ତି, କାନରେ ପିନ୍ଧିଥାନ୍ତି । ଆଜି ଯାଏ କିଛି ତ ଦେଇନ ?" ହଳଧର ତତ୍ସ ସାପ ପରି ଫଁ ଫଁ ହେଇ ମାଡ଼ିଆସିଲା ସାବେନୀ ଆଡ଼କୁ । ସାବେନୀର ଗଳାକୁ ଧରି କହି ଉଠିଲା– "ଏ ! ପାଟି ବୁଜ୍ କର । ଯେତିକିରେ ରହିବା କଥା ସେତିକିରେ ରହ । ଜାଣିକି ବାହା ହେଲୁନି । ଏଇ ଶୁଣ୍ ତୁ କାଲୀଟା, ତୋ ପ୍ରତି ମୋ ମନରେ ଘୃଣା । କେବଳ କିଛି ଟଙ୍କା ଲୋଭରେ ମୁଁ ତୋତେ ବାହା ହୋଇଗଲି । ତୋ' ମୁହଁ ଦେଖିଲେ ମୋର ଅଶୁଭ । ଆଗରୁ ଜୁଆରେ ମୁଁ ବହୁତ ଜିତୁଥିଲି । ବାହା ହେଲା ପରେ ଖାଲି ହାରୁଛି । ଆଉ ତୁ ଯୋଉ ଗହଣା–ଗହଣା ହଉଚୁ – ସେ ଗହଣା ପରା ମୁଁ । ମୁଁ ନଥିଲେ ତୁ କ'ଣ ପିନ୍ଧି ଗାଁ ଲୋକଙ୍କୁ ଦେଖେଇ ହେବୁ ?" ଯନ୍ତ୍ରଣାରେ ଛଟପଟ ଅବସ୍ଥାରେ ସାବେନୀ ନିଜକୁ ଛଡ଼େଇବାକୁ ଯାଇ ଠେଲିଦେଲା ହଳଧରକୁ । ତାତିଉଠି କହି ଉଠିଲା– "କି ସ୍ୱାମୀ ତୁ, ଯୋଉ ସ୍ୱାମୀ ପର ନାରୀର ଫଟୋ ଦେଖାଇ ସ୍ତ୍ରୀଙ୍କୁ ପ୍ରେମ କରେ ସିଏ ସ୍ୱାମୀ ?" ଏତିକି ଶୁଣି ହଳଧର ପ୍ରଚଣ୍ଡ ରାଗରେ ପାଖରେ ପଡ଼ିଥିବା ବାଉଁଶ ଖଣ୍ଡେ ଆଣି ସାବେନୀକୁ ବେହୋସ୍ ହେବାଯାଏ ପିଟିଚାଲିଲା । ସାବେନୀ ନିଷ୍ପ୍ରାଣ ପରି ପଡ଼ିରହିଲା । ହଳଧର ଅମଣିଷ ପାଲଟି ଯାଇଥାଏ । ତାକୁ ହଳଧର ଏକ ପିଶାଚ ଭଳି ଦିଶୁଥାଏ । ପିଠିର ମାଡ଼ ହୁ ହୁ ହୋଇ ପୋଡୁଥାଏ । ତା'ରି ସହିତ ପୋଡ଼ିଯାଉଥାଏ ବାହା ବେଦୀର ଶପଥ ପାଠ, ଆତ୍ମା, ଶରୀର ଓ ପ୍ରେମ । ଭୋରୁ ନିଦ ଭାଙ୍ଗିଲା ବେଳକୁ ବାହାରେ ଶୁଭୁଚି ଶଙ୍ଖ–ହୁଲହୁଲିର ଶବ୍ଦ । ହଁ ଆଜି ପରା ସାବିତ୍ରୀ । ଗେରସ୍ତର ଦୀର୍ଘ ଜୀବନପାଇଁ ଯମଦେବତାଙ୍କ ସହିତ ମୁହାଁମୁହିଁ ହେବାର ଦିନ । ସାବେନୀ ଭାବିଲା – "ଛେ' ମୁଁ କି ଅଲକ୍ଷଣୀଟାଏ, ଆଜି ଏତେବେଳଯାଏ ଶୋଇଚି !" କୌଣସିମତେ କଷ୍ଟେମଷ୍ଟେ ଉଠିଲା ସାବେନୀ । ଗାଧୋଇଲାବେଳେ ସିରସିର ହୋଇଉଠୁଥାଏ ତା' ଦେହ । ଅଲତା, ସିନ୍ଦୂର, ଲଗେଇ ସଜ ହେଲା ସେ । ଦୀର୍ଘ କୋଡ଼ିଏ ବର୍ଷର ବାହାଘରରେ, ଆଜିର ଏଇ ସାବିତ୍ରୀ ଓଷା ଦିନଟିରେ କାହିଁ କେଜାଣି ମନଭରି କାନ୍ଦିଉଠିଲା ସାବେନୀ । ସ୍ୱାମୀର ଦୀର୍ଘାୟୁ କାମନା କରି ମୁଣ୍ଠିଆ ମାରିଲା ବେଳେ

ଏତେବର୍ଷର ମନ-ଦେହର କ୍ଷତ ଯେମିତି ତାକୁ ଛିଗୁଲାଉଥିଲା। ଡାକ୍ତରଖାନା ବେଡ୍‌ ଉପରେ ଭୋକ ଉପାସରେ ପଡ଼ି, ମନ ଓ ଦେହର ଜ୍ୱଳନକୁ ସହି ଗେରସ୍ତର ଦୀର୍ଘାୟୁ କାମନା କରୁଥାଏ ସେ। ହଳଧରକୁ ଦେଖିଲେ ସିନା ତା' ଉପବାସ ପୂର୍ଣ୍ଣ ହେବ! ଗୋଟେ ଅଛିଣ୍ଡା ଭବିଷ୍ୟତକୁ ବଞ୍ଚିବା ଉଦ୍ଦେଶ୍ୟରେ ସ୍ୱାମୀର ଦୀର୍ଘ ଜୀବନ କାମନା କରୁଥିଲା ସାବେନୀ।

ଅବାଞ୍ଛିତ ଅବସର

ଭଲ ବହି ଆଉ ଭଲ ମଣିଷଙ୍କୁ ବୁଝିବା ଭାରି କଷ୍ଟ ସତରେ ! ଅବଶ୍ୟ ବୁଝିବାକୁ ଡେରି ହୁଏ ମାତ୍ର ବୁଝିଲା ପରେ ଆଉ ଭୁଲିବା ସମ୍ଭବ ହୁଏନି । ଏମିତି କିଛି ଭାବୁଭାବୁ ଶ୍ଵେତାର ମନେପଡ଼ିଲା ପ୍ରଫେସର ଦୀପଙ୍କର ମିଶ୍ରଙ୍କ କଥା । ଏଇମାତ୍ର କିଛିଦିନ ହେଲା ତାଙ୍କୁ ସେ ଚିହ୍ନିଛି । ଯାହା ଚିହ୍ନି ନଥାନ୍ତା, ଏକପ୍ରକାର ବାଧ୍ୟ ହେଇଯାଇଛି ଚିହ୍ନିବାକୁ । କାରଣ କ୍ଲାସ୍ ଆଉ ରିସର୍ଚ ସାରି ୟୁନିଭର୍ସିଟିରୁ ପ୍ରାୟ ସନ୍ଧ୍ୟା ସାତଟାରେ ଯିବାବେଳକୁ ତାଙ୍କ ସହିତ ତା'ର ସାକ୍ଷାତ ହୁଏ ଏବଂ ସେ ତାକୁ ବିଭିନ୍ନ ଉପଦେଶ ଦେବା ଆରମ୍ଭ କରିଦିଅନ୍ତି । ୟୁନିଭର୍ସିଟିର ବିଭିନ୍ନ ଦାୟିତ୍ଵ ଓ ଅତ୍ୟଧିକ ଚାପ ଭିତରେ ତାଙ୍କର ଉପଦେଶ ତାକୁ ଏକପ୍ରକାର ବିରକ୍ତ କରିଦିଏ । ଦର୍ଶନ ବିଭାଗର ଜଣେ ଅଧ୍ୟାପିକା ଭାବରେ ଶ୍ଵେତା ମହାନ୍ତି ଭୁବନେଶ୍ଵରର ଏକ ବିଶ୍ଵବିଦ୍ୟାଳୟରେ ସହକାରୀ ଅଧ୍ୟାପିକା ଭାବେ ଏଇମାତ୍ର ବର୍ଷେ ହେବ ନିଯୁକ୍ତି ପାଇଛନ୍ତି ।

'ଜୀବନ ପରେ ଜୀବନ' ଉପରେ ଗବେଷଣା କରି ସେ ବେଶ୍ ଉଚ ପ୍ରଶଂସିତା ହୋଇଛନ୍ତି ମଧ୍ୟ । ପିଲାମାନେ ଯେତେବେଳ ତାଙ୍କୁ ପଚାରନ୍ତି "ମ୍ୟାଡାମ୍ ! ଜୀବନ ପରେ କ'ଣ ସତରେ ଜୀବନ ଥାଏ ?" ସେ ହସିଦିଏ ଆଉ କୁହେ "ଅନ୍ଧାର ଭିତରେ ଆଲୋକ ଥାଏ ବୋଲି ଅନ୍ଧାର ଆହୁରି ମୂଲ୍ୟବାନ୍ । ସେମିତି ଜୀବନ ପରେ ଜୀବନର ସ୍ଥିତି ଅଛି ନିଶ୍ଚୟ ।" ଆହୁରି ଅନେକ ଉଦାହରଣ ଦେଇ ପିଲାଙ୍କୁ ବୁଝାଏ ସିନା, ହେଲେ ନିଜେ କିନ୍ତୁ ପରଲୋକଗତ ମା'-ବାପାଙ୍କୁ ମନେପକାଇ ଦୀର୍ଘଶ୍ଵାସ ନିଏ । କୁଆଡ଼େ ସତରେ ଗଲେ ସେମାନେ ! ଯେଉଁମାନେ ଏକଦା ତା' ଜୀବନର ସବୁଠୁ ବଡ଼ ପରିଚୟ ଥିଲେ । ଯାହାଙ୍କ ହାତ ଧରି ସେ ସ୍କୁଲରୁ କଲେଜ୍ ଆଉ ତା'ପରେ ଉଚ୍ଚଶିକ୍ଷା ଲାଭ କରି ଅଧ୍ୟାପିକା ହୋଇପାରିଲା । କିଛି ଗୋଟେ ଅସୁବିଧା ହେଲେ ମୁହଁ ଫଣଫଣ କରି ସେମାନଙ୍କୁ କେତେକଥା କହି ଦେଉଥିଲା । କେତେ ଥିଲି-

ଅର୍ଦଲି, ରାଗ–ରୁଷା, ଅଭିମାନ, କେତେ ହସ–ଖୁସି ! ପରୀକ୍ଷାଫଳ ବାହାରିବା ପରେ ଫର୍ମ ପକେଇବା ଠାରୁ ଆରମ୍ଭ କରି ପ୍ରୋଗ୍ରେସ୍ ରିପୋର୍ଟରେ ଦସ୍ତଖତ କରିବା ଆଉ ଫାଇଲରେ ସବୁ ସାର୍ଟିଫିକେଟ୍କୁ କ୍ରମରେ ସଜେଇ ରଖିଥିବା ତା' ବାପା ଆଜି କାହାନ୍ତି ? ମଣିଷ ସମୟକୁ ବାନ୍ଧିପାରେନି ଅଥଚ କମ୍ ଦମ୍ଭ କି ତା'ର ! ସୁସ୍ଥ ଓ ଯୁବକ ଅବସ୍ଥାରେ ସେ ନିଜକୁ ସବୁଠାରୁ ଅଧିକ ଶକ୍ତିଶାଳୀ ମନେକରେ । ଯଦି ସେ ସେହି ମୁହୂର୍ତ୍ତରେ ଜାଣିପାରନ୍ତା ଯେ ତା'ର ଗର୍ବ–ଦମ୍ଭ ଓ ତା'ର ପ୍ରଭୁତ୍ୱର କିଛି ଅର୍ଥ ନାହିଁ ବରଂ କ୍ଷୟମାଣ ସମୟର ମାୟାଜାଲରେ ସେ ଏକ ଖେଳନା, ତେବେ ବୋଧେ ସେ ଖୁସିର ପ୍ରତି ମୁହୂର୍ତ୍ତକୁ ନେଇ ଆମୋଦିତ ହୁଅନ୍ତା, ଦୁଃଖ ପଡ଼ିଲେ ନରମି ଯାଆନ୍ତା, ଅଂହର ଖୋଲପାକୁ ଦୂରକୁ ଫିଙ୍ଗିଦେଇ ନିରବି ଯାଇ ସେ ସମୟଟି ଚାଲିଯିବାକୁ ଅପେକ୍ଷା କରନ୍ତା । ନା ସେମିତି ହୁଏନି । ମାୟାରେ ଭ୍ରମିତ ଚାଲାକ୍ ଜୀବ ମଣିଷ କେବଳ ନିଜ ସ୍ୱାର୍ଥକୁ ନେଇ ବଞ୍ଚେ, ନିଜ ଭୁଲ ତାକୁ ଦିଶେନି ଅନ୍ୟର ଭୁଲ୍ ପାଇଁ ଅଙ୍ଗୁଲି ନିର୍ଦ୍ଦେଶ କରିବା ତା'ର ଅଭ୍ୟାସ । ମଣିଷ ଯୋଉଠି ନିଜ ଭୁଲ୍କୁ ଘୋଡ଼େଇ ନିଜକୁ ବାରମ୍ବାର କ୍ଷମା କରେ, ସେଇଠି ସେ ଅନ୍ୟର ଭୁଲ୍କୁ ଦେଖି ସେଇ ଗୋଟିଏ ଭୁଲ୍କୁ ଘୋଷି ହେଉଥାଏ ।

ଶ୍ୱେତା ଅନ୍ୟମନସ୍କ ହୋଇ ଭାବିଚାଲିଥିଲା କେତେ କ'ଣ । ତାକୁ ରାତିରେ ଠିକ୍ ଭାବେ ନିଦ ହୁଏନି । ନିଶାଚର ପରି ଘୁରିବୁଲିବା ତା'ର ପାଠପଢ଼ା ସମୟରୁ ଏଯାଏର ପୁରୁଣା ଅଭ୍ୟାସ । ୟୁନିଭର୍ସିଟିର କ୍ୟାଂପସ୍ ଭିତରେ ହିଁ ତା'ର କ୍ୱାର୍ଟର । କଲେଜରେ ପଢ଼ୁଥିବା ବେଳେ ବୋଉ ତା'ର ଚାଲିଯାଇଥିଲେ । ୟୁନିଭର୍ସିଟିରେ ପୋଷ୍ଟିଂ ପାଇବାର ଛ'ମାସ ପରେ ବାପା ଚାଲିଗଲେ । ଶ୍ୱେତାର ବାହାଘର ପାଇଁ ତା' ବାପା ବହୁବାର ପ୍ରସ୍ତାବ ବୁଝିଥିଲେ ବି ଶ୍ୱେତା ବାହା ନହେବାକୁ ଜିଦ୍ କରି ଅବିବାହିତ ରହିଗଲା । ତା' ସାମ୍ନାରେ ତା' ବାପା ଶେଷ ନିଃଶ୍ୱାସ ଛାଡ଼ିଲା ବେଳକୁ ତା'ର ହୃଦୟ ଯେମିତି ଫାଟିପଡ଼ୁଥାଏ । ତା'ର ସବୁବେଳେ ମନେପଡ଼େ ତା' ବାପା କେମିତି ତାକୁ ଅସ୍ପଷ୍ଟ ସ୍ୱରରେ କିଛି କହିବାକୁ ଚେଷ୍ଟା କରି ଏବଂ ଆଖିରେ ବିଦାୟ ନେଇ ଆରପାରିକୁ ଚାଲିଗଲେ । ଶ୍ୱେତାକୁ ଲାଗୁଥିଲା ଯେମିତି ସଂସାରକୁ ବୁଝିବାକୁ ତା'ର କିଛି ବାକି ନାହିଁ । ଦର୍ଶନଶାସ୍ତ୍ରରେ ପାଠପଢ଼ା ସତେ ଯେମିତି ତା' ଜୀବନକୁ ଓଲଟପାଲଟ କରିଦେଇଥିଲା । ସଂସାରରୁ ଯିବା ଯଦି ସତ୍ୟ ତେବେ କାହିଁକି ଏ ମିଛ ସଂପର୍କ, ପରିଚୟ, ଘରକରଣା ! ନିଯୁକ୍ତି ପରଠୁ ଅନେକ ବରିଷ୍ଠ ଅଧ୍ୟାପକଙ୍କ ଅବସରକାଳୀନ ବିଦାୟସଭାର ଆୟୋଜନ ହେବା ସେ ଦେଖିଛି ମାତ୍ର ଶ୍ୱେତା ୟୁନିଭର୍ସିଟିରେ ରହିବା ଦିନଠାରୁ ଯେତେ ଡାକିଲେ ବି କାହା ବିଦାୟକାଳୀନ ସଭାକୁ ଯାଏନି । ତା'ର ସେ

ବ୍ୟକ୍ତିଟି ଚିହ୍ନା ହୋଇଥାଉ ଅବା ନହୋଇଥାଉ। ଗୋଟିଏ ଅନୁଷ୍ଠାନରେ ଜଣେ ତା'
ଜୀବନର ଦୀର୍ଘ ସମୟ ନେଇ ବିଦାୟ ନେବା ଯାହା, ସବୁଦିନ ପାଇଁ ସଂସାରରୁ
ବିଦାୟ ନେବା ମଧ୍ୟ ସେଇ ପାଖାପାଖି କଥା। ଅବସର ପରେ ଜଣେ ନିଜ ରୁଟିନ୍‌ବନ୍ଧା
ଜୀବନରୁ ବିରତ ହୋଇ ଅବଶିଷ୍ଟ ମୁହୂର୍ତ୍ତକୁ କାଟିଥାଏ କେବଳ। ଯିବା ତ ନିଶ୍ଚିତ
ସତ୍ୟ! ଆହା! ଶ୍ବେତାର ଛାତି ଭିତରଟା ଜମାଟ ବାନ୍ଧିଲାପରି ମନେହୁଏ, ତାକୁ
ଚିକ୍ରାର କରି କାନ୍ଦିବାକୁ ଇଚ୍ଛାହୁଏ, କଣ୍ଠଦେଶ ଦରଜ ହୋଇଯାଏ ଅସମ୍ଭବ ଦୁଃଖରେ!
ନିଜକୁ ନିଜେ ସେ ମନେମନେ ଗାଳିଦେଇ କହେ- "ସବୁ ଏଇ ପାଠର ଦୋଷ।"

ସବୁଦିନ ପରି ସେଦିନ ବି ସେ ପ୍ରାୟ ସନ୍ଧ୍ୟା ସାତଟା ପରେ ତା' ଡିପାର୍ଟମେଣ୍ଟରେ
ତାଲାଦେଇ ନିଜ କ୍ବାର୍ଟର ଆଡ଼କୁ ବାହାରିଲା। କରିଡୋରରେ ସାମନାସାମନି
ହୋଇଗଲେ ଦୀପଙ୍କର ବାବୁ! ପଚାରିଲେ- "ଏବେ ବାହାରୁଚ? ତମ ନାଁ କ'ଣଟି!
ତମେ ମୋ ଝିଅ ବୟସର। ତେଣୁ 'ତମେ' ସମ୍ବୋଧନ କରିଦେଲି।" ପୁଣି ସାମାନ୍ୟ
ମଜାକରି କହିଲେ- "ଡ. ଶ୍ବେତା ମହାନ୍ତିଙ୍କ ପରି ସ୍ବନାମଧନ୍ୟ ଦାର୍ଶନିକଙ୍କୁ 'ତମେ'
କହିବାଟା ଉଚିତ ହେଉନି। ନିଜ ପରିଚୟ ଦେଇ କହିଲେ- ମୁଁ ଦୀପଙ୍କର ମିଶ୍ର,
ମନସ୍ତତ୍ତ୍ବ ବିଭାଗର ପ୍ରଫେସର।" ଶ୍ବେତା ସାମାନ୍ୟ ହସିଦେଇ କହିଲା- "ନା, ନା
ସାର, ମୁଁ କିଛି ଭାବୁନି। ଆପଣ ମୋର ଗୁରୁଜନ, ମୋତେ 'ତମେ' କିମ୍ବ 'ତୁ'
କହିଲେବି ଚଳିବ। ସେ ଆଉକିଛି କହିବାକୁ ଚାହୁଁଥିଲେ ହେଲେ ପୁଣି କ'ଣ ଭାବି
ଚୁପ୍ ହୋଇ ଶ୍ବେତାକୁ ଅତିକ୍ରମ କରି ଆଗକୁ ବାହାରିଲେ।

ୟୁନିଭର୍ସିଟିର ଫାଟକ ପାଖରେ ସକାଳୁ ସନ୍ଧ୍ୟାଯାଏ ଅସଂଖ୍ୟ ଛାତ୍ର-ଛାତ୍ରୀ,
ଅଧ୍ୟାପକ ଓ ଅଭିଭାବକଙ୍କ ଗହଳ-ଚହଳ ଲାଗିରହିଥାଏ। ଶ୍ବେତା ଏମିତି ପ୍ରାୟ
ସନ୍ଧ୍ୟାବେଳେ ହିଁ ପ୍ରଫେସର ମିଶ୍ରଙ୍କୁ ଦେଖେ, କିନ୍ତୁ ସେତେବେଳକୁ ଛାତ୍ର-ଛାତ୍ରୀ ଓ
ଅଧ୍ୟାପକ ପ୍ରାୟ କେହି ନଥାନ୍ତି। ୟୁନିଭର୍ସିଟିରେ ତାଙ୍କୁ ଦେଖିଲାମାତ୍ରେ ସେ ବାଟଭାଙ୍ଗି
ଚାଲିଯାଏ। କାରଣ ଏଇ କେତେଦିନ ହେବ, ସେ ଶ୍ବେତାକୁ କଡ଼ା କଡ଼ା କଥା
କହିବା ଆରମ୍ଭ କରିଥିଲେ। ଥରେ ତ କହିଲେ- "ମୁଁ ଲକ୍ଷ୍ୟ କରୁଛି ତମେ ପ୍ରାୟତଃ
କ୍ଲାସକୁ ସମୟରେ ଯାଉନାହଁ! ତମର ଆସିବା ଆଉ ଯିବା ଖୁବ୍ ଅନିୟମିତ। କ୍ଲାସରେ
ତମ ପାଠପଢ଼ା ସେତେ ପ୍ରଭାବଶାଳୀ ହେଉନି। ଆହୁରି ପରିଶ୍ରମ କର। ପିଲାଙ୍କୁ
ନୋଟସ୍ ନୁହେଁ ବରଂ ନୋଟିସ୍ କର। ଦେଖ କେଉଁମାନେ ତୁମ ଆଖିକୁ ଚାହିଁ ପାଠ
ପଢ଼ିବାକୁ ଆଗ୍ରହୀ। ବୁଝ ତାଙ୍କ ଭିତରେ ତୁମ ପାଠ ଶୁଣିବାକୁ ଇଚ୍ଛା ଓ ଆଗ୍ରହ ଅଛି କି
ନାହିଁ। ଭଲ ଅଧ୍ୟାପିକା ଛାତ୍ର-ଛାତ୍ରୀଙ୍କ ହୃଦୟରେ ଆରାଧ୍ୟ ହୋଇଯାଏ। ତମେ
ନିଜକୁ ସେମିତି ପ୍ରସ୍ତୁତ କର।"

ପ୍ରଫେସରଙ୍କ ଅଯଥା ପରାମର୍ଶ ଶ୍ୱେତାକୁ ଅସହନୀୟ ମନେ ହେଉଥିଲା। ପିତୃତୁଲ୍ୟ ମଣିଷକୁ ଅବା ସେ କ'ଣ ଆଉ କହିପାରନ୍ତା। ମୁଣ୍ଡ ତଳକୁ କରି 'ଆଜ୍ଞା' କହି ବାଟକାଟି ଚାଲିଯାଇଥିଲା। ଦିନକୁ ଦିନ ପ୍ରଫେସର ଦୀପଙ୍କରଙ୍କ ଉପଦେଶ ତା'ର ଶ୍ରୁତିକଟୁ ହେଲା। ଶ୍ୱେତା ଜୀବନରେ ତାଙ୍କର ଅନଧିକାର ପ୍ରବେଶ ଓ ଯେତେବେଳେ ନାହିଁ ସେତେବେଳେ ସାମନାକୁ ଚାଲିଆସି ରୀତିମତ ଉପଦେଶ ଦେବା ପ୍ରତି କ୍ରମେ ବୀତସ୍ପୃହ ହୋଇଉଠିଲା। ଏଥର ସେ ତାଙ୍କୁ ଲୁଚିବା ଆରମ୍ଭ କଲା। କିନ୍ତୁ କେମିତି କେଜାଣି ବେଳ ଅବେଳରେ ସେ ତା' ସାମନାକୁ ଆସି ଯାଉଥିଲେ।

ଡିସେମ୍ବର ମାସର ଶୀତୁଆ ପରିବେଶରେ ଦର୍ଶନ ବିଭାଗର ବାର୍ଷିକ ଉସ୍ତବର ଆୟୋଜନ ଚାଲିଥାଏ। ଉସ୍ତବମୁଖର ବିଭାଗର ପିଲାମାନେ ଅଧ୍ୟାପିକା ଶ୍ୱେତାଙ୍କ ପାଖକୁ ଆସି କାହାକୁ ସମ୍ମାନିତ ଅତିଥି ଓ ମୁଖ୍ୟବକ୍ତା ରୂପେ ଡାକିବେ ବୋଲି ବିଚାର କରୁଥାନ୍ତି। ଏହି ସମୟରେ ପ୍ରଫେସର ମିଶ୍ର ପ୍ରକୋଷ୍ଠ ବାହାରେ ଛିଡ଼ାହୋଇ ଶ୍ୱେତାକୁ ବାହାରକୁ ଯିବାପାଇଁ ହାତଠାରି ଡାକିଲେ। ଶ୍ୱେତାର ମୁହଁଟି ଶୁଖିଗଲା। ପ୍ରଫେସରଙ୍କ ଆଚରଣ ଓ କଥାବାର୍ତ୍ତା ତା'ର ଅସହ୍ୟ ହେଉଥିଲେ ହେଁ ଭଦ୍ରତା ଦୃଷ୍ଟିରୁ ସେ ତାଙ୍କ ପାଖକୁ ଯିବା ପୂର୍ବରୁ ପିଲାଙ୍କୁ ବିଭାଗରୁ ଯିବାପାଇଁ କହିଲା। ପିଲାଙ୍କ ଚାଲିଯିବାପରେ ଦୀପଙ୍କର ମିଶ୍ର ପ୍ରକୋଷ୍ଠ ଭିତରକୁ ପଶିଯାଇ ତା' ସାମନା ଚେୟାରରେ ବସିପଡ଼ି କହିବା ଆରମ୍ଭ କଲେ– "ଶ୍ୱେତା ମ୍ୟାଡାମ୍ ତମ ସହିତ କେବେଠୁ ଦେଖା ହୋଇନି ମୋର। ତେବେ ଯଦି ତମେ ଏଇ ସହରର ବିଶିଷ୍ଟ ଶିଳ୍ପପତିଙ୍କୁ ତମର ଫଂକ୍ସନ୍ରେ ଅତିଥି କରନ୍ତ, ତେବେ ଭଲ ହୁଅନ୍ତା। ସେ ଜଣେ ଅତି ଭଦ୍ର ମଣିଷ ଏବଂ ଖୁବ୍ କଷ୍ଟ କରି ସେ ଜଣେ ସଫଳ ଉଦ୍ୟୋଗପତି ହୋଇପାରିଛନ୍ତି। ପିଲାମାନେ ତାଙ୍କ ଫିଲୋସଫିକୁ ଜାଣିବା ଦରକାର। ହଁ, ଆଉ ଗୋଟେ କଥା କିଛି ମନେ କରିବନି। ଏଇ ଭିତରେ ତମର ତିନିଟା କ୍ଲାସ୍ ତମେ କରିନାହଁ। ପିଲାଙ୍କୁ ନ ପଢ଼େଇ ଖାଲି ନୋଟସ୍ ଦେଲେ କ'ଣ ହେବ।" ଶ୍ୱେତା ମନଭିତରେ ଚମକି ପଡ଼ିଲା ଓ ଆଶ୍ଚର୍ଯ୍ୟ ହୋଇ ଭାବିଲା– ସେ କ୍ଲାସ୍ କରିନି ବୋଲି ପ୍ରଫେସର ମିଶ୍ର କେମିତି ଜାଣିଲେ? ସେ କ'ଣ ଆଉ ତା' ଉପରେ ନଜର ରଖୁଛନ୍ତି! ଦିସ୍ ଇଜ୍ ଟୁ ମଚ୍। ଆଉ ସହିହେବ ନାହିଁ। ହାୟର ଅଥରିଟିଙ୍କୁ କହିବାକୁ ହେବ ବୋଲି ଶ୍ୱେତା ମନେମନେ ନିଷ୍ପତ୍ତି ନେଲା। କୌଣସି ପ୍ରକାର ହଁ–ହାଁ କରି ସେଠାରୁ ସେ ଉଠିପଡ଼ିଲା। ଅନିଃଶ୍ୱାସୀ ହେଲାପରି ତରତର ହୋଇ ସେଠାରୁ ସେ ବାହାରି ଆସିଲା।

ବିଭାଗର କରିଡୋର୍ ଦେଇ ଆଗକୁ ଆସିବାପରେ ଦଶ-ପନ୍ଦରଟି ସିଡ଼ିଡେଇ

ତଳକୁ ଚାଲିଆସିଲେ ସାମନାରେ ଗୋଟେ ଛୋଟ ପଡ଼ିଆ। କ୍ୟାମ୍ପସ୍ ପଡ଼ିଆରେ ଦି’ ଚାରିଟି ସିମେଣ୍ଟ ବେଞ୍ଚ, ଦି’ ପାର୍ଶ୍ୱରେ ବଡ଼ବଡ଼ ଦେବଦାରୁ ଗଛ ଓ ପଡ଼ିଆର ଶେଷମୁଣ୍ଡରେ ଗୋଟେ ଶେଫାଲି ଗଛଟେ ଅଛି। ମାର୍ଗଶିରର ଶୀତୁଆ ଆକାଶରେ ଅଦୂରରୁ ଶେଫାଲିର ଭୁରୁଭୁରୁ ଗନ୍ଧକୁ ମୁଠାମୁଠା କୋହଲା ପବନ ସତେଯେମିତି ଶ୍ୱେତାର ମୁହଁ ଉପରକୁ ଛାଟି ଦେଉଥାଏ। ଶ୍ୱେତା ନିଜ କ୍ୱାର୍ଟର୍ସ ଆଡ଼କୁ ନଯାଇ, କିଛିସମୟ ସେ ସିମେଣ୍ଟ ବେଞ୍ଚ ଉପରେ ବସିରହିଲା ! ହଠାତ୍ ତାକୁ ପଛଆଡ଼ୁ ଖସ୍‌ଖସ୍ ଶୁଭିଲା। ସେ ଚମକି ବୁଲିପଡ଼ି ପଛକୁ ଚାହିଁଲା ବେଳକୁ ପ୍ରଫେସର ମିଶ୍ରଙ୍କୁ ଦେଖିଲା। ଏ ଲୋକଟା ଏଠିବି ଟିକେ ଶାନ୍ତିରେ ତାକୁ ବସେଇ ଦେବନି ଭାବି ଯିବାକୁ ଉଦ୍ୟତ ହେଲାବେଳକୁ ଦୀପଙ୍କର ବାବୁ ଶ୍ୱେତାଙ୍କୁ ଡାକିଲେ। ମା’ ଶ୍ୱେତା ! ରୁମ୍‌କୁ ଯା’ ଭାରି ମା’। ଖୁବ୍ ଶୀତ ପଡୁଛି। ଥଣ୍ଡା ଧରିଦେବ ! ଯା’ !

ଓଃ ! କି ବିରକ୍ତିକର ଲୋକଟା। ବିରକ୍ତିବ୍ୟଞ୍ଜକ ଶବ୍ଦଟେ ତା’ ପାଟିରୁ ଅସ୍ପଷ୍ଟରେ ବାହାରି ଆସିଲା– "ବେକାରିଆ ଲୋକଟା କୋଉଠିକାର !" ଶ୍ୱେତା ଦୁମ୍‌ଦୁମ୍ କରି ନିଜ କ୍ୱାର୍ଟର୍ସକୁ ଚାଲିଆସିଲା।

ତା’ ପରଦିନ ଅଫିସରେ ରେଜିଷ୍ଟାରଙ୍କୁ ଦେଖାକରିବା ପାଇଁ ଅପେକ୍ଷା କରିଥାଏ। ଅଫିସର ଘନମଉସା, ସେଠିକାର ପୁରୁଣା ଷ୍ଟାଫ୍। ଶ୍ୱେତା ଆସିବା ଦିନଠାରୁ ତା’ର ଯାହା ଛୋଟମୋଟ କାମ ପଡ଼େ ସେସବୁ ଘନ ମଉସା ବୁଝିଦିଅନ୍ତି। ଶ୍ୱେତାକୁ ଦେଖି ତା’ ପାଖକୁ ଚାଲିଆସି ପଚାରିଲେ– "କିଛି କାମଥିଲା କି ମ୍ୟାଡାମ୍ ? କ’ଣ ହେଇଛି, ଆପଣଙ୍କ ମୁହଁ କାହିଁ ଶୁଖିଯାଇଛି !"

ଶ୍ୱେତାକୁ ଭାରି କାନ୍ଦ ଲାଗୁଥାଏ। କୋହ ସମ୍ଭାଳି କହିଲା– "ମଉସା ! ଜଣେ ପ୍ରଫେସର ମତେ ଖୁବ୍ ହଇରାଣ କରୁଛନ୍ତି। ଜଣଙ୍କର ଭୁଲ୍ ବାହାର କରିବା ତାଙ୍କର ଯେମିତି ଗୋଟେ ଅଭ୍ୟାସ। ସେ ପ୍ରଫେସର ଜଣକ ଖୁବ୍ ଅହଙ୍କାରୀ। ଚିହ୍ନା ନାହିଁ ପରିଚୟ ନାହିଁ ସବୁବେଳେ ତାଙ୍କ ଅଧସ୍ତନ କର୍ମଚାରୀ ପରି ବ୍ୟବହାର କରୁଛନ୍ତି। ମୁଁ ଭାବିଛି ରେଜିଷ୍ଟାରଙ୍କୁ ସବୁକଥା କହିବି।"

ଘନମଉସା କହିଲେ– "ଏଠି ତ ଅନେକ ପ୍ରଫେସର ଅଛନ୍ତି। ଆଗରୁ କେତେ ପ୍ରଫେସର ଆସିଛନ୍ତି ଓ ଯାଇଛନ୍ତି। ଜଣେ ପ୍ରଫେସର ମିଶ୍ର କିନ୍ତୁ ଥିଲେ ତାଙ୍କ ପରି କେହି ହେବେନି। ଏମିତି ବି ଜଣେ ପ୍ରଫେସର ଏଠୁ ଯାଇଛନ୍ତି ଯାହାଙ୍କ ପାଇଁ ଏଇ ଯୁନିଭର୍ସିଟିର ମାଟିଗୋଡ଼ି କାଦେ। ଆପଣ ବିଶ୍ୱାସ କରିବେନି ମ୍ୟାଡାମ୍ ସେ ଏମିତି ଜଣେ ବ୍ୟକ୍ତି ଥିଲେ ଯିଏ ତାଙ୍କ ରିଟାୟାରମେଣ୍ଟ ପରେ ବି ଏଠିକି ଆସି ପିଲାମାନଙ୍କୁ ନିଜ ଇଚ୍ଛାରେ ପାଠ ପଢ଼ାଉଥିଲେ। ସେ ସବୁବେଳେ କହୁଥିଲେ ଘନ ! କାଗଜପତ୍ରରେ

ବୟସ ହୋଇଗଲେ କ'ଣ ଜଣେ ଅବସର ନେଇଯିବା ଉଚିତ ? ଦୀର୍ଘବର୍ଷ ଧରି ଏଠି ମୁଁ କାମ କରିଛି । ଏଇ କ୍ୟାଂପସ୍‌ର ଧୂଳିମାଟିରେ ମୋ ଶ୍ୱାସ-ପ୍ରଶ୍ୱାସ ମିଶିଯାଇଛି । କେମିତି ଘରେ ରହିଯିବି କହିଲୁ ? ଯାକୁ ଛାଡ଼ି ମୁଁ ରହିପାରିବିନିରେ !"

ଘନମଉସା ଆଖି ଛଳଛଳ କରି ପୁଣି କହିଲେ– "ଏଇ କ୍ୟାଂପସ୍‌ରେ ତାଙ୍କର ପ୍ରିୟ ସ୍ଥାନଥିଲା ପାଟେରୀ କଡ଼ ଧଳାକାଞ୍ଚନ ଗଛମୂଲ, ଯାହା ଦେହରେ କେବେଠୁ ଲଟେଇଥିଲା ନୀଳ ଅପରାଜିତା ଓ ତା' ପାଖକୁ ଥିଲା ଗଞ୍ଜଶିଉଳି ଗଛଟିଏ । ଏତେ ବାତ୍ୟା ଯାଇଛି ସେଇ ଗଛ ସବୁ ସେମିତି ଅଛନ୍ତି । ତା'ରି ମୂଲରେ ବସି ସେ କେତେ କ'ଣ ଲେଖନ୍ତି । ରିଟାୟାର୍ଡ ହେଇ ମଧ୍ୟ ତାଙ୍କର ଏଇ ପାଠପଢ଼ା ନିଶାକୁ ନେଇ କେତେ କିଏ କେତେ କଥା କହିଛନ୍ତି । କିଏ କହିଛି 'ଲୋଭୀଟା, ବୟସ ତ ହେଲାଣି ଘରେ ଟିକେ ଶାନ୍ତିରେ ରହିନପାରି ଏଠି ଆସି ପାଠ ପଢ଼ାଉଛି ।' କିଏ କହିଛି 'ୟା'ର ପ୍ରଫେସରିଆ ନିଶା ଛାଡୁନି', ପୁଣି କିଏ କହିଛି– 'ପାଗଳଟା' ।"

ଶ୍ୱେତା ପଚାରିଲା– "କାହିଁ ତାଙ୍କର କ'ଣ କେହି ନଥିଲେ ? ତା' ପରେ କ'ଣ ହେଲା ମଉସା ? ସେ ଏବେ କେଉଁଠି ଅଛନ୍ତି ? ଏବେବି କ'ଣ ଏଠିକି ଆସୁଛନ୍ତି ? ମତେ ଥରେ ଦେଖେଇ ଦେବେତ ।"

ଘନମଉସାଙ୍କ ମୁହଁ ମେଘୁଆ ଆକାଶ ପରି ହୋଇଗଲା । ସେ କହିଲେ– "ମ୍ୟାଡାମ୍‌ ! ସେ ଆଉ ନାହାନ୍ତି । ଦୁଇବର୍ଷ ତଳୁ ସେ ଯାଇସାରିଛନ୍ତି ।"

ଶ୍ୱେତା ପଚାରିଲା– "କୁଆଡ଼େ ଗଲେ ?"

ଘନମଉସା କହିଲେ– "କହୁଛି ଶୁଣନ୍ତୁ–"

"ତାଙ୍କର ସମସ୍ତେ ଥିଲେ କିନ୍ତୁ ପାଠ ପଢ଼େଇବା ତାଙ୍କର ଯେମିତି ଏକପ୍ରକାର ପାଗଲାମୀ ହେଇଯାଇଥିଲା, ଶେଷକୁ କ'ଣ ହେଲା ଜାଣିଛନ୍ତି ? ତାଙ୍କ ପୁଅ ଆଉ ଝିଅ ଆସି ତାଙ୍କୁ ଏଇ କ୍ୟାଂପସ୍‌ରୁ ଜବରଦସ୍ତ ଟାଣିଟାଣି ନିଅନ୍ତି । ହେଲେ ଆପଣଙ୍କୁ ଶୁଣିକି ହସ ଲାଗିବ ସନ୍ଧ୍ୟାବେଳକୁ ପୁଣି ଆସି ପହଞ୍ଚିଯାଇଥିବେ ଏଠି । ହଠାତ୍ ଦିନେ ଦେଖିଲାବେଳକୁ ଏଇ କ୍ୟାଂପସ୍‌ର ସେଇ ପାଟେରୀ କଡ଼ ଧଳାକାଞ୍ଚନ ଗଛମୂଲେ ସେ ମରି ପଡ଼ିଥିଲେ ଏବଂ ତାଙ୍କ ଉପରେ ଅନତିଦୂରରୁ ଉଡ଼ିଆସିଥିବା କିଛି ଗଞ୍ଜଶିଉଳି ଫୁଲ ପଡ଼ିଥିଲା । ଏମିତି ପ୍ରଫେସର ଆଜିଯାଏ ଆମେ ଦେଖିନୁ ।"

ଶ୍ୱେତା ଆଶ୍ଚର୍ଯ୍ୟ ହୋଇ ଚାହିଁରହିଥାଏ ।

"ଓଃ ! ଆଜି ତାଙ୍କରି ଶ୍ରାଦ୍ଧବାର୍ଷିକୀ ?"

"ହଁ ! ଆଜି ତାଙ୍କର ଶ୍ରାଦ୍ଧ । ଆମ ୟୁନିଭର୍ସିଟିରେ ତାଙ୍କ ଜୀବନ ଯାଇଥିବାରୁ ପ୍ରତିବର୍ଷ ତାଙ୍କର ଶ୍ରାଦ୍ଧବାର୍ଷିକୀ ପାଳନ କରାଯାଏ । ଆପଣ ଯିବେନି କି ? ଆପଣ

ସେଇଠିକୁ ଯାଆନ୍ତୁ ରେଜିଷ୍ଟାର୍ ସେଇଠି ଥିବେ । ସଭା ଶେଷ ହେଲା ବେଲକୁ ସୁବିଧା ପାଇ ନିଜ ସମସ୍ୟା ସଂପର୍କରେ କହିଦେବେ ।"

ଶ୍ରାଦ୍ଧ ଦିବସ କଥା ଶୁଣି ଶ୍ୱେତା ଟିକେ ଅନ୍ୟମନସ୍କ ହୋଇଗଲା । ପ୍ରଫେସର ମିଶ୍ରଙ୍କ ଚେହେରା ତା'ର ମନେପଡ଼ିଲା । ସେ ବି ତ ପ୍ରୌଢ଼ । ସମୟ ଆସିଲେ ସେ ବି ଦିନେ ଚାଲିଯିବେ । ଅଯଥା ତାଙ୍କ ବିଷୟରେ କାହାକୁ କହିବା ଠିକ୍ ହେବନି ଭାବି ଶ୍ୱେତା ତା' କ୍ୱାର୍ଟରକୁ ଯିବାକୁ ବାହାରିଲା । ପଛରୁ କାହାର ଡାକ ବାରି ଚାହିଁଲା ବେଲକୁ ପଛରେ ଛିଡ଼ା ହୋଇଥିଲେ ରେଜିଷ୍ଟାର୍ ।

– "ତମେ ଖୋଜୁଥିଲ ବୋଲି ଘନ ମତେ ଫୋନ୍ କରି କହିଲା । ଆଜି ଆମ ୟୁନିଭର୍ସିଟିର ଜଣେ ପ୍ରଫେସରଙ୍କର ଶ୍ରାଦ୍ଧ ଉତ୍ସବ ଏଇ କ୍ୟାଂପସ୍‌ରେ ପାଲିତ ହେବ । ଆସ ସେଇଠି ବସି କଥା ହେବା ।"

ଅନିଚ୍ଛା ସତ୍ତ୍ୱେ ଶ୍ୱେତା ରେଜିଷ୍ଟାରଙ୍କ ସହ ସେଠାକୁ ଗଲା । ସେଠାରେ ପହଞ୍ଚି ସେ ଦେଖିଲା ଏକ ଆବକ୍ଷ ତୈଳଚିତ୍ର । ସେ ଆଶ୍ଚର୍ଯ୍ୟ ଭାବରେ ଚିତ୍ରଟିକୁ ଚାହିଁଥାଏ । କାଲେ କିଛି ଭୁଲ୍ ଦେଖୁଛି ଭାବି ସେ ଚିତ୍ରଟିକୁ ଭଲଭାବେ ନିରୀକ୍ଷଣ କଲା । ସେ ନିଜ ଆଖିକୁ ବିଶ୍ୱାସ କରିପାରିଲାନାହିଁ ଯେ ଯାହା ଦେଖୁଛି ତାହା କ'ଣ ସତ ? ଇଏ ତ... ପ୍ରଫେସର ମିଶ୍ର ! ଯାହାଙ୍କ ସହ ସେ କଥା ହେଉଥିଲା ସିଏ ତେବେ....! ସେ ଲଥ୍‍କରି ସେଇ ତୈଳଚିତ୍ର ଆଗରେ ବସିପଡ଼ିଲା । ଶ୍ୱେତାକୁ ଆଉ କିଛି ଦିଶୁନଥାଏ କି ଶୁଭୁନଥାଏ । ତା' ଆଖିରୁ ଝରିଚାଲିଥିଲା ଉଷ୍ଣ ଲୁହଟୋପା ସବୁ !

ପ୍ରେମସୂତ୍ର

ରାଶିରାଶି ଅଭିଜ୍ଞତା ସାଇଥିବା ଓ କ୍ଷଣିକ ଭିତରେ ଜୀବନର ଦର୍ଶନ ବୁଝେଇ ପାରୁଥିବା ମଣିଷମାନେ ବେଳେବେଳେ ଯେ ନିଜ ଜୀବନରେ ଏମିତି ହାରିଯାଇପାରନ୍ତି ବୁଝିଲା ବେଳକୁ ଖୁବ୍ ବିଳମ୍ବ ହୋଇଯାଇଥାଏ। ଏଇଟା ଠିକ୍-ସେଇଟା ଭୁଲ, ଏମିତି କରିବା ଉଚିତ-ସେମିତି କରିବା ଉଚିତ ନୁହେଁ କହି ପ୍ରତିକଥାରେ ଅନ୍ୟକୁ ଖୁଣୁଥିବା ମଣିଷଟି ଯେ ନିଜେ କେତେବେଳେ ଝୁଣ୍ଟି ପଡ଼ିଥାଏ, ସେକଥା ବୁଝିଲାବେଳକୁ ଜୀବନକୁ ଆଉ ଥରେ ସଜାଡ଼ିବାର ଅବକାଶ ନଥାଏ। ବିଡ଼ିବିଡ଼ି ହୋଇ ଏମିତି କେତେ କ'ଣ ଭାବିଚାଲିଥିଲେ ନିଶୀଥ ମହାନ୍ତି। ତାରିମହଲା କୋଠାଘରଟା ଭିତରେ ସେ ନିଜକୁ ଖୁବ୍ ଏକା ମନେ କରୁଥିଲେ। ଦୁଇବର୍ଷ ତଳେ ସ୍ତ୍ରୀ ଶୁଭ୍ରାର ମୃତ୍ୟୁର କ୍ରିୟାକର୍ମ ପରେ ଯେତେବେଳେ ଏକମାତ୍ର ପୁଅ ବିଦେଶରେ ଚାକିରୀ କରିବାକୁ ଚାଲିଗଲା, ସେତିକିବେଳେ ସେ ବୁଝିଥିଲେ ଯେ ପ୍ରତିମୁହୂର୍ତ୍ତରେ ତାଙ୍କ ଜୀବନକୁ ନିଜ ଗପୁଡ଼ାପଣରେ ବାନ୍ଧି ରଖିଥିବା ଶୁଭ୍ରାର ଅନୁପସ୍ଥିତି ଏକ ବିରାଟ ଶୂନ୍ୟସ୍ଥାନ ସୃଷ୍ଟି କରିସାରିଛି। ଯାହାର ଉପସ୍ଥିତି ତାଙ୍କୁ ଏକଦା ଅସହନୀୟ ଓ ଯାହାର କଥାବାର୍ତ୍ତା ତାଙ୍କୁ ବିରକ୍ତିକର ମନେ ହେଉଥିଲା ଆଜି ତା'ର ଅନୁପସ୍ଥିତି ତାଙ୍କୁ କାହିଁକି ଏତେ ଖାଇ ଗୋଡ଼ାଉଛି? ଅଥଚ ଶୁଭ୍ରାର ଜୀବିତ ଅବସ୍ଥାରେ ତା'ର କଥାସବୁକୁ ନିଶୀଥ କେତେ ଅଣଶୁଣା ଓ କେତେ ଅଣଦେଖା ନକରିଥିଲେ ସତେ! ଶୁଭ୍ରାର ବେଶିକିଛି ଚାହିଦା ନଥିଲା କେବଳ ନିଶୀଥଙ୍କ ଉପସ୍ଥିତି ଛଡ଼ା। କିନ୍ତୁ ଜଣେ ବ୍ୟସ୍ତ ସଫ୍ଟୱେର ଇଂଜିନିୟର ଭାବେ ତାଙ୍କୁ ପ୍ରାୟତଃ ସବୁବେଳେ କଂପ୍ୟୁଟର ଆଗରେ ବସି ଫାଇଲ୍ ଘାଣ୍ଟିବାକୁ ହେଉଥିଲା। ସବୁବେଳେ ମସ୍ତିଷ୍କରେ ଅନେକ କାମର ହିସାବ ଚାଲିଥାଏ। ଶୁଭ୍ରା ପୁଅକୁ ସ୍କୁଲ୍ ଛାଡ଼ିସାରିଲା ପରେ ଯାବତୀୟ ଘରକାମ, ରୋଷେଇ, ଠାକୁର ପୂଜା, ବଗିଚା କାମ ଇତ୍ୟାଦି ସାରି ନିଶୀଥଙ୍କୁ ଅପେକ୍ଷା କରି ରହିଥାଏ। ନିଶୀଥ ପ୍ରାୟ

ବିଳମ୍ୱରେ ଘରକୁ ଫେରନ୍ତି। ଶୁଭ୍ରା ଅଭିମାନ କରେ। ବେଳେବେଳେ ନିଶୀଥ ବୁଝେଇବା ଛଳରେ ଶୁଭ୍ରାଙ୍କୁ କହନ୍ତି– "ଝିଅମାନଙ୍କର କିଛି କାମ ନଥିବାରୁ ସେମାନେ ସବୁବେଳେ ପିଲାଳିଆମୀ କରନ୍ତି କିନ୍ତୁ ପୁରୁଷ ଉପରେ ଘରର ଆର୍ଥିକ ଦାୟିତ୍ୱ ଥିବାରୁ ସେ ଭାରାକ୍ରାନ୍ତ ଥାଏ ଏବଂ ଆର୍ଥିକ ସ୍ଥିତି ସଜାଡ଼ିବାକୁ ଯାଇ ଅଧିକ କାମ କରି ଚାଲିଥାଏ।" ଏସବୁ କଥା ଶୁଣି ଶୁଭ୍ରା ନିରବ ରହି ହୁଏତ ଲୁଚିକି କାନ୍ଦିଛି କିନ୍ତୁ ଶୁଭ୍ରା ଚାଲିଯିବା ପରେ ନିଶୀଥ ବୁଝିପାରିଛନ୍ତି ଏ ସଂପୂର୍ଣ୍ଣ ସଂସାରର ମୂଳବିନ୍ଦୁଟି ହେଉଛି ପ୍ରେମ। ଯାକୁ ଛାଡ଼ି ଆଉ ଯାହାସବୁ ଅଛି ତାକୁ ପାଇବା ସହଜ। ମନର ଦୂରତା ବଢ଼ିଗଲେ ସଂପର୍କ ଖବର ନଦେଇ ନିଖୋଜ ହୋଇଯାଆନ୍ତି, ଜାଣି ଜାଣି ନିଖୋଜ ହୋଇଥିବା ସଂପର୍କ କେବେ ଆଉ ଫେରେନି।

ଶୁଭ୍ରା ଯିବାପରେ ସକାଳ ଓ ସନ୍ଧ୍ୟାରେ ସେ ପ୍ରାୟତଃ ଏକଲା ବସିରହନ୍ତି ତାଙ୍କ ଘରର ପୋର୍ଟିକୋରେ। ବେତର ଝୁଲା ଦୋଳିଟିକୁ ଅତି ଜିଦ୍‌ରେ ଝୁଲେଇଥିବା ଶୁଭ୍ରାର ଅବର୍ତ୍ତମାନରେ ନିଶୀଥ ଏକପ୍ରକାର ବିଚିତ୍ର ମନୋସ୍ଥିତିରେ ଥା'ନ୍ତି। ସତରେ କାଲି ମଲେ ଆଜିକୁ ଦୁଇଦିନ ! ଜଣେ ଯେ ଅତି ପାଖରେ ଥିଲା ସେ ଆଉ ନାହିଁ କି ଆଉ କେବେ ଫେରିବାର ସମ୍ଭାବନା ନାହିଁ – ଏକଥା ନିର୍ମମ ସତ୍ୟ। ଘରର ପ୍ରତିଟି ଗୋଡ଼ି, ବାଲି, ମାର୍ବଲଖଣ୍ଡରେ ଶୁଭ୍ରାର ସ୍ପର୍ଶକୁ ସେ ଅନୁଭବ କରିପାରୁଥିଲେ। ତା'ର କଥା ଓ ତା'ର ତାଗିଦ୍ ଏବେବି ସ୍ମୃତିପଟରେ ଅସ୍ପଷ୍ଟ ଭାବରେ ଧ୍ୱନିତ ହେଉଛି। ଏବେବି ନିଶୀଥଙ୍କର ମନେଅଛି ଶୁଭ୍ରାର ଅନେକ କଥା। ନିଶୀଥ ପୋର୍ଟିକୋ ସାମ୍ନାର ଶୁଭ୍ରା ହାତଲଗା ବଗିଚାକୁ ଏକଲୟରେ ଚାହିଁ ରହିଥିଲେ। ଘରଯାକର କାମ କରିସାରିଲା ପରେ ଏଇ ବଗିଚା କାମ ଥିଲା ଶୁଭ୍ରାର ସବୁଦିନିଆ କାମ। ଈଶ୍ୱର ବୋଧେ ସେଇଥିପାଇଁ ଜଣେ ସ୍ତ୍ରୀକୁ ଏତେ କୋମଳକରି ଗଢ଼ିଥାନ୍ତି, ଯିଏ ଗଛମାନଙ୍କ ପାଇଁ ଅପତ୍ୟ ସ୍ନେହ ରଖିବ। ଶୁଭ୍ରା ମଧ୍ୟ ସେହିଭଳି ଗଛମାନଙ୍କୁ ଅତି ଯତ୍ନରେ ରଖିଥିଲା। ଗଛରେ ପତ୍ରଟେ ଶୁଖିଲେ ବାରମ୍ୱାର ଯାଇ ନିରୀକ୍ଷଣ କରି ଅନ୍ୟପତ୍ରଙ୍କ ଭିତରେ ଏଇ ପତ୍ରଟି ସେପରି ଶୁଖିଯିବାର କାରଣ ଖୋଜୁଥିଲା ଶୁଭ୍ରା। କୋଡ଼ା, ଖୁସା, ଖତ, ସାର ଦେଇ ଫୁଲ ଫୁଟିବା ଯାଏ ଗଛର ଗତିବିଧିକୁ ଖୁବ୍ ପାଖରୁ ଲକ୍ଷ୍ୟ କରୁଥିଲା।

ଶୁଭ୍ରାର ଅନୁପସ୍ଥିତିରେ ନିଶୀଥ ତା' ବିଷୟରେ ଯାହା ଭାବୁଥିଲେ, ଶୁଭ୍ରା ଥିଲାବେଳେ ଏସବୁ ଭାବିନଥିଲେ। ସତରେ ମଣିଷଟିଏ ଥିଲାବେଳେ ଯାହା ଭାବିନଥାଏ, ନଥିଲା ବେଳେ ଭାବିଲେ ଅବା ତା'ର ଅର୍ଥ କ'ଣ ଥାଏ ? ବସନ୍ତ ଆରମ୍ଭ ସମୟରେ ଲାଜକୁଳୀ ଗୋଧୂଲି ସଂଜରେ ଏକାଟି ଚା' ପିଇବା ପାଇଁ କେତେଥର ଡାକିଥିବ ନିଶୀଥଙ୍କୁ ସେ। ନିଶୀଥଙ୍କୁ କିନ୍ତୁ କାମରୁ ଫୁରୁସତ ନଥାଏ। ଏଇ ଆସୁଛି

କହି ପଢ଼ାଘର କମ୍ପ୍ୟୁଟର ଆଗରେ ଅନ୍ୟମନସ୍କ ଭାବରେ ବସିଯାଇଥିବେ। ମନେପଡ଼ିଲା ବେଳକୁ ସଞ୍ଜଘଣ୍ଟର ଶବ୍ଦ ଶୁଭୁଥିବ। ପୋର୍ଟିକୋରେ ଦୀର୍ଘ ସମୟ ଧରି ଅପେକ୍ଷା କରିକରି ଯେବେ ସେ ନ ଯାଆନ୍ତି ଶେଷରେ ଶୁଭ୍ରା ତାଙ୍କରି ପଢ଼ା ଟେବୁଲ୍ ପାଖରେ କେତେବେଳେ ଚା' କପ୍ ରଖିଦେଇ ସନ୍ଧ୍ୟା ଦେବାକୁ ଠାକୁର ଘରକୁ ଚାଲିଯାଇଥିବ। ଏମିତି ଅନେକ ଥର ହୋଇଛି। ରାତି ଖାଇବା ବେଳେ ଶୁଭ୍ରାର ନିସ୍ତରଙ୍ଗ ଚେହେରା ଦେଖି କେବେକେବେ ନିଜକୁ ଦୋଷୀ ମନେକରିଛନ୍ତି ନିଶୀଥ। ସବୁଥର ମନେ ମନେ ନିଷ୍ପତ୍ତି ନିଅନ୍ତି ଯେ ଶୁଭ୍ରା ଯଦି ଆଉ ଥରେ କେବେ ଡାକେ ତେବେ ସେ ନିଶ୍ଚୟ ସଙ୍ଗେସଙ୍ଗେ ତା' ପାଖକୁ ଆଜ୍ଞାବହ ଭଳି ଯିବେ। କିନ୍ତୁ ଏମିତି କିଛି ହୋଇନଥିଲା।

ଆଜିକାଲି ଯେତେବେଳେ ଶୁଭ୍ରା ଆଉ ନାହିଁ ଅବା ତା'ର ପୁଣି କେବେ ଫେରିବାର ସମ୍ଭାବନା ନାହିଁ ସେତେବେଳେ ନିଶୀଥଙ୍କର ସବୁକଥା ଗୋଟି ଗୋଟି ମନେ ପଡ଼ିଯାଉଛି। ଟେପ୍ ରେକର୍ଡର ଗୀତକୁ ଶେଷରୁ ଆରମ୍ଭକୁ ନେଇଯାଇ ପୁଣି ଶୁଣିବା ପରି ଯଦି ଜୀବନର ଫର୍ଦ୍କୁ ପୁଣିଥରେ ଆରମ୍ଭକୁ ନେଇ ହୁଅନ୍ତା, ତେବେ ଶୁଭ୍ରାକୁ ସାମାନ୍ୟ ମଧ୍ୟ ସମୟ ଦେଇନଥିବା ନିଶୀଥ ତାକୁ ସମୟ ଦିଅନ୍ତେ। ଶୁଭ୍ରା ଡାକିଲା କ୍ଷଣି ତା' ପାଖକୁ ଯାଇ ଚା' ପିଇଥାନ୍ତେ। କେତେ ଶୀଘ୍ର ସମୟ ଚାଲିଗଲା। ୟା' ଭିତରେ ସେମାନେ ସେମାନଙ୍କ ବିଦାହୋଇତର ଦୀର୍ଘ ଚାଳିଶ ବର୍ଷ ଏକାଠି କାଟିସାରିଥିଲେ। ଶୁଭ୍ରାର ଚାଲିଯିବା ଥିଲା ବିଦାୟର ପ୍ରଥମ ପର୍ବ, ତା'ପରେ ହୁଏତ କେବେ ସେ ବି ଚାଲିଯିବେ କିନ୍ତୁ ଅନୁଶୋଚନା ବେଳକୁ ଆଉ କିଛି ଅବଶିଷ୍ଟ ନଥାଏ ଜୀବନରେ। ହାୟ! ଏଇ କ'ଣ ସତରେ ଯନ୍ତ୍ରଣାଦୀପ୍ତ ଜୀବନର ମାୟା-ଜଞ୍ଜାଳ-ରହସ୍ୟ ? ଏଇ ବୋଧେ ଶେଷ ଉପଲବ୍ଧି ଯେ ଜୀବନର ପ୍ରତିଟି କଥାର ଶେଷ ଅଛି, ଅବସ୍ଥାନ୍ତର ଅଛି। ଜୀବନକୁ ଫୁଡ଼ିକ ମାରି ଉଡ଼େଇ ଦେଉଥିବା ନିଶୀଥ ନିଜକୁ ଖୁବ୍ ଅସହାୟ ମନେ କରୁଥିଲେ। ଶୁଭ୍ରା ଚାଲିଯିବା ପରେ ହିଁ ତାଙ୍କ ମନର ଦୃଢ଼ତା ହଠାତ୍ କୁଆଡ଼େ ଯେମିତି ଅନ୍ତର୍ହିତ ହୋଇଯାଇଥିଲା। କିଛିଦିନ ହେବ ନୂଆକରି ତାଙ୍କ ଛାତିରୁ କୋହ ଉଠୁଥିଲା ଆଖି ଛଳଛଳ ହେଉଥିଲା। ଉତ୍ତୀର୍ଷ ବୟସରେ ଯେବେ ସଂସାର ପ୍ରତି ବିରାଗ ଆସିବା କଥା ସେବେ ଶୁଭ୍ରାକୁ ସେ ଭଲପାଇବା ଆରମ୍ଭ କରିଥିଲେ। ଏହାକୁ ଠିକ୍ ଭଲପାଇବା କୁହାଯାଇ ନପାରେ ବରଂ କେହି ନିଜର ମଣିଷକୁ ଆଖିଆଗରେ ଦେଖିବାକୁ ଏକପ୍ରକାର ଭିତିରି ଇଚ୍ଛା ହୋଇଥାଇ ପାରେ। ଲୋକେ କହନ୍ତି ଶତ୍ରୁକୁ ଜିଇଁକି ସାଧିହୁଏ ମାରିକି ନୁହେଁ। ତେବେ ଅବଶ୍ୟ ଶୁଭ୍ରା ତାଙ୍କର ଶତ୍ରୁ ନଥିଲା କିନ୍ତୁ ପ୍ରିୟ ବି ନଥିଲା। ଶୁଭ୍ରାର ଜୀବିତ ଅବସ୍ଥାରେ ଯାହା ତାଙ୍କୁ

ଭଲ ଲାଗୁନଥିଲା ଏବେ ତା'ର ସବୁକଥା ତାଙ୍କୁ ଭଲଲାଗୁଥିଲା ଆଉ ନିଜର ପ୍ରତ୍ୟେକ କଥା ତାଙ୍କୁ ଭୁଲ୍ ମନେ ହେଉଥିଲା ।

ସବୁଥିରେ ଜିଦ୍ ଧରୁଥିବା ଶୁଭ୍ରା ଶେଷବେଳକୁ ପ୍ରାୟ ଗୁମସୁମ୍ ହୋଇଯାଇଥିଲା । ସବୁଦିନ ପାଇଁ ଚାଲିଯିବ ବୋଲି କି କ'ଣ ଜାଣିଥିବାରୁ ଆଉ ଝଗଡ଼ା ମଧ୍ୟ କରୁନଥିଲା କି ଭୁଲ୍ ଦେଖିବି କିଛି କହୁନଥିଲା । ଥରେ ପଚାରିଥିଲେ ନିଶୀଥ- "ତମେ ତ ଆଉ କଥାକଥାକେ ରାଗୁନ ?" ସେ ଉତ୍ତରରେ କହିଥିଲା- "ବଦଲେଇବାର ସ୍ଥିତି ଥିଲେ ଝଗଡ଼ା ହୁଏ, ଯେଉଁଠି ସବୁ ମୂଲ୍ୟହୀନ ସେଠି ନିରବତା ଭଲ, ଝଗଡ଼ା କରି କି ଲାଭ ? ପଦେ କଥା, ସାମାନ୍ୟ ଚାହାଣୀ ପାଇଁ ବି ଯୋଗ୍ୟତା ଦରକାର, ମୋ ଭିତରେ ତମ ପାଇଁ ଏକପ୍ରକାର ନିସ୍ତରଙ୍ଗ ଭାବନା, ଶୂନ୍ୟ-ମହାଶୂନ୍ୟ । ଏ ପୃଥିବୀର ଅଚିହ୍ନା ମଣିଷଙ୍କ ପରି ମୋ ପାଇଁ ତମେ । ଥିବା-ନଥିବା ସବୁ ସମାନ ।" ଜଣକ ନିରବତା ଯେ ଏମିତି ଆତ୍ମାକୁ କ୍ଷତାକ୍ତ କରିପାରେ ସେଦିନ ନିଶୀଥ ବୁଝିଥିଲେ । ଶୁଭ୍ରା ଶେଷଯାଏ ତାଙ୍କ ସହିତ କଥା ହେଉଥିଲା, ଭଲ-ମନ୍ଦ ପଚାରି ବୁଝୁଥିଲା । ସମସ୍ତଙ୍କ ପାଇଁ ଯେମିତି ତା'ର ବ୍ୟବହାର ଥିଲା ଠିକ୍ ସେମିତି ନିଶୀଥଙ୍କ ପାଇଁ ମଧ୍ୟ ଥିଲା ।

ପୋର୍ଟିକୋରୁ ଅନତିଦୂରରେ ମିସ୍ତ୍ରୀକୁ ଡାକି କୃତ୍ରିମ ଝରଣାର ସ୍ରୋତ ତିଆରି କରେଇ ସେଥିରୁ ପାଣିର ଉଚ୍ଛୁଳା ଫୁଆର ସୃଷ୍ଟି କରେଇଥିଲେ ଶୁଭ୍ରା । ଦଶରୁ ଅଧିକ ସିଆର ଦେଇ ପାଣିସବୁ ବାଡ଼ିସାରା ଗଛର ମୂଳକୁ ଓଦା କରିବାକୁ ପ୍ରସାରିତ ଥିଲା । ଶୁଭ୍ରା ତା'ର ଜୀବଦ୍ଦଶାରେ ସବୁ ଇଚ୍ଛାକୁ ସୀମିତ ପରିଧି ଭିତରେ ସଜେଇ ରଖି ତା'ରି ଭିତରେ ସନ୍ତୁଷ୍ଟ ରହିବାର ସତେ ଯେମିତି ଅଭୁତ ସାଧନା କରିଥିଲା ! ମାଳି ଦ୍ୱାରା ଗୋଲାପୀ, କମଳା ସଫେଦ୍ ରଙ୍ଗର କାଗଜ ଫୁଲକୁ ବେଣୀ କଲାପରି ଲଟେଇ ଦେଇଥିଲା, ଠାଏ ଠାଏ ହଳଦିଆ ରକ୍ତବର୍ଷୀ ଗୋଲାପର ଡାଲରେ ଫୁଟିଥିବା ଫୁଲ ଷୋଡ଼ଶୀ ସନ୍ଧ୍ୟାର କବରୀ ସଜେଇଥିବା ଜୁଡ଼ା ପରି ଲାଗୁଥିଲା । ଗେଟ୍ ଦୁଇପାଖରେ ସିମେଣ୍ଟର ବଡ଼ ବଡ଼ କୁଣ୍ଡରେ ଦଲ ଭିତରୁ ଉଙ୍କି ଉଠୁଥିଲା ଧଲା-ଗୋଲାପୀ ମିଶା ସାତପାଖୁଡ଼ା ବିଶିଷ୍ଟ ପଦ୍ମଫୁଲ ଓ କଢ଼ମାନଙ୍କର ଉଦ୍ଧତ ଚାହାଣୀ । ବଗିଚାସାରା ଖରାଦିନିଆ ଅପରାହ୍ନିକ ଧିମା ଅଲରା ପବନର ମୃଦୁଦୋଲନ ଚାଲିଥିଲା, ବାରମାସୀ ବଡ଼ ଧଲା ଟଗର, ଲଟେଇଥିବା ଜାଇ ଓ ମାଲତୀ ଉପରେ ମଝିରେ ମଝିରେ ଗୁଞ୍ଜରର ଗୁଣ୍ଡଗୁଣ୍ଡ ଶିଞ୍ଜ, କଳା-ଧଲା-ମାଟିଆ-ରଙ୍ଗୀନ ଚିତ୍ରିତ ପ୍ରଜାପତିଙ୍କ ଉଡ଼ାଣ, ବଗିଚାର କାନ୍ଥିନୀ ପାଖକୁ ଥିବା ବଡ଼ କଲିମୀ ଆମ୍ବଗଛ ଉହାଡ଼ରୁ ଫାଲ୍ଗୁନର ଆଗମନୀ ବାର୍ତ୍ତା ଆଣୁଥିବା ଯୋଡ଼ା କୋଇଲିଙ୍କ ପ୍ରତିଯୋଗିତା କଲାପରି କୂଜନ, ଅନେକ ଚଢ଼େଇଙ୍କ କିଚିରିମିଚିରି ରାବରେ ବଗିଚାର ଦୃଶ୍ୟ ନିଶୀଥଙ୍କୁ ବିଭୋର କରୁଥାଏ ।

ନିଶୀଥ ଭାବୁଥିଲେ ଡାଙ୍କରି ପରି ଜୀବନର ହିସାବ ଖାତାରେ ହିସାବ କରିକରି ଆର୍ଥିକ ଅଭାବ ମେଣ୍ଟେଇବାକୁ ଚେଷ୍ଟା କରୁଥିବା ମଣିଷ ହାତରୁ ଯେମିତି ଅନେକ ସଂପର୍କ ହାତଛଡ଼ା ହୋଇଯାଇଥାଏ ଠିକ୍ ସେମିତି ଶୁଭ୍ରା ସହିତ ତାଙ୍କର ସଂପର୍କ ଦିଗହଜା ହୋଇଯାଇଥିଲା। ଏବେବି ମନେଅଛି ଶୁଭ୍ରା ସବୁବେଳେ କହୁଥିଲା— "ଏଇ ଗୋଟିଏ ଜୀବନରେ ମଣିଷର ଆସିବା ଓ ଯିବା। ତା'ପରେ କ'ଣ ହୁଏ କାହାରିକୁ ଜଣାନାହିଁ। ତେଣୁ ହିସାବ କରିକି ମଣିଷ ବଞ୍ଚିବା ଅପେକ୍ଷା ପ୍ରତିମୁହୂର୍ତ ନିଜ ପ୍ରିୟପରିଜନଙ୍କ ସହିତ ଖୁସିରେ କାଟିଦେବା ଉଚିତ।" ଶୁଭ୍ରାର ଏସବୁ କଥାକୁ ସାମାନ୍ୟ ମଧ୍ୟ ଭୂକ୍ଷେପ କରିନଥିବା ନିଶୀଥ ଏବେ ହିଁ ତା'ର କଥାର ମର୍ମ ବୁଝିପାରିଲେ। ବଳବୟସ ଗଲାପରେ ଅର୍ଜିତ ଅର୍ଥ ଅପେକ୍ଷା କାହାର ସ୍ନେହ, ଆଦର ଓ ଲୋଡ଼ିବା ମଣିଷକୁ ବଞ୍ଚିବାକୁ ଉସ୍ସାହିତ କରେ। ନଚେତ୍ ଏକୁଟିଆ ଜୀବନର ଅର୍ଥ କ'ଣ? ଜଣେ ସଂସାରରୁ ଚାଲିଗଲା ପରେ ଧନ-ସଂପତ୍ତି, ଟଙ୍କା-ସୁନା, କୋଠା-ଜମି କିଏ ଭୋଗ କରିବ ଦେଖିବାକୁ କ'ଣ କେହିଥିବ? ଆଜୀବନ ଗୋଟେ ଯକ୍ଷଭଳି ସଂପତ୍ତିକୁ ତଦାରଖ ନକରି ହେଲେ ଶୁଭ୍ରାକୁ ଟିକେ ଆଖି ଟେକି ଚାହିଁଥାନ୍ତେ। ଶୁଭ୍ରାକୁ ଭଲ ଲାଗୁଥିବା ସବୁକଥା ସେ ଗୋଟି ଗୋଟି କରି କରିଥାନ୍ତେ। ସମୁଦ୍ର କୂଳରେ ମୁହଁସନ୍ତରେ ବସି ହାତରେ ହାତ ଛନ୍ଦି ଅସ୍ତବ୍ୟସ୍ତ ଦିଶୁଥିବା ଢେଉମାନଙ୍କର ଉଚ୍ଚାଳ ତରଙ୍ଗକୁ ଗଣିଥାନ୍ତେ, ଗୋଲାପ ବଗିଚାରେ ବୁଲି ରଙ୍ଗ ଦିଓଢଙ୍ଗୀ ପ୍ରଜାପତିଙ୍କୁ ଦେଖିଥାନ୍ତେ, ପାହାଡ଼ୀ ଝରଣାର ସ୍ରୋତ ମଝିରେ ପଡ଼ିଥିବା ପଥୁରିଆ ଆସ୍ଥାନ ଉପରେ ଜାକିଜୁକି ହୋଇ ବସିଥାନ୍ତେ, ଫର୍ଗୀ ପୂର୍ଣ୍ଣମୀ ରାତିର ନୀଲିମ ଆକାଶରେ ଖଣ୍ଡ ଖଣ୍ଡ ବଉଦ ମେଳରେ ଟିକ୍‍ମିକ୍ କରୁଥିବା ତାରାମାନଙ୍କୁ ଗଣିଥାନ୍ତେ ଓ ଆହୁରି ଏମିତି ଅନେକ କଥା କରିଥାନ୍ତେ।

ଆଜି ଯଦି ଶୁଭ୍ରା ଥା'ନ୍ତା ତେବେ ସେ ନିଜର ଯାବତୀୟ ଅବହେଳା ପାଇଁ ଆଣ୍ଠୁମାଡ଼ି ସମ୍ଭବତଃ କ୍ଷମା ମାଗି ନେଇଥାନ୍ତେ। ନିଶୀଥଙ୍କ ଗଳାପାଖ ଘର୍ଷିକାଟା କେମିତି ଦରଜ ଲାଗୁଥାଏ, କ୍ଷେପ ଢୋକି ହେଉନଥାଏ, ତାଙ୍କୁ ଜୋରରେ କାନ୍ଦିବାକୁ ଇଚ୍ଛା ହେଉଥାଏ। କ୍ଷଣିକ ଭିତରେ ତାଙ୍କର ସବୁ ଭାବପ୍ରବଣତା ଉଭେଇଗଲା, ଯେବେ ସେ ଦେଖିଲେ ମେନ୍‍ଗେଟ୍ ଖୋଲି ଭିତରକୁ ଚାଲିଆସୁଛି କେହିଜଣେ। ଓଃ! ଇଏ ତ ତା' ସାଙ୍ଗ ବିଜନ। କିନ୍ତୁ ତାକୁ ତ ଚିହ୍ନି ହେଉନି, ମୁହଁରେ ଗୋଚ୍ଛେ ହେବ ଦାଢ଼ି, ଅସ୍ତବ୍ୟସ୍ତ ମୁଣ୍ଡବାଳ, ଅସଜଡ଼ା ବେଶଭୂଷା, ଏଇତ ମାତ୍ର ମାସକ ତଳେ ତା' ପୁଅ ବାହାଘର ବରଯାତ୍ରୀରେ ତା' ସହିତ ଦେଖା ହୋଇଥିଲା। କିନ୍ତୁ ଏମିତି କ'ଣ ପାଇଁ ସେ ଶୁଖିଲା ଦିଶୁଛି?

ପାଖକୁ ଆସିଲା ପରେ ନିଶୀଥ ପଚାରିଲେ- "କ'ଣ ହେଇଚି କିରେ ! ତୋ ଦେହପା' ଭଲ ତ ! ଏମିତି କ'ଣ ଦିଶୁଛୁ ?"

"କିଛି ଭଲ ନାହିଁରେ ନିଶି ! ଘରେ ନପଶୁଣୁ ଚାଲ ବାଜିଲାପରି ବାହାଘରର ମାସେ ନପୂରୁଣୁ ପୁଅ-ବୋହୂଙ୍କ ଭିତରେ ଧୁମାର ୫ଗଡ଼ା, ଘରେ ରୋଷେଇବାସ ନାହିଁ । ବୋହୂ ତା' ବାପଘରକୁ ଯିବାକୁ ଜିଦ୍ ଧରି ବସିଛି । ପୁଅ ରାତିରୁ ଆଉ ଘରକୁ ଫେରିନି । ଆମେ ମୂକ-ବଧିର ହେଲାପରି ଖାଲି ଚାହିଁରହିଛୁ । ନିଶୀଥ କାବା ହୋଇ ସେମିତି ଅପଲକ ଭାବରେ ଚାହିଁ ରହିଥାନ୍ତି ବିଜନ ଆଡ଼କୁ । ମାସକ ତଳେ ଧୁମ୍ଧାମ୍‌ରେ ପୁଅ ବାହାଘର କରିଥିବା ବନ୍ଧୁଟିର ଘର ଆଗରେ ଥିବା ବାହାବେଦୀର ଚାରିକୋଣରେ ପୋତା ହେଇଥିବା କଦଳୀ ପୁଆ ଏବେଯାଏ ସେମିତି ହିଁ ସତେଜ ଅଛି । କାନ୍ଥରେ ପାନପତ୍ର ଚିହ୍ନରେ ପୁଅ-ବୋହୂଙ୍କ ନାମକୁ ଯୋଡ଼ି ସଜେଇଥିବା ଚିତ୍ରାଙ୍କନ ବି ଅକ୍ଷତ ଅଛି ଅଥଚ ଦିନ କେଇଟାରେ ଏଭଳି ଅଘଟଣ ! ନିଶୀଥଙ୍କୁ ବେଶୀ ଭାବିବାକୁ ନଦେଇ ବିଜନ କହୁଥିଲେ ବାହାବାସି ବେଦୀମୁହଁ ପୋଡ଼ା ପରି ମାତ୍ର ଚାରି ସପ୍ତାହ ନପୂରୁଣୁ ଯଦି ଏମିତି ତେବେ ସାରା ଜୀବନ ଏମାନେ ରହିବେ କେମିତି ? ଏକ ଅସହାୟ ବାପା ଓ ନିଜର ଘନିଷ୍ଟ ବନ୍ଧୁ ବିଜନର ଏ ଶୋଚନୀୟ ଅବସ୍ଥାକୁ ଦେଖି ନିଶୀଥ କହିଲେ- "ବିଜନ ବ୍ୟସ୍ତ ହୁଅନି, ଶୁଣ ! ତୁ ଗୋଟେ କାମ କର ! ପୁଅକୁ କହ ମୋତେ ଆସି ଦେଖାକରୁ । ମୁଁ ଏମିତି ଗୋଟେ ଉପାୟ ଜାଣିଛି ଯଦି ସେ କରିପାରିବ ତେବେ ଆଜୀବନ ଖୁସିରେ ରହିବ । ବିଜନ କିଛି ନବୁଝିଲା ପରି ନିଶୀଥଙ୍କୁ ଚାହିଁରହିଲେ । ମୋତେ କହନୁ କ'ଣ କଲେ ଏ ସମସ୍ୟାର ସମାଧାନ ହୋଇପାରିବ ? ନା - ତୋ ପୁଅକୁ ମୁଁ କହିବି । ତୁ ଚିନ୍ତା ନକରି ଘରକୁ ଯାଇ ତାକୁ ମୋ ପାଖକୁ ପଠା।" ଏତେ ଦୁଃଖରେ ବି ବିଜନ ନିଶୀଥକୁ କହିଲା- "ଆରେ ନିଶି ! ୟା' ଭିତରେ ତୁ କ'ଣ ଜ୍ୟୋତିଷଶାସ୍ତ ପଢ଼ିଛୁ ?"

ନିଶୀଥ ସାମାନ୍ୟ ହସିହସି ଉତ୍ତର ଦେଲା- "ଜ୍ୟୋତିଷଶାସ୍ତ ନୁହେଁ ମୁଁ ପ୍ରେମସୂତ୍ର ଜାଣିଛି ।"

ଭୋଗ

ଆଜିକାଲି ମୀରାକୁ ବେଳ ଅବେଳରେ ଗୋଟେ ଅସୁରୁଣୀ ଦିଶୁଛି। ବେଲେବେଲେ ସୁନ୍ଦର ଦିଶୁଥିବା ମହିଲାମାନେ ପାଲଟିଯାଆନ୍ତି ହାତ-ଗୋଡ଼ ଥିବା ଡାହାଣୀ। କବାଟ ଠକଠକ କରି ଭିତରକୁ ପଶି ଆସିଲେ ପଡ଼ୋଶିନୀ ଯାମିନୀ ଦେବୀ। ସୁନ୍ଦରୀ ନ ହେଲେ ବି ଆକର୍ଷଣୀୟା। ମୁଣ୍ଡ ଉପରେ ସୁନ୍ଦର କ୍ଲିପ୍‌ଦ୍ୱାରା ଘଞ୍ଚ-ସୁଲମ୍ୟ କେଶକୁ ବାନ୍ଧି ଗଣ୍ଠିଟିଏ ଦେଇଥାନ୍ତି। ମଥା ଉପରେ ବଡ଼ ନାଲି ବିନ୍ଦିଟିଏ। ଗାଢ଼ ସିନ୍ଦୂର ଧାରେ ସାମ୍ନାରୁ ମୁଣ୍ଡ ଉପରର ସିନ୍ଥି ଦେଇ ଲମ୍ବିଯାଇଛି ପଛକୁ। ସୁନ୍ଦର ପୋଟଳଚିରା ଆଖି ଦି'ଟିକୁ ଆୟତ କରିଦେଇଛି ଆଇଟେକ୍‌ କଜ୍ଜଳର ପରିଧି। ଦାଦସାୟୀ ସ୍ୱାମୀର ସ୍ତ୍ରୀ ହିସାବରେ ଭଲିକି ଭଲି ଦାମୀ ଶାଢ଼ି – ସୁନା କାନ୍‌ଦୁଲରେ ସବୁବେଲେ ସୁସଜ୍ଜିତା। ଆରକ୍ତ ଓଠାଧାରରେ ସବୁବେଲେ ହସଧାରେ। ମୀରା ଯେବେ ବି ତାଙ୍କୁ ଦେଖେ ଚାହିଁରହେ। ପଡ଼ୋଶୀ ହୋଇଥିବାରୁ ପ୍ରାୟତଃ ସେ ଆସନ୍ତି। ଏଇ ବର୍ଷେ ହେବ, ରୁଦ୍ରଙ୍କୁ ବିବାହ କରି ମୀରା ଗାଁରୁ ଆସିଥାନ୍ତି। ଯାମିନୀଙ୍କ ସହ ଏହି ବର୍ଷେ ହେବ ସିନା ମୀରାର ପରିଚୟ, ହେଲେ ରୁଦ୍ରଙ୍କ ସହିତ ତାଙ୍କର ଦୀର୍ଘ ଆଠବର୍ଷର ପରିଚିତି। ଯାମିନୀଙ୍କ ସ୍ୱାମୀ ଶିଶିରଙ୍କ ସହିତ ରୁଦ୍ରଙ୍କର ବନ୍ଧୁତା କଥା ସେ ଅଞ୍ଚଳରେ କିଏ ନ ଜାଣେ! ବିବାହ ପୂର୍ବରୁ ରୁଦ୍ରଙ୍କୁ କେବେ ରୋଷେଇ କରିବାକୁ ପଡ଼ିନି। ଯାମିନୀ ଓ ଶିଶିରଙ୍କ ବିବାହ ପରେ ରୁଦ୍ରଙ୍କ ଖାଇବା-ପିଇବା, ଲୁଗାସଫା, ଘର ସଜଡ଼ାରେ କେବେ ଅସୁବିଧା ହୋଇନି। କାରଣ ବନ୍ଧୁପତ୍ନୀ ଭାବରେ ଯାମିନୀ ହିଁ ତାଙ୍କ କଥା ସବୁ ବୁଝିଦିଅନ୍ତି।

ରୁଦ୍ର ବାହା ହେବାକୁ ଚାହୁଁ ନ ଥିଲେ। ଘରଲୋକେ ବାଧ୍ୟ କରିବାରୁ ମୀରାକୁ ବାହା ହୋଇ ତାକୁ ଗାଁରେ ହିଁ ରଖିଥିଲେ। ସବୁବେଲେ ମୁହଁ ଶୁଖେଇ କାନ୍ଦୁରାମୁହଁ କରିଥିବା ମୀରାକୁ ସହର ନେଇଯିବାକୁ ରୁଦ୍ରର ଘରଲୋକ ବାଧ୍ୟ କରିବା ପରେ ମୀରା ସହରକୁ ଆସିଥିଲା। ସହରୀ ଜୀବନର ଚାକଚକ୍ୟ ଭିତରେ ମୀରା ଭଲି ସାଧାରଣ

ଝିଅଟେ ତାଲମେଳ ରଖିପାରୁ ନଥିଲା । କଥାକଥାକେ ରୁଦ୍ରଙ୍କ କଟୁକଥାକୁ ମଥାପାତି ସହିନେଉଥିଲା ସେ । ବୋଧହୁଏ ଝିଅମାନେ ବାହାହେବା ପରେ ପ୍ରାୟତଃ ଏମିତି ଗୋଟେ ସୀମାବଦ୍ଧ ଜୀବନ ବଞ୍ଚନ୍ତି । ଝିଅମାନେ ବାହାରେ ବୁଲିବା, କାହା ସହିତ ଗପିବା ରୁଦ୍ରଙ୍କର ପସନ୍ଦ ନ ଥିବାରୁ ମୀରା ସବୁବେଳେ ଗେଣ୍ଡା ଭଳି ନିଜକୁ ଚାପିଦେଇ ନିବ୍ଜ ଘର ଭିତରେ ପଡ଼ିରହିଥାଏ ।

ହଠାତ୍ ଦିନେ ରାତି ଗୋଟାଏ କି ଦି'ଟା ହେବ ଲାଇଟ୍ ଚାଲିଯାଇଥିଲା । ସବୁଆଡ଼ ଅନ୍ଧାର । ମୀରାର ଖୁବ୍ ପାଖରେ ଶୋଇଥିଲେ ରୁଦ୍ର । ମଶାଙ୍କ ଗୁଣୁଗୁଣୁରେ ମୀରାର ଗଭୀର ନିଦ ଭାଙ୍ଗିଆସୁଥିଲା । ତା'ର ଆଖି କିନ୍ତୁ ବନ୍ଦ ଥାଏ । ସେ ଅନୁଭବ କଲା କେଉଁଠୁ ଫିସ୍‌ଫିସ୍ କଥାବାର୍ତ୍ତା ଶୁଭୁଛି । କିଛି ବୁଝିପାରି ନ ଥିଲା ମୀରା । କାନେଇକି ଶୁଣିବାକୁ ଚେଷ୍ଟା କଲେବି କଥା ଅସ୍ପଷ୍ଟ ଥିଲା । ଯେଉଁଆଡୁ ଶବ୍ଦ ଶୁଭୁଥିଲା ସେଇଆଡ଼କୁ ଆଗେଇ ଚାଲିଲା । ଶରତ ପୁନେଇଁର ତୋଫା ଆଲୁଅରେ ବାହାର ଅଗଣା ଓ ସବୁକିଛି ସ୍ପଷ୍ଟ ଦିଶୁଥାଏ । ଦରଆଉଜା କବାଟ ଫାଙ୍କରେ ସେ ଦେଖୁଥାଏ ଗୋଟେ ବୁଢ଼ୀ ଅସୁରୁଣୀ ଗୋଡ଼ ଲମ୍ବେଇ ବସିଛି । ତା' କୋଳରେ ଗୋଟେ ସୁନ୍ଦର ରାଜକୁମାରକୁ ଶୁଏଇ ଗେଲ କରୁଛି । ତା' ଲମ୍ବା ଲମ୍ବା ମୁନିଆ ନଖରେ ରାଜକୁମାର ଛାତିରୁ ରକ୍ତ ପିଉଛି । ହଠାତ୍ ବଡ଼ପାଟି କରି ସେଇଠି ପଡ଼ିଗଲା ମୀରା ! ତାକୁ ଲାଗୁଥାଏ ସେ ପଡ଼ିଯିବା ପରେ, ତାକୁ ଶୂନ୍ୟରେ ଶୂନ୍ୟରେ କେହି ଉଠେଇ ଆଣି ଖଟରେ କଟାଡ଼ିଦେଲା ଯେମିତି ! ଚେତା ଫେରିବା ପରେ ସେ ଦେଖିଲା ରୁଦ୍ର ତାକୁ ଚାହିଁ ରହିଛନ୍ତି । "କାଲି ରାତିରେ କ'ଣ ଏମିତି ବାଉଳିଚାଉଳି ହେଉଥିଲ ? ଉଠିଲ, ନିଅ ଏଇ ଔଷଧଟା ଖାଇଦିଅ ! ଡାକ୍ତରଙ୍କୁ ତମ ଦେହ କଥା କହି ନେଇ ଆସିଛି । ଖାଇଲେ ଆରାମ ଲାଗିବ ।"

ରାତିରେ ଘଟିଥିବା ଘଟଣା ସଂପର୍କରେ ସବୁକଥା କହିଥିଲା ମୀରା । ରୁଦ୍ର କହିଲେ, "ଏସବୁ ତୁମ ମୁଣ୍ଡର ଭ୍ରମ । ଦିନସାରା କ'ଣ ସବୁ ଯାଡ଼ୁସ୍ୟାଡ଼ୁ ଭାବିଥିବ ।" ସେହି ଘଟଣା ସେଦିନର ଶେଷ ଘଟଣା ନ ଥିଲା । ସେଇଠୁ ଆରମ୍ଭ ହେଲା ମାତ୍ର । ଏମିତି କେତେଥର ମୀରା ଦେଖିଚି ସେ ଅସୁରୁଣୀକୁ । କେବେ ମୁହଁସଞ୍ଜରେ ପୁଣି କେବେ ରାତିଅଧରେ । ସେ ମନଇଚ୍ଛା ଆସେ, ଆଉ ଚାଲିଯାଏ । ସବୁକିଛି ତା' ଆୟତ୍ତରେ ଥାଏ । ଦିନେ ମୀରାକୁ ଲାଗିଲା, ତା' ହସ, ତା' ଜୀବନ ମଧ ସେଇ ବୁଢ଼ୀ ଅସୁରୁଣୀର ହାତର ଖେଳ । ସେ ଚାହିଁଲେ, ଭେଣ୍ଡିଆ ଟୋକାଟାକୁ ରାତିରେ ଗୋଟେ ଫରୁଆ ଭିତରେ ବନ୍ଦୀ କରି ରଖିବ ଆଉ ଦିନରେ ମେଣ୍ଢା କରି ବାନ୍ଧି ରଖିବା ପରି ତାକୁ ବି ବନ୍ଦୀ କରିଦେବ ।

ବେଳେବେଳେ କ'ଣ ଭାବି ଓ ଭୟଭୀତ ହୋଇ ମୀରା ରୁଦ୍ରଙ୍କୁ ପାଖରେ

ପାଇ ଦି' ହାତ ବଢ଼େଇ କୁଣ୍ଢେଇ ପକାଏ। ଗଭୀର ଆବେଗରେ ଚାପିଧରେ। କିନ୍ତୁ, ରୁଦ୍ର ଠେଲିଦିଅନ୍ତି ତାକୁ ଖଟ ଉପରକୁ। ସେତିକିବେଳେ ମୀରାକୁ ରୁଦ୍ର ଅସୁରୁଣୀର ମେଣ୍ଢା ଭଳି ଦିଶନ୍ତି। ରୁଦ୍ର ତା' ଉପରକୁ ଡେଇଁ ତାକୁ ନେଇ ଖେଳନ୍ତି, ବୀଭତ୍ସ ଭାବରେ ହସନ୍ତି। ଏମିତି ଘଟୁଥିବାବେଳେ କବାଟ ଫାଙ୍କରେ ମୀରାକୁ ଅସ୍ବସ୍ତ ଭାବରେ କେହି ଜଣେ ଦିଶେ, ଯେ କୁହାଟ ମାରି ହସୁଥିବାର ତାକୁ ଶୁଭେ। ରୁଦ୍ର ମୀରା ସହିତ ଖେଳିବା ଭୁଲି ଦରଜା ଆଡ଼କୁ ବୁଲି ଚାହେଁ ଏବଂ ଅସୁରୁଣୀ ପାଖକୁ ଚାଲିଯାଏ। ଥରେ କିନ୍ତୁ ମୀରା ଦେହରେ ଯେମିତି କାଳିଶୀ ଲାଗିଲା! ସେ ଅର୍ଦ୍ଧଉଲଗ୍ନ ଅବସ୍ଥାରେ ଡେଇଁଥିଲା ରୁଦ୍ର ଉପରକୁ। ଆଖିରୁ ବାହାରୁଥିଲା ନିଆଁ। ଯେମିତି ସେ ନିଆଁ ଜାଳିଦେବ ଯିଏବି ତା'ର ସାମ୍ନାରେ ପଡ଼ିବ। ମୀରାର ମୁଣ୍ଡର ସେ କୁଞ୍ଚୁକୁଞ୍ଚିଆ ଘନ କେଶଗୁଚ୍ଛ କେରେ ଛାତି ଉପରେ ଆଉ କେରେ ତା'ର କାନ୍ଧରୁ ଝୁଲିପଡ଼ିଥାଏ ପିଠି ତଳକୁ। ଦାନ୍ତ କଡ଼ମଡ଼ କରି ସଁ ସଁ ହେଇ କହୁଥାଏ– "ଆ! ଆ! ଆସୁନୁ ମୋ ପାଖକୁ। ତୋ ଇଚ୍ଛାରେ ମୋତେ ନେଇ ଖେଳ। ହେଲେ ସେ ଅସୁରୁଣୀ ପାଖକୁ ଯାଆନି। ସେ ତୋର ରକ୍ତ ଶୋଷିନେବ। ଆ! ଆ! ଦେଖିବା କେମିତି ମୋତେ ତୁ ତୋ ଗୁଲାମ କରିବୁ, ଭୋଗିବୁ। ବାପର ପୁଅ ହେଇଥିବୁ ଯଦି ମୋ ପାଖକୁ ଆସିବୁ! ମୁଁ ବି ଦେଖିବି କେମିତି ହାତ ଲଗେଇବୁ ମୋ ଦେହରେ। ତୁ ଏକା ବଲୁଆ, ତୁ ଏକା ଶକ୍ତିଶାଳୀ, ନୁହେଁ? ଆଉ ତୋ କଥାରେ ବସ୍ଉଠ୍ ହେଇହେବନି।। ଆଉ ସହିଦିନି ମୁଁ! ବାସ୍ ବହୁତ ହୋଇଗଲା।" ମୀରାର ମୁଣ୍ଡରୁ ନିଗିଡ଼ି ପଡ଼ୁଥାଏ ଥୋପିଥୋପି ଝାଲ; ସେଇ ବୁନ୍ଦା ବୁନ୍ଦା ଝାଲ ମଥାର ସିନ୍ଦୂରକୁ ଧୋଇବା ପରି ବହିଚାଲିଥାଏ। ପାଖ ପଡ଼ୋଶୀ ଘରର ଯାମିନୀ ଶାହା ତାଙ୍କ ଘରୁ ଏତେବଡ଼ ପାଟି ଶୁଣି ବାହାରକୁ ବାହାରିଆସିଲେ। ବରଡ଼ାପତ୍ର ପରି ଗୋଟେ କୋଣରେ କାକୁସ୍ତ ଅବସ୍ଥାରେ ଠିଆ ହୋଇଥିବା ରୁଦ୍ରବାବୁ, କଲିଂବେଲ୍ ଶବ୍ଦ ଶୁଣି ଘରର କବାଟ ଖୋଲିଦେଲେ। ଭିତରକୁ ପଶି ଆସିଲେ ଯାମିନୀ!

      "ହେଇ ଦେଖ ଯାମିନୀ। କ'ଣ କରିବି କହିଲ ? ଆଜି ପୁଣି ମୀରାର ମୁଣ୍ଡଦୋଷ ବାହାରିଛି। ଭଲରେ କଥା ହେଉଥିଲା ଆଉ ହଠାତ୍ ଏମିତି ତା'ର ବ୍ୟବହାର ବଦଲିଗଲା। ଦେଖୁନ କେମିତି ଅବତରୁଛି।"

      "ହଁ – ହଁ ରୁଦ୍ରବାବୁ ତାକୁ ମେଡିକାଲ୍ ନେଇଯାଆନ୍ତୁ। କେତେ ଉନ୍ମତ୍ତ ଦିଶୁଛନ୍ତି ସେ!" – କହିଲେ ଯାମିନୀ।

      ଦୁଃଖୀ ଭଳି ମୁହଁ କରି ସାର୍ଟଟା ପିନ୍ଧୁପିନ୍ଧୁ ରୁଦ୍ର କହିଲେ– "ମଣିଷ କେତେ ଆଉ ସହିବ ? କେମିତି ବଞ୍ଚିବ ? ଏ କି ରୋଗ ଯା'ର ? କିଏ ଗୁଣିତୁଣି କରୁଚି କି

କ'ଣ ? ଏଇନେ ଭଲ, ଏଇନେ ତା'ର ଅବସ୍ଥା ଖରାପ । ଶୋଚନୀୟ ହୋଇଗଲାଣି ପରିସ୍ଥିତି । ଶଃ.... ମଣିଷ ଏସବୁ ସମ୍ଭାଳିବ ନା କାମ କରିବ !"

ୟା' ଭିତରେ ଯାମିନୀଙ୍କୁ ଦେଖି ତାଙ୍କ ପଛପଟେ ଆସି ଲୁଚିବା ପରି ହେଉଥାଏ ମୀରା । ଆଙ୍ଗୁଳି ଦେଖେଇ କେତେ କ'ଣ କହିବକୁ ଚାହୁଁଥାଏ ସେ । ହେଲେ ଶବ୍ଦ ସ୍ୱରୁ ନ ଥାଏ, ଜିଭ ଲେଉଟୁ ନ ଥାଏ ଯେମିତି । ଏଇ କିଛି ସମୟ ପୂର୍ବରୁ ଚିକ୍ରାର କରୁଥିବା ମୀରା, ଯେମିତି ପାଷାଣ ପରି ଶାନ୍ତ ପାଲଟିଯାଇଥାଏ । ଯାମିନୀ ହାତ ଧରି ଖଟରେ ବସେଇଲେ ମୀରାକୁ । ବୋତଲରେ ଥିବା ପାଣିଟୋପେ ଆଣି ତା' ପାଟିରେ ଦେଲେ । ଢକଢକ କରି ଅଧବୋତଲ ପାଣି ପିଇଦେଲା ମୀରା । ଯାମିନୀ ଧୀରେ ଧୀରେ ତା' ମୁହଁ ଉପରେ ପଡ଼ିଥିବା ଅସ୍ତବ୍ୟସ୍ତ-ଅଲରା କେଶକୁ ଏକାଠି କରି ଗଣ୍ଠିତେ ଦେଲେ । ତଳକୁ ଓହଲିଥିବା ଲୁଗାକୁ ଯଥାସ୍ଥାନରେ ସଜାଡ଼ି ଦେଇ, ପିଠିକୁ ଆଉଁଶି, ପାଖକୁ ଆଉଜେଇ ନେଲେ ଯାମିନୀ । ହଠାତ୍ କ'ଣ ହେଲା କେଜାଣି ଛୋଟ ଛୁଆଟେ ତା' ମାଆକୁ ଜାବୁଡ଼ି ଧରିବା ପରି ନିବିଡ଼ ଆବେଗରେ ଯାମିନୀଙ୍କୁ ଜାବୁଡ଼ି ଧରି ଭୋ-ଭୋ କାନ୍ଦିଉଠିଲା ମୀରା ! "ମତେ ଏଠୁ ମୋ ଘରକୁ ନେଇଯାଅ ! ମୋତେ ଏ ମରଣଯନ୍ତାରୁ ରକ୍ଷାକର ! ମୁଁ ଗୋଡ଼ତଳେ ପଡ଼ୁଛି ! ମୋ ବୋଉ, ମୋ ବାପାଙ୍କ ପାଖରେ ମୋତେ ଛାଡ଼ିଦିଅ । ମୁଁ ହାତ ଯୋଡ଼ୁଛି ।"

ଯାମିନୀ ଆଶ୍ୱାସନା ଦେବାପରି ଜାକି ଧରିଥାନ୍ତି ମୀରାକୁ । "ହଉ ହଉ, ବୁଝିବା ସବୁକଥା, ବ୍ୟସ୍ତ ହୁଅନି ।"

ମୀରାର କୋହ ଥମୁ ନ ଥାଏ । କେତେବେଳକେ ନିରବି ଗଲା ମୀରା ! ଆଖି ତା'ର ବନ୍ଦ ହୋଇ ଆସିଲା । ତାକୁ ଖଟ ପାଖକୁ ଧୀରେ ଧୀରେ ନେଇ ଆସିଲେ ଯାମିନୀ । ନିଶାରେ ଟଳଟଳ ବାଧଶିଶୁ ପରି ମୀରା ଖଟ ଉପରେ ଶୋଇପଡ଼ିଲା । ପଙ୍ଖା ଲଗେଇ ତାକୁ ଆଉଁଶୁଥିଲେ ଯାମିନୀ । ମୀରାର ଆଖି କୋଣରେ ଜମିଥିବା ଲୁଣିପାଣିକୁ ପୋଛିବାକୁ ଯାଉ ଯାଉ ରହିଗଲେ ସେ, ଭାବିଲେ- ବରଂ ମୀରା ଶୋଇଯାଉ । ତା'ପରେ ବି ମଝିରେ ମଝିରେ ଦୀର୍ଘଶ୍ୱାସ ସବୁ ଥରେଇ ଥରେଇ ଉଠୁଥାଏ ମୀରାର । ମୀରା ଉପରୁ ମୁହଁ ଫେରେଇ ରୁଦ୍ରବାବୁଙ୍କ ଆଡ଼କୁ ଚାହିଁଲେ ଯାମିନୀ ।

ରୁଦ୍ରବାବୁ ସହଜ ଭାବରେ କହିଲେ- "ମତେ ଏମିତି ଚାହିଁଛ କ'ଣ ? ବର୍ଷେ ହେଲା ତମେ ଏ ଘଟଣା ଦେଖି ଆସୁଛ । ସେଟା ପାଗଳୀ ହୋଇଗଲାଣି । ସେ ମରିଯାଆନ୍ତା କି ମୁଁ ମରିଯାଆନ୍ତି ହେଲେ !"

"କିନ୍ତୁ ରୁଦ୍ରବାବୁ, ଆପଣ ନ ଥିଲାବେଳେ ସେ ବେଶ୍ ଭଲ ଥାଆନ୍ତି । ମାନୁଚି ସେ ଆପଣଙ୍କର ସ୍ତ୍ରୀ । କିନ୍ତୁ ଯେତେବେଳେ ବି ଆପଣଙ୍କର ଆସିବା ସମୟ ହୁଏ

ସେତେବେଳେ ସେ ବ୍ୟତିବ୍ୟସ୍ତ ହୋଇପଡ଼ନ୍ତି । ଏହି କଲୋନିର ପ୍ରତ୍ୟେକେ ଜାଣନ୍ତି, ସେ ଆପଣଙ୍କ ପ୍ରତି କେତେ ଯତ୍ନଶୀଳା । ଆପଣଙ୍କ ଆସିବା ସମୟ ହେଲେ ସେ ଗପୁ ଗପୁ ଅନ୍ୟମନସ୍କ ହୋଇଯାଆନ୍ତି, ତାଙ୍କର ହସଶୂନ୍ୟ ମୁହଁରେ ଅସଂଖ୍ୟ କୁଣ୍ଠିତ-ଉଦାସୀ ଅନୁଭବ ହୁଏ । ଆପଣଙ୍କ ପାଇଁ ସେ ତତ୍ପର ହୋଇଉଠନ୍ତି । ସମସ୍ତେ ଏ କଲୋନିରେ କହନ୍ତି ରୁଦ୍ରବାବୁଙ୍କ ମିସେସ୍‌ଙ୍କ ପରି କେହି ହେବେନି । ଏତେ ନିଷ୍ଠା, ଏତେ ସମର୍ପଣ କାହାର ହେଇପାରେ ! ହଠାତ୍ ଦିନେ କିନ୍ତୁ ଆମ ସହିତ ଗପୁଗପୁ ଅଭୁତ ଭାବରେ ଗପିବା ଆରମ୍ଭ କଲେ ଆପଣଙ୍କ ବିରୁଦ୍ଧରେ । ଛୋଟଛୁଆ ଆଗରେ ଚୁପ୍ ଚୁପ୍ କହିଲା ପରି, ଆଖି ତରାଟି କହିଉଠିଲେ- "ମିଷ୍ଟର ରୁଦ୍ର ମହାନ୍ତିଙ୍କୁ ଜାଣିଚ ? ସେ ଗୋଟେ ମେଣ୍ଢା । ଅସୁରୁଣୀର ଶକ୍ତି ପାଇ ସେ ବି ରକ୍ତ ପିଏ । ସେ ମୋତେ ତା' ଜଙ୍ଘ ଉପରେ ବସେଇ ମୋ କଲିଜାକୁ ଚୋବେଇ ଦିଏ, ମୋତେ ପୁଣି ବଞ୍ଚେଇ ଦିଏ । ସେ ସବୁ କରି ପାରିବ । ପ୍ରତି ଝିଅକୁ ନଚେଇବ । ତା' ପାଖରେ ବୁଢ଼ୀ ଅସୁରୁଣୀର ତନ୍ତ୍ରଯନ୍ତ୍ର ଶକ୍ତି ଅଛି । କେତେ କାହାକୁ ବଳି ପକେଇଦେବ ! ରକ୍ତପିଇ ଶକ୍ତିଶାଳୀ ହେବ । ହେଇ ସେ ଆସିଲାଣି ! ମତେ ପୁଣି ଶୋଷିଦେବ ଦି'ଟା ନଡ଼ାର ରନ୍ଧ୍ରରେ । ତମେ ସବୁ ମୋତେ ଲୁଚେଇଦିଅ । ଏତିକି କହି ସେ ବାହୁନିବା ଆରମ୍ଭ କଲେ । ଆମେ ତାଙ୍କୁ ବୁଝେଇବାକୁ ଯେତେ ଚେଷ୍ଟା କଲୁ ସେ ବୁଝିଲେନି । ତା'ପରେ ବେହୋସ ହୋଇଗଲେ । ଆପଣଙ୍କର ମନେଅଛି ରୁଦ୍ରବାବୁ, ତା'ପରେ ତାଙ୍କୁ ଆପଣ ଡାକ୍ତରଖାନା ନେଇଥିଲେ ? ଆପଣ କେତେ ଯେ ଅମାୟିକ-ସାଦାସିଧା ମଣିଷ ! କ'ଣ ଏମିତି ହେଲା ?"

ରୁଦ୍ରବାବୁ ମୁହଁ ଶୁଖେଇ କହିଲେ, "ସବୁ ମୋର ଦୁର୍ଭାଗ୍ୟ ଯାମିନୀ । ଏଥର ତମେ ଯାଅ । ମେଡ଼ିସିନ୍ ତ ଚାଲିଛି । କାଲିକୁ ମୀରା ଠିକ୍ ହୋଇଯିବ ବୋଲି ଆଶା । ତମେ ସିନା ମୋ ଦୁଃଖ ବୁଝୁଛ, ହେଲେ ବାହାର ଲୋକ କ'ଣ ଏସବୁ ବୁଝିବେ ? କ'ଣ ଭାବୁଥିବେ କହିଲ ?"

ଯାମିନୀ ଓ ରୁଦ୍ରବାବୁ ବଡ଼ ଜୋରରେ ରହସ୍ୟମୟ ହସ ହସିଉଠିଲେ । ମୀରା ନିଦ ମଲମଲ ଆଖିରେ ଚାହିଁ ହସୁଥାଏ ଓ କାନ୍ଦୁଥାଏ । ବୁଢ଼ୀ ଅସୁରୁଣୀ ଓ ମେଣ୍ଢାର ଆତ୍ମା ଦୁହେଁ ମିଶି ତା' ଦେହରେ ପୁଣି କାଳିଶିକୁ ଛାଡ଼ିଦେଲେ ।

ଦୂରରୁ ମୀରାର ଚିତ୍କାର ଶୁଭିଲା- "ଆ, ଆ, ଆସୁନୁ । ଭୋଗ୍ ମତେ । ଖାଆ ମତେ ।"

ଭିନ୍ନ ଦ୍ରୋଣାଚାର୍ଯ୍ୟ

ଅତୀତ ଯେବେ ବର୍ତ୍ତମାନରେ ଛିଡ଼ାହୁଏ ସେତିକିବେଳେ କିଛି ଭୁଲ୍ ପାଇଁ ନିଜକୁ ଦର୍ପଣରେ ଦେଖିବାରେ ସତ୍‌ସାହସ ହୁଏନି। ସତରେ, ବେଳେବେଳେ କିଛି ଭୁଲ୍ ପାଇଁ ନିଜକୁ କ୍ଷମା କରିହୁଏନି। ଭୁଲ୍ କରିବାର ସେ ଅସହାୟ ସ୍ଥିତିଟି ମଣିଷକୁ ଗୋଡ଼ାଏ। ଏଇ ଯେମିତି ଦୀର୍ଘ ଦଶବର୍ଷ ହେଲା ବେଳ ଅବେଳରେ ସେଭଳି ଏକ ଦୁରାରୋଗ୍ୟ ବ୍ୟାଧି ମୋତେ ଅହରହ କ୍ଷତାକ୍ତ କରୁଛି। ମନେମନେ ମୁଁ ତାଙ୍କୁ ଆଜି ଯାଏ ଖୋଜୁଥିଲି, ପ୍ରାୟଶ୍ଚିତ୍ତ କରିବାକୁ ଏବଂ ମୋ ଅକ୍ଷମଣୀୟ ଭୁଲ୍ ପାଇଁ କ୍ଷମା ମାଗିବାକୁ। ଅସଂଖ୍ୟ ଭିଡ଼ରେ ମୋ ଆଖି ତାଙ୍କୁ ଖୋଜେ।

ସେଦିନ ହଠାତ୍ ଦୀର୍ଘ ତେରବର୍ଷ ପରେ ତାଙ୍କୁ ଦେଖୁଥିଲି। ହଁ ମୁଁ ତାଙ୍କୁ ଠିକ୍ ଚିହ୍ନିପାରୁଥିଲି। ସେ ନିଶ୍ଚେ ସେଇ ହିଁ ଥିଲେ। ସେଇ ଉଦ୍ଭାସାରିଆ ମଣିଷ, ବଡ଼ବଡ଼ ଆଖି, ଗମ୍ଭୀର ମୁହଁ କେବଳ ଯାହା ଦୀର୍ଘବର୍ଷ ପରେ ତାଙ୍କ କଳା ମଚମଚ ମୁଣ୍ଡଟି ଧୋବଫରଫର ଦିଶୁଥିଲା। ହଁ ସେ ତ ସେ ହିଁ ଅନ୍ୟ କେହି ନୁହେଁ। ପୁଣି ଲୋକଭିଡ଼ରେ କୁଆଡ଼େ ଚାଲିଗଲେ। ମୋ ଆଖି ଦୁଇ ଖୋଜି ଚାଲିଥିଲା। ଏଇଠି ଥିଲେ ହଠାତ୍ କୁଆଡ଼େ ଚାଲିଗଲେ? ସାମ୍ନାସାମ୍ନି ହେଲେ କ'ଣ କହି ପରିଚୟ ଦେବି ତାଙ୍କୁ? ମୋ ନାଁ ହୁଏତ ତାଙ୍କର ମନେ ନପଡ଼ିପାରେ। କିନ୍ତୁ, ସେଦିନର ଘଟଣାକୁ କ'ଣ ସେ ଭୁଲିପାରିଥିବେ? ହୁଏତ ନା! ସେଦିନର ସେ ଘଟଣା ଯାହା ବିରାଟ ମିଶ୍ରଙ୍କ ଅବଶିଷ୍ଟ ଜୀବନକୁ ସମ୍ପୂର୍ଣ୍ଣ ଓଲଟପାଲଟ କରିଦେଇଥିଲା। ହଁ ସେଇ ବିରାଟ ମିଶ୍ର ଯିଏ ଢେଙ୍କାନାଳ କୁସୁଲି ଗାଁର ସରକାରୀ ବିଦ୍ୟାଳୟ ପ୍ରଧାନ ଶିକ୍ଷକ ଥିଲେ। ଯିଏ ଏକଦା ଆଦର୍ଶମୟ ଜୀବନର ବାର୍ତ୍ତା ବାଣ୍ଟୁଥିଲେ। ମନ ବିଚଳିତ ହେଲେ ବଡ଼ ଜୋର୍‌ରେ ପାଟିକରି କଥା ହେବାକୁ ଯିଏ ପ୍ରବର୍ତ୍ତାଇ ଥିଲେ; ଯିଏ ନିନ୍ଦା କରୁଥିବା ବ୍ୟକ୍ତିକୁ ପ୍ରଶଂସାରେ ପୋତି ପକାଇବାକୁ କହୁଥିଲେ। ସେଇ ବିରାଟ ମିଶ୍ର ଯିଏ କହୁଥିଲେ ଯେ, ଯାହା କର୍ମ

କରିବା ପଛକୁ ତା'ର ପରାଭବକୁ ନିଜ ପ୍ରିୟଜନଙ୍କୁ ଭୋଗିବାକୁ ହୁଏ ବୋଲି। କଥାକଥାକେ ଶ୍ଳୋକ, ବାଣୀ ଉଚ୍ଚାରଣ କରୁଥିବାରୁ ପିଲାଏ ତାଙ୍କୁ 'ପ୍ରବଚନିଆ ମାଷ୍ଟର' ବୋଲି ଠାର ନାଁରେ ଡାକୁଥିଲେ। ଆମେ ଭାବୁଥିଲୁ ସେ ଜାଣନ୍ତିନି ବୋଲି କିନ୍ତୁ ସେଦିନ ପ୍ରାର୍ଥନା ସାରି ନିଜ ନିଜ ଶ୍ରେଣୀକକ୍ଷକୁ ଯିବା ପୂର୍ବରୁ ହିଁ ସେ କହିଉଠିଲେ— ବାର୍ଷିକ ପରୀକ୍ଷା ଆସିଲାଣି। ମନଦେଇ ପାଠପଢ଼। ପରୀକ୍ଷା ପାଇଁ ବାହାଘରବେଳେ ବାଇଗଣରୁଆ କରିବା ଛାଡ଼ି ଏବେଠୁ ପ୍ରସ୍ତୁତ ହୁଅ। ଦିନେ ବୁଝିବ ଏ ପ୍ରବଚନିଆ ମାଷ୍ଟର ଠିକ୍ କହୁଥିଲା କି ନାହିଁ। ସେଦିନ ତାଙ୍କ କଥା ଶୁଣି ମୁଣ୍ଡ ତଳକୁ କରି ନିଜନିଜ କ୍ଲାସ୍‌କୁ ଚାଲିଆସିଥିଲୁ ସିନା, ହେଲେ ସମସ୍ତେ ବୁଝିଗଲୁ ପିଲାଏ ଦେଇଥିବା ନାଁ ସମ୍ପର୍କରେ ସମସ୍ତ କଥା ତାଙ୍କ ନିକଟରେ ମହଜୁଦ୍ ଅଛି। ତାଙ୍କ ପ୍ରତି ଯାହା ଭୟ ଥିଲା ମନରେ ଆହୁରି ଅଧିକ ବଢ଼ିଯାଇଥିଲା।

ବିରାଟ ମିଶ୍ରଙ୍କୁ କୁସୁଲି ଗାଁରେ କିଏ ନଜାଣେ! ଭୋରୁ ଉଠି ନିତ୍ୟନୈମିତ୍ତିକ କାମ ସାରି ସକାଳ ନପାହୁଣୁ କ'ଣ ଦି'ଟା ପାଟିରେ ଦେଇଥିବେ କି ନାହିଁ, ପିଲାଙ୍କୁ ପଢ଼ାଇବସିବେ। ଘର ଦାଣ୍ଡପିଣ୍ଡାଟା ଉପରେ ବେତ ଖଣ୍ଡେ ଧରି ପଣିକିଆ ଘୋଷାଠୁ ଆରମ୍ଭ କରି କବିତା ଆବୃତ୍ତି ଯାଏ। ତା'ରି ଭିତରେ ଅଙ୍କ କି ସାହିତ୍ୟର ଶିଢ଼ଟି ଭୁଲ୍ ହେଲେ ବୁଝେଇବା ଛଳରେ ପୁରାଣ-ଶାସ୍ତ୍ର ଉଦ୍ଧାର କରି ବୁଝାଇବା ତାଙ୍କର ଏକ ପ୍ରକାର ଅଭ୍ୟାସ। ଯୋଗ-ଦର୍ଶନ-ସାହିତ୍ୟ-ସମାଜତତ୍ତ୍ୱ ସବୁ ପ୍ରସଙ୍ଗର ସାରତତ୍ତ୍ୱର ଅଭିନବ ରୂପ ସତେଯେମିତି ତାଙ୍କରି ପାଖରେ ଥାଏ। ସେଦିନ, ସବାଶେଷ ବେଞ୍ଚରେ ବସିଥିବା ମନୀଷ କହିଲା— "ୟାଙ୍କର ବୋଧେ ପାଠପଢ଼ା ଛଡ଼ା ଆଉ କିଛି କାମ ନଥିଲା। ଦିନରାତି ଖାଲି ପାଠପଢ଼ୁଥିଲେ ବୋଧେ, ଦିନରାତି ଖାଲି ବଡ଼ବଡ଼ କଥା!" ବିରାଟ ମିଶ୍ରଙ୍କ ବିରାଟ ବ୍ୟକ୍ତିତ୍ୱ ଆଗରେ ଅଭିଭାବକମାନେ ନଇଁଯାଆନ୍ତି। ବହୁ ପରେ ଜଣାପଡ଼ିଲା ଯେ, ସେ ଶିକ୍ଷକ ହିସାବରେ ଶିକ୍ଷାଦାନ କରିବାକୁ ଭୋରୁ ଉଠି ପ୍ରସ୍ତୁତ ହୋଇଥାନ୍ତି। ତାଙ୍କପାଇଁ ବିନା ପଇସା ଆଶାରେ ଶିକ୍ଷାଦାନ କୁଆଡ଼େ ଦିବ୍ୟକର୍ମ। ଆଜିର ଯୁଗରେ ଏମିତିଆ ମାଷ୍ଟର କ'ଣ ସମ୍ଭବ!

ସବୁପିଲାଙ୍କ ଭିତରେ ମୁଁ ବି ତାଙ୍କ ଛାତ୍ର ଥିଲି। ସାର୍ କାଳେ ମୋତେ କିଛି ପ୍ରଶ୍ନ ପଚାରିଦେବେ ଭାବି ତାଙ୍କ ଆଖିକୁ ନଚାହିଁ ସବୁବେଳେ ପଢ଼ାବହିରେ ଲକ୍ଷ୍ୟ ରଖୁଥାଏ। ମୁଁ ଭାବୁଥାଏ ସକାଳୁ ସକାଳୁ କାଉ କା' ନକରିବା ପୂର୍ବରୁ ବିନା ସ୍ୱାର୍ଥରେ ଏମିତି କିଏ କରିପାରେ? ବାପାଙ୍କ ଚାକିରୀରେ ବଦଲିର ନିୟମ ହେତୁ ସେଠର ମୋତେ କୁସୁଲି ଗାଁର ବିବେକାନନ୍ଦ ଶିକ୍ଷାଶ୍ରମରେ ନବମରେ ନାମ ଲେଖାଇବାକୁ ପଡ଼ିଥିଲା। ପ୍ରଧାନଶିକ୍ଷକଙ୍କ ହିସାବରେ ବିରାଟ୍ ସାରଙ୍କୁ ଦେଖାକରି ବାପା ମୋ ସଂପୂର୍ଣ୍ଣ

ପଢ଼ା ଦାୟିତ୍ୱ ଦେଇଥିଲେ । ସାର୍ ସେଦିନ ମୋତେ ପଚାରିଥିଲେ– "ପଣିକିଆ ଠିକ୍‌ରେ ମନେରଖୁଛୁ ତ ? ଯଦି ମନେଥିବ ତେବେ ନବମ ଶ୍ରେଣୀ ପାଠପଢ଼ାରେ କିଛି ଅସୁବିଧା ହେବନି । 'ପଣିକିଆ' ସବୁ ଗଣିତର ମୂଳ । ହଉ ସକାଳୁ ଟିକେ ଏଠିକି ଆ' । ସ୍କୁଲ ଆରମ୍ଭ ପୂର୍ବରୁ ସବୁ ପିଲାଙ୍କ ମେଳରେ ବସି ଟିକେ ଆବୃତ୍ତି କଲେ ଧୀରେ ଧୀରେ ସବୁ ମୁଖସ୍ଥ ହେଇଯିବ ।" ସେଦିନ ବିରାଟ୍ ସାରଙ୍କ ସେଇ ବଡ଼ ବଡ଼ ଆଖି ଦି'ଟାକୁ ଦେଖି ଭାରି ଡର ଲାଗୁଥିଲା । ନବମ ଶ୍ରେଣୀରେ ପଢ଼ି ପଣିକିଆ ଘୋଷିବା କଥାକୁ ଗ୍ରହଣ କରିପାରୁନଥିଲି ।

ସକାଳୁ ଉଠିବା ମୋ ପାଇଁ କଷ୍ଟକର ବ୍ୟାପାର ଥିଲା । ତଥାପି ବାପାଙ୍କ ଡରରେ ମୁଁ ଯାଇଥିଲି ବିରାଟ ସାରଙ୍କ ଘରକୁ । ଆମ ଘରଠୁ ସାରଙ୍କ ଘର ପ୍ରାୟ କୋଶେ ବାଟ ହବ । ସାଇକେଲ ନେଇଗଲେ ଶୀଘ୍ର ପହଞ୍ଜିଯିବି ଭାବି ଟିକେ ଡେରି କରିବା ଉଦ୍ଦେଶ୍ୟରେ ଚାଲିଚାଲି ଯାଇଥିଲି । ମୁଁ ଗଲାବେଳକୁ ତାଙ୍କ ପାଖକୁ ଆସୁଥିବା ନବମ ଦଶମର ପାଞ୍ଚ-ସାତ ଜଣ ପିଲା ଥିଲେ । ମୋତେ ଦେଖି ସାର ପାଖକୁ ଡାକିଲେ । ଶ୍ରୁତଲିଖନ ଲେଖିବାକୁ ଯେବେ କହିଲେ ମୁଁ ଭାବୁଥିଲି ଆଉ କ'ଣ ଶ୍ରୁତଲିଖନ ଯୁଗ ଅଛି ? କି ଲୋକ ମ ଇଏ ? ପାଠ ପଢ଼େଇବା ବାହାନାରେ ପିଲାଙ୍କୁ ଭାରି ଘାଣ୍ଟୁଛନ୍ତି । ମୋ ଭାବନା ସରିଚି କି ନାଇଁ ସେ କହିଉଠିଲେ– ସବୁର ମୂଳ ଅକ୍ଷର ଶିକ୍ଷା, ତା'ପରେ ଶବ୍ଦଲିଖନ । ଶବ୍ଦବସ୍ୟାଣଟି ମଣିଷ ଜୀବନର ଗୋଟେ ଗୋଟେ କମକୁଟା ଅଙ୍ଗ ଭଳି । ଯେମିତି ଆମେ ଆଖି, କାନ, ପାଟି, ଦେହ ମୁଣ୍ଡର ଯତ୍ନ ନେଉ, ଶବ୍ଦମାନଙ୍କର ବି ଯତ୍ନ ନେବାକୁ ହୁଏ । ନହେଲେ ଜୀବନ ବିକୃତ ହେଇଯାଏ । ଶବ୍ଦ ଭୁଲ ସହିତ ଜୀବନ ବିକୃତ ହେବା କଥାଟା ମୋ ମୁଣ୍ଡରେ ପଶୁନଥାଏ । ଆମ ଶ୍ରେଣୀର ସୁଶୀଳ ମୋ କାନରେ କହିଲା– ଦଶମ ବେଳକୁ ଆଉ କ'ଣ ଅକ୍ଷର ଶିକ୍ଷା ବାକି ଥାଏ ଯେ ଇଏ କହୁଚନ୍ତି ? ଯ୍ୟାଙ୍କର ଖାଲି ଗୋଟେ ଷ୍ଟାଇଲ୍ ।

ସାରଙ୍କ ଘରକୁ ଯିବା, ସେଠି ପାଠ ସହିତ ଶାଠରେ ଭଜନ, କୀର୍ତ୍ତନ, ପ୍ରବଚନ ଆଦି ଶୁଣିବା କ୍ରମେ ଦେହସୁହା ହେଇଯାଇଥିଲା । ସେଦିନ ସାରଙ୍କ ଘରୁ ଫେରିଲାବେଳକୁ ସୁଶୀଳ କହୁଥାଏ, "ବୁଝିଲୁ ଅସିତ ଆମେ ମ୍ୟାଟ୍ରିକ୍ ପାସ୍ କଲାପରେ ହିମାଳୟରେ ଏସବୁ କହିଲେ ଆମକୁ ଲୋକେ ମୁନି-ଋଷି ଭାବିବେ, ନୁହେଁ ?" ମୁଁ ଜୋର୍‌ରେ ହସିଲି, ହେଲେ ତା' କଥା ବି ଠିକ୍ ଥିଲା । ଆଉ ଦିନେ ସ୍କୁଲରେ ସାଧୁ ସାରଙ୍କ ଇଂରାଜୀ କ୍ଲାସ ଚାଲିଥିବାବେଳେ ହଠାତ୍ ବିରାଟ୍ ସାର କ୍ଲାସ ଭିତରକୁ ପଶିଆସିଲେ । ଆମେସବୁ ଛିଡ଼ା ହୋଇଯାଇଥିଲୁ । ସାଧୁ ସାରଙ୍କୁ ସାର କି କ୍ଲାସ ନେଉଚନ୍ତି ବୋଲି ପଚାରିଲେ । ସାଧୁ ସାର ଇଂରାଜୀରେ ଏସେ ଲେଖେଇବା ଶିଖଉଛନ୍ତି ବୋଲି

କହିଲେ। ବିରାଟ୍ ସାର୍ ସାଙ୍ଗେସାଙ୍ଗେ ବଡ଼ପାଟିରେ କହିଉଠିଲେ- ପିଲାଏ ପ୍ରବନ୍ଧ ଲେଖିବା ପୂର୍ବରୁ ଟ୍ରାନ୍ସଲେସନ୍ ଶିକ୍ଷା ଜରୁରୀ। ଯେ ଟ୍ରାନ୍ସଲେସନ୍ କରିପାରିବ ସେ ଅତି ଚମତ୍କାର ଏସେ ଲେଖିପାରିବ। ମୋ କାନ ପାଖକୁ ଲାଗିକରି ମାଧବ ଓ ସୁଶୀଲ ପାଟିରେ ପେନ୍ କାମୁଡ଼ି ଗୁରୁଗୁରୁ ହୋଇ କହୁଥିଲେ- ଏ କଥା କିଏ ନ ଜାଣିଚି କହିଲ, କ'ଣ ତମେ ଅଧିକା କହୁଚମ। ବୁଢ଼ାର ଡାଇଲଗ୍ ବେଶୀ।

ଏମିତି କେତେ କଥା ଯେ ତାଙ୍କ ପାଇଁ ପିଲାଏ କହନ୍ତି ତା'ର ହିସାବ ନାହିଁ। ଏତେ କଥା ପଛରେ କହନ୍ତି ସିନା ହେଲେ ଯେବେ ସେ ପିଲାଙ୍କ ମଝି ଦେଇ ଚାଲିଯାଆନ୍ତି, ଛୁଙ୍କି ପଡ଼ିଲେ ବି ଶବ୍ଦ ହେବ।

ନବମ ଶ୍ରେଣୀର ବାର୍ଷିକ ପରୀକ୍ଷା ସମୟ। ପରୀକ୍ଷା ସରିଗଲେ ଦଶମ ଶ୍ରେଣୀ ପରୀକ୍ଷା। ନୂଆ ଜାଗାକୁ ଆସି ଶ୍ରେଣୀରେ ପ୍ରଥମ ହେବାକୁ ବାପାଙ୍କ ତାଗିଦ୍। ଚିନ୍ତା ବଢ଼ିଯାଇଥାଏ। ପନ୍ଦର ଦିନ ପୂର୍ବରୁ ପରୀକ୍ଷାର ଦିନ ଓ ସମୟ ନିର୍ଘଣ୍ଟ ବାହାରିଲା। ବିରାଟ୍ ସାର୍ ପ୍ରାର୍ଥନା କ୍ଲାସରେ ବାରମ୍ବାର ଚେତାବନୀ ଦେଉଥାନ୍ତି। ନବମ ଶ୍ରେଣୀ ପିଲାଙ୍କ ଭିତରୁ ସବୁଥିରେ ଷାଠିଏ ପ୍ରତିଶତ ଆଣିଲେ ଯାଇ ଦଶମକୁ ଯିବ। ନହେଲେ ନାଇଁ। ସୁଶୀଲ କହିଲା- ସଂସାରରେ ଏମିତି ମାଷ୍ଟର? ଜଗତ ସାରା ଜାଣିଚି ସବୁ ବିଷୟରେ ତିରିଶ ମାର୍କ ରଖିଲେ ପାସ୍। ଇଏ କ'ଣ ନୂଆ ନିୟମ? ସ୍କୁଲ ଛୁଟି ବେଳାକୁ ମୋତେ ସାର୍ ଡକେଇ ପଠେଇଲେ। କହିଲେ ବାପା ତୋର କୋଉ କୋଉ ବିଷୟରେ ସନ୍ଦେହ ଯଦି କିଛି ଅଛି ତେବେ ମୋତେ କହ। ବାପା-ମା'ଙ୍କ ନାଁ ରଖିବୁଟି? କିଛି ଅସୁବିଧା ହେଲେ କହିବୁ। ମୁଁ ଅଛି। ଈଶ୍ୱରଙ୍କ ଉପରେ ଭରସା ରଖ। ଭଲପିଲା ହଅ। ବଦମାସିଆ ପିଲାଙ୍କ ମେଲରେ ରହିଲେ ବି ପଙ୍କରେ ପଦ୍ମଭଳି ରହ। ସେଦିନ ବିରାଟ ସାରଙ୍କ ଆଖିରେ ମୋ ପାଇଁ ଥିବା ସ୍ନେହାଶୀର୍ବାଦକୁ ମୁଁ ଅନୁଭବ କରୁଥିଲି। କିନ୍ତୁ ପରୀକ୍ଷାର ଚିନ୍ତା ଠିକ୍ ଭୂତ ଭଳି ମୋତେ ମାଡ଼ିବସିଥାଏ। ବର୍ଷ ଅଧାରୁ ଆସି କିପରି ଭାବରେ ଭଲ କରିପାରିବି ବୋଲି ବ୍ୟସ୍ତ ଲାଗୁଥାଏ।

ପରୀକ୍ଷା ନିୟମ ଭାରି କଡ଼ାକଡ଼ି। ଶିକ୍ଷକମାନେ ଟିକେ ହଲିବାକୁ ବି ଦେଉନଥାନ୍ତି। ବିଜ୍ଞାନ ପରୀକ୍ଷା ଦିନ ସୁଶୀଲ, ମାଧବ ବାରମ୍ବାର ସାନପାସ୍ ନାଁରେ ବାହାରକୁ ଯାଇ ପାଇଖାନାକୁ ଲାଗି ଯେଉ ଛୋଟିଆ ଆଜବେଷ୍ଟ ଛାତ ଅଛି, ତା'ରି କଣକୁ ଥିବା ଖଣ୍ଡେ ଅଣଓସାରିଆ ଖୁଞ୍ଜାକୁ ଘେଞ୍ଜିଥିବା ଗାଇଡ୍ ବହିର ପ୍ରଶ୍ନର ଉତ୍ତର ପଢ଼ିଆସି ଲେଖୁଥିବା ମୁଁ ଦେଖିଛି। ବିରାଟ ସାରଙ୍କ ନଜର ପଡ଼ିନଥିଲା ନ ହେଲେ ପିଠିରୁ ଛାଲ ଉତାରି ଦେଇଥା'ନ୍ତେ। ବିଜ୍ଞାନ, ସାହିତ୍ୟ, ଇଂରାଜୀ ଯାହା ଯେମିତି ଚଲିଗଲା ପରି ହୋଇଥିଲେ ହେଁ ଅଙ୍କରେ ଫେଲ୍ ହେବା ସମ୍ଭାବ୍ୟ ଆଶଙ୍କା ଭିତରେ

ମୁଁ ପରୀକ୍ଷାଫଳ ବାହାରିବାଯାଏ ଏତେ ଆଶଙ୍କିତ ଥାଏ ଯେ, ଏକପ୍ରକାର ଖାଇବା-ପିଇବା ଛାଡ଼ିଦେଇଥିଲି। ପରୀକ୍ଷାଫଳ ବାହାରିବା ଦିନ ସୁଶୀଲ, ମାଧବ, ସିଦ୍ଧାର୍ଥ ଆଉ ଅନ୍ୟ ସାଙ୍ଗମାନେ ପ୍ରଥମେ ଗଲୁ ବିରାଟ ସାରଙ୍କୁ ମୁଣ୍ଡିଆ ମାରି। ସାର ମଧ ସବୁଦିନ ଭଳି ସମ୍ପୂର୍ଣ୍ଣ ପ୍ରସ୍ତୁତ ଥିଲେ। ସବୁଦିନିଆ ଗମ୍ଭୀର ମୁହଁ ସେଦିନ ସତେ ଯେମିତି ଜ୍ୟୋତିରେ ଉଭାସିତ ହେଉଥିଲା। ହସିଦେଇ କହିଲେ– "ବ୍ୟସ୍ତ ହୁଅନି। ସମସ୍ତେ ବଢ଼ିଆ କରିଥିବ।" ମୋ ଆଡ଼କୁ ଚାହିଁ କହିଲେ– "ଅସ୍ମିତ୍‌ ପରୀକ୍ଷା ଫଳାଫଳ ଜୀବନର ଶେଷ ଫଳ ନୁହେଁ ତେଣୁ ପ୍ରୟାସ ଜାରି ରଖ। ଆଗକୁ ନିଶ୍ଚେ ଭଲ ହେବ।" ସାରଙ୍କ ଏଇ ଦି'ପଦ କଥାରେ ମୋ ଛାତି ଭିତରଟା ଚିରି ହେଇଗଲା। ଆଶଙ୍କା ଓ ଚିନ୍ତାରେ ମୁଁ ମୁହଁଖୋଲି କିଛି କହିପାରିଲିନି। ଆମେ ସ୍କୁଲରୁ ନିଜ ନିଜ ପରୀକ୍ଷାଫଳ ପାଇଲୁ। ମୁଁ ଗଣିତରେ ଶହେରୁ ମାତ୍ର ପଇଁତିରିଶ ମାର୍କ ରଖିଥାଏ। ଆଉ ଅନ୍ୟ ବିଷୟରେ ଯାହା ଯେମିତି ହେଇଥିଲା। ମୋ ମୁହଁ ଶୁଖିଥିବା ଦେଖି ସୁଶୀଲ କହିଲା– "ଅସ୍ମିତ୍‌ କାଇଁ ବ୍ୟସ୍ତ ହଉଚୁ। ବର୍ଷ ଅଧାରେ ଆସି ଯେତିକି କରିଛୁ, ସେତିକି ଯଥେଷ୍ଟ। ଏଇଟାତ ଶ୍ରେଣୀ ଉଠା ପରୀକ୍ଷା। ଚିନ୍ତା କାଇଁ କରୁଛୁ?" ସୁଶୀଲ କଥା ଶୁଣି ଭୋ-ଭୋ କରି କାନ୍ଦିପକେଇଲି। ସେମାନେ ଯେତେ ବୁଝାଉଥାନ୍ତି ମୁଁ ସେତେସେତେ କାନ୍ଦୁଥାଏ। ଶେଷକୁ ମାଧବ କହିଲା– ବାପା ତୋତେ ମାରିବେ ବୋଲି ଚିନ୍ତା କରି ବୋଧେ ତୁ ଏତେ କାନ୍ଦୁଚୁ। ହଉ ଚୁପ୍‌ ହଅ। କିଛି ଗୋଟେ ପ୍ଲାନ୍‌ କରିବା। ସୁଶୀଲ କାନରେ ମାଧବ ଫିସ୍‌ ଫିସ୍‌ କରି ଯାହା କିଛି କହିଥିଲା, ସୁଶୀଲ ମୋ କାନରେ ସେସବୁ କହିଲା ପରେ ଯାଇ ମୋ କାନ୍ଦ ବନ୍ଦ ହେଲା।

ବହୁତ ଡେରିରେ ଫେରି ବାପା ମୋ ପରୀକ୍ଷା ରେଜଲ୍ଟ ବିଷୟରେ ପଚାରିଥିଲେ। ବୋଉ ଖୁସିରେ ଗଦ୍‌ଗଦ୍‌ ହୋଇ କହିଲା– ତମ ପୁଅ ଫାଷ୍ଟ ହେଇଚି ପରା। ସବୁଥିରେ ସତୁରୀ ଉପରେ। ଏଇ ଦେଖ କହି ବୋଉ ପ୍ରୋଗ୍ରେସ୍‌ ରିପୋର୍ଟ ଦେଇ ଦେଇଥିଲା। ବାପା ମୋ ପାଖକୁ ଆସୁଥିବା ଜାଣି ମୁଁ ଗାଲେଇକି ଶୋଇପଡ଼ିଥିଲି। ବାପା ସ୍ନେହରେ ମୋ ପିଠି ଆଉଁଶିଦେଇ ଚାଲିଯାଇଥିଲେ। ମୁଁ ଶାନ୍ତିରେ ବହୁ ଦିନପରେ ଖୁବ୍‌ ନିଦରେ ଶୋଇପଡ଼ିଥିଲି। ପରଦିନ ସକାଳୁ ହଠାତ୍‌ ବାପା-ବୋଉଙ୍କ ଉଚ୍ଚସ୍ୱରେ କଥା ଶୁଣି ମୋ ନିଦ ଭାଙ୍ଗିଗଲା। ମୁଁ କାନେଇକି ଶୁଣିବାକୁ ଚେଷ୍ଟା କଲି। ହଠାତ୍‌ ମୋ ଛାତିଟା ଦାଉଁକିନା ହେଇଗଲା। ସତେ ତ! ଏଡ଼େ ବଡ଼ କଥା ମୋ ମୁଣ୍ଡରେ ପଶିଲାନି କେମିତି? ମାର୍କସିଟ୍‌ ଉପରେ ସିନା ନମ୍ବରଗୁଡ଼ାକ ବଦଲେଇଦେଲି ହେଲେ ସବୁ ନ ମିଶେଇ ଟୋଟାଲ ମାର୍କକୁ ପୂର୍ବ ପରି ଛାଡ଼ିଦେଲି କେମିତି? ହେ ଭଗବାନ ଏବେ କ'ଣ ହେବ!

ବାପା ଚିତ୍କାର କରି ମୋତେ ଡାକିଲେ। ମୁଁ କିଛି ନ ଜାଣିଲା ପରି ଧାଇଁଲି। "ଚାଲ୍ ଚାଲ୍ ତୋ ହେଡ୍ ମାଷ୍ଟର ପାଖକୁ। ଗୋଟେ ଫାର୍ସ ଚାଲିଛି ଏଠି। ଶ୍ୟ... ପାଠ ପଢ଼ଉଛନ୍ତି ନା ଗୁଣ୍ଠା ଗିଳଉଛନ୍ତି! ଗୋଟେ ପିଲା ସବୁଥରେ ସତୁରୀରୁ ଅଧିକ ରଖୁଛି ଦେଖାଲାବେଳକୁ ଟୋଟାଲ୍ ମାର୍କ ଭୁଲ୍? ମିଶାଣ ଆସୁନି ତାଙ୍କୁ? ଚାଲିଲୁ ଚାଲ ମୋ ସହ... ନହେଲେ ତୁ ଥା... ମୁଁ ଦେଖୁଚି ତମ ହେଡ୍ ମାଷ୍ଟରକୁ।" ଶ୍ୟ... ବାପା ଦୁମ୍‌ଦୁମ୍ ହୋଇ ଚାଲିଗଲେ। ମୋ ତଣ୍ଟି ଶୁଖ୍ୟାଯାଉଥାଏ। ଏବେ କ'ଣ ହେବ... ହେ ହନୁମାନ୍... ହେ ଜଗନ୍ନାଥ ମୋତେ ରକ୍ଷାକର। ଏମିତିଆ ଭୁଲ୍ କେବେ କରିବିନି। ଅନତିଦୂରରେ ରହୁଥିବା ସାଙ୍ଗ ସୁଶୀଲ, ମାଧବ, ମହେଶ ପାଖକୁ ଯାଇ ସବୁ ଜଣାଇଦେଲି। ସୁଶୀଲ୍ କହିଲା ତୁ ଜମା ବ୍ୟସ୍ତ ହୋଅନି, ମୁଁ କିଛି ଗୋଟେ ବ୍ୟବସ୍ଥା କରୁଚି। ମାସେ ଏବେ ସ୍କୁଲ୍ ଛୁଟି। ତୁ ଆରାମ୍‌ରେ ରହ।

ବାପା ସ୍କୁଲରୁ ଫେରିଲାବେଳକୁ ପ୍ରାୟ ସନ୍ଧ୍ୟା। ମୁଁ ଆଉ ବୋଉ ଉତ୍‌କଣ୍ଠାର ସହିତ ତାଙ୍କ ମୁହଁକୁ ଚାହିଁ ବସିଥାଉ। ମୋ ଛାତି ଧଡ଼ଧଡ଼ ହେଉଥାଏ ଠିକ୍ ଚୋର ପରି। ମୁଁ ବାପାଙ୍କ ମୁହଁକୁ ଚାହିଁପାରୁନଥାଏ। ବାପାଙ୍କ ମୁହଁ କିନ୍ତୁ ନାଲି ପଡ଼ିଯାଇଥାଏ। ବାପାଙ୍କ ହାତକୁ ପାଣି ଗ୍ଲାସ୍‌ଟେ ବଢ଼ାଇ ଦେଇ ବୋଉ ପଚାରିଲା- "କ'ଣ ହେଲା, ମାର୍କ କଥା କହିଲଟି?" ବାପା କହିଲେ- "ସେ ମାଷ୍ଟର ଏ କଥା ଜୀବନସାରା ଭୁଲିବନି। କାଲି ସକାଲକୁ ତା' ଚାକିରୀ ଆଉ ଦୋଧେ ନ ଥବ। କଥାଟାକୁ ସ୍କୁଲ ଇନ୍‌ସପେକ୍ଟର କାନରେ ପକେଇଦେଇଚି। ସେ କହିଛନ୍ତି ସାର୍ଟିଫିକେଟ୍ ଠିକ୍ କରିଦେବେ।" ଅସ୍ମିତ୍‌ର ସାଙ୍ଗ ସୁଶୀଲ କହିଲା- "ମାର୍କ ବଢ଼େଇବାପାଇଁ କାଲେ ବିରାଟ ମିଶ୍ର ଏମିତି ଗୋଟେ ଷଡ଼ଯନ୍ତ ରଚିଛି। ସେ ସୁଶୀଲଠୁଁ କାଲେ ବହେ ଟଙ୍କା ନେଇଛି। କାଲି ସକାଲେ ଇନ୍‌ସପେକ୍ଟର ଯିବେ ତା' ଘରକୁ। ବିରାଟ ମିଶ୍ରର ପ୍ରକୃତ ସ୍ୱରୂପ ପଦାରେ ପକେଇବାକୁ।" ବାପା-ବୋଉ କଥାହୋଇ ଭିତରକୁ ଚାଲିଯିବା ପରେ ମୁଁ ତାକୁ ସାଙ୍ଗେ ସାଙ୍ଗେ ପଚାରିଲି- "ତୁ ଏଡ଼େ ବଡ଼ ମିଛ ସାରଙ୍କ ନାଁରେ କହିପାରିଲୁ ସୁଶୀଲ?" ସୁଶୀଲ କହିଲା- "ଚୁପ୍ ରହ! ଏମିତି ନ କହିଥିଲେ ଆମେ ଧରା ପଡ଼ିଯାଇନଥା'ନ୍ତେ?" ବିରାଟ ମିଶ୍ରଙ୍କ ନିରୀହ ମୁହଁ ମୋ ଆଖି ଆଗରେ ନାଚିଯାଉଥିଲା। ସ୍ନେହବୋଲା ଆକଟ ଆଗରେ ମୁଣ୍ଡ ନୋଇଁଯାଉଥିଲା। ମୋତେ ଭାରି କାନ୍ଦ ଲାଗୁଥିଲା।

ଘନେଇ ଆସୁଥିବା ଲଘୁଚାପ ପରି ମୁଁ ଗୁମ୍‌ସୁମ୍ ହୋଇ ଉଠିଲି। ବାପାଙ୍କର ମୋ ପ୍ରତି ଥିବା ଅଖଣ୍ଡ ବିଶ୍ୱାସ ଭିତରେ ବିରାଟ ସାରଙ୍କ ଭଳି ଅସାଧାରଣ ମଣିଷର ସାଧାରଣ ପାଲଟିଯିବା ଘଟଣାକୁ ମୁଁ ଭାବିପାରୁନଥାଏ। ମୁଁ ଧୀରେ ଧୀରେ ସେତୁ ମୋ

ରୁମ୍‌କୁ ଚାଲିଆସିଲି। ଡବଡବ ଆଖିରେ ୫ର୍କୀ ସେପଟ ପଡ଼ିଆ ଆଡ଼କୁ ଚାହିଁଥାଏ। କ'ଣ ଭାବୁଥାଏ ଜଣା ନଥାଏ। ଅଗ୍ନାଗ୍ନି ବଣରେ ପଥ ହୁଡ଼ିଲା ପରି ମୋ ଅବସ୍ଥା ହେଇଯାଇଥାଏ। କେମିତି ଏକପ୍ରକାର ଦୋଷୀ ଭାବ ମୋତେ ଅସ୍ତବ୍ୟସ୍ତ କରିପକଉଥାଏ ଯୋଉଠୁ ଭାବନା ଆରମ୍ଭ କରୁଥାଏ ସେଇଠି ଶେଷ ହେଇ ପୁଣି ଆରମ୍ଭ ହେଉଥାଏ। ସାରା ଖରାଛୁଟିରେ ମୋ ଦିନ ସବୁ କେମିତି କଟିଛି ମୁଁ ହିଁ ଜାଣେ।

ଛୁଟି ପରେ ସ୍କୁଲ୍ ଖୋଲିଲା। ସ୍କୁଲରେ ପୁରୁଣା ସାଙ୍ଗମାନଙ୍କ ସହ ସାକ୍ଷାତ୍ ହେଲା। ସମସ୍ତେ ମୋ ପ୍ରତି ଭାରି ଦୟାପୂର୍ଣ୍ଣ ଆଖିରେ ଦେଖୁଥାନ୍ତି। ମୋ ପରୀକ୍ଷା ଫଳାଫଳ ଗଡ଼-ବଡ଼ ହୋଇଥିବାରୁ ସମସ୍ତେ ପ୍ରଧାନଶିକ୍ଷକ ବିରାଟ ମିଶ୍ରଙ୍କୁ ଦାୟୀ କରୁଥାନ୍ତି। ସମସ୍ତଙ୍କୁ ଦେଖୁଥାଏ ହେଲେ ମୁଁ ଯାହାକୁ ଦେଖିବାକୁ ଚାହୁଁଥିଲି ତାଙ୍କୁ ଦେଖିବାକୁ ପାଉନଥିଲି। ପିଅନ୍ ମକରାକୁ ଦେଖି ତା' ଆଡ଼କୁ ଗଲି। ସେ ଦେଖୁ ଦେଖୁ ମୋତେ ପଚାରିଲା ଅସ୍ମିତ୍ ବାବା ତମେ କେତେ ହଇରାଣ ହେଲ ପ୍ରଧାନ ସାରଙ୍କ ଯୋଗୁଁ, ସାର୍ ସେମିତି ଭୁଲ୍ କରିବା ଲୋକ ନୁହେଁ, ଏତେ ବଡ଼ ଭୁଲ୍ ତାଙ୍କର ହେଲା କେମିତି ? ଦେଖନ୍ତୁ ସେଇ ଭୁଲ୍ ଯୋଗୁ ସେ ଏକାଥରେ ଏଇ ସ୍କୁଲରୁ ବିଦା ?

ମକରାର କଥା ନସରୁଣୁ ମୁଁ ପଚାରିଲି– କୁଆଡ଼େ ଗଲେ ପ୍ରଧାନ ସାର୍ ? ମକରା କହିଲା– ତମ ଘଟଣାର ଦି'ଦିନ ଭିତରେ ତାଙ୍କ ଚାକିରି ଗଲା ପରା ! ତମ ବାପାଙ୍କର ତ ସ୍କୁଲ୍ ଇନ୍‌ସପେକ୍ଟର ଚିହ୍ନା ଥିଲେ। ଏଡ଼େବଡ଼ ଭୁଲ୍ ପାଇଁ ତାଙ୍କ ମନରେ ଟିକେ ଦୁଃଖ ବି ନଥିଲା। ଶେଷଯାଏ କହୁଥିଲେ ସେ କିଛିହେଲେ ଭୁଲ୍ କରିନାହାନ୍ତି ବୋଲି। ଏସବୁ ଶୁଣିଲାବେଳେ ମୋ ପାଦତଳୁ ସତେଯେମିତି ମାଟି ଅପସରି ଯାଉଥିଲା। ମୁଣ୍ଡ ଘୁରେଇ ପଡ଼ିଯିବା ପୂର୍ବରୁ ନିଜକୁ ଦୃଢ଼ କରିନେଲି। ମକରାକୁ ପଚାରିଲି ସାର କ'ଣ ଆସୁନାହାନ୍ତି ! ସାର୍ ପରା ମାସେ ହବ ମେଡ଼ିକାଲ୍‌ରେ। ତମେ କ'ଣ ଜାଣିନ ? ଏତେ ଭଲ କଥା କହୁଥିବା ଭଲ କାମ କରୁଥିବା ଲୋକ ଯେବେ ଭୁଲ୍ କରେ ସେ କ'ଣ ସହିପାରେ ? ସହିପାରିଲେନି ଏ ସବୁ ଲୋକହସା ! ଛାତି କ'ଣ ହେଇଗଲା ଚାକିରି ଗଲାଠୁ। ତମ ବାପାଙ୍କ କହିବା କଥା ବି ଠିକ୍ ଥିଲା। ଭଲ ମାର୍କ ରଖିଥିବା ପିଲା ଯଦି ଏମିତି ଅସୁବିଧାର ସମ୍ମୁଖୀନ ହୁଏ ତେବେ ତା' ମନ ଉପରେ କେତେ ଖରାପ ପ୍ରଭାବ ନ ପଡ଼ିବ ? ମକରା ଆଉ ଟିକେ ପାଖକୁ ଆସି ଫିସ୍‌ଫିସ୍ କରି କହିଲା– ସାରଙ୍କୁ ନେଇ ତମ ବାପାଙ୍କ ପାଖରେ ତମ ସାଙ୍ଗ ଆଉ ଗୋଟିଏ କଥା କହିଥିଲା। ମିନି ବୋଲି ଯେଉଁ ଝିଅଟି ବୈରୀ ଷ୍ଟେସନ୍ ସେପଟ ଗାଁରୁ ପଢ଼ିବାକୁ ଆସେ, ସାର୍ କୁଆଡ଼େ ତା' ହାତକୁ ଖରାପ ଉଦ୍ଦେଶ୍ୟରେ ଧରିଦେଇଥିଲେ। ଯେତେବେଳେ ଏକଥା

ସ୍କୁଲ୍ ଇନ୍‌ସପେକ୍ଟରଙ୍କ କାନକୁ ଗଲା ସେ ତ କୋପାନଳ ହେଇଗଲେ। ବିରାଟ ମିଶ୍ରଙ୍କ ସଫା ଚେହେରାରେ କଳାରଙ୍ଗ ଲେପିହେଇଯାଇଛି। ଆଉ କ'ଣ କାହାକୁ ମୁହଁ ଦେଖାଇପାରିବେ ?

ମୋ ପାଟିରୁ ହଠାତ୍ ବାହାରିଗଲା– ନା, ନା, କିଏ ଏମିତି କହିଲା ? ଏସବୁ ପୁରା ମିଛ କଥା। ସେ ଝିଅଟିକୁ ସାର୍ ନିଜ ଝିଅଠୁ ବଳି ଭଲପାଆନ୍ତି। ସାରଙ୍କ ବିରୁଦ୍ଧରେ ଏମିତି କହିବା ଉଚିତ ହେଲାନି।

ମକରା ଏଥର ଆଖିକୁ ଅଧା ବନ୍ଦ କରି ଛିଗୁଲେଇକି କହିଲା– ଛାଡ଼ ମ ପୁଅ! ଯାହା ହେଇଛି ଭଲ ହେଉଛି। ପ୍ରକୃତରେ ସେ ମାଷ୍ଟର ପୁରା ସତ୍ୟବାଦୀ ହରିଶ୍ଚନ୍ଦ୍ର! ଗୋଟେ ଟଙ୍କା ଖାଇବନି କି ଖୁଆଇଦେବନି। ଉପରୁ ଏମିତି ଚାପ ପଡ଼ିଲା ଯେ ତା' ପରଦିନକୁ ମାଷ୍ଟ୍ରେ ମେଡିକାଲ୍‌ରେ। କିଏ କହୁଛି ସେ କୁଆଡ଼େ ପାଗଳ ହେଇଗଲେ, କିଏ କହୁଛି କୋମାରେ ଅଛନ୍ତି। ମକରା କହୁଥାଏ– ଆମେ ସମସ୍ତେ ଜାଣୁ ବିରାଟ ମିଶ୍ର ସଚୋଟ, କିନ୍ତୁ ସଂସାରରେ ଭଲ ଲୋକ କମ୍। ଖରାପ ଲୋକ ଅଧିକ। ତେଣୁ ତାଙ୍କୁ ମିଛ ଆକ୍ଷେପରେ ଫସେଇ ଦିଆଗଲା। ଆମେ ଛୋଟଲୋକ। କ'ଣ କରିପାରିବୁ ?

ମୁଁ ଆଁ କରି ଚାହିଁଥାଏ। ପାଦତଳୁ ଯେମିତି ମାଟି ଧସିଯାଉଥାଏ! ଆହା! ଚଣ୍ଡାଳମାନେ କ'ଣ କଲେ ସେ ନିରୀହ ଲୋକଟିକୁ! ସତ୍‌ରେ ଥିବା ଲୋକ ଅନ୍ୟର ମିଥ୍ୟା କୁତ୍ସା ସହିପାରନ୍ତିନି! ସାର୍ ସେମିତିଆ ମଣିଷ ଥିଲେ। ଅସ୍ମିତ୍‌ର ଆଖି ଛଳଛଳ ହୋଇଉଠିଲା। ସ୍ନେହୀ, ଭାବପ୍ରବଣ, ସଚୋଟ ଓ ଉଦାର! କି ଅପବାଦ ସତରେ ତାଙ୍କ ମୁଣ୍ଡରେ ଲଦି ନ ଦିଆଗଲା! ଆହା! ଏବେ କ'ଣ କରୁଥିବେ କେଜାଣି ? ଚାଲୁଥିବା ଶଁବାଲୁଆରେ କାହାର ଗୋଡ଼ ବାଜିଲେ ସେ ଯେମିତି ଗୋଡ଼ଟାକୁ ବାନ୍ଧି ଥ'ହେଇ ପଡ଼ିରହେ, ମୁଁ ସେମିତି କିଛି ସମୟ ପାଇଁ ସ୍ଥିର ହୋଇ ଅବାକ୍ ହୋଇ ରହିଲା। ଗମ୍ଭୀର କଣ୍ଠରେ ସେ ପଚାରିଲା– ସାର୍ କୋଉ ମେଡ଼ିକାଲ୍‌ରେ ଅଛନ୍ତି ? ମକରା କହିଲା– ତାଙ୍କୁ ରାତାରାତି କଟକ ଆଡ଼େ ନେଇଯାଇଛନ୍ତି। ଭଲ ଲୋକ ଥିଲେ। ଭଲ ହେଇଯାଆନ୍ତୁ। ଛୁଞ୍ଚିପରି ବିନ୍ଧ ହେଉଥାଏ ମକରାର କଥା। କେତେ ବଡ଼ ଭୁଲ୍ ତା'ର ନହେଲା ସତେ! ଯା' ପାଇଁ କ'ଣ ପ୍ରାୟଶ୍ଚିତ ଅଛି ?

ସ୍କୁଲରୁ ଫେରି ଖାଇପାରିନଥିଲି। ସାଙ୍ଗମାନଙ୍କ ବୁଦ୍ଧିରେ ନମ୍ବର ବଦଳେଇ ଏଭଳି ସମସ୍ୟାର ସମ୍ମୁଖୀନ ହେବ ବୋଲି କେବେବି ଭାବି ନଥିଲା ଅସ୍ମିତ୍। ଜୀବନର ଏ ଘଟଣା ଭୁଲ୍ ନୁହେଁ ତ ଗୋଟେ ବଡ଼ ପାପ। କାହାକୁ ବା କହିବ ଏସବୁ କଥା ? ସାର୍ କୋଉଠି କି ଅବସ୍ଥାରେ ଥିବେ ସତେ! ଆହା! ଆମ ପାଠପଢ଼ା ପାଇଁ କି କି

ପ୍ରକାର ରାସ୍ତା ବାହାର କରୁଥିଲେ। ଛି! ମୋତେ ନର୍କରେ ବି ବାସ ମିଳିବନି। କୋଉଠି ଦେଖାହେବ, କେମିତି ଭୁଲ୍ ମାଗିବି ତାଙ୍କୁ? ସେ କ'ଣ କେବେ କ୍ଷମା ଦେବେ? ମୂକ ଆଉ ଜଡ଼ ଭଳି ନିରୁପାୟ-ଅସହାୟ ହେଇଯାଇଥିଲି ମୁଁ। କୁସୁଲିରେ ମାତ୍ର ଛଅ-ସାତ ମାସ ରହଣି ପରେ ବାପା ବଦଲିହେଇ ଚାଲିଆସିଲେ ସମ୍ବଲପୁରକୁ। ସେଇଠି ସମ୍ବଲପୁର ସରକାରୀ ସ୍କୁଲରେ ମ୍ୟାଟ୍ରିକ୍, ସମ୍ବଲପୁରର ଏକ ମହାବିଦ୍ୟାଳୟରୁ ଆଇ.ଏ, ବି.ଏ ଏବଂ ବିଶ୍ୱବିଦ୍ୟାଳୟରୁ ଗଣିତରେ ଏମ୍.ଏ। ପାଠପଢ଼ା ସିନା ସରିଗଲା ହେଲେ ଜୀବନ ପାଠକୁ ବୁଝେଇଥିବା ସେଇ ମଣିଷଟି ମନରୁ ଯାଇ ନଥିଲା। ଅହରହ ପିଲାଦିନର ସେଇ କିଛି ମାସର ଘଟଣା କ୍ଷତ ଭଳି ତାଜା ଥିଲା ମୋ ମନରେ। ଯା' ଭିତରେ ଦୀର୍ଘ ତେରବର୍ଷ ବିତିଯାଇଛି ହେଲେ ବିରାଟ ସାରଙ୍କ ସ୍ମୃତି ଅଲିଭା ଦାଗହୋଇ ରହିଯାଇଛି। ହଁ, ମୁଁ ଠିକ୍ ଚିହ୍ନିପାରିଛି ତାଙ୍କୁ। ସେ ସେଇ! ବିରାଟ ମିଶ୍ର... ମୋର ସେ ହଁ ପ୍ରଧାନ ମାଷ୍ଟର। ଯେତେ ଭିଡ଼ ହେଲେ ବି ଠିକ୍ ଚିହ୍ନିଛି ମୁଁ। ମୋ ଆଖି ଦି'ଟା ହରିଣର ଆଖି ଭଳି ଚଞ୍ଚଳ ହୋଇଉଠିଲା। ସେଇ ବ୍ୟସ୍ତାଣ୍ଠର ସେଇ ଚେୟାର ଉପରେ ସେ ବସିଛନ୍ତି ପରା! ଯିବି? ଏତେ ବର୍ଷ ପରେ ସେ ଚିହ୍ନିପାରିବେ ତ? ଦେଖା ହୋଇ କ'ଣ କହିବି? ଭୁଲ୍ ମାଗିନେବି। ମୁଁ କେବେ କ'ଣ ବୁଝେଇ ପାରିବି ଯେ, ଦୁଃସହ ଅନ୍ତର୍ବେଦନା ନେଇ ମୁଁ ଆଜିଯାଏ ବଞ୍ଚିପାରିନି। ଗୁରୁଦ୍ରୋହୀ ହୋଇ ମୁଁ ସଫଳ ହୋଇପାରିନି କି ମଣିଷ ପରି ମଣିଷ ହୋଇପାରିନି। ଶାନ୍ତିରେ ଅବଶିଷ୍ଟ ଜୀବନ ବଞ୍ଚିବା ପାଇଁ ତାଙ୍କ କ୍ଷମା ଓ ଆଶିଷ ଦରକାର।

ମୁଁ ପହଞ୍ଚିଲି ତାଙ୍କ ପାଖରେ। ସାର୍! ସାର୍! ଡାକିବାପରେ ସେ ମୋତେ ଚାହିଁଲେ। ସେଇ ଯେମିତି ପୂର୍ବେ ତାଙ୍କ ବଡ଼ ବଡ଼ ଆଖିରେ ସେ ଚାହାଁନ୍ତି। ଚିହ୍ନି ନ ପାରିବା ସ୍ୱାଭାବିକ ଥିଲା, କାରଣ ଦୀର୍ଘ ଦଶବର୍ଷ ଭିତରେ ମୋର ସେ କଅଁଳିଆ ମୁହଁରେ ନିଶଦାଢ଼ି ଉଠିଯାଇଥିଲା। ମୁଁ ତାଙ୍କ ଗୋଡ଼ ପାଖରେ ତଳେ ବସିପଡ଼ିଲି। ଜାଣିପାରିଲେ- ମୁଁ ଅସ୍ନିତ୍। କୁସୁମୀ ସରକାରୀ ସ୍କୁଲରେ ପଢ଼ୁଥିଲି। ମୁଁ ଦେଖିଲି ତାଙ୍କ ଆଖି ଲାଲ୍ ଦିଶିଲା ଓ ଲୁହ ଜକେଇଗଲା। ଓଠ ଦି'ଟା ସାମାନ୍ୟ କିଛି କହିବା ଉଦ୍ଦେଶ୍ୟରେ ଖୋଲି ପୁଣି ବନ୍ଦ ହୋଇଗଲା। ମୋତେ କ୍ଷମା କରିଦିଅନ୍ତୁ କହିବାବେଲେ ମୋ ଭିତରେ ଏତେ ବର୍ଷରୁ ଜମାଟ ବାନ୍ଧିଥିବା ବରଫ ତରଳିଲା ପରି ଆଖିରୁ ସ୍ରୋତ ବୋହିଚାଲିଲା। ଲୋକମାନେ ଯେ ମୋ ଆଡ଼କୁ ଚାହିଁଛନ୍ତି ବୁଝିବାକୁ ମୋର ନିଘା ନଥିଲା। ମୁଁ ଦୋଷୀ! ମୋ ଭୁଲ୍ ଅକ୍ଷମଣୀୟ!

ମୋତେ କ୍ଷମା ଦେବେନି? ମୁଁ କହିଲାବେଲେ କଣ୍ଠରୁଦ୍ଧ ହେବାପରି ଲାଗୁଥାଏ। ସେ ଡବଡବ ହୋଇ ମୋତେ ଚାହିଁରହିଥାନ୍ତି। କେତେବେଲେ ତାଙ୍କ ଦି'

ଆଖି ବିସ୍ତାରିତ ପୁଣି କେତେବେଳେ ଭାବହୀନ ହୋଇ ଉଠୁଥାଏ। ମୋତେ ଲାଗିଲା ସେ ମୋତେ ଚିହ୍ନିପାରିଲେ ବୋଧେ! ଏଇ ସମୟରେ ଜଣେ ବୟସ୍କା ମହିଳା ମୋ ଆଡ଼କୁ ଆସି କହିଲେ- ବାପା! ତମେ କିଏ? କ'ଣ କହୁଛ ତାଙ୍କୁ? ସେ କିଛି କହି ପାରୁନାହାନ୍ତି ପରା! ବହୁବର୍ଷ ତଳେ ପାରାଲିସିସ୍ ଆଟାକ୍ ଯୋଗୁଁ ଏମିତି ଅଚଳ ଅବସ୍ଥା ତାଙ୍କର। ମୁଁ ଚିହ୍ନିପାରୁଥାଏ ସେଇ ବୟସ୍କାଙ୍କୁ, ସାରଙ୍କ ଘରେ ଆମେମାନେ ପଢ଼ୁଥିବାବେଳେ ମଝିରେ ମଝିରେ ସାରଙ୍କୁ ପାଣି କି ଚା' ଟୋପେ ଦେଇଯାଆନ୍ତି। ହଁ ଗୁରୁମା; ମୁଁ ସାରଙ୍କ ପୁରୁଣା ଛାତ୍ର... ମୋ ନାଁ... ମୋ କଥା କାଟି ଗୁରୁମା' କହିଲେ- ହେଇ ବସ୍ ଆସିଲାଣି ବାପା! ଆମେ ଭଦ୍ରକ ଯିବୁ। ମେଡ଼ିକାଲ୍ ଚେକ୍ଅପ୍ରେ ଆସିଥିଲୁ। ଆମର ତ ବାପା ଏଠି କେହି ନାହିଁ। ଏମିତି ଚାଲିଚି ଜୀବନ। କେବେ ଆସ ଆମ କୁସୁଲି ଆଡ଼େ। ସାରଙ୍କୁ ଧରି ମହିଳା ଜଣକ ବସ୍‌ରେ ଚଢ଼ିଲେ। ମୁଁ ଚାହିଁରହିଥାଏ ସାରଙ୍କ ଆଡ଼େ। ଆଖିରେ ଲୁହ ବୋଲହାକ ମାନୁଥାଏ। ହଁ ମୁଁ ଠିକ୍ ଦେଖ୍‌ଛି ସାର ମୋରି ଆଡ଼କୁ ଆଙ୍ଗୁଠି ଟେକି କ'ଣ କହିବାକୁ ଚାହୁଁଥିଲେ। ମୁଁ ହାତ ଯୋଡ଼ିଦେଲି। ଏଭଳି ଦ୍ରୋଣାଚାର୍ଯ୍ୟଙ୍କଠାରୁ କ୍ଷମା ଛଡ଼ା ମୋ ଭଳି ଅଧମ – ଭ୍ରଷ୍ଟ ଛାତ୍ରଟେ ଅବା କ'ଣ ପାଇଥାଆନ୍ତା? ମୋ ପରି ଛାତ୍ରଟେ ତାଙ୍କର ସବୁ ମହତ୍‌ପଣକୁ ଶେଷ କରିଦେଇଥିଲା କିନ୍ତୁ ସେ ସମ୍ଭବତଃ ମୋର ସବୁ ପାପକୁ ନିଜେ ଭୋଗୁଥିଲେ।

କହରୀ

ସବୁଦିନ ପରି ସେଦିନ ମେଘଢଙ୍କା ଆକାଶ ଆଡ଼କୁ ଏକଲୟରେ ଚାହିଁଛି ସାୟନ୍ତନ । ଛାତି ଭିତରଟା ଓଜନିଆ ଲାଗୁଛି । କଟକରୁ କୋରାପୁଟର କେନ୍ଦ୍ରୀୟ ବିଶ୍ୱବିଦ୍ୟାଲୟକୁ ଆସି ପାଠ ପଢ଼ିବା ଯେତିକି କଷ୍ଟକର ନୁହେଁ, ପିଲାଦିନ ସାଙ୍ଗମାନଙ୍କଠାରୁ ଦୂରେଇ ଆସିବା ତାକୁ ସେତିକି କଷ୍ଟ ଦେଇଛି । ମୁହଁସଞ୍ଜ ବେଳର କାଠଯୋଡ଼ି ବନ୍ଧରେ ସାଙ୍ଗମାନଙ୍କ ସହିତ ମିଠାଗପ, ଗୁପ୍ତଗୁପ, ଦହିବରା ଖିଆ ଏଠି ଏ ପାହାଡ଼ଘେରା ଆଦିବାସୀ ଅଞ୍ଚଳରେ ମିଳିଲେ ବି ସୁଆଦ ସମାନ୍ ନୁହେଁ । କେନ୍ଦ୍ରୀୟ ବିଶ୍ୱବିଦ୍ୟାଲୟରେ ଗବେଷଣା କରିବାକୁ ତା'ର ଇଚ୍ଛା ନ ଥିଲେ ବି ସେ ଆସିବାକୁ ଏକପ୍ରକାର ବାଧ୍ୟ ହୋଇଥିଲା । ରୁମ୍‌ମେଟ୍ ସୁବ୍ରତ ତା' ମୋବାଇଲ୍ ସାୟନ୍ତନକୁ ଦେଇ କହିଲା– “ତୁ ଏଠି ଅଥଚ ତୋ ଫୋନ୍ ପାଞ୍ଚଥର ରିଂ ହେଇସାରିଲାଣି । ତୋ ମାମା କରିଛନ୍ତି ପରା ! ନେ କଥା ହେଇଯାଆ । ଏତେ ଦୂରରେ ଆସି ଅଛୁ । ଫୋନ୍ ନ ଉଠେଇଲେ ସେ ବ୍ୟସ୍ତ ହେବେନି !”

ସୁବ୍ରତ ବାଧ୍ୟ କରି ଫୋନ୍ ରିସିଭ୍ କରି ସାୟନ୍ତନକୁ ଧରେଇ ଦେଲା । ସାୟନ୍ତନ ଫୋନ୍ ନେଇ ବଡ଼ପାଟିରେ ଉତ୍ତର ଦେଲା, “କାହିଁକି ବାରମ୍ବାର ଫୋନ୍ କରୁଚ ମତେ ? ତମରି ଜିଦ୍ ପାଇଁ ଏଠି ଆସି ତ ପଢ଼ିଲି । ମୋତେ ସେଠୁ ପଠେଇ ତମ ମୁଣ୍ଡରୁ ବୋଝ ଓହ୍ଲେଇ ଯାଇଥିବ, ଶାନ୍ତି ପାଇଯାଇଥିବ । ମ୍ୟାଟ୍ରିକ୍‌ଠୁ ଏଯାଏ କେବେ ଥରେ ଆଶ୍ୱାସନା ଦେଇ କଥା ପଦେ ହେଇଚ, ଏବେ ତମ ସ୍ନେହ ଝରିପଡ଼ୁଛି ! ମୋତେ ବାରମ୍ବାର ଫୋନ୍ କରି ବ୍ୟସ୍ତ କରନି ।”

ସୁବ୍ରତ ପିଠିରେ ହାତମାରି ସେମିତି ନ କହିବାକୁ ଠାରୁଥାଏ । ମାତ୍ର ସାୟନ୍ତନ ଶୁଣୁ ନ ଥାଏ । ଫୋନ୍ କାଟି ଧଡ଼କରି ବସିପଡ଼ିଲା ସାୟନ୍ତନ । ସୁବ୍ରତ କହିଲା– “ଯାହା ବି କହ, ଗୋଟେ ଶିକ୍ଷିତ ପିଲାର ଲକ୍ଷଣ ତୋ'ଠି ନାହିଁ ସାୟନ୍ତନ ! ବ୍ୟବହାର ଶିଖ । ଅଙ୍କଲଙ୍କ ସହିତ ତ ଭଲରେ କଥା ହେଉଚୁ, ଆଣ୍ଟିଙ୍କ ସହିତ ଏମିତି ବ୍ୟବହାର କ'ଣ ପାଇଁ ?”

ସୁବ୍ରତ ଆଡ଼କୁ ବିରକ୍ତି ଭାବରେ ଚାହିଁ ସାୟନ୍ତନ କହିଲା– "ଛାଡ଼! ତୁ ସେସବୁ ବୁଝିପାରିବୁନି। ମୋ ମା' ମୋ ପ୍ରଧାନ ଶତ୍ରୁ!"

ସାୟନ୍ତନର ପିଲାବେଳ କଥା ମନେପଡ଼ୁଥିଲା– ଭାଇଭଉଣୀଙ୍କୁ ଗେହ୍ଲା କରୁଥିବା ମା' ସେମାନଙ୍କୁ ବଲେଇ ବଲେଇ ଖୋଇଲାବେଲେ ସାୟନ୍ତନକୁ ସାମାନ୍ୟ ବାଧ ବି କରୁ ନ ଥିଲା। ବରଂ ତା' ଆଗରେ ଖାଇବା ଥାଲି ପରଷି ମା' କହୁଥିଲା– ଯା, ଜଲ୍‌ଦି ଖାଇଦେଇ ପାଠ ପଢ଼ିବୁ ଯା। ପରୀକ୍ଷାରେ ଭଲ କଲେ ସିନା ମଣିଷ ହେବୁ। ସାଙ୍ଗସାଥୀଙ୍କ ସହିତ ଗପିବାକୁ ଆଉ ଖେଳିବାକୁ ଭବିଷ୍ୟତରେ ବହୁତ ସମୟ ମିଲିବ। ଏକଥା ବୁଝିବାକୁ ଚେଷ୍ଟା କର। ମା'ର ଏସବୁ କଥା କାହିଁକି କେଜାଣି ସେତେବେଲେ ସାୟନ୍ତନର ହୃଦୟକୁ ବିଦୀର୍ଣ୍ଣ କରିଦେଉଥିଲା। ଏଟିକି ଆସିଲା ପରେ ମା'ର ସେହି ରୁକ୍ଷ କଥା ସବୁ ବେଲେ ବେଲେ ମନେପଡ଼ିଲେ ସାୟନ୍ତନର ଆଖି ଲୁହ ଛଲଛଲ ହେଇଯାଉଥିଲା।

କୋରାପୁଟର ମେଘଢଙ୍କା ଆକାଶରେ ଦଲଦଲ ହୋଇ ଉଡ଼ିଯାଉଥିବା ବଗବଗୁଲୀ, ଜାତିଜାତିକା ଚଢ଼େଇ, ଚାରିପଟେ ଅଳସୀଫୁଲ ଭରା ପୀତାମ୍ବରୀ ପାହାଡ଼, ପାହାଡ଼ ଉପରେ ଛୋଟ ଛୋଟ ମନ୍ଦିର, ତଲକୁ ଝରିଆସିଥିବା କାଚକେନ୍ଦୁ ଝରଣା ସାୟନ୍ତନକୁ ଭାବପ୍ରବଣ କରିଦେଉଥିଲା। କେନ୍ଦ୍ରୀୟ ବିଶ୍ୱବିଦ୍ୟାଳୟରେ ସେ ମନସ୍ତତ୍ତ୍ୱ ବିଭାଗରେ ଗବେଷଣା ଛାତ୍ର। ମଣିଷ ମନକୁ ବୁଝିପାରିବା ଯେ ଏକ କଳା ସେକଥା ସେ ଜାଣେ। ଯେତେ ଜ୍ଞାନ ଅର୍ଜନ କଲେ ବି ଯଦି ମଣିଷ ମୁହଁର ବାହାର ରୂପରୁ ତା' ଅନ୍ତର୍ରୂପ ଆଡ଼କୁ ଯାଇ, ତାକୁ ବୁଝି ନ ପାରିଲା ତେବେ ସେ ଜ୍ଞାନର କିଛି ଅର୍ଥ ନାହିଁ। ସାୟନ୍ତନ ଭିତରେ ସଂସାରକୁ ଭେଦ କରିବାର ସେ ଅନ୍ତର୍ଦୃଷ୍ଟି ଅଛି, ହେଲେ କେବଲ ଜନକ ହୃଦୟକୁ ଆଜି ଯାଏ ସେ ଭେଦ କରିପାରିନି। ସେ ଜନକ ହେଉଛି ତା' ମା'। ମା'ର ଚେହେରା ମନେପଡ଼ିଗଲେ ସାୟନ୍ତନର ହୃଦୟ କଠୋର ହୋଇଯାଏ। ସଂସାରରେ ସବୁ ଶାସ୍ତ୍ର, ପୁରାଣ, ଦର୍ଶନରେ ମା'କୁ ହିଁ ସ୍ନେହର ଭଣ୍ଡାର ବୋଲି ମହତ୍ତ୍ୱ ଦିଆଯାଏ। ମା'ର ଆଖିରୁ ସଂସାରର ସବୁ ଜୀବ ପାଇଁ ଦୟା, କରୁଣା, ଭଲପାଇବା ଝରିପଡ଼େ। 'କୁପୁତ୍ରୋ ଜାୟତେ କ୍ୱଚିଦପି କୁମାତାଃ ନ ଭବତି'ର ଶ୍ଳୋକ ବି ଜାଣିଚି ସାୟନ୍ତନ। ତଥାପି ନିଜ ଜନ୍ମଦାତ୍ରୀ ମା' କଥା ଭାବିଲେ, ତା' ହୃଦୟ ସ୍ତବ୍ଧ ହୁଏ। ତା' ଆଖି ଆଗରେ ଗୋଟେ ନିରୀହ–ସ୍ନେହ ଛଲଛଲ କରୁଣାମୟୀ ଚେହେରା ପରିବର୍ତେ ଗୋଟେ ବଦ୍‌ରାଗୀ–ଅହଂକାରୀ–କଠୋର ସ୍ଥାର ଚେହେରା ଉଙ୍କିମାରେ। ଯେ ତାକୁ ପିଲାଟିବେଲୁ ନିଷ୍ଠୁର ବ୍ୟବହାର କରିଆସିଚି। ପେଟପୂରାଇ ଖାଇବାକୁ ଦେଇଚି ସତ, ହେଲେ ଖାଇସାରି ଶୋଇପଡ଼ିଲେ ବଡ଼ ପାଟିରେ ଚିତ୍କାର କରି ତାକୁ ଶୁଆଇ ଦେଇନି।

ପାଠ ନ ପଢ଼ିଲେ ଓଲିଏ ଭୋକରେ ରଖିବାର ଦଣ୍ଡବିଧାନ କରିପାରୁଥିବା ସ୍ତ୍ରୀଟେ କ’ଣ ମା’ ହେଇପାରେ ? ମା’ର ଚାପ ଯୋଗୁଁ ତାକୁ ସାଙ୍ଗସାଥୀ ଛାଡ଼ି ଏଠିକୁ ଆସିବାକୁ ହୋଇଛି । ବାପା ଥରେ ସାଙ୍ଗସାଥୀ ମେଳରେ ଭାଙ୍ଗଟିକେ ପିଇଦେଇଥିଲେ ବୋଲି ଘରେ ଖଣ୍ଡପ୍ରଳୟ କରିଥିବା ମା’ର ଚେହେରା ସାୟନ୍ତନକୁ କରୁଣାହୀନ ଅହଂକାରୀ ନାରୀର ଚେହେରା ପରି ଦିଶେ । ଅନ୍ୟ ସାନ ଦି’ ଭାଇ-ଭଉଣୀଙ୍କ ପ୍ରତି ତା’ ହସ ହସ ମୁହଁ, ସେମାନଙ୍କ ମୁହଁରେ ଗୁଞ୍ଜି ଖୁଆଇବା କଥା ଭାବିନେଇ ସାୟନ୍ତନ ଆହୁରି ବିବ୍ରତ ହୋଇପଡ଼େ । ଏ ବିଚିତ୍ର ବ୍ୟବହାର କାହିଁକି ?

ବିଶ୍ୱବିଦ୍ୟାଳୟର ପାଚେରି ସେପଟକୁ ଲାଗିଛି ବିସ୍ତୀର୍ଣ୍ଣ ଖେଳପଡ଼ିଆ । ଅପରାହ୍ଣ ପରେ ସାଙ୍ଗମାନେ ବିଭିନ୍ନ ପ୍ରକାର ଖେଳରେ ମସଗୁଲ୍ ଥିଲାବେଳେ, ପାଚେରି ପାଖକୁ ଥିବା ପଥର ଗଦା ଉପରେ ବସି ସାୟନ୍ତନ ସାଙ୍ଗସାଥୀଙ୍କ ଖେଳ, ସୂର୍ଯ୍ୟାସ୍ତ ଓ କୋରାପୁଟର ସାନ୍ଧ୍ୟକାଳୀନ ସୌନ୍ଦର୍ଯ୍ୟକୁ ଦେଖି ନିଜକୁ ଭୁଲିଯାଏ ।

ଏଇ କିଛିଦିନ ହେବ ପଥର ଗଦା ପାଖରେ ଗୋଟେ କଳା କହରିଆ ଗାଈଟିଏ ଶୋଉଥିବାର ସାୟନ୍ତନ ଦେଖୁଛି । ଗାଈଟି ଦେଖିବାକୁ ଡଉଲଡାଉଲ । ସାୟନ୍ତନକୁ ପଥର ଉପରେ ବସିଥିବା ଦେଖିଲେ ଘାସ ଖାଇବା ଛାଡ଼ି ସେ ତା’ ପାଖକୁ ଚାଲିଆସେ । ସାୟନ୍ତନ ତାକୁ ଆଦର କରେ, ସ୍ନେହରେ ଆଉଁଶି ଦିଏ । ଆଉଁଶି ଦେଲା ମାତ୍ରେ ଗାଈଟି ତା’ରି ବସିଥିବା ଜାଗାକୁ ଲାଗି ଆଉଜିପଡ଼େ ଓ ଆଖି ବନ୍ଦ କରିଦିଏ । ସାୟନ୍ତନ ତା’ ମୁଣ୍ଡ ଆଉଁଶି ତାକୁ ଗେହ୍ଲା କରି ଡାକେ ‘କହରୀ ଏ କହରୀ’! କହରୀ ତା’ ଡାକ ଶୁଣି ତାକୁ ଓଲ କଲା ପରି ଚାହେଁ ଆଉ ଆଖି ବୁଜିଦିଏ । କହରୀ ପାଇଁ ସାୟନ୍ତନ ଆଣିଥିବା କଦଳୀ, ପାଉଁରୁଟିକୁ ସେ ଯେମିତି ଶୋଇବାର ବାହାନା କରି ଅପେକ୍ଷା କରିଥାଏ । ସବୁତକ ଖାଇସାରି କହରୀ କୁଆଡ଼େ ଯେ ଚାଲିଯାଏ, ସାୟନ୍ତନ ଦେଖିପାରେନି । ତା’ ପରଦିନ କହରୀକୁ ପୁଣି ଅପେକ୍ଷା କରେ ସେ । କହରୀକୁ ଦେଖିଲେ ସାୟନ୍ତନ ପୁରାଣର କାମଧେନୁ କଥା ମନେପକାଏ । କହରୀ ଯେମିତି ତା’ ପାଇଁ କାମଧେନୁ । ଯେଉଁଦିନ ସାୟନ୍ତନର ରିସର୍ଚ ପ୍ରୋଜେକ୍ଟ ପାଇଁ ଉଚ୍ଚଶିକ୍ଷା ବିଭାଗ ତିନିଲକ୍ଷ ଟଙ୍କାର ଚେକ୍ ଦେଲା, ସାୟନ୍ତନ ପାଇଁ କହରୀ ଆହୁରି ମହତ୍ତ୍ୱପୂର୍ଣ୍ଣ ହୋଇଗଲା ।

ସେଦିନ କହରୀକୁ ଦୂରରୁ ଆସୁଥିବା ଦେଖି ସାୟନ୍ତନ ପଥର ହୁଡ଼ା ସେପଟେ ଲୁଚିଗଲା । ସାୟନ୍ତନ ଦେଖୁଥାଏ, କହରୀ ଚାରିଆଡ଼କୁ ଏପଟ-ସେପଟ ଚାହୁଁଛି । ସାୟନ୍ତନର ମନ ଭିତରଟା ବ୍ୟାକୁଳତାରେ ଭରିଗଲା । ଲୁଚିଥିବା ସ୍ଥାନରୁ ଧାଇଁଆସି କହରୀକୁ କୁଣ୍ଢେଇ ପକେଇଲା । କହରୀ ବି ତା’ ଗନ୍ଧ ବାରି ତାକୁ ତା’ ଟାଉଁସିଆ ଜିଭରେ ଚାଟିପକେଇଲା । ଅଜାଣତରେ ସାୟନ୍ତନର ମନ ଓ ଆତ୍ମା ପୂରି ଉଠିଥାଏ ।

ବିଦାୟୀ ସୂର୍ଯ୍ୟ ମେଳାଣି ମାଗୁଥାନ୍ତି, ତା'ରି ସହିତ କଦଳୀ-ପାଉଁରୁଟି ଖାଇ ମେଳାଣି ନେଇଥିଲା କହରୀ !

ପାଞ୍ଚଦିନ ହେଲା କହରୀର ଦେଖା ନ ଥିଲା । ସାୟନ୍ତନ ମନଦୁଃଖରେ ପଥରଗଦା ଉପରେ ବସିଥାଏ । ଦୂରରୁ କହରୀକୁ ଆସିବା ଦେଖି ତା' ଛାତି ଭିତରଟା ରୋମାଞ୍ଚିତ ହୋଇଗଲା । କିନ୍ତୁ ଏ କ'ଣ ସେ ଦେଖୁଛି ! କହରୀର ଠିକ୍ ପଛକୁ ଫୁଙ୍କୁରୁଫୁଙ୍କୁରୁ ହୋଇ ଡେଇଁ ଡେଇଁ ଆସୁଛି ଟିକି ବାଛୁରୀଟିଏ । ସାୟନ୍ତନର ଚକ୍ଷୁ ବିସ୍ଫାରିତ ହୋଇଗଲା । କହରୀ ଏଇ ଦିନ କେଇଟାରେ ଦୁର୍ବଳ ଦିଶୁଥାଏ । ଏକପ୍ରକାର ଧାଇଁଲା ପରି ପାଖେଇ ଆସୁଥାଏ କହରୀ ! ଏଥର ସାୟନ୍ତନ କହରୀ ଅପେକ୍ଷା କୁନି ବାଛୁରୀକୁ ଆଗ୍ରହରେ ଚାହିଁଥାଏ । ଠିକ୍ କହରୀ ପରି ତା' ଆଖି, ଧଳା ଟିକା, ବେକ ତଳକୁ ଚାରି-ପାଞ୍ଚ ଭାଙ୍ଗ । ସେ ସ୍ଥିର ନ ଥାଏ, ଖାଲି ଡେଉଁଥାଏ ! ବହୁତ ଦିନ ପରେ ପୁରୁଣା ବନ୍ଧୁକୁ ଭେଟିବା ପରି କହରୀ ଆସି ସାୟନ୍ତନକୁ ଚାଟିବା ଆରମ୍ଭ କରିଦେଇଥିଲା । ମା' ଛୁଆଙ୍କୁ କୋଳେଇଲା ପରି ସାୟନ୍ତନ ଖୁସିରେ ଉଚ୍ଛୁଳି ପଡ଼ୁଥିଲା । ସେଦିନ କହରୀ ସେ ପଥରଗଦା ପାଖରେ ହିଁ ଶୋଇରହିଲା ଓ ତା'ର ଠିକ୍ ପେଟ ଉପରକୁ ଆଉଜି ଶୋଇଥାଏ କୁନରୀ ଛୁଆଟି । କହରୀର ମୁହଁରେ ମାତୃତ୍ୱର ରାଶି ରାଶି ଆଲୁଅର ଛଟା । ବାଛୁରୀଟି ତା' ଛାତିର ଅମୃତ ପିଇବାରେ ବ୍ୟସ୍ତ ଥାଏ । ତା' ପରଦିନ ଡେଉଁଥିବା ବାଛୁରୀକୁ କହରୀ ଲାତ ମାରି ମାରି ଉଇହୁଙ୍କା ପାଖରୁ ଫେରେଇ ଆଣିବାକୁ ଚେଷ୍ଟା କରୁଥାଏ କହରୀ । କୁନରୀ କିନ୍ତୁ ତା' ବୋଲ ମାନୁ ନ ଥାଏ । ଅମାନିଆ ବାଛୁରୀକୁ ନିଜ ମଥା ଦ୍ୱାରା ଜୋର ଜୋର ଠେସମାରି କହରୀ ଫେରେଇ ଆଣିଲା ବାଛୁରୀକୁ । ଅମାନିଆ-ଜିଦିଆ ଛୁଆଙ୍କୁ ବୋଧେ ମା'ଟେ ଆକଟ କରିବାକୁ ଯାଇ ଏମିତି ମାରେ !

ଶାନ୍ତିରେ ନିଜ ହସ୍ତେଲ ଆଡ଼କୁ ମୁହାଁଇଲା ସାୟନ୍ତନ । ଭୋରୁ ଭୋରୁ କହରୀର ହମ୍ବାରଡ଼ି ଓ ସୁବ୍ରତର ଟିକ୍କାରେ ତା' ନିଦ ଭାଙ୍ଗିଗଲା ।

– "ଜଲ୍‌ଦି ଆସେ ବାହାରକୁ । ଦେଖେ କ'ଣ ହେଇଛି ।"

ସାୟନ୍ତନର ଛାତି ଭିତରଟା କ'ଣ ହେଇଗଲା । ସୁବ୍ରତ ଏକ ପ୍ରକାର ତା' ହାତଧରି ଟାଣିଟାଣି ତାକୁ ପଥରଗଦା ପାଖକୁ ନେଇ ଆସିଲା । ସାୟନ୍ତନ ଯାହା ଦେଖିଲା, ନିଜ ଦି' ଆଖିକୁ ବିଶ୍ୱାସ କରିପାରିଲାନି । କହରୀ ପାଖରେ ଟିକି ବାଛୁରୀ ଛୁଆଟି ନିସ୍ତ୍ରାଣ ପଡ଼ି ରହିଥିଲା । କହରୀ ବାୟାଣୀ ପରି ଖଣ୍ଡେ ଦୂର ଦୌଡ଼ିଯାଇ ପୁଣି ପଛକୁ ଫେରିଆସି ମାଟିକୁ ନିଜ ଗୋଡ଼ରେ ଖୋଲି ପକଉଥାଏ । ପୁଣି ତା' ଛୁଆକୁ ଚାଟିପକଉଥାଏ । କି ବିକଳ ଦୃଶ୍ୟ ସେ ! ସାୟନ୍ତନକୁ ଦେଖି କିଛି କହିବା ପରି ବିକଳରେ ଧାଇଁ ଆସିଲା । ତାକୁ କି ସାନ୍ତ୍ୱନା ଦେବ ସେ ? ସାୟନ୍ତନ କିଛି ବି ଭାବିପାରୁ

ନ ଥାଏ। କାହାରୀର ହମ୍ବାରଡ଼ି ଦେଇ ତା' କ୍ରନ୍ଦନକୁ ସମ୍ଭାଳି ପାରୁ ନ ଥିଲା ସେ। ଦ୍ବିପ୍ରହର ବେଳକୁ କାହରୀ ରଡ଼ି କରି କରି ମାଲା ବାଛୁରୀ ପାଖରେ ବସିପଡ଼ିଲା। ଥନରୁ ତା'ର ବୋହିଯାଉଥାଏ କ୍ଷୀରଧାର। କାମଧେନୁ ପରି ତା'ର ସେ ଅମୃତ ସ୍ରୋତରେ ଯେମିତି ସଂସାରର ସବୁ ଶିଶୁଙ୍କ ପେଟ ପୂରିଯିବ! ସାୟନ୍ତନ ଆଖିରୁ ଝରିଚାଲିଥିଲା ଧାରଧାର ଲୁହ। ମନେପଡ଼ୁଥିଲା ତା' ରୁକ୍ଷ-କ୍ରୋଧୀ ମା'ର ଚେହେରା। ସାୟନ୍ତନର ହଠାତ୍ ମନେହେଲା ଯେମିତି ତା' ମା' ତାକୁ ନିଃଶବ୍ଦରେ ଡାକୁଛି। ଅନ୍ୟମନସ୍କ ହୋଇ ପକେଟ୍‌ରୁ ଫୋନ୍ ବାହାର କରି ଡାଏଲ୍ କଲା ସାୟନ୍ତନ! କିନ୍ତୁ ଘରଠୁ ଦୀର୍ଘ ଦୁଇବର୍ଷ ହେଲା ଆସି ମାଆକୁ ଥରେହେଲେ ଭଲରେ କଥା ହୋଇ ନ ଥିବା ସାୟନ୍ତନ ହଠାତ୍ ସାହସ ଜୁଟାଇ ନ ପାରି ଫୋନ୍ କାଟିଦେଲା। ସେଇଦିନ ଉପରବେଲା ଚିଠିବାଲା ତା' ନାଁରେ ଆସିଥିବା ଚିଠିଟିଏ ଆଣି ତାକୁ ଦେଲା। ଚିଠିଟି ଥିଲା ତା' ମାଆର। ଭାବାବେଗରେ ଚିଠିଟିକୁ ଖୋଲି ପଢୁଥାଏ ସାୟନ୍ତନ–

ବାବୁରେ! ତୁ ଭଲରେ ଥିବୁ ବୋଲି ମୋର ଆଶା। ମୁଁ ଜାଣେ ଏ ରୁକ୍ଷ ମା' ପାଇଁ ତୋ ଭିତରେ କେତେ ଘୃଣା ଆଉ ରାଗ। କିନ୍ତୁ ଥରଟିଏ ହେଲେ ଯଦି ବିଚାର କରିବୁ ତେବେ ହୁଏତ ବୁଝିପାରିବୁ ମା' ଗାଲି ଦାଣ୍ଡ ଧୂଲି। ଛୁଆକୁ ଆକଟ କରିବାକୁ ମା'କୁ ବେଳେବେଳେ କଠୋର ହେବାକୁ ପଡ଼େ। ଥରେ ଭାବିଲୁ ଯଦି ଆଜି ତୁ ସାଙ୍ଗସାଥୀଙ୍କ ମେଲରେ ଥାଇ ଭଲ ପଢ଼ି ନ ଥାନ୍ତୁ ତେବେ କ'ଣ ଏତେବଡ଼ ବିଶ୍ବବିଦ୍ୟାଲୟରେ ଦାଖିଲା ପାଇପାରିଥାନ୍ତୁ! ମୁଁ ତ ବୟସ୍କ ହେଲିଣି। ଆଜି ଅଛି କାଲିକି ନ ଥିବି। କିନ୍ତୁ ତୋ ଜୀବନ ଓ ଭବିଷ୍ୟତ ମୁଁ ଗଢ଼ିଦେଇଛି। ଏଇ ଆତ୍ମତୃପ୍ତି ନେଇ ମୁଁ ସଂସାରରୁ ବିଦାୟ ନେଇପାରିବି। ମୋତେ ଦଶଦିନ ହେଲା ଜର ଛାଡ଼ୁନି। ମୋ ଆୟୁଷ ତତେ ଲାଗୁରେ ବାବୁ।

ଇତି, ତୋ ମାଆ।

ସାୟନ୍ତନର ହାତରୁ ଖସିପଡ଼ିଲା ଚିଠିଟି। ଆଖି ଆଗ ସଂସାର ଯେମିତି ପାଉଁଶିଆ ଦିଶୁଥାଏ। କାହରୀ ଓ ମା' ଏକାଭଳି ମନେହେଉଥାନ୍ତି। ଏଥର ଫୋନ୍ ଲଗେଇଲା ମା'କୁ। ସେପଟୁ ବାପା ଥରିଲା କଣ୍ଠରେ କହିଲେ– ତୁ ଘରକୁ ଚାଲିଆ। ତୋ ମା' ଆଉ ଲୋକ ଚିହ୍ନିପାରୁନିରେ। କିଛି କହିହେବନି। ଡାକ୍ତର ଆଶା ଛାଡ଼ିଦେଇଛନ୍ତି। ସାୟନ୍ତନର ଆଖିରୁ ଲୁଣିପାଣିର ସମୁଦ୍ର ବୋହିଚାଲିଥାଏ ସତେ ଯେମିତି ସେ ପହଞ୍ଚିବ ତା' ମା' ପାଖରେ।

ଚିତ୍ରା

ଆକାଶ ଆଉ ପାହାଡ଼ ମେଘୁଆ ବାଦଲର ଚାଦର ଘୋଡ଼େଇହୋଇ ଦୂରୁ ଆଲିଙ୍ଗନବଦ୍ଧ ପ୍ରେମୀଯୁଗଳ ଭଳି ଦିଶୁଥାନ୍ତି । ପାହାଡ଼ ସେପଟୁ ଧୁଆଁଳିଆ ହୋଇ ମାଡ଼ିଆସୁଥାଏ କାଳିସଞ୍ଜ । ଶୀତୁଆ-କୋହଲା ପବନ ଯୋଗୁଁ ଦେହ ଶିର୍‍ଶିର୍‍ ଲାଗୁଥାଏ । ପାହାଡ଼ିଆ ଘାଟି ଉପର ଦେଇ ବସ୍‍ ପହଞ୍ଚିଥିଲା ପଞ୍ଚବଟୀମାଳୀ ବକ୍ୱାଇଟ୍‍ ପ୍ଲାଷ୍ଟର କ୍ୟାମ୍ପ ପାଖରେ । ଗାଡ଼ିର ଦରଜା ନିକଟରେ ବଡ଼ ଜୋରରେ ହୁଇସିଲ୍‍ ମାରି ଓ ଦରଜାକୁ ବାଡ଼େଇ ବଡ଼ପାଟିରେ କଣ୍ଡକ୍ଟର ଡାକିଲା– ଓ ବାବୁ ! ଓ ବାବୁ ! ତମେ ଏଠି ଓହ୍ଲେଇବ ତ ? ବସ୍‍ ଯାତ୍ରାରେ ଅନଭ୍ୟସ୍ତ ପୁଣି କୋହଲା ପାଗ ଯୋଗୁଁ ସୁଜିତଙ୍କର ଗୋଡ଼ହାତ ଅବା ବଧିରା ହେଇଯାଇଥିଲା । ମୁଣ୍ଡ ଉପର ଥାକରୁ ଜିନିଷପତ୍ରସବୁକୁ ସେ ତଳକୁ ଟାଣିଲେ । ବସ୍‍ର ପଛ ଡିକିରେ ଥିବା ଦି' ତିନିଟା ବ୍ୟାଗ୍‍କୁ ଯା' ଭିତରେ କଣ୍ଡକ୍ଟର କାଢ଼ିସାରିଥିଲା । ସେ ତଳକୁ ଓହ୍ଲେଇବା ମାତ୍ରେ ଧୁଆଁଉଡ଼େଇ ବସ୍‍ଟି ଚାଲିଗଲା ।

ଚାରିଆଡ଼କୁ ଚାହିଁଲେ ସୁଜିତ ମହାନ୍ତି । ଆଗକୁ ପଡ଼ିଛି ସର୍ପିଳ ନାଲିମାଟି-ଗୋଡ଼ିର ସରୁ ରାସ୍ତା । ରାସ୍ତାଟି ଆଗକୁ ସେମିତି ଲମ୍ଭିଯାଇ ଦିଗ୍‍ବଳୟରେ ଅଦୃଶ୍ୟ ହୋଇଯାଇଛି । ଓହ୍ଲେଇବା ପରେ କୋରାପୁଟର ଶୀତର ପ୍ରକୋପକୁ ଅଧିକ ଅନୁଭବ କରୁଥାନ୍ତି ସେ । ମୁନିଆ କଣ୍ଟା ପରି ଶୀତ ଯେମିତି ପଶିଯାଉଥାଏ ତାଙ୍କ ପୋଷାକ ଭିତରକୁ । ପ୍ରକୃତରେ କୋରାପୁଟରେ ବର୍ଷତମାମ ମାଘମାସର ଶୀତ ଡେରାପକେଇ ରହିଥାଏ । ଉଷ୍ଣ ଢେଙ୍କାନାଳରୁ ଶୀତଳ କୋରାପୁଟରେ ଆସି ପହଞ୍ଚିବା ଗୋଟେ କାହାଣୀର ଘଟଣାପରି ତାଙ୍କୁ ଅଭୁତ ମନେହେଉଥାଏ । ମନେପଡ଼ିଯାଉଥାଏ ଦୁଇମାସ ତଳେ ଆକସ୍ମିକ ଭାବେ ଛାଡ଼ିଦେଇ ଚାଲିଯାଇଥିବା ବାନ୍ଧବୀ ସରିତାର ମୁହଁ । କିଛିଦିନ ପରେ ସରିତାର ବାପାଙ୍କ ସହିତ ଦେଖାକରି ସେ ଉଭୟଙ୍କ ବିବାହ ତିଥି ସ୍ଥିର କରିଥାନ୍ତେ । ସୁଜିତଙ୍କର ମନେପଡ଼ୁଥିଲା ସରିତାର କଥାକୁହା ଆଖିର ଚାହାଣି, ମିଠାକଥା ଓ ରୁପାର ହସ । ଉଭୟଙ୍କ ଭିତରେ ଅନୁରାଗର ଆକର୍ଷଣ ତୀବ୍ର ହୋଇଥିଲା । କେହି

କାହାକୁ କ୍ଷଣେ ନ ଦେଖିଲେ ରହିପାରୁ ନ ଥିଲେ। ଉଭୟ ମେକାନିକାଲ ଇଂଜିନିୟରିଂ ପଢ଼ିସାରି ଚାକିରି ପାଇଁ ଚେଷ୍ଟା କରୁଥିଲେ।

ଯେତେବେଳେ ସରିତାର ପ୍ରେମ ତା' ପାଇଁ ସବୁଠାରୁ ଗୁରୁତ୍ୱପୂର୍ଣ୍ଣ ହୋଇପଡ଼ିଥିଲା, ଦୁର୍ବିସହ ହୋଇପଡ଼ିଥିଲା ସରିତା ସହ ସାମାନ୍ୟ ବ୍ୟବଧାନ, ସେତିକିବେଳେ ସରିତା ଚାଲିଗଲା। ଯେଉଁଦିନ ବିଳମ୍ବିତ ରାତିରେ ମନଭରି କଥାହେବା ସଙ୍ଗେ ପରଦିନ ସରିତାର ଦେଖାକରିବାର ପ୍ରତିଶ୍ରୁତି ଦେଇ ଶୋଇଥିଲେ, ସେଇଦିନ ଖବର ପାଇଥିଲେ ଯେ ସରିତା ହୃଦ୍‌ଘାତରେ ଚାଲିଗଲା। ନିଜ କାନକୁ ବିଶ୍ୱାସ କରିପାରି ନ ଥିଲେ ସୁଜିତ। ଗୋଡ଼ତଳୁ ମାଟି ଖସିଗଲା ଭଳି ଅନୁଭବ କରିଥିଲେ। ଧାଇଁଯାଇଥିଲେ ଡାକ୍ତରଖାନା। ମେଞ୍ଚାଏ ଲୁଗାପଟା ପରି ପଡ଼ିଥାଏ ସରିତା। ଗଛ କାଟିଲା ପରି କଟାଡ଼ିହୋଇ ପଡ଼ିଥିଲେ ସୁଜିତ। ମୃତ୍ୟୁ ଏମିତି ଅଚାନକ ଆସେ ଏବଂ ମଣିଷର ସମସ୍ତ ଯୋଜନାକୁ କ୍ଷଣିକ ଭିତରେ ଧୂଳିସାତ୍‌ କରିଦେଇ ଚାଲିଯାଏ। – ଏକଥା ସେ ବିଶ୍ୱାସ କରିପାରୁ ନ ଥିଲେ।

ମଶାଣିରେ ହୁଡୁହୁଡୁ ହୋଇ ସରିତାର ଜଳିଯାଉଥିବା ଦେହ ଦୂରରୁ ଦେଖିଥିଲେ। ପ୍ରିୟ ବାନ୍ଧବୀର ବିଦାୟ ପରେ ସେ ମାନସିକ ଭାରସାମ୍ୟ ହରେଇବସିଥିଲେ। ସବୁଦିନ ମଶାଣିକୁ ଯାଇ ଅଦୃଶ୍ୟ ସରିତା ସହିତ କଥାହେଉଥିଲେ ଏବଂ ଅଧରାତିରେ ଘରକୁ ଫେରୁଥିଲେ।

ସରିତା ଯିବାପରେ ତାଙ୍କର କ'ଣ ହେବ ଏବଂ ସେ କେମିତି ବଞ୍ଚିପାରିବେ, ସେକଥା ଭାବି ନ ଥିଲେ ସୁଜିତ। ଏମିତି ଦୋଦୁଲ୍ୟମାନ ସ୍ଥିତି ଓ ବିଷାଦଗ୍ରସ୍ତ ଅବସ୍ଥାରେ ଥିଲାବେଳେ ତାଙ୍କ ପାଖକୁ ଆସିଥିଲା ନାଲ୍‌କୋର ନିଯୁକ୍ତି ପତ୍ର। ସୁଜିତ କୌଣସି ପ୍ରକାରେ ନିଜ ସହରରୁ ଦୂରକୁ ଆସିବାକୁ ବାଟଖୋଜୁଥିଲେ। ନିଯୁକ୍ତି ପତ୍ର ପାଇଲାକ୍ଷଣି କିଛି ନ ଭାବି ଯୋଗଦେବେ ବୋଲି ସ୍ଥିର କରି ନେଇଥିଲେ। ସାଙ୍ଗସାଥୀଙ୍କୁ ଛାଡ଼ି କୋରାପୁଟ ଅଭିମୁଖେ ବାହାରିବା ଦିନ ତାଙ୍କୁ ମନେହେଉଥାଏ ଅଶରୀରୀ ସରିତା ମଧ୍ୟ ତାଙ୍କ ସହିତ ବସ୍‌ରେ ଉଠିଛି ଓ ତାଙ୍କ ପାଖ ସିଟ୍‌ରେ ବସିଛି। ତା'ରି କଥା ଓ ତା' ସହ ବିତେଇଥିବା ସ୍ମୃତିଭିଜା କ୍ଷଣସବୁକୁ ମନେ ପକେଇ ପକେଇ କୋରାପୁଟରେ ଆସି ପହଞ୍ଚିଯାଇଥିଲେ ସୁଜିତ।

କୋରାପୁଟ ରାସ୍ତାର ଉଭୟ ପାର୍ଶ୍ୱରେ ଗଛ ଆଉ ଗଛ। ଚାରିଆଡ଼େ ଘଞ୍ଚବନାନୀ। ମଝିରେ ଧଳା-କମଳା ପୁଣି ଗୋଲାପୀ ରଙ୍ଗର ନାଗୁଆରୀ ଫୁଲ, କାକ୍‌ଟସ୍‌ ଭଳି କିଛି କଣ୍ଟାଫୁଲ, ହଳଦିଆ ଶିରୀଷ ଫୁଲ ସାଙ୍ଗକୁ ଧାଡ଼ିଧାଡ଼ି ନୀଳ କୃଷ୍ଣଚୂଡ଼ାର ସମ୍ଭାର ଖୁବ ସୁନ୍ଦର ଦିଶୁଥିଲା।

ପିଲାବେଳୁ ସୁଜିତ ଗଛପ୍ରିୟ ହୋଇଥିବାରୁ କୋରାପୁଟର ସବୁଜିମାଭରା ପ୍ରାକୃତିକ ପରିବେଶ ତାଙ୍କୁ ଭଲ ଲାଗୁଥିଲା। ପକେଟ୍‌ରେ ହାତ ବୁଲେଇ ସେଇ କାଗଜଖଣ୍ଡିକ ବାହାର କଲେ ଯେଉଁଠିରେ ତାଙ୍କ ପହଞ୍ଚିବା ଠିକଣା ଥିଲା। କାକିରିଗୁମ୍ମାରୁ ମାତ୍ର କୋଡ଼ିଏ କି ପଚିଶ ମିଟର ଦୂରରେ ତାଙ୍କର କ୍ୱାର୍ଟର୍ସ। ବଡ଼ବଡ଼ ପାହୁଣ୍ଠ ପକେଇ ମୁହାଁଇଲେ ସେ। ସୁଜିତଙ୍କ ପାଇଁ କୋରାପୁଟ ଥିଲା ସଂପୂର୍ଣ୍ଣ ନୂଆ। କିନ୍ତୁ କ୍ୱାର୍ଟର୍ସ ଖୋଜି ପାଇବାକୁ ବେଶୀ ସମୟ ଲାଗି ନ ଥିଲା। ସୁଜିତଙ୍କୁ ଦେଖିପାରି ତାଙ୍କର କ୍ୱାର୍ଟର୍ସ ପାଖ ଆଜବେୟ୍ ଘରଭିତରୁ କମ୍ବଳଟିଏ ଘୋଡ଼ିହେଇ ବୁଢ଼ାଜଣେ ବାହାରିଆସିଲା।

– ତୁଇ ମହାନ୍ତି ବାବୁ କାୟ ? ବଡ଼ ସାଇବ୍ ତୋର୍ କଥା ବୁଝିବାକେ ମତେ କଇଚନ୍।

ସୁଜିତ କିଛି କହିବା ପୂର୍ବରୁ ହଁ ବୁଢ଼ା ଘରର କବାଟ ଖୋଲି ସୁଜିତଙ୍କ ହାତରୁ ବ୍ୟାଗ୍‌ପତ୍ର ନେଇଗଲା। ମଧ୍ୟମ ଉଚ୍ଚତା ବିଶିଷ୍ଟ କଳା ମଟମଟ ବୁଢ଼ାଟିର କପାଳ ଉପରେ ବୟସର ଛାପ। ଚେପ୍ଟା ନାକକୁ ଲାଗି ତା'ର ଆଖି ଦୁଇଟି ମିଞ୍ଜିମିଞ୍ଜି ହେଉଥାଏ। ମୁଣ୍ଡରେ ଟେକା ଏବଂ କମ୍ବଳ ଘୋଡ଼ିହୋଇଥିବା ବୁଢ଼ାଟି ବ୍ୟାଗ୍‌ପତ୍ର ବୋହିଲାବେଲେ ସୁଜିତ ତା'ର ଶିରାଳ ହାତ-ଗୋଡ଼ ଦେଖିପାରୁଥିଲେ।

ବୁଢ଼ା କହିଲା- କ'ଣ ଜିନିଷ ଦରକାର କଇଲେ, ମୁଇଁ ନେଇ ଆସମି ବାବୁ! ଏବେ ତୁଇ ଆରାମ୍ କର। ଗାଡ଼ି ଆଇଲେ ତୁଇ ଅଫିସ୍ ଯିମୁ। ସାର୍ ଆଜ୍ଞା ସବୁ ମେତେ ବୁଝେଇ କରି ଯାଇଚନ୍। ତୁଇ ଚିନ୍ତା ନାଇଁ କର।

ଅଫିସ୍ ତରଫରୁ ଜଣେ ନବାଗତ କର୍ମଚାରୀ ପାଇଁ ଏପ୍ରକାର ସହଯୋଗ ସୁଜିତଙ୍କୁ ଭଲ ଲାଗୁଥାଏ। ବୁଢ଼ାର କଥାଗୁଡ଼ିକ ଶୁଣି ତାଙ୍କର ଦୁଃଖନ୍ତାତକ ଚାଲିଯାଇଥିଲା। ଚାରିଆଡ଼କୁ ଚାହିଁଲେ ସୁଜିତ। ଅନତିଦୂରରେ ଆଉ ଦଶ-ବାରଟି କ୍ୱାର୍ଟର୍ସ। ସବୁ ଘର ଆଗରେ ବଗିଚା।

ଆଦିବାସୀ ବୁଢ଼ାକୁ କ'ଣ ସମ୍ବୋଧନ କରିବେ ଭାବି ସୁଜିତ ଶେଷରେ 'ଏ ବୁଆ! ଏ ବୁଆ!' ବୋଲି ଡାକିଲେ। ବୁଆ ଡାକଶୁଣି ବୁଢ଼ା ଖୁସିହୋଇ ହସିଦେଲା। ହସିଲାବେଲେ ବୁଢ଼ାର ଦି' ଆଖି ବନ୍ଦ ହୋଇଯାଉଥାଏ। ଝୁମ୍ପଡ଼ି ଭିତରୁ ଶାଲପତ୍ର ଦନାରେ ପୁଲାଏ ପାଟିଲା ଜାମୁକୋଲି ଆଣି ସୁଜିତଙ୍କ ହାତକୁ ବଢ଼େଇଦେଲା।

– ଆରେ ବବୁଆ ତୋର୍ ପାଇଁ ପାନି ସେଇ ତୋର୍ ଘର କନରେ ରଖି ଆଇଚି, ଆ ଏଇ ଦେଖ୍।

ଭିତରେ ତିନିଟି ପାଣି ବୋତଲ ଥିଲା। ଗୋଟେ ଛୋଟ ମାଟି ଟେକି ଉପରେ ମାଟିସରା ଘୋଡ଼ାହୋଇଥିଲା।

ବୁଢ଼ା ମାଟିସରା ଆଡ଼େ ହାତ ଦେଖେଇ କହିଲା– ଏଇଠାରେ ବବୁଆ ତୋର୍ ପାଇଁ ଖାଇବା ଅଛି, ତୁଇ ଖାଇନେମୁଁ ।

ବୁଢ଼ା ଯିବାପରେ ସୁଜିତ ଘର ଭିତର ଆଡ଼କୁ ନଜରବୁଲେଇ ଦେଖିଲେ – ଘର ଭିତରେ ଖଟଟିଏ ପଡ଼ିଛି । ଘରୁ ଆଣିଥିବା ରେଜେଇ ଆଉ ବେଡ଼୍‌ସିଟ୍ ପକେଇଦେଲେ । ମୁଣ୍ଡ ତଳେ ଦି' ତିନିଟା ବେଡ଼୍‌ସିଟ୍‌କୁ ଭାଙ୍ଗି ତକିଆ ପରି ସଜେଇଦେଲେ ।

ମନେପଡ଼ିଯାଉଥାଏ ସରିତାର କଥା– 'ତମ ପ୍ରଥମ ଦରମାରେ ମତେ ଗୋଟେ ସୁନ୍ଦର ନାଲିରଙ୍ଗର ଶାଢ଼ି ଦେବ ଯେଉଁଠାରେ ତାରାଖଚିତ ପଥର ସବୁ ଚିକିମିକି ହେଉଥିବେ ।' ଅଜାଣତରେ ସୁଜିତଙ୍କ ଆଖିରୁ ଲୁହ ବୋହିଗଲା । ଘରକଥା ମନେପଡ଼ିଲା । ଆସିବାବେଳେ ବୋଉର କାନ୍ଦୁରା ଚେହେରା ଆଖି ଆଗରେ ନାଚିଗଲା । କୋରାପୁଟର ଜଙ୍ଗଲରେ ଆସି କାମ କରିବାକୁ ତା'ର ବି ଇଚ୍ଛା ନ ଥିଲା । ଯଦି ଅଲଗା ଚାକିରି ଅଫର୍ ଆସେ ତେବେ ସେ କୋରାପୁଟରୁ ଫେରିଆସିବ ବୋଲି ବୋଉକୁ କଥାଦେଇ ଆସିଥିଲା ।

କାମରେ ଯୋଗଦେଲେ ଇଂଜିନିଅର ସୁଜିତ । ସିଫ୍ଟ ଡ୍ୟୁଟି ଧୀରେ ଧୀରେ ସ୍ୱାଭାବିକ ମନେହେଉଥିଲା ତାଙ୍କୁ । ଭଲ ଲାଗିଆସୁଥିଲା ନୂଆ ପରିବେଶ । ଘରକଥା ମନେପଡ଼ୁଥିଲେ ମଧ୍ୟ କୋରାପୁଟର ସୁନେଲି ସୋରିଷ କ୍ଷେତ ତାଙ୍କ ହୃଦୟର କ୍ଷତ ସବୁକୁ ପୋଛି ନେଉଥିଲା । କୋରାପୁଟର ସକାଳ ସନ୍ଧ୍ୟାର ଶୀତଲ ମୁହୂର୍ତ ଭଲ ଲାଗିଆସୁଥିଲା ।

କ୍ୱାର୍ଟର୍ସ ଚାରିପଟେ ବଡ଼ବଡ଼ ପିଆଶାଳ, ଶିରୀଷ, ଇଉକ୍ୟାଲିପଟାସ୍ ଗଛ । କିଛିଦିନ ହେବ ସୁଜିତଙ୍କ କ୍ୱାର୍ଟର୍ସ ଚାରିପଟେ ବୁଢ଼ା ଲଗେଇଟି ନାନା ଜାତିର ଫୁଲଗଛ । ଦିନେ ଅଫିସରୁ ଫେରି ସୁଜିତ ବାହାରେ ଚେୟାର୍ ପକେଇ ବସିଥିଲେ, ନାଁ ଅଜଣା ଫୁଲର ଭୁରୁଭୁରୁ ଗନ୍ଧ ତାଙ୍କୁ ଆଚ୍ଛନ୍ନ କରିପକେଇଲା । କେଉଁଠୁ ଏ ଗନ୍ଧ ଆସୁଛି ବୋଲି ଖୋଜିହେଲେ ସେ । ବୁଢ଼ା ଲଗେଇଥିବା ଫୁଲଗଛ ଖୋଜୁ ଖୋଜୁ ପୂରା ବଗିଚା ଦେଖି ସୁଜିତ ଆଶ୍ଚର୍ଯ୍ୟ ହୋଇଗଲେ ।

ସୂର୍ଯ୍ୟ ସଂପୂର୍ଣ୍ଣ ବୁଡ଼ି ନ ଥାଏ । ଚାରି-ପାଞ୍ଚଟି ଶୁଆ ଓ ଟିଆ ତାଙ୍କ ଝରକା ଉପରେ ଲଟେଇଥିବା ତମାଲ ଉପରେ ଆସି ବସିଥାନ୍ତି । ଆଉ କିଛି ଚଢ଼େଇ ପାଖ ଗଛର ଖୋଲରେ ବସି କିଚିରିମିଚିରି ହେଉଥାନ୍ତି । ବିଜନ ଅପରାହ୍ଣର ସେଇ ପରିବେଶ ସୁଜିତଙ୍କ ମନରୁ ଦୁଃଖସବୁକୁ ପୋଛିନେଉଥାଏ । ଏତେଦିନ ହେଲା ସେ ଘରର ଏ ପଟକୁ ଆସି ନ ଥିଲେ କାହିଁକି ? କି ସୁନ୍ଦର ଦୃଶ୍ୟ ! ଗୋଟିଏ ଶାରୀ ଆସି ତାଙ୍କ ବାମ

କାନ୍ଧରେ ବସିପଡ଼ିଲା। ଶାରୀଟି ଠିକ୍ ସବୁଜ ରଙ୍ଗର ନୁହେଁ, ଟିକେ ଛାପଛାପିକା। ଲାଞ୍ଜିକାଟିଲା ପରି ତା'ର ଟଣାଟଣା ଆଖି। ତାକୁ ଧରିବାକୁ ଚେଷ୍ଟା କରିବାରୁ ସେ ଫୁରୁକିନା ଦୂରକୁ ଉଡ଼ିଗଲା ଓ ପୁଣି ଫେରିଆସିଲା। ଅଭୁତ ଉନ୍ମାଦନାରେ ବିସ୍ମିତ ହୋଇ ସୁଜିତ ଶାରୀଟିକୁ ଚାହିଁଲେ। ଏମିତି କ'ଣ କେଉଁ ପକ୍ଷୀ ସହଜରେ ଧରା ଦିଏ!

ସୁଜିତ ଦେଖିଲେ ଅଦୂରରେ ବୁଢ଼ାଟି ଛିଡ଼ାହୋଇ ଏ ଦୃଶ୍ୟ ଦେଖୁଛି ଓ ମୁରୁକି ମୁରୁକି ହସୁଛି।

ସୁଜିତ ବୁଢ଼ାକୁ ଚାହିଁ ପଚାରିଲେ- ଏମାନେ ବୋଧେ ବହୁ ଆଗରୁ ଏଠି ରହିଆସୁଛନ୍ତି ? ନ ହେଲେ ଏତେ ଶୁଆଙ୍କୁ ଏକାଠି ମୁଁ କେବେ ଦେଖିନାହିଁ। ଆଉ ସେଇ ଶାରୀଟି ତ ଖୁବ୍ ? ସୁନ୍ଦର।

– ହଇ ବବୁଆ, ଏମାନେ ଆଗରୁ ଅଛନ୍ତି। ଆଉ ମୁଞ୍ଚ ଜାଣିତେ ସେଇ ଶାରୀ ତତେ ଭଲ ପାଇଚେ – ବୁଢ଼ା ମଜା କଲାପରି କହିଲା।

ସୁଜିତ ହସିଦେଇ କହିଲେ- ବୁଆ! ଏଇ ଟଡ଼େଇମାନଙ୍କ ଭିତରୁ ଶାରୀଟି ଅଲଗା ବାରିହୋଇପଡୁଛି। ସେ ଦୂରେଇ ଦୂରେଇ ରହୁଛି, କିନ୍ତୁ କଣେଇ କଣେଇ ଚାହୁଁଛି।

ଏତେଦିନ ପରେ ସୁଜିତ ଆଜି ହସୁଥିଲେ। ଶାରୀଟି ଆଡ଼କୁ ମୁଗ୍ଧଦୃଷ୍ଟିରେ ଚାହିଁ ଅନ୍ୟମନସ୍କ ଭାବରେ ଅସ୍ପଷ୍ଟ ସ୍ୱରରେ କହିଉଠିଲେ- ଏମିତି ଚିତ୍ରିତ ଶାରୀ ମୁଁ କେବେହେଲେ ଦେଖିନି। କୌଣସି ପକ୍ଷୀ ଅଚିହ୍ନା ମଣିଷ ପାଖକୁ ଆସି ଧରାଦିଏନି। ମତେ ଲାଗୁଛି ଯା' ଭିତରେ ମୋ ସରିତା ଅଛି। ଯା'ର ନାଁ କ'ଣ ଦେଇହେବ ? ହଁ – ଚିତ୍ରା ଦେଲେ ଭଲ ହେବ।

ତାଙ୍କ ଭାବନାରେ ବାଧାଦେଇ ବୁଢ଼ା କହିଲା- ବାବୁ! ଏମାନେ ତ ତୋର ଭଲ ସାଙ୍ଗ ହେଇଗଲେଣି। ମୁଇଁ ଯେତେ ତାଙ୍କୁ ଦାନା କି ଫଳ ଦିଏ ଖାଆନ୍ତିନି। ଦେଖ୍ ତୋର ପାଇଁ ସେମାନେ କି ଖୁସି!

ସୁଜିତ ନିଜ ହୃଦୟ ଭିତରେ ଅନୁଭବ କରୁଥିଲେ ପୁଲକ, ଯାହା ପୂର୍ବରୁ କେବେ ସେ ଅନୁଭବ କରି ନ ଥିଲେ। ସୁଜିତ ଆଉଥରେ ଶାରୀଟିକୁ ଚାହିଁଲେ। ତାଙ୍କୁ ଲାଗୁଥାଏ ଶାରୀଟି ତାଙ୍କରି ଆଡ଼କୁ ଚାହିଁଛି। ସତେ ଯେମିତି ସେ ତାଙ୍କୁ ବହୁ ଆଗରୁ ଚିହ୍ନଛି !

ମଣିଷ ବିଚିତ୍ର! ହୃଦୟର କ୍ଷତକୁ ଭରିବାପାଇଁ ସବୁବେଳେ ବିକଳ୍ପଟିଏ ଖୋଜୁଥାଏ। ଯଦିଓ ସୁଜିତଙ୍କ ଜୀବନରେ ସରିତାର ସ୍ଥାନ କେବେହେଲେ କେହି ନେଇପାରିବ ନାହିଁ, ତଥାପି ସେଇ ମୁହୂର୍ତ୍ତରେ ଚିତ୍ରାର ସାନ୍ନିଧ୍ୟ ସରିତାର ସ୍ମୃତିକୁ ଭୁଲେଇଦେବା ପାଇଁ ଏକ ବିକଳ୍ପ ହୋଇପଡ଼ିଥିଲା। ଚିତ୍ରା ଯେମିତି ସରିତାର ପକ୍ଷୀରୂପ

ପାଲଟିଯାଇଥିଲା। ଏଣିକି ଅଫିସରୁ ଫେରିଲା ପରେ ବଗିଚାରେ ପଡ଼ିଥିବା ଚୌକିରେ ବସି ସେ ହୁର୍ ହୁର୍ କରି ଦାନା ଫିଙ୍ଗନ୍ତି, ଶହଶହ ଶୁଆ ଓ ଟିଆଙ୍କ ସହିତ ଚିତ୍ରା ମଧ୍ୟ ଚାଲିଆସେ। ସୁଜିତ ତାକୁ ଦେଖି ହସିଦିଅନ୍ତି।

ସୁଜିତ ଚାହାନ୍ତି, ଶାରୀଟି ଉଡ଼ି ନ ପଳାଉ। ବୁଢ଼ା ତା' ହାତରେ ପାଟିଲା କୋଲି ଓ ଗଜାମୁଗ ଧରି ଛିଡ଼ାହୋଇ ରହେ। ସୁଜିତ ସେଗୁଡ଼ିକୁ ହାତ ପାପୁଲିରେ ରଖି ଶାରୀ ଆଡ଼କୁ ଦେଖେଇଦିଏ। ଶାରୀଟି ଖାଇବା ଆରମ୍ଭ କରେ। ଚିତ୍ରାର ମନ ହେଲେ ସେ ତାଙ୍କ ହାତରୁ ଦାନା ଖୁମ୍ପି ଖୁମ୍ପି ଖାଇବ ଓ ଖାଇସାରି ସୁଜିତଙ୍କ ମୁଣ୍ଡ ଉପରେ ବସି ନିଜ ଥଣ୍ଟକୁ ତାଙ୍କ ମୁଣ୍ଡରେ ପୋଛିବ।

ଏଣିକି ସୁଜିତ କେବଳ ସନ୍ଧ୍ୟା ସମୟକୁ ଅପେକ୍ଷା କରି ରହନ୍ତି। ପକ୍ଷୀମାନେ ଆସନ୍ତି। କିଏ କାନ୍ଧରେ, କିଏ ମୁଣ୍ଡରେ ତ ପୁଣି କିଏ ତାଙ୍କ କୋଲରେ ବସନ୍ତି।

ଦିନେ ରାତ୍ରିଭୋଜନ ପରେ ଆଲୁଅ ଲିଭେଇ ଶୋଇବାକୁ ଯାଉଥିବାବେଳେ ସୁଜିତଙ୍କୁ ଶୁଭିଥିଲା ଫଡ଼ଫଡ଼ ଶବ୍ଦ। ସେ ଉଠିଯାଇ ଆଲୁଅ ଲଗେଇ ଦେଖିଲେ – ଘର ଭିତରେ ଚିତ୍ରା! କେମିତି ଇଏ ଘରଭିତରେ ରହିଯାଇଛି! ସୁଜିତ ଚିତ୍ରାକୁ ଦେଖି ବିସ୍ମିତ ହୋଇଯାଇଥିଲେ। କବାଟ ଖୋଲିଦେଲେ ସେ ଉଡ଼ିଯିବ ଭାବି ସୁଜିତ ଦରଜାଟିକୁ ଖୋଲିଦେଇଥିଲେ; ମାତ୍ର ଚିତ୍ରା ବାହାରକୁ ଯିବା ପରିବର୍ତ୍ତେ ଖଟ ତଳକୁ ପଶିଯାଇଥିଲା। ସତରେ କ'ଣ ସେ ସୁଜିତଙ୍କୁ ଛାଡ଼ି ଯିବାକୁ ଚାହୁ ନ ଥିଲା!

କିଛି ସମୟ ପରେ ଚିତ୍ରା ପୁଣି ତା' ଗଛକୁ ଫେରିଗଲା।

ସେଦିନ ସୁଜିତ ଅଫିସରୁ ଫେରିଲାପରେ ବୁଢ଼ା ନାଲି ଲଫାପାଟିଏ ତାଙ୍କୁ ବଢ଼େଇଦେଲା। ସୁଜିତ ଦେଖିଲେ ଟାଟାଷ୍ଟିଲରୁ ଆସିଥିବା ତାଙ୍କ ବହୁ ପ୍ରତୀକ୍ଷିତ କଲ୍ ଲେଟର୍। ବସିପଡ଼ିଲେ ସୁଜିତ। ତାଙ୍କ ଛାତି ଭିତରଟା ବ୍ୟଥା ଓ ବେଦନାରେ ପୂରିଉଠିଲା। ମଣିଷ ଯେଉଁ ଜିନିଷ ପାଇଁ ଠାକୁରଙ୍କୁ ପ୍ରାର୍ଥନା କରୁଥାଏ ତାକୁ ପାଇଲାବେଳକୁ ସେ ଖୁସି ହେଇପାରେନି କାହିଁକି?

କୋରାପୁଟ ରହଣିର ଶେଷଦିନ। ଅପରାହ୍ଣ ଚାରିଟାରେ ଗାଡ଼ି ଛାଡ଼ିବ। ସୁଜିତଙ୍କର ଆଖି ବୁଲିଆସୁଥାଏ ଆକାଶ ସାରା। ସେ ଖୋଜୁଥାନ୍ତି ଚିତ୍ରାକୁ। ଚିତ୍ରାକୁ ଜଣାନାହିଁ ସେ ସବୁଦିନ ପାଇଁ କୋରାପୁଟ ଛାଡ଼ୁଛନ୍ତି। ସୁଜିତ ଜାଣିଛନ୍ତି ଆଉ କିଛିସମୟ ପରେ ଶୁଆମାନେ ଓ ଚିତ୍ରା ଏଠାକୁ ଆସିବେ। ମାତ୍ର ତାଙ୍କ ବସ୍ ଛାଡ଼ିଦେଇଥିବ ତା' ଆଗରୁ।

ବସ୍ ଉପରକୁ ଚଢ଼ିବା ପୂର୍ବରୁ ବୁଢ଼ାଠୁ ବିଦାୟ ନେଲେ ସୁଜିତ।

ବୁଢ଼ା କହିଲା– ତୁଇ ନାଇଁ ଯା ବାବୁ। ଏତେ ଜଲ୍ଦି ଯିବାର ଥିଲା ତ ତୁଇ କାଇଁ ଆଇଥିଲୁରେ। ତୁଇ ପୁଣି କେବେ ଆସମୁ?

ବୁଢ଼ା ପ୍ରଶ୍ନର ଉତ୍ତର ଦେବାକୁ ସୁଜିତଙ୍କ ପାଖରେ କିଛି ଶବ୍ଦ ନ ଥିଲା। ପକେଟ୍‌ରୁ କିଛି ଟଙ୍କା ବାହାର କରି ସେ ବୁଢ଼ା ହାତରେ ଗୁଞ୍ଜିଦେଇ ଗାଡ଼ି ଉପରକୁ ଚଢ଼ିଗଲେ। ଗାଡ଼ି କିଛିବାଟ ଆଗେଇଛି କି ନାହିଁ, ହଠାତ୍ 'ରୁହ ରୁହ' କହି ସେ ଗାଡ଼ି ଅଟକାଇଲେ। ବୁଢ଼ା ପାଖକୁ ଆଉଥରେ ଯାଇ ସୁଜିତ ଥରିଲା କଣ୍ଠରେ କହିଲେ– ବୁଆ! ଏଠୁ ମୁଁ ଚାଲିଯିବା ପରେ ଚିତ୍ରା ମତେ ବହୁତ ଖୋଜିବ। ତମେ ମୋ କ୍ୱାର୍ଟର୍ସର ଝରକା ପାଖରେ ଚିତ୍ରା ପାଇଁ କିଛି ଦାନା ରଖିଦେବ।

ଗମ୍ଭୀର ସ୍ୱରରେ ବୁଢ଼ା କହିଲା– ବାବୁ! ଆଜି ସିନା ମୁଇଁ ସେମାନଙ୍କ ପାଇଁ ଦାନା ରଖିଦେମି। କିନ୍ତୁ କାଲି ? ସେମାନେ ତ ତତେ ଖୋଜିମେ !

ବୁଢ଼ା କଥା ଶୁଣିବା ଅବସ୍ଥାରେ ନ ଥିଲେ ସୁଜିତ। ବସ୍‌କୁ ଫେରିଆସିଲେ। ବସ୍‌ଟି ଆଗକୁ ବଢ଼ୁଥିବା ବେଳେ ଆକାଶ ଉପରେ ଆଖି ପହଁରେଇ ନେଉଥିଲେ ସୁଜିତ। କାଲେ ଚିତ୍ରା ଦିଶିଯିବ !

ଘରେ ପହଞ୍ଚି ବୋଉକୁ ଦେଖିଦେବା ମାତ୍ରେ ତାକୁ ଜାବୁଡ଼ି କାନ୍ଦିଉଠିଲେ ସୁଜିତ। ବୋଉ କହିଲେ– ଭଲହେଲା ତୁ ସେ ଜଙ୍ଗଲରୁ ଚାଲିଆସିଲୁ। ତୁ ଯିବାପରଠୁ ଆମେ ଶାନ୍ତିରେ ଟିକେ ଶୋଇନୁ। ଯା' ରାତିସାରା ଗାଡ଼ିରେ ବସିବସି କଷ୍ଟ ପାଇଥିବୁ, ଟିକେ ଶୋଇଯିବୁ। ତୋ ସାଙ୍ଗମାନେ ଆସି ତୋ କଥା ପଚାରିକି ଗଲେଣି। ତୁ ଟାଟାଷ୍ଟିଲ୍ କମ୍ପାନିରେ ଯୋଗଦେବା ପୂର୍ବରୁ ସମସ୍ତେ ମିଶିକି ଗୋଟେ ଭୋଜି କରିବେ ବୋଲି ସେମାନେ ଯୋଜନା କରିଛନ୍ତି।

ବୋଉର କୌଣସି କଥା ଶୁଣିବା ଅବସ୍ଥାରେ ନ ଥିଲେ ସୁଜିତ। ଚୁପ୍‌ଚାପ୍ ଶୋଇବାଘରକୁ ଚାଲିଯାଇଥିଲେ ସେ। ପଥଶ୍ରମର କ୍ଲାନ୍ତି ସତ୍ତ୍ୱେ ସେ ଖାଇପାରି ନ ଥିଲେ କି ରାତିରେ ଭଲଭାବରେ ଶୋଇପାରି ନ ଥିଲେ।

ସକାଳକୁ ଝରକା ଖୋଲି ନିଦଭିଜା ଆକାଶକୁ ଚାହିଁଲେ ସୁଜିତ। ଆକାଶଟା କେତେ ବିସ୍ତୀର୍ଣ୍ଣ ସତରେ ! ଯଦି ସେ ଦୂର ଦିଗନ୍ତ ଯାଏ ତାଙ୍କ ଆଖି ପାଉଥାନ୍ତା ତେବେ ହୁଏତ ସେ ଦେଖିପାରନ୍ତେ ଛାଡ଼ିଆସିଥିବା କୋରାପୁଟର ସେଇ ସୁନ୍ଦର ଜଗତକୁ, ବୁଢ଼ାକୁ ଆଉ ତାଙ୍କର ଚିତ୍ରାକୁ। ସୁଜିତଙ୍କୁ ଖୁବ୍ ଏକଲା ମନେହେଉଥିଲା। ପୂର୍ବାକାଶରେ ନବୋଦିତ ସୂର୍ଯ୍ୟ ବିଞ୍ଚିଦେଇଥିଲେ ମୁଠା ମୁଠା ଆରକ୍ତ କିରଣ। ହଠାତ୍ ସୁଜିତଙ୍କୁ ମନେହେଲା ସୂର୍ଯ୍ୟଙ୍କ କୋଲରୁ ଯେମିତି ଡେଣାଖାଡ଼ି ଉଡ଼ିଆସୁଛି ତାଙ୍କ ପ୍ରିୟ ଚିତ୍ରା ତାଙ୍କରି ପାଖକୁ। ସେ ନିଜର ଦୁଇ ହାତ ଆଲିଙ୍ଗନର ମୁଦ୍ରାରେ ଆଗକୁ ପ୍ରସାରିଦେଲେ।

BLACK EAGLE BOOKS

www.blackeaglebooks.org
info@blackeaglebooks.org

Black Eagle Books, an independent publisher, was founded as
a nonprofit organization in April, 2019. It is our mission to
connect and engage the Indian diaspora and the world at large
with the best of works of world literature published on a
collaborative platform, with special emphasis on
foregrounding Contemporary Classics and New Writing.

www.ingramcontent.com/pod-product-compliance
Lightning Source LLC
Chambersburg PA
CBHW050139110726
47898CB00008B/2587